김민웅의 인문정신 1

시대와 지성을 탐험하다

Exploring Our Time and its Intellectual New Paradigm
by Kim Minwoong

Published by Hangilsa Publishing Co., Ltd, Korea, 2016

김민웅의 인문정신 1

시대와 지성을 탐험하다

한길사

지성의 항해일지를 들여다보다

머리말

한 사회나 시대가 지적 역량을 열정적으로 뿜어내는 때는 언제일까? 지금처럼 인문적 사유가 제도교육에서 밀려나고, 덩달아 출판계의 형편마저 쉽지 않은 상태에서는 그러고 싶어도 그러기 어렵다. 자본의 위력이 거의 모든 것을 지배하고 있는 터에, 실용적 가치에 집중한 지식을 넘어선 '지성의 출현'이 시대적 충격을 던지는 사건은 경험하기 드물어졌다. 그렇다고 기대를 접어야 하는 것일까?

전후 유럽 지성사의 권위 스튜어트 휴스(Stuart H. Hughes)가 주목했던, 1930년 이후 미국을 향한 유럽 지성의 대이동은 파시즘의 습격과 함께 암울해진 서구 현실에 대한 처절한 지적 대응이었다. 여기서 우리가 깨닫게 되는 것은, 자신이 살아가는 현실과 시대가 근본적으로 봉착한 문제를 존재 전체의 위기감으로 성찰해나가는 노력의 중요성이다. 그것이 있다면 막다른 골목에 처하더라도 새로운 돌파구를 여는 지성의 힘이 태어날 수 있다. 인류 문명사에 진전이 이루어질 때마다 발견되는 것은 '모험적 탐색자'(pathfinder)들의 존재다. 이들의 지적 도발은 당대의 몰이해와 적대적 시선에 의해 궁지에 몰리기도 하지만, 새로운 시대의 지평을 여는 위대한 디딤돌이 된다. 무솔리니의 감옥에서 그 빛나는 뇌가 소멸 위기에 처했던 그람시의 노트조각들은 20여 년간 세상에 알려지지 않았지만 결국 사라지지 않는 목소리로 자신을 드러냈다. 생식기를 절단당하는 궁형(宮刑)으로 치욕과 좌절의 시간을 보냈던 사마천(司馬遷)이 피땀으로 죽간에 써내려간 『사기』(史記)는 또 어떠한가?

우리 미래의 진로에는 20세기의 역사가 남긴 유산과 21세기라는 미확정된 궤도가 가로놓여 있다. 이럴 때 필요해지는 것은 지난 시기에 움터 나왔던 지성의 봉우리에 올라서보는 일이다. 또는 그 지성의 항해일지를 자세히 들여다보는 작업이다. 그로써 얻게 되는 통찰과 오늘의 시대를 하나로 엮어서, 우리 지성사를 새롭고 주체적으로 써나가는 과제를 감당해야 한다.

김민웅의 인문정신 제1권에는 『시대와 지성을 탐험하다』라는 제목을 달았다. 제1부 '생각의 길을 연 사람들'에서는 인물을 중심으로 그들의 생각과 활동, 저서 등을 살펴보고 이에 대한 여러 비평적 논의를 담았으며, 제2부 '사유의 권리'에서는 문학에서 문명에 이르는 주제들을 다루었다. 글들을 정리하는 작업은 만만치 않았다. 논문처럼 주석을 일일이 달지는 않았지만, 학술적으로 정교하면서도 대중적으로 소통할 수 있는 글쓰기는 우리 사회의 지적 생태계를 확대하고 심화시키는 데 반드시 필요한 노력이다. 진입 문턱은 낮더라도 일단 들어서면 깊이를 확보하는 글이 되어야 하기 때문이다. 그것은 우리 사회의 지적 기반을 단단하게 하는 일련의 작업과 함께하는 흐름이기도 하다.

인문학이 최근 들어 대중적 환호를 받게 된 깃은 기쁜 일이지만, 그런 현실은 지식의 무게를 가볍게 하라는 요청은 분명 아니다. 정보를 획득하는 속도와 지적 심도를 확보하는 일은 서로 모순되고 있다. 사이버 공간에서 마우스로 클릭하는 데는 전문가들이 되었는데, 두꺼운 책은 멀리하고 장편독파의 성취감은 사라지고 있지 않은가? 이것은 문명의 위기이기도 하다. 생각의 지평을 넓히고 깊게 파고드는 일을 거부하는 습관이 날로 굳어진 사회는 성찰을 포기한 미래와 맞닥뜨리게 된다. 우리에게는 인류가 오랜 세월동안 다져온 지적 자산이 무진장하다. 그 보고가 담긴 문을 열고 소화해나가는 과정은 정신의 근육을 기르는 일이자, 미래의 새로운 길을 찾아나서는 시간이 된다.

원고를 다듬어가던 중 일신상 변동이 생겼다. 2004년 미국에서 귀국한 이래 가르쳐온 성공회대를 떠나, 경희대 후마니타스 칼리지를 거쳐 미래문명원 교수가 되었다. 좀더 본격적으로 인류 문명의 역사와 미래에 대한 성찰과 연구에 진력할 수 있게 된 셈이다. 이 책은 그동안 여러 매체에 기고한 글을 다듬고 보완한 것인데, 특히 기꺼이 지면을 내준 오랜 벗이자 인터넷언론 「프레시안」의 대표 박인규에게 감사를 표한다. 또한 30년 가까이 우정을 나누어온 한길사 김언호 사장과 노고를 아끼지 않은 편집부에 고마움을 전하고 싶다.

이 책을 통해 적지 않은 인물과 저서를 만나게 될 것이다. 이것은 일종의 정신사적 모험이기도 하다. 우리 시대는 생각의 발원지(發源地)에 대한 탐색이 절실하다.

2016년 봄
김민웅

차례

제1부   생각의

길을 연 사람들

잃어버린 것을 찾아서

우리는 어느새 속도의 포로가 되었다. 무엇을 잃어버렸는지, 또는 무엇을 잊고 사는지 살펴볼 겨를도 없이 시간의 터널을 쏜살같이 통과하고 있다. 그래야만 무언가 성취할 수 있다고 여긴다. 그렇게 우리는 계속 떠밀려가는 삶을 살고 있는 형편이다.

이른바 문명이란 인간에게 바로 그러한 것을 일깨우면서 살아가는 기쁨을 풍족하게 해줘야 할 텐데, 그럴 시간을 도리어 빼앗고 있다. 성찰의 가치, 느림의 미학, 아무 생각도 하지 않고 가만히 있을 권리, 변화의 과정을 관찰하기 등은 우리에게 어느새 무슨 뜬구름 잡느냐는 타박의 대상처럼 되는 중이다.

계절이 바뀌는 시간에도 그것을 알아차리지 못하면서, 우리는 세속의 욕망에 노예가 되기로 자청하고 점점 볼품없는 인생으로 전락하고 있다. 잃어버리지 말아야 할 것을 내버리고, 버려도 될 것은 힘껏 움켜쥐면서 우리는 날로 가난해지고 있다. 그런데도 그것을 모르는 채 우리는 자신의 헛된 부를 자랑하며 살아간다. 그것은 환각과 다름이 없다.

진정 세워야 할 집은 허물고, 허물어야 할 집을 열심히 건축하고 있는 게 아닐까? 존귀하게 여기는 것이 도리어 쓸모없는 것이며, 쓸모없다고 생각했던 것들이 사실은 귀중한 것이 아닌지 돌아볼 일이다. '가치전도'(價値顚倒)라는 말은 진짜가 가짜로 판정받고, 가짜가 진짜의 자리에 앉아 있는 것을 뜻한다. 문제는 그것을 알아보는 힘이다.

상상력이 고갈되고, 근원적 질문이 더 나오지 않으면 우리는 본질과 대면해야 할 길에서 헤매고 만다. 그 방향이 새로운 모색의 여정이 된다면 그야말로 다행이다. 하지만 그것이 미궁으로 빠져드는 것이라면 불운해진다. 인간에 대한 이해와 역사에 대한 모색이 그런 처지에 놓이면, 우리는 희망의 위기와 직면하게 된다.

당장에는 써먹을 데가 없는 것처럼 보여도, 우리에게 본질에 대한 깨우침과 그에 따라 살 수 있는 의지를 만들어준다면 그것은 그야말로 소중하다. 다산 정약용이 주도했던 실학(實學)은 오늘날 횡행하는 의미에서의 실용적 학문이라는 의미가 아니다. 그것은 무엇이 실(實)이며 무엇이 허(虛)인가를 먼저 묻는 작업에서 출발하는 인간성찰과 역사의식이다. 현실에서 실이라고 주장하는 것의 허를 꿰뚫어보고, 그 반대로 허라고 여기는 것의 실을 포착하는 시선이 여기에 있다. 그로써 학문이 현실과 진정 접목할 수 있는 길을 여는 것이다. 그건 여전히 우리에게 요구되는 바이다. 그러자면 먼저 무엇을 잃어버렸는지를 아는 것이 새로운 출발의 거점이다.

책으로 세상을 세우려는 돈키호테

도정일

이렇게 말하는 법이 있다니

스마트폰의 진동이 울렸다. 저음의 굵고 차분한 목소리가 저편에서 유쾌한 어조로 말을 건다. "김 교수님, 제가 우리 김 교수님을 납치 좀 해야겠습니다."

협박조이거나 돈을 얼마 준비하라거나 하는 분위기는 물론 아니다. 하지만 졸지에 납치당할 처지에 놓일지도 모르는 입장에서는 이렇게 미리 친절하게 통고를 해주는 걸 고마워해야 할지, 사유를 물어봐야 할지 잠시 머뭇거려진다. 아주 짧은 순간이지만, 넙치도 아니고 갈치도 아닌 납치라는 물건은 어떻게 생긴 것일까 하는 생각이 스쳤다.

벌써 6년 전이다. 경희대 후마니타스 칼리지가 출발하던 때, 사전 교수 워크숍에 와서 인문학과 교양의 관계에 대해 이야기해달라는 요청을 그렇게 받았다. 이 납치를 주도한 사나이의 이름은 도정일이다.

오늘 제게 축하의 말을 부탁한 주최측에서는 장장 3분이나 시간을 허락해주셨습니다. 요즈음 허리가 좋지 않아 오래 서 있지 못하는 판에 참으로 다행이었습니다. 그런데 저 뒤쪽에서 여기까지 걸어오는 데 무려 2분이라는 시간이 흘렀으니, 이제 1분도 남지 않은 엄중한 상태가 된 것을 양해해주시기 바랍니다.

잔잔한 웃음이 퍼져나가면서 도정일의 아우라를 만들어냈다. 이제 이 1분은 그가 명언을 쏟아내는 단시(短詩)의 시간이 된다. 그가 입을 열면 좌중은 평범한 단어가 어떻게 그 빛깔을 바꾸는지 기대하게 된다. 그는 언어가 가지는 의미와 울림을 매우 새롭게 연결시켜 우리 앞에 다른 프리즘을 보여준다.

후마니타스 칼리지의 중핵과목 교재인 『인간의 가치』에 실린 머릿글은 또 어떤가. 워낙 두꺼운 책이어서 학생들이 구시렁거리는 소리가 벌써부터 들리는 것만 같을 때, 예방주사를 놓는 글이다.

이 읽기 교재는 좀 두껍고, 좀 무겁고, 좀 널찍하다. 좀 두껍다고는 하나 여러분이 일주일에 읽을 분량은 채 50쪽이 안 된다. 좀 무겁다고는 하나 무게 총량은 단행본 3권의 무게에 미치지 않고, 좀 널찍하다고는 하나 방석의 4분의 1도 안 된다. 그 두께는 피곤한 날 낮잠 베개로 안성맞춤이고 그 무게는 팔 근력을 키우는 데 도움이 될 것이며, 그 넓이는 비 오는 날 우산 대용으로 제격이다.

아직 끝이 아니다.

그러나 우리는 그 두께가 여러분이 찾는 가치의 두께를, 그 무게는 여러분의 생각의 무게를, 그리고 그 넓이는 여러분의 안목의 넓이를 키우는 데 기여하게 되기를 바라고, 바라고 또 바란다.

'부피'와 '질량'과 '규모'는 이렇게 철학적 깊이를 얻어 독자에게 다가선다. 인문학의 통찰과 표현의 번뜩임은 한몸이 되어 망각되지 않을 메시지를 태어나게 한다.

그런데 이런 책 읽기가 가진 노력이 지닌 의미는 세상이 기대하는 것과는 다르다. 그의 시선은 '바보'에 꽂힌다. 언젠가 대담에서 도정일이 한 말이다.

문학에서는 '바보'가 아주 위대한 존재입니다. 문학은 바보에 대한 말할 수 없는 그리움을 곧잘 표현합니다. 사람들이 '저 바보, 저 멍청이' 하고 늘 손가락질하던 그 동네 바보가 알고 보니 가장 인간적이었고, 멍청해 보이면서 고결했고 순수한 영혼이었다는 것을 보여주는 그런 경우지요. 바보의 숭고성입니다.

도정일은 바보를 다시 주목할 때 태어날 새로운 시대의 정신을 일깨우려는 것이다. 영리함을 내세우는 세상과는 다른 경로에 대한 탐색은, 우리 사회의 한 시대적 양심으로 존재하는 '도정일'이라는 인문정신의 요체이기조차 하다. 이게 무슨 소리인지, 그의 말을 좀더 들어보자.

바보와 건달의 재능

문학평론가이자 교육자이며 도서관 건립 운동가인 도정일은 1941년 일본에서 태어나 한때 언론인 생활을 했고, 경희대 영문학부 교수로 오랫동안 재직했다. 대학을 퇴임한 뒤에도 다시 대학으로 돌아가 경희대 후마니타스 칼리지를 만드는 데 중추 역할을 함으로써 한국 대학교육에 중대한 변혁을 일으켰다. 교육현장에서 인문정신의 복원을 구체화했기 때문이다. 그런 그가 2008년 『시장전체주의와 문명의 야만』* 이후 오랜만인 2014년 단독 저서를 내놓았다. 1994년에 혜성처럼 등장한 그의 비평집 『시인은 숲으로 가지 못한다』와는 20년의 시간을 사이에 두고 있다.**

책 제목부터 엉뚱하다. 『쓰잘 데 없이 고귀한 것들의 목록』***이라니? 쓸데없이도 아니고 쓰잘 데 없다? 이런 식의 변방어를 책 제목에 용감하게? 게다가, 쓰잘 데 없어서 의외로 고귀한? 아니면, 쓰잘 데 없어도 고귀한? 음, 어느 쪽일까? 그리고 『별들 사이에 길을 놓다』라는 제목만 보면 무슨 시집인가 하겠다. 아니면 천문학과 토목공학의 관계에 대한 인문학적 성찰인가? 이 두 권은 문학동네에서 전7권으로 기획한 '도정일 산문집'의 제1, 2권이다.

지난 20년 동안 써낸 각종 칼럼을 모아 낸 책이라고 하는데, 언제 그것을 다 이렇게 긁어모았는지도 놀랍거니와 출간된 건 아직 10분

---

* 도정일, 『시장전체주의와 문명의 야만』, 생각의나무, 2008.
** 오래 절판되었다가 개정판이 '도정일 문학선' 제3권으로 나왔다. 도정일, 『시인은 숲으로 가지 못한다』, 문학동네, 2016.
*** 도정일, 『쓰잘 데 없이 고귀한 것들의 목록』, 문학동네, 2014.

의 1도 채 되지 않는 분량이라니 이 저자는 도대체 어디서 온 외계인인가 싶다. 컴퓨터 파일로 원고를 저장하기에 망정이지 옛날처럼 원고지였다면 어쩔 뻔 했을까. 청탁이라는 동전만 집어넣으면 글이라는 커피가 쑥 나오는 자동판매기도 아닐 텐데, 아마도 도정일은 '별들 사이에 길을 놓을' 정도니까 이렇게 되는 모양이다.

글마다 다른 색깔과 풍경을 담고 있다는 점이 독자들을 기쁘게 한다. 장난스럽게 궤도를 이탈하는 유쾌한 풍자는 글 쓰는 법에 대한 깨우침과 글 읽는 즐거움을 곳곳에서 선사한다.

신화적 상상력을 잃어버린 오늘날의 인간에 대해 그는 "바보의 재능과 건달의 재능"이 필요하다고 말한다. 그가 말하는 대로 "붕어빵을 찍는 교육", 아이들의 영혼을 "작은 상자에 가두는 교실"에서는 불가능한 작업이다. 그 바보와 건달의 재능을 겸하고 있는 도정일의 다음과 같은 글은 어떤가?

청정 수행자에게 구도의 길은 신통술 터득의 길이 아니다. 이를테면 가사 장삼 주머니에 뭉칫돈이 날아들게 하는 것은 신통술일 수 있지만 스님의 먹물 옷 주머니는 그 안에 뭉칫돈 넣고 다니라고 달려 있는 것이 아니다. 스님이 주머니에 손을 넣는 것은 오래된 무덤 속처럼 텅텅 빈 주머니 안의 공허를 맨손으로 만지기 위해서다. 제로(零)를 애무하는 것은 불교적 구도의 핵심이다.

수도자가 애무를 하다니, 신성모독까지는 아니더라도, 이것을 불교적 구도의 핵심 자세라 한다면 너무 나가신 것은 아닐까? 그러나 진정으로 제로를 애무하지 않으면 그게 어디 수도자인가. 아니면 슬쩍 다른 걸 애무할 소지나 혐의가 매우 커지지 않겠는가. 진실은 허욕을 다스리는 마음에서 나온다. 도정일은 이런 방식으로, 세상이 집착하다시피 애써 쓰다듬고 제 손에 기필코 넣으려는 것들에 대해 인문학적 제동을 건다.

지상의 산법을 버리기로 한 산치부족

그는 '산치부족'을 우리에게 소개한다. 돈키호테를 따라다닌 시종 산초가 아니라, '산치'(算痴)다.

음정 잡는 데 노상 실패하는 사람이 음치라면, 숫자 계산에 밝지 못한 사람은 '산치'라 부를 만하다. 계산에 서툰 사람, 계산하기를 싫어하는 사람, 계산을 거부하는 사람이 '산치부족'을 구성한다.

도정일이 여기서 특별히 주목하는 것은 세 번째 등급, 곧 계산을 거부하는 종족이다.

그는 산치를 적극적으로 선택한 산치, 지상의 산법을 버리기로 작정한 퍽 '철학적'인 산치다. 그는 세상이 의존하는 기초 산법의 신빙성을 문제 삼기도 하고 그 자신만의 독특한 산법을 내놓기도 한다. 1＋1이 2라고? 천만에 1＋1은 1이야, 라거나 2＋2는 반드시 4가 아니다. 5일 수도 있고 8일 수도 있다는 것이 그의 산법이다.

이 산치는 오늘날 "세상의 희귀종"이고 "사라져가는 부족"이며 "박물관의 구경거리"다. 이렇게 된 까닭은 초등학교에서 대학에 이르기까지 교육의 목표가 "산치박멸"이기 때문이란다.

산치부족을 데리고서는 어느 나라도 선진국이 될 수 없다. 시장의 시대에 산치는 어느 구석에도 쓸모없는 완벽한 미스피트(misfit) 부적합자, 사회의 짐, 없어져야 할 바보 천치다.

그러다보니 문학에서조차 이러한 산치를 만나지 못하는 우울한 시대가 되었다고 도정일은 진단한다. 그는 다음과 같은 산치의 공식을 우리에게 들려준다.

계산의 천재만을 키우려드는 사회는 인간을 반 토막 내고 보물을 내던져 역설적으로 계산에 실패하는 사회다. 문학이 각종의 산치 바보들에게 무한한 애정을 갖는 것은 그들에게 인간의 한 절정이 있다는 진실을 잊지 않기 위해서다.

계산에만 몰두하는 천재에게서 상상력은 나오지 않으며, 존재의 존엄성에 대한 깨달음도 태어나지 못한다. 질문의 기쁨보다는 주어진 규격에 갇혀 정답에 대한 탐색으로 자신의 가능성을 스스로 유폐시키고 만다. 그는 이런 인간을 아나톨 프랑스(Anatole France)가 말한 '베르제 선생의 강아지'로 비유한다.

베르제 선생의 작은 강아지는 하늘의 푸르름을 쳐다본 적이 없다. 먹을 수 있는 것이 아니기 때문이다. 그 강아지에게는 푸른 하늘, 여름 저녁의 노을, 눈 내린 숲의 아름다움은 관심사가 아니다.

이런 관심사를 가진 강아지가 꼭 없다고 우길 수는 없겠지만, 있다면 그건 분명히 베르제 선생이 기르는 강아지는 아니다. 여기서 방점은 '강아지'가 아니라 '베르제 선생의'에 놓인다. 우리는 베르제 선생의 강아지를 도처에서 키우고 있다. 이 강아지 기르기 교본에 다음과 같은 질문은 존재하지 않는다.

아이들이 자라는 데는 왜 시간이 걸리고 과일은 왜 천천히 익고 씨앗들을 왜 겨울 눈더미와 지층 사이에서 서서히 싹 틔울 준비를 해야 하는 것일까? 성장은 왜 업그레이딩과 다른가?

속도의 포로가 된 어른들, 폭력이 된 교육

그래서 그는 기다림, 느림의 윤리가 교육에 얼마나 소중한지를 역설한다.

인간의 성장 속도가 느린 것은 그 느린 과정에 의해서만 인간을 인간이 되게 하는 능력들이 자라기 때문이다. 사람을 사람으로 키우는 과정은 느려야 하고 숨통 조이지 않는 것이어야 하며 여유로워야 한다.

도정일은 그렇게 우리에게 느림의 철학에 대해 일깨운다. '속도의 포로'가 된 어른들이 '정신의 기형적 위축'을 '성장'이라고 부른다면서 아파한다.

우리 아이들이 살아가는 일주일은 어떤 것인가?

월요일의 아이는 피곤하고, 화요일의 아이는 졸립다. 수요일의 아이는 더 졸립다. 목요일의 아이는 눈이 무겁고 금요일의 아이는 온몸이 무겁다. 토요일의 아이는? 토요일의 아이는 퉁퉁 부었네, 다.

영국 동요와 민담을 담은 『엄마 거위』(*Mother Goose*)의 "월요일의 아이는 얼굴이 이쁘고, 화요일의 아이는 은혜가 충만하며 수요일의 아이는 근심이 그득하네"가 이렇게 우리 교육현실과 만난다.

도정일은 진정한 교육이란 그 안에 도덕의 나침반과 비판력의 초침이 있다며 이를 준비하도록 촉구한다. "비판력이 마비될 때 망각은 죽음의 책략"이라고 똑 부러지게 짚으면서, 도덕의 나침반 없는 목적 설정에 대해 의문을 품을 것을 요청한다. 그것은 인간이면 자동적으로 가지고 태어나는 것은 아니라고 한다. 생명체의 몸에 새겨진 유전자는 "자신의 미래가 적힌 일기장"이기도 하지만, 그것은 문화적 유전자와 함께할 때 비로소 의미를 갖는다. 인간의 내면에 숨쉬는 그리움과 사유의 즐거움, 이성의 진보 같은 것들은 문화적 유전자의 요람인 독서와 교육에서 씨앗이 뿌려지고 자라난다.

그렇기에 그는 도서관이 우리 사회에서 주변부화된 것에 그토록 애타하며, 책 읽는 사회를 만들고자 하는 의지를 불태운다. 그건 어쩌면, 그런 일에는 전혀 관심도 없고 돈만 쫓는 시대의 바람과 마주해서 달려가는 돈키호테 같다. 그러다가 나동그라져도 괜찮은 모양이다. 그는 책으로 세상을 새롭게 세워나갈 수 있다고 여기는 이 시대의 바보, 다름 아닌 산치부족 족장이다. 그러나 그는 엄연히 우리 사회의 소중한 공공지식인의 대표명사 가운데 빛나는 이름 하나다.

도정일에 따르면, "공공지식인이란 이성의 사회적 사용이라는 원칙 위에 공공의 사회적 가치와 선과 규범을 위해 삶의 문제에 개입하고자 하는 지식인"이다. 그래서 그는 "권력과 돈과 지식의 한국판 공생관계"에 대해 비판을 멈추지 않는다. 그건 그가 인용한대로, "시인 파블로 네루다가 '자본의 치즈에 빌붙은 벌레들'"에 대한 질타를 공공 지식인의 임무로 여긴다. "권력과 돈 외에는 아무것도 진실일 수 없는 사회는 이미 무의미한 사회, 활력의 가면 아래 시드는 허무한 사회"임을 그는 꿰뚫어보기 때문이다.

그러면서 도정일은 세상이 쓰잘 데 없다고 버리는 것들의 고귀한 가치를 알아보고 복원하는 문명의 사제가 된다. 마치 예수가 "세상이 버린 돌이 하나님 나라의 모퉁이 돌이 된다"고 했던 것과 닮아 있다. 도정일이 경희대 후마니타스 칼리지의 뼈대를 세운 것도 바로 이 쓰잘 데 없는 일의 고귀함을 이 세상에 누룩처럼 퍼뜨리려는 계책(?)일 것이다.

오늘날 우리가 겪고 있는 정신적 수난과 사회적 모순의 밑바닥에는 바로 이 진정 고귀한 것들을 폐품 취급하고 내다버리는 의식의 탁류가 흐르고 있다. 요즈음 갑자기 인기가 오른 인문학의 식구 가운데서조차 인문학의 이름으로 이런 탁류에 몸을 내맡기거나 합류하고 있는 분자(分子)들이 있으니 실로 딱한 노릇이다. 그래도 이렇게 대세가 쓸모없다고 여기는 것들이 뿜어내는 빛을 포착하는 이가 있어 우리는 외롭지 않고, 마음에 지혜의 문패를 달아놓을 수 있게 된다.

별에서 온 이의 중력 이탈

도정일의 글을 읽는 독자들은 때로 그의 손에 이끌려 판타지의 세계로 슬며시 잠입하게 되기도 한다. "판타지는 세계를 지배하는 모든 중요한 현실원칙들을 부정, 거부, 초월함으로써 그것들의 작동을 한순간 정지시킨다. 판타지의 세계에서 중력은 무시되고 시간과 공간의 법칙은 사라지고 일상의 규범들은 잊혀진다. ……이 마술적 세계로 날아오르는 순간 상상력은 모든 족쇄에서 해방"된다. 그 판타지의 세계가 가지고 있는 핵심은 바로 이 "현실원칙의 중력을 뚫고 솟아오르는 가벼운 세계"가 가진 비밀이다.

그 비상(飛上)의 시선으로 우리는 현실을 다시 돌아보고, 그 현실이 무엇을 결여하고 있는지, 무엇을 무겁게 매달고 살아가게 하는지 명료하게 볼 수 있다. 그래서 판타지는 무책임한 도피가 아니라, 현실에 대한 예리한 해석과 대안의 통로가 된다. 세상이 만들어놓은 궤도와 우주의 중력도, 이 생각의 자유로움을 질서라는 이름의 수갑을 채워 체포할 수 없다.

그제야 우리는 별들 사이에 길을 놓는 능력을 얻게 될지 모른다. 그렇다면 도정일은 아무래도 다른 별에서 온 것 같다. 지구인은 모르는 중력 이탈 비법을 체득한 모양이니 말이다. 사실은 우리 역시

계산에만 몰두하는 천재에게서
상상력은 나오지 않으며,
존재의 존엄성에 대한 깨달음도
태어나지 못한다.

도정일은 책으로 세상을
새롭게 세워나갈 수 있다고 여기는
이 시대의 바보, 다름 아닌
산치부족 족장이다.

거대한 별의 폭발로 압축되는 초신성(超新星, supernova)의 후예라고 하는데, 그것을 모두 망각해버리고 말았나 보다.

따지고 보면 라만차의 시골양반 돈키호테는 중력 이탈을 삶의 법칙으로 삼은 존재다. 그는 하도 책을 읽어 머리가 돌았다고들 여겼는데, 그건 미친 것이 아니라 세상의 대세와 거꾸로 갔기 때문이다. 그는 죄수들이 쇠사슬에 묶여 끌려가고 있다는 사실만으로 연유도 묻지 않고 모조리 풀어주고, 거인으로 여긴 풍차를 향해 겁 없이 돌진하다가 머리가 깨지고 온몸의 뼈가 박살나도 다시 일어나 시대와 마주하기를 멈추지 않았다. '돈이면 다'라고들 하는 요즘에 책으로 세상을 세우겠다는 것은 시골노인 돈키호테와 다를 게 없는, 좋게 말해 판타지라고 하지만 누가 봐도 망상인 헛꿈에 젖어 주책을 부리는 일은 아닐까?

그러나 이 판타지가 갖는 해방의 힘을 믿지 않는 시대는 불행하다. '별에서 온 돈키호테' 도정일은 그런 불행을 도저히 용납할 수 없는 모양이다. 그는 일개 분대도 안 되는 산치부족을 산초처럼 대동하고 거구의 상대인 풍차를 향해 달려간다. 물론 속셈은 따로 있다. 아직 한번도 보지 못한 둘시네아 공주를 만날 요량으로 말이다. 그 여인은 다른 누가 아닌, 우리가 만나야 할 아름다운 미래다. 돈키호테는 이렇게 고백한다. "오직 그대만을 사랑하고자 모든 위험을 무릅쓰고 싸우기로 한 이 기사의 손을 단 한번만이라도 잡아주오!" 도정일은 그 손을 언제쯤 잡아볼 수 있을까? 우리도 그 손의 감촉을 느끼고 싶다.

흙의 철학자
윤구병

쉬운 우리말의 힘

2013년 어느 날 밤, 철학자 윤구병, 영화감독 정지영, 교육운동가 이수호 그리고 나는, 고개를 여럿 넘어 화천 감성마을에 한밤중에서야 도착했다. 그곳에 있는 모월당(慕月堂) 주인인 작가 이외수가 반갑게 맞이해주었고 우린 새벽까지 함께 어우러져 즐거운 시간을 가졌다. 여기서 윤구병은 '변증법'을 일깨워주겠다면서 난데없이 벌떡 일어나 춤을 추며 노래를 불렀다. 가사 전체는 기억나지 않지만 핵심 대목은 이랬다.

막걸리가 좋으냐, 색시가 좋으냐? 둘 중 하나만 고르라면 나는 색시가 조오타. 그러나 내가 정말 좋아하는 것은 막걸리를 따라주는 색시가 좋더라.

어깨춤을 들썩들썩거리면서 윤구병이 부르는 이 노래에 좌중이 배를 잡고 쓰러져 모월당이 졸지에 개그 콘서트장처럼 되었다. 막걸리를 따르는 색시가 좋은 까닭이 뭐겠는가? 윤구병이 갑자기 색주가에 가겠다는 말은 정녕 아니니, 기분 좋게 미혹당할 세상을 보고 싶다는 것이렸다.

윤구병은 철학교수였다가 농군이 된 것으로 유명하다. 최고 수준의 지식인으로 행세하고 안정된 생활을 보장해주었던 교수 자리를 박차고, 농사짓는 촌 무지렁이가 되겠다고 했으니 "이건 또 뭐지?" 할 법했다. 본인이야 그게 뭐 대수냐고 하겠지만, 사람들은 농부 철학자 또는 철학자 농부라는 이름을 그에게 붙여준다. 이 두 단어는 애초에 전혀 인연이 없다가 윤구병 때문에 오래 전 피를 나누었던 사이처럼 철썩 한몸이 되어버린 것만 같다.

그에게는 좌중을 포복절도시킬 농과 풍자가 파도처럼 넘친다. 전라북도 변산에서 농사를 짓고 경기도 파주에서 보리출판사를 꾸려나가는 그의 화두는 늘 '생명'이다. 좋은 농작물과 좋은 생각을 먹이는 것이 곧 사람을 위한 길이요 세상을 위한 길이라는 믿음으로 평생을 살아온 그가 농사와 출판을 동시에 감당해나가는 것은 너무도 당연하다.

그는 쉬운 말을 쓰는 일에서부터 실마리를 풀어나간다. 『노동시간 줄이고 농촌을 살려라: 변산 농부 윤구병과의 대화』*에 나오는 그의 육성에는 이런 마음이 그득 담겨 있다.

지금 우리말이 없어지고 있습니다. 특히 좋은 말들, 꼭 삶에 필요한

---

* 윤구병·손석춘, 『노동시간 줄이고 농촌을 살려라: 변산 농부 윤구병과의 대화』, 알마, 2012.

말들이 전부 없어지고 힘 있는 나라들의 말이 득세하고 있어요. 세나라 시대(삼국시대)부터 힘 있는 사람들이 더 힘 있는 중국에서 말을 들여와 우리말 질서를 다 흩뜨려놓고 우리의 섞임이 없는 정말 쉽고 소중한 말들을 다 없애는 데 큰 몫을 했잖습니까?

그가 예를 든 지명을 보자면 가령 이런 식이다.

흑석동은 바위가 톡 튀어나와서 한강이 감아 도는 데거든요? 그래서 감은돌이, 물이 감아서 도는 곳이라고 했어요. 그런데 먹물들이 듣기에는 '아, 검은 돌? 검을 흑(黑), 돌 석(石)이네?' 그래서 감은돌이가 흑석동이 되었어요. 그런데 한강 물길을 따라가다 보면 그 뒤에 감은돌이 또 나와요. 마포 지나면, 앞선 것을 흑석동이라 했으니, 또 흑석동이라고 부를 수는 없잖아요. 그래서 이번에는 검을 현(玄)자를 붙여서 현석동이라고 하거든요. 흑석동이나 현석동 같은 말을 들을 때 머릿속에서 떠오르는 게 있어요? 하나도 없잖아요.

그렇게 들어간 예에는 '바람들이'를 풍납동이라고 한 것, '모래내'를 사천이라고 한 것 등이다. 그래서 그가 하고 싶은 것은 한마디로 '말길'을 바로잡자는 것이다. 시골의 까막눈 할머니, 할아버지들도 알아들을 수 있는 구체성을 가진 말로 이야기를 나누어야 정치도 경제도 민주화될 수 있다는 것이다. 아니면 특권을 지닌 자들이 세상을 지배하는 세월이 멈추지 않을 것은 뻔해진다.

문체혁명이 필요하다

결국 이 말은 사회혁명이 일어나기 전 문체혁명이 일어나야 한다는 생각으로 이어진다. "루쉰이 중국에서 한 게 문체혁명이잖아요?" 유럽의 식자들에게조차 괴테나 단테, 밀턴에 비해 2급 작가로 평가 절하되는 빅토르 위고를 윤구병은 단호하게 옹호한다.

실제로 사회변혁에 가장 직접적인 충격을 준 사람, 그리고 끝까지 혁명 편에 선 사람은 빅토르 위고거든요. 그 빅토르 위고가 죽었을 때 200만이 넘는 파리 시민이 나와서 애도를 했다고 해요.

프랑스의 보통 사람들이 누구나 쉽게 이해할 수 있는 말로, 역사의 심장을 파고든 거작을 남긴 위고의 면모를 그는 높이 사고 있는 것이다. 보통 사람들이 이해하기 어려운 추상적 개념과 관념적 논리에 익숙한 철학자로 지내온 그가 흙과 생명의 세계 속에서 건져 올리는 삶의 철학이다. 그렇기에 그는 농사의 가치를 절절하게 설파한다.

지금 건강한 생산영역 가운데 남아 있는 가장 중요한 영역이 농업입니다. 농촌은 평화의 근거지이자 생명의 뿌리이지요. 말하자면, 우리 목숨을 지키는 겁니다.

윤구병은 우리 목으로 드나드는 숨을 '목숨'이라고 하지 않느냐면서, 이 목숨을 지켜내는 정치와 경제가 있어야 한다고 강조한다. 그것을 위해서는 노동시간을 줄이고 농촌을 살리는 것이 정치의 근본

정책이 되어야 할 것이라고 덧붙인다.

그는 낙산 산꼭대기 판잣집에 살던 가난한 시절을 거쳐, 대학에 들어가서는 프랑스어, 독어, 그리스어, 라틴어 등 원전 읽기를 위해 치열하게 공부했다. 하지만 그는 학문적 지식을 과시하는 식의 논문쓰기를 거부했다. 그것은 지식의 권위를 내세우기 위해 남들의 생각을 인용하는 것을 요구할 뿐, 자신의 생각을 독자적으로 펼쳐나가는 일을 방해하기 때문이다. 그가 우리말의 소중함에 대해 주목하는 것도 이와 다르지 않은 생각에서 나온 자세라고 할 수 있다.

그의 그런 목소리는 우리 학계나 지식인들이 흔히 빠지기 쉬운 함정을 경고하는 말이기도 하다. 독자적인 생각이란 책을 자신의 생각으로 읽고, 삶의 현장과 엉켜 나오는 것이라는 확신을 그는 가지고 있다. 그래서 마오 시대 중국의 문화혁명이 오늘날 비판받지만, 현장에 내려가 민중과 하나가 되는 '하방'(下方)의 가치는 무엇보다도 중요한 의미를 가지고 있다고 역설한다.

제대로 된 정부라면 도시에 있는 젊은 사람들을 적어도 3분의 2에서 절반 정도는 시골로 내려 보낼 계획을 세워야 합니다. 식량자급이 없는 자주국방이 어디 있고 자치정부가 어디 있어요?

그래서 '하방'이 절실하다는 것이다.

하방 당해서 농사 직접 짓고 조그만 공장에서 용접하고 철판 두드리고 그랬는데 어떤 사람은 10년 후, 어떤 사람은 8년 후, 또는 5년

후에 돌아와서 다시 학교에 다녔어요. 지금 중국 공산당의 중추세력이 모두 이 사람들입니다. 하방 당했던 사람들이지요. 지금 중국이 빈부격차가 엉망으로 커지고 부패도 심해지고 있지만 사회주의 시장경제라는 괴물을 굴리면서도, 그래도 미국과 맞서겠다고 저렇게 경제력을 키워가고 있는 것은 그 사람들의 현장경험이 크게 작용했다고 봅니다.

이래서 윤구병은 "먹물이 들어가면 들어갈수록 제대로 된 판단을 못"한다고 단언한다. 그러면 교육에서 이를 어떻게 하면 해결되는 것일까? 그의 답은 명료하다. 머리 쓰는 시간을 하루에 세 시간 이하로 줄여야 정치와 경제, 문화와 예술의 주체로 설 수 있게 된다는 것이다. 나머지 시간은 자연에서 배우고, 사람에게서 배우고 현장에서 배워야 제대로 된 인간으로 설 수 있다는 것이 그의 지론이다.

철학을 가르쳤던 그는 예를 들어 '존재' '무'와 같은 개념으로 철학의 주제에 다가서지 않는다. '있음'과 '없음'이라는 우리말로 그의 생각을 푼다. 이것을 누가 못 알아듣겠느냐는 것이다.

있을 것이 있고, 없을 것이 없는 세상이 좋은 세상이잖아요. 그러면 없을 것이 있으면 그거 없애야 하잖아요. 그런데 없을 것이 가득한 세상에서 자기 이권 챙기기를 가장 잘하며 잘 살아남는 사람들은 그중에서 하나만 건드리려 해도, 없애려 해도 테러리스트라고 낙인 찍는단 말이죠.

이런 현실에서 그는 오늘날 강단철학이 살길을 보여주지 않는다고 비판하고, "자기도 모르는 이야기 팔아먹으면서 존경받는다"고 신랄하게 꼬집는다. 정작 있어야 할 것이 무엇인지, 없어져야 할 것이 무엇인지 명확하게 말하지 않는다는 뜻일 게다. "사는 것이 먼저고 철학하는 것은 그다음"이라는 베르그송의 말을 인용하면서, 윤구병은 우리가 사는 세상에 맑은 물, 맑은 공기, 건강한 땅을 회복하는 일을 소중히 여길 것을 힘주어 말한다.

여자가 제일 좋단다

그래서 그는 우주도 있고 하느님도 있겠지만, 목숨이 붙어 사는 인간으로서 무엇보다도 가장 고마운 것은 바람이라고 한다. 바람이 불어 숨을 쉬고, 그 숨이 들락날락하면서 생명을 이어가니 말이다. 바람이 하도 좋아 그는 "평생 바람을 몰고 다니고 바람둥이로 살리라 생각해요"라고 좌중을 웃긴다.

그렇게 말하고는 자기도 파안대소하는 윤구병은 "제가 제일 좋아하는 것은 사람들 가운데 여자밖에 없어요" 한다. 아닌 게 아니라 그가 좋아한다기보다 그를 좋아하고 따르는 여성이 한둘이 아니다. '여친'을 몰고 다니는 윤구병이다. 나이 칠십 넘은 농사꾼이요, 당사자에게는 실례지만 결코 꽃미남도 아닌 그를 여성들이 그토록 좋아하고 존경한다니 도대체 그 까닭이 뭔가?

사실 그는 존재 자체로 매력덩어리이자, 인간적 흡인력이 강한 사람이다. 그와 잠시라도 이야기를 나누어보면 흥이 절로 나고, 수없이 웃음을 터뜨리게 된다. 남자들도 한없이 끌리는 남자다. "욕정 없는

사랑도 사랑이냐"라면서 "설령 사랑해서 만신창이가 되더라도 그
것은 본인이 져야 할 책임이지, 그것을 누가 어떻게 법적으로 통제
하느냐"고 한 그는 사랑의 자연스러움을 가로막는 일체의 법적·제
도적 장치를 못마땅해 한다. 그렇다면 그에게 사랑은 도대체 무엇일
까?

스피노자의 『에티카』(*Ethica*)에 나오는 "나투라 나투란스(Natura
naturans), 나투라 나투라타(Natura naturata)"라는 말을 그는 좋아한
다. 이를 일본인들은 능산적 자연(能産的自然), 소산적 자연(所産的自
然)으로 번역했는데, 윤구병은 이것을 누가 제대로 알아듣겠느냐면
서 앞의 것은 "자연스럽게 하는 힘", 그러니까 저절로 하게 되는 힘, 그
리고 뒤의 것은 "그 힘으로 자연스럽게 이루어지는 것"으로 옮겼다.

그에게는 바로 이 자연스럽게 절로 이루는 힘과 이로써 이루어지
는 것을 가치 있게 받아들이는 사회, 교육, 환경, 인간관계가 생각과
삶의 핵심이다. 사랑도 교육도 정치와 경제 그리고 문화와 예술도
모두 이런 흐름을 타는 것이 인간을 행복하게 할 수 있다고 믿는 것
이 아니겠는가?*

윤구병은 그의 책 『철학을 다시 쓴다』*에서 자신의 철학과 그 얼개
를 밝힌다. 그의 철학을 이해하기에 앞서 질문을 좀 던져보자. 무엇
을 '있다' 하는가? 그리고 무엇을 '없다' 하는가? 이런 물음이 뭔 의
미가 있나 싶기도 할 것이다. 그런데 우리가 '마술'을 떠올려보면 이
질문은 금세 흥미로운 사건이 된다. 마술이 바로 이 질문에 대한 환

• 윤구병, 『철학을 다시 쓴다』, 보리, 2013.

상적인 대답이기 때문이다. 있으면서 없어지고, 없다가도 갑자기 있게 되니까 말이다. 그러나 그건 잠시 흥미를 돋게 할 테지만, 내가 살아가는 인생에서 이런 방식의 질문이 어디에 써먹을 데가 있느냐는 반박이 나올 법하다. 철학이 내 삶과 무슨 관련이 있는가라는 것과 통하는 의문이다.

철학은 시간의 여유가 남아돌아 심심풀이로 하는 관념의 유희가 아니다. 머리가 우수한 이들이 보통 사람들은 생각하지도 못하는 난제를 끌어안고, 그에 더하여 도대체가 알아듣기 어려운 논리를 펴는 체계도 아니다. 철학은 생각과 사물의 뿌리를 찾고 현상의 까닭을 밀고 나갈 수 있는 한 끝까지 밀고 나가면서 캐보는 정신노동이다. 이 정신노동의 가치를 멸시하고 생각의 힘이 무너진 개인과 사회는 당연히 자기 중심을 잡지 못하고 비틀거릴 수밖에 없다.

어느 날 윤구병은 강의를 듣는 학생들의 이름을 거명하면서 이렇게 묻는다.

이 강의실에는 여러 학생들이 있지요? 그런데 하나하나 저마다 다르지요? 이를테면 변강세 군과 이옥녀 양은 각각 한 사람이면서 서로 다릅니다. 그런데 우리는 변강세 군과 이옥녀 양이 다르다는 것을 어떻게 해서 안다고 했지요?

이 질문에 어느 학생이 다음과 같이 답한다.

그건 첫 시간에 가르쳐주셨듯이, 변강세 군에게 있는 어떤 것이 이옥녀 양에게는 없고, 변강쇠 군에게 없는 어떤 것이 이옥녀 양에게는 있기 때문입니다.

강의실에 폭소가 터졌음은 물론이다. 이름이 또한 변강쇠, 옹녀와 비슷한 탓에 더더욱 그랬을 것이라는 윤구병의 우스개 주석이 이어진다. 그런데 윤구병이 정작 관심을 가지려는 바는, "있어야 할 것은 있고, 없어야 할 것은 없는" 상황에 대한 성찰이다.

바로 여기서 그의 '경계철학'이 나온다. 어떤 존재도 그 한계가 설정되어 있기 때문에 '있다'고 우리는 말할 수 있다는 것이다. 다른 존재와 맞닿아 있지 않은, 또는 함께 공통적으로 나눌 수 없는 한계지점이 있기 때문에 구별되는 기준이 생긴다는 것은 이해하기 별로 어렵지 않다. 남자와 여자는 서로 그 경계선에서 정체성이 나뉜다. 사람인 점에서는 같지만, 생김새로 따져들면서 서로의 경계선이 생기기 때문이다. 동그라미와 네모는 그것을 동그라미로 만드는 선과 네모의 선 모양이 서로 분명히 다르다.

그런데 그가 예를 든 기타나 바이올린 줄은 좀 독특하다. 줄은 하나로 존재하지만, 그것을 손으로 짚는 순간 그 지점에서 한계가 설정된다. 그리고 그로써 그 줄 안에 숨어 있던 소리가 드러나게 된다. 지금까지 없던 것이 한계의 설정에 따라 있게 되는 것이다. 그 소리의 있고 없음은 줄 하나 위에 공존한다. 단지 줄 위에 한계 설정만 했을 뿐인데도 그렇다.

그러니까 있는 것과 없는 것이 서로 이어져 하나의 줄 안에 맞닿아 있는 것이다. 이렇게 간단한 것을 뭐 그리 복잡하게 설명하느냐고 할 수 있다. 이것을 그는 '아페이론'(apeiron)이라고 부른다. 무슨 말인가? 기타 줄 소리에 대해 다시 말해보자. 손으로 어느 지점을 누르면, 그 때문에 나는 소리가 있다. 손을 떼면 그 소리는 더는 나지 않는다. 그러나 나는 소리와 나지 않는 소리는 그 기타 줄 하나에 모두 존재한다. 있는 것과 없는 것이 하나의 줄 안에 있다. 그리고 그 있고 없음의 경계선 지점이 있다. 손으로 누른 곳 말이다.

이 아페이론의 지점을 윤구병은 사물이나 사건의 생성과 소멸을 관장하는 운동의 축이라고 본다. 다시 말해서, 한계 또는 경계는 단지 있음과 없음을 구별하는 고정된 공간이 아니라 변화의 힘이 생겨나는 유동적인 지점으로 파악하는 것이다. 있고 없음은 이미 확정된 것이 아니라, 아페이론의 지점을 어떻게 잡느냐에 따라 그것이 뒤바뀔 수도 있고 새로운 있음이 가능해지기도 한다.

나투라 나투라타를 향해

이것을 아는 일이 무엇에 그리 도움이 되는가? 그냥 쉽게 기타나 치면 될 걸, 뭐 그리 골치만 아프게 하나? 우리의 삶에 실천적인 지침도 되지 못하는 생각 놀이에 지나지 않는 것 아니냐는 불만이 터져 나올 법도 하다.

그의 말을 더 들어보자.

과거가 이미 없는 것이라느니, 우리 머리나 몸에 간직된 정보를 통해서만 현재나 미래에 힘을 미칠 수 있다고는 말하지 맙시다. 과거는 있음과 없음이라고 실체화되어 고정된 그 어느 것이 아니라, 그

나름으로 현실을 구성하는 함과 됨의 영역입니다.

있다고 여겼으나 없어지는 것도 같은 줄에서 일어나는 일이요, 그 반대도 마찬가지다. 그런데 그것을 관장하는 것은 그 줄을 어디서 잡는가를 결정하는 손에 달려 있다. 손가락으로 어느 위치를 잡느냐에 따라 이제까지 '도'로 소리 나던 것이 '미'가 되기도 한다. 그러니 그 '미'를 만드는 손의 위치가 그토록 중요해진다. 결국 우리가 하기에 따라 지금까지 없던 소리가 난다. 아페이론의 지점을 찾고 누르는 것은 우리의 눈과 손이다. 존재의 생성소멸에 깊이 개입해서 그것을 주관하는 능력이 우리에게 있는 것이다. 이미 기성의 질서가 있는데 어떻게 다른 변화를 만들어낸단 말인가라고 생각하지 말라는 거다.

그건 기타 줄이니까 그렇지라고 할 수도 있다. 그렇다면 이것을 우리의 현대사를 성찰하는 방식에 도입해보자. 1945년부터 지금까지 역사에서 우리를 고통스럽게 몰았던 시간은 과거로 소멸한 것이 아니라 현재와 맞닿아 이어져 존재한다. 아페이론의 영역에서 소멸에 줄기차게 저항하는 중이다. 그 줄의 어디를 잡는가에 따라 역사는 다른 소리를 낼 수 있다. 이것이 역사에 대한 각성이고 철학적 성찰이며, 행동하는 우리 자신의 모습이다.

윤구병의 철학을 이런 식으로 해석하고 이해하는 것이 정말 그의 본래 취지와 정확히 맞아 떨어지는지는 잘 모르겠다. 그러나 그의 철학에 따라 생각해보면, 적어도 우리는 같은 줄이라도 손가락으로 누르는 지점에 따라 전혀 다른 소리가 나는 것을 확인하게 된다. 역

흙에서 배우면

역사를 어떻게 짊어나가야

싹이 트고 열매를 맺는지

짐작이라도 한다.

흙에서 떠난 철학은

그 어떤 것도 엉터리다.

사의 내용이 달라지는 것이다. 예를 들어 친일·반민족 세력이 여전히 그 후손들을 통해 이 나라의 권력을 쥐고 있는 상황을 짚는 것과, 이들에 대한 역사적 심판이 좌절된 시간을 짚는 것은 하나의 줄에서 서로 다른 소리를 듣는 것이 된다. 그렇지만 그것은 우리의 현대사라는 하나의 동일한 줄에서 벌어진 일이다. 그 어느 것도 없어지지 않았다. 권력은 이 줄을 짚는 손을 자기들이 움켜쥐려 한다. 이것부터 인식하는 것이 그다음의 행동을 위한 힘이 된다.

우리가 원하는 '있는 것'은 역사의 어느 지점을 정확히 파악하고 그 포인트에 힘을 어떻게 싣느냐에 달려 있다. 결국 핵심은 명확한 정세 인식이다. 그리고 어디를 눌러야 소리가 달라지는지에 대한 전략적 사고다. 그것은 단지 정세인식이나 전략의 문제가 아니라, 우리가 어떤 삶을 원하는가에 대한 응답의 모색이다.

윤구병은 그것을 자연에서 배우자고 한다. 아무리 억지를 부려 봐도 봄을 겨울 앞에 둘 수 없으며, 여름을 건너뛰어 가을로 갈 수는 없다. 흙에서 배우면 역사를 어떻게 짚어나가야 싹이 트고 열매를 맺게 되는지 짐작이라도 할 것이다. 흙에서 떠난 철학은 그 어떤 것도 엉터리다. 윤구병은 단순함에 깃든 심오함에 눈뜨고, 복잡한 일처럼 여겨지나 그 안에 있는 명쾌한 운동을 잡아내는 철학자다.

윤구병은 오늘날 우리의 삶 어디에 아페이론의 지점을 만들 것인지 묻고 있는 농부 소크라테스다.

시민불복종과 공화국의 미래

한나 아렌트

저항의 정당성

미국 뉴욕 맨해튼의 남쪽 다운타운 12가쯤에 이르면 '뉴스쿨'(New School for Social Research)이라고 쓰인 그리 크지 않은 건물이 있다. 이곳은 1919년 진보지식인들의 요람으로 시작되어, 나치 집권 이후 1933년경부터는 유럽 망명지식인의 거처가 된 곳으로 유명하다. 비판적 성찰의 중심이 된 이 학교에서 한나 아렌트(Hannah Arendt)는 이내 전설적인 존재가 되었다. 아렌트는 나치의 비밀경찰 게슈타포에게 체포·구금되었다가 이후 체코와 스위스, 프랑스를 떠돈다. 그러던 중 히틀러에게 협력한 프랑스의 비시정권에 의해 수용소에 갇혔다가 미국 외교관의 도움으로 그곳을 벗어나 미국으로 옮겨갔다. 이는 아렌트라는 한 지식인이 세계적으로 발언하게 된 시작이었다. 폭력이 된 권력에 대한 저항은 아렌트의 철학적 DNA였다.

1960년대 말, 인권운동과 반전운동의 기류가 미국 대학가를 요동치게 했다. 정당성을 상실해버린 기존 질서에 대한 학생들의 대대적인 반격이었다. 미국의 제국주의 또는 식민지 전쟁으로서 베트남전쟁의 비밀이 폭로되고, 인종주의의 모순 위에 선 정치가 더는 유지될 수 없는 지경에 이르렀다. 미국의 젊은이들은 '시민불복종'(civil disobedience)이라는 방식으로 저항을 펼쳐나가면서 20세기 혁명의 시대를 열었다. '1968년'은 그 시대의 기점이었다. 이른바 '68세대'의 미국판이었다.

미국 민주주의는 이런 과정을 거치면서 새로운 차원으로 진입하게 되었다. 권력이 불법으로 몰던 일들이 합법이 되고, 정부의 공식 발표는 거짓으로 드러났으며, 대의제의 한계가 고스란히 폭로되었다. 이러면서 미국 민주주의는 시민들의 자발적 동의의 결과라는 신화가 깨져나갔다. 기만이 더는 통하지 않게 되고, 저항이 일상화되면서 공화국의 위기는 공화국의 회복으로 이어져나간 것이다.

미국 헌법의 표현과 언론의 자유, 시위와 집회의 자유에 대한 신조는 다름 아닌 "쉽게 지배당하지 않는 시민들(Unruly People)의 저항"으로 생겨난 것이며, 이는 시민들의 자발적 선택을 기초로 하는 공화국의 위력을 주목하게 한다. 대외적으로 제국주의의 면모를 여전히 보이던 미국이지만, 그 내부의 역사적 전통에는 민주주의에 대한 정치철학적 기초가 견고하게 존재한다.

미국의 지배계급은 바로 이 공화국의 힘을 믿는 이들에게 공격의 목표가 되었다. 그러자 이들 지배계급은 이 위기를 타개하기 위해 경찰력을 동원했다. 하지만 그럴수록 그것은 정당성을 잃은 권력이 폭력에 의존하는 모습으로 비춰졌다. 아렌트는 이에 대해 매우 민감하게 발언한 지식인 가운데 한 사람이었다. 그녀는 1906년에 태어난 유대계 독일 출신의 철학자로서, 1950년 미국 시민권을 받아 미국을 무대로 활동해나갔다. 그녀의 이름 뒤에는 나치를 지지했던 스승 마르틴 하이데거와의 사랑, 그리고 그녀를 끝까지 지켜준 은사 칼 야스퍼스가 언제나 따라다녔다.

지도교수인 야스퍼스 밑에서 쓴 아렌트의 박사학위 논문「성 아우구스티누스 사상에서의 사랑의 개념」은 이후 그녀가 걸어간 사상사적 궤적을 보여준다. 4~5세기 고대 로마제국이 무너지고 게르만 족의 침탈이 진행되고 있던 역사에서 기독교가 이 모든 혼란의 원흉처럼 취급당했을 때, 아우구스티누스는 '사랑'이 이 모든 것을 하나로 결합시킬 수 있는 가장 강력한 힘이라고 부르짖는다. 아렌트는 이 사랑의 개념을 철학화하여, 폭력에 대응하는 힘의 본질을 규명해나 갔다. 그녀가 사유방식과 의지의 문제를 파악해나간『정신의 삶』*을 저술할 수 있었던 뿌리에는 바로 이 폭력에 휘둘리지 않는 자유를 향한 갈망이 깊게 박혀 있다.

아렌트가『전체주의의 기원』**을 썼을 때에도, 반유대주의의 뿌리를 탐색하면서 전체주의 폭력에 희생되는 인간의 문제가 그녀의 가슴과 뇌리를 사로잡고 있었다.『예루살렘의 아이히만』***도 그런 폭력의 일상적 침투가 어떻게 이루어지는가에 대한 비판적 성찰의 산물이었다. 이 책을 통해 유명해진 '악의 평범성' 논의는 아렌트의 철학적 확신을 보여준 예였다. 그것은 악이 평범하다는 것이 아니라

---

* Hannah Arendt, *The Life of Mind*, N.Y.: A Harvest Book, 1971.

** Hannah Arendt, The Origins of Totalitarianism, Schocken Books, 1951; 이진우·박미애 옮김, 『전체주의의 기원』, 한길사, 2006.

*** Hannah Arendt,, *Eichmann in Jerusalem: A Report on the Banality of Evil*, N.Y.: Penguin Classics, 2006; 김선욱 옮김, 『예루살렘의 아이히만』, 한길사, 2006.

수많은 보통 사람들도, 생각하는 능력을 잃는 순간 악을 저지를 수 있다는 주장이었다. 그런 까닭에 "무엇이 옳고 무엇이 그르며, 무엇이 아름답고 무엇이 추한가에 대해 생각하지 않으려 할 때 인간은 인간이기를 그치게 된다"는 그녀의 경고는 민주공화국의 철학적 기반이 된다.

아렌트는 첫 번째 결혼의 실패 후, 독일 공산당원을 지낸 시인이자 철학자인 하인리히 블뤼허(Heinrich Blücher)와 평생을 함께했다. 아렌트의 철학이 현실적 지평을 얻게 된 것은 블뤼허의 영향이 컸으며, 『전체주의의 기원』은 바로 그에게 헌사되었다.

아렌트는 파시즘의 비극을 겪으면서 무엇보다도 폭력을 이기는 정치철학에 대해 깊이 몰두하게 되었다. 고향에서 추방당하고 조국 없는 존재가 되어버린 그녀는, 자신이 발을 딛고 살아가는 세계가 인간이 자유롭고 평화롭게 살아갈 수 있는 곳이 되기를 끊임없이 기원했다. 아렌트의 전기를 쓴 엘리자베스 영-브루엘은 아렌트가 순수를 내세운 관념철학을 지향하는 것은 역사와 현실의 문제를 놓칠 수 있다는 것을 깨닫고 난 뒤 진정한 아렌트가 되었다고 말하고 있다.[*] 아렌트의 철학은 그런 까닭에 역사적 현실과 한몸이 되려던 한 지식인의 자기고백이었다.

아렌트는 권력과 폭력을 구별하는 기준으로, "시민들의 견해(opinion)에 바탕을 둔 권력이 시민적 지지를 잃어갈 때 발동하는 것이 폭력"이라고 단호하게 규정했다. 경찰력에 의존하는 정부의 모

---

[*] Elisabeth Young-Bruehl, *Hannah Arendt: For Love of the World*, The Yale University Press, New Haven and London, 1982.

습에서 우리는 권력이 정당성을 상실하고 그 권위가 쇠퇴하는 징조를 읽어야 한다는 것이다. 그래서 아렌트의 『공화국의 위기』*를 읽는 것은 권력의 기만과 폭력에 맞서서 새로운 국가 질서를 창출하려는 일에 적지 않은 자신감과 정치철학적 전망을 공급해준다. 이 책은 1969년에서 1972년에 걸쳐 쓴 것으로, 베트남전쟁의 기밀문서인 「펜타곤페이퍼」가 폭로된 현실과, 민권운동과 반전운동으로 구체화된 시민불복종 운동의 의미, 비폭력저항의 중요성 등에 대한 아렌트의 성찰을 담아내고 있다.

거짓말을 반복하는 정치

아렌트는 정치에서 거짓 또는 기만이 대체로 당연한 도구로 생각되는 경향이 있지만 이러한 거짓말이 반복되면서 그 거짓을 생산해낸 자들조차 그것을 진실로 믿어버리는 사태가 생겨난다고 한다. 그 자신이 진실이 무엇인지 모르게 되는 인식착란의 상황이 펼쳐지게 된다는 것이다. 베트남전쟁의 경우에도 "남부 베트남에서의 저항은 호치민 정권의 지원이 기초가 아니라 그 자체로 발생한 것인데도, 미국의 정책 결정자들이 이에 대해 무지해져버리고 말았다"고 비판하고 있다.

미국 정책 결정자의 거짓말 반복은 베트남전쟁의 패배를 "베트남전쟁의 수렁(swamp)"이라는 말로 표현하게 해버렸으며, "실제로는 베트남의 역사와 정치 그리고 지리에 대해 깡그리 무시하고 만 결과

• Hannah Arendt, *Crises of the Republic*, New York: Harcourt, Brace, Jovanovich, 1972; 한나 아렌트, 김선욱 옮김, 『공화국의 위기』, 한길사, 2011.

라는 사실"을 깨우치지 못하게 했다는 것이다. 우리 식으로 표현하자면 제 꾀에 제가 속아 넘어갔다는 결론이다.

아렌트는 정치에서의 기만과 거짓은 시민들과 소통하는 역량을 스스로 잃어버리는 것에 그치는 것이 아니라, "진짜로 움직이고 있는 현실을 놓치고 만다"고 경고한다. 권력은 정보가 자신에게 집중되고 있기 때문에 자신이 뭐든지 다 알고 있다는 오만에 빠지기 쉬운데, 그것이 결국은 자기가 파놓은 함정이 되고 그로써 저지르는 실수는 막대하다는 것이다.

이러한 정부, 이러한 권력은 공화국의 위기를 불러오기 마련이니, 이에 대해 시민들이 저항에 나서는 것은 필연적이라고 아렌트는 강조한다. 그녀는 우리가 위기의 현실에서도 여전히 희망을 가지게 되는 것은 "권력이 위협하려 하지만 그 위협을 두려워하지 않고, 자신의 자유가 야금야금 갉아먹히기보다는 차라리 저항하다가 감옥에 갇히는 것을 마다하지 않는 사람들"이 있기 때문이라고 말한다.

논의는 자연스럽게 시민불복종에 대해 넘어가게 된다. 아렌트는 이 문제를 헨리 소로(Henry D. Thoreau)처럼 개인의 양심에 따른 사안으로 보지 않고 "공통의 견해를 가진 이들의 자발적 조직화"라는 각도로 파악해 들어간다. 기존의 법질서에 대한 시민들의 대대적인 불복종과 저항은 기존 정치의 해체를 예고하는 것으로서, 여기서 중요하게 주목해야 할 바는 "다수의 참여"라는 것이다.

아렌트에게 "다수의 참여"가 중요해지는 까닭은 이들의 견해가 기존의 법질서를 바꾸는 힘으로 작용하게 되고, 기존의 법질서로 볼 때 불법이었던 일들이 합법이 되는 변화가 일어나기 때문이나. 그렇지 않아도 그녀는 "집단행동과 협상 그리고 파업을 할 수 있는 노동자들의 권리를 보장한 노동법도 그 법이 만들어지기 전 수십 년에 걸친 불복종운동의 결과"라는 점을 주목하라고 말한다.

다시 말해서 시민불복종 운동은 민주공화국의 기초인 다수의 자발적 조직화로서, 새로운 정당성을 획득하는 법의 창출을 가능케 하는 힘이라는 것이다. 이것은 특히 기존의 질서가 위기에 처한 비상상황(emergency)에 벌어지는 일로서, 헌법까지 바꾸어내는 동력이라고 주장한다. 아렌트의 이러한 견해는 사회적 변혁 시기에 일어나는 저항운동에 대한 정치철학적 정당성을 부여하는 이론이 되는 동시에 공화국의 발전에 필요한 변화가 갖는 의미를 조명하게 한다.

이밖에도 아렌트는 이 책을 통해, 어떤 이념에 기초한 권력과 정부든 자유를 억압하고 착취를 구조화하는 것은 본질적으로 폭력 체제라고 지목한다. 그리고 이런 모순을 극복하기 위해 일어서는 사람들은 그로 인해 가장 피해를 많이 입은 당사자이기도 하지만, 이 문제를 각성한 학생, 지식인 등일 경우가 많다고 말한다.

달리 말하자면, 계급적 토대가 분명한 세력이 언제나 정치적 변혁의 주체가 되는 것이 아니라 현실의 모순을 꿰뚫어보고 나서는 이들이 세상을 변화시키는 주력 부대가 된다는 것이다. 1960년대 말과 70년대 초, 미국 대학이 바로 이러한 현실 변화의 동력을 뿜어낸 까닭도 바로 그렇기 때문이며, 이들의 운동이 자신의 기반인 대학을 공격 목표로 삼게 될 경우에는 그 운동의 기반이 해체될 수도 있다는 것을 아울러 경고하기도 했다. 운동의 목표를 명확히 세우라는 것이다.

아렌트의 이러한 경고는 그대로 적중했고, '68세대'의 사회적 영향력은 그런 과정을 거치면서 점차 줄어들었다. 더군다나 그 사회의 가장 절박한 계급, 계층과 이 운동이 만나는 지점을 제대로 발견하지 못한 것 역시 변혁을 향한 운동과 철학이 직면했던 한계라고 할 수 있었다. 그런 점에서 아렌트의 고민은 우리에게 여전히 현재진행형이다.

쉽게 지배당하지 않는 시민들의 저항

오늘날 우리의 현실에서 아렌트를 읽는 것은, 민주주의의 기초와 공화국의 의미에 대해 다시 생각하도록 만든다. 그것은 기존의 법질서와 사회적 틀 안에서 사고하는 한, 정치의 변화와 발전은 없다는 것이다. 모든 새로운 법질서는 역사적으로 돌아볼 때, 시민불복종의 자발적 조직화에 기초해서 생겨났다는 그녀의 일깨움은 민주주의가 어떻게 발전하고 성장하는지 절감하게 한다.

공화국의 본질을 위반하는 권력이 존재한다면, 이에 저항하는 것은 지난 역사의 전개 과정으로 봐도 결코 불법이 아니며 정당한 선택이 된다. 당대의 실정법이 불법이라고 규정하려 들겠지만, 그다음의 미래에는 그것을 합법으로 만드는 힘이 생겨날 수 있다. 아렌트의 논리에 따르면 공화국의 역사는 그렇게, 기존 질서의 부정의와 폭력에 대한 강력한 교정능력에 따라 펼쳐진다. 이 운동이 성공해서 새로운 법질서를 만들고 새로운 국가를 형성하려면 '다수의 참여'가 필수적이다.

개인의 양심 문제로 그치는 시민불복종 운동은 윤리적으로 타낭

'쉽게 지배당하지 않는
시민들의 저항'은 민주주의의 뿌리다.

부당한 권력에 대한 시민불복종 운동은
자유로 가는 길의 깃발이다.

하지만 정치적으로는 무력하다. 새로운 역사는 시민불복종 운동의 자발적 조직화를 기다리고 있다. 이를 통해서만이 권력의 거짓이 폭로될 것이며, 권력이 동원하는 폭력은 권력의 쇠퇴 징조임이 드러나는 것이다.

그런 까닭에, 새로운 미래는 오로지 권력을 압도하는 다수의 자발적 조직화가 일으키는 불복종운동에서 태어난다. 이로써 권력이 규정한 어제의 불법은 역사가 지지하는 오늘의 합법이 되기 때문이다. 근대적 법의 정신에 담겨 있는 "쉽게 지배당하지 않는 시민들의 저항"은 민주주의의 뿌리다. 아렌트가 꿈꾼 공화국의 자유는 이로써 가능해진다. 부당한 권력에 대한 시민불복종 운동은 자유로 가는 길의 깃발이다. 진정한 민주공화국의 몸은 그렇게 해서 만들어진다.

사랑도 계급에 따라

프리드리히 엥겔스

엥겔스 하면 '엥겔지수'를 먼저 떠올리는 이들이 있다. 묘하게도 엥겔과 엥겔스 두 사람은 둘 다 독일 출신인 데다가 이름도 비슷하고 생몰시기도 유사하다. 저소득층이 음식에 지출하는 비용이 고소득층에 비해 상대적으로 더 높다는 통계를 연구한 에른스트 엥겔(Ernst Engel)은 1821년에 태어나 1896년에 사망했고, 프리드리히 엥겔스(Friedrich Engels)는 1820년생으로 1895년에 세상을 떴다. 엥겔지수가 저소득층 문제라는 점에서 사회주의자 엥겔스가 동시에 떠오르는 것은 사실 그리 무리는 아니다.

엥겔스는 평생 마르크스의 친구로 성심을 다했다. 마르크스의 저작들이 나오기까지 아낌없는 물적·정신적 지원을 기울였고, 마르크스 사후 그가 남긴 유고를 정리, 편집해『자본론』제2권과 제3권을 세상에 내놓았다. 그런 까닭에 흔히 엥겔스는 독자적 저작이나 학문적 성취가 없다고 여긴다.

하지만 실제로 엥겔스는 마르크스에게 자본주의 현실에 대한 학습을 하도록 주도한 인물이었다. 마르크스는 그를 통해 영국 노동계급의 비극적 현실에 눈을 떴다.[*] 마르크스가 철학을 기본역량으로 성장해왔다면, 엥겔스는 헤겔좌파로서의 철학자이면서도, 공장 경영에 직접 관여한 경험을 통해 노동자들의 삶에 대한 자료를 풍성하게 가지고 있었다. 이로써 마르크스와 엥겔스는 서로가 서로를 형성하는 관계였다.

엥겔스가 120여 년 전에 쓴 『가족, 사유재산, 국가의 기원』^{**}은 19세기의 고서가 아니라 오늘날의 문건을 읽는 기분을 들게 한다. 현대 자본주의 체제 아래 처한 가족의 해체, 국가의 억압적 기능과 이를 떠받치고 있는 계급의 관계를 적나라하게 고발하고 있기 때문이다. 뿐만 아니라 역사에 대한 엥겔스의 지식의 폭과 깊이가 얼마나 막대한지를 새삼 절감하게 된다. 하나의 이론을 세우는 과정에서 역사적 구체성을 기반으로 하는 작업이 어느 정도로 중차대한지를 확인할 수 있는 이 책에서, 우리는 고대 모계사회의 공동체적 평등, 협력, 우애 등의 원리가 어떻게 파괴되어왔는지를 확인하게 된다.

엥겔스는 게르만의 역사적 의의를 이렇게 정리한다.

실제로 게르만은 유럽을 소생시켰다. 게르만 시기에 일어난 국가의 해체는 노르만 인과 사라센 인에게 정복당해서 이루어진 것이 아니라, 은대지 제도와 보호위탁 제도가 봉건 제도로 발전, 성장함

• Friedrich Engels, *Der Ursprung der Familie, des Privateigentums und des Staates*, 1884; 프리드리히 엥겔스, 김대웅 옮김, 『가족, 사유재산, 국가의 기원』, 두레, 2012.

•• Friedrich Engels, *The Condition of the Working Class in England* Oxford University Press, London, 2009.

으로써 이루어졌다. 유럽을 재생시킨 것은 그들의 특정한 민족적 특성이 아니라, 그들의 미개성 즉 그들의 씨족 제도였다.

엥겔스는 로마제국의 해체에 대해, 외부의 정복에 의한 것이라기보다는, 게르만이 유지해온 체제가 이미 역사적 수명을 다해가던 로마제국을 대체해나간 과정을 주목했다. 그리고 이러한 게르만 형 공동체주의가 정치적 충성과 군사적 보호, 경제적 안정을 핵으로 하는 봉건제도로 진화해나갔다고 보았다. 이것은 5세기에서 11세기에 이르는 긴 과정이었다. 이는 훗날 페리 앤더슨(Perry Anderson)의 역작 『고대에서 봉건제로의 이행』*을 예견하게 하는 선도적 작업의 의미를 지닌다.

엥겔스의 관찰에 따르면, 이와 같은 근대 이전 체제의 역사적 발전과정에는 우리가 다시 주목할 만한 가치가 있다. 상하 위계질서가 견고한 제도가 되고 종교적 특권이 얹어지면서 봉건제는 본래의 공동체적 성격을 점차 소멸시키고 말았지만, 그 기원적 동력에는 공동의 삶을 함께 지켜내려는 사회적 의지가 보편화되어 있었다는 것이다. 그것은 근대적 역사관이 미개성으로 부르는 것이지만, 사실은 문명의 폭력을 이겨낼 수 있는 힘이라고 그는 본다.

부르주아 가족 제도를 비판하다

엥겔스가 이 책을 쓰게 된 동기는 부르주아 가족의 역사적 형성

---

* Perry Anderson, *Passages from Antiquity to Feudalism*, London: New Left Books, 1974; 페리 앤더슨, 유재건·한정숙 옮김, 『고대에서 봉건제로의 이행』, 현실문화연구, 2014.

과정과 그 안에 담겨 있는 계급적 성격 그리고 이에 기초한 국가를 비판하기 위해서였다. 이는 근대 이후 형성된 부르주아 체제 내의 부권 또는 남성 중심의 가족이 인류의 시작 초부터 동일한 구조와 내용을 가져왔다는 착각을 정리해준다. 남성중심주의의 가족, 사회 그리고 국가는 어디까지나 역사적 산물이지, 인간의 보편적인 본래 부터의 삶의 모습은 아니라는 것이다.

현대 자본주의 사회에서 형성된 가족은 여성에 대한 남성의 일방적 지배를 비롯해서, 사유재산에 기초한 계급성을 가장 강하게 반영하는 현실을 보여준다. 가족 안에서 여성의 지위가 최근에 들어 상대적으로 향상되었다고 하지만, 지난 시기에 여성이 남성의 재산처럼 다루어졌고, 결혼은 계급적 선택의 의미를 가지고 있었음을 숨기기 어렵다.

한국사회에도 결혼정보센터는 무수히 널려 있다. 이들의 역할이 사랑하는 남녀를 맺어주는 것보다는 신청자의 계급적 위치를 확인하고 그것에 바탕을 둔 계급 시스템을 견고하게 만들어주는 데 있다는 점에서도 엥겔스의 저작은 현대 한국사회 비판의 의미를 지닌다. 이에 더하여, 이러한 계급적 관계를 지탱하고 방어하면서 기득권을 만들어내는 국가의 본질에 대해서도 꿰뚫어보게 한다.

엥겔스는 스스로를 문명권으로 인식하는 서구의 야만(미개) 상태에 대한 비하와 멸시를 신랄하게 비판한다.

한 계급에 의한 다른 계급의 착취가 문명의 기초인 만큼, 문명의 발전은 끊임없는 모순 가운데서 진행된다. 생산에서의 온갖 신보는 동시에 피억압 계급, 즉 사람들 대부분의 생활이 낙후된다는 것을 의미한다. 한쪽을 위한 온갖 선은 필연적으로 다른 쪽에게는 악이며, 한 계급을 위한 온갖 해방이 다른 계급에게는 새로운 억압이다. ……문명은 한 계급에게 거의 권리만을 주고, 다른 계급에게는 거의 의무만을 부담시킴으로써 아무리 미련한 자라도 권리와 의무 간의 차이와 대립을 알 수 있도록 만들었다.

엥겔스는 인류 문명이 진화 과정에서 소멸시켜버린, 씨족 공동체가 지켜내고 있었던 원리를 복구하는 일의 중요성을 강조한다. 이러한 관점은 미국의 인류학자 루이스 모건(Lewis H. Morgan)이 1877년에 출간한 『고대사회』라는 저작을 기초로 전개한 논리다. 엥겔스는 모건이 마르크스와 동일한 결론을 내렸다고 보고, 그 한계를 사적 유물론의 역사 해석으로 보완해나간 것이다.

모건은 다윈과의 만남과 대화를 통해 진화에 대한 생각을 확고히 다질 수 있었다. 미국의 이로쿼이 원주민 부족에 대한 연구를 진행하면서, 이 씨족 공동체 안에 모계사회가 존재하며, 공동체 내부의 협력·우애·평등을 비롯해서 여성의 역할과 위치가 현대 부르주아 사회와 차이를 보였음에 주목한다. 가령 서구 선교사들이 원주민 여성의 개별 가족을 넘어서는 범위의 성적 접촉이나 아이들을 돌보는 것에 대해 문제를 제기하자, 이 원주민들은 다음과 같이 대답한다.

• Lewis H. Morgan, *Ancient Society*, New York: Henry Holt and Company, 1877; 루이스 헨리 모건, 최달곤·정동호 옮김, 『고대사회』, 문화문고, 2005.

당신들 정말 이상하오. 어찌해서 자기 아이들만 사랑해야 한단 말이요? 우리 씨족 안의 아이들은 우리 모두의 아이들이고 따라서 우리가 이들 모두를 사랑하는 것은 당연한 일 아니겠소?

이 씨족 공동체 내부의 정치 사회적 참여나 발언은 모두에게 당연한 권리이자 의무가 된다. 공적 삶과 개인적 삶이 구별될 수 없고, 그 안에 계급적 대립과 구별이 존재하지 않기 때문이다. 이에 대한 원주민들의 생각도 흥미롭다.

아니, 잠자고 먹고 쉬는 것을 새삼 무슨 권리와 의무로 말하지 않는 것처럼, 씨족 안의 일들에 대해 함께 말하고 결정하고 서로 돕는 것을 무슨 권리나 의무로 따로 생각해야 하는가? 너무도 당연하지 않소?

계급과 국가가 사유재산의 시스템을 적극 옹호하면서 이러한 씨족 사회는 필연적으로 해체되었다. 공동 소유와 공적 삶 대신, 개인의 사적 소유와 이해관계를 앞세우는 사회가 만들어졌고 이를 방어하는 권력체로서 국가가 만들어졌다고 엥겔스는 본다. 이러한 역사 이해는 오늘날 새로운 것은 아니지만, 자본주의 국가의 기본 성격에 대한 이해에서 중요한 인식의 기초적 토대를 마련해준다.

국가는 계급 간의 대립을 억제하기 위해서 생겨났기 때문에, 또한 동시에 그것은 이 계급들이 충돌하면서 발생했기 때문에 대개 가장 강력한 계급, 경제적으로 지배하는 계급의 국가이다. 이 계급은 국가의 힘을 빌려 정치적으로도 지배하는 계급이 된다. 그리하여 피억압 계급을 압박하고 착취하기 위한 새로운 수단을 획득한다.

따라서 고대 국가는 무엇보다도 노예 소유자들이 노예를 압박하기 위한 노예 소유자들의 국가였으며, 봉건국가는 농노와 예농을 압박하기 위한 귀족들의 기관이었다. 그리고 현대의 대의제 국가는 자본이 임금노동을 착취하기 위한 도구이다. 그러나 예외적인 현상이지만, 투쟁하는 계급 간의 세력이 균형을 이루어 국가 권력이 외견상 두 계급의 조정자로서 어느 정도 독립성을 일시적으로 획득하게 되는 시기가 있다. 귀족세력과 부르주아지 세력이 서로 비슷했던 17세기와 18세기의 절대군주제의 경우가 그러하다.

역사에서 알려진 대부분의 국가들에서는 시민들에게 부여하는 권리는 그들의 재산 상태와 비례한다. 이것은 국가가 유산계급을 옹호하기 위한 조직이라는 것을 단적으로 말해준다.

여성 억압을 비판하다

엥겔스는 이러한 계급과 국가의 등장과 형성이 씨족 공동체를 해체하는 과정에서 가능해졌다면서 일부일처제를 비판하고 있다. 그는 일부일처제가 여성을 남성에게 종속시키기 위한 제도적 장치로 작동하면서, 남성은 매춘과 간통으로 일부일처제의 한계를 넘어서는 자유를 누리고 있다고 했던 것이다.

이러한 엥겔스의 주장에 대해 여러 가지 논란이 있을 수 있겠지만, 그 출발점이 여성에 대한 남성의 지배와 폭력을 비판하는 의도가 있음을 안다면, 그것은 어렵지 않게 받아들일 수 있다. 엥겔스의 논지는 남성 위주의 사회를 너무나도 당연하게 받아들이고 있던 당대로서는 대단히 혁명적이었다. 이 저작으로 그는 신성한 가족의 의미를 공격하고 결혼제도의 윤리를 훼손했다는 비난을 듣게 된다. 그러나 엥겔스는 이러한 비난을 가하는 자들이 사실상 가족과 결혼의 의미를 파괴하고 있는 자들이라고 반격했다.

엥겔스의 『가족, 사유재산, 국가의 기원』은 마르크스의 유고에서 발견한 모건의 『고대사회』에 대한 언급이 기초가 되었다. 이를 토대로 엥겔스는 자본주의 사회가 가족 제도를 어떻게 변형시켜왔고, 그 안에서 사유재산과 계급의 연관성을 어떤 방식으로 구조화했는지, 이를 토대로 한 국가의 본질을 어떻게 정리해야 할지 분석했다. 이것은 '국가론'에 대한 정리를 채 하지 못했던 마르크스의 논리를 보완하는 의미를 갖고 있기도 하다.

가족, 계급, 국가는 결국 착취 관계를 본질로 한다고 본 엥겔스는 그런 조건이 존재하지 않았던 고대 모계사회의 씨족 공동체가 지닌 힘을 현대에 복원하려는 노력이 필요하다고 강조한다. 공동체의 삶, 그 윤리와 인간관계가 사라진 현실이 자본주의 국가의 본질로 기능하고 있다는 그의 지적은 여전히 진실의 힘을 지닌다.

오늘날 우리도 현대 자본주의 사회가 지난 시기에 대가족 제도가 지녔던 공동체적 성격을 얼마나 많이 파손하고, 가족 관계의 끈끈한 사랑과 정을 해체시키고 말았는지 체험하고 있지 않은가. 어떻게 손써볼 겨를도 없이, 부모와 자식, 형제 관계는 이전의 결속력이나 우애 또는 공동의 삶이라는 힘을 이미 잃어버리고 말았다.

가족주의 이데올로기는 이기적 인간관계를 만들어갈 수 있다는 점에서 비판의 대상이 되지만, 서로 사랑하고 협력하면서 함께 먹고 나누며 살아갈 수 있는 원리를 기본적으로 지닌 가족 관계의 해체는 우리 모두에게 불행이다. 결혼도 계급적 선택으로 하고, 가족도 그런 토대 위에서 구성하고, 국가의 기능도 이러한 계급적 이해관계를 지배적으로 관철하는 도구가 되는 현실에서 인간은 행복해지기 어렵다. 문명이 발전할수록, 사회·경제적 부가 쌓일수록 그 개인과 가족이 비참해지는 경우가 더 많아지고 있다는 사실은 이를 증명한다.

가치가 가격을 이기는 세상을 갈망하다

엥겔스는 모건의 말을 인용하면서 저작을 마무리짓는다.

문명의 개시 이래 재부는 크게 증가했으며, 그 형태는 매우 다양해졌고, 그 이용은 심히 광범해졌으며, 그 관리는 소유자를 위해 매우 교묘해졌다. 그리하여 이 재부는 인민과 대립되고 극복할 수 없는 힘이 되고 말았다.

인간의 정신은 자기 자신의 창조물 앞에서 어리둥절해한다. 그러나 만일 과거와 마찬가지로 앞으로도 진보가 항상 법칙이라면, 단순히 재부만 추구하는 것이 인간의 궁극적인 사명은 아니다. 재부를 둘도 없는 궁극적인 목표로 삼는 그런 역사 과정의 결말로서 사회의 멸망이 우리 앞에 다가오고 있다. 왜냐하면 그런 역사 과정은 자멸할 요소들을 내포하고 있기 때문이다.

통치에서의 민주주의, 사회 내에서의 우애, 권리와 특권의 평등, 교육의 보편화 등은 경험, 이성 및 과학이 항상 지향하는 더 높은 다음 단계의 사회를 창조할 것이다. 그것은 고대 씨족이 지닌 자유, 평등, 우애의 더 고양된 형태의 부활이 될 것이다.

우리는 지금 어떤 사회의 등장을 갈망하고 있는가? 자멸하는 사회인가, 아니면 더 높은 다음 단계의 사회인가? 자본이 근대사회라는 이름 아래 공동체적 관계마저 멸종시키고 만 현실에서 우리는 이것을 너무도 자연스럽게 여기며 살고 있다. 그러나 우리는 과연 무엇을 얻었고, 무엇을 잃고 있을까? 자본이 정해주는 가격으로 인간의 가치를 매기는 상황에 도전하고 저항하지 않고서는, 아마 우리는 스스로 가격이 매겨진 물건으로 변신하는 것을 계속해서 마다하지 않을 것이다.

가치가 가격을 이기는 세상을 바라는 마음은 희망의 씨앗이다. '가치들의 황혼'이 현실이 되고 있는 상황에서, 무엇이 진정 소중한가를 깨우치는 일은 인간 자신을 회복하는 존엄한 과제다. 내재된 가치보다는 교환가치를 기준으로 모든 것을 가격화하는 세상은 인간과 자연의 생명을 살해하는 사회다. 엥겔스의 경고는 아직 유효기간이 지나지 않았다.

• 제롬 뱅데 엮음, 이선희·주재형 옮김,『유네스코 21세기 대화, 가치는 어디로 가는가?: 세계의 지성 49인에게 묻는다』, 문학과지성사, 2008.

즉, 계급, 국가는 결국 착취 관계를 본질로 하고 있지는 않을까?
겔스는 그런 조건이 존재하지 않았던 고대 모계사회의
즉 공동체가 지닌 힘을 복원하려는 노력을 해야 한다고 강조한다.

근원적 상상력

인류의 삶은 그 첫 출발이 있게 마련이다. 시간이 지나면서 우리는 기원에 대한 기억을 잊고 산다. 자신의 존재 이유에 대한 성찰이 제대로 이루어지지 못하는 것과 다를 바 없다. 매일 닥쳐오는 현실에 급급한 것이 우리 모습이다. 인류의 스승들은 모두 이 처음 시작의 기억을 복원해서 우리에게 근원적 질문을 던진 이들이다. 정신없이 달려가다가 '아, 내가 어디로 가고 있는 거야? 제대로 가고 있기는 한 거야?' 이런 생각을 위한 멈춤 표시를 인류의 스승들은 곳곳에 세워놓는다.

『성경』의 첫 책은 『창세기』다. 영어로는 '기원'을 의미하는 Genesis로 그 의미를 번역해놓았다. 이 우주와 인류의 삶이 어디에서 시작되어 어떻게 풀려나갔는지를 깨우치는 것은, 오늘의 현실을 돌아보는 가장 근본적인 사유가 된다. 그로써 어찌하여 이 세상에 우리는 존재하게 되었는가, 무엇을 추구하며 사는 것이 행복한가, 왜 우리는 이런 상태까지 오게 되었는가 등의 질문이 태어난다.

이 질문과 만나면서 우리는, 열심히 뛰어가고 있었는데 알고 보니 벼랑 끝에 서 있는 자신을 발견하거나 엉뚱한 방향으로 내달린 오류를 교정할 수 있게 된다. 이는 우리를 구원하는 생각의 실마리들이다. 이런 체험과 능력의 훈련이 없으면 우리는 뿌리 없는 삶을 살아가게 된다.

근원적 질문과 상상력을 가진 문명과 그렇지 못한 문명은 그 깊이에서 엄청난 차이를 보인다. 그렇지 못한 문명은 욕망에 쉽게 유혹당하고, 폭력에 의지하는 쪽을 별반 어렵지 않게 선택한다. 그것이 훗날 감당하기 어려운 비극을 예고하는 시작임을 모른다. 사고의 시력이 근시이며, 멀리 내다보는 힘을 스스로 소멸시킨 결과다.

아주 긴 시간과 만남이 있어야 한다. 과거여도 좋고 미래여도 좋다. 그렇게 해서 우리의 시야가 탁 트이는 벌판으로 나아가야 한다. 무엇으로도 제약되지 않는 자유의 공간만이 우리에게 새로운 발상의 능력을 준다. 우리의 뇌와 영혼이 근원적 사유와 상상력을 회복하는 순간, 우리는 긴 안목과 깊은 시선으로 자신을 돌아볼 힘을 얻게 된다.

바로 그런 자리에서 생명의 역사를 펼쳐낼 수 있는 힘이 자라난다. 그로써 인류 전체의 운명을 자신의 사유 영역에 담아 생각하는 광대한 인간이 될 수 있다. 큰 인간에서 큰 역사가 나온다. 오늘날 우리는 너무나도 왜소해지고 있지 않은가? 그러고도 답답해하지 않을 정도라면 인간의 진화는 여기까지다. 아니라면 새로운 진화의 길을 뚫어낼 일이다.

인류 발전의 기원과 경로를 탐색하다
고든 차일드

인간은 스스로 자신을 만든다

우리 사회에 그리 많이 알려져 있지 않지만, 고든 차일드(Vere Gorden Childe)는 선사시대를 비롯해서 고대 문명사를 연구하는 역사학자나 인류학자, 문화학자, 고고학자에게는 언제나 되돌아가서 읽어야 하는 고전적 역작을 많이 낸 학자다. 그는 1892년 호주 태생으로 영국에서 공부했고, 고고학과 인류학, 역사학을 전공했으며 마르크스주의자로서 자신의 방법론을 지속적으로 발전시켰다.

차일드가 호주에서 태어났다는 사실은 매우 중요한 의미가 있다. 문명과 야만이 공존하는 현실을 경험하면서 인류의 문명사적 기원과 그 발전 경로에 대한 관심을 자연스럽게 갖게 되었을 테니 말이다. 이는 지질생물학자로서 세계적인 역저 『총, 균, 쇠』*를 쓴 제러드 다이아몬드(Jared Diamond)가 호주와 뉴질랜드 그리고 폴리네시아 군도를 중심으로 인류의 고대공동체에 대해 비교 연구했던 것을 떠

---

* Jared Diamond, *Guns, Germs, and Steel: The Fates of Human Societies*, W. W. Norton, 1997; 제러드 다이아몬드, 김진준 옮김, 『총, 균, 쇠』, 문학사상사, 2005.

올리면 쉽게 이해가 간다.

『총, 균, 쇠』의 부제는 '인류사회의 운명'(The Fates of Human So-cieties)으로 되어 있다. 이는 왜 어떤 사회는 물리적 위력을 가진 반면에 어떤 사회는 그렇지 못해 정복당하고 소멸 위기까지 가게 되었는지를 살펴본 것이다. 이러한 관심은 차일드에게서도, 다이아몬드와는 다른 시선이지만 매우 일찍부터 드러나고 있다.

유럽 문명의 선사시대와 고대사의 기초에 대한 탐구를 정리해낸 『유럽 문명의 전개』*, 선사시대 인류의 진화과정을 밝혀낸 『신석기혁명과 도시혁명』** 같은 책을 통해서도 우리는, 차일드가 끊임없이 인간이 살아온 발자취를 추적하는 걸 볼 수 있다. 그의 주된 연구는 '기원과 변화'에 대한 것이다. 이는 종(種)의 기원을 추적했던 다원적 방식과, 역사의 변화에 대한 변증법적 논리를 세운 마르크스적 방식을 결합한 접근이라고 할 수 있다. 『인류사의 사건들』***은 그러한 그의 탐색의 틀을 잘 보여준다. 원제는 『도대체 인간의 역사에서 무슨 일이 일어난 것인가?』(What happened in history)이다.

그는 인간이 환경의 산물이라는 점을 부인하지 않으면서도, 그것은 어떤 필연성을 가진 것이라기보다는 인간의 다양하고 여지가 많은 능력의 결과물이라고 본다. 이런 생각으로 그는 『신석기혁명과 도시혁명』의 원제를 "인간은 스스로 자신을 만든다"라는 의미에서

• Vere Gordon Childe, *The Dawn of European Civilization*, London: Kegan Paul, 1925.

•• Vere Gordon Childe, *Man Makes Himself*, London: Watts, 1936; 고든 차일드, 김성태, 이경미 옮김, 『신석기혁명과 도시혁명』, 주류성, 2013.

••• Vere Gordon Childe, *What Happened in History*, Harmondsworth: Penguin Books, 1942; 고든 차일드, 『인류사의 사건들』, 고일홍 옮김, 한길사, 2011.

"Man Makes Himself"라고 붙였다. 환경과 조건이 발휘하는 힘도 강하지만, 차일드는 그에 대한 인간의 주체적 대응 또는 응전의 여지에 더욱 크게 주목한 것이다.

인간 진화의 특징

『신석기혁명과 도시혁명』에서 차일드는 "환경에 고도로 생물학적 적응을 한 존재들은 도리어 환경이 변화하는 순간, 멸종 가능성이 높아진다"는 주장을 내놓는다. 이는 역설이기도 하고, "그렇다면 어떻게 하라는 것인가?"라는 질문이 나올 법하다. 가령 공룡이 사라진 까닭은 당시 자연환경에 적응하여 최대의 생물학적 진화를 한 존재가 환경이 급속하게 달라지면서 적응능력이 조율되지 못한 결과라는 것이다. 변화에 대한 대응의 여지 또는 일정한 유연성이 없었기 때문이라는 분석이다.

반면 인간은 그 육체적 발달과정을 볼 때 환경에 대한 적응 수준이 다른 생물체에 비해 현저히 떨어지지만, 이에 대응하는 여러 장치를 마련하면서 살아남았을 뿐만 아니라 거대한 문명의 체계를 만들어냈다는 것이다. 변화에 대응하는 능력에 "다양한 변이(variation)의 여지"가 많은 존재가 살아남고 역사를 발전시킨다는 견해다. 좀더 확대해보자면, 어떤 사회가 이러한 다양성을 잃어버릴 때 변화가 닥친다면 분명 생존력에 한계가 생길 것이 예견된다. 이는 특정 조건에 고정된 대응방식에 집착하는 경우 발생하는 사태다.

『인류사의 사건들』은 이러한 관점을 더욱 발전시켜, 인류의 기원사부터 구석기, 신석기 시대를 거쳐 철기 시대에 이르는 과정에서 인간이 어떻게 환경에 자신을 적응시키면서도 동시에 그 환경을 넘어서는 물리적·정신적·공동체적 진화를 스스로 만들어왔는지 분석·정리한다. 이와 함께 차일드는 인간의 물질적 진화 과정만이 아니라, 그 정신적 결과물에도 깊이 주목한다. 그러면서 종교나 이데올로기가 인류 집단의 생존에 얼마나 중요한 버팀대이자 가치를 갖는지도 인식해야 한다고 강조한다.

차일드에 따르면, 인간은 단순한 수집이나 채집 생활에서 사냥의 시기를 지나 농경혁명에 이르면서, "자연에 기생하는 존재가 아니라, 생산의 능력을 지닌 존재"로 혁명적 변화를 하게 된다. 이를 출발점으로 해서 도시와 문명의 연관구조가 만들어져왔다. 이러한 변화와 발전이 바로 중근동의 고대사를 형성하고 메소포타미아 등의 문명을 만들었으며 이후 그리스와 로마로 연결되는 토대가 되었음을 증언한다.

전 단계 문명의 한계를 돌파하는 인간

이러한 문명사의 흐름은 우리가 이미 잘 알고 있는 바이기에 특별한 것이 없다는 인상을 준다. 그런데 차일드의 관점과 견해에서 중요한 지점은 따로 있다. 문명사의 흐름을 주도한 세력이 문명의 중심에 있는 세력이 아니라 주변부적 존재 또는 상대적으로 불리한 조건에 있는 세력이라는 점을 강조한 대목이다. 이들이야말로 기존 문명의 한계를 돌파하는 해결책을 절박하게 찾고 그것을 실행에 옮기는 과정을 통해 그다음 문명의 주도권을 쥐게 되었다는 것이다.

『인류사의 사건들』은 고고학과 역사의 관계를 설명하는 장으로 시작하여, 로마제국의 문명이 끝나가면서 고대문명의 쇠락에 대해 분석하는 장으로 마친다. 차일드는 자연과의 투쟁에서 뇌와 손이 발달하고 도구를 발명하며 언어로 그 사회적 결속력을 다진 인류가, 점점 더 복잡한 사회구조를 창출해내는 과정을 아주 쉽고 분명하게 묘사한다. 그는 어느 지점에서 문제를 해결했던 문명의 시스템이 더는 해결책을 내놓지 못하면 붕괴할 수밖에 없다고 결론 내린다. 문명의 발전사에서 흔히 발견되는 현상이다. 그러면 그것으로 끝일까? 아니다.

차일드는 인류에게 때로 후퇴와 몰락이 있었으나 큰 줄기로 보면 진보해온 역사라고 주장한다. 한번 발전한 역사는 다시는 본래의 출발점으로 돌아가지 않으며 언제나 전 단계의 역사적 축적 위에 서 있게 된다는 것이다. 전 단계의 역사가 소멸하는 것처럼 보이더라도, 그 단계까지 발전시켜온 힘을 그다음 단계로 계승시키기 때문이다. 그리고 이 계승의 역할은 자신이 처한 불리한 국면을 도리어 새로운 진전을 위한 기초로 삼은 주변부적 존재들이 지니게 된다. 이는 아널드 토인비(Arnold Toynbee)가 말한 주변부적 존재로서 프롤레타리아 개념과 닮아 있다. 그러나 토인비가 중심문명권 내부와 외부의 변경적 존재를 대조해서 주목한 반면에, 차일드는 역사의 계승과 발전이라는 토대를 더욱 강조했다.

그런 점에서 보자면, 결국 우리는 전 단계의 역사적 한계와 축적, 이후의 변화와 발전에 대한 지식이 문명의 미래를 위해 얼마나 중요한 근거가 되는지 절감하게 된다. 이와 함께 역경이 도리어 발전의 동력이 될 수 있음을 확인하게 된다.

망각을 극복하는 역사의 힘

나는 1941년에 쓴 차일드의 서문이 실린『인류사의 사건들』의 1946년 펠리컨북판 문고본을 갖고 있다. 미국에서는 이 해에 최초로 출간되었는데 이는 1942년 영국에서 나온지 4년 뒤였다. 1930, 40년대 서구 지식사회는 인류가 지구적으로 서로 연결되어 하나의 세계를 이루고 있음을 제국주의를 통해 절감하고 있었는데, 이 시기는 인류라는 보편적 존재의 기원과 그 발전의 역사에 대해 폭발적인 관심이 일어나고 있던 때였다.

그런 상황에서 차일드는 제국주의로 지구 전체를 장악하고 있는 서구 문명만이 문명의 역동성을 가진 것은 아니며, 인류 자체가 그런 힘을 본질적으로 가지고 있음을 역설했다. 특히 당시 서구로서는, 서구 문명의 뿌리가 사실은 메소포타미아가 속한 고대 아시아 문명에 있다는 차일드의 확인은 상당한 충격을 주었다. 동과 서의 문명사적 차별성을 전제로 하는 논의는 불가능해졌고, 따라서 인종차별이나 어느 특정 문명이 애초부터 우월성을 가지고 있다는 식의 논리도 설 자리가 없게 된 것이다.

차일드의 이러한 역사이해와 탐구의 성과를 고등학교 이상의 연령대에서 필독서로 읽기를 기대한다. 새로운 자료가 발굴되어 이제는 낡은 대목도 있으나 차일드의 관점과 분석, 그리고 견해는 여전히 의미 있다. 그 견해의 핵심을 다시 압축해보자면, 인간이 곤경에 처했을 때 그것은 오히려 진화의 근거가 되며, 그 주체는 대체로 문명의 주변부에 있다고 여겨지던 이들이 된다는 점이다. 문명의 진화를 위해 어떤 자세를 가져야 하는지, 생물학적 진화를 넘어서는 사회적 진화가 어떻게 가능한지에 대해 깊이 생각해볼 기회를 얻기 때문이다.

인류가 살아온 발자취와 그 미래를 가늠하고자 하는 모든 이들에게 차일드와 그의 책은 인류발전의 기원과 변화에 관련된 질문에 대해 시동을 거는 역할을 충분히 감당해줄 것이다. 그에 더하여, '기원'에 대한 사유가 발전한다면, 우리는 사회적 망각을 통해 과거의 면모를 잊고 오늘을 이해할 수 없게 되는 지적 퇴보 또는 마비현상을 극복할 수 있다. 차일드는 바로 그것을 해결하면서 지금 우리가 겪고 있는 수많은 현실의 뿌리에 대해 눈을 돌리도록 이끌고 있다. '기원과 변화'라는 주제는 인류의 역사 전체를 관통하는 단어이기 때문이다.

그는 역사의 힘을 이렇게 밝히고 있다.

진보는 때로 불연속적이라고 해도 현실로 존재한다. 상승하는 진보의 곡선이 절정에 이르기도 하고 때로 깊은 골짜기로 낙하하는 경우도 생겨난다. 역사는 그런 일련의 사건들로 이루어져 있다. 그런데 고고학이나 역사학이 이미 발견한 것처럼, 골짜기라고 해도 그것은 전 단계의 최저점으로까지 쇠퇴하는 것은 아니며, 절정의 지점 또한 바로 직전 단계의 정상이 이루어낸 곳에 만들어지는 법이다.

그 어떤 경우에도 우리는 좌절할 이유가 없다. 역사가 마련해준 든든한, '비빌 언덕'이 있기 때문이다.

인간이 곤경에 처했을 때,
그것은 오히려 진화의 근거가 된다.
그 주체는 대체로 문명의
주변부에 있다고 여겨지던 이들이 된다.

생각하는 백성을 위한 예언자

함석헌

참 스승에 대한 그리움

참 스승이 아쉽다. 스승 없는 사회는 제멋대로 가면서도 잘 가고 있는 줄 안다. 성찰 없는 행동을 하면서도 우쭐댄다. 진흙탕으로 들어가는 길인데 탄탄대로인 줄로 착각한다. 야단도 맞아가며 커야 정신을 차리는데 버릇만 자꾸 없어지고 자본과 권력이 짜놓은 욕망의 덫에 스스로 걸려든다. 그런 때에, 마구 가던 길을 멈추고 번쩍 눈이 뜨이게 하는 소리가 듣고 싶다. 시대 전체를 뒤흔드는 우렁차면서도 섬세한 목소리 말이다.

함석헌, 백발을 휘날리며 단어 하나하나에 힘과 정성을 기울여 이야기하시던 모습이 선하다. 그를 보면 역사가 보이고, 그를 만나면 인류의 정신사가 가슴에 흐른다. 그의 육성을 들으면 시대가 격동하고 그의 눈빛과 마주하면 경건해진다. 그의 걸음걸이를 뒤따르면 용기가 생기고 그의 손을 잡으면 부드러운 강함이 무엇인지를 깨우친다. 그의 글을 읽으면 들판에 바람이 휘몰아치고 산맥이 구비치며 바다가 출렁인다. 그러다가 꽃 한 송이를 본다. 생명의 소리를 듣게 된다.

함석헌, 그는 20세기가 시작하는 첫해인 1901년 태어나, 이 민족이 가장 가혹한 시련을 겪었던 때를 고스란히 살면서 영혼의 횃불을 들어 올렸다. 어떻게 해야 이 가난하고 약한 백성들의 마음과 생각이 바로 설까, 어떻게 해야 진실한 인간이 되어 새로운 세상을 일으키는 의지와 열정을 뿜어낼 수 있을까, 이런 것들을 평생 생각하고 고뇌했다.

1989년 88세로 돌아가시기까지, 살아생전 허연 수염과 하얀 두루마기를 입고, 긴 팔을 휘저으면서 예언자의 육성을 뜨겁게 토하시던 모습을 가까이 뵙고 이야기도 나눌 기회를 가졌던 것을 생각하면 실로 감사하고 자랑스럽다. 참 스승에게서 참 교육이 이루어진다는 것은 그를 통해 절감하게 되는 진리였다.

함석헌은 기독교인이지만 서양적 사유에 함몰되지 않고 동양정신과 만나 동과 서의 합류라는 매우 장엄한 사상의 분출구가 된다. 동양정신의 면모를 일찍 깨우친 것이다. 그래서 그는 동양인인 우리 민족의 품성과 체질에 맞는『성서』읽기의 방도에 대해 선각자적으로 눈을 떴고, 그것은 그의 신앙동지인 김교신이 발간했던『성서조선』(聖書朝鮮)에 기고한『뜻으로 본 한국역사』에서 그 시작을 보인다.

이『성서조선』이라는 말 또한 그 자체로 의미심장하다. 다른 누구의 것도 아닌, 조선 사람의 얼과 그 삶으로『성서』의 뜻을 헤아리자는 것이기 때문이었다. 남의 사상과 남의 체험과 남의 체질을 통과해서 형성된 믿음이 아니라, 바로 나 자신의 피와 살과 만나는 믿음이 바로 절대자 하나님께서 원하시는 바라는 깨달음이 여기에 있다.

'나'의 몸과 마음을 통과하지 않은 믿음은 그저 정보의 수준에 머무는 지식에 불과하거나 얻어들은 이야기로 그친다. 거기에서는 자신을 온통 거는 믿음의 놀라운 힘이 나오지 않는다. 나의 인생, 나의 역사와 구체적으로 연결되지 못한 믿음은 "그럴지도 모른다"는 수준에서 맴돌 뿐이다.

씨올

바로 그 구체적인 '나'의 문제에 깊숙이 들어가서 하나님의 생명이 그 '나'에서 비롯되어 '생명의 씨알'이 되는 감격을 그는 일깨우고자 했다. 이 '씨올'의 '올'자에 대한 그의 해석 또한 재미있다. '이응'에 해당하는 동그라미(ㅇ)는 생명의 우주, 또는 하늘을 의미하고, 점 모양의 아래 'ㆍ'자는 우리 개개인의 존재를 일컫고 있으며, 'ㄹ'자는 생명이 힘차게 움직이는 모양새라는 것이다. 즉 하늘과 내가 만나 새로운 생명체가 되는 감동의 힘이 이 글자 안에 담겨 있다는 이야기다.

함석헌은 생명의 힘이 조선의 하늘과 조선의 땅에서 살고 있는 백성의 구체적인 삶과 만나게 될 때 비로소 하나님 나라의 절실한 체험이 이루어진다고 본 것이다. 해방이 되기 전에 죽은 친구 김교신의 전집을 발간했던 1964년, 그가 쓴 발간사는 어찌 그리도 절절한 명문(名文)인가. 다소 길어 중간중간 줄여 옮긴다. 그렇게 읽어도 여전히 광활한 뜻이 펼쳐진다.

여기 김교신 전집을 낸다. 이 어려운 때에 갖은 무리를 하며 그것은 왜 내나? 말씀이 그리워서이다. 이제 거꾸로 흐를 수 없는 역사 거꾸로 흐르는 듯해, 아주 사나운 여울목에 다다랐다. 길은 점점 더 좁고, 물결은 점점 더 높고, 거품은 점점 더 많다. 울음소리는 높다 못해 꽉 막혀 끊어졌다. 앞서 간 사람의 글을 펴놓고 조용히 읽을 때다. 사람의 크기가 어찌 그 닦은 학문이나 이룬 사업에 있으며, 학문 사업의 값이 어찌 그 부피에 있느냐? 도(道)를 품었나, 못 품었나에 달려 있다.

소위 해방이 되었다는 나라의 미치는 꼴을 보고 썩은 꼴을 보고 생명의 말씀을 가진 참 산 인물이 그리워서이다. 생명 죽은 걸 생각이라 하고, 생각 죽은 것을 말이라고 하고, 말죽은 걸 글이라고 해서 그 죽은 생명의 시체가 신문에 실리고 잡지에 실리어 거리에 난무를 하고 골목에 들 쌓여 썩어서 발을 옮겨 놓을 수 없고 코를 들 수가 없는데. 글 아닌 참 말, 말이 아닌 참 말씀이 있기를 바란다. 더러운 영을 쫓아내는 성령을 기다린다.

지금은 인생이 버림을 당한 때이다. 사람들이 활동은 다 하려하고 명리(名利)에는 미치려 하되, 인생을 깊이 살아보려는 노력을 도무지 하지 않는다. 정치가 인생을 낳는 것이 아니라, 인생이 정치를 낳는 것이다. 진실한 인생 없이 문화고 국가고 있을 수 없다. 이것도 인물이 없어 실패, 저것도 사람 잘못 만나 실패. 인생의 원리를 모르는, 원리 같은 것은 생각도 않는 동물에게 정치기관을 맡겨서는 어떻게 하는 거며 교육기관을 맡겨선 어떻게 하는 건가.

이제라도 진실한 인물이 역사진행의 선두에 서지 않는 한, 전복과 파멸이 있을 것은 분명한 일이다. 말은 많아도, 말씀은 한 마디 뿐이다. 그 하는 말씀은 결국 한마디니, 왈(曰), 믿음이다. 영원의 하나님을 믿음으로야만이 이 인생을 살 것이요, 이 나라는 설 것이다. 바라건대, 천하의 인생을 아까와하고 나라를 사랑하는 모든 동지는 글 속에 가리워 있고 말밑에 숨어 있는 말씀을 더듬어 얻기를 바란다. 云云

참된 인생살이 하는 일이 버림받는 시대, 진실한 인생을 살려는 이가 없는 세상, 참 말씀의 힘이 없는 말과 글들이 난무하는 때, 그래서 결국 진정한 생명의 도(道)를 품고 그 힘을 가진 이가 없어 정치고 문화고 뭐고 다 무너져내리고 있다는 것이다. "사람들이 활동은 다 하려 하고 명리(名利)에는 미치려 하되, 인생을 깊이 살아보려는 노력을 도무지 하지 않는다"라는 이야기는 오늘날에도 마음 모아 경청하게 된다.

함석헌의 말대로 하자면 '씨올'이 되는 우리 존재 안에는 이미 그 '씨올'이 자라나 마침내 되고야 말 나무와 무수한 이파리와 꽃과 열매가 그득 들어 있다. 어디 그뿐인가? 나에게 오기까지의 몇 억겁인지 알 수 없는 생명의 긴 행렬과, 또 앞으로 영원히 이어질 생명의 결실이 담겨 있는 것이 아닌가? 이 생명의 성장을 가로막는 것이 다름 아닌 죄악(罪惡)이며, 이 생명의 성장을 돕는 것이 곧 선(善)이다.

나, 씨올 그리고 생명의 자라남

그래서 함석헌은 어떻게든 이 선이 이기기를 간절히 기원했다. 그렇기에 그는 우리 현대사의 그 누구보다 일찍 생명에 눈뜬 사상가였다.

생명은 기운입니다. 그 기운은 한없이 부드러운 것입니다. 굳은 바위를 녹여 그 속에서 꽃이 나오고 노래가 나오게 하는 것은 이 부드러운 기운입니다. 그것을 사랑이라고 하는 것입니다.

만물을 짓고 뜻을 이루어가는 것은 힘이 아니라 사랑이라고 했던 함석헌은 그러나 유약한 선비가 아니었고 추상적인 종교인 또한 아니었으며 좋은 게 좋은 거 아니냐면서 양비론이나 양시론을 슬쩍 들먹이며 애매한 자세를 취한 이가 아니었다. 그는 단호했고 악과 정면으로 맞서 무찌르는 투사였으며, 지식의 넓고 깊기가 간단치 않으며 동과 서를 넘나들며 인류적 사고를 창의적으로 닦아나간 스승이었다.

함석헌은 기독교에서 시작했지만 기독교에 머물지 않았고, 동양의 고전을 파고들었지만 옛것에 충성을 바치는 훈구적 취미에 매몰되지 않았다. 조선 사람임을 자랑스러워했지만 조선 사람으로 그치지 않고 끊임없이 세계인이 되고자 했고 지식인이었지만 서재에만 갇혀 있지 않았다.

그가 거리를 누비면 역사가 함성을 질렀고, 그가 감옥에 갇히면 역사가 진전했다. 그 어디에 있어도 그는 시대를 뒤쫓지 않고 선두에 섰다. 선두에 서고자 한 것이 아니라 그냥 그가 있는 자리가 곧 선두였기 때문이었다. 함석헌은 철학을 하고 정치논설을 쓰고 고전 강의를 했으며 열변을 토했지만, 시를 쓰는 시인이었고 꽃과 나무를 가꾸는 정원사였다. 그는 끝까지 생명의 사람이었다.

문화를 논하면서 인간의 본질에 육박해 들어가고, 정치를 비평하며 행동의 심장을 움켜쥔다. 동양의 영혼에 들어가서 서양의 끝을 보게 하고 서양의 마음속에 잠겨 들어가 동양의 빛을 드러낸다. 그런 까닭에 함석헌은 우리 사상사의 기념비적 존재다. 사상과 문화의 발전을 위한 세계적 호흡의 근거지다.

함석헌의 글을 하나하나 읽어가면서 가슴이 떨리는 것은, 오늘날 이처럼 권력과 자본이 흉포하게 구는 때에, 그의 진지하고 뜻이 깊은 육성이 주는 울림이 다시 용기를 주고 생각의 줄거리를 반듯하게 세워주기 때문이다. 상한 갈대도 꺾지 않고 꺼져가는 등불도 함부로 끄지 않는 마음을 새롭게 일으켜주기 때문이다. 그건 구름에 뜬 관념이 아니요, 그림자만 보이는 추상이 아니며 현실의 실천이다.

부끄럽지 않은 우리 시대

이 힘겹고 고독한 시대에 그의 시 한 편은 우리를 위로하고 낙담과 절망에 빠진 현실의 뭇 마음을 격려해준다. 제목은 「그 사람을 가졌는가」다.

만릿길 나서는 길
처자를 내맡기며
맘 놓고 갈 만한 사람
그 사람을 그대는 가졌는가
온 세상 다 나를 버려
마음이 외로울 때
"저 맘이야" 하고 믿어지는
그 사람을 그대는 가졌는가

잊지 못할 이 세상을 놓고 떠나려 할 때
"저 하나 있으니" 하며
빙긋이 웃고 눈을 감을
그 사람을 그대 가졌는가

온 세상이 찬성보다는
"아니" 하고 가만히 머리 흔들 그 한얼굴 생각에
알뜰한 유혹을 물리치게 되는
그 사람을 그대 가졌는가

가졌거든 그대는 행복이니다
그도 행복이니라
그 둘을 가지는 이 세상도 행복이니라
그러나 없거든 거친 들에 부끄럼뿐이니라.

진정 우리에게 필요한 것은 서로에게 이러한 사람이 되는 그런 감
격 아닐까 싶다. 이기적인 욕망과, 좌절에 더하여 상처투성이로 흔들
려버린 생각을 모두 접고 다시 힘을 내었으면 하는 거다. 생각이 뚜
렷해지고 마음이 힘을 얻고 생명의 기운이 그 영혼을 채우면 역사는
다시 제 갈 길을 바로 갈 것이다. 저 스스로 다물어졌거나, 닥치라는
고함에 놀라 다물고 만 무수한 입들은 비로소 거침없이 열리고, 권
력의 허위는 벗겨지며 생명의 기운은 소생한다.

그래서 함석헌은 평생을 '들사람'으로 살았다. 그가 1961년 『인간

혁명』에 쓴 「들사람 얼」(野人精神)의 한 대목이다. 역사는 혼이 살아 움직여야 전진한다는 요지의 글이다.

혼은 빈 말엔 아니 움직인다.

남의 혼을 부르려면 내 혼부터 나서야 한다.

혼은 어떻게 하면 나서게 되나? 혼을 가둔 몸이 찢어져야지. 간디가 죽어서 그 공명자를 더 얻고, 예수가 죽어서 그를 믿는 자가 세계에서 일어난 까닭을 모르나? 그 혼이 육신의 가둠을 터치고 완전히 해방됐기 때문이다. 들사람이란 다른 것 아니고 스스로 제 살을 찢는 자다. ……그는 자연의 사람이요, 기운의 사람이요, 직관의 사람, 시의 사람, 독립독행의 사람이다. 그는 아무것도 보지 않는 사람, 아무것도 듣지 않는 사람. 다만 한 가지 천지에 사무치는 얼의 소리를 들으려고 모든 것을 돌아보지 않는 사람이다.

들사람이여, 옵시사!

와서 다 썩어져가는 이 가슴에 싱싱한 숨을 불어넣어 줍시사!*

함석헌, 산맥처럼 웅장하나 꽃처럼 섬세한 그이를 가진 우리는 역사 앞에서 부끄럽지 않다. 우린 아직도 희망을 품을 이유가 많이 남아 있는 시대를 살고 있다.

• 함석헌, 『인간혁명』, 일우사, 1961.

생각이 뚜렷해지고 마음이 힘을 얻고 생명의 기운이
그 영혼을 채우면 역사는 다시 제 갈 길을 바로 갈 것이다.

그래서 함석헌은 평생을 들사람으로 살았다.

비극의 본질을 캐 들어가는 인문학자
임철규

시대의 죽음 앞에서

제2차 세계대전에서 학살된 유대인은 600만 명에 이른다. 당시 유럽에 거주했던 900만 명의 유대인 가운데 3분의 2가 죽음을 당한 것이다. 2,000년 동안 유랑자로 살아왔던 이들이 '멸종'당하다시피 했던 이 역사는 이들이 믿었던 '신의 실종'이라는 비극을 겪게 했다. 그런데 이러한 비극의 체험은 현대에만 있었던 것은 아니다. 이들은 기원전에도 그런 멸종의 위기를 수없이 직면했고, 그런 가운데『성서』라는 믿음의 증언과 고백을 만들어냈다. 죽음의 끝까지 가본 이들의 절박함은 노아의 홍수에 기록되어 있으며, 훗날 유대인으로 불리는 히브리 출신 유랑자들이 사막을 헤매던 고난은 「출애굽기」에 담겨 있다.

그러나 그런 증언과 고백이 있다고 해서 다른 세대가 겪는 고통과 비극이 자동적으로 해결되는 것은 아니다. 각 세대는 그 세대마다 짊어지게 되는 과제가 있다는 토인비의 말은 옳다. 고통 자체가 인간을 성숙시키는 것이 아니라, 그것을 통과하는 과정이 성숙의 여부와 수준을 결정한다. 그런데 그게 어찌 말처럼 쉬운가? 죽음의 얼굴을 집단적으로 본 세대는 그런 경험이 없는 세대와는 전혀 다른 인생관과 세계관을 가지기 마련이다. 그건 깊은 통증이고 지울 수 없는 상처이며, 영혼에 깊숙이 꽂힌 채 빠지지 않는 쐐기일 수 있다.

치유되지 못하는 역사의 비극, 그리고 이에 대한 기억이 자기도 모르게 가하는 폭력을 극복하는 힘을 어디에서 구할 수 있을까? 우리가 꿈꾸는 세상이 수없이 좌절되고, 그 좌절 과정에서 누군가가 죽음의 대열에 계속해서 들어서게 해버리는 현실을 마주하면, 우리는 죽음의 기운 앞에서 자칫 무력해지고 만다. 이럴 때 우리는 그 현실을 외면하고 도피하고 싶어진다.

그러나 인류사에서 탄생한 위대한 정신은 도리어 그 죽음의 얼굴을 정면으로 직시하고 거기에서부터 해답을 구해나간다. 비극은 인생의 몰락이 아니라, 새로운 삶의 건축을 위한 시발점이 될 수 있으며 불굴의 정신이 되살아나는 폐허의 역설이 될 수 있다.

죽음과 마주하는 인문학자

임철규는 『그리스 비극』 『귀환』 『우리 시대의 리얼리즘』 『왜 유토피아인가』 『눈의 역사, 눈의 미학』 등을 통해, 굵직한 주제를 세밀한 안목으로 파헤쳐나간 우리 시대 최고의 인문학자 가운데 하나다. 그의 『죽음』*은 바로 이 삶이 해체되어버린, 망각하기 어려운 충격의 지점으로 육박해 들어간다. 그리스 비극에 대한 이해가 깊은 그로서

---

* 임철규, 『죽음』, 한길사, 2012.

는 죽음이라는 주제가 그리 낯설지는 않을 게다.

고대 로마 공화정 시대, 카이사르의 최대 정적 카토가 협의를 중심으로 체제를 이끌어가던 공화정의 가치에 충실하기 위해 택한 자살에서부터 피를 보는 광적 스포츠의 희생물이었던 검투사, 그리고 아우슈비츠를 비롯해서 그리스 문학 속에 표현된 죽음의 문제에 이르기까지 임철규가 다룬 죽음의 장면은 다양하고 그 성찰은 매우 깊다. 그가 본 죽음의 현장은 당대의 정신에 충격을 준 사건들이었으며 두고두고 그 의미를 성찰하는 흐름이 이어져온 것이다. 여기서 하나 짚게 되는 것은, 우리에게 그러한 성찰의 전통이 부재하다는 사실이다.

그와 같은 현실에서 비극이나 죽음은 귀신이 되고, 한을 풀어달라는 목소리가 되고 말 뿐이다. 그것이 부질없다는 건 아니다. 그 귀신과 목소리는 살아 있는 자에게 과제와 의무를 부과한다. 그러나 황폐해진 현실을 딛고 일어서는 이야기의 힘이 없다는 것은, 그만큼 우리는 체념하는 습관이 몸과 뼈에 배어버린 것이 아닐까 하는 생각이 들어서다. 우리의 정치나 사회적 모순 앞에서 대부분의 사람들이 선택하는 삶의 모습을 보면 그런 짐작과 분석이 그렇게 틀리지 않다는 느낌이다. 역사적 비관 또는 패배주의와의 싸움은 인간이 희망을 만들어내는 근본적인 사유의 무대다.

임철규는 아무리 삶이 고통스럽다고 해도 그것을 있는 대로 받아들여 살아가는 것이 존재의 의무라고 역설했던 프로이트는 물론이고, 죽음에 대한 용기를 갖는 것이 삶에 기본이라고 일깨운 하이데거를 다루고 있다. 그건 절망과 패배 앞에서 무너지지 않는 인간의 출현을 갈망하는 모습이다. 그는 또한 톨스토이의 『이반 일리치의 죽음』 등을 해설한다. 이반 일리치는 타인에 대한 연민과 사랑, 이에 바탕을 둔 자기희생적 헌신에 눈을 뜬 순간 죽음에 대한 두려움을 극복한 인물의 한 전형이다.

그 깨달음이 그밖의 모든 것을 압도했을 때, 그에게 죽음은 더 이상 '문제'가 되지 않았고, 궁극적으로 '삶'이 문제가 되었다. 그는 살아 있는 한 순간이라도 그 깨달음의 삶을 사는 것이 '일차적이자 최종적인 문제'라고 생각했다.

감당하기 너무도 벅찬 죽음의 경계선에서 생기기 마련인 비관주의와의 전투를 치열하게 치러낸 인간의 내적 승리를 보여주는 경우다. 그리고 그것은 죽음을 넘는 가치에 대한 각성과 확신이 만들어준 세계다.

깊고 깊은 상처

임철규가 『죽음』이라는 제목의 책을 쓰게 된 직접적인 동기는 2009년 5월 23일 전직 대통령 노무현의 자살이었다. 많은 이들에게 충격이었던 그 사건은 그에게 비극의 본질에 대해 다시 깊게 생각하도록 한 모양이다. 그리고 쓴 글이 「카토, 그리고 노무현」이었다. 공화정의 임종과 카토의 죽음, 노무현의 자살에 이르는, 역사의 비극이 지닌 근원에 대한 그의 생각이 여기에 담겨 있다.

그런데 더 거슬러 올라가보면, 그가 이 주제에 온통 매달려 살아온 세월이 짧지 않았음을 알게 된다. 그것은 한국전쟁 직후의 현실이었다. 임철규가 목격했던, 토벌대에 의해 죽음을 맞이한 빨치산의 최후는 망각될 수 없는 구체적인 기억이다.

나는 그때, 목이 잘린 채 얼굴은 피로 물들고 머리카락은 눈썹 아래로 흩어져 내리고, 혀는 입술 아래로 축 늘어져 있는 그 빨치산의 모습, 그리고 잘린 목을 창끝에 꽂은 채 흔들어 대며 트럭 위에서 목이 터져라 노래 부르며 지나가던 토벌대의 모습을 무서움에 떨며 지켜보았다. ……이 책을 내놓게 된 보다 근원적인 동기는 어린 나이로 감당하기에는 참으로 벅찬 그 아픈 경험과 기억의 상처부터 비롯되었다.

그는 "숱한 역사의 상처 위에 또 다른 상처들이 거듭 쌓이고 있을 뿐"이라며 이런 현실을 그대로 직시하는 것이 지금 살아가고 있는 삶의 가치를 새롭게 깨우칠 수 있는 길이라고 인식한다. 오랜 고통 끝에 만나게 되는 구원에 대한 성찰은 이렇게 해서 얻을 수 있다.

고통이 깊어진 시대는 그렇게 해서 새로운 철학과 윤리, 종교를 태어나게 했다. 어디 그리스 비극과 히브리 『성서』만 그랬던가? 동양의 고전적 정신도 그러하지 않았던가? 처절한 싸움이 천년에 가깝도록 멈추지 않았던 시절을 돌아보면서 공자는 인간의 비극에 대해 공감하는 인(仁)의 윤리로 세상을 바로잡지 못하면 인간에게 희망은 없다고 고뇌한다. 도처에 쓰러져 있는 시신의 비참한 죽음을 보면서 맹자는 『예기』(禮記)에 니오는 "천히위공"(天下爲公)을 깃발로 세우

죽음을 통과한 후에 비로소 부활이 있다.

사람들마다의 가슴에 생명의 횃불이
대낮처럼 환하게 켜질 날을 위해,
지금 우리는 '이 시대의 죽음'을
꿋꿋하게 이겨내야 한다.

며, 새로운 미래를 구축해야 할 정신을 부르짖었다.

희망을 말하고자 한다면

임철규의 『죽음』은 희망을 결코 쉽게 말하지 않는다. 그래서 그의 이야기는 무겁다. 어떻게 희망이 가볍게 만들어질 수 있겠는가? 역사는 혁명 이후 수많은 반동을 경험했고, 혁명 주체세력 자신의 전제정치를 목격했다. 인간의 마음이 가진 힘도 믿을 것이 못 되어, 여기저기서 걸려 넘어지고 깨지고 주저앉는다. 이전 세대가 이룬 희망이 그다음 세대에게 그대로 전달되는 것도 아니다.

하지만 그 과정의 무거움 속에 담긴 진지함과 우리도 모르게 경험하게 되는 카타르시스는 죽음을 마주하는 용기와 함께 삶에 대한 용기를 아울러 기르게 한다. 마음이 장중해지고, 자기도 모르게 의지를 단련한다. 비극을 통과하는 지혜는 그렇게 우리를 기운차게 길러낼 것이다. 누군가를 죽음으로 몰아가는 현실을 잊지 않는 것, 그 기억이 우리를 성찰하게 만드는 것, 그래서 다시는 그런 죽음이 반복되지 않도록, 그런 세상을 만들어가는 시대적 기운을 퍼뜨리는 것이다. 결국 비극의 본질은 비극의 종말을 이끌어내라는 역설에 있다.

힘겹고 고통스러운 현실을 만났을 때 우리에게 진정 필요한 것은 죽음을 딛고 삶을 살아가는 힘이다. 실존적으로나 시대적으로나 견디기 힘든 트라우마로 '희망의 멸종'과 '역사의 실종'을 예감하면서 흔들리고 있는 이들에게 임철규의 이 책을 권한다. 그가 우리에게 소개한 인물과 사건을 깊이 만나볼 수 있기를 기대한다.

죽음을 통과한 뒤에 비로소 부활이 있다. 부활의 본래 의미는 봉기다. 죽었다고 여겼던 것들이 되살아나 함께 진군하는 것이다. 뼈들이 일어서고 서로 연합하며, 그 위에 살과 근육이 붙고 거대한 군대처럼 세상을 점령하는 사건이 부활이다. 사람들마다의 가슴에 생명의 횃불이 대낮처럼 환하게 켜질 날을 위해, 지금 우리는 이 '시대의 죽음'을 꿋꿋하게 이겨내야 한다.

우리가 사랑하고 아끼는 사람들, 가치들이 죽어가지 않게 하기 위해서, 사멸의 비극과 마주하며 그것을 끝낼 수 있는 힘을 함께 비축해나갈 일이다. 이 싸움만큼 우리 모두의 존폐 여부를 결정하는 싸움은 없기 때문이다.

정치적 판타지 문학의 마술사

최인훈

옛날 옛적에 훠어이 훠어이

1987년 4월 어느 날이었다. 최인훈의 희곡 작품『옛날 옛적에 훠 어이 훠어이』가 미국 뉴욕 오프브로드웨이 무대에 올랐다. 한국 작가의 창작 희곡을 미국에서 최초로 공연한 '사건'이었다.

『옛날 옛적에 훠어이 훠어이』는 평안북도에서 내려오는 아기장수 이야기를 극화한 것으로, 무기력하게 지내던 산골 마을에 기운이 장사인 아기가 태어나지만 이 일이 반역의 기운이 일고 있다는 소문으로 번지면서 결국 아기를 희생시키고 마는 비극이다. 이 작품은 그의 전집(문학과지성사)에 들어 있는 희곡집의 제목이 되었고, 이 공연 이야기는 소설 형식을 띈 그의 회고록『화두』[•]에도 적혀 있다.

공연 준비에 한창이던 무대 위에는 아기장수가 타고 하늘에 오를 말이 설치되어 움직임을 시험하고 있었고, 최인훈은 그것을 흐뭇하게 바라보고 있었다. 지금은 서울종합예술학교 교수인 장두이가 당

• 최인훈,『화두』, 문이재, 2002.

시 뉴욕 유학 중 이 작품에 출연했고, 공연은 미국 관객의 뜨거운 반응 속에서 성공작으로 기록되었다. 몽환적이면서도 역사성을 지닌 이 작품의 분위기가 그들에게도 독특하게 다가왔던 모양이다.

1936년생이니 최인훈은 그때 막 쉰을 넘고 있었다. 20대에 나의 의식을 마술처럼 사로잡았던 작가를 30대 초의 청년이 되어, 그것도 이국땅에서 처음 만난 설렘은 두고두고 기쁨으로 남았다. 젊은 시절 그의 문학세계에 대한 심취는 지적 흥분을 가져오는 사건이었고, 역사를 다채로운 방식으로 현실에 호출할 수 있는 방법을 깨우쳐주었다. 그날 그는 내게 이런 말을 해주었다. "지금만 유독 특별하다고 여기지 말고 지난 시절엔 더 무서운 격랑이 있었던 것을 깊이 돌아보면서 지혜를 얻을 필요가 있다." 격정의 언어가 아니라 성찰의 문장이었다.

이 '돌아본다'는 행위는 최인훈에게 있어서 사유의 원형이다. 『회색인』『서유기』『총독의 소리』 등 그의 일련의 작품 속에서 우리는 수없이 자신의 과거를 '돌아보는' 주인공을 계속해서 만난다. 앞을 '내다보기' 전에 뒤를 '돌아보는' 존재, 그건 어쩌면 우리가 이 생애와 역사를 살아가면서 역시 끊임없이 마주해야 할 자화상일 수 있을 것이다. 이것을 '망각의 지대'에서 놓치는 시대는 폭주하는 야만을 막을 수 없다.

그런데 최인훈의 '돌아보기'는 회고적인 기억행위가 아니다. 그것은 현실과 분리되어 있으면서도 분리되지 않는 환상의 세계다. 말하자면, 최인훈에게 지나간 역사는 판타지의 원천이 되어 현실을 마주하면서도 그 경계선을 넘어설 수 있는 강력한 자유의 힘을 획득하게 한다. 그래서 그것은 과거에 고착된 채 박제화되지 않는다. 도대체 그것은 어떤 방식과 내용으로 우리의 의식 내면에 파고드는 걸까?

분단 시대 지식인의 고뇌, 『광장』

최인훈은 무엇보다도 『광장』의 작가다. 『광장』은 분단 시대 지식인이 겪는 고뇌를 그대로 투영해주었다. 1960년에 출간된 『광장』이 최인훈의 스물네 살 때의 작품이라는 것은 1964년에 나온 『무진기행』이 작가 김승옥이 스물셋에 쓴 작품이라는 것과 함께 경이로움이었다.

뿐만 아니라 『광장』이 이념의 격돌 속에서 길을 찾는 이야기라면 『무진기행』은 자본의 지배에 빨려 들어가던 시대의 슬픔을 짚어 냈다는 점에서 모두 근현대의 전환기를 통과하고 있던 한국사회의 거울처럼 보였다. 1970년대는 민중에 대한 신뢰와 역사의 진보에 대한 믿음으로 굳건히 무장한 민중 문학의 기세가 고개를 들고 청춘의 영혼을 매혹시키려는 즈음이었다. 그런 시기에 최인훈의 작품들은 고독한 이단자처럼 다가왔다.

그 이단성은 청춘의 뇌를 치열하게 훈련시켜주었다. 그 어떤 이념의 체계나 체제에 대해서도 쉽게 자신을 내주지 않고 회의하고 점검하고 질문을 던지고 선택을 주저하는 자세는 부르주아 지식인 특유의 버릇이라고 비판할 수 있을지 모른다. 그러나 그는 무엇으로도 억제할 수 없는 자유에 대해 한 치의 양보도 없었고, 그와 동시에 거대한 제국의 야만에 대해서도 신랄한 역사적 비판의 칼을 거둬들이지 않았다.

최인훈은 『광장』의 작가로만 머물러 있지 않았다. 『회색인』은 원산에서 내려온 고향을 잃은 청춘의 지적 오디세이다. 이 작품의 주인공 이름 독고준은 '홀로 외로운 사내 준'이다. 그 독고준의 '준'도 『광장』 이명준의 '준'을 따온 것이기도 하겠지만 'June', 1950년 저 6월의 전쟁으로 시작된 폭격의 기억과 관련된 작명이 아닐까 싶기도 하다. 그가 중학생이던 그 여름의 폭격과 그것을 피해 방공호로 피신할 때 그의 손을 잡고 온몸으로 껴안아준 누나 또래 여자의 살, 젖가슴의 느낌, 그 숨결에 대한 성충동의 원형을 반복적으로 회상하고 있기 때문이다.

『회색인』에서 그는 식민지의 정신사를 제대로 읽지 못한 채 자기 삶과 진정하게 밀착된 목소리를 내지 못하는 현실 앞에서 고통스러워한다. '비빌 언덕'이 아닌 것을 비빌 언덕으로 착각하고 있는 지적 착란에 대해 그는 신랄하다.

독고준과 그의 친구 김학이 나누는 대화에는 맥락이 없는 문화를 생산하고 있는 한국의 지식사회에 대한 비판이 담겨 있다.

가로되 '니콜라이의 종소리' '성모 마리아' '슬픔의 장미' '낙타와 신기루' '아라비아' 같은 거. 이런 말은 그쪽에서는 강렬한 점화력을 가진 말이야. 왜냐하면 그 말 뒤에 역사가 있기 때문이야. '니콜라이의 종' 하면 희랍정교회의 역사와 비잔틴과 러시아 교회와 동로마제국의 흥망이 그 밑에 깔려 있는 게 아니겠는가?……
주민과 풍토에서 떨어진 신화는 다만 철학일 뿐 신화는 아니야. 신화는 인간과 풍토가, 시간과 공간이 빚어낸 영혼의 성감대(性感帶)

지. 거기를 건드리면 울고 웃고 발정하고 손톱을 박아오는 그러한 지역이거든. 이 성감대가 없고 보면 애무는 부자연한 장난이며 실례이며 변태에 지나지 않고, 독자는 불감증의 게으른 잠에서 깨지 못해.

그래서 우리는 "다른 사람들의 규칙을 따라서 경기하는 운동선수 같은 거"라는, 독고준이 애정을 느끼는 여인 유정의 말이 독고준의 가슴을 찌른다. 그 역시도 "우리는 서양친구들이 밀어놓은 바윗돌을 밀어 올리는 작업에 동원된 일꾼 같은 것"이라고 자조한다. 그건 바위를 밀어 올리는 시시포스의 엉덩이를 미는 정도만 허용된 처지라는 것이다.

이러한 그의 자세는 정신의 역사를 맥락 있게 관통하려는 노력으로 이어지고, 역사와 현실에 단단하게 뿌리내리는 치열함을 낳게 된다. 그런데 여기에는 우리가 '상상력'이라고 부르는, 기성의 사고를 이탈하는 '유영(遊泳)의 자유'가 넘쳐난다. 진정한 판타지 문학은 허무맹랑한 환상이 아니라, 기존의 질서를 격파하는 데서 오는 희열을 동반해야 비로소 이루어진다. 최인훈의 문학은 그런 힘을 드러낸다.

정신사를 앓는 지식인

그리하여 최인훈은 꿈꾸는 듯한 세계로 이 문제를 끌고 들어간다. 그 6월의 기억이 그의 뇌리에서 무수히 되풀이되면서 이유정의 문으로 들어서는 장면이 『회색인』의 마지막 대목이라면, 『서유기』는 그 방에서 나와 자기 방으로 늘어가는 순간에 봉환처럼 펼쳐지는 역사와 자기 기억의 복원을 기록하고 있다.

북에서 내려왔지만 남에서도 이방인인 망명자의 고독하고 힘든 시간을 멈춰줄 정신의 원초적 떨림이 필요한 그는 이유정의 방에 들어간다. 그러다 결국 그 방에서 나오지만, 그런 후에도 그의 정신적 유랑은 그치지 않는다. 이유정이라는 존재를 통해서도 그의 마음의 혼란과 외로움은 해결되지 못했기 때문이었다. 『서유기』는 그런 유랑의 시간을 서역(西域)에 불경을 찾으러 가는 손오공과 삼장법사 일행의 모험처럼 적고 있다. 가는 길마다 요괴가 출몰하고 변신의 재주가 겨뤄지는 것처럼.

그렇기에 최인훈의 판타지 소설 『서유기』에서 독고준은 '정신사'를 앓는 환자가 되고, 평온한 도시에 침투한 스파이가 된다. 극장의 확성기는 간첩침투를 알린다.

그는 얼마 전에 이곳 서울시 운동장에서 명상을 범하고 사라진 것이 밝혀졌습니다. ……스파이의 인상을 말씀드리면 그는 관념적이며, 명상적이며, 정신사적이며, 목가적이며 실존적이며.

문학이 현실을 뒤엎는 상상을 하는 것이 어느새 범죄가 되고 만 것이다. 본래 문학은 불온한 것이거늘, 불온을 용납하지 않는 한 문학은 흔적을 남기지 않고 사라져야 하는 운명에 처할지도 모른다. 누구는 그를 반역자 또는 스파이로 취급하고 또 누구는 환자로 본다. 기억 속의 원산으로 돌아가는 경로는 그래서 위험하기조차 하다.

이 몽환의 드라마 속에서 논개와 이순신, 이광수, 조봉암 등을 만나 이들의 이야기를 듣기도 하는 그는 '당국'으로부터 스파이로 추격받고, '병원'에는 탈출환자라는 실종 신고의 대상이 된다. 그의 사상적 성찰과 정신사적 탐색은 기존 질서에게 불온한 것이며, 세균 같은 전염성이 있는 것이라고 판단된 것이다. 그는 때로 몰래 숨어 암약하는 일본 제국의 총독이 방송하는 소리도 듣고 임정 주석의 소리도 듣는다(후에 이 목소리들은 작품 『총독의 소리』로 확대 심화된다).

『회색인』과 『서유기』를 읽고 있노라면 역사에 대한 최인훈의 통찰과 독창적인 해석에 기가 질리게 된다. 그것이 20대를 거쳐 서른이 되어간 작가가 쓴 것이라는 사실 앞에서 더더욱 말이다. 『태풍』 같은 작품을 대하면 그 문학적 상상력의 경계선을 새삼 생각하게 한다. 그가 이 소설에서 동아시아 국가들을 철자의 순서만 거꾸로 읽어 아니크(China), 애로크(Korea), 나파유(Japan)로 설정해서 아키레마(America)와 나파유의 태평양 전쟁을 드라마화한 것은 대단히 흥미롭다.

의식의 내면마저 국가의 관리 아래 두려 했던 북쪽에서의 억압적인 경험과 식민지 시대의 청산도 제대로 하지 못한 채 서구의 논리에 역사의식 없이 포로가 된 남쪽의 삶은 그에게 오랜 세월 정신적 외상이 된다. 그리고 이는 그 어느 것도 쉽게 믿지 못하는 지적 의심을 길러냈으며, 그의 정신 내부에 새로운 망명지를 건설해서 이것을 작품화시킨 셈이다.

그랬기에 최인훈은 '회색 의자'(『회색인』의 원제)에 앉아 서역으로 가는 길을 머릿속에서 열심히 그려야 했다. 그는 그린 짐에서 '정신사를 잃는 지식인'이라고 할 수 있다. 적지 않은 평자들이 그를 관념에 기운 작가라고 하지만, 그건 어디까지나 오진이다. 그는 철저하게 역사의 맥락을 들추어내어 언어와 사고의 사슬을 하나하나 찾아나서는 이이기 때문이다. 그리고 그것은 그에게 정치적 판타지로 완성된다.

코끼리와 시인, 그리고 판타지의 힘

눈이 보이지 않는 장님들이 코끼리를 만져보면서 각기 그 생김새에 대해 말하는 우화가 있다. 누구는 코끼리가 기둥이라고 하고 누구는 큰 배라고 하며 또 누구는 가는 뱀이라고 말한다. 우리가 잘 아는 이야기다. 전체를 보지 못한 채 부분으로 전체를 규정하는 인식착오에 대한 비평이다. 부분을 보고 전체를 꿰뚫어본다면 사뭇 다른 논리가 서겠지만.

그런데 이 우화에 새로운 인물들이 등장한다.

철학자라고 하는 사람을 코끼리 앞에 데려왔다고 하자. 그는 뜬눈으로 코끼리를 보는 사람에다 비유할 수 있다. 그는 덩치 큰 짐승이라고 볼 것이다. 철학자는 '삶'을 전체적으로 관련시켜 본다. 그런데 또 한 사람이 와서 코끼리를 보았다고 하자. 그는 코끼리가 먼 나라에서 와서 먹이를 먹지 못하여 병들어 있고 눈물을 흘리고 있는 것을 보고 자기도 눈물을 흘렸다고 하자. 이 사람을 우리는 시인이라고 부른다. 그는 코끼리를 관찰하거나 생각한 것이 아니라 느낀 것이다. 그는 코끼리가 되었던 것이다. 이것이 이 세상에서 시인이라 불리는 사람들이 하는 일이다.

소설을 쓰는 최인훈이 시인의 내면을 우리에게 이런 방식으로 드러내준다. 그에게 소설가와 시인의 근본적 차이는 없다. 예술은 작가가 창조하는 예술적 진실 속에서 현실이 절감되도록 하는 일이기 때문이다. 그러니 코끼리의 눈물이 어느새 우리의 눈물로 변모할 때 작가는 작가로서 목적을 이룬 셈이다.

일상에서 경험하는 간단한 현상도 치밀한 논리적 전개로 파고들고, 그로부터 만만치 않은 관념적 추상의 수준을 이끌어내는 최인훈의 본심은 이 시인의 눈물에 있다. 그렇지 않았다면 그는 분단의 고통과 일제 식민지의 유령과 그토록 치열하게 싸워오지는 않았을 것이다. 그런 아픔을 놓지 않았기에 그는 자신의 처지를 말로 표현하고 있지 못한 존재의 삶 속 깊은 곳에 육박해 들어가, 그 사연을 소설과 희곡, 문학평론과 문명비평이라는 다채로운 형식을 통해 발언해왔던 것 아니겠는가?

그런데 최인훈에게 가장 강력한 문학적 영토의 이름은 지금까지 보았던 것처럼 환상, 즉 판타지에 있다. 그런 까닭에 그는 "환상 없는 삶은 인간의 삶이라 불릴 수 없다. 환상 있는 곳에 길이 있다"라고 단언한다. 그에 더하여 그는 "마음이여, 정착하지 마라"라고 외친다. 이미 어느 한 곳에 정착해버린 마음은 상상하는 일에 게을러지기 마련이다. 그의 '지평선'에 대한 생각은 상상력의 모험이 인간과 동물의 차이를 설명하는 것으로 파악한다.

지평선이라는 것은 귀중하다. 그것은 인간의 시야를 닫으면서 열어놓는 풍경이다. 거기까지가 보이는 데이자, 그 건너편의 초입이다. 동물은 지평선 앞에서 멈춰 선다. 인간은 그쪽으로 끌려간다.

최인훈은 우리를 바로 그 지평선 너머의 지점으로까지 이끌고 간다. 그게 그가 말하는 "내게 맡겨진 참호 속의 임무"일 터다.

동물원에 갇힌 문학

그러나 그가 삶의 거처로 선택한 문학은 참호전을 피하고 있다. 지평선 앞에 멈춘 동물처럼 되어버리고 있다.

시인이란 무엇? 사기도박을 발견하면 고래고래 소리를 지르고, 죽은 자에게는 대성통곡하는 것. 왜 시인은 그렇게 하는가? 그게 그의 버릇이니깐. 시인은 무당의 후손이니, 그는 부정(不淨)을 점지하는 게지.
해동(海東) 조선국에 부정살이 끼었구나아, 귀신이 어디서 왔느냐, 밖이냐, 안이냐, 서쪽이냐, 북쪽이더냐, 푹푹 잘도 썩는구나. 염통이 둘이더냐 셋이더냐 미련한 것들아아, 엇수, 좀 이렇게, 시원한 살풀이를 본 지가 오래어라.

최인훈의 『소설가 구보씨의 일일』*에 나오는 「창경원에서」의 한

• 최인훈, 『소설가 구보씨의 일일』, 문학과지성사, 1976.

대목이다. 한때 동물원이 있었던 창경원, 요즈음 다시 창경궁으로 본래 이름이 복원된 곳이다. 거기에 동물원이 들어섰던 것은 이 나라 백성들의 정신을 혼미하게 하려던 일제의 전략이었다.

그런 역사적 사연을 가진 그곳 창살에 갇힌 야수들이 어느새 고분고분한 몸짓을 습관처럼 되풀이하고 있는 것을 보면서, 구보씨는 창살에 갇힌 문학을 보았는지도 모르겠다. 문학을 가둔 권력에 대한 구보씨의 일갈이 만만치 않다.

언제나 그 시대 안에서는 어쩔 수 없는 집단 미신이나 집단 최면 같은 것이 있게 마련이다. ……민중의 대부분에게 거짓말과 미신을 덮어씌워놓고, 자기들만의 잇속과 사실에 따라 처신하는 특권자들이 있다는 것은 괘씸한 일이다. 모든 사람이 멀쩡한 등신 놀음하는데 직책상 유리한 정보를 가진 자들이 그것을 털어놓지 않고, 떼돈 벌이에 써먹는 일이 여간 괘씸한 게 아니다.

이럴 바에는, 권력의 자리에 있는 자들이 필요악에서일 망정 거짓말을 하는 것이 허용된다면, 민중에게도 그런 특권이 용서되어야 한다. 그래야 공평하다. 그 특권이란 '알 권리' '비판할 권리' '의심할 수 있는 권리' 등인데 이것들은 결국 권력자가 요구하는 충성에 대해서 적당히 '에누리할 권리'를 말한다.

이병주가 일제 학병시절과 해방공간의 경험을 그의 문학에 버무렸다면, 최인훈은 분단의 역사를 관념과 추상의 단계로 끌어올렸다. 이는 식민지 시대의 학습에서 별로 벗어나지 못한 이 나라의 정신세계에 대한 문명사적 비판의 한 방식이었다. 그런 점에서 『소설가 구보씨의 일일』은 흥미로운 작품이다.

구보씨와 샤갈, 문학의 본령

식민지 시대의 이십대 작가 구보씨가 주인공인 박태원의 원본 『소설가 구보씨의 일일』은 동경 유학을 다녀온 백수 인텔리 소설가 구보씨의 경성일기다. 이 작품은 그 결말에서 다시 제대로 된 작품을 써야겠다는 각오로 끝난다. 아쉽지만 다소 단순한 결말이라는 느낌을 주는데, 시대와의 대치에서 오는 긴장이 잘 보이지 않기 때문이기도 하다.

그에 반해 최인훈의 『소설가 구보씨의 일일』은 자신이 살고 있는 현실과 불편한 관계를 유지하고 있다. 소설 속의 한 편인 "남북조시대 어느 예술 노동자의 예술"이라는 제목이 암시하듯이, 분단이라는 지방사와 예술가의 초상이라는 보편적 역사의 흐름을 하나로 묶어 낸다. 그러고는 "난세를 사는 마음"이라는 표현으로 마무리한다. 그 난세의 마음으로 살고 있는 구보씨는 "냉전산맥 변두리 골짝 음지"가 자신의 거처임을 밝힌다. 그는 "어제의 거짓말에 오늘 놀라고 하는 식을 반복해 살아왔다"면서, 한 시대의 고정된 사고 틀에 갇힌 이들의 모습을 경복궁에서 열린 샤갈전의 한 장면으로 풍자한다.

샤갈에 대한 구보씨의 평이다.

샤갈이라는 사람이 자기 꿈의 거문고 줄을 울려 나간 그 자국들이 구보씨에게도 똑똑한 무엇인가를 전해온다. 구보씨의 고향의 바다의 물결을, 벼이삭의 출렁거림을, 마을의 소문들을, 사춘기의 장난들을. 피난살이의 희극들을. 샤갈이야말로 가장 원시적인 육체노동자였다. 샤갈은 노동의 대가다. 그의 붓은 불로소득을 모른다. 어느 붓결이든 황무지를 헤친 호미 자국처럼 속일 수가 없다.

샤갈의 지방적 체험이 구보씨의 지방적 체험과 하나가 되는 순간이다. 보편의 탄생은 이렇게 이루어진다. 그 뿌리는 언제나 구체적이며 독자적인 자기 현장이 있다. 남의 규칙에 따라 움직이는 것이 아니다. 그 현장은 서로 다른 현장과 만나면서, 경계를 넘어선 공유(共有)를 고리로 하는 문명사적 자산이 된다. 지구 전체를 동시에 사유하는 작가정신을 창조해낸다.

그러나 경복궁 속에 유폐된 지 오래인 낡은 시대 대감들의 생각은 다르다. 구보씨는 상상력으로 이들이 그림 전시회를 보면서 나누는 대화를 엿듣는다.

ㅡ허, 이게 양인들의 그림이란 것인가?
ㅡ용필(用筆)이 보잘 것이 없지 않소이까?
ㅡ우리 그림 치는 법과 전혀 상통함이 없군요.
ㅡ글쎄외다. 이것이 아마 산수(山水)인 듯한데 사군자(四君子)는 전혀 보이지 않습니다.
ㅡ눈만 버리겠소이다.
ㅡ蛇蝎 特別展(사갈 특별전)이라…….

자기 위주의 우물에서 벗어나지 못한 독선과 교리는 위대한 화가 샤갈도 독충 사갈(蛇蝎)로 만들어버린다. 사실은 그렇게 만드는 자들이 사갈이다. 문학은 이런 곳에서 질식하고 만다.

결국 출발점은 자신의 삶이다. 그것을 목소리와 가락과 화풍으로 만드는 일에서 예술은 발언의 힘을 갖는다. 그건 격투요 돌파이며 파격이다. 한 시대의 정신구조를 무너뜨릴 만한 충격을 주지 못하는 문학은 그래서 소비되고 소멸하고 폐기된다.

누가 뭐래도 문학의 본령을 지켜내는 자가 문학의 주인이 된다. 그는 시장의 가격에 따라 춤추는 자가 아니며, 아무도 거들떠보지 않아도 내야 할 소리를 내는 자의 멍석이다. 그런 점에서 『서유기』에 나오는, 죄수가 된 어느 사학자의 지론은 경청의 가치가 있다.

영국 사람인 '지에미 와도'*가 이런 변화의 원흉이라고 알려지고 있습니다. 그는 증기기관을 연구하는 기간 중 지에미, 즉 그의 어머니가 와도 거들떠보지 않았다는 데서 이런 이름을 가지게 된 것입니다. 그리스도가 예루살렘 신전에서 지에미 와도 굽히지 않은 고사를 따라서 이름붙인 것입니다. 우리 인류는 지에미 와도 동하지 않는 이런 인물들을 여럿 가지고 있는데 이런 사람들이 생각하는 방식을 고쳐놓은 사람들입니다.

진실된 목소리를 듣기 쉽지 않은 시대에 가난한 소설 노동자 구보

---

*증기기관 발명자인 제임스 와트의 패러디.

씨의 일일 행장기를 펼쳐 읽는다면 어떤 유익함이 있는가? 기괴해진 세상의 사기도박을 고발하고 어디서 온 귀신이 이리 난리인지 바로 알아맞히는 시원한 살풀이를 오랜만에 볼 수 있는, 세월을 낚을 수 있는 힘이 되지는 않을런가? 문학은 '지에미 와도'의 족보에서 태어난 뼈와 살, 그리고 피가 아닐까?

현대인이 잃어버린 것들

2012년에 나온 『바다의 편지』*는 최인훈이 지난 시기에 발표했던 글 가운데 문명, 문학 등의 주제와 관련한 꼭지들을 모아 펴낸 책이다. 여기에 실린 글들 모두의 밑바닥에 깔려 있는 것은, 우리가 애초에 가지고 있었으나 잃어버리고 만 것을 복구하고 그것으로 길을 내려는 것이다. 그 잃어버린 것은 무엇인가?

우리가 잃어버린 것은, 서양에 대한 동양이라든가, 중국에 대한 우리 역사라든가 그런 것이 아니다. 그런 것을 다 알고 나서 우리가 역사의 어떤 시기에 얻었던 문명 감각이다.

달리 말하자면, 하늘의 별이 강처럼 빛나고 시간이 지나면서 흐르는 것을 처음 보았을 때의 놀라움, 그래서 생각해낸 말과 생각들의 의미가 가지는 깊이 등이라고 할 수 있을 것이다. 이런 문명 감각이 퇴화된 채 지식이 상속되면 그것은 교조가 되고 만다. 그런 점에

* 최인훈, 『바다의 편지』, 삼인, 2012.

서 최인훈은 이런 교조의 폐습을 청산하기 위해 전투에 나선 지식인이다.

그가 쏟아내는 말들은 그래서 우리의 뇌리에 그대로 박히는 총탄이 된다. 물론 그것은 우리를 살해하는 것이 아니라, 태양이 이미 중천에 떠 있는데도 세상 모르고 잠든 우리를 번쩍 깨어나게 하는 각성의 일발(一發)이다.

광장을 가지지 못한 국민은 국민이 아니다. 밀실을 참지 못하는 개인은 개인이 아니다. 광장의 청소는 시정이 하는 것이 아니다. 기(旗)가, 함성이, 피가, 땀이 그것을 청정케 한다.

용기 없는 이기주의자, 그것이 노예다. 자유를 위해 울지 않는 새, 적의 함성을 듣고 울지 않는 북을 가진 성은 불행하여라. 노예의 달력에는 늘 여름만 있고, 자유민의 달력에는 겨울도 있다. 겨울과 폭풍을 두려워하는 자, 그것이 노예다.

나쁜 사회란 파수대에서 노름판이 벌어지고 있는 사회다. 전의가 충분했는데도 함락된 성은 대개 파수병의 잘못이다.

행동의 기억 없는 말은 무정란과 같다. 행동이라는 병아리는 그 속에서 나오지 않는다.

그리고 마침내 최인훈은 이런 말을 한다.

위대한 시인이란 회상의 능력이다. 그는 미래까지도 회상한다.

그저 상상한다가 아니다. 회상은 역사의 뿌리를 가진 상상이다. 그래서 과거를 돌아보는 일은 역시 언제나 미래를 회상하는 일에 앞서야 한다. 그렇다면 최인훈은 흔히 패배의 역사로 기억되는 한말(韓末)에 대해 어떻게 말하고 있을까?

한말이란, 이 반도에 있는 모든 계층의 원주민들이 아직 역사적 전력을 다 소모하지 않은 시점이었다. 패배라는 것은 전력이 모두 소모되었다는 식의 산술이 아니다. 전력의 전략적, 전술적 투입이 졸렬했기 때문에 핵심적 전력 요점이 격파당해서 아직 접전하지도 못한 여타의 전력이 마비되고 해체되고 결국 적에게 무장 해제됨을 말한다. 민중은 적절한 전투 지시를 갈망하고 있다. 그리고 이러한 상황은 위기에 처한 모든 존재가 그런 것처럼 증폭된 폭발적인 에너지를 지니고 있다.

이런 길을 어떻게 뚫어낼 수 있는가? 최인훈은 그것을 "환상의 길"이라고 부른다. 그것은 "길 떠나기"에서 시작된다. 익숙한 지점에 머물러 있는 것이 아니라 "모험, 비규칙적인 것, 위험, 혼돈 같은 국면"에 진입해 들어가는 것이다. 이것은 정치적 판타지의 핵심이다.

그의 말마따나 "고대의 영웅들은 '길 떠나기'부터 그의 경력을 시작"했다. 이런 종류의 길은 다름 아닌 '미궁'(迷宮)이다.

인류 생활의 어떤 시기에 집단과 집단 사이에 통상적인 관계를 수립하기 위해 경험에 수반한 위험과 지혜를 상징적으로 반영한 표현이 바로 미궁 전설이다.

이 미궁을 통과해야 우리는 미래를 향한 이정표를 체득할 수 있을 것이다. 그것은 단일한 경험으로만 이루어지지 않는다. 최인훈은 유럽 문명의 역사가 그랬듯이 '잡종과 혼합'의 힘을 길러나가지 못하면 불가능하다고 말한다.

추잉껌과 캐러멜이 되고 싶지 않다면

최인훈에게 이 모든 경로의 최종 지점은 인간의 자유와 인간이 인간되기에 있다. 『바다의 편지』는 바로 이런 의지를 가지고, 바다 속에 익사체처럼 누워서, 지난 과거의 모든 진화의 실체가 하나의 몸에 빙의(憑依)된 작중 주인공이 인류를 향해 보내는 맹렬한 서간이다. 그는 예술이, 문학이 현실의 거짓을 타파하지 못하는 것은 그 자신이 진실이 아니기 때문이라고 한다.

최후의 한마디를 어느 시인이 쓰는 순간에도 지구는 가라앉지 않는다. 감투가 탐나는 시인들은 호기 있게 거짓말을 한다. 죽어라. 단한 사람도 글 위에서 죽으려 하지 않으니 보리는 땅 속에서 썩지 못한다. 누구도 소금이 되기를 원치 않고 추잉껌과 캐러멜이 되기를 원한다.

이것이 우리의 "무서운 과거"라고 편지는 말한다. 그것이 미래에도 반복된다면 미래를 회상하는 시인에게 너무도 가혹한 형벌이 될 것이다. 이 편지에는 지난 인류의 역사가 흘린 눈물이 고여 있다. 그것이 어느새 바다가 되어 있다.

상상의 능력을 갖지 못하는 시대는 현실의 논리에 복종할 뿐이다. 대안을 포기하는 노예는 그렇게 해서 끊임없이 대량 번식한다. 역사를 미래적으로 회상하지 못하는 문명은 자기 파괴를 반복할 것이다. 파수대에 노름꾼들을 세우는 어리석음도 되풀이될 것이며, 영웅이 출현하는 것을 두려워하는 권력은 미궁을 폐쇄하고 말 것이다. 그건 질식하는 시대의 몰골이다. 최인훈의 말대로 "민중을 깔보는 자들이 민중을 대변하는" 사태가 지속된다.

최인훈의 판타지 문학은 정신이 유배된 오늘에 우리가 받아보는, 얼핏 난해한 듯하지만 사실은 명료한 암호문이다. 그것을 해독(解讀)하는 즐거움과 함께 길이 보일 것이다. 지평선 너머로 가는 길이.

결국 출발점은 자신의 삶이다.
그것을 목소리와 가락과 화풍으로 만드는 일에서
예술은 발언의 힘을 갖는다.
그건 격투요 돌파이며 파격이다.

제국의 지식지도를 바꾸다

이른바 근대 이후 우리의 지식은 서구가 독점적으로 공급하는 것이 권위가 되었다. 그러나 그 권위의 밑뿌리에 제국주의의 폭력과 식민주의의 비극이 참담하게 얽혀 있음이 결국 폭로되기 시작했다. 중세가 파놓은 무덤에서 나와 근대의 여명을 이뤄낸 지식과 혁명은 인류사 전체에 희망을 일구어놓기는 했지만, 그것이 지구적 확장을 하는 과정에서 우리는 서구가 아닌 지역과 주민들을 배제하고 모멸의 대상으로 삼는 지식의 일상화를 경험하게 된다.

이는 프란츠 파농이 일찍이 간파한 것처럼 식민지 주민들에게 '검은 피부, 흰 가면'이라는 존재의 이중적 분열을 가져오는 기반이었다. 결국 진정한 자신이 되지 못한 채 남의 가락에 춤추고 그것을 자신으로 알고 사는, 자기 인식의 무한한 혼란을 겪어내야 했던 것이다. 이것은 제국의 지식지도가 곧 진리라고 여긴 인식의 열매다. 이것을 털어내고 새로운 자기 각성의 좌표를 세우고자 한 이들이 있다. 이들이 목표했던 바는 침묵 당했던 목소리의 발굴이요, 은폐되었던 진상의 드러남이자 진정한 자기의 회복이었다.

이러한 작업은 기존의 지식지도를 해체하는 일에서부터 시작된다. 이는 이미 세계적 권위를 차지하고 있는 지식의 자리를 공격하는 일이라는 점에서 간단치 않다. 게다가 그러한 공격에 대한 기존 질서의 반격도 만만치 않을 것이라는 점에서 이 작업은 용기를 요구한다. 그 용기는 주류부터 배척되고 변방으로 몰릴 수 있다는 각오를 포함한다.

새로운 역사를 여는 지식은 언제나 이러한 운명에 처하곤 했다. 그 지식이 다음 단계의 역사와 사회를 만들어내기까지는 석지 않은 시간이 걸리게 마련이다. 그 시간 내부에는 의식의 변화가 필연적이 되는 상황 자체의 변모도 있겠으나, 또한 지식지도 내부의 치열한 쟁투가 전개되기 때문이다.

중세신학과 싸운 계몽주의는 승리와 함께 지배논리가 되면서 억압의 현실을 결과했다. 그 억압은 계몽의 논리 속에 숨겨졌고, 제국의 확장과 함께 억압의 강도와 범위가 더욱 강하고 넓어졌다. 그것은 이로 인해 희생되는 이들이 더 많아졌음을 의미했다.

바로 여기에서 우리는 제국의 지식지도가 달라져야 함을 절감하게 된다. 우리가 지식이라고 받아들인 내용에 대한 비판적 검증이 요구되고 있다. 그것은 우리를 진정으로 자유하게 할 토대가 무엇인지를 묻는 일과 통한다.

실로, 제국은 해체되어야 하며, 노예는 해방되어야 한다.

라틴아메리카의 해방철학자
엔리케 두셀

1492년 아메리카라는 신화

아르헨티나 출신의 엔리케 두셀(Enrigue Dussel)은 해방철학자로 알려진 동시에, 라틴아메리카 해방신학에 대한 연구로 이름이 높다. 그는 서구 식민지 이론이 비서구 지역에 살고 있는 원주민들의 영혼을 착취하고 기만하는 구조를 지속적으로 폭로해왔다.

들뢰즈, 라캉, 가타리 등의 이론이 인문학의 주류 담론을 형성하고 있는 시대에, 두셀은 주변부에 밀려나 있다. 그러나 두셀을 주목하는 순간, 우리는 읽어내기조차 쉽지 않은 프랑스 철학의 텍스트에서 해방되어 매우 명쾌한 어조로 우리의 의식을 뒤덮고 있는 쇠항아리를 벗겨낼 수 있게 된다.

1934년생인 두셀은 1973년 군사 쿠데타가 일어나고 그의 집에 폭탄이 투척되는 등 생명의 위협을 느끼자 멕시코로 망명한다. 현재 그는 멕시코 국적이며, 철학과 신학 두 부문에서 주요한 문제의식을 제기해왔다. 또 하버마스나 레비나스 등과 꾸준히 교류해왔다. 두셀은 특히 해방의 철학을 비롯해서 라틴아메리카의 의식세계를 비판적으로 해부하는 데 힘을 쏟아왔다. 그의 『1492년 타자의 은폐』*
는 『아메리카라는 개념의 발명』(*The Invention of the Americas*)이라는
원제와 "타자의 소멸과 근대성 신화"(Eclipse of the "Other" and the
Myth of Modernity)라는 부제를 달고 1992년에 나온 책이다. 말하
자면 이 책은 1492년 콜럼버스의 아메리카 상륙 500주년 기념에 대
한 비판적 성찰인 셈이다.

두셀은 바로 이 사건이 유럽의 근대성을 창출한 시대적 출발점이
자, 유럽 이외의 지역에 대한 '타자' 개념이 형성되고 이를 유럽의 지
배질서를 만들어내는 사상적 기초로 삼아나간 기원적 연도라고 본
다. 그의 말을 들어보자.

> 1492년은 근대성이 '탄생한' 해이다. 그러나 근대성이 탄생한 때
> 는 유럽이 타자를 마주하고, 타자를 통제하고 타자를 굴복시키고
> 타자에게 폭력을 행사한 때였다. 또 근대성을 구성하는 타자성을
> 발견하고 정복하고 식민화하는 자아로 자신을 정의할 수 있던 때
> 였다.

'정복하는 자아'를 직시하다

여기서 우리는 유럽 근대철학의 '생각하는 자아'(ego cogito)가 사
실은 '정복하는 자아'(ego conquiro)와 그대로 일치하거나 결합되어

---

* Enrique Dussel, *The Invention of the Americas: Eclipse of 'the Other' and the Myth of Modernity*,
New York: Continuum Books, 1995; 엔리케 두셀, 박병규 옮김, 『1492년 타자의 은폐』, 그린비,
2011.

있는 것을 목격하게 된다. 두셀은 바로 이 점을 깊이 들여다보면서, 콜럼버스의 '발견'은 사실상 그 발견된 대상을 '은폐'하는 인식의 변환을 거치게 된다는 사실을 강조한다. 영어로 표현하면 discover가 아니라 cover라는 것이다. 이렇게 되면서 유럽이 발견했다고 하는 타자는 독자적 존재가 되지 못하고 유럽에 의해 존재로 판명되거나 그 존재가치가 인정되는 상황이 벌어진다.

말하자면, 서구 역사서에서 라틴아메리카의 인디오(원주민)는 1492년 이전 시기를 서술할 때 등장하지 않는다. 그것은 라틴아메리카 대륙에 이들의 문명이 존재하지 않았음을 의미하며, 유럽이 이들을 발견해주기 전까지는 세계사에서 이들의 존재 자체는 부재한 상태나 마찬가지였다는 것이다. 존재의 역사성이 가려지고 만 것이다. 유럽의 역사서술이 이들에 대한 겉표지가 되어버린 것이다.

하지만 두셀에 따르면 이들은 아주 오래 전 아시아에서 건너왔다. 그런 점에서, 서구의 위치에서 바라보자면 그야말로 '극동아시아'가 되는 격이다. 그 아시아는 유럽이 자신의 문명에 대한 자각과 정체성을 깨닫기 훨씬 이전에 이미 독자적 문명체계를 가지고 있었다. 그 문명체계를 파괴한 장본인이 바로 유럽 정복자라는 점에서, 문명 부재의 상황을 만든 책임이 누구에게 있는지 분명해진다는 것이다.

서구인들은 이러한 정복과 침략, 파괴와 약탈을 철저하게 호도한다. 이들의 논리는 모두를 위한 선행으로 포장한 근대성을 앞세운 폭력일 뿐이다.

(이들의 입장에서는) 타자에게 행사하는 지배란 실제로는 야만인

을 문명화하고 발전시키고 '근대화'시키는 해방이자 '이익'이고 '선'이다. 이것이 '근대성 신화'이다. 무고한 사람(타자)을 희생시키고, 그 원인을 희생자의 책임으로 돌리며, 근대 주체는 살해 행위와 관련하여 무고하다고 주장한다. 결국 피정복자(피식민지 주민)의 고통은 근대화의 대가, 불가피한 희생으로 해석된다.

어디서 많이 들어본 말이 아닌가? 수탈이 그 본질인 외면적인 성취 안에 담긴 폭력을 철저하게 은폐하면서, 희생은 어쩔 수 없이 일어난 일이라는 식으로 호도한다.

독재권력을 비롯해서 서구의 근대성 논리에도 이러한 주장은 기본 장치로 장착되어 있다. "미성숙한 존재들을 문명화시킬 책임"을 지닌 서구가 이들에 대한 지배력을 행사하는 것은 너무도 당연한 것이 된다. 따라서 1492년은 서구와 비서구가 서로 문명사적으로 만난 것이 아니다. 게다가 동등한 혜택을 누린 것도 아니다.

실제로 한 세계가 종말을 고했다. 그러므로 '두 세계의 만남'이라는 표현은 입에 발린 말이고, 공허한 말장난이다. 두 세계 가운데 한 세계는 근본 구조가 파괴되었기 때문이다. ……'만남'이라는 개념은 은폐적이다. 인디오 세계, 타자세계에 대한 유럽 세계와 유럽 자아를 감추고 있기 때문이다.

이와 같은 유럽 근대의 기원에 숨겨진 논리에 대해서 두셀은 다음과 같이 정리해낸다.

원시적이고 신화적인 설명에 반대한다는 점에서는 합리성이지만, 타자를 희생시키는 폭력을 감추고 있다는 점에서 신화이다.

서구의 근대성이 이성의 합리성을 깃발로 내세우고 있지만, 그것은 전 시대의 신화와 대립하면서 동시에 비서구에 대한 폭력을 은폐한다는 점에서 비합리적이고, 신화적 본질과 기능을 지니고 있다는 것이다. 그것은 한마디로 서구의 죄를 없는 것으로 만들고 "비서구의 문명 이전 상태를 부각시키는 전략"이다. 못난 놈들을 제대로 되게 만들어주는 수고를 스스로 감당한 것을 가지고 시비 걸지 말라는 것이다. 자처해서 부담을 걸머진 '백인들의 짐'(White man's burden) 논리다. 그러나 그것은 백인들이야말로 이들 비서구 원주민들에게 짐이 되고 부담이 되고 억압자가 되는 현실을 만들어냈다.

일본은 그렇게 해서 조선을 식민지로 삼았고, 미국은 그런 방식으로 1945년 자신의 영향권에 있는 지역의 민주주의를 통제·관리하려 들었다. 박정희를 비롯한 군사정권들은 모두 희생자들을 도리어 죄인으로 만들고 자신의 폭력을 교묘하게 제도화시키며, 그 사실이 드러나면 문명의 단계로 진입하기 위해 불가피한 것이었다고 합리화한다.

철학의 해석학적 임무

두셀은 발견이 은폐가 되고 정복과 침략이 문명으로 해석되는 구조를 파산시키고, 바로 그렇게 은폐된 존재들을 새롭게 발견하는 일이 철학의 해석학적 임무가 되어야 한다고 주장한다. 이와 같은 그의 주장은 실로 모든 정치행위에서 작동해야 하는 논리다.

목소리를 잃은 이들의 목소리가 되고, 부당하게 존재를 부인당한 이들을 끊임없이 불러내고, 배제된 이들을 다시 무대 위로 호명하는 노력이 세상을 바로잡을 수 있는 출발점이다. 지배 권력이 자신의 목표를 그럴 듯하게 포장하고, 누군가를 '못난 타자'로 만들면서 끊임없이 희생시키는 구조를 바꾸지 않으면 기만과 폭력은 그칠 수 없다. 두셀은 유럽의 근대성 신화와 논리를 이렇게 압축한다.

근대성의 이성적 핵심은 인류를 문화적·문명적 미숙함의 상태에서 해방시키는 것이다. 그러나 신화로서의 근대성은 세계적 지평에서 피착취 희생자로서 주변부 세계, 식민세계의 남성과 여성을 제물로 바치며, 이들의 희생을 근대화에 수반되는 불가피한 희생, 비용이라는 논리로 은폐한다.

근대라는 새로운 시대의 도래는 전근대적 상황을 혁명적으로 뒤집은 것이다. 그것은 그 자체로 중대한 의미가 있다. 그러나 비서구에 이 근대성이 접합되는 순간, 그것은 폭력적인 신화가 되고 말았다. 그래서 그는 "이러한 비합리적 신화는 해방행위를 통해서 극복되어야 한다"고 한다. 그것은 무엇일까? 두셀은 위계질서의 착취구조를 폭로하는 책인 옥타비오 파스(Octavio Paz)의 『피라미드 비판』[*]과 마르크스의 『자본론』의 한 대목을 인용하며 이렇게 맺는다.

---

[*] Octavio Paz, *The Other Mexico: Critique of the Pyramid*, New York: Grove Press, 1972.

새로운 신을 위해 새로운 제단에서 희생된 사람은 1492년 이래 식민화된 민중, 세계 주변부 민중이었다. ……실제 역사에서 정복, 억압, 예속, 강탈, 살인, 한마디로 폭력이 중요한 역할을 담당했다.

바로 이것을 명확히 들여다보는 순간, 우리는 지금 현실에서 벌어지고 있는 부당한 폭력과 그 폭력의 주체, 그리고 희생당하는 이들의 모습을 보게 된다. 모든 정의는 이것을 발견하는 자리에서 시작된다. 은폐되어 있던 역사의 진실이 드러나는 첫 출발은 지배 권력이 행사한 폭력에 대한 저항이다.

1542년, 에스파냐(스페인) 정복자들이 저지른 학살과 야만을 고발한 신부 바르톨로메 드 라스 카사스(Bartolome de Las Casas)의 목격담에는 원주민들을 산 채로 불에 태워 대량학살한 대목이 나온다.

이곳에 살고 있는 이들은 이 세상에서 가장 온순하고 누구에게도 적대적이지 않은 사람들이다. 그런데도 스페인 기독교인들은 몇 날 며칠을 굶은 야수들처럼 이들에게 달려들어 갈기갈기 찢어 죽였다. 이 모든 것은 다 금을 얻기 위한 이들의 욕심 때문이었다. 말은 신앙을 앞세웠지만 그것은 모두 거짓이었다. 성서도 가르쳐주지 않았고, 성례식도 집전하지 않았다. 오로지 주머니에 금은보화를 가득 채울 생각 외에 다른 것이 없었다.*

---

* Bartolome de Las Casas, *A Short Account of the Destruction of the Indies*, Penguin Books, 1992.

목소리를 잃은 자들의 목소리가 되고,
부당하게 존재를 부인당한 이들을 끊임없이 불러내고,
배제된 이들을 다시 무대 위로 호명하는 노력이
세상을 바로잡는 출발점이다.

두셀은 바로 이 탐욕과 학살의 역사를 근대성으로 포장하고 비서구의 주체성을 소멸시킨 현실에 대해 철학의 임무를 묻고 있다. 이 질문은 우리 자신에게도 그대로 던져지는 과제다. 자본의 탐욕이 한 시대를 지배하면서 벌어지는 비극을 외면하는 철학은 가해자의 도구가 될 뿐이다.

식민지 권력의 비밀을 파헤친 문학이론가
월터 미뇰로

서구의 논리에 대한 반격

2009년 런던에서 G20 정상회의가 개최되자, 무려 160여 개 NGO가 반대시위를 벌였다. 이 시위는 세계자본주의가 가는 길이 과연 모두에게 행복을 가져다줄 것인지 신랄하게 묻는 행위였다. 그 와중에 경찰의 폭력 진압으로 시위 참가자 중 한 명이 곤봉에 맞아 숨졌다. 런던 경찰은 이를 은폐하려다가 『가디언』지의 사진보도로 더는 거짓말을 하지 못하게 되고 말았다.

자본의 계급권력을 옹호하는 국가의 경찰 기능에 의해 타살된 한 청년의 희생은 오늘날 세계가 놓여 있는 모순의 실체를 고스란히 보여준다. 자본의 탐욕은 여러 형태로 그 겉모습을 변화하면서 지속되고 있으며, 민초들은 발언권을 상실하고 있는 형편이다.

이런 맥락 속에서 아르헨티나 출신 지식인 월터 미뇰로(Walter Mignolo)의 『라틴아메리카, 만들어진 대륙』*를 읽는 것은 세계의 현

---

* Walter D. Mignolo, *The Idea of Latin America*, Oxford: Blackwell Publishing, 2005; 월터 미뇰로, 김은중 옮김, 『라틴아메리카, 만들어진 대륙』, 그린비, 2012.

재 질서를 바라보는 우리의 시선과 사유 방식에 중대한 파열을 일으키면서 충격적인 인식의 전환을 가져올 것이다. 오랜 세월 에스파냐 문학 연구로 문장의 깊이를 연마해온 서울대 라틴아메리카연구소 김은중 교수의 빈틈없이 유려한 번역 또한 우리에게 읽는 즐거움과 사회과학적 사유의 명징성을 체험하게 한다.

미뇰로는 1941년생으로 프랑스 파리에서 학위를 마치고 미국 듀크 대학 문학부 석좌교수로 있다. 그는 기호학과 문학연구에서 출발하여, 서구 자본주의의 근대성과 식민지성이 동전의 양면이라는 역사적 관찰에 기초해서 자신의 논지를 펼치고 있다. 이 점에서 그는 두셀과 궤를 같이한다. 그는 서구가 시동을 건 근대성을 그대로 받아들이는 것은 그 안에 구조적으로 내포된 식민지성을 고스란히 수용하는 결과를 가져오며, 그로 말미암아 우리 내부에도 끊임없이 이 식민지성을 확대 심화하는 체제를 지속시키게 될 뿐이라는 비판으로 이어진다.

이런 주장은 종속론이나 제국주의론에 대한 이해가 있는 이들에게는 이미 익숙하겠지만, 미뇰로에게서 주의 깊게 봐야 하는 것은 이로 말미암아 우리 내부에 누군가를 누락, 배제시키고 이들의 희생을 당연하게 여기는 의식이 주도권을 잡게 된다는 사실을 치밀하게 파헤친 점이다. 그런 주도권이 형성되면서 대중들은 지속적으로 배제되고 주변부화된다. 그리고 현실에서 중심을 차지하는 자들은 서구 자본주의의 식민지적 착취 구조에 연결된 근대성 논리를 지원하고 이를 통해 자신들의 특권을 거머쥐는 자들이 된다.

식민지 권력의 매트릭스

미뇰로의 어법에 따르면 근대라는 역사적 지점이 만들어지는 과정에서 '식민지 권력 매트릭스'가 작동했으며, 따라서 이를 분명하게 응시하고 이것의 지속적인 유지 체제에 정면으로 도전해야 한다. 그렇게 해서 이 식민지 권력 매트릭스를 해체하는 '탈식민적 전환'이 있지 않고서는 새로운 대안 체제를 상상할 수 없게 된다는 것이다.

그에 따르면, '아메리카'라는 개념은 서구 제국주의의 대륙 약탈에 따른 기획의 결과다. 여기에 '라틴'이 붙었을 때 이는 앵글로색슨이 지배하는 북아메리카와는 별도의 영토로 확정하려 했던 남미 유럽계 후손들의 전략이었다는 것이다. 그 결과 이 또한 이 지역 원주민을 비롯한 비(非) 유럽계 인종과 주민들을 억압, 배제하는 식민 지성의 연장이라는 점에서 착취와 폭력의 결합을 벗어날 수 없게 했다.

대륙에 대한 이러한 유럽적 명명(命名)은 이 대륙의 주체가 되어야 할 원주민을 비롯한 노예체제 후손들의 권리를 박탈하는 '인식의 식민지 권력 매트릭스'를 정당화하고 유지시킬 뿐이라는 것이다. 즉 이는 이 대륙을 서구의 자원으로 보게 하며 이곳에 살고 있는 원주민들은 이들 서구의 자본주의 체제에 동원될 노동력 또는 소모품이라는 생각을 굳히게 된다는 주장이다.

이런 점에서 '어머니 대지'라는 뜻을 가진 '파차마마(Pachamama)' 등의 개념을 라틴아메리카 내부에서 거론하고 주장하는 것은 식민지적 상처를 극복하고 이들의 주체적인 목소리와 요구를 담아내는 중대한 출발일 수 있다. 따라서 미뇰로의 관점을 중심에 놓고 보자면 기존 좌파의 라틴아메리카에 대한 인식도 수정되어야 한다. 미뇰로의 관점은 원주민들의 삶을 중심에 놓자는 것이다.

미뇰로는 신자유주의 체제의 폭력적인 정치경제 상황을 겪은 라틴아메리카의 최근 진보적 변화를 놓고 이의를 제기한다. 그는 이를 라틴아메리카의 좌파 권력이라고 부르거나, 볼리비아의 원주민 출신 에보 모랄레스(Juan Evo Morales)의 대통령 당선을 라틴아메리카 좌파 노선에 대한 합류로 보는 것은 문제가 있다고 강조한다.

이러한 변화는 라틴아메리카 내부의 탈식민적 전환과 그간 배제되어왔던 원주민 주체의 새로운 세계관, 그리고 대안의 선택이라는 차원을 드러내고 있기 때문이다. 원주민 출신 대통령 모랄레스의 존재는 북미주 원주민들이 거의 제거되다시피 한 기반 위에 이루어진 미국의 흑백 혼혈 오바마의 당선과는 전혀 역사적 궤를 달리하는 사건임을 주목하라는 것이다.

원주민의 정체성과 발언권의 회복

그래서 미뇰로는 『르몽드 디플로마티크』의 이냐시오 라모네(Ignacio Ramonet)가 모랄레스에 대해 가지고 있는 시선을 이렇게 비판한다.

라모네는 모랄레스의 당선을 원주민 운동이 라틴아메리카 좌파에 합류하는 좌파로의 전환이라고 생각했지만 사실상 그 반대였다. 다시 말해, 모랄레스의 집권은 혁명의 주도권이 오로지 마르크스주의 좌파에게 있는 것이 아니라 다양한 좌파에 있다는 사실을 인정함으로써 유럽 중심적 좌파가 스스로를 지역화하고 이를 통해 재기할 수 있는 기회인 것이다.

이렇게 좌든 우든 서구 자본주의와 그 대항 논리가 유포해온 인식에서 실종된 원주민 주체성에 주목하는 것이야말로 탈식민적 전환의 중대한 동력이라고 할 수 있다. 그리고 이를 주목하게 될 때, 비로소 우리는 라틴아메리카 대륙의 주인인 이들의 요구에 정확하게 들어맞는 대안의 실현이 가능해질 것임을 예상하게 된다. 그는 또 이렇게 모랄레스 정부의 의미를 짚고 있다.

모랄레스 정부는 행정, 경제, 교육 분야에서 탈식민성 기획을 확실하고 공개적으로 추진하고 있다. 이것은 주체성을 탈식민화하는 것 혹은 존재를 탈식민화하는 것을 의미한다. ……따라서 지금 필요한 것은 더 많이 생산할수록(남들보다) 더 잘 살 수 있다는 철학에서 벗어날 수 있는 탈식민적 사유이다. …… 모랄레스가 대통령에 선출된 것은 지정학적 게임의 법칙이 탈식민적 전환의 시기에 들어섰음을 의미하는 것이고, 이러한 전환은 라틴아메리카 '이후'를 예시하는 사건이다.

역자인 김은중은 미뇰로의 이러한 주장을 다음과 같이 압축해내고 있다.

책 전체에서 미뇰로가 누누이 강조하듯이 탈식민적 선택은 논쟁의 내용을 변화시키는 것이 아니라 논쟁의 틀 자체를 변화시키는 것이며, 자유주의적이고 보편주의적 기획으로부터 벗어나(de-link) 지역의 필요성을 재설정하는(re-link) 작업을 통해 또-다른 패러다임을 건설하는 것이다. ……길은 이미 정해졌다. 탈식민적 선택은 좌우의 선택이 아니라 인간의 회복이며, 전 지구적 수준의 윤리적 해방 프로젝트이기 때문이다.

이러한 인식은 이미 1980년대 중반에 신자유주의의 몰락을 내다보면서 서구 자본주의의 근대성 논리가 숨기고 있는 식민성의 논리부터 '결별'(delinking)할 것을 요구한 사미르 아민(Samir Amin)의 주장을 확대 심화한 것이라고 할 수 있다.

라틴아메리카의 목소리를 복원하려면

사실 이러한 경향은 이미 1970년대 라틴아메리카의 식민적 상처를 정리해낸 우루과이의 에두아르도 갈레아노(Edardo Galeano)라든가 이슬람권에 대한 인식 재구성을 시도한 마셜 호지슨(Marshall Hodgson), 중국사와 중근동 고대사를 연구하다 아프리카의 문명사적 목소리를 파고 들어간 마틴 버널(Martin Bernal) 등을 비롯한 학문적 운동의 보편적 흐름과 궤를 같이한다.

또한 이는 1972년 가이아나의 지식인 월터 로드니(Walter Rodney)가 『유럽은 어떻게 아프리카의 발전을 가로막았는가?』(*How Europe underdeveloped Africa?*)를 내놓았을 때 받은 충격에서 예상되었던 궤도다. 이제 문제는 이를 우리 자신의 사유 방식으로 선택해서 '근대성과 선진화'라는 식민성에 기초한 인식의 틀을 어떻게 해체하면서 이 나라 민중의 가장 절절한 요구를 담아낼 수 있는 대안적 선택을 만들어낼 것인가에 있다.

자신의 역사가 겪은 식민적 상처에 둔감한 지역의 주민들은 탈식민적 전환을 이루어낼 수 없다. 그 어떤 미래의 선택도 이제는 이 전환의 지점에서 출발해야 한다. 미뇰로는 이것을 앞으로 다가올 "500년을 위한 투쟁"이라고 말하고 있다. 이 인식혁명의 작업을 위해 그의 또 다른 저서 『지역사/지구적 기획』*은 주목할 만하다. 미뇰로의 이 책은 국내에서는 지난 2013년 『로컬 히스토리/글로벌 디자인: 식민주의성, 서발턴 지식, 그리고 경계사유』라는 제목으로 번역 출간되었다.

미뇰로는 이 저서를 통해, 1950년대에서 70년대의 라틴아메리카 지식사회를 비판적으로 돌아본다. 서구 중심주의와 탈식민주의 논의가 한참 깊게 진행되고 있다가 언어학의 소쉬르, 인류학의 레비-스트로스, 철학의 데리다, 정신분석학의 라캉이 지식인 사회에 알려지면서 졸지에 상황이 변해버렸다. 유럽의 정신적 계보에 뿌리를 둔 지적 논의 앞에서 라틴아메리카의 현실을 다루고 고뇌했던 일체의 주제들이 별 볼일 없는 낡은 이야기처럼 취급되고 만 것이었다.

지식인이면 데리다, 라캉, 푸코 정도는 줄줄이 입에 달고 나서야 지구적 수준의 지적 역량을 보일 수 있는 것처럼 되면서, 라틴아메리카의 역사와 철학은 하위체계, 말하자면 B급 판정을 받는 분위기

• Walter Mignola, *Local Histories/Global Designs: Coloniality, Subaltern Knowledges, and Border Thinking.* Princeton University, 2012: 월터 미뇰로, 이성훈 옮김, 『로컬 히스토리/글로벌 디자인: 식민주의성, 서발턴 지식, 그리고 경계사유』, 에코리브르, 2013.

가 만들어졌다. 미뇰로의 지적 도전과 비판은 이런 현실과 정면으로 맞서면서 자신의 틀을 만들어나갔다. 그것은 유럽의 포스트모던 철학 전반에 대한 거부나 비판이 아니라, 그것이 놓치고 있는 지점에서부터 시작해서 라틴아메리카의 목소리를 복원하려는 노력이라고 할 수 있다.

경계사유, 권력의 식민지성, 식민지적 차이

탈식민주의 논의 또는 포스트 식민주의 담론에서 우리는 그 선두주자들의 특징을 보게 된다. 에드워드 사이드(Edward Said)는 푸코를 인식의 기둥으로 삼아 비서구를 서구의 하위체계로 위치지운 오리엔탈리즘을 비판적으로 분석한다. 호미 바바(Homi Bhabha)는 라캉을, 가야트리 스피박(Gayatri Spivak)은 데리다를 통해 자신의 탈식민주의 논의를 펼쳐나간다.

이에 반해, 미뇰로는 두셀의 해방철학과, 세계체제론의 이매뉴얼 월러스틴(Immanuel Wallerstein)을 통해 세계체제의 위계질서에 대한 비판적 인식을 정리한다. 그러면서도 미뇰로는 세계체제의 패권적 구조와 그 변동에 대한 분석에 열중한 월러스틴에 머물지 않는다. 그는 '권력의 식민지성'(coloniality of power), '식민지적 차이'(colonial difference)라는 독자적인 개념을 통해 라틴아메리카의 묵살된 역사적 경험과 발언, 그리고 원주민들의 현실과 언어를 인간과 세계 이해의 출발점으로 삼아나간다. 이것은 그가 이른바 '지식의 지정학'(geopolitics of knowledge)이라는 틀을 통해 정리해낸, 패권제제와 하위체계 사이의 경계선에서 사유하는 '경계사고 또는 변방

사유'(border thinking)의 산물이다.

미뇰로는, 서구의 구조주의나 포스트모던 철학이 세계체제의 중심부에서 그 중심의 사유와 논리를 비판적으로 점검하는 노력이었다는 점에서 평가할 바가 있다고 인정한다. 하지만 식민지에 대한 착취나 그로 인한 식민지 지역의 역사적 정체성의 소멸에 대한 인식은 그 안에 존재하지 않는다고 지적한다. 포스트모던 철학이 서구의 역사적 진보를 이루어왔다고 여긴 이성의 야만성이나 이성의 전체주의적 지배에 대한 비판적 논의는 일정하게 성공을 거두었으나, 그러한 논의는 라틴아메리카 원주민들이 겪고 있는 고통이나 이들의 본래 언어가 말살되고 있는 현실에 대해서는 아무런 대답을 해주고 있지 못하다는 것이다.

그는, 그럼에도 불구하고 마치 이러한 유럽 지식인들의 논의가 지구적 차원의 지적 발언권을 확보하는 데 일차적 요건인 것처럼 되고 있는 현실 자체가 문제라고 본다. 이런 조건 아래에서 하위주체(subaltern)로서의 비서구 지역이 생산해내는 지식의 세계적 위상은 부차적이게 된다는 것이다. 하위주체의 지식체계는 유럽에 비해 열등한 것처럼 여겨지는 식민지적 차이가 만들어지면서 "진실이 은폐"되고 있다고 말한다.

더군다나 500년에 걸친 세계체제의 역사적 재편과정에서 영어, 프랑스어, 독일어가 지식의 중추가 되면서 비서구 지역사의 주체들은 자기 언어로 자신의 현실을 세계적 차원에서 발언하는 것이 봉쇄되거나 또는 경청할 만한 지적 가치로 인정받지 못하게 되었다. 이들 중심체제의 언어 외에 다른 언어로 철학하는 것은 대단히 어려운 일이 되고 만 것이다.

따라서 미뇰로는 서구 중심주의(Occidentalism)가 지배하는 현실에 대해, "복종을 요구당한 지식의 반격"(insurrection of subjugated knowledge)을 내세운다. 이것은 푸코의 담론이기도 한데, 미뇰로는 이를 통해 유럽 역사의 근대와 식민주의가 어떻게 서로 짝을 이루면서 인류의 역사를 왜곡해왔고 서구 중심주의의 일방성을 보편성의 이름으로 관철해왔는지 비판한다.

하위주체 연구(subaltern studies)에 대한 그의 논의에서는 '이론의 여행'이라는 흥미로운 대목이 등장한다. 이 대목에는 "비즈니스클래스를 타고 제3세계로 여행을 가는 이론"이라는 부제가 붙어 있다.

이론은 여행을 하기도 한다. 그 이론이 어느 지역에 도착하면 그 지역 풍토에 따라 변모의 과정을 거치기 마련이다. 그런데 만일 그 이론이 식민지적 차이를 가진 지역을 여행하면 어떤 변화를 겪게 될까?
어떤 이론들은 여행을 하지 못한다. 본래 태어난 곳에서 그냥 평생을 지낸다. 하위주체들이 생산해낸 지식들이 그런 운명에 처한다. 반면에 중심에서 생겨난 이론들은 여권을 가지고 어디든 간다.

지식에도 왕후장상의 씨가 따로 있는 세상인 셈이다. 미뇰로는 두셀이 런던이나 파리 또는 뉴욕이나 베를린에서 태어났다면 아마도 지금과는 완전히 다른 대접을 받았을 것이라고 말한다. 두셀은 몰리고 쫓기고 억압받은 자들의 현실을 "타자의 얼굴"이라는 개념으로 철학화한 레비나스와 마르크스 그리고『성서』를 토대로 자신의 해방철학의 뼈대를 세웠다.

두셀이 쓴, 마르크스의『정치경제학 기초』(*Grundrisse*)와『자본론』의 중간 단계인『자본론 수고』(手稿/manuscript)에 대한 해설인『알려지지 않은 어떤 마르크스를 향해』(*Towards An Unknown Marx*)는 읽는 이를 압도한다. 그런 두셀의 지적 역량에 대한 우리 지식인 사회의 낮은 관심도 역시 미뇰로의 말대로 유럽이 생산해낸 지식에 대한 선망과 그 위계질서에 지배받고 있는 탓이라고 할 수 있다.

억압된 역사의 발언권

미뇰로는 라틴아메리카의 경우 특히 원주민들의 "억압된 기억과 지식"(suppressed memories and knowledge)의 복구가 절실해지고 있다며, 이는 이들의 삶이 만들어낸 언어의 시민권을 복구하는 문제와 직결되어 있다고 말한다. 그는 이것을 "이중언어 사용"(bilanguaging)에서 비롯될 수 있다면서, 열등한 변방으로 취급되고 있는 언어가 가진 기억과 역사가 현실에서 서구의 지구적 기획과 동등한 위상을 가질 수 있도록 하는 일이 필요하다고 강조한다.

그는 서구의 근대를 이루어낸 르네상스에 대해서도 바로 이러한 관점에서 비판적 연구를 한 바 있는데『르네상스의 어두운 면모』*를 통해 서구의 근대를 이루어낸 르네상스에 대해서도 바로 이러한 관점에서 비판적 연구를 한 바 있다. 근대의 내면에 뿌리를 내린 식

---

* Walter Mignola, *The Darker Side of the Renaissance: Literacy, Territoriality, and Colonialization*, University of Michigan, 2003.

민주의 문제를 명확하고 비판적으로 정리해내지 못하면 우리는 근대에 대한 환상 또는 근대에 대한 인식의 왜곡을 피할 수 없다는 것이다.

미뇰로를 읽는 내내 우리의 역사인식 문제에 대한 생각이 들었다. 우리는 적지 않은 세월 동안 중국의 속국이었으며, 일본의 식민지였고, 미국의 패권체제 내부에 종속적 위치로 살아왔다. 그렇다면 우리 역시 '권력의 식민지성' '식민지적 차이' '경계사유' '하위주체 연구'에 대해 충분히 독자적 발언을 할 수 있는 처지가 아니었는가? 그로써 우리의 현실을 이루어온 역사와 기억이 어디에서 억압되었고, 무엇에 복종해왔으며, 어떤 인식의 왜곡을 낳았는지 말할 수 있을 텐데, 그런 논의들은 제대로 찾기 어렵다. 이 나라의 정치, 외교, 문화, 교육에 대한 논의도 사실 모두 이러한 지점에서 새롭고 성찰될 수 있는데 말이다.

더군다나 포스트모던 철학자들의 이름과 논리는 우리 역사의 현실과 결합되어 새로운 긴장과 논의로 이어지는 것이 아니라, 단지 해설자가 되어 그들의 문제를 우리가 껴안고 가고 있는 혐의가 짙다. 그것은 스피박이 말했듯이 세계적 패권체제의 중심에 충성하는 '토착 정보원'(Native Informer)에 불과해지는 일이다. 그것은 또한 파농이 명료하게 드러냈던 것처럼, 검은 피부에 하얀 가면을 쓰고 백인 행세를 하는 비극적인 희극이다. '사유의 지정학적 고뇌'가 사라진 자들의 허무한 명품주다.

어디에서 생각하고 있는가? 그것을 아는 순간, 나는 내가 된다.

미뇰로의 지적 도전과 비판은 라틴아메리카의
목소리를 복원하려는 노력이다.

그는 서구 중심주의가 지배하는 현실에 대해,
"복종을 요구당한 지식의 반격"을 내세운다.

문화제국주의와 싸우는 철학자

슬라보예 지젝

유배자의 철학

2012년 6월 어느 날, 슬라보예 지젝(Slavoj Zizek)은 첫 만남에서도 거침없이 농담을 즐겼다. 그에게서는 유쾌한 기운이 넘쳤다. 이야기를 나눈 후 둘이 함께 사진을 찍자, "아, 당신 영화 좋아하지? 이거 둘이 찍으니까 「덤 앤 더머」 같잖아?"란다. 「덤 앤 더머」는 짐 캐리와 제프 대니얼스가 함께 출연한 1994년작 코미디 영화로, 사람은 참 좋지만 돈 없고 엉뚱하고 바보 같은 인물을 그린 작품이다.

처음 만난 자리에서 자본주의 시스템에서 열패자로 살아가는 영화 속 두 사람의 이야기를 꺼낸 건, 물론 농담이면서도 지젝의 삶의 궤적과 지향점을 그대로 보여주는 일화다. 나는 인디고연구소의 청소년들이 직접 지젝을 인터뷰한 내용을 엮은 『불가능한 것의 가능성』*의 서평 「지배자가 가장 두려워하는 사람은?」을 쓴 인연으로 지젝과 만나게 되었다. 지젝은 글은 어렵게 쓰지만 말로는 아주 쉽게

• 인디고연구소 기획, 『불가능한 것의 가능성』, 궁리, 2012.

일상의 방식을 통해 자신의 철학을 펼쳐낸다. 헤겔, 마르크스, 기독교 신학과 라캉으로 무장했지만, 역시 언어에 대한 분석을 중심 과제로 삼아 대중과 소통하려고 노력했기 때문일 것이다.

"슬라보예, 당신이 왜 이리 한국에서 인기가 많은 줄 아는가?" 묻자 지젝은 역시 또 서슴지 않고 답을 내놓는다. "음, 한국 정말 문제 있어. 국제적으로 좀 뜬다 하면 열광하는 거잖아? 문화제국주의에 지배받고 있어서 그래. 으하하하하." 호쾌하게 웃는다.

그렇다고 지젝이 젠체하면서 이 말을 한 것은 아니다. 동유럽 변방 출신으로 오랫동안 고생하며 살아온 그가 유럽 철학 전반에 대한 반격을 취하면서 유명해진 것은 서구제국주의의 정신적 근간을 타파하는 역할을 감당해온 결과다.

공산주의 억압과 자본주의의 재앙

지젝은 한국이건 어디건 이 문화제국주의의 지배질서를 바로 그 문화제국주의가 만들어낸 언어와 사고로 되받아치는 일종의 즐거움을 누리며 사는 것 같다. 그의 철학은 저항과 반역, 해체가 중심이 된다. 이는 이미 관성이 된 구시대의 혁명철학에 대해서도 마찬가지다.

당연하다. 지젝은 "나라는 사람에게 공산주의의 억압이라는 체험이 없었다면 어찌 되었을까?"라고 토로한다. 기껏해야 어디 시골구석 대학에서 별 볼일 없는 교수 자리 하나 꿰차고 앉아 자기처럼 바보 같은 학생들을 상대하며 세월을 죽였을 거라고 말한다. 하지만 프랑스 유학을 다녀온 그는 대학에서 일자리를 제대로 얻지 못하고 백수가 됐다. 프랑스 유학이 그의 삶에 별로 기여하지 못한 셈이다.

연구교수인 그는 학교에서 강의하지 않는다.

지젝은 바로 그런 처지에서 "빈둥거리며 종일 읽고 쓰고 말하고 산다"고 한다. 우리 식으로 말하자면 '유배자 철학의 생산자'가 된 셈이다. 그런데 이 유배자의 철학은 기이하게도 이미 실패가 입증된 공산주의에 대해, 그 복권을 주장하는 내용까지 담고 있다. 물론 인간을 유린하고 자유를 억압하며 한 사회를 질식시킨 공산주의를 재구축하자고 주장하는 것은 아니다.

현실 공산주의는 패배했다. 그러나 그 패배가 자본주의의 승리를 정당화시킬 수 있는 것은 아니다. 자본주의는 바로 이 공산주의의 실패, 전체주의의 패배를 앞세워 자본주의 이데올로기가 우리에게 선을 가져다줄 것처럼 여기도록 조장한다. 그러면서 우리의 사유 방식에 혼란을 조성한다. 공동선, 평등, 공공성을 가진 재화와 제도의 사회적 소유 같은 개념들을 혐오하게 만든다. 그 혐오의 심리적 작동 속에 자본주의의 지배전략이 숨어 있다. 나는 이 기만을 해체하는 노력을 중단하지 않을 것이다.

이게 어디 쉬운 노릇인가? 지젝의 말을 더 들어보자.

자본주의를 대체하는 작업은 시급하다. 그 대안이 무엇인지 구체적으로 알기는 매우 어렵다. 그러나 보라. 자본주의가 얼마나 많은 재앙을 가져오는지 그 증거는 압도적으로 도처에 존재한다. 오늘날 유럽의 현실이 바로 그 생생한 예 아닌가? 이러고도 여전히 자본주의를 대충 개보수해서 사용할 수 있다고 믿는다면 진짜 미친 것 아닌가?

그렇다면? 지젝의 말은 이어진다.

나는 마르크스나 헤겔 철학의 역사관이 주장하듯 '역사의 열차를 타고 가자'는 식으로 말하지 않는다. 지금은 일단 급제동 고리를 잡아다녀야 할 판이다.

지젝은 모두의 생명을 안전하게 하는 작업을 하지 않으면서 어떻게 그다음을 도모할 수 있는가라고 되묻는다. 여기서 '폭력의 문제'가 제기된다. 이날 만나기 며칠 전의 강연에서 지젝은 아프리카 출신 젊은이의 도전적인 질문과 마주했다. "지젝, 당신은 폭력을 옹호한다고 말한다. 그게 어찌 대안을 위한 수단이 되는가?"

지젝이 말하는 폭력

모두의 관심이 지젝의 입에 쏠렸다.

내가 폭력이라고 지칭하는 것은 오늘날 보이지 않게 작동한다. 다 알고 있지 않은가? 인간을 고문하고 짓밟는 물리적 폭력만이 아니라 구조와 심리, 언론과 철학, 이데올로기로 인간의 의식에 폭력적 훼손을 가하는 일이 일상적으로 벌어진다. 그러면 어떻게 할 것인가? 가만히 있는 건 우선 말이 되지 않는다. 반격해야 한다. 나는 이 반격의 폭력이 필요하다고 말하는 것이다.

'반격의 폭력'이라. 프란츠 파농(Frantz Fanon)이 생각나게 하는 발언이다. 제국주의의 폭력에 맞서는 반격의 폭력은 정당하다고 주장했던 파농 말이다. 지젝의 말이 이어졌다. "히틀러보다 간디가 더 폭력적이었지 않았는가?" 아니, 이게 무슨 말씀인가?

히틀러는 자신의 체제를 유지하기 위해 무수한 유대인들을 학살했다. 우리가 타파해야 할 폭력이다. 이건 기존의 제도, 체제를 작동시키는 폭력이다. 그런데 더 거대한 폭력이 무엇인지 아는가? 그건 기존의 제도, 체제의 기능을 정지시키는 것이다.

아하, 이제 무슨 말을 하려는지 짐작이 간다. 아니나 다를까. "그러니 간디야말로 비폭력을 앞세웠지만 폭력의 진정한 의미를 알고 있던 인물이었다. 그는 영국 제국주의의 작동을 멈추게 하는 수준의 폭력을 행사하지 않았는가?"

어떻게 보면 억지로 들릴 수 있지만, 그가 말하는 반격의 강도와 수준을 이해하게 된다. '문제가 있다고 말하면서도 그 문제가 되고 있는 요소들을 그대로 작동하도록 내버려두며 뭔가 고쳐보려는 것이 우리의 선택이어야 하는가?'라고 반문하고 있는 것이다. 그러니 이건 그가 앞서 말했던 '급제동의 폭력'이 되는 셈이다. 이런 종류의 '폭력'은 히틀러의 폭력과 달리 누구도 물리적으로 다치게 하지 않으며, 도리어 해방의 감격을 선사한다.

총파업, 대중교통의 전국적 마비, 수백만 시민들이 도시를 점령하고 연좌시위를 하는 일 등은 바로 이 반격의 폭력인 셈이다. 이 반격의 폭력을 자신 있게 앞세워 나가지 못하는 상황에 대해 지젝은 비판한다. 우리가 기껏 하는 일이라고는 "유기농 식품을 사고 공정무역의 뜻에 동참"하는 정도 아닌가라는 지적이다. "그것이 의미가 없다는 게 아니라, 그저 지금 의미 있는 일을 하고 있다는 정도의 만족감만 주고 있을 뿐"이라는 그의 비판이다. 그런 정도에 머물러서 과연 우리의 위기를 넘어나갈 수 있겠는가 하는 점이 지젝의 저항과 해체철학의 근본에 깔린 문제의식이다.

대안적 삶의 모습

이후의 대안에 대해서도 그는 너무 불안해하지 말라고 했다. "인류는 보다 유연하고 유목적인 삶을 살아갈 준비를 해야 한다." 국가의 주권이라는 개념도 철저하게 재정립되어 인류의 미래에 대한 '세계적 협력'을 만들어내는 노력이 절실하다는 것이다. 이건 사실 현재로서는 불가능하다. 그러나 그 불가능의 가능성에 대한 탐색이 철학의 임무일 것이다. 과학도 끊임없이 불가능의 영역에 도전해왔다.

전 시대에는 붕괴시키기 불가능하다고 믿어왔던 것들이 그다음 시대를 거치면서 지속적으로 무너져왔다. 철학이라고 그런 시도를 하지 못할 까닭이 있겠는가? 공산주의의 실패는 인류에게 "유토피아의 꿈을 버리고 현실의 속박을 그대로 받아들이게 했다"고 지젝은 슬퍼했다. 그러나 그것이 지금의 현실이 정당하고 선하다고 믿을 수 있는 이유는 분명 아니다. 불가능한 꿈인 유토피아를 복원하는 것이

철학의 사명이라고 지젝은 온몸에 땀을 흘려가며 열변을 토했다.

불가능의 가능성과 자기애

지젝의 결론은 루소로 이어졌다. 루소의 저 유명한 '자기애'(amour de soi) 개념에 대한 재조명이다. 진실로 인류 문명의 발전에 필요한 것은 인간의 존엄성에 관해 성찰하고 그것을 어떻게든지 확보하며 지속적으로 발전시킬 수 있는 방도에 대한 고민이라고 길게 설명할 수 있는 루소의 자기애는, 자기중심적 이기주의와는 다르다. 루소식의 자기애 철학은 이웃의 인간에 대해서도 동일하게 적용될 수밖에 없기 때문이다. 이런 철학이 바로 공공의 선을 도모할 수 있는 기본 자세를 기르게 된다는 것이다. 그런 각도에서 예수의 말이 다시 들린다. "이웃을 자기 몸처럼 사랑하라." 자기애는 이웃 사랑, 공공선의 출발점이다.

이렇게 보자면 지젝의 철학은 매우 명쾌하게 정리되는 것 같다. 그러나 사실 그의 철학은 해독이 그리 간단하지 않다. 지젝을 구성하는 네 가지 기둥, 그러니까 라캉의 정신분석학, 헤겔 철학, 마르크스의 이데올로기 비판, 기독교 신학이라는 서구 철학사의 거대한 흐름을 하나로 합류시킨 그의 철학이 관통하려는 의지가 무엇인가에 대한 논의는 우리 사회에서 아직 분명하게 이해되고 있지 못하다. 그것은 그의 철학이 내면에 장착하고 있는 '역설의 변증법'에 대한 논의가 우리 사회에서는 여전히 과도하게 추상화되는 경향 때문이기도 하다.

이것은 자본의 지배 전략을 뒤집는 일에 있어서 불행을 자초하는 사태이기도 하다. 일상의 경험과 일상의 언어 속에서 혁명의 철학을 발굴하려는 지젝의 철학적 의지와 노력이 우리 사회의 지적 풍토 속에서 번역되는 순간, 일상성을 잃어버리고 복잡한 언어로 뒤엉키고 있기 때문이다. 이러한 현실은 푸코, 들뢰즈, 가타리 등을 받아들이는 이후 피할 수 없이 반복적으로 치루고 있는 철학적 함정이다.

이와 같은 습관과 자세는 일상의 해방을 지향해야 할 철학의 거대한 장애물이다. 그런 점에서 청소년을 위한 인문학 연구를 수행해온 인디고연구소가 직접 지젝과 인터뷰한 내용을 중심으로 엮은 『불가능한 것의 가능성』은 일상의 관찰과 언어로 혁명의 철학을 논의하는 현장을 생생하게 보여준다는 점에서 주목할 만한 기획이다.

지젝을 읽는 일과 노엄 촘스키(Noam Chomsky)나 하워드 진(Howard Zinn)을 읽는 일은 서로 다르지 않은 본질을 담고 있어야 한다. 그렇지 못하다면 철학은 억압의 현실을 해체하고 해방의 진지를 만들어내야 하는 임무를 수행할 수 없게 된다. 그런 철학은 자칫 추상의 수준을 한껏 높여 일상의 현실을 살아가는 이들을 최대한 배제시키면서도, 말로만 배제된 자들의 삶을 끌어안는 농간을 부릴 위험에 처한다.

『불가능한 것의 가능성』은 그런 차원에서 지젝과 우리의 일상이 만나는 길을 열어나가는 작업을 열심히 진행했다. 물론 그러는 중에도 부딪히게 되는, 복잡하게 배치된 언어의 사슬들이 있긴 하다. 그래도 이만하면 세계적 현실의 모순이 집약되는 지점들에 대한 공통의 이해와, 전략을 짜내는 일에 기여할 수 있는 담론의 전개 방식이 된다.

슬로베니아의 작은 아파트

이 책은 '공공선'에 대한 인디고의 기획이라는 큰 틀에서 나온 결실이다. 그래서 공공선과 관련된 질문으로 시작한다. 지젝은 공적 영역이 자본의 사적 영역으로 전락하고 그로 말미암아 배제되고 있는 이들이 중심이 되어, 새로운 대안을 향해 가는 도덕적 다수가 되는 그림을 그려낸다. 이는 레닌의 "우리는 처음부터 다시 시작해야 합니다"라는 말을 인용하면서 전개된다.

처음부터 다시 문제를 검토하면서 어떤 과정에서 해방의 기지가 억압의 장치로 변질되었는지 파악해야 한다는 것이다. 이념으로는 포함시킨다고 하는 이들을 현실에서는 어떻게 배제해버리고 말았는지 점검해야 한다고 요구한다. 그렇게 해야 권력이 은폐하고 있는 것들을 드러내 '함께 가자'라는 좌파 기획의 구호가 현실에서 가능해진다는 것이다.

지젝은 이를 '슬럼의 정치화'라는 말에서 극적으로 표현하고 있다. 버려지고 지워진 이들의 집결된 힘이 아니고서는 본질을 혁명적으로 바꿀 수 없다고 보기 때문이다.

무엇이 현실적인가?

이런 작업은 대단히 비현실적으로 보일 수 있는데 지젝은 도리어 이게 바로 현실적이라고 강조한다. 일종의 역설이다. 불가능한 것을 요구하는 것이 바로 현실주의라는 것이다. 이러한 명제를 앞세워 지젝은 기존의 사유에 반전을 꾀하고 있다. 말하자면 금지된 것을 사유하는, 혁명의 본질에 충실한 것이 불가능을 현실로 바꿀 수 있다고 믿는 것이다.

우리의 지평은 공산주의로 남아 있어야 한다. 이는 도달할 수 없는 이상으로서의 지평이 아니라, 우리가 그 속에서 유동할 수 있는 정신적 공간으로서의 지평을 말한다. 이는 불가능한 일인가? 이 질문에 대한 우리의 답변은 내가 출발한 지점에 대한 전환을 감행하는 패러독스여야 한다. '현실주의자가 되자. 불가능한 것을 요구하자.' 오늘날 진정한 유토피아는 현존하는 체계의 신중한 전환을 통해 우리의 문제를 해결할 수 있게 되는 것을 의미한다. 결국 현실주의자의 유일한 선택지는 이 체계 내에서 불가능하게 보이는 것을 실천하는 것뿐이다.

이 말은 옳다. 현실에서 가능한 것을 선택하는 것은 현실의 가능한 범위를 지속적으로 좁히는 일이 될 뿐이다. 왜냐하면 현실에서 가능한 것들만 보는 시선으로는 진정한 변화를 위한 의지를 뽑아낼 수 없다. 현실적 조건을 뛰어넘는 그림을 힘 있게 내밀지 않으면, 현실의 제약 조건들이 더욱 강하게 자신을 내세우기 마련이다.

그래서 지젝이 사도 바울의 말을 동원하는 대목은 치열하고 의미심장하다.

해방적 투쟁에 대해 놀라울 정도로 적절한 사도 바울의 정의를 기억하라. '우리의 투쟁은 피와 살에 맞서는 것이 아니라 통치자들, 권력자들, 이 어둠을 주관하는 군주, 그리고 천국에 있는 영적인 사악함에 맞서는 것이다.'(「에베소서」제6장 12절) 이를 오늘날의 언어로 풀이하면 이렇게 될 것이다. '우리의 투쟁은 개개의 부패한 개인들에 맞서는 것이 아니라, 일반적인 권력자들, 그리고 그들의 권위, 전 지구적 질서와 이를 지탱하는 이데올로기적 신비화에 맞서는 것이다.'

……우리가 단호하게 거부해야 하는 것은 정치라는 것을 모든 긍정적인 기획을 포기하면서 단지 최악의 선택을 피하고 차악을 선택하는 것으로 전락시키는, 피해 의식에 가득 찬 자유주의적 이데올로기이다. 만약 우리가 이를 거부하지 못한다면, 빈 출신의 유대인 작가 아서 펠트만이 통렬하게 지적했듯이, 우리가 생존을 위해 지불해야 하는 대가는 우리의 삶이 될 것이다.

겁먹지 말란다. 피해 의식에 찌들어 본래 요구하고 싶은 것을 슬그머니 뒤로 감추고 현실이 받아들일 만한 것만 만지작거리면서 내놓는 자유주의적 기회주의는 이제 접으라는 것이다. 그렇게 하다가 실패하면 어떻게 되는가? 그래서 더더욱 그런 식의 자세는 비현실적인 몽상이라고 지탄받으면 어쩌는가?

미성숙한 시도의 궁극적 승리

국내에서 아직 번역되지 않은 지젝의 『실재를 탐문한다』(*Interrogating the real*)에는 다음과 같은 로자 룩셈부르크의 혁명 철학에 대한 글이 실려 있다.

불가능한 것을 요구하는 것이 바로 현실주의다.

금지된 것을 사유하는, 혁명의 본질에 충실한 것이
불가능을 현실로 바꿀 수 있다고 믿는 것이다.

지배자가 가장 두려워하는 것은
"한낮에도 꿈을 꾸는 자들이다."

에두아르트 베른슈타인은 '객관적 여건'이 무르익지 않은 상태에서 '너무 일찍' 권력을 미성숙하게 쟁취하는 문제에 대해 두려움을 느끼고 수정주의적 논법을 전개한다. 이에 대해 로자 룩셈부르크는 맨 처음 하는 권력 쟁취의 시도는 당연히 미숙할 수밖에 없다고 반격한다. 프롤레타리아가 '성숙한 지점'에 도달하는 유일한 길은 이러한 '미성숙한 시도'를 거듭하는 것 외에 없다. 우리가 가장 적당한 때를 기다리고 있다면, 그 '적당한 때'는 결코 언제인지 포착해내지 못할 것이다. 적당한 때란 혁명의 주체가 자신의 주관적 성숙을 위해 일련의 미성숙한 시도를 감행하는 과정에서 이루어질 뿐이다. 따라서 미숙한 조건을 이유로 내세워 권력의 쟁취를 반대하는 것은 결국 권력을 잡지 말자는 것과 다를 바가 없다. 수정주의자들은 혁명 없이 혁명하자는 말을 하는 것이다.

이것이 왜 혁명이 반드시 반복되어야 하는가의 이유다. 미성숙한 시도의 의미는 그 실패에서 발견된다. 헤겔의 어법을 빌리자면, 정치 혁명은 반복되는 과정에서 인민들에게 결국 승인되는 것이다. 역사의 반복이라는 헤겔의 논리는 간략하게 말하자면 '반복을 통해 애초에는 우연이라고 보였던 일들이 마침내 진정한 실체를 갖는 현실이 된다.' 로자 룩셈부르크에 있어서 미성숙한 시도의 실패는 종국적인 승리의 조건을 창출한다. 진정한 의미는 언제나 마지막에 가서야 드러나기 마련 아닌가? 실패하면서, 그 실패는 보다 깊은 의미를 총체적으로 획득하게 된다.

실패를 두려워하거나, 조건이 성숙되지 못했다고 하면서 본질에서 후퇴하는 자는 아무것도 이룰 수 없다는 것이다. 그런 까닭에, 혁명의 열정을 과거의 흘러간 감상으로 모독하는 시대를 먼저 깨뜨리지 않고는 새로운 역사를 쓸 수 없다. 그런 위축된 감정과 사유의 공간에 권력과 자본은 보이지 않는 지배자가 된다.

지배자가 가장 두려워하는 것은 아라비아의 로렌스가 말했듯이, "한낮에도 꿈을 꾸는 자들이다."

사상의 은사

리영희

1975년, 우리는 『전환시대의 논리』로 '리영희'라는 이름을 만났다. 베트남전쟁과 중국 혁명, 그리고 언론의 현실에 대한 그의 목소리는 번쩍 정신이 들게 했다. 용기 있는 글일 뿐만 아니라 그 논리와 전하는 진실은 충격이었다.

1929년생으로 2010년에 세상을 떠난 리영희는 평생을 통해 진실에 대한 증언자로 삶을 일관했다. 특히 제국의 질서에 대한 그의 질문과 반격은 냉전의식에 갇혀 있던 한국사회를 뒤흔들었다. 암울했던 시대에 이러한 일깨움을 온몸으로 일구어나간 그는 이후 '사상의 은사'라는 영예로운 호칭으로 후세대에게 불리게 된다. 그것은 정해진 궤도에서 벗어나면 징벌을 가하던 권력과의 싸움을 마다하지 않았던 이에게 역사가 씌워준 월계관이었다.

다음은 2005년 3월 26일, 리영희 선생의 자택에서 여러 인사들이 모인 가운데 그의 회고록 『대화』* 출간기념으로 가진 대담의 일부다.

• 리영희·임헌영 대담, 『대화』, 한길사, 2005.

이 대담에서 우리는 그의 인간적 면모와 함께, 역사를 바라보는 시선의 유연함 그리고 오늘날 우리가 겪고 있는 동북아시아 정세의 뿌리를 깊이 내다본 그의 육성을 듣게 된다.

회고록 『대화』 출간에 대해

김민웅 선생님, 오랜만입니다. 우선 책 나온 것 축하드립니다. 선생님의 회고록 『대화』, 정말 흥미진진하게 읽었습니다.

리영희 하하, 고마워요.

김민웅 대단한 고밀도의 저작이더군요. 그간 역사적 무게를 가진 회고록을 보기 어려웠는데, 이번에 선생님의 회고록 출간으로 우리는 소중한 유산 하나를 얻었다는 생각이 들었습니다. 미국을 비롯한 다른 나라들의 경우, 회고록이나 전기가 상당히 중요한 비중을 차지하지 않습니까? 특히 지도적 위치에 있던 인물들의 회고록이 중요한 의미를 가지기도 하고, 대중들도 굉장히 많이 찾습니다. 그런데 아쉽게도 우리나라에서는 그런 현상을 보기 어려운 느낌입니다.

리영희 그게 왜 그러냐 하면 지금까지 우리나라의 대체적인 회고록은 개인의 행적을 중심으로 엮는 바람에 사회가 빠지고, 시대 상황이 빠지고, 세계가 빠져 있어요. 회고록만 보면 저자는 역사의 진공상태에 살았던 것 같다는 생각이 든단 말이에요. 지식인들의 회고록조차 그런 경향을 보여주고 있어요. 지식인들의 정신 상태가 역사의 공백상태를 드러내고 있다는 증거가 아닌가 싶기도 합니다.

나는 항상 발 딛고 선 사회와 개인의 상호관계를 강조해왔습니다. 사회의 변화 속에서 나의 변화가 있고 또 나의 작용으로 주변 환경이 변하고, 다시 그런 변화가 내게 영향을 주는 이런 변증법적인 걸 강조했기 때문이지요. 이 책 역시 그런 관점을 적극적으로 반영하려고 애썼습니다.

김민웅 듣자 하니 2년이나 걸렸다구요. 임헌영 선생님과의 대담원고를 일일이 다 검토하시고 재정리하시고. 출판사 직원들 꽤나 애먹었겠습니다. (웃음)

리영희 좀 미안하긴 하지. (웃음)

김민웅 선생님 워낙 글에 대해 까다로우시잖아요.

리영희 까다롭다고 하니까 더 미안해지는데, 사실 나는 까다로운 것이 아니라 정확하려고 노력했던 거지요.

김민웅 그쪽으로는 워낙 정평이 있으셔서 선생님 원고 책으로 낼 때 다들 각오를 했을 겁니다. 회고록을 쓰시는 과정에서 느낀 점도 있을 테고, 막상 회고록을 끝낸 다음에 애초와는 다르게 느낀 점도 있지 않았을까 싶습니다. 그리고 책이 나온 뒤 주변의 반응은 또 어떠한지 궁금하네요.

리영희 그 질문에다 이 책을 쓰게 된 과정부터 꼭 덧붙이고 싶어요. 새로운 세기가 바뀐 2000년에 나는 뇌출혈로 쓰러지면서 글을 아예 쓰지 못하게 되고 말았지요. 그때 나는 아, 이제 지식인으로서 모든 것이 다 끝났구나, 했더랬습니다. 지금은 그럭저럭 걸어 다닐 만은 하지만 여전히 손을 쓰기는 불편해요(리영희 선생은 이날 대담을 마치고, 찾아온 이들이 들고온 책 『대화』에 서명을 하시는데 손이 떨려 글씨가 제대로 되지 않았다).

나는 그동안 많은 참여와 사회적 비판을 했고, 나름대로 계몽자적 역할을 해왔다고 스스로 여깁니다. 그동안에 존경할 만한 많은 동지들도 있었지만 그 과정에서 또 많은 적을 만들기도 했지요. 그런 상황에서 몸이 힘들어지고 나니 더더욱 새로운 집필활동이란 생각할 수 없게 되고 말았던 겁니다.

사실 1980년대 초에 내 삶을 회고하는 글을 쓰다 잡혀가는 바람에 그것을 제대로 끝내지 못했었습니다. 내용은 내가 태어나서 박정희가 쿠데타로 집권하기까지, 그러니까 30세까지 얘기가 담긴 『역정』* 이라는 책이 있습니다. 그 책을 구상하고 쓸 때까지만 해도 나의 삶은 민족, 국가, 세계와 긴밀하게 연결돼 있었다고 여겼지요. 그런데 새로운 세기로 바뀌면서 세상이 너무나 변했고, 더 이상 나는 세계와 긴밀하게 연결돼 있지 않게 된 것이 아닌가 하는 생각마저 들었습니다. 이런 상황에서 세상에 책 한 권을 내놓는 게 무슨 의미가 있을까라는 생각이 들어 나는 이제 아무것도 쓰지 않겠다라고 결심까지 했습니다.

김민웅 그 정도까지셨는지는 몰랐습니다.

리영희 주변에서도 사실 나의 생각의 변화를 잘 알지 못했습니다. 나는 그때 뭔가 개인적인 삶의 충만감을 느끼는 것이 더 중요하다는 쪽으로 기울고 있었어요. 그렇게 마음먹고 불경이나 읽고 있는데, 과거에 내 책을 읽고 영향을 받았던 후배들 또 출판사에서 삶의 마무리 같은 것을 남겨야 하지 않겠는가, 자꾸 독촉을 해오더라구요. 나역시 시대적인 의미는 없을지 모르나 그동안의 내 삶을 마무리하는

• 리영희, 『역정』, 창비, 2006.

의미는 있겠다, 생각이 들기도 했고. 그래서 한번 책을 내보기로 마음먹었던 겁니다.

김민웅 아까도 잠깐 말씀 드렸습니다만, 선생님은 글 쓰시는 방식이 완벽주의적인게 아닌가 하는 인상을 받게 됩니다. 건강도 그러셨는데 힘들지는 않으셨는지요.

리영희 아, 힘들었지요. 내 성격이 못돼놔서. (다들 웃음) 나는 내 글이 문학은 아니지만 글을 쓸 때 아름답고 정확한 문장을 쓰도록 노력해왔습니다. 그래서 200자 원고지에 혹 같은 낱말이 들어있으면 다른 낱말로 대체하고, 한 문장의 길이가 200자 원고지 세 줄 정도를 넘지 않도록 신경을 써왔습니다. 문장은 가능하면 짧게 하고, 긴 문장이 나온 뒤에는 짧은 문장이 두세 개쯤 나와서 독자가 한숨 돌릴 수 있도록 구성을 하고. 별로 중요하지 않는 내용은 좀 긴 문장을 쓰고, 핵심을 담고 있는 문장은 짧게 끊어서 쓰곤 했어요. 문장이 길면 읽는 사람의 호흡이 가쁘고, 앞뒤 의미의 연결에 혼란이 올 수 있다는 생각에서지요.

김민웅 1974년 『전환시대의 논리』부터 지금까지 나온 책들이 어느 정도 의식을 가지고 읽어나가야 하는 수고가 있습니다. 그런데 이 책 『대화』는 그런 준비 없이도 인간 리영희와 만나서 누구든지 어렵지 않게 그 시대의 현장 속으로 들어가는 놀라온 힘이 있었습니다.

리영희 글쎄, 그런 의미를 내가 스스로 자각하지는 못했는데, 듣고 보니 그런 면도 있는 것 같아요. 내 아내가 별로 책을 안 읽는 사람이에요. (웃음) 몇천 권의 책들이 있지만 내 서재에 들어가보는 일이 웬만해서는 별로 없는데, 이 책이 나온 뒤에 누워서 조금 이리저리 읽어볼까 하는 거에요. 그런데 읽기 시작한 다음에 140쪽을 내리 읽었다는 거야. 내 아내로서는 기록입니다. 앉아서 한 자리에서 140쪽을 읽었다는 것은. 다른 사람들도 그런 비슷한 얘기를 해요. 글로 빨려 들어갔다고.

역사에 대한 유연성

김민웅 저도 그랬습니다. 선생님은 지나온 시대를 아주 엄격한 기준을 가지고 현실을 판단하고 개입해 오셨더랬습니다. 그런데 『대화』를 보면 '유연성'과 '여유로움'에 대한 언급이 많이 나옵니다. 사실 의외였어요. 너무 급하게 변화를 도모하다 도리어 생각하지 못한 부작용이 생길 수 있다는 지적도 의미 있게 다가왔구요. 가령, "박정희를 절대악으로만 보는 것은 동의하지 않는다", 이런 얘기도 있어서, 인간과 역사에 대하여 보다 포괄적이고 생각보다 너그러운 해석을 가지고 계시는구나 했습니다.

리영희 나는 종교와 관련해서도 그렇지만 인간의 생존 방식, 사회 발전 등 모든 면에 있어서 어떤 선악의 가치나 절대적인 것을 인정하지 않는 사람이에요. 예를 들어 나는 마르크스의 이론적 입장도 상당한 정도까지 부정 또는 수정되어야 한다고 생각하고 있는 입장입니다. 이거 아니면 저거다, 라는 식의 접근에는 고려할 바가 많이 있습니다.

좌파적 지식인들은 대체로, 예를 들어 일제 침략 때 나라를 팔아먹은 것은 상류계급, 지식인들이었고, 백성은 애국적인 것처럼 단순화시키는 경향이 있습니다. 그런데 현실은 그렇지 않았어요. 지배계급

가운데 적지 않은 인물들이 오히려 헌신적으로 애국했는가 하면, 백성들이 적극적으로 적에게 협력한 사례가 우리나라뿐만 아니라 전 세계에 숱하게 존재합니다. 따라서 역사적 사실에 대한 단순화는 계급이 단 하나의 심리 조건, 행동 원리로 움직인다는 잘못된 가정에서 비롯된 겁니다. 인간사는 복잡하고, 이를 명확하게 파악하려면 의식의 성숙이 있어야 합니다.

김민웅 그런 생각은 1974년 『전환시대의 논리』를 낼 당시부터 그랬던 건가요? 아니면, 이후 점차적인 생각의 변화가 이루어낸 결과인가요?

리영희 아마도 역시 세월이 흐르면서 많이 수정되었다고 봐야 할 거에요. 다르게 말하자면 성숙해졌다고 할 수도 있고, 더 깊어지고 넓은 차원에서 인식을 한 것이라고 말할 수도 있겠지요. 너무 뾰족하게만 사태를 이해할 일이 아닌 거지요.

박정희 독재가 남긴 '부정적 유산들'

김민웅 그런 면에서 박정희 얘기를 한번 해봤으면 해요. 우리 세대는 물론 선생님도 박정희 체제에서 큰 고초를 겪으셨으니 말이지요. 최근에 박정희와 그 체제를 어떻게 평가할 것인가를 놓고 여러 가지 논란이 있어왔습니다. 사실 일본군 출신으로서의 친일행적, 여수순천 사건 당시 군 내부의 남로당 동지 배신, 이후 독재와 인권 탄압 등을 염두에 두면 박정희는 '절대악'으로 간주될 만한 삶의 경로를 보여줍니다. 하지만 다른 한편으로는 자신이 저지른 역사적 업보 때문에서라도 정동성을 갖기 위해 몸부림지딘 모습을 긍정적으로 보거나, 나름대로 역사의 소명에 부응하기 위해 헌신했다는 식의 평가도 있는 게 사실입니다. 유신체제 이전의 박정희와 이후의 박정희는 다르게 평가되어야 한다는 주장이 있기도 하구요.

리영희 김 박사가 정확히 지적한 대로 사실 많은 동포들이 민족의 적에 대해서 과감히 싸우기 위해 나서고 또 고통을 겪고 있을 때 거기에 투항한 것이나 그 이후에 변절을 반복한 것 그리고 독재 정권 과정에서 비인간적인 탄압을 염두에 두면 박정희는 결정적으로 부정되어야 할 인간형이라고 할 수 있습니다.

그가 남긴 유산으로서 그보다 더 부정적인 것은 그의 독재로 말미암아 지금까지 또 앞으로 상당 기간에 걸쳐서 우리 사회의 유산으로 남게 된 것들을 지적하지 않을 수가 없습니다. 인간이 기회에 따라 변절하는 행태, 미국과 같은 외세에 대한 의존, 문화적 천민성, 지역감정 등이 그런 것들이라고 할 수 있지요.

예를 두 가지 들어보지요. 그를 신처럼 모시는 사람들은 경부고속도로를 그 상징으로 드는데, 그 도로를 놓기 위해서 그 부정한 베트남전쟁에 동포를 죽음으로 몰아넣은 것은 왜 생각을 못 하는 건가요? 결과적으로 그 생명들은 도로 하나만도 못한 무가치한 것이었나요? 여전히 가장 큰 우리 민족의 상처로 남아있고, 지금도 공존에 심각한 위협을 주는 민족 간 대립의 지속을 심화시킨 것을 그냥 간과할 수 있나요? 결코 아니지 않습니까.

물론 중공업의 기틀을 닦아 산업화의 기반을 마련한 것과 같은 구체적인 물질적 유산이 무가치하다고 말하기는 힘들어요. 그런 박정희 체제에서 혜택을 본 사람들이 분명히 있지요. 하지만 그것이 앞에서 지적한 그런 부정적인 것들을 다 아무것도 아닌 것으로 만들 정도로, 의미가 있는지에 대해서는 누구도 함부로 말할 수 없을 겁니다.

박정희는 미국의 꼭두각시, 경제성장 그의 공 아니다

김민웅 하지만 '역대 지도자들 중에서 누가 제일 괜찮은가', 이런 질문에 대중들은 항상 박정희를 선택합니다. 이런 대중들의 생각과 만나면, 허상이 많기는 하지만 일말의 진실이 있을 수도 있다는 생각도 해보게 됩니다. 저도 일본에서 태어나 1960년대 초에 귀국했을 때 고국의 헐벗고 빈곤한 모습은 어린 나이에 큰 충격이었어요. 그러니, 박정희에 대해 아직도 이런 식의 인식이 남아 있는 것은 박정희가 그것을 탈피하는 물질적 기반을 마련한 것에 대해 대중들이 일정 부분 평가를 한 것이라 생각할 수 있다고 여겨집니다. 인간 박정희로서 이 나라를 그래도 좀 반듯하게 만들고 싶은 열정이 없었다고 이야기할 수는 없지 않은가요?

다른 한편으로는 많은 대중들이 보기에, 지금까지 여러 정권을 통과해오면서 과연 박정희만큼 장래를 나름대로 전망하고, 계획을 세워서 추진한 이가 있었는가라는 질문을 가지고 있습니다. 박정희를 반대했던 이들조차도, 박정희의 부정적 측면과 긍정적 측면에 대한 애증이 엇갈리는 것이 보다 진실이 아닐까요?

리영희 그것은 두 가지로 나눠서 잘 따져봐야 합니다. 박정희가 경제적인 희망을 보이게 한 것, 그래서 빈곤에서 벗어나게 한 것, 경제적 발전의 기틀을 마련한 것은 사실입니다. 하지만 그 시기에 혹 박정희가 아니었더라도 미국의 정치적 이해 때문에 그렇게 되지 않을 수 없었을 거예요.

사실 우리가 아는 경제성장을 이끈 리더 박정희는 미국이 전부 뒤에서 밀어주었기에 가능했던 것입니다. 박정희가 군사 쿠데타를 일으킬 때 우리의 GNP(국민총생산)는 98달러였어요. 그때 북한이 어땠는지 아나요? 북한은 이미 기관차를 만드는 등 중공업 단계에 들어서고 있었어요. 세계에서 기관차를 만들고 수출한 여섯 번째 나라가 북한이니까.

당시 구소련 사회주의권과 사활을 건 대결을 펼치고 있었던 미국의 입장에서는 남한과 독일에서 즉 사회주의와 맞대응하는 두 곳에서 전면적인 지원을 할 수밖에 없었어요. 그러니까 당시 국제 정세 속에서는 박정희가 아니라 박길동이든 또 다른 누가 대통령이 됐더라도 미국이 전폭적인 지원과 코치를 할 수밖에 없었다는 거지요.

실제로 케네디의 보좌관이었던 월트 로스토(Walt W. Rostow)가 직접 우리나라의 경제발전 계획을 짜고 집행했습니다. 일본과 한일협정을 강제로 맺게 해 몇 푼의 돈을 일본에서 받아서 북한과의 균형을 유지하도록 한 것도 미국이었고 말이지요. 사실 박정희가 발상을 하고 집행한 것들을 따져보면 자율성은 아주 적습니다. 이런 전제 하에서 따져보면 마치 박정희가 발상부터 과정까지 전부 주도한 것처럼 여기는 것은 아주 어이없는 일이에요. 만약 박정희가 제대로 못했다면 미국은 또 다른 누군가를 내세웠을 겁니다.

김민웅 그런 점들은 일반대중들이 거의 모른다고 할 수 있습니다. 박정희 리더십이라는 점에서만 조명되고 있습니다.

리영희 그렇기 때문에 지도력을 갖고 국민의 절박한 요구에 반응을 하면서 미래에 대한 비전을 제시했다는 평가도 동의할 수 없습니다. 사실 로스토나 최근에 죽은 조지 케넌(George Kennan)과 같은 미국 수뇌부의 세계 및 동북아시아 구상을 살펴보면, 박정희의 비전으로 돌릴 만한 것이 거의 없습니다. 즉 사실을 파고들면 박정희의 리더십이라는 것도 매우 제한적이었다는 것이지요. 단 아까도 얘기했듯이 어쨌든 결과적으로 뭔가가 남았고, 그것을 모두 무가치하다고 부정하기는 어렵다는 점은 인정하는 바입니다.

종속적인 대미 관계로는 미래가 없다

김민웅 박정희 신화를 정리하는 데 매우 중요한 말씀을 들었습니다. 선생님은 미국에 대해 일찍이 매우 비판적인 태도를 견지해오셨습니다. 미국과 관련해서는 식민지 근대화론이 별 저항 없이 먹히는 것이 아닌가 싶을 정도입니다. 일본이 조선을 식민지로 만들었으니 그나마 근대가 이루어졌다는 논리나, 미국이 지배력을 행사하고 있으니 이만큼이라도 된 것 아니냐는 논리이자 역사의식이 모두 동일한 틀을 가지고 있다는 생각입니다.

리영희 그것도 따지고 들면 쉽지 않은 문제라고 할 수 있어요. 부정할 수 없는 현실적인, 또는 물질적 발전이 있기 때문이지요. 일제 강점기에 대해서도 현실에 근거한 냉정한 판단이 요구되는 것처럼, 해방 후 미국의 역할에 대해서도 구체적인 성취로 드러난 사실을 부정해서는 안 될 겁니다. 적어도 남한에서는 미국이 후견인이 되었기 때문에 경제적·사회적·제도적·문화적으로 미래와 연결되는 통로가 마련된 면이 있어요.

하지만 이것이 전적으로 긍정적인 것만은 아니었다는 것은 60여 년이 지난 지금 돌이켜보면 쉽게 알 수 있지 않습니까? 미국 패권주의 하에서 우리는 사실상 주권을 상실했던 일제 강점기와 유사한 상태였습니다. 특히 미국의 동북아시아 정책의 일환으로 남북한이 분단된 상태로 민족 간 전쟁을 겪고, 지금도 전쟁의 위기가 상존해 있는 것은 굉장히 부정적인 일이지요. 여기서 다시 한 번 냉정한 판단을 할 필요가 있습니다. 앞으로 동북아시아에서 예상되는, 조금 전에 얘기했듯이, 중국을 견제하기 위한 미국의 정책을 우리가 그대로 추종하는 것이 과연 미래를 보장하는 것일까? 60년 전에 우리의 역량이 워낙 형편없었던 때에는 우리에 대한 미국의 지배와 역할이 혹시 어느 정도 타당성을 가졌다고 지금도 그것이 타당성을 가지는 것은 아니지 않습니까? 지난 20~30년 사이에 변화돼 온 미국과 우리나라의 관계를 염두에 둬야 하는 거지요. 더구나 앞으로 과거와 같은 방식으로 미국과 관계를 지속시켜 나갈 때 발생할 전혀 다른 차원의 문제들을 생각한다면 더욱더 전혀 다른 판단이 요구된다고 할 수 있습니다.

김민웅 그런 점에서, 이번에는 우리 민족의 역량과 관련한 이야기를 좀 해보지요. 19세기 말의 동북아시아의 역사를 유심히 살펴보면 일본의 근대화 세력들이 보였던 동양 정세에 대한 치밀한 분석과 그에 기반을 둔 준비와 훈련의 치밀성은 전율을 느낄 정도입니다. 결국 침략주의로 귀결된 근대화 과정이기는 했지만, 일본의 입장에서는 아시아의 낙후한 현실에서 벗어나기 위한 치열한 몸부림의 과정이었다고도 할 수 있지요. 그 당시 우리와 일본의 세계정세에 대한 인식의 차이는 그 격차가 너무나도 컸다고 보입니다. 이것이 우리민족의 역량을 근본적으로 부정하거나 폄하하려는 것은 아니나, 우리 자신을 세계적 문맥 속에서 냉철 또는 냉혹하게 자기평가 해봐야 하지 않을까 하는 겁니다.

100년이 지난 지금은 과연 이런 상황이 변했을까요? 선생님께서는 이미 1974년에『전환시대의 논리』에서 동아시아는 물론 세계적인 시야를 갖고 우리가 서 있는 위치를 일깨우셨습니다. 하지만 동아시아로 시야를 확장해 우리를 살펴보려는 사회적 자세가 형성된 것은 얼마 안 됩니다. 지금이야말로 루쉰이『아Q정전』에서 중국 민족의 약점을 통렬히 지적하면서 일깨웠던 것과 같이 우리 민족에게도 다시 한 번 그런 각성이 필요하지 않나 하는 겁니다. 우리 자신에 대하여 스스로 좀 뼈아픈 이야기가 필요한 것이 아닌가 해서 말이지요. 청일전쟁 당시 일본의 외상 무쓰 무네미쓰(陸奧宗光)가 쓴 회고록『건건록』(蹇蹇錄) 같은 것을 읽어보면 기습을 당하는 느낌이 들어요. 당대의 조선 내정을 비롯하여 동양정세에 대한 심도 있고 밀도 높은 지식은 물론, 일본의 국가적 지향점에 이르기까지 치밀한 고뇌와 전망의 제시가 그 안에 담겨 있더라구요. 당연히 이는 침략주의의 소산이라는 비판을 전제로 하는 것이나, 세계에 대한 기본인식의 수준에 있어서 우리 자신 돌아봐야 할 바가 적지 않습니다.

리영희 맞는 이야기입니다. 김 박사 말대로 우리는 일본에게 100년 이상 뒤졌다고 봐야지요. 아까도 잠시 언급했지만 우리 민족의 우수성을 강조하는 것보다는 오히려 다른 민족, 국민이 무엇을 이룩했는지, 이것을 볼 필요가 있습니다. 그 연장선상에서 일본에 대해서도 한번 따져볼 필요가 있어요. 민족적 자부심을 가지는 것은 의미 있 겠으나 매우 정직한 자기평가를 기초로 해야 그것도 진실성이 있게 됩니다.

지금 아주 선의로 우리 민족의 우수성을 강조하고 민족 사랑의 감 정을 얘기하는 이들 중에는 일본을 거의 전면적으로 부정하는 사람 들이 있어요. 자칫 그것은 편협하고 균형을 잃은 경우가 많아요. 그 렇지 않아도 나는 일본과 우리나라의 차이에 대해서 많은 걸 생각해 왔습니다.

우선 첫째, 우리나라의 중앙집권적 통치체제와 일본식 봉건제의 차이를 우선 주목할 필요가 있어요. 메이지 유신에서 근대화를 앞당 기는 인물이 왜 많이 나왔을까? 이미 일본은 막부 300여 년 동안 상 당한 정도까지 서구와 교역을 하면서 서구식 근대화에 대한 준비를 하고 있었던 겁니다.

김민웅 당시 일본에서는 난학(蘭學)이라고 해서 서양문명에 대한 연구의 역사가 가볍지 않았지요. 메이지 유신의 주체세력인 조슈, 사 쓰마 등의 번벌 세력에서 이후 일본 근세사를 이끄는 출중한 인물들 이 쏟아져 나오는 것도 그런 각도에서 파악이 되는 것 같아요.

리영희 그렇지요. 조슈, 사쓰마뿐만이 아니라 각 번벌 세력 내부에 서는 번주에 의한 지원을 통해 대단한 인물들이 길러졌던 겁니다. 당시 조선이 완강한 쇄국 정책을 유지하고 있었던 것과는 크게 대조 되는 부분이지요. 한 가지 주의해서 봐야 할 것은 일본식 봉건제는 오늘날의 의미로 보면 일종의 '분권적인 소왕국'인 '번'들이 경쟁하는 체제였어요. 자기 번 내의 백성들에 대한 복리후생을 전면적으로 책임져야 할 각 번들은 우선적으로 기술을 양성하고, 무역에 앞장설 수밖에 없었습니다. 그렇지 않으면 이웃 번에게 당하니까. 각 번들이 지역의 특성에 기반을 둔 발전을 하는 동안 차곡차곡 근대 국가를 지향하는 준비를 해온 거라고 할 수 있습니다. 이 토대가 메이지 유신에서 그대로 근대화를 지향하는 동력이 된 것입니다. 갑자기 이루어진 것은 결코 아닙니다.

그 기간은 조선에서는 아주 추상적인 주자학의 형식주의에 빠져 있을 때였어요. 일본 정도의 인식의 단초를 보여준 게 정약용과 그 시대부터에요. 그러니 100년의 차이가 있을 수밖에 없지요.

결론적으로 말하면, 일본의 역사적 책임을 비난하는 것과 함께 동시에 더 필요한 것은 '왜 우리가 그렇게 됐나', 우리 자신을 시험, 분석, 해부의 대상으로 삼아서 가슴 아프게 분석하지 않고 남만 욕한다면 안 되는 것이지요.

김민웅 우리의 지적 풍토에서는 그런 말, 그런 발상을 하는 것이 그리 쉽지는 않습니다.

리영희 그러게 말입니다. 혹자는 이런 얘기를 들으면 '민족 니힐리즘(허무주의)'이라고 비판할지 모르겠어요. 이광수의 '민족개조론'과 비슷하다고 들을 수도 있겠지만, 나는 그렇게 생각하지 않습니다. 이광수가 '민족개조론'을 내놓은 것과 루쉰이 『아Q정전』을 쓴 게 똑같이 1920년대 초에요. 그런데 두 사람은 매우 다른 차이를 가지고 있습니다. 이광수가 자기 민족에 절망해서, '이건 죽은 민족이고, 되살아날 수 없다', 이런 생각을 가지며 출세를 위해서 자기 민족을 이

예 시체로 전제한 겁니다. 그리고 그 시체를 밟고 일본에 아부하려고 내놓은 게 '민족 개조론'이에요. 이때 루쉰은 어떻게 했는가? 루쉰은 철저하게 중국 대중의 무지몽매, 교활, 탐욕, 무능 등 생각해낼 수 있는 모든 부정적 속성을 적나라하게 드러내면서 그의 글을 읽는 중국 민족으로 하여금 스스로 각성하는 것을 유도했습니다. 뼈아픈 자극을 통해 정신적 혼을 일으키려고 노력했던 것이지요.

바로 우리가 부족한 게 이 뼈아픈 자기반성입니다. 우리 자신의 긍정적인 차원만을 강조하면서 상대방의 부정적인 측면만 계속 얘기한다면 갱생, 발전이 있을 수 없는 것 아닙니까? 정(正)과 반(反)을 지양할 때 비로소 긍정을 획득할 수 있습니다. 루쉰이 중국 백성을 자극해 자각을 이끌어냈듯이, 우리의 약점과 못남을 가슴 아프고, 뼈아프게 자기반성을 해야 하는 겁니다. 물론 그게 열등감이나 허무주의로 연결된다면 그건 더 못난 것이 되는 거고.

일본 앞세운 미국의 흉계 확실히 파악해야

김민웅 일본과 우리의 관계도 사실 길게 내다보면서 큰 전략을 세우지 못하고 있는 것만 같습니다.

리영희 정말 속상한 일입니다. 당장 최근 일본과의 관계에서 우리나라 지도자, 국민의 태도를 보면 알 수 있지 않은가요? 내가 제발 부탁하고 싶은 것은 우리나라 지도자나 국민들이 불독과 또 여우와 같아져야 한다는 거예요. 쉽게 감정을 드러내지 않고, 가볍게 동요하지 않고, 끈질긴 불독의 뚝심과 지속성을 가져야 합니다. 뚝심과 끈질김이야말로 지금 상황에서 꼭 필요한 덕목이에요. 영국인들이 한

번 결심하면 겁날 만큼 뚝심 있게 밀고 가는 것처럼 말이지요. 이런 자세에 기반을 두고 일본인이 보였던 치밀함, 조직력, 협상력과 같은 여우의 교묘함을 조화시켜나갈 때 비로소 이 상황을 극복할 수 있다고 봅니다.

이것을 갖추지 못하고 지도자부터 국민들까지 쉽게 동요하고, 흥분하기 시작하면 우리는 싸움을 하기도 전에 저들의 의도대로 움직이는 거라고 할 수밖에 없어요. 그런 식으로는 절대 일본을 따라갈수 없습니다. 지금 일본이 과거에 비해 열세에 놓였다고들 보지만, 그 저력은 간단히 볼 일이 결코 아닙니다. 의분은 필요하지만 치밀하고 섬세한 전략적 사고가 요구됩니다.

일본의 행보 뒤에 미국이 있음 또한 항상 염두에 둬야 합니다. 독도 문제 등이 큰 관심을 끌고 있지만 지식인들이나 대중들이나 정말 중요한 핵심을 놓치고 있습니다.

중국과 러시아에 대항하는 축으로서 미일동맹이 강화되는 가운데, 일본이 우리나라나 중국에 대해서 영토 문제를 들고 나오고 있는 상황을 유심히 살펴봐야 합니다. 마치 1905년 영국이 일본을 앞세워 중국과 러시아를 공략하고, 더 나아가 동남아를 장악하게 했던 것처럼 말이지요. 지금 미국이 당시 영국이 했던 것과 비슷한 역할을 하고 있어요. 향후 전개될 중국, 러시아의 대립 관계를 염두에 두고 일본의 팽창주의를 미국이 부추기고 있는 것은 분명합니다. 그래서 현재 일본에서 이뤄지고 있는 것은 일본만을 욕해서 해결될 수 있는 것이 아닌 겁니다. 독도 문제는 필연적으로 미국의 동북아시아 정책과 맞서는 지점에 우리를 몰고 갈 것이며 우리는 한미 관계의 변화라는 문제와 직면하게 됩니다.

　김민웅　문제는 우리의 태도가 여기서 딜레마에 처해 있다는 겁니다. 일본은 비난하면서, 그 일본의 행동을 뒷받침해주는 미국의 태도에 대해서는 침묵하고 있는 거지요.

　리영희　그래서 역사를 제대로 알아야 하는 거지요. 과거 1960년대에 미국은 일본, 남한, 대만, 필리핀을 잇는 축을 만든 적이 있어요. 미국은 지금 중국과 러시아에 대항해 북한이 붕괴될 것을 전제로 하는 한반도를 포함한 새로운 축을 다시 만들기 위해서 일본을 앞세워 시도하고 있는 것입니다. 이런 상황에서 표피적으로 드러난 일본 우익에 대한 감정적 대응보다는 미국이 일본을 앞세워 한반도와 동북아시아에서 무엇을 하려고 하는지 그 목적, 흉계, 전략을 확실히 파악하는 게 가장 중요합니다.

　김민웅　결국 이 문제는 세계적 패권의 변화와 동아시아의 미래를 유기적으로 파악해 들어가는 노력과 직결될 겁니다.『대화』말미에서 선생님은 자본주의 극복의 필요성을 언급하셨습니다. 우리 사회의 경제적 생활의 근본에 대한 깊고 깊은 성찰이 절실해지고 있는 것 같습니다.

　리영희　분명히 그렇습니다. 이건 내가 최근 절망하고 있는 심각한 문제라고 할 수 있어요. 우리 사회는 지난날 생존의 위협을 느낄 만큼 절박한 상태에서, 30~40년 동안 물질적으로 나아졌습니다. 그런데 지금 주위를 둘러보세요. 오로지 물질만능주의가 팽배한 상태에서, 개개인의 생활이나 전 사회가 마땅히 지향해야 할 정신적 가치, 더불어 사는 미래상에 대한 고민은 부재한 처지입니다. 부유해진 것 같지만 도리어 가난해져가고 있어요. 생각이 남루하고 비천해지는 상황입니다. 풍요 속의 빈곤이 심화되고 있구요.

온유하고, 상호 융합적인 사회를 만들기 위한 노력이 필요해요. 인간적 요소를 물질적 가치의 하위에 놓는 경제 제도, 정치 구조 이런 것을 배격해야 합니다. 아니면 모두가 서로에게 적이 될 수밖에 없습니다. 그런 데서 어떻게 살아갈 수 있나요?

특히 이익만을 좇는 인간성이 상실된 미국의 '벌거벗은 자본주의'를 우리가 외환위기를 겪으면서 IMF 관리체제 이후 더욱더 추종하고 있는 것은 굉장히 우려스러운 일입니다. 탐욕과 경쟁과 물질적 부를 추구하는 그 속에서는 절대 평화로운 사회, 나누는 사회, 토론하는 사회, 더불어 기뻐하는 사회가 될 수 없습니다.

김민웅 자본주의가 우리의 삶, 영혼을 좀 먹어 들어가고 있는데 그것을 자각하지 못하는 것이 현실입니다. 오늘날 젊은 세대가 이런 흐름 속에 그대로 자신을 맡겨버리고 있는 것을 막을 방법도 사실 찾기 어렵구요.

리영희 그렇기에, 탈정치적이기는 하지만, 아주 역동적이고, 또 결국 우리나라의 미래를 책임질 지금 20대에서 30대 초반의 다음 세대들은 이러한 루쉰의 이야기를 기억할 필요가 있습니다. 그는 '뒷 세대는 앞 세대의 밑거름으로 살아간다'는 얘기를 했습니다. 간혹 큰 성취를 이룬 이들 중에는 자신의 성취를 무덤까지 가지고 갈 것처럼 처신하는 것을 보는데 잘못된 거지요. 그 성취가 밑거름이 돼서 다음 세대가 자기보다 큰 나무가 되고, 아름다운 꽃이 되게끔 거름이 되어야 하지요. 앞 세대는 그 때문에 존재하는 거라고 할 수 있습니다.

지난 세기 그 흉악한, 불행한 세대를 살아온 나를 비롯한 선배들이 포함된 앞 세대들이 가꿔온 나무에 달린 열매를 지금 세대들은 아무 생각 없이 따 먹고 있기도 합니다. 물론 그것을 비난하려는 것은 아닙니다. 누가 씨를 뿌렸는지, 나무가 커 오는 과정에서 어떤 고난을 겪고, 얼마나 많은 피눈물이 거름이 됐는지 생각하지 않고 열매를 당연한 것처럼 취하는 경우가 많아서 하는 이야기입니다.

이제 그런 젊은이들도 다음에 오는 세대에게 뭔가를 남겨야 하는 '생명의 원리'를 깨우쳤으면 해요. 단지 열매만 취하기보다는 그 옆에다 나무를 심고, 꽃을 심어 더 크게 자라고, 더 예쁘게 피게 하는 노력을 해야지요. 그래야 '생명의 연속성'이 보장되는 것이고.

김민웅 그런 점에서 선생님의 회고록을 젊은 세대들이 어떻게 읽었으면 하십니까?

리영희 나는 『대화』를 젊은이들이 읽을 때, 저마다 '리영희'가 돼 책 속의 상황과 직접 부딪쳐보라고 말하고 싶어요. 그래서 지나간 역사를 성찰하고, 그 과정에서 스스로도 성찰해서 또 다음 세대를 위한 밑거름이 될 수 있는 능력을 길렀으면 합니다.

김민웅 그럴 수 있기를 저도 바랍니다. 개인적인 차원의 질문 하나 드리고 싶어요. 선생님은 비교할 수 없을 정도로 다방면에 탁월한 능력을 가지셨는데, 그래도 개인적 소양에 있어서 틈새, 아쉬움 같은 게 있나요?

리영희 구체적으로 얘기하면 악기를 연주하고 싶은 거예요. (웃음) 이 나이가 되도록 악기 하나 연주 못하는 삶이 참 삭막한 것 같아서 말이지요. 꼭 특별한 악기를 지칭하는 건 아니고. 바이올린은 너무 어려우니까, 피아노를 즐길 수 있을 정도로만 연주할 수 있었다면 참 좋았겠다, 이런 생각을 가끔 해보곤 해요. 내 또래 중에서 트럼펫, 아코디언, 피아노를 연주하는 이를 보면 너무 부럽단 말이에요.

한 가지 덧붙이자면, 내 성질이랄까 성향 때문에 시를 쓰지 못해왔는데. 시는 가슴에서 나오는 정서적인 것 아닙니까? 내가 그동안 해왔던 것이 심장보다 뇌에 의존한 거였으니까.

김민웅 (웃음) 이번 책은 어느 시 못지않게 심장에서 문장들이 튀어나온 것 같던데요. 어느 독자가 그러는데, 시보다 더 뜨거운 감동을 느꼈다고 하니 이미 시인이 되신 것 아닌가요?

리영희 (웃음) 그렇게 읽어주면 고맙지. 김지하 그 친구가 생명 사상의 원초를 서대문 형무소의 썩은 콘크리트 창문에서 돋아나는 싹을 보면서 형성했다고 하더라구.

나라고 형무소에서 그런 광경을 안 봤겠고, 그런 생각을 안 했겠어요. 나도 노력을 했지요. 그런데 시가 안 나오는 거예요. 이제는 더 뭉클한 게 많은데. 그러니까 재료는 준비돼 있는데 반죽해서 완성을 못 시키고 있어요. 멋지게 시를 쓰고 싶어.

나처럼 실증적인 자료에 기반을 두고 작업을 하는 사람들은 건조하기가 이루 말할 데 없어요, 사실. 그래서 제일 부러운 게 문인들입니다. 또 시인이나 소설가는 고향에 시비도 세워주잖아. (웃음) 사람의 마음을 움직이는 예술, 그런 힘이 나는 부럽습니다.

김민웅 이 기회에 시집 하나 내시죠? 여기 산본에서 '리영희 시비' 하나 세워줄 지 압니까?

리영희는 평생을 통해 진실에 대한
증언자로 삶을 일관했다.
제국의 질서에 대한 그의 질문과 반격은
냉전의식에 갇혀 있던 한국사회를 뒤흔들었다.

리영희 (웃음) 아니야. 어렸을 때 접한 '인생은 짧고, 예술은 길다', 이 말을 지금에야 실감한다니까. 너무나 반대되는 삶을 살아왔으니까.

사랑이 내 삶을 움직여온 원동력, 후회 없는 삶 살았다

김민웅 이제 마무리 질문을 드리겠습니다. 역사적으로, 인간적으로 '리영희'란 인간이 어떻게 기억되기를 바라십니까?

리영희 (웃음) 기억이 될까. 기억 안 될 거야. 예술은 남아도 인생은 남지 않는다고. 만약 후세에 나를 기억해준다면 한 시기 그러니까 20세기에 '스스로보다는 더불어 사는 동포, 인류의 행복과 인간됨과 자유를 위해서 그것을 제약하고, 봉쇄하고, 탄압해왔던 외적 요소에 대해 과감히 싸워온 투사였다', 이 정도로 알려지겠지요.

나이 들면서 생각해보니까 내가 시를 쓰고 그러진 못했지만 논문 쓰고, 상황 분석하고 이런 것도 나름대로 '삶에 대한 사랑'을 표시한 거라고 봐요. 내 삶이든 타인의 삶이든. 그런 것 아니겠어요? 그런 면에서 부끄럽지는 않아요.

김민웅 지금 말씀하신 투사 뒤에다가 시도 쓰려고 무진 애쓴 아름다운 사람, 이렇게 덧붙이고 싶어요. (웃음) 우리도 선생님을 지극히 사랑합니다. 내내 건강하십시오.

리영희 하하, 고마우이.

다른 세상을 꿈꾸다

대세와는 다른 흐름에 자신을 맡기는 이들이 있다. 그들은 그 흐름이 언젠가는 사람들의 생각과 마음속에 누룩처럼 번져 새로운 세상을 만들어낼 것이라고 믿고 그대로 살아간다. 지금과는 다른 세상을 꿈꾸는 사람들은 그렇게 해서 미래를 상상하는 힘을 길러나갔다. 그 힘은 현실의 중심을 관통하면서 다른 내일을 향한 길을 열었다.

하지만 이는 역경을 자초하는 길이기도 했다. 현실의 대세와 맞서는 일은 실패를 예견하게도 한다. 누구도 실패를 자청하지 않는다. 그러나 실패가 내다보인다 해도, 옳기 때문에 그것에 자신의 운명을 거는 이들이 있다. 이들의 존재 덕분에 역사는 진로를 수정할 수 있는 기회를 얻게 된다.

이들은 주류의 권리를 포기한 자들이자 변방의 목소리가 되기를 주저하지 않고, 언젠가는 그 목소리가 역사의 줄기가 될 것임을 믿는 이들이다. 그렇기에 자신이 소수라는 것을 괘념치 않았고, 당장에 호응이 없다는 것에 불안해하지 않았다. 자신의 목소리를 경청해주지 않는 시대에 대해 쉽게 좌절하지 않았으며, 잘못된 것은 잘못되었다고 확신에 찬 신념을 전파해나갔다. 그것은 때로 미친 짓이었으며, 때로 매우 위험하기 짝이 없는 선택이었다. 그것은 역사의 주류세력에게서 밀려나고, 결국 역사에 기록되지 못하는 변방의 존재가 되고 마는 것이다. 그러나 역사는 이들이 도리어 전위적 위치에 있게 될 수 있음을 입증한다.

이들은 토인비가 말했듯 변경에 존재하는 프롤레타리아적 위치에 있다. 그런데 놀랍게도 이들이야말로 제국의 변경 사이에서 새로운 문물을 흡수함으로써 '변경'이 아니라 '전위'(frontier)가 되는 역설의 진리를 관철하게 된다. 바로 여기에서 새로운 문명의 근거 또는 축이 만들어진다.

이들은 굴복하지 않았고, 자신이 서 있는 자리가 많은 사람들이 서고자 하지 않는 지점일지라도 그것을 기쁘게 여기고 받아들였다. 그들이 그 자리에 서 있었기에, 세상은 자신이 어디에서 잘못되었는지를 깨닫게 되었다. 그들은 미래에서 온 사람들이었다. 미래는 그렇게 우리에게 이미 와 있다.

종교의 기만에 반기를 든 노신학자

한도명

기독교를 떠난 기독교인

나이 80에 이르는 어느 노신학자가 평생 그 자신이 몸과 영혼을 담고고 있던 종교를 떠난다고 선언했다. 그것은 현실교회에 대한 매서운 질타이자, 온몸을 던진 반격이며 그 종교의 '죽음'을 만천하에 알리는 일이었다. 그러나 교회는 그 목소리에 여전히 귀를 기울이지 않고 있다. 종교를 팔아 자신들의 배를 살찌우고, 의미 없는 교리와 자기자랑, 이에 더해 본질적으로는 금전 요구 그리고 세뇌에 가까운 이야기를 설교라고 내세우면서 세상과 교인들을 기만하느라 바쁘기 때문이다.

인간을 괴롭히는 악의 정체를 드러내고 그 악이 무력해지도록 함께 손을 잡고 힘껏 일어서도록 하는 것이 아니라, 그 악의 실체를 은폐하고 그 악과 대결하려는 이들을 도리어 악마로 모는 일은 비일비재하다. 그런 곳에서 부정의한 권력은 둥지를 틀고, 약자들의 권리를 박탈하면서 성립되는 특권은 보호받는다. 교회가 그러고 있으니 사탄은 할 일이 없게 된다. 제정신이 제대로 박혀 있는 사람이라면 그런 교회를 나갈 수 없다.

물론 그렇지 않은 교회마저 싸잡아 비난하는 것은 결코 아니다. 이들의 존재는 겨자씨처럼 작다. 그래서 언제나 풍전등화의 운명에 처해 있다. 이들을 기필코 지켜내야 한다. 반면에 부하고 강한 교회들은 군단의 세력을 이루고 있다. 예수가 돼지 떼 속으로 몰아낸 레기온 집단이다. 레기온은 로마군단의 명칭이다. 그것은 죽음의 부대이다. 겉으로는 생명을 외치면서 정작은 인간에게 죽음을 가하는 폭력을 그 안에 감추고 있다.

바로 이들과 정면으로 대치하는 신학적 깃발을 들지 않고서는, 자신의 목숨을 걸고 인간해방의 길을 열어나간 예수는 끝끝내 실종되고 말 것이다. 도스토옙스키의 『카라마조프가의 형제들』에 나오는, 이 땅에 돌아온 예수를 배척하고 추방하는 대심문관의 모습과 오늘날의 기독교는 그리 다르지 않다.

한도명의 『나는 어째서 그리스도교를 떠났는가』*는 그렇게 현실이 내쫓아낸 역사의 예수, 인간의 진실을 담고 있는 존재를 찾아 나서는 한 노신학자의 용기 있는 여정의 고백이다.

유월절과 부활절의 의미

이 책을 손에 집어 들고 몰입한 때는 종교력으로도 여러 가지 의미를 가진 시기였다. 결단을 하고 일어나 떠나야 할 곳과 무수한 고난이 있다 해도 반드시 이르러야 할 곳이 어디인지를 생각하게 하는

---

* 한도명, 『나는 어째서 그리스도교를 떠났는가: 어느 노신학자의 고백』, 신학비평사, 2010.

절기였기 때문이다. 평생 익숙했던 곳과 단호하게 결별하고 진정한 인간이 되는 길을 가는 한 노년의 모습에서 나는 이 절기의 진정한 뜻을 새기면서, 출애굽과 부활의 진실을 새롭게 목격하게 된다.

한도명이라는 이름을 만난 2011년 4월 19일은 유대교에서 유월절(逾越節)로 지키고, 그것이 끝나는 4월 25일 전날인 4월 24일은 기독교에서는 부활절로 기념하는 주일이다. 4·19 혁명이 유월절과 겹친 날짜라는 것도 우연치고는 참으로 기묘하다는 생각이 들게 한다. 둘 다 억눌렸던 민중이 해방을 향해 나간 역사의 경계선이 그어진 사건이기 때문이다. 4월 17일은 교회력으로 예수의 예루살렘 입성을 알린 종려주일이었다. 종려주일이라고 붙인 까닭은 승전자에게 종려나무 가지를 흔드는 히브리 풍속을 반영한 결과다.

한 가지 덧붙이자면, 여기서 사용한 이스라엘 민족을 가리키는 '히브리'라는 단어는 '합비루'라는 말에 그 뿌리를 두고 있는 것으로 알려져 있다. 합비루는 고대 중근동 지역에서 이리저리 유랑하며 힘들게 살았던 무리에 대한 총칭이다. 따라서 히브리는 본래 혈통적 개념이 아니라 계급 또는 계층적 개념이다. 오늘날 이스라엘은 폭력적인 국가주의에 의해 혐오감을 불러일으키는 단어가 되었지만, 2,000년도 넘는 전의 시대에는 지금의 팔레스타인과 같은 처지의 명칭이었다.

따라서 '히브리'라는 단어는 거부되고 몰리고 내쫓기며 내일에 대한 희망을 좀체 가지기 어려운 사람들 모두를 의미한 셈이었다. 유월절은 이런 이들에게 주어진 해방의 축복이었다. 죽어지냈던 이들 히브리인들의 부활과 다름이 없다. 그래서 부활이라는 말은 죽어버렸다고 여긴 존재들이 부정의한 기존 질서에 항거하여 함께 들고 일어나는 '봉기'라는 뜻을 담고 있다.

해방의 사건을 향해

유월절은 고대 이집트 제국에서 노예로 짓밟히고 있던 히브리인들이 모세를 선두로 해서 파라오의 권력에 도전하고 제국의 압제에서 벗어난 해방절로, 히브리 최대 명절이다. 당시 히브리인들이 믿는 신 야훼는 절대 권력을 휘두르면서 인간을 노예화하고 지중해 세계에서 최대의 강자로 군림하고 있던 이집트 제국에 재앙을 내린다. 그런 강제력 없이는 파라오가 자신의 권력을 손에 놓으려 들지 않았기 때문이었다.

그런데 제국 전체가 겪게 되는 재앙을 피하기 위해 양의 피를 문설주에 바르면 그 집은 넘어가준다고 해서 넘어갈 유(逾)와 월(越)자를 써 유월절이라고 불렀다. 이는 히브리어 '페사크'를 번역한 단어로 영어로는 '패스오버'(passover)라고 한다. 양의 피를 문설주에 바르지 않아 재앙이 지나치지 않은 집의 장자는 모두 몰살당하게 되어 있었다. 인간이 죽는다는 점에서 잔혹한 이야기지만, 장자의 죽음은 노예를 밟고 서 있는 체제는 더는 유지될 이유가 없다는 것을 상징해준다. 장자라는 계승자가 사라진 제국의 비극을 일깨우고 있는 것이다.

오늘날의 기독교 또는 그리스도교는 이렇게 떠나온 제국을 제 발로 도로 걸어 들어가 제왕의 영광을 누리고자 한다. 바로 여기에 한국 기독교 또는 교회가 직면하고 있는 위기와 비극이 있다. 제국의 모형을 닮고자 하는 교회 안에서 교인들은 자신의 주체성과 자율성을 잃은 채 하늘이 이미 준 진실된 인간성을 완성시켜나가는 길을 모르게 되고 있다. 『나는 어째서 그리스도교를 떠났는가』의 한도명은 바로 이 점을 집중적으로 질타하고 기존의 신학적 전제를 일거에 타격하고 나선다.

한도명은 누구인가

저자 한도명에 대해 알려진 바는 거의 없다. 이 책은 그가 1933년생으로 남도에서 태어났으며, "한평생 그리스도교와 그 교회를 끼고 살면서 신학을 공부하고 가르쳐왔다"고 소개하고 있다. 그런 그가 "이제 신학을 내려놓고 일상에서 하느님과 함께 노닐며 사는 법을 익히고 있다"고 말한다. 한도명은 가명이다.

짐작하기로는 평생 신학을 하면서 인간의 진실을 향해 한 걸음 한 걸음 자신의 몸과 영혼을 옮겨온 『신학비평』의 편집자 송기득 선생 같기도 하고, 그의 분신과 다를 바 없는 다른 누구 같기도 하고 아니면 이런 생각을 가지고 있는 모두이기도 한 것 같기도 하다. 송기득 선생을 굳이 꼽은 것은, 평소 이런 문제에 대해 깊이 고민해온 노신학자이기 때문이다. 물론 그가 아니래도 상관없다. 한도명의 정체를 굳이 밝혀내 따지고자 함은 아니다.

여기서 중요한 것은 거의 온 생애를 바쳐 몰두해온 기독교/그리스도교에 대해 "이건 아니다"라고 밝히고, 신 앞에서 솔직한 존재로 돌아가는 한도명의 이름으로 자기를 드러난 그의 결단과 그 모습 자체다. 한도명은 그래서 너일 수도, 나일 수도, 또는 우리 모두일 수도 있는 이름이다. 한도명이라고 가명을 지은 뜻을 헤아려보면, 길 도

(道)에 밝을 명(明)으로 "하나(한)의 길을 밝히다" 정도가 아닐까 싶기도 하다.

한도명은 이렇게 시작한다.

이제 나는 아무래도 그리스도교를 아주 떠나야 할 것 같다. 아니 이미 떠났다고 해야 옳다. 교회에 나가지 않은 지가 벌써 오래되었다. ……분명한 것은 내가 교회에 나가지 않는 것이 그리스도교를 보다 잘 믿기 위해서가 아니라, 그리스도교를 떠나기 위해서라는 사실이다."

그러면서 그는 본래의 인간해방의 실체를 가려버린 신학적 고백으로서의 '그리스도'를 비판하면서 그리스도론의 핵심인 대속론을 비판적으로 짚고 나간다. 대속론은 그리스도가 나를 대신해서 죽어주었다는 신앙고백의 핵심이다. 우리의 죄를 그가 대신 걸머지고 희생되었다는 의미가 담긴 신학 교리다.

대속론의 모순

그는 대속론이 하느님이 꼭 누군가의 희생을 요구해야만 용서하시는 '피에 굶주린 잔인한 신'처럼 만들었고, 자신의 잘못에 대해 누군가를 대리해서 처벌받도록 하는 책임회피와 주체성 상실의 결과로 이어지게 하고 있다고 논박하고 있다. 그는 인간이 나약한 존재이니 어쩔 수 없지 않은가라는 반박에 대해, 자기가 나약하다고 해서 다른 존재를 대신 벌 받게 하는 게 뭔가라고 묻는다. 뿐만 아니라 인간을 비인간화시키는 죄까지 대속의 대상이 된다고 한다면, 정의는 어떻게 가능해질 것인지 반문한다.

이러한 그의 견해는 치열한 신학적 논쟁의 대상이 될 수 있다. 주목해볼 바는, 그는 모두가 당연하게 받아들이고 있는 교리에 대해 새로운 성찰의 필요성을 정면으로 제기하고 있다는 점이다. 사실 교리란 절대적 진리가 아니고, 어느 특정한 역사의 시점에 정리된 생각이자 교리의 위상에 도달하는 과정에서 정치적 압박이 주도한 경우도 적지 않다. 예를 들어 서기 381년 콘스탄티노플 공의회를 소집한 테오도시우스 황제의 칙령에 따른, 신과 예수와 성령이 하나라는 삼위일체론 공포는 이단자 색출과 함께 자유로운 신학적 논쟁을 봉쇄해버리는 결과를 가져왔다.

그런 점에서 보자면 한도명은 인간을 참 인간이 되게 하는 역사적 예수와의 만남이 더욱 결정적인 길이라고 강조한다. 예수는 하나님의 길을 향해 나간 진정한 인간이이기에, 그의 길을 뒤따르는 것이 우선이지 그저 신앙의 대상으로 올려놓고 복을 주는 존재처럼 만들어버리는 것은 예수의 실체에 대한 배반이라는 것이다. 그의 말마따나 현실에서 우리는 예수처럼 살기보다는 예수에게 뭘 좀 달라고 비는 쪽이 신앙의 대세인 것을 부정할 수 없다.

그러니 한도명은 교회에 가서 설교를 듣고 앉아 있을 수는 도저히 없을 것이다.

내가 교회에 나가지 않는 것은 목사들의 설교가 싫어서다. 설교를 듣고 있노라면 은혜는커녕 열을 받는다. …… 심지어 설교를 빌려 자신의 불만 어린 감정을 터뜨린다든지, 하는 짓을 보고 있노라면 열을 받다 못해 화가 치민다.

그러나 그가 모든 설교를 거부하는 것은 아니다.

나는 사람다움을 말하는 설교가 있다면 그리스도교를 떠난 뒤에도 즐겨 찾아가서 경청하곤 할 것이다.

이러면서 그는 세례가 마치 성찬예식의 자격처럼 되고 있는 것도 못마땅해한다. 성찬예식의 뜻에 동참하고 함께하고 싶은 모든 이들에게 열려 있는 것이 옳지 않은가 하는 것이다.
그는 이렇게까지 말하고 있다.

내가 그리스도교와 그 교회를 떠나니까, 역사의 예수의 '하느님 나라'가 보였고, 아울러 그리스도교의 하느님을 넘어선 '참 하느님'이 보이기 시작했다. 이제 나는 역사의 예수를 넘어서 '민중(다중)'에게서 사람다움(인간화)의 길을 찾으려 하며, 하느님과 함께 노닐며 사는 생천주(生天主)의 자리를 넘보고 있다. 내가 그리스도교와 그 교회를 떠나지 않았다면, 어찌 이 자리에 올 수 있었겠는가? 내가 그리스도교를 떠나게 된 것, 그저 '하늘'에 감사할 따름이다.

바보 김펠, 바보 한도명 그리고 '봉기'
노벨 문학상을 받은 유대인 작가 아이작 싱어(Isaac Singer)의 작품

가운데 「바보 김펠」(Gimpel the Fool)이라는 단편이 있다. 바보 김펠이 사람들에게 계속 기만당하고 농락의 대상이 되면서도 그것을 알고도 그대로 당해주는 모습을 그려낸 소설이다. 그것은 인간에게 조롱당하는 신의 모습과 다를 바 없다. 결국 김펠은 집을 떠나 세상을 다니면서 사람들의 진실에 귀를 기울이고 자신의 진실을 말한다. 그 모습은 점차 성자처럼 받아들여지게 된다.

여기서 우리는 인간에 대한 조롱과 농락이 신에 대한 농락으로 이어지는 것을 보게 된다. 그 신의 이름은 인간에 대한 믿음, 정의, 평화, 생명 그 어떤 이름으로 불려도 좋다. 우리는 그런 가치들이 농락당하고 있는 시대를 살고 있다. 그러나 정작 작품에서 폭로되고 있는 것은 인간 또는 신을 조롱하는 자들의 추악함이다. 문제는 당사자들이 자신의 추악함을 깨닫지 못하고 있다는 점이다. 그런 자들은 진실을 말하는 이들을 바보라고 부른다. 하지만 정작 바보는 누구일까?

한도명은 이런 세상에서 바보 또는 어리석은 자의 역할을 자임하고 나섰다. 신학자가 그리스도교를 떠나 무엇을 하겠다는 것인가? 그러나 그것은 떠나지 않으면 열리지 못하는 길이다. 신조차 농락하고 있는 그리스도교에 대해 결별 선언을 하지 않는 한, 진정한 신과 만날 수 없기 때문이다.

다시 묻는다. 한도명은 누구인가? 그는 우리 자신이다. 모두가 한도명이 되는 순간, 예수가 그 안에서 부활의 실체로 우리에게 다가선다. 죽었다고 여긴 이들이 다시 일어나 봉기를 일으키는 시작이 그렇게 온다.

신조차 농락하고 있는 그리스도교에
결별선언을 하지 않는 한
진정한 신과 만날 수 없다.
한도명은 인간을 참 인간이 되게 하는
역사적 예수와의 만남이
더욱 결정적인 길이라고 강조한다.

세상을 바꾸려 한 역사가

에릭 홉스봄

영국 공산당 역사가 그룹

모리스 돕(Maurice Dobb), 크리스토퍼 힐(Christopher Hill), 로드니 힐튼(Rodney Hilton), 빅터 키어넌(Victor Kiernan), 조지 루드(George Rude) 그리고 E.P. 톰슨. 당대 최고의 영국 마르크스주의 역사학자의 명단이다. 여기에 에릭 홉스봄(Eric Hobsbawn))이 함께한다. 이들은 모두 1946년 창설된 영국 공산당의 '역사가 그룹'(1992년 '사회주의 역사회'로 개칭) 출신으로, 당시 영국에서 위력을 떨치기 시작한 냉전정치의 선봉에 선 매카시즘과 학문적으로 대결했던 지식인들이었다.

이런 맥락을 주시하면, 홉스봄이라는 세계적으로 탁월한 역사가의 출현은 단지 그의 역량만이 아니라 그와 함께했던 지식인 집단의 존재 또한 중요한 의미를 지니고 있었음을 알게 된다. 여기서 주목하게 되는 것은, 진보정당이 역사학이라는 학문에 매우 치열한 집단적 노력을 기울였다는 점이다. 이것은 무엇보다도 역사가 정치와 직결된다는 것을 인식한 결과라고 할 수 있다.

홉스봄은 역사학자로서 정치의 역할을 끊임없이 강조해왔다. 그것은 현실에서 변화를 목표로 한 실천이라는 점에서도 그의 마르크스주의 사관과 일치했다. 그런 까닭에 그의 마지막 저작의 제목이 『세상을 어떻게 바꿀 것인가: 마르크스와 마르크스주의에 관한 이야기들』[*]인 것은 너무도 당연하게 여겨진다. 홉스봄이라는 이름은 무엇보다도 그의 3부작 『혁명의 시대』『자본의 시대』『제국의 시대』[**]와 함께 세상에 명성을 떨쳤다. 근현대사의 중심 주제를 놓고 전개해나간 이 저서들은 방대한 내용을 수록한 고전이다. 홉스봄은 오늘 우리가 살고 있는 세상이 어떻게 구성되어왔으며 어떤 고통과 모순이 구조화되었는지를 밝혀낸다. 그러한 작업의 최종 목적은 어떤 미래를 만들 것인가에 있다.

그런 점에서 『세상을 어떻게 바꿀 것인가』는 홉스봄의 사상을 핵심적으로 압축해 보여준 저작이다. 이 책은 마르크스의 사상이 어떻게 구축되었는지 초기 시점부터 분석하고 있으며, 마르크스 사후 그의 사상과 이론적 작업들이 어떻게 해석되고 변화했는지를 살핀다. 그리고 무엇보다 오늘의 시대에 마르크스를 읽는다는 것이 무엇을 의미하는지 새롭게 성찰하기를 요구하는 것으로 끝맺고 있다.

홉스봄의 마르크스에 대한 해설과 이해는 사회적 변화를 위한 실천에 철저하게 초점을 맞추고 있다는 점에서 정치의 문제와 직결된다.

• 에릭 홉스봄, 이경일 옮김, 『세상을 어떻게 바꿀 것인가: 마르크스와 마르크스주의에 관한 이야기들』, 까치, 2012.

•• 에릭 홉스봄, 정도영 옮김, 『혁명의 시대』, 한길사, 1998: 정도영 외 1명 옮김, 『자본의 시대』, 한길사, 1998: 김동택 옮김, 『제국의 시대』, 한길사, 1998.

따라서 이 책은 역사학자 홉스봄의 마르크스 해석이기도 하지만, 마르크스주의 정치학에 대한 그의 이론적 결론을 정리하는 의미를 지닌다.

흔히 마르크스의 이론적 저작들이 주목하는 최대의 관심은 자본주의 경제의 작동 방식에 대한 규명으로 알고 있다. 하지만 사실 그의 저작들은 그것을 가능하게 하는 사회적 관계와 이것을 풀어나가는 '정치'를 어떻게 구성할 것인가를 주목하고 있다. 역사에 대한 해석을 넘어서 변화에 대한 실천의 강조는 바로 이 정치의 복원과 재편에 대한 그의 철학적 의지라고 할 수 있다.

이런 각도로 보자면, 영국의 마르크스주의 역사학자들이 정치 조직인 정당에서 중요한 이론적 활동과 연구 작업을 했다는 것은 매우 자연스럽고 타당해진다. 홉스봄은 그람시를 다루는 대목에서 이러한 내용을 부각시키고 있다.

그람시에게 정치는 승리하는 사회주의 전략의 핵심일 뿐만 아니라 사회주의 자체의 핵심이기도 했다. 그것은 마르크스를 인용하면, 인간이 "싸워서 해결하는" 방법이다. 혁명의 근본 문제는 이제까지의 하층계급을 어떻게 헤게모니적으로 만들고, 잠재적인 지배계급으로서 자신을 믿게 하고 다른 계급들에게 그렇게 믿음을 주는가이다. 여기에 그람시가 보기에 정당(현대의 군주)의 중요성이 있다. 그는 노동계급이 자신의 의식을 발전시키고 자연 발생적인 경제-조합적 혹은 노동조합적 단계를 극복하는 것은 정당의 운동과 조직을 통해서뿐이라는, 즉 그가 보기에는 정당을 통해서라는 사실을 알아차렸다.

홉스봄의 그람시에 대한 이해와 해석은 그 자신의 삶과 그대로 일치한다. 그는 대학교수로 있으면서 공산당원이었고 그 안에서 활동한 역사학자라는 사실로 그 정체성이 압축된다. 그러나 그의 이론과 지식인으로서 양심이 정당의 논리에 지배되지 않았다는 사실 또한 중요하다. 정당인이면서도 지식인으로서 독자성을 갖는 면모는 영국 공산당 역사가 그룹의 지적 자존심이자 특징이었다.

역사와 정치를 일치시키려는 노력은 마르크스주의 역사학자들에게 있어서 기본명제라고 할 수 있다. 라틴아메리카 마르크스주의 해방철학자이자 역사학자인 두셀은 그의 『정치에 관한 21개의 테제』[*]에서 이렇게 밝히고 있다.

신자유주의자들은 정치의 철폐를 부르짖는다. 정치를 자본의 논리에 굴복시키려는 것이다. 그러나 정치의 철폐는 곧 인간의 삶을 부인하는 것이다. 정치는 인간에게 가장 적절한 직업이자 소명이다.

홉스봄의 정치에 대한 인식도 이와 다를 바 없다. 그는 역사연구에서 정치를 배제하려는 움직임을 비판했으며, 정치의 복원을 역사학에서 매우 중요한 임무라고 보았다. 그렇다면 홉스봄이 활동했던 조직은 어떤 흐름 속에 있었을까?

대공황기를 지나고 있던 1936년 영국에서 만들어진 '레프트 북 클럽'(the Left Book Club)은 좌파 지식 공동체를 구성하게 된

• Enrique Dussel, *Twenty Theses on Politics,* Duke University Press, 2008.

다. 여기서 좌파 정치학자로 세계적 명성을 날린 헤럴드 라스키(Harold Laski)와 런던 정치경제대학(LSE)의 창설자이자 '페이비언 소사이어티'(Fabian Society)의 중심인물인 시드니 웹 부부(Sydney & Beatrice Webb) 등의 책을 출간하기도 했다. 레프트 북클럽에서 중요한 영향력을 가진 인물로 팔메 더트(R. Palme Dutt)를 들 수 있는데 그는 영국 공산당 역사가 그룹의 주축이었다. 홉스봄은 더트를 추모하면서 "가장 정직하고 양심적인 역사가"라고 높게 평가하고 있다.

레프트 북클럽과 팔메 더트

더트는 인도 출신 영국인으로, 영국 공산당을 이끈 지도적 인물인 동시에 역사학자로서 대단히 뛰어난 통찰력을 보인 지식인이었다. 그는 유럽 노동운동의 패배는 파시즘을 가져올 것이라고 정확하게 예견했고, 1936년 레프트 북클럽에서 펴낸 『세계 정치: 1918-1936』에서 세계대전의 발발에 대한 흐름을 정확히 분석, 예견했다. 이는 세계자본주의의 내면적 구조와 성격에 대한 명징한 이해가 기초되어 있었기 때문이었다.

자본주의는 세계 시장을 창출했다. 그리고 자본주의가 제국주의로 진입하면서 전 세계를 경제 관계망으로 서로 더욱 가깝게 재편해냈다. 그런데 이는 여전히 노예적 노동과 착취에 기반하고 있다. 또 하

---

* R. Palme Dutt, *World Politics 1918-1936*, London: Victor Gollancz, 1936.

나 중요한 것은 이러한 자본주의적 세계 통합은 적대적 관계에 바탕을 두고 있다는 사실이다. 모든 자본이 독점 체제 구축을 향해 움직이고 있는 현실에서 그러한 적대적 관계는 누군가를 배타적으로 배제하려 들고 있기 때문에 자본주의는 그 갈등을 평화가 아닌 전쟁으로 해결하는 상황으로 빠져들 수밖에 없다.

더트가 자본주의 체제의 구조적 모순이 전쟁으로 치닫는 것을 증명해냈다면, 홉스봄의 3부작은 바로 이 자본주의의 역사적 과정을 더트가 만들어낸 '장기 19세기'(the long nineteenth century, 이후 아리기가 이를 따서 '장기 20세기'라는 개념을 만들어냈다)의 개념으로 분석해낸 것이었다. 1789년 프랑스 혁명에서 1914년 제1차 세계대전까지의 장기 19세기는 부르주아 체제의 세계적 확장 과정이었고, 그 결과는 홉스봄이 '극단의 세기'라고 부른 20세기의 끔찍한 전쟁으로 인류를 몰아갔던 것이다.

이러한 역사적 과정에 대한 분석과 통찰을 꾸준히 정리해온 홉스봄의 지적 뼈대에 있는 것이 바로 마르크스주의다. 그는 인류 역사가 진보가 아닌 비극으로 굴러 떨어지고 오늘날 자본의 지배가 위력을 발휘하는 듯지만, 자본의 틀 자체가 동요하고 있음을 주목하라고 말한다. 또한 이러한 조건에서 마르크스를 다시 진지하게 읽는 것은 새로운 돌파구를 마련하는 길임을 역설하고 있다.

다시 마르크스를 주목해야 하는 시대

마르크스는 한참 활동하던 당시엔 허버트 스펜서(Herbert Spencer)에 비해 거의 무명에 다를 바 없었으나, 오늘날에는 구글 검색에서 다윈과 아인슈타인만 그의 명성을 앞지를 뿐 애덤 스미스와 프로이트도 그의 뒤에 있다. 마르크스의 사상적 위력은 이제 사회주의자만이 아니라 자본가들이 도리어 주목할 정도가 되었다.

홉스봄은 마르크스가 가장 주력했던 논지를 다음과 같이 밝힌다.

카를 마르크스가 주장했던 것은 자본주의가 생산력을 끌어올리는 자기 능력의 한계에 도달했다는 것이 아니었다. 그가 주장한 핵심은 달리 있었다. 자본주의적 성장의 들쭉날쭉한 리듬이 주기적 과잉 생산의 위기를 초래하며, 이런 과잉생산의 위기는 조만간 자본주의적 경제 운영방식과 양립하기 어렵게 된다. 이것은 사회적 갈등을 만들어낼 것이고, 자본주의는 이런 갈등을 이겨내지 못할 것이다. 바로 이 내용이 그가 강조한 가장 중요한 대목이다.

홉스봄은 이러한 마르크스의 분석과 견해가 초기에는 파급력을 갖지 못했으나 1870년대 세계 경제위기, 1930년대 대공황을 거치면서 달라졌다고 본다. 특히 세계적 변혁운동과 제3세계 해방정치가 등장한 1960년대와 1970년대를 통해 마르크스주의의 진정한 가치와 의미가 재평가되고 재해석되었다는 것이다.

하지만 냉전의 붕괴, 소련과 동유럽 사회주의 몰락, 신자유주의 체제의 지배로 세계사가 이어지면서 마르크스주의는 퇴조의 단계로 접어들었고, 한때 공산주의 지식인이었던 헝가리 출신 아서 케스틀리(Arthur Koestler)가 언급한 '실패한 신'의 오명을 쓰고 밀았다. 그런데 홉스봄이 보기에, 이러한 상황은 그리 오래가지 않았으며 세계 자본주의 작동 방식에 균열이 생기면서 마르크스가 다시 호출되고 있다는 것이다.

자본주의의 미래가 의문의 대상이 되는 것은 사회 혁명의 위협 때문이 아니다. 아무것에도 속박되지 않는 전 세계적인 작동이라는 그 자신의 본성 때문에 그렇게 된다. 바로 이 사실을 자본주의가 되새기는 때가 올 것이다. 그런 세상이 되면, 마르크스는 지금까지의 예상을 넘어 우리의 현실 속으로 복귀할 것이다. 자본주의의 전 세계적인 작동에 관해서 카를 마르크스는 자본의 합리적 선택과 자유 시장의 자기 조절 메커니즘을 신봉하는 사람들보다 훨씬 더 통찰력 있는 길잡이인 것으로 판명되었다.

아니나 다를까, 홉스봄의 예견대로 2008년 세계 경제위기는 "1973년에서 2008년 동안 시장 사회에 대한 절대적 환원론을 신봉하던 자들도 무력한 상태로 남겨"지게 했고, 이들마저도 "기존 체제의 해체, 심지어는 붕괴의 가능성이 더 이상 배제되지 않는다"고 진단했다. 이러면서 마르크스에 대한 관심은 좌우를 넘어 모두에게 중대한 의미를 가지게 되었다.

홉스봄의 이야기를 더 들어보자.

역설적이게도, 양편은 모두 한 주요한 사상가에게 되돌아가는 데에 관심을 보인다. 1848년에 그가 예견했듯이, 이 사상가의 본질은 자본주의에 대한 그리고 자본주의적 세계화가 어디로 향할지 깨닫지 못했던 경제학자들 모두에 대한 비판이다.

시장은 주요한 위기를 겪는 과정에서조차, 21세기를 마주하는 주요한 문제들에 대해서 아무런 해답도 가지고 있지 않다는 사실이 다시 한 번 명백해졌다. 유지하기 어려운 이윤을 추구하는 가운데 생겨나는 무제한적이고 기술 집약적인 경제 발전이 전반적인 부를 창출하기는 한다. 그러나 생산, 인간 노동, 그리고 세계의 자연 자원이라는 갈수록 불가결한 요소들을 희생한 것의 대가라는 점은 확실하다. 경제적, 정치적 자유주의는 단독으로든 아니면 결합되어서든 21세기의 문제들에 해결책을 제공해줄 수 없다. 다시 한 번 마르크스를 진지하게 고려해야 할 때가 왔다.

역사를 명료하게 분석하고 이를 통해 "헤게모니 교체를 위한 정치를 복원"하여, 자본의 독점적 권력과 이와 손을 잡은 정치권력의 동맹체제를 해체하는 것이 홉스봄이 본 마르크스주의 정치학의 본질이라고 할 수 있다. 오늘날 우리가 직면한 한국사회의 현실에서 홉스봄의 조언과 일깨움은 그래서 깊은 경청의 가치를 갖는다.

자본주의 체제의 모순과 불합리를 바꾸어나갈 세력 교체의 정치를 통하지 않고서는 우리는 항상적 위기에 시달릴 것이다. 마르크스를 다시 진지하게 읽어나가는 시대에서 이전과는 다른 '장기 21세기'의 시작을 알리는 새로운 장이 열리지 않을까? 세상을 바꾸는 관점의 변화는 오래 전 이미 준비되어 있었다.

홉스봄은 역사학자로서 정치의 역할을 끊임없이 강조했다.

그것은 현실에서 변화를 목표로 한 실천이라는 점에서
그의 마르크스주의 사관과 일치했다.

진보정치의 순교자

조봉암

한국 현대사의 비장한 이름들

여운형, 김구에 이어 조봉암 그리고 장준하. 한국 현대사의 비장한 이름들이다. 세 사람은 피살당했고 한 사람은 사형장으로 끌려갔다. 이 가운데 장준하가 피살되었는지에 대해서는, 의문이 남는다고 해도 당시의 정황이 그 가능성을 거의 확정해주고 있다. 노선 차이가 있긴 했지만 네 사람 모두 독립운동을 펼친 뛰어난 혁명가였고, 당시 최고 권력자 또는 최고 권력자가 될 인물과 최대 경쟁관계에 있었다. 훗날 대통령이 된 김대중은 이들 네 사람의 운명과 아슬아슬하게 맞닿아 있다가 살아난다. 그러나 냉전정치의 폭압과 희생은 지금이라고 사라진 것은 아니다.

좌우의 대립 가운데 모두를 끌어안고 통합하려 했던 여운형은 1947년에, 이승만을 수장으로 하는 대한민국 정부가 세워지고 일 년 뒤인 1949년에는 김구가, 그 이승만이 독재의 길로 치닫던 1959년에 조봉암이, 그리고 박정희 유신체제가 극에 달했던 1975년에는 장준하가 각기 죽임을 당한다. 이 가운데 조봉암은 '간첩'으로 처형이 되었다.

1961년 『민족일보』 조용수와 1974년 여정남, 도예종 등 여덟 명을 교수형에 처한 인혁당 사건까지 추가하면 북과 관련된 '간첩'으로 몰려 죽은 이들의 수는 늘어난다. 집권세력의 정치적 위기마다 조직적으로 양산되었던 조작간첩에 대한 불법투옥과 살인과 다를 바 없는 처형은 한국 냉전사의 비극적 민낯이다.

좌파 민족운동에 대한 인정이 이루어지면서 그동안 국가보안법의 족쇄에 묶여 있었던 여운형은 2006년 독립유공자로 그 명예를 되찾았다. 하지만 조봉암은 조금 더 세월이 걸렸다. 그는 2011년에야 역사의 법정에서 무죄가 선고되어 52년 만에 복권되었다. 장기 집권의 욕망에 사로잡힌 이승만이 대통령 선거 최대의 정적에게 법을 내세워 저지른 살인사건의 실체가 온 세상에 확정된 것이다. 조봉암의 무죄는 곧 이승만의 유죄를 의미했다.

강화도 출신의 가난하지만 총명한 청년이 고학으로 일본에 유학한 뒤 조선공산당 창당의 주역이 되었을 뿐만 아니라, 모스크바에서 볼셰비키 혁명 최고의 이론가이자 지도자 니콜라이 부하린(Nikolay I. Bukharin)과 만나 조선혁명의 미래 세력을 기르는 등의 역정을 거쳤다. 그가 조봉암이다.

이후 분단 조국에서 그는 '전향'이라는 방식으로 새로운 활로를 모색했다. 그는 농림부 장관이 되어 농지개혁을 완수한 다음 이승만 독재에 저항, 대통령 후보로 나섰으나 차점자로 낙선한다. 그리고 진보당을 창당했으나 결국 독재자 이승만의 견제가 그를 형장으로 내몰았다.

『약산 김원봉』,* 『김산 평전』** 등으로 이미 우리 민족 독립운동사의 굵직한 흐름을 짚어온 작가 이원규의 『조봉암 평전』***은, 파란만장한 혁명가의 삶을 살다 간 죽산 조봉암을 생생하게 되살려낸다. 이원규는 이 작업을 위해 중국과 러시아를 수없이 오갔고 조봉암의 유가족만이 아니라 주변 인물들을 수소문해서 일일이 구체적인 증언을 모은 끝에, 사실과 소설적 구성을 혼합한 '팩션'(Faction)의 방식으로 인간 조봉암을 그려냈다. 그런 까닭에 그는 우리가 미처 몰랐던 역사적 사실과 죽산의 내면, 당대의 현실에 새롭게 눈뜨게 해준다.

조선 공산당 창당의 주역

1899년 강화도에서 출생한 조봉암은 농업보습학교를 졸업한 후 면서기 보조 정도의 일을 하다가 1919년 3·1 만세운동 주도자로 고초를 겪게 된다. 이듬해 서울로 올라와 YMCA 중학부를 다니다가 독립운동 혐의로 또다시 힘겨운 고비를 넘기게 되는데, 이후 결심을 하고 일본에 건너가 엿장수를 하면서 주오대학에서 고학을 한다.

애초에는 아나키즘으로 조선의 미래를 풀겠다고 생각했던 그는 점차 사회주의에 기운다. 귀국 후 중국 상하이를 거쳐 모스크바의 코민테른 총회에 참석, 조선공산당 창당의 기반을 마련했다. 뿐만 아니라 모스크바 동방노력자 공산대학에서 수학하면서 러시아혁명에

• 이원규, 『약산 김원봉』, 실천문학사, 2005.
•• 이원규, 『김산 평전』, 실천문학사, 2006.
••• 이원규, 『조봉암 평전』, 한길사, 2013.

대해 학습하고 공산주의 운동의 이론적 틀을 세워나갔다.

　죽산이라는 호를 가진 조봉암은 당시로서는 첨단의 사회주의 혁명가로 성장하고 있었다. 그는 이 과정에서 여운형, 박헌영, 김단야 등과 동지적 관계를 맺고 독립운동 지도자의 위상에 오르게 된다. 한국 독립운동사에서 사회주의 혁명세력의 중심에 있었던 것이다. 그러나 1945년 해방이 되면서 그는 박헌영이 이끄는 공산당을 비판하고 '전향 선서'를 하게 된다. 이는 조선공산당 창당 주역의 전격적인 변신이었고, 당시 정국에 충격을 준다. 하지만 죽산의 이러한 움직임은 당시 냉전체제의 엄혹한 포위망에서 살아남기 위한 선택인 동시에 현실을 제대로 측정하지 못한 근본주의적 공산주의 혁명노선에 대한 비판이었지, 그가 오랫동안 꿈꾸어온 사회민주주의적 이상을 포기한 것은 아니었다.

　다시 말해 '전향'이 죽산을 우익으로 위치 이동시킨 것은 아니었다. 이 점이 중요하다. 1930년대 중일전쟁이 격화되면서 일본의 좌파들이 전향 공작에 휘말려 '전향'을 선언하고 그중 적지 않은 이가 극우파 이론가가 되었던 것과는 전혀 다른 경우였다. 조봉암은 대단히 현실주의적인 정치가였다. 그는 당시 국제 정세가 국내 정치에 압도적인 규정력을 가지고 있다는 것을 수용하고 그 맥락 속에서 최선이 무엇인지를 고민했던 것이다.

　그런 까닭에 조봉암은 이승만 아래에서 농림부 장관을 맡아 여러 한계와 저항을 뚫고 당시로는 혁명적이고 자칫 '빨갱이' 논쟁에 휘말릴 수 있는 농지개혁을 주도했다. 애초에 그는 무상몰수, 무상분배로 토지분배를 해결하겠다는 확약을 이승만에게서 받고 입각했지

만, 지주세력이 근간이 되어 있던 한민당의 반대로 원래의 안대로는 농지개혁을 관철하지는 못한다.[*]

이후 대통령 선거에 나섰을 때 그가 내건 진보당의 기본정치는 "책임정치의 구현, 수탈 없는 경제체제 확립, 평화통일 추구"였다. 이외에도 그는 시대적 수준으로서는 획기적인 발상인 "집단안전보장 확립에 의한 국방문제 해결과 군비감축" "종합적인 연차 계획경제를 수립하고 이를 법령화" "노동자의 자유로운 단결권과 단체 교섭권 보장" "교육의 완전 국가보장제 실시" 등을 공약화했다. 지금보아도 손색이 없는 훌륭한 정책을 담고 있었다.

죽산의 진보당 창당 개회사에는 이런 대목이 있다.

인간의 존엄성을 무시하는 일을 없애고, 모든 사람의 자유가 완전히 보장되고 모든 사람이 착취당하는 것이 없이 응분의 노력과 사회적 보장에 의해서 다 같이 평화롭고 행복스럽게 잘 살 수 있는 세상. 이것이 한국의 진보주의라 해도 좋을 것입니다.

이 글을 보면, 냉전체제를 지탱하고 있는 이념을 기준으로 죽산을 몰아세우거나 낙인찍을 수 있는 근거가 전혀 없음을 알 수 있다. 뿐만 아니라 진보주의의 지향점을 이렇게 단순하면서도 명쾌하게 정리해낸 것은 그가 대중정치의 요구를 정확하게 꿰뚫어 본 인물임을 증언해준다. 따라서 이승만이 조봉암을 간첩으로 만들어 죽인 것은,

---

* 김삼웅, 『죽산 조봉암 평전』, 시대의창, 2010.

이 진보주의 정치를 압살한 것이나 다를 바 없었다. 1960년 4·19 혁명이 일어난 뒤 혁신계라는 이름의 진보세력이 출현한 것은 조봉암이 뿌려놓은 씨앗의 태동이기도 했다. 하지만 그것조차도 박정희의 5·16 군사 쿠데타로 다시 짓밟히고 만다.

조봉암에게는 혁명가로서의 역정만이 아니라 한 남자로서 살아온 내력 또한 있다. 그것은 조봉암의 사랑, 여인들과의 이야기다. 그는 첫사랑 김이옥과 헤어진 후 혁명동지 김조이와 결혼했고, 상해 시절 그를 찾아온 첫사랑의 여인과 함께 살게 된다. 그의 딸을 낳은 김이옥은 죽산이 신의주 감옥에 수감된 시기에 폐결핵으로 사망하고, 김조이는 한국전쟁 당시 납북되고 만다. 김이옥과의 사이에서 낳은 딸 호정은 이화여대 영문과를 졸업하고 아버지의 비서 일을 보았지만, 부친이 사형당한 후 '빨갱이 두목의 딸'이라는 비난과 함께 반세기 동안 아버지의 복권을 위해 생애를 바친다.[•] 그밖에도 조봉암을 사랑했던 여인들이 등장하는데, 여기에서 그는 아들 하나와 딸 둘을 얻는다. 조봉암을 이해하는 과정에서 마주치는 이런 대목들은, 당혹감을 불러 일으키는 한편 그의 내면에 몰아쳤을 파도와 바람을 상상케 한다.

강화도와 조봉암

사형장 장면에서부터 시작하는 이원규의 『조봉암 평전』은 이 시대의 한 역사 교과서다. 비운의 혁명가가 걸어온 삶과 그 시대를 뜨

• 같은 책.

겹게 느끼게 한다. 특히 새삼스럽게 주목하게 된 것은 '강화도'라는 섬이 겪어온 오랜 역사의 고투가 조봉암의 인생사에 자신도 모르게 일종의 시대적 유전자로 박혀 있었던 것은 아닌가 하는 상념이다.

몽골군대와 결전을 했던 1230년대 삼별초의 항쟁, 1636년 나중에 청이 되는 후금과의 전쟁에서 인조가 피난 오면서 강화도 주민들이 겪었던 고초, 18세기 초반 당시 주류세력과는 입장을 달리했던 재야 강화학파를 주도한 하곡 정제두의 양명학(陽明學), 1868년 프랑스와 1871년 미국의 강화도 침략, 1875년 일본의 함대 파견 위협, 한국전쟁 당시 강화도 양민학살 등, 거론해보자면 강화도는 이 나라 역사의 슬픔과 고통을 온몸으로 껴안고 살아온 현장이다.

정제두의 경우를 보더라도 강화도 내면에는 주류 역사의 흐름과 다른 길을 지향하는 숨결이 흐르고 있지 않았을까. 그는 풍운의 고난을 겪으면서도 사욕을 버리고 인간의 내면에 있는 생명의 기운을 적극적으로 뿜어내는 것을 학문의 길로 삼았다.* 그것은 곧 앎과 함의 일치를 관통하는 자세였다. 이러한 정제두의 정신은 중앙의 사도정치와는 확연히 구별되는 것이었다.

그런 면에서 우리는 강화도와 인천을 엮어 서울의 변방에서 형성되었던 시대적 사조를 다시 들여다볼 필요를 느끼게 된다. 죽산의 추모비를 강화에 세웠으며 인천의 정신을 이끌고 있는 '새얼문화재단'도 이러한 역사의 맥락 속에서 명확히 자리매김될 것이다. 양명학이 본래 세상의 핍박을 면할 수 없어도 오로지 도(道)를 향해 나가

---

* 예문동양사상연구원, 『하곡 정제두』, 예문서원 2005.

겠다는 의지가 충만한 학문*이었다는 점에서도 조봉암의 사상과 행동이 강화도에서 발원(發源)한 것은 너무도 타당하다는 느낌이다.

조봉암, 역사를 향한 용기

그런 까닭에 죽산 조봉암을 다시 되돌아본다는 것은, 오늘날 이 나라를 중심에서 주도한다는 세력과는 다른 정치와 문화 그리고 역사를 상상하고 세우는 것의 의미를 깨우친다. 『조봉암과 진보당』**을 쓴 고 정태영 선생은 조봉암의 정치를 당사자 자신의 입을 통해 이렇게 전한다.

이 박사는 소수가 잘 살기 위한 정치를 했고 나와 나의 동지들은 국민 대다수를 잘살게 하기 위한 민주주의 투쟁을 했다. 나는 이 박사와 싸우다 졌으니 승자로부터 패자가 이렇게 죽음을 당하는 것은 흔히 있을 수 있는 일이다. 다만 내 죽음이 헛되지 않고 이 나라의 민주 발전에 도움이 되기를 바랄 뿐이다.

사형을 앞둔 조봉암의 심경이었다.

아니나 다를까, 이원규가 전하는 조봉암의 옥중유언 역시 이렇게 마친다.

• 시마다 겐지, 김석근·이근우 옮김, 『주자학과 양명학』, 까치, 1986.
•• 정태영, 『조봉암과 진보당』후마니타스, 2004.

우리가 못한 일을 우리가 알지 못하는 후배들이 해나갈 것이네. 결국 어느 땐가 평화통일의 날이 올 것이고, 국민이 골고루 잘사는 날이 올 것이네. 나는 씨만 뿌리고 가네.

우리는 지금 그가 뿌린 씨앗을 어떻게 하고 있을까? 자기 땅에 무슨 씨앗이 뿌려진 줄도 모르고 있는 것은 아닐까? 고난의 민족사 속에서 자신을 하나의 밀알로 흩뿌려 새로운 역사의 생명을 태어나게 하는 이들의 그림자조차 알아차리지 못하고, 땅을 가는 수고를 아까워하고 있지는 않을까?

조봉암은 우리 역사에서 우뚝 선 봉우리로 후대의 깃발이 되었다. 그의 자취를 뒤따르면, 우리는 오늘을 돌파할 수 있는 의식과 의지를 다시 추스릴 수 있을 것이다. 형장의 비극으로 운명을 마감한 그였지만 그가 남긴 역사는 결코 비극이 아니다. 그의 정치적 순교는 헛되지 않다. 순교는 패배가 확정되는 순간이 아니라, 새로운 승리를 위한 발판이 된다. 조봉암이 들었던 역사의 횃불은 아직도 타오르고 있다. 기만과 억압, 폭력의 권세가 지배하는 한, 조봉암의 헌신은 우리를 그 어느 순간에도 무기력하게 만들지 않는다. 조봉암은 우리에게 역사를 향한 용기다. 어느 때에라도 망각될 수 없는 진실의 또 다른 이름이다.

조봉암은 우리에게 역사를 향한 용기다.
그의 정치적 순교는 헛되지 않다.
순교는 새로운 승리를 위한 발판이 되기 때문이다.

민중미술의 횃불

오윤

2010년 8월, 한여름이었다. 문화예술인들이 자주 드나드는 안국동 한식당 '낭만'에서 막 나오려는 참에 용태 형이 불러 세운다. "민웅아, 여기 와서 술 한 잔 받아야지." 언제 봐도 늘 정겹다. 여기서 '용태 형'이라고 하는 이는 전 민예총 회장 김용태다. 문화계의 마당발이라고 불리던 그는 2014년 5월 세상을 떠나 이제는 고인이 되었다.

그날은 2010년 7월 29일부터 8월 9일까지 인사아트센터에서 열린 '현실과 발언' 30주년 전시회의 거의 마지막 날이었다. 현실과 발언의 동인들은 1969년 당시 20대 미술학도들이었다. 이들은 날로 독재로 치닫는 정치현실에 대한 예술적 질타의 장을 열려고 했지만 시도로 그쳤고, 이후 1980년에 비로소 동숭동에서 첫 전시회를 열었다. 지금의 문예진흥원 미술회관에서 연 전시회는 미술회관 측이 전시작품들을 불온 운운하며 전기를 모두 꺼버려 난데없는 촛불전시회가 됨으로써 하나의 역사적 사건이 되었다.

임옥상 화백의 부름에 이끌려 찾아 나선 30주년 전시회장에서 분명 용태 형을 봤는데 정작 뒤풀이 자리에서는 어디 있나 했던 참이었다. 그 옆자리에는 출판사 현실문화의 대표 김수기가 앉아 반갑게 인사를 나누었다. 용태 형이 다시 입을 연다. "아까 나 주려던 그 책, 이 친구 줘." 덥석 받아든 보따리 뭉치에는 『오윤 전집』* 세 권이 묵직하게 들어 있다. 그렇게 해서 이 책은 필자의 손에 난데없이 들어왔다. 오윤이라니, 저 절륜의 이미지를 새긴 민중판화가 말인가?

첫 권은 "세상 사람, 동네 사람"이라는 제목으로 그에 대한 글 모음과 그가 쓴 글, 그가 한 말의 기록을 엮은 620쪽의 책이다. 두 번째 권은 "칼을 쥔 도깨비"라는 제목이 붙은 그의 작품집, 세 번째 권은 "3115, 날것 그대로의 오윤"이라는 제목으로, 그의 스케치가 고스란히 담긴 자료집이다. 그날로 읽기 시작한 『오윤 전집』 제1권은 필자를 그의 세계로 정신없이 빨려들게 했다.

오윤의 작품이 그 안에 우뚝 자리한 현실과 발언 전시회는 1979년 겨울, 유신체제의 종말과 함께 새로운 시대에 대한 예술적 발언을 모색했던 이들이 준비하고 그다음 해 1980년, 모두가 전두환 정권의 폭력 앞에서 몸을 움츠리고 있을 때 정말 감히 겁도 없이 민중예술의 장을 연 작업이었다. 그 일이 벌써 30년이 지났다. 인사아트센터 현관에는 『화엄경』을 한글서체로 풀어 만든 임옥상의 청동부처조각이 걸린 채 범상치 않은 기를 뿜고 있었고, 6층 전체에 걸쳐 현실과 발언의 역사와 작품들이 한 시대를 생생하게 증언하고 있었다.

현실과 발언을 이끌었던 작가들의 작품은 물론이고 민중미술 1

* 오윤전집간행위원회, 『오윤 전집』, 현실문화, 2010.

세대인 주재환, 손장섭, 김건희, 김정헌, 민정기, 안규철, 성완경, 김대식, 윤범모, 심정수 등이 작가들과의 대화에서 자리했다.『녹색평론』의 김종철, 사학자이자 겸재박물관 관장이 된 이석우 등도 모습을 보였다. 오윤의 두 아들도 함께했다. 그렇게 모인 광경을 보니 현실과 발언 30주년 기념 전시회는 지난 세월의 자취가 아니라 일그러지고 있는 이 시대에 대한 현재진행형의 목소리였고 아직도 할 일이 있다는 일깨움을 주는 현장이 되었다.

문제적 인간 오윤

오윤은 이 현실과 발언이 있기 10년 전인 1969년, 그의 예술적 기의 힘을 알아본 김지하의 지지와 격려 속에 '현실동인 선언'을 하면서 기존 미술계의 흐름과는 전혀 다른 발걸음을 내보였다. 그때 이미 그는 우리의 춤과 굿거리, 추사를 비롯한 옛 글의 힘과 민중 속에 질펀하게 녹아나 있는 아픔과 갈망의 노래를 어떻게 형상화할 수 있을까를 끊임없이 고뇌했던 이른바 '문제적 인간'이었다. 그러면서 그는 이 시대 민중예술의 표준이 될 경계선을 그은 존재가 되었다.

오윤에게, 저 불끈 힘이 솟아오르는 판화의 빛을 지지 않은 1980년대 이후의 운동이 과연 어디 있던가?『오윤 전집』의 제1권은 그가 맺은 인간관계, 벗들의 모습, 그의 삶과 미술에 대한 역사적 평가를 종합적으로 엮었다. 인간 오윤과 함께 그의 작품이 지닌 미술사적 의의가 파노라마처럼 섬세하게 펼쳐진다. 오윤과 동갑내기인 김용태, 한국문화예술위원회 위원장을 지냈던 김정헌이 오윤이 몸이 아파 진도에서 요양하며 지낼 때 찾아가 홍주를 마시던 이야기와 함께, 그의 개인전을 여느라 이 두 사람이 수고했던 일화를 처음 접하면서 한 예술가의 인연이 어디까지 닿아 역사 속에서 살아 움직였는가를 대면하게 된다.

조선의 옛 예술정신과 멕시코 민중예술의 세계를 소개한 그의 선배 김지하부터 판화예술의 새로운 지평을 진화시킨 그의 후배 이철수에 이르기까지, 그가 살아 만나 이루어냈던 세계 속에 담긴 사람들의 모습은 놀랍도록 깊고 다채롭다. 그의 아버지가 「갯마을」의 작가 오영수라는 사실이 오늘의 세대에게는 어느새 낯선 이야기가 되고 말았지만, 더욱이 그의 외가 쪽은 동래 학춤의 명인 가문이라는 사실도 오윤의 피 속에 흐르는 문학성과 춤꾼 기질, 무엇보다 술판의 좌중을 쥐고 흔들었다는 놀이꾼으로서의 폭발력이 어떻게 가능했는지를 알게 한다. 혈통이 절대적인 것은 아니지만, 핏줄 속에 담긴 예술의 뜨거운 혼은 오윤에게 와서 무엇으로도 도저히 지울 수 없는 암각화를 새겨놓았다.

생명의 기력을 불러들이는 굿거리

오윤은 자신의 작업을 통해 이렇게 고뇌했다.

미술이 어떻게 언어의 기능을 회복하는가 하는 것이 오랜 나의 숙제였다. 따라서 미술사에서, 수많은 미술 운동들 속에서 이런 해답을 얻기 위해 오랜 세월동안 말없는 벙어리가 되었었다.

그랬던 그가 엄청난 에너지로 쏟아낸 작품들은 고개를 숙인 듯했다가 번쩍 치켜들면서 사악한 것을 베어내고, 슬픔을 속으로 삭이며 둥실둥실 춤추면서 앞으로 어깨 걸고 나가는 이들의 모습을 현재화하는 데 성공한다. 사물과 사람에 대한 피상적 관찰을 넘어, 그 안에서 서서히 끓어오르다가 결국 통제할 길 없이 내뿜는 기운을 포착한 이에게만 가능한 작업이었다.

그렇기에 오윤은 "힘의 근원을 근육의 구조로만 파악할 것이 아니라 석굴암의 금강역사처럼 기(氣)의 표현으로도 가능한 것이다"라고 단언했다. 그는 삶의 꿈틀거림과 그 안에서 이루어지는 내면적 정신세계의 진정성을 드러내는 일에 전력을 다했던 것이다. 오윤에게 예술은 숨겨진 생명의 가락을 찾고 그 가락을 기로 드러내어 누구에게도 분명한 진실을 말하는 순간을 미술 속의 이야기처럼 전하려는 것이었다. 따라서 오윤의 작품을 단지 저항적 민중예술이라는 틀 안에서만 보는 것은 그의 예술적 지평의 크기를 축소시키는 것이 될 수 있다.

그런 까닭에 그는 이런 말을 토해낼 수 있었다.

운다는 게 뭡니까? 예술에 있어서 진짜 만남만이 울 수 있는 겁니다. 감동당해 본 적도 없고 감동하기도 싫고, 만날 데는 한 군데 밖에 없어요. 예술이 살아남는 길은 하나 밖에 없어요. 마치 무당이 신내림을 받을 때처럼, 문제하고 만나든 대상하고 만나든, 어떤 사물하고 만나든, 진정함이라고 하는 것 그것 하나 믿고 싶다는 겁니다.

이리하여 그의 결론은 굿으로 간다. "전 지금도 예술이 제대로 굿을 하고 있다고 생각하지 않아요." 생명의 진정성을 현실 속에 불러들이는 신들린 동작이 오늘의 미술 속에서 보이지 않는다는 것이다.

오윤이 살아생전에 춤사위에 대해 그리도 관심을 쏟았던 이유는 그의 외가 쪽 학춤의 흐름도 있었을 것이다. 그와 함께, 그의 내면에서 끊임없이 솟구치고 용틀임하던 생명의 기력을 신내림처럼 판화에 쏟아내고 싶은 원초적 갈망이 작용했으리라는 것은 짐작하기 어렵지 않다. 꽉 찬 긴장 속에서 누구도 거스를 수 없이 휘몰아치는 칼의 번뜩임을 잡아낸 「칼노래」라든가 춤추는 군중의 힘을 보여준 「춘무인 춤무의」 그리고 역사의 비극을 더는 반복할 수 없다는 「원귀도」 같은 비장한 작품만이 아니다. 「남녘땅 뱃노래」와 「도깨비」 같은 작품을 보면 오윤이 짚어낸 삶의 영토가 얼마나 넓고 다양한지 알 수 있다.

무엇보다도 오윤의 판화가 대중들의 시선에 놓이게 된 것은 책 표지에서였다. 오늘날 외국인 노동자들을 위한 목회자로 수고하고 있는 한윤수는 1970년대 중반에 출판사 '청년사'를 차려 그의 작품을 선보이는 데 결정적인 역할을 했다. 지금 돌아봐도 감동적인 일이었다. 이 출판사에서 나온 『암태도 소작쟁의』의 삽화는 보는 이로 하여금 눈을 번쩍 뜨이게 했다. 한 이단아의 등장쯤으로 여길 만한 이 사건이 미술사 전반에 걸친 충격과 그 이후의 미술사적 사건으로 이어졌음은 물론이다. 그렇게 이어진 고리에서 출판과 미술이 하나로 결합되었다는 것은 두고두고 성찰해볼 일이다. 왜 그러한가?

미술이 대중의 일상 속에 존재하도록 하는 길이 무엇인가에 대한 오윤의 예술철학과, 한 시대의 고뇌를 담아내려 한 출판운동이 만나는 지점에서 태어난 이 작업은 지금도 여전히 유효한 의미를 지닌다. 미술과 사유, 언어가 하나되어 한 시대의 메시지로 작동할 수 있는 성취이기 때문이다. 미술평론가 최열은 이 점을 놓치지 않는다. 그는 오윤과 추사 김정희의 예술적 맥락을 하나로 연결시키면서, 역사의 한 대목을 속박시켰던 포승줄을 풀고 생명의 기운을 펼쳐낸 점을 주목하도록 한다. 이는 최열이 고암 이응로와 오윤을 하나로 묶어 해제하려 한 노력에서도 마찬가지로 확인된다.

결국 이건 하나의 꿈틀거리는 맥박이다. 칼을 부리는 솜씨가 빼어났다는 그의 목판화는 맥이 힘차게 뛰는 인상을 강렬히 남긴다. 오윤이 쓰다 말았다는 소설의 첫 구절은 이렇다고 한다.

남쪽으로 남쪽으로 달리던 산맥이 섬진강에 부딪혀 멈칫하고 선 곳에서는……

그렇게 그는 맥박이 흐르는 길과 그 진로에 관심이 높았다. 사물이나 사람이나 역사나 춤이나 그 어디에도 다 적용되는 시선이었다. 이런 점에서 그가 오래 살지 못해 기량을 충분히 다 보여주지 못했고, 자신의 생각이 어디까지 진화할 수 있는지 입증하지 못한 것은 못내 안타깝다. 하지만 그의 작품들은 그 이후의 방향이 어디로 가야 할지 이미 다 말하고 있다.

생명의 혁명적 춤사위

오윤의 작품 속에 깃든 굿의 힘, 무당의 신내림 같은 경지에 대한 갈망은 김정헌의 증언 또는 평가에서도 고스란히 드러난다.

(테라코타의 조각) 얼굴을 보면 표정이 (판화에도 그런 것들이 나오는데) 눈 꼬리가 탁 올라붙었어요. 무당기가 있는 사람들을 거의 정형화시킨 거죠.

오윤이 찾고 싶었던 얼굴은 바로 그렇게 이 세상의 아픈 이들의 심정을 자기 마음처럼 절절히 알고, 그 사연을 신 내린 혼으로 자기 사연처럼 풀어내서 위로하고 일으켜 세우는 이라고 하겠다. 그런 모습, 그런 기운이 아니고서는 죽음의 기운이 판을 치는 세상을 바로 세울 수 없다고 여긴 탓이었을 것이다.

오윤에 대해 증언하고 평론한 이들의 이름은 여기 일일이 거론하기 어려울 정도로 많다. 그만큼 살아생전 그는 주변 누구에게나 관심을 받는 매력적인 인간이었고, 그의 생각과 작품은 새로운 화두를 만들어내는 힘을 가졌던 것이다. 현실과 발언의 젊은 일꾼이었고 이제는 60대 중반에 접어든 성완경의 다음과 같은 말은 그래서 절실하게 다가온다.

오윤은 마치 부릅뜬 노인의 눈 같기도 하고, 저 깊은 곳으로부터 끌어올려 진 한 같기도 한 시선으로 우리의 일상적 삶의 몰골과 역사의 한 많은 뼈마디를 훑어내면서 우리를 어머니의 체취에, 그 정직하고 절대적인 가난에 닿도록 한다.

성완경의 이야기를 더 들어보자.

다시 말해 오윤 예술의 생명은 바로 그가 맥을 잡을 줄 아는, 맥을 짚
고 그 맥을 살려내는 화가라는 점에 있다는 말이다. ……그것은 인
간의 잃어져가는 모습과 잊혀가는 삶의 도상에 우리를 대면시키는
것이기 때문에 더욱 값진 것이다. ……사라져가는 기억의 재생이
요, 맥의 재생이며 이 점에서 아주 소중한 '도상의 구비문학'이다.

오윤은 탈을 만들면서 이렇게 말했다고 한다.

탈은 가만히 두고 보는 것이 아니야. 한번 얼굴에 대고 고개를 움직
이며 놀아봐. 살아 있는지 죽어 있는지 보게.

1970년대 탈춤세대의 문을 연 채희완의 이 증언도 오윤의 삶을 조
명하는 데 한 몫을 한다. 한마디로 압축하면 오윤의 예술은 모든 잊
히고 죽어가는 것들의 생환에 그 초점이 모아진다. 누워 있던 것이
일어서고, 멈췄던 것이 다시 춤을 추고, 숙였던 고개가 번쩍 하고 치
켜든다. '생명의 혁명적 춤사위'다. 비록 오윤의 작품이 온전한 평가
를 할 만큼 많지 않고 고인에 대한 미화의식으로 인해 과도한 칭찬
을 받는 경우가 있다 해도, 그가 미술 속에 생명의 혁명적 춤사위를
이야기로 박아놓은 것만큼은 빼어난 예술적 성취다. 오늘날의 예술
에서도 계속 진행되어야 할 의식이다.

　그런 이유에서 『오윤 전집』의 발간은 오늘의 자리에서 더욱 깊이

오윤의 예술은 잊히고 죽어가는 것들의
생환에 그 초점이 모아진다.
누워 있던 것이 일어서고, 멈췄던 것이
다시 춤을 추는 '생명의 혁명적 춤사위'다.

새겨지는 감격이다. 민중예술이 메시지에 몰두한 나머지 예술적 성취가 약하다는 비아냥 속에서 그 명맥을 이어가는 것조차 힘겹게 여겨지는 시대에, 오윤의 미술사적 생환은 예언적이다. 우리가 들어야할 칼과 붓, 우리가 추어야 할 춤, 우리가 남겨야 할 목소리가 무엇이 되어야 하는가에 대한 일깨움이기 때문이다. 그래서 현실과 발언은 30주년 기념 전시회로 멈추는 것이 아니라 '발언하는 현실'을 만들어내는 길을 뚫어내는 계기가 되어야 한다.

지금은 우리은행으로 바뀐 상업은행 종로 5가 지점에는 오윤이 작업한 테라코타가 남아 있다고 한다. 아직 보지 못했다. 꼭 가서 봐야겠다. 오윤의 벗 용태 형, 고맙수. 이런 책이 내 손에 생각지도 않은 보물처럼 굴러들어오게 해줘서 말이오. 형은 이렇게 많은 벗들을 세상에 서로 이어주고 떠났구려.

오윤의 판화를 뚫어지게 쳐다보면, 어느새 내 안에 역동하는 기운이 스멀스멀 일어선다. 오윤의 판화는 그런 기운이 찍힌 신 내린 부적이다.

오호라, 썩억 물렀거라 악귀들이여! 보이느냐, 저기 새로운 세상의 혼 불이 들판에 온통 번져가는 것을.

피사의 피에로

정운영

성찰이 실종된 시대에 떠오르는 이름

첨단 과학 발전의 세계화 시대에 정치적 정직성이니 정책의 공평성이니 하는 덕목들이 말짱 힘 빠진 주장임을 잘 안다. 그렇다고 거기무슨 마땅한 대안이 있는 것도 아니지 않은가? 그럴수록 이 시대에더욱 절박한 제목이 정치적 정직성이라고 믿는다. 영웅을 본뜬「영웅본색」따위로 한순간이나마 위로를 찾는 것이 현대인의 삶이라면, 그것은 너무 삭막하지만 또한 피할 수 없는 대상이기도 하다.

뛰어난 필력으로 인기 칼럼을 썼고, 매력적인 방송진행으로 사랑받았던 정운영의 마지막 칼럼「영웅본색」˚의 한 대목이다. 그는 보수니 진보니 하는 이념적 규정보다 먼저 정치적 정직성이 세상을 구하는 출발점이라고 믿는다. 어떤 간판과 깃발을 걸고 역사에 참여하든이것이 없으면 실패하는 것을 무수히 목격했기 때문이라는 것이다.

• 「정운영 칼럼」『중앙일보』, 2005년 9월 8일자.

이런 글도 있다.

1936년 루쉰이 타계하자 린위탕은 이 '공산당 투항자'를 향해 "그
와 지기가 된 것을 기뻐하였고, 루쉰이 나를 버렸을 때도 유감이나
후회가 없었다"고 애도했다. 생전에 루쉰도 가장 뛰어난 시인으로
후스(胡適)를 치고, 가장 훌륭한 산문가 셋 중의 하나로 '서양 똘마
니' 린위탕을 꼽았다. 루쉰과 린위탕의 관계는 두 책 내용의 일부일
뿐이지만, 내게는 특히 그 험난한 시대에 그들이 나눈 '비판 속의 우
정'이 몹시 부러웠다.

입장이 달라지면 인간적 우정도 파산해버리는 현실에 대한 쓸쓸
한 독백이 여기에 겹쳐 있다. 이 글들은 『심장은 왼쪽에 있음을 기억
하라』*에 수록된 정운영의 육성이다. 그의 딸 정유신이 아버지의 원
고를 모아 만든 마지막 칼럼집이다. 그가 평생을 통해 마음의 진실
을 압축한 유언이다.

정운영의 마지막 이론적 저작은 『자본주의 경제 산책』**이다. 자본
주의 체제의 위기, 그러니까 이윤율 저하의 법칙과 관련한 마르크스
정치경제학자로서 그의 연구는 저널리스트의 어조에 실려 성찰의
필요성을 유연하게 설파하는 목소리가 되어 있다.

1944년생인 그가 2005년 나이 60을 겨우 넘기고 세상을 떠나던

---

* 정유영, 『심장은 왼쪽에 있음을 기억하라』, 웅진지식하우스, 2006.
** 정운영, 『자본주의 경제 산책: 정운영의 마지막 강의』, 웅진지식하우스, 2006.

날, 나는 그를 못내 그리워하며 추도사를 썼다. 생전에 그는 자본주의의 모순을 최전선에서 격파하는 쪽보다는, 현실에서 난공불락의 힘을 과시하는 세계자본주의 체제 안에서 최선으로 가능한 실질적 희망은 과연 무엇일까를 고민하고 있었다. 그로 인해 다른 쪽에서는 노선이탈로 질타를, 또 다른 쪽에서는 여전히 색깔에 관련된 의혹의 시선을 받고 있었다.

나는 그가 격한 어조가 아니라 유연한 말과 지적 성찰로 세상의 변화를 꿈꾸는 마음을 뜨겁게 품고 있음을 알고 있었기에 이런저런 세상의 소문에 상처 입지 않기를 바랐다. "자본주의의 욕망을 극대화한 제국주의와 자유주의가 20세기에 힘을 합해 저질러놓은 그 참극을 다시는 되풀이하지 않도록 하는 것이 이른바 세계화의 시대에 사는 지식인의 사명이 아닌가?" 하는 그의 토로 또는 일깨움은, 세상의 진보를 바라는 이 모두에게 어렵지 않게 공유될 수 있는 논리와 사상의 방향이었다.

정운영, 그는 얼마나 화려하고 박학한 지식의 저장소이자 유통의 본산이었는가? 동서고금의 지식과 쉬운 비유로 어려운 이론의 핵심을 거침없이 설명해내는 그의 능력은 한국 지식사회에서 따를 이가 없을 정도였다. MBC TV의 '100분 토론'은 정운영으로 빛을 내기 시작했다. 그가 긴 얼굴을 손으로 괴고 진지한 눈길로 상대를 응시하는 모습을 기억하는 이들이 적지 않을 것이다. 그는 그렇게 자신의 독특한 자세 하나로 한국사회에 '성찰의 태도'를 환기시켰다. 베냐민이 오른손을 이마에 짚은 채 고개를 숙이고, 사르트르가 파이프 담배를 물고 물끄러미 상대를 바라보는 모습으로 철학의 그림을 완성하고 있었듯이 정운영은 고독하면서도 섬세한 표정으로 한국 지식인의 임무를 탐색하고 있었다.

미국의 마르크스주의 경제학자 폴 스위지(Paul Sweezy)를 내가 열 띠게 말하자, 정운영은 미국 자본주의 안에서 이단아로 94년의 생애를 버틴 그의 모습에 부러움을 고백한다. 스위지의 저작들은 오늘날 미국이 겪는 위기를 그대로 예견하고 실체적으로 분석한 탁월한 업적을 남겼다. 정운영은 미국의 금융자본주의 체제가 안고 있는 모순에 대해 나와 이야기를 나누던 중, 결국 그런 체제 안에서 '금융시장의 폭발'(financial explosion)이 불가피해질 것임을 전망하고 그 길로 가는 이 나라를 매우 걱정했다. 미국은 그의 예견대로 그가 떠난 지 5년 뒤인 2008년 금융위기의 타격을 입었다.

정운영은 벨기에 루뱅에서 당대 유럽 최고의 마르크스주의자 에르네스트 만델(Ernst Mandel)의 제자로 수학했다. 만델이 누군가? 마르크스 경제이론을 체계화하고,* 후기 자본주의에 대해 주변부 지역의 기능을 집중 분석한 인물 아닌가? 만델의 『후기 자본주의』**는 정운영의 주강의 교재였다. 마르크스 이론의 수준이 입문단계였던 시대에 정운영은 자본주의, 제국주의, 세계화 그리고 장기변동 이론의 틀을 체계적으로 정리하고 있었다. 그러나 한국사회는 그런 정운영을 기억하지 못한다. 학문적으로 적지 않은 손실이다.

정운영과 나는 그 점에서 의기투합했다. 그의 학문에 대한 지향점

* Ernest Mandel, *Marxist Economic Theory*, London: Merlin Press, 1962.
** Ernest Mandel, *Late Capitalism*, London : Verso, 1975.

을 공개석상에서 드러내고 말하기 어려웠던 시절, 정운영은 유럽과 미국의 마르크스주의 이론의 최근 경향에 대해 열정적으로 파고들었다. 그러면서도 그는 대단히 낭만적인 자유주의자이기도 했다. 소주와 백세주를 섞어 '오십세주'를 만들어 따라주던 그는 오랜 미국 생활에서 그와 같은 주조법이 낯설었던 나를 향해, 세상이 이렇게 서로 자기를 내어주면서 새로운 작품이 되는 길을 왜 모를까 하고 파안대소했다.

그는 날카로운 칼을 들었지만 상대를 베어도 피를 흘리지 않게 하는 솜씨가 있었다. 그러면서 칼을 맞은 자국은 남아 생각을 파고들게 하는 이였다. 사회과학자면서 탁월한 인문주의자였다. 노예는 반란을 일으켜야 마땅하고, 식민지는 청산되어야 하며, 세계자본주의의 패권은 결국 정리될 수밖에 없다면서, 자신의 심장이 여전히 왼쪽에서 뛰고 있음을 말하던 명료하면서도 정겨운 그의 눈매가 떠오른다. 세월이 흐르는 만큼 그가 더욱 그립다.

정운영은 1994년, 그의 나이 50세였을 때 서울대의 시간강사 연한 제한 규정에 따라 13년간 가르치던 강단을 떠나야 했다. 그때 그는 학생들이 내는 『학회평론』에 다음과 같은 글을 남겼다. 모두 옮기기에는 길어, 일부만 골라 싣는다.

지천(至賤)한 은행잎에 케니 지의 색소폰이 「실루엣」을 토하던 날, 낙성대 쪽 후문을 통과한 나는 에르네스트 만델의 『후기 자본주의』를 강의했다. 오래 전에 엘렌이 녹음해준 테이프인데, 11월 오후의 처연한 교정에 제법 어울렸다. 삶의 어느 순간에 만나는 이런 치기

(稚氣)를 아주 근사한 조화라고 생각할 만큼 나는 모순으로 가득하다. 사실 나의 착각 증세는 이런 등속의 방황보다 한층 더 심각하다. 1980년대 중반 마르크스주의가 시대의 양심처럼 뜨겁게 타오르던 시절에는 그게 전부가 아니라고 딴죽을 걸었고, 1990년대에 들어 '티탄의 추락'으로 조소당할 때는 오늘이 세상의 끝이 아니라고 목청을 높였다. 내가 엇대는 그런 부정을 통해서 학생들이 부정의 부정을 배우기를 바랐지만, 그러나 그 결과는 참담한 실패였다.……

『학회평론』에 보내는 나의 관심은 우선 그 진보의 지향에 있다. 그것이 질기고 튼튼하지 않다는 따위의 걱정은 잠시 접어두자. 당신들이 몰두했던 진보에의 신앙이 먼 훗날 한낱 허깨비로 판명되더라도, 지금은 그 진보를 수호하는 노력이 더 중요하기 때문이다. 역사에는 배반의 기록이 낭자하며, 전설로 전해지는 그 극적인 절규 '브루투스, 너마저'는 우리의 영원한 화두다.……

혹시 진리라는 것이 있더라도, 그 진리가 반드시 이긴다는 미련은 버려야 한다. 시대가 암담할수록 한층 결연한 각오가 필요하다. 일제의 주구들이 명월관 기생의 장고 소리를 들으며 대동아 공영을 뇌까릴 때, 풍찬노숙에 왜경의 총검을 겁내지 않던 독립지사들은 조국 광복에 몸을 바쳤다. 제국주의가 지구를 분할했던 그 암흑시절 투쟁의 전망으로 말한다면 친일파의 정세판단이 앞섰을지 모른다. 결국 어떻게 사느냐의 문제는 삶의 고비고비에서 싸우느냐 마느냐를 선택하는 것이지, 그 싸움의 결과로서 이기느냐 지느냐를 판정하는 것이 아니다. 투쟁의 집합으로서 역사의 승부는 중요한 관건이나, 그 투쟁의 모든 국면에 승리를 보장하라는 주문은 매우 무모한 요청이다.……

사실 대학 강의는 다소 쓸모가 없어야 한다는 것이 나의 고집이다. 예컨대 노동만이 가치를 창조한다는 명제는 사회에서 가르치지 않기 때문에 대학에서 배울 필요가 있는 것이다. 비록 그것이 미구에 지배세력 쪽으로 편승할 지식인이 젊은 한때 과시하는 현학 취미일지라도, 나는 그런 사치의 유효성을 거절하지 않는다.……

사르트르를 '망할 녀석'쯤으로 그려놓은 폴 존슨의 책을 읽으면서, 사르트르의 생애를 점령한 '젊음'과 '좌파'의 의미를 몹시 부러워하게 되었다.

역시 명문이다. 유려함을 넘어서 갖춰야 할 뼈대가 분명하고 자신이 서 있는 자리에 대한 인식이 또렷하니, 달리 주석이 필요치 않다. 정운영의 뇌세포 속에 담긴 의식의 나침반은 어떤 항로를 택하든 언제나 북극을 가리키고 있었다. 그것은 그가 평생을 통해 정리해온 항해일지의 기록이기도 하다.

세상을 조망하는 삐딱한 키다리

정운영은 자신의 키가 큰 것이 아니라 '길다'고 말한다. 그 말을 들으면, 허 참 하고 빙긋이 웃지 않을 수가 없게 된다. 과연 그는 길기도 길다. 얼굴도 손가락도, 그리고 한번 보면 쉽사리 잊을 수 없도록 긴 여운을 남기는 그 소년 같은 밝고 투명한 미소마저도.

도대체가 정운영, 그는 사물을 현재 놓여 있는 방식대로 보려 들지 않는다. 하여 그는 '삐딱'했다. 그의 긴 키는 이를테면 지상을 걷는

'피사의 사탑(斜塔)'이었던 셈이다. 그러나 그는 그것이 마냥 기울어진 사탑이 아닌, 세상을 제대로 조망하는 '전망대'로 기능하기를 바랐다. 그가 남긴 명저의 이름은 『피사의 전망대』*였다. 그 제목부터가 이미 역설의 진리를 말하는 방식이었다.

전혀 예상치 못한 방향에서 새로운 좌표를 설정하고 기존의 상식과는 다르게 기습적으로 접근해서 사물의 본질을 설명하는 능력은 익살맞기까지 하다. 그러니 역시 비범하게도 『광대의 경제학』**이라는 말을 창안해냈으리라. 말하자면 그는 기존의 질서에 대하여, 중세부터 이어져 내려온 '광대의 면책권'을 최대한 활용해 진실을 드러내려 한 셈이었다. 자신이 혹여 세상에게 웃음거리가 된다 해도 마다하지 않겠다는 것이다.

그러나 그의 속표정은 언제나 근엄했다. 자신의 과제와 질문에 대해서 거의 '완벽주의적으로 진지'했기 때문이었다. 그 진지함이 지나쳐 그에게 병을 가져왔는지도 모르겠다. 타자에게는 관대하고 자신에게는 엄격한 이의 피할 수 없는 숙명이었던가?

마르크스 경제학의 최고 수준으로 훈련된 광대 앞에서, 시대를 일거에 꿰뚫어 혁명을 하겠다는 일부 진보적 사회과학자 또는 운동가들의 바리새적 비장함과 유머를 잃은 엄숙주의는 여지없이 무너지고 만다. 민중의 가슴에 진실하게, 때로는 단숨에 명쾌한 어법으로 다가가지 못하는 사회과학으로 무엇을 이룰 수 있겠느냐는 것이다.

• 정운영, 『피사의 전망대』, 한겨레신문사, 1998.
•• 정운영, 『광대의 경제학』, 까치글방, 1993.

그에 더하여 끊임없이 유전(流轉)하는 현실을 담아내지 못한 도그마의 논법으로는 결국 미래를 실패로 이끌게 된다는 것이다.

그렇다고 그의 논설이 결코 가볍게 읽히는 것은 아니다. 그의 고뇌는 남들이 알아차리건 아니건 간에 새로운 세상에 대한 불온한 꿈의 발원지였기 때문이다. 1999년경에 이르면 자본의 세계화에 대한 그의 비판의 목소리는 높아져간다.

나는 세계화를 너무 매도하고, 자신을 너무 학대했다는 기분이 든다. 그것은 세계화에 무슨 철천지한을 품은 사람처럼 설쳐댄 나의 소행에 대한 쓸쓸한 반성의 소산이기도 하다. 제목은 세계화에 대한 질문으로 붙였지만 내용은 사실상 트집이었다. 그러나 보라, 우리가 목도하는 세계화는 담을 헐어 이웃과 사이좋게 지내고, 국경을 낮춰 세계와 함께 살자는 이야기가 아니지 않는가?

「세계화에 대한 비우호적 질문」이라는 글의 일부다. 정운영은 "자본의 공세는 날로 집요해지고 있다"고 증언하면서, 노동자의 임금까지 갈취하는 현실을 적나라하게 폭로한다.

폭력과 수탈을 제도화하는 자본주의에 대해 그는 교정의 임무가 너무도 막중해졌다면서 이렇게 말하고 있다.

얼마 전까지만 해도, '인간의 얼굴'이란 관용구는 사회주의에 전매특허처럼 따라다니는 수식어였다. 인간의 얼굴을 한 사회주의가 그렇고, 인간의 얼굴을 한 계획경제가 그러했다. 사회주의와 계획

경제는 항상 사탄의 얼굴이었다. 그러나 이제 그것이 소용없게 되었다. 사회주의가 무너지고 계획경제가 사라짐으로써 사탄의 얼굴조차 우려먹을 일이 없어졌기 때문이다. 대신 그 얼굴이 엉뚱한(?) 데로 가서 붙었다. 최근 요한 바오로 2세 교황은 '인간의 얼굴을 한 자본주의'를 당부하고, 코피 아난 유엔 사무총장은 '인간의 얼굴을 한 세계화'를 강조했다. 아니, 그러면 자본주의와 세계화가 사탄의 얼굴이라도 하고 있다는 말인가? 그 판단이야 자유지만, 교황과 사무총장의 색깔을 의심하는 것은 부질없는 노릇이다. 더구나 그것이 흘러간 사회주의에 위로가 되는 것도 아니다. 새삼 인간의 얼굴을 주문한 만큼 막가는(!) 세기말 자본주의의 탈선을 어떻게든 교정하는 일이 중요하다.

다행스럽게도 요즈음 프란치스코 교황이 자본주의의 폭력과 야만에 대해 경고하고 있으니 정운영의 기대는 이렇게 채워지고 있는 셈이다. 코피 아난과는 달리, 한국 출신 유엔 사무총장 입에서 그런 말을 듣지 못한 것이 아쉽기는 하지만 말이다.

그래도 아닌 건 아니지

자본이 주도하는 세계화에 대한 찬양 일색의 논조가 언론을 도배하고 있을 때, 그는 칼럼에서 이런 문장을 또박또박 새긴다.

자본에 국경이 없다는 말은 두 가지 의미가 있다. 한편으로는 자본의 목적은 돈을 버는 것이므로 어디든지 돈 있는 곳이 고향이라는 뜻이다. 그러니까 돈 버는 일에 방해가 된다면 국경쯤 허물어도 좋다는 세계화 강요의 함의가 엿보인다. 다른 한편으로 그것은 돈만 벌리면 조국쯤은 얼마든지 버려도 좋은(?) 자본가의 행태를 가리키기도 한다. 이 해석에 따르면 자본가는 성향적으로 비애국 집단이다.

세상을 뜨기 얼마 전 『중앙일보』 칼럼에 "자본의 유전자 확인"이라는 제목으로 쓴 글의 한 대목이다. 당시 이런 식으로 발언하는 것은 상당히 불온하며, 더욱이 자본이 주도하는 언론인 『중앙일보』의 칼럼으로는 과격하다는 인상을 주기에 충분했다. 그러나 정운영은 전혀 주춤거리지 않고 필요할 때에는 직격탄을 쏘아 올렸다. 왠지 그의 평소 스타일이 아니라고 여겼지만, 그의 주머니에 격정의 실탄이 들어 있었던 것이다.

그랬던 그는 자신이 그토록 아끼던 거의 2만 권에 달하는 책을 서울대에 기증하고 떠난다. 정운영의 책 사랑은 정평이 나 있었다. 유럽에서 체 게바라 관련 서적을 한꺼번에 56권이나 샀던 것은 유명한 일화이고, 해외여행 때마다 책 구입에 돈을 들이는 바람에 잠시 신용불량자가 된 적이 있을 정도였다. 책 정돈을 깔끔하게 하는 것은 물론이고, 그 많은 책들을 대부분 읽어낸 것도 그의 놀라운 저력의 비밀이었다.

그가 너무 일찍 가버린 것이 두고두고 마음 아프다. 그의 삶을 돌아보면, 실력을 가지고 차근차근 움직이는 것이 얼마나 소중한지 절감하게 된다. 무조건 밀어붙이면 된다고 여기는 권력 앞에서 좌절하기에는 이르다. 잠시의 퇴각이 역사에서 후퇴는 아니다. 성찰의 능력이 남아 있는 한, 논리는 무장을 완료하며 이론은 몸을 입고 역사의 현장에 다시 투신할 시간을 기다린다. 전열은 정비되고 전망은 진화하며 우리의 능력은 기력을 회복하면서 솟구칠 것이다.

정운영은 이런 말을 남겼다.

애초에 길이 있어서 사람이 다닌 것이 아니라, 사람이 자꾸 다니다 보니 길이 생긴 것이 아니겠는가?⋯⋯길이 안 보인다고 주저앉을 것이 아니라 자꾸 부딪히면서 길 자체를 만들어가는 것이 한민족의 고단한 운명이기 때문이다.

이왕 고단하다면 그것을 흥겹게 감당하겠다는 것이다. 길게 보고 터덜터덜 가면서 여유를 부리는 것이다. 그러다가 돌진할 때 달리면 된다.

성찰의 가치를 업신여기는 권력과 현실 앞에서 정운영을 떠올리는 것은 그 자체로 날선 주장이 된다. 그 자체로 진보다. 그는 단지 마르크스주의 경제학자가 아니라, 진보의 가치를 한시도 포기한 적이 없는 넉넉한 품을 가진 탁월한 인문주의자였다. 하여 그는 이 시대가 필요로 하는 화법을 만들어놓고 갔다. 어떻게 이야기해야 이 시대의 문제의식을 함께 공유해나갈 수 있는가를 말이다.

여전히 심히 아쉽다. 한 손을 턱에 괴고 상대를 깊이 응시하는 그 매력적인 정운영을 더 이상 보지 못하는 이 시대가 쓸쓸하다.

아, 소리 없이 활짝 웃는 그의 모습이 눈에 선하다.

성찰의 가치를 업신여기는 권력과 현실 앞에
정운영을 떠올리는 것은 그 자체로 낯선 주장이다.
그는 진보의 가치를 한시도 포기한 적 없는,
넉넉한 품을 가진 탁월한 인문주의자였다.

잃어버린 나라를 향해 떠나는 나그네

박재동

정 깊은 사람

세월호 참사 100일째인 2014년 7월 24일의 서울광장에서는 슬픔이 도리어 힘이 되는 시간이 태어나고 있었다. 같이 운다는 것이 얼마나 예기치 않은 감성을 갖게 하는지를 깨우치고 있었다. 아픔이란 적당히 마비시켜 진정되는 것도 아니며, 절제한다고 사라지는 것도 아니다. 그것은 비통함의 매듭이 풀릴 때까지 저리고 저려하면서 가야 하는 길이 될 때, 비로소 실마리를 찾을 수 있는 마음의 미궁(迷宮)이다.

엄마, 엄마가 그동안 나 때문에 너무 울어서, 나 엄마가 흘리는 눈물 속에 있었어요. 엄마의 눈물 속에 섞여서 엄마 얼굴을 만지고, 엄마의 볼에 내 볼을 부비고, 엄마의 손등에 떨어져 엄마 살갗에 스미곤했어요. ······ 엄마! 보고 싶은 엄마! 엄마라는 말은 안녕이라는 말이기도 해요. 그래서 안녕이란 말 대신 내 마지막 인사는 엄마예요. 엄마!

시인 도종환의 이 낭독이 끝나자 울지 않고 버틸 수 있는 사람이 누가 있었을까? 그날 행사를 마치고 장대비가 쏟아지는 새벽 거리에서, 화백 박재동은 시를 읊듯 입을 열었다.

안녕이란 말 쓰지 말자
가는 너희가 안녕하냐
남은 우리가 안녕하냐
가는 너희가 떠날 수 있느냐
남은 우리가 보낼 수 있느냐?
그냥 있어라
엄마 아빠 곁에
엄마의 눈물 속에

보낼 수 없다는 건 사랑한다는 말이다. 사랑에는 '안녕'이라는 마지막 인사가 없다. "어, 시를 듣고 오더니 이젠 시인 하고 싶은가봐" 하자 박재동이 빙그레 웃는다. 물론 그건 아니다. 아픈 마음에 비까지 내리니 이 전설의 풍류객이 어디 그대로 있을 수 있었겠는가.

그는 세월호 참사 이후 숨진 아이들의 모습을 하나하나 그렸다. 그 그림들은 사람들에게 슬픔과 감동을 동시에 주었고, 우리가 아무리 숨 가쁘게 살아도 잊지 말아야 일들이 무엇인지를 깨우쳤다. 시사만화가로 세상에 이름을 알린 박재동은 거칠고 험한 현실에서 우리가 어떤 마음으로 살아가야 하는지를 여전히 따뜻하게 알려주는 이 시대의 치유자다. 그의 그림은 아픈 한을 그득 껴안고 그걸 한 올 한 올

풀어내어 내일의 희망이 태어나게 하는 정겨운 손길이자 부드러운 미소다.

박재동의 어느 전시장 벽에 걸린 그림 하나에는 이런 글귀가 쓰여 있었다.

사람들은 어디서 사는가? 자기가 인정받고 사랑받는 곳에서 산다. 그렇지 못하면 살 이유를 느끼지 못하게 된다. 심지어 죽고 싶어한다. 이것이 사람이다.

인간의 존재 이유를 관계 속에서 명쾌하게 토로하는 글이다. 모멸감을 느끼도록 만드는 사회나 자긍심에 상처를 주는 관계는 죽음의 병을 키워간다. 박재동은 인간을 인간답게 대하지 않는 사람이나 권력 또는 사회에 대해 본능적인 분노를 가지고 있다. 그러나 그 분노는 격렬하고 거칠게 폭발하기보다는, 정이 깊은 삶을 갈구하는 체온이 있는 풍경으로 드러난다.

만화방 아들 박재동

만화방 집 아들로 자라난 소년은 훗날 서울대 미술대학에 들어간다. 만화를 열심히 보면 혼나던 시절이었고 그런 생활태도로야 서울대는 꿈도 꿀 수 없는 때였다. 그의 합격 소식에 동네 만화방이 얼마나 들썩거렸겠는가? 박재동의 어머니는 온 동네에 자랑스럽게 외치고 싶어하셨단다. "만화방 아들도 서울대 들어간다!" 만화가 천시받던 시대의 역설적인 자화상 한 편이다.

그 소년의 손에는 늘 산호의 『라이파이』가 들려 있었다. 게다가 이 소년은 박기정, 김종래, 김경언, 길창덕 등 당대의 뛰어난 만화가들의 작품일랑은 모조리 섭렵하는 독파력을 보인다. 가게에 오는 아이들이 돈 낸 것보다 더 많이 보나 어쩌나 감시해야 하는 만화방 아들이, 자기가 만화 보기 바빠 그럴 사이가 없었다.

돈 없는 아이들은 자기가 빌린 것 이상은 옆 친구들 보는 걸 슬며시 들여다보는 걸로 만족해야 했다. 지금이야 우스운 이야깃거리지만, 가슴 아련해지는 그 시절 정경이다. 학교에서 만화책을 보다 걸리면 된통 야단을 맞고, 만화책이 갈기갈기 찢겨나갔다. 겨울에 불쏘시개를 대신해서 난로 속으로 처넣어지기도 했다. 혹 학급에 만화가를 아버지로 둔 아이라도 있을라치면 고통스럽기 짝이 없는 일이었을 게다. '불량만화 몰아내자'는 구호가 으름장을 놓을 때이니, 만화방 아들 박재동은 그 소리를 들을 때마다 어땠을까? 아닌 게 아니라 소년 박재동은 이 주제로 포스터를 그리고는 잘 그렸다고 선생님이 사준 짜장면을 먹게 된다. 그는 이 추억을 떠올리며 '배신의 맛'은 기가 막혔다고 너스레를 떤다.

박재동은 그런 만화 천시의 시대에 만화 독서에 열을 올리며 자신의 꿈을 키운 아이였다. 한 번은 이런 일이 있었다고 한다. 그가 학교에 들어가기 전, 그림을 그린다면서 방바닥 장판을 송곳으로 모조리 뚫어놓는데 아버지는 야단을 치는 대신 "잘 그렸다"고 하셨단다. 박재동은 이 아버지의 말씀을 '짧은 심사평'이라고 기억한다. 이렇게 해서 어린 소년의 상상력은 위축되지 않았다.

박재동의 제자들이 스승에 대한 기억을 기록한 글을 우연히 본 적 있다. 그는 제자들에게 온통 칭찬만 하는 선생이란다. 칭찬을 계속 듣다 보면, 제자들은 "내가 정말 잘 그리나봐" 하고 자신감을 가지게 되었단다. 그렇다면 아버지의 그 심사평이 그의 삶에 깃발이 된 것 아닐까. 교사였던 그의 아버지는 여차저차한 사정으로 만화방을 차렸고, 거기서 그는 마음껏 신간 만화책을 손에서 놓지 않게 된다. 그림에 대한 관심과 솜씨가 덩달아 자라난 것은 당연했을 성싶다.

박재동의 그림일기

그가 2011년에 펴낸 『박재동의 손바닥 아트』*는 만화책이다. 또 만화로 엮은 일기책이면서 동시에 우리 시대의 여러 모습을 담아놓은 기록이기도 하다. 이 그림일기를 쓰게 된 동기를 박재동은 이렇게 밝힌다.

> 10년 전쯤인가? 그냥 살아가는 하루하루가 마치 손가락 사이로 새 나가는 모래처럼 흘러가버리는 느낌이 들었고, 일기를 쓰기로 마음먹었다. 마침 만화가가 꿈이었던 어느 나이 든 분이 긴 세월에 걸쳐 그리고 써온 그림일기가 출판된 것을 보고, '아! 나도 그림일기를 써야겠구나' 하고선 그림일기를 쓰기(?) 시작했다.

그림일기라고 하면 초등학교 시절 숙제로 내주는 것으로만 기억하는 세대에게, 박재동의 그림일기는 전혀 다른 모습을 하고 있다.

• 박재동, 『박재동의 손바닥 아트』, 한겨레출판, 2011.

그 안에는 그가 만난 사람들의 얼굴, 길가에서 본 풍경, 지하철의 사람들, 가족들이 그려져 있을 뿐만 아니라 이 시대가 잊지 말아야 할 얼굴들도 함께 담겨 있다. 박재동의 따뜻한 시선과 정겨운 유머 감각이 풍부하게 드러난다.

이 책에 수록된 그림들은 전시된 적이 있었다. 이 책과 전시회의 그림에 차이가 있다면 원본과 복사본이라는 사실이 우선일 수 있으나, 전시회에서는 읽을 수 없었던 박재동 자신의 그림에 대한 기록이 촘촘하게 실려 있다는 점이다. 그림을 그리면서 그가 겪는 스트레스가 얼마나 심한지도 이 책을 통해 알게 된다.

남들은 내가 그림을 잘 그리는 줄 안다. 물론 그런 면도 있다. 그러나 남모르는 콤플렉스가 있다. 내가 부러워하는 노련한 작가들도 그럴지도 모른다. 아니 그러면 좋겠다. 나는 화가로서 늘 그걸 의식하고 그걸 들킬까 두려워한다. ……그러나 그것을 극복하려면 별다른 방법이 없고 그 부분을 공부해서 채워 넣는 길뿐이라는 것도 알고 있다. 그래서 하나하나 노력하고 있으니 마음이 좀 낫다. 이 그림도 사실 조금 어색한 것이다.

한없이 정겹고 따스한 익살꾼

그림과 글을 함께 읽고 보면, 저절로 웃음이 입가에 번진다. 아들이 군대에 가서 근육을 키우니 이 철없는(?) 아버지도 아들에게 질세라 장래 생길 근육 자랑을 하는 모습을 엽서로 그려 보낸다.

또 이른바 '찌라시'를 주워서 거기에 그림을 그리고는, "어떤 종이에나 그리는 화가, 하하" 하면서 씩 웃는 자기 얼굴을 보여준다. 그 순간, 말하지 않고 있으면 꽤나 근엄하고 카리스마 넘치는 그의 얼굴은 갑자기 익살꾼의 표정으로 바뀐다. '미인촌 광고 찌라시'도 그의 손에 들어가면 영락없이 새로운 그림이 된다.

얼굴 이야기가 나왔으니 말이지, 그는 영화 「달마가 동쪽으로 간 까닭은?」을 만든 배용균 감독과 친구란다. 배 감독은 이 영화를 구상할 때부터 친구 박재동을 주인공 역으로 꼽아놓았다고 한다. 그러나 정작 박재동은 이러다가 영화판에 몸담겠다 싶어 줄행랑, 잠수를 탔다고 한다. 이래서 우리는 한국 영화계의 대배우를 잃는 대신, 대화백을 얻었다는 믿거나 말거나 야사(野史).

영화와 관련해서 이 책에는 흥미로운 대목 하나가 나온다. 그림은 어느 주점에 막걸리 한 주전자와 초라한 안주를 놓고 술 한 잔을 마시려는 한 마른 사나이의 모습이다.

밤에 우연히 채널을 돌리다 「마부」를 보게 되었다. 그 시절의 서울 거리는 물론 사람들의 모습도 보게 되었는데 그때 대폿집 장면의 뒤쪽 엑스트라가 눈에 띄었다. 가난하고 힘없으면서 약간의 불량기도 갖춘 전형적인 모습으로 약간은 충격적이었다. 그 시대를 맞닥뜨린.

그 옆 페이지에는 이런 설명이 붙어 있다.

애니메이션을 만든다고 이창동 감독에게 사문을 구하러 갔다. 이

창동 감독은 '실사 영화와 애니메이션 그림 중에 어느 것이 더 리얼할 것 같아요?' 하고 묻더니, 그림이 더 리얼하다는 것이다. 얼른 보면 실사영화는 사람이 직접 나오니까 더 리얼할 것 같지만, 자기가 해보니 전혀 그렇지 않고 그럴 수 없다는 것이다. 아이들도 모두 뚱뚱하고 인상도 관상도 영양도 문화도 모든 것이 바뀌어 이미 현대 우리나라 사람은 50년 전과 완전히 다른 사람이 되어버렸다는 것이다. 그러면서 애니메이션은, 그림은 그게 가능하다고 말했다. 정말 맞는 말이다. 그리고 나서야 옛날 영화를 보니 그 얼굴들이 정말 많이 달랐다. 나는 그것을 늘 염두에 두고 작업을 하고 있다.

지하철에서 사람들의 얼굴과 모습을 그리는 그는 이 책에 들꽃이 피어 있는 지하철 풍경도 그려놓았다. 재미있는 상상이다. 아니, 우리가 꿈꾸는 도시의 모습이기도 하다. 자연을 추방해버리고 살아가는 삶은 삭막하기 그지없다. 그래서 박재동은 달, 꽃, 갈대숲, 나무, 심지어 바퀴벌레까지 열심히 그린다. 이 대목에 이르면 기괴한 작가란 소리 딱 듣기 좋다. 그러나 달리 생각해보면, 그는 세상이 미물(微物)이라고 부르는 존재에 대해서도 애정이 깊다.

그가 손대는 그림에 등장하는 사람들은 늘 풍부한 표정을 짓는다. 웃는 모습을 그릴 때 더욱 그렇다. 김대중, 노무현 대통령도 웃고 있고, "오십이 되도 장가를 못 갔고, 육십이 되었어도 장가를 못가 이젠 틀린 것 같다"며 농인지 진담인지 구분 못하게 하는 명진 스님도 사람 좋게 웃고 있다. 특이한 것은 그의 그림에 나오는 여인들은 나이를 불문하고 한결같이 날씬하고 젊고 예쁘다. 외모지상주의는 아닐 것 같은데, 하여간 그렇다. 그러는 바람에 주변에서는 그를 보고 성형이 전문이냐고 농을 건다. 때론 거의 리모델링 수준이다. 그래도 당사자가 기뻐하니 박재동은 그림으로 세상에 선을 베풀고 있다.

마감 시간이라는 엄청난 스트레스 속에서 그날그날의 정치와 사회를 단번에 움켜잡고 핵심을 보여주는 시사만화가의 고강도 노동을 통과해온 박재동의 그림은 예상과는 달리 긴장보다는 유머가 넘친다. 붓 펜으로 그리는 그림이지만 단순한 선에서도 내공이 돋보이고, 색이 들어간 그림은 한없이 정겹고 따스하다.

그는 '손바닥 그림 운동'을 펼친다. 자그마한 종이에 언제나 쉽게 그릴 수 있는 조건을 가지고 어디서나 그릴 수 있는 습관과 자신감을 퍼뜨리고 다니는 것이다. 즐거운 박테리아의 확산이다.

박재동은 다문화 가정을 비롯해서 멀리 아프리카까지 가서 가난한 사람들의 삶을 돕는다. 손바닥만 한 작은 일에서부터 점점 그 뜻을 키워나갔다. 그런 마음이 『박재동의 손바닥 아트』라는 책에 고스란히 담겨 있다. 이 만화책을 읽고 저도 모르게 마음이 착해지는 경험을 누구에게나 권하고 싶다.

박재동의 그림을 보면서, 오래 전 종로 5가에 몰려 있던 만화 도매상이 생각났다. 청계천에 있던 만화책방도 이젠 다 사라졌다. 어린 시절에, 살아생전 아버지와 함께 일요일이면 종로 5가와 청계천으로 퍽도 많이 다녔다. 만화책 본다고 혼내시기는커녕 같이 열심히 만화책을 보았다. 박재동이 그랬듯 나 역시 김종래의 사극만화와 산호의 『라이파이』는 물론이고, 김경언의 『의사 까불이』를 탐독했다.

이 이야기를 했더니 박재동이, "아, 선진적인 가정이었군" 한다.

역시 송곳으로 방을 뚫어놓고도 아버지에게 잘 그렸다는 짧은 심사평을 받은 이다운 답변이었다. 그런 이야기에 기분 좋지 않을 리 있겠는가? 서로가. 그러고는 이내 고인이 되신 각자의 아버지를 그리워했다.

박재동의 아버지

박재동은 자신의 아버지 이야기를 책으로 내기도 했다. 박일호, 그는 교단을 지키다가 병이 들어 사직하고, 연탄 배달, 풀빵, 아이스케키, 팥빙수 장사를 하다 셋방 주인집 만화방 '문예당'을 인수한다. 만화방 이름도 참 당당하고 기품이 있다. 아들은 그 유고를 모아 『아버지의 일기장』*으로 세상에 내놓았다. 이 책에 담긴 그의 아버지의 육성들이다.

비록 보잘것없는 시골 교사였지만 그래도 아직 '선생님' 하고 부르는 소리가 귓전에 쟁쟁하건만, 이 몸은 케키를 둘러메고 골목을 걸었으니, 그 누가 인생의 앞날을 점치리오.

재동이는 요즘 화실에서 자면서 작품 활동을 한다고 낮에만 온다. 항상 염려되는 일이지만 건강 문제가 어떤지. 더욱이 이달은 예비고사 때문에 원생들이 줄어들어 화실이 한산하단다. 예비고사가 끝나면 모여든다는데, 화실 경영의 애로도 많다.

• 박일호, 박재동 엮음, 『아버지의 일기장』, 돌베개, 2013.

1977년 일기의 한 대목이다. 박재동은 이때 20대 청년이었다. 그는 이 일기들을 보면서 생전에 가까이하기 어려워 잘 알지 못했던 아버지와 뜨겁게 만난다. 그 아버지를 다시 보고 싶은 마음과 회한에 가슴 아려한다. 1971년부터 1989년 돌아가실 때까지, 거의 하루도 빠짐없이 써내려간 일기는 고단한 삶을 버텨낸 세대의 고백이자 자식에 대한 깊은 애정이 담긴 유산이 되었다.

박재동의 『아버지의 일기장』을 읽는 내내, 그 일기 속에 있는 그의 아버지와 내 기억 속에 있는 나의 아버지의 모습이 고스란히 하나로 겹쳐 가슴에서 눈물이 고였다. 살아생전 그 사랑을 깨닫는다는 게 이리도 어렵나보다. 나의 아버지도 일기를 남기셨다. 일본에서 오래 생활하셨기에, 대학노트에 빼꼭히 일어로 적은 기록이다. 십수 년 만에 돌아온 고국에서 겪은 아버지의 기쁨과 고뇌, 그리고 나의 유년기를 애틋하게 그리고 있다. 그러고 보면, 그의 『아버지의 일기장』은 모든 아버지의 기록을 떠올리게 하는 마법의 책이다.

사물과 만나는 법, 사람과 만나는 법

바위를 그릴 때 처음에는 그저 고정된 형태의 딱딱한 물체야. 그런데 계속 응시하고 한참 그리다보면, 그 바위가 점점 부드러워지고 여러 가지 모양으로 자신을 변모시켜가거든.

박재동과 중력과 우주에 대한 이야기를 나누다가, 화제는 자연과 인간에 대한 쪽으로 옮겨갔다. 암석 같은 무생물도 인간과 인연을 맺으면 어느새 생물체처럼 지금과는 전혀 다른 기운과 움직임, 그리고 표정을 갖게 된다는 그의 깨달음에 나 역시 크게 동의를 표했다. 세상의 만물은 우리의 마음과 서로 통하는 순간, 서로 엉켜 내 안에서 하나의 새로운 우주로 창조되기 때문이다.

이런 생각은 '공진화'(共進化, co-evolution) 개념과도 맞닿아 있다. 뿐만 아니라 상생(相生)할 수 있는 세상에 대한 고뇌를 풀어낼 실마리를 발견할 수 있는 것이기도 하겠다 싶었다. '공진화'란, 자연과학자 제임스 러브록(James E. Lovelock)이 지구 전체를 대지의 여신 가이아(Gaia)로 이해하면서 등장한 개념이다. 지구는 그 안에 있는 생물과 무생물 전체가 서로 영향을 주고받으면서 새로운 환경을 지속적으로 창출하는 존재라는 것이다. 대기 중 산소가 생명활동에 따른 결과물이기도 하다는 점을 떠올리면 쉽게 이해가 간다. 땅에 사는 존재가 하늘을 만들고 있는 셈이다.

그러고 보면 박재동은 자신의 시선에 잡힌 대상을 종이 위에 그린다기보다는, 그 대상과 만나 새로운 관계를 맺고 난 뒤를 그려내는 듯하다. 단단한 바위가 어찌해서 부드러워지겠는가? 그의 시선이 부드럽기 때문 아닐까? '응시'(凝視)라는 한자말은 엉길 응(凝)자와 자세히 본다는 시(視)를 합친 말이다. 무생물의 존재와 풍경도 우리의 눈길에 따라 살기도 하고 죽기도 하겠구나 싶다. 그렇게 따져보면, 우리의 눈길로 이 힘겨운 세상을 살려낼 수 있지 않을까? 깊고 오랜 바라봄을 통해서 말이다.

그런 눈길이 담긴 박재동의 그림이 좋다. 그가 일구어내는 만화 세상이 우리가 꿈꾸는 시선대로 세상을 바꾸어줄 것만 같기 때문이다. 박재동은 요즘 이재정 경기도 교육감과 의기투합해 '꿈의 학교' 교장으로 신나게 활동한다. 아이들이 방송국도 차리고 직접 돈도 벌어 보면서 삶의 주체가 되는 교육운동이다.

애들이 말이야. 자기가 좋아하는 걸로 돈도 벌어봐야 인간이 돼. 액 수는 문제가 아니야.

난데없는 교육관인 듯 하지만, 꿈과 현실을 만나게 하는 경험이 소 중하다는 그의 말에 나는 고개를 끄덕인다. 우리는 함께 공연도 하 고 노래도 부른다. 이른바 '백발소년단'이다. 나이 들어가면서 누리 는 우정의 기쁨이다.

박재동의 본령은 역시 그림, 그 가운데 만화에 있다. 그는 만화에 대해 이런 철학을 갖고 있다.

만화가 사람을 구하기도 하거든. 대개의 만화는 휴머니즘을 바탕 으로 깔고 있어. 힘없고 가난한 친구도 업신여기지 않게 하고 말이 야. 동물도, 때로는 식물도 친구로 대하게 해. 밝고 명랑한 마음도 갖게 하고. 심지어 자폐증을 치료하기도 해.

실로, 만화책은 인류가 도달한 문명의 가장 흥미진진한 상상력의 공간이다. 가장 순수한 미학의 본체일지도 모르겠다. 그런 천진함을 사람들은 오늘날 상실해가고 있다. 박재동은 바로 이 잃어버린 나라 를 향해 떠나는 풍운(風雲)의 나그네다. 그 뒤를 따라가는 우리에게 그는 언제나 정다운 길잡이다. 그런 벗과 지내는 한 세상이 슬겁다.

박재동은 자신의 시선에 잡힌 대상을

종이 위에 그린다기보다는,

그 대상과 만나 새로운 관계를

맺고 난 뒤를 그려내는 듯하다.

그런 눈길이 담긴 그의 그림이 좋다.

역사의 조준경

역사는 사실을 근거로 과거를 기록한 성찰이다. 사실과 가치가 서로 치열하게 쟁투하면서 결합되는 목록이다. 그것은 과거이기는 하지만, 현재라는 시선을 통해 본 과거다. 또한 현재를 읽는 과거다. 따라서 역사는 언제나 '현재로서의 역사'가 된다.

새로운 사실의 발굴이 역사를 새로 쓰게도 하지만, 변화하는 현재가 역사를 보는 눈이라고 한다면, 역사는 영원히 당대의 역사로 다시 쓰이게 되어 있다. 『역사는 무엇인가』로 이름이 높은 E.H. 카(Edward H. Carr)는 역사를 과거와 현재의 대화라고 했지만, 그것은 미래를 어떻게 마음에서 그리고 있는가로 판가름나는 대화다. 과거와 현재, 미래는 하나의 궤도로 이어져 있다.

역사에 대한 시선만큼 그 사람이 지니고 있는 현재에 대한 생각을 잘 설명해주는 것은 없으며, 어떤 미래를 바라는가를 알려주는 표지판도 없다. 우리와 일본 사이에 있는 이른바 과거사 논쟁은 사실 현재와 미래를 둘러싼 치열한 싸움의 현장이다. 역사는 그러한 까닭에 언제나 현재에 대한 발언이자 미래에 대한 대안 제시다. 이것을 망각하는 순간, 역사는 현실의 모순을 정당하다고 우리를 세뇌하기 시작한다.

따라서 역사에 무지한 사회는 자신의 미래에 대해 무지한 사회다. 우리 사회는 지금 그런 상황에 놓여 있다. 그런데도 위기의식이 없다. 과거를 자꾸 말하는 것을 지겨워하고, 미래만 말하기에도 시간이 부족하다고 주장하기도 한다.

그러나 과거를 제대로 규명하지 않고 세울 수 있는 미래가 있기는 한 것일까? 그로써 현재에 대한 성찰의 힘을 갖지 못한 사회에서 미래를 구축해나갈 방향에 대한 기본을 가질 수 있을까? 자신의 역사와 다른 이들의 역사가 어떻게 엉켜서 지금까지 왔는지도 모르는 채 오늘의 현실을 해결해나갈 능력을 구비할 수 있을까?

역사를 읽는 일은 자신과 마주하는 일이기도 하다. 역사에 대한 탐구노력이 게으른 사람과 사회는 자신에 대해 점점 더 알지 못해 갈 것이다. 그건 거짓과 속임수에 기만당하는 사회이며, 나침반을 갖지 못한 공동체가 된다.

그래서 역사는 또 하나의 거대한 렌즈다. 그것을 통해 보는 사회의 전기(傳記)는 우리에게 우리 자신의 비밀을 공개해줄 것이다.

세계시민을 기르는 역사교육자
피터 스턴스

세계사교육과 세계시민교육

이 나라에서 역사교육은 찬밥이다. 한국사는 물론이고, 세계사 쪽으로 가면 더더욱 막막해진다. 한국사의 경우 근대사는 아예 건드리지 않도록 하려는 '음모'까지 있다. 역사는 곧 현재에 대한 발언이기 때문이다. 그런데 역사 과목은 애초부터 암기과목으로 인식되어 있고, 역사적 사유나 지식을 체계적으로 쌓아나가는 훈련을 시도하는 일은 극히 드물다.

2008년에 나온 현장교사들의 글 모음인 『역사, 무엇을 어떻게 가르칠까』는 그런 맥락에서 나온 고민의 산물이다. 이 책은 '세계사교육 위기론'까지 지적하고 나섰다. 중·고등학교는 물론이고 대학에서도 역사교육은 전공과목인 경우를 빼놓고 무력한 상태에 있다.

실제로 대학 수업현장에서는 세계지도 하나 제대로 그리는 경우가 드물고, 세계사에 대한 기초적 이해도 지적 폐허에 가깝다. 지구

• 전국역사교사모임, 『역사, 무엇을 어떻게 가르칠까』, 휴머니스트, 2008.

촌 전체를 하나의 유기적 관계로 바라보고 관계를 맺자는 '세계화' 구호는 외치고 있으나, 역사 교육의 내용으로 들어가보면 무지의 공간이다. 이런 식이라면 한반도와 동북아시아의 미래를 감당할 수 있는 세계관을 지닌 후세대를 길러내는 것이 암담해질 지경이다.

역사를 전공하는 경우라도 서양사가 짜놓은 틀 위에서 진행되는 경우가 태반이다. 그리스-로마-중세-르네상스-근대로 이어지는 공식 속에서 서구 외의 지역을 이해하게 가르친다. 아시아는 이런 인식의 축에서 변방적 위상을 지닐 뿐이다. 특히 16세기 이후 모든 것은 서구의 주도 아래 이뤄진 세계로 정리해버린다. 아시아는 이와 같은 서구에 대한 대응에 실패해버린 모델일 뿐이다.

조지메이슨 대학의 피터 스턴스(Peter N. Stearns)는 21세기 들어 미국 대학에 불고 있는 '세계사(World History) 교육'을 선도하고 있는 인물이다. 그는 1936년생으로, 명문 카네기멜론 대학의 교수를 지낸 역사학자인 동시에 대학행정 전문가다. 그와 같은 경력을 기반으로 스턴스는 대학교육 전체를 세계시민교육이라는 관점으로 개혁하고자, 지난 2009년 『대학의 세계시민교육: 도전과 기회』*라는 책을 출간했다.

세계 전체가 하나의 관계망을 구축해서 움직이는 현실을 바탕으로 세계시민의 역량을 가진 인재 양성을 대학교육의 축으로 삼아야 한다는 그의 논지는 단지 주장으로 그치지 않는다. 교수와 학생들만이 아니라 대학 행정체계가 바로 그러한 세계사에 대한 훈련과 지

---

* *Educating Global Citizens in Colleges and Universities: Challenges and Opportunities*, New York: Routledge, 2008

식, 안목이 있을 때 세계시민교육이 가능해진다는 것이다. 그 내용은 매우 현실적이고 구체적이다.

스턴스는 미국 대학 역시 세계적 연계망 속에서 교육을 해나가는 작업에 그리 성공하지 못하고 있다면서, 그 현실을 이렇게 고백하고 있다.

오늘날 미국 대학에서 세계시민교육의 중요성에 대해 고민해보지 않은 경우란 없을 것이다. 그러나 현실은 이에 대해 별로 준비되어 있지 않다. 미국 대학의 출발은 유럽 대학 모델과의 접촉을 통해 발전되어왔다. 그러면서 미국 외의 요소가 미국 대학에게 많은 가르침을 줘왔다. 그런 점으로 보자면, 처음부터 미국 대학은 세계적 차원으로 성장해온 셈이다. 하지만 이제 상황은 많이 달라졌다. 유럽만이 세계가 아닌 것이다. 인도, 중국을 비롯해서 유럽이 아닌 지역과의 접촉이 늘어나면서 미국은 자신의 교육을 새로운 관점으로 성찰해야 할 단계에 이르고 있는 것이다.

그래서 그는 지구적 자본주의가 팽창하면서 만들어낸 지구적 네트워크의 현실과, 미국의 국제적 위상이 쇠퇴하는 상황을 염두에 두면서, 세계인류가 서로를 보다 깊이 이해하고 함께 살아갈 지구공동체를 목표로 설정한다. 지구촌 인류를 위한 교육의 필요성을 강조하고 있는 셈이다.

이런 교육의 기초가 되는 것이 다름 아닌 세계사교육이다. 이는 서로에게 이방인인 사람들이 서로를 이해하고 하나의 시구촌 공동체의 일원이 되기 위한 당연한 훈련이다. 그런데 여기서 세계사라고 하면 고대부터 현대에 이르는 각 지역, 나라, 민족의 역사를 총망라해서 만들어진 학문의 영역이 아니다. 그런 각 지역의 역사가 서로 어떻게 연결되고 영향을 미치면서 전체를 만들고 또 각자를 만들어 왔는가를 보는 일이다. 여기서 가장 중요한 것은 이른바 '지구적 연결고리'(global linkages) 또는 그 틀 안에서 '상호연관성'을 파악하는 작업이다.

이런 관점에서 서술된 가장 뛰어난 저작은 노스이스턴 대학의 패트릭 매닝(Patrick Manning)이 쓴 『세계사 탐색』*이 꼽힌다. 이 책 말고도, 최근 국내에 번역된 스턴스의 『세계사 공부의 기초』**는 200페이지가 채 안 되는 적은 분량이지만, 이러한 시각과 그간의 성과를 바탕으로 세계사교육 전반에 걸친 구상을 압축해냈다. 스턴스는 세계사교육의 중요성이 날로 커지는 까닭은 "지구촌의 삶이 점점 더 복잡하게 얽혀가고 있고, 그런 연관구조를 제대로 이해하지 못하고서는 미래형 세계시민의 삶이 불가능해질 것이기 때문"이라고 말한다.

세계사의 '상호유기적 관계망'

지난 2012년은 1982년에 창립된 '세계사학회'(World History Association)가 40주년이 되는 해였다. 그러고 보면 '세계사'는 오랫

---

* Patrick Manning, *Navigating World History*, New York: Palgrave, 2003.
** 피터 스턴스, 최재인 옮김, 『세계사 공부의 기초』, 삼천리, 2015: Peter Stearns, *World History, the basics*, Routledge, 2011.

동안 존재해온 것 같지만, 그것에 좀더 체계적·유기적으로 접근하려는 노력이 이루어진 것은 전체 인류사의 시기로 보자면 매우 최근인 셈이다. 미국의 경우에도, 미국사 위주로 역사교육을 해왔고 세계사를 가르친다고 해도 유럽문명을 중심에 놓고 전개하는 수순이 공식이었다. 그런데 이러한 상황은 1980년대에 이르면 크게 바뀌기 시작한다.

세계사를 유기적으로 접근하려는 노력은 1960년대에 구동독 라이프니츠 대학이 비교사학을 발전시키면서 그 초석을 깔았다. 1970년대 중반에 이르면 지구적 차원에서 비교사학이 보다 정교해지고, 세계체제가 전면화되는 상황이 펼쳐지면서 더는 유럽중심의 역사교육이 지구적 관점을 수립하는 데 의미가 없다는 인식이 생겨나기 시작했다. 이는 서구 자신의 역사적 성찰과 반성의 결과물이라는 점에서 매우 의미가 깊다.

이러한 세계사 인식은 이미 1930년대 토인비가 내놓은 기념비적 저작인 『역사의 연구』가 그 선도적 역할을 했다. 뒤이어 토인비의 제자인 미국의 윌리엄 맥닐(William H. Mcneill)이 1960년대에 『서구의 등장』(The Rise of the West)을 출간하면서 집중적인 관심을 받았다. 두 인물은 역사지평의 확대를 강조했음에도 불구하고 서구지향적 관점에 있었다는 한계에 대해 비판받았고, 이후 맥닐은 이슬람 역사의 세계적 학자로 일찍 세상을 뜬 친구 마셜 호지슨의 영향으로 방향을 비서구까지 동일한 수준에서 포괄하는 세계사로 발전시켜나간다. 그런데 맥닐의 경우, 그의 책 『서구의 등장』은 다소 억울한 오해를 받았다. 그는 서구주도형 역사를 기술했다기보다는, 서구가 고대

아시아 세계의 문명사적 기반 위에서 자신의 정체성을 오랜 세월 동안 만들어왔다는 논리를 전개했기 때문이다. 그러나 맥닐은 그렇다고 해도 자신의 역사기술 체계가 기본적으로 유럽중심주의라는 점을 인정하고, 그것을 타파하기 위해 지속적으로 노력했다.

그런 의미에서 호지슨의 『세계사 재인식』*은 세계사 연구를 유럽중심주의에서 탈출하게 하는 데 지대한 공헌을 했다. 말년에 16세기 이후의 세계체제를 아시아를 중심으로 파악한 『리오리엔트』(Re-orient)를 쓴 안드레 군더 프랑크(Andre Gunder Frank)조차도 호지슨이 세계사의 총체적 연관구조에 대한 접근의 중요성을 강조할 때 그 말이 얼마나 중요한가를 미처 인식하지 못했다고 토로할 정도였다. 서구 역사학이 갇혀 있던 유럽중심주의가 얼마나 강고했는지 알 수 있다.

이러한 역사학의 흐름 속에서 스턴스는 세계사의 뼈대를 다시 세우려 노력했다. 그는 세계사 논쟁들을 정리하면서, 기원전 1000년 이전 고대 문명의 세계적 연관성, 기원전 1000년에서 기원후 600년 이후 시기까지의 고전적 문명의 형성기, 1450년대에서 1800년대까지, 그리고 그 이후의 세계를 '상호 유기적 관계망'으로 파악해 들어간다.

가령 고대 이집트 문명이 지중해권, 아프리카 서남부, 메소포타미아 문명권과 어떤 관련을 맺고 서로 영향을 미쳤는지, 통일 중화제국과 로마제국, 페르시아 제국은 비슷한 시기에 어떤 모습으로 존재

---

* Marshall Hodgson, *Rethinking World History,* New York: Cambridge University Press, 1993.

했고 상호 연관성을 맺었는지 등에 대해 연구한다. 12세기 아랍문명권이 서서히 위력을 상실하는 와중에 지중해 무역의 재부상, 인도와 남아시아의 세계체제가 어떻게 형성되었는지도 정리해나간다. 이것은 세계체계분석과 세계사의 연관관계를 규명해나가는 최근 사회과학계의 관심을 정확하게 반영한 역사이론의 내용이자 틀이다.

스턴스는 역사교육에서 시기 구분과 지리적 공간에 대한 이해를 강조하면서, 특히 다양한 문명권을 비교의 관점에서 접근할 것을 요구한다. 이러한 작업은 방대한 지식의 흡수와 축적, 장기간의 훈련이 필요하다. 뿐만 아니라 어떤 내용까지 파악하고 알아야 하는지에 대한 고민을 동반할 수밖에 없다. 이 같은 작업의 책임은 전문가에게 돌아갈 수밖에 없지만, 이 역시 교육현장의 반응과 경험을 끊임없이 반영하는 가운데 지속적인 재정리가 이뤄지면서 가능해질 것이다.

최초의 세계사 저작 『로마제국의 출현』

세계사라는 관점에서 쓰인 최초의 저작이라면 폴리비우스의 『로마제국의 출현』*을 들 수 있다. 기원전 2세기 고대 그리스인으로 출생한 폴리비우스는 로마와 그리스 사이에 벌어진 마케도니아 전쟁 패전 이후 로마로 압송되었다. 그곳에서 로마정치의 유력자 스키피온 가문과 연결된 이후 로마 역사에 대한 연구에 몰두한다. 그의 관심은 지중해의 변방국가에 불과했던 로마가 기원전 264년에서 146년 사이에 어떻게 거대한 제국이 되었는가에 있었다.

---

* Polybius, *The Rise of the Roman Empire*, Penguin Classics, 1980.

이것을 파악하기 위해 그는 지중해 동쪽 카르타고와 서쪽 그리스를 하나로 엮어서 '지중해의 세계사'를 쓰는 데 성공했다. 말하자면 폴리비우스는 알렉산더 이후 만들어진 헬레니즘 문명권이 어떻게 로마에 의해 해체되었고, 로마는 어떻게 해서 세계제국의 틀을 만들어냈는가에 집중했다. 이런 작업은 여러 가지 요소가 서로 어떻게 연관되어 있고 하나의 전체를 구성하는지에 대한 분석 없이는 불가능하다. 오늘날 말하는 '세계사적 접근'이 필수적이다.

　역사분야의 고전인 폴리비우스의 이 저작은 아직 우리말로 번역조차 되어 있지 않다. 그래도 한편 다행스럽게도 세계사 관련 교육서는 최근 많이 출간되고 있다. 그러나 이러한 상황은 세계사교육 논쟁과 운동이 밑바닥에서부터 전개될 때 더욱 큰 대중적 동력을 얻을 수 있다.

　2013년 6월 말 뉴멕시코에서 열린 세계사학회의 주제는 '세계사 속의 변경(邊境)과 원주민'이었다. 기존의 서구 중심주의 역사관에서 배제되고 주변화된 지역과 존재들에 대한 역사적 관심을 재정리하겠다는 것이다. 세계사에서 오랫동안 주변적 존재처럼 여겨져온 우리에게도 절실한 주제다.

　우리 밖의 세계에서는 이렇게 세계 전체의 역사와 그 움직임을 총체적으로 포착하려는 끊임없는 노력을 기울이고 있다. 이 같은 지적 열정과 의지는 당장의 현안과 관련이 없어 보이지만, 당장의 현실을 파악하고 알아가는 데 너무도 절실한 능력이다. 오늘날 동아시아의 현실이 어떤 역사를 통해 형성되었고, 또 앞으로 어떻게 되어갈 것인지는 우리 모두의 삶이 걸린 문제 아닌가?

세계적 현실을 알고 성찰하며 대응할 수 있는 힘을 가진 세대를 기르는 교육은 우리 모두가 반드시 해내야 할 숙제다. 인문정신이 사라지고 있는 대학교육의 현실에서, (1) 어떤 가치를 가지고 살아가야 할 것인가, (2) 우리가 사는 세계는 어떻게 만들어져왔는가, (3) 세계시민으로서 실천해야 할 일들은 무엇인가라는 주제는 대단히 중요하다.

그런 점에서 스턴스가 세계사교육과 세계시민교육의 연계를 중요시하면서 교육혁명의 기치를 들어 올리고자 한 모델은 우리에게도 그대로 적용되어야 한다. 우리와 미국 간의 차이가 있더라도 이것은 지극히 현실적인 주장이다. 당장이라도 실천해볼 수 있는 방법이 있다면, '전국역사교사모임' 같은 조직이 주체가 되어 세계사학회를 결성하고 새로운 교육운동의 모델을 만들어내며, 각 대학이 인문정신의 토대 위에서 세계사를 교양필수 과목으로 만드는 일이다. 대학 행정에 관계하는 이들도 이러한 교육 프로그램에 참여해서, 역사교육의 큰 흐름을 만들어간다면 상황은 많이 달라질 수 있다.

역사를 제대로 공부하는 개인과 공동체만이 현재의 의미를 제대로 파악하고 미래의 방향을 정확히 잡아나갈 수 있다. 그렇지 않으면 과거의 과오를 반복하면서 비극의 드라마에 빠질 것이다. 그 비극은 사실 희극이다. 즐겁게 웃는 희극이 아니라, 'farce'처럼 조소당하는 어리석은 소극(笑劇)이다.

세계시민을 기르는 세계사교육의 중요성에 대한 스턴스의 일깨움은 그저 지나칠 일이 결코 아니다. 서로에 대한 영향이 대단히 빠르

역사를 제대로 공부하는

개인과 공동체만이

현재의 의미를 제대로 파악하고

미래의 방향을 잡아나갈 수 있다.

세계시민을 기르는 세계사교육이

그래서 중요하다.

고 깊게 진행되고 있는 오늘날 세계사의 유기적 관계망에 대한 이해는 필수적이다. 그래서 인류 문명사 전반에 걸친 지식과 성찰을 하나의 상식으로 자리잡게 하는 교육이 이루어지는 것은, 우리 사회 전체의 문명사적 도약이자 획기적인 진화가 될 것이다. 역사교육이 변방이 된 교육은 우리 모두를 계속해서 지식의 변방에 가두어둘 것이다. 그것은 문명 이전의 상태가 지속되는 것이나 다를 바 없다. 그 '변방'을 '최전선'이 되게 해야 한다. 그럴 때 우리에게 미지의 미래가 포착될 것이다.

미국 현대사의 위대한 양심

하워드 진

조작된 '대중의 생각'이라는 감옥을 부수는 일

한 시대의 다수를 차지하는 대중의 생각이 누군가에게 폭력이 되고 죽음을 가져온다면 어떻게 하겠는가? 흑인은 백인에 비해 열등한 존재라는 생각이 잔혹하기 짝이 없는 노예제도를 유지시켰고, 유대인은 우수한 인간을 만들어내는 데 방해가 될 뿐이라고 믿은 결과 이들에 대한 대학살이 벌어졌다. 베트남에서 공산주의가 권력을 쥐는 것을 저지하는 일이야말로 민주주의를 위하는 선택이라는 생각은 무려 1백만 명의 목숨을 앗아갔다.

사실 이런 생각은 권력이 만들어낸 것인데도, 그것을 자신의 것인 줄로 착각하고 있는 대중의 생각이 괴물 같은 이데올로기가 된다. 그것이 권력의 수단으로 작동할 때 대중은 자기도 모르게 스스로를 배반하고 억압하는 존재가 되고 만다. 자신의 진정한 이익은 그로써 박탈된다. 권력은 대중의 뇌를 조종해 자신의 이익을 모두의 이익인 것처럼 믿게 만든다. 그리하여 때로 대중들은 자신의 벗과 형제자매를 권력에게 고발하고 범죄자로 몰기도 하며, 이들을 희생제물로 삼는 데 앞장서기도 한다.

이런 생각을 깨는 것은 쉽지 않다. 그건 이데올로기로 구축한 정신의 감옥이다. 이것을 부수려는 시도와 행위는 모두 권력의 견제와 압제의 대상이 된다. 그렇기에 이런 일에 나서는 것은 두려운 일이기도 하다. 하지만 그것을 깨기 위해 온몸을 던져 자기희생을 각오한 사람들이 있었기에 우리는 역사가 변화하고 대중이 눈을 뜨는 감동을 경험하게 된다. 한번 그렇게 바뀐 생각은 세상을 바꾸고 시대가 암울한 과거로 돌아가는 길을 어렵게 만든다.

미국 현대사의 양심

하워드 진(Howard Zinn)은 바로 그런 사람의 하나였다. 2010년 1월 27일 88세로 타계한 그는, 역사가이자 사회운동가로 1950년대 말부터 오늘에 이르기까지 '미국의 양심'으로 존경받아왔다. 그는 역사가 변화하는 것은 위대한 영웅의 출현에서가 아니라 보통 사람들이 생각을 바꾸는 데서 비롯된다고 믿는다. 그는 이런 일들이 얼핏 소소한 것처럼 보이나 사실은 용기 있는 선택으로 이어지는 길이며, 그로써 우리가 바라는 사회가 만들어진다고 강조했다. 그는 대중의 생각을 문제 삼았으나 대중을 멸시하지 않았으며 이들에게서 미래의 희망을 찾았다. 이들의 아주 작은 행동 변화가 수백, 수천, 수백만 명으로 이어지는 과정에서 거대한 역사적 변혁이 가능해진다는 것이다.

그건, 그의 말을 따르자면 "인간이라면 마땅히 살아야 할 방식을 가로막고 있는 것들에 저항하여, 지금 이 순간 자신이 가치를 둔 모습으로 살아가면 그것이 곧 놀라운 승리"라고 할 수 있다. 현재를 이미 와 있는 미래처럼 사는 것이다. 때로 작은 행동이기도 하고 때로 엄청난 용기를 요구하기도 하는 일들이 미국의 역사를 바꾸고 인간의 존엄성을 회복시키고 생명을 구해냈다. 흑백으로 분리된 레스토랑의 식사 규칙을 깬 사람들, 버스에서 백인이 요구하면 자리를 내줘야 하는 관습에 도전한 사람들, 징집영장을 보관한 사무실에 들어가 영장을 모조리 태워버린 사람들, 전쟁을 정당화한 국가최고기밀 문서를 몰래 유출해 복사한 뒤 언론에 공개한 사람들, 대학의 관료적 횡포에 저항한 사람들, 이 모두가 미국의 민주주의 발전에 한몫을 한 이들이다.

하워드 진은 이런 일련의 일들이 벌어진 현장에 있었거나 때로는 그 당사자이기도 했다. 또 이들을 지켜내고 옹호하기 위해 자신을 끊임없이 내던졌다. 흑백 차별과 분리정책에 항의하여 나선 시위에서 경찰에게 맞고 체포, 구금되기도 했으며 FBI의 추적을 받은 것은 물론이고 교수직을 박탈당할 위기도 여러 차례 겪었다. 그러나 그는 단한 번도 뒤로 물러서지 않았다. 조지아 주 애틀랜타의 흑인여대 스펠만칼리지에서 가르치기 시작한 이래, 매사추세츠 주 보스턴 대학으로 적을 옮기고 나서도 정의와 평화를 위한 그의 용기 있는 행동은 멈출 줄 몰랐다. 그는 촘스키와 함께 미국 현대사의 양심 그 자체였다.

개인의 양심은 국가안보를 위해 포기되어야 한다, 흑인은 백인과 동등한 인간으로 볼 수 없다, 민주주의 국가인 미국의 전쟁은 언제나 정당하다, 이런 식의 생각이 대세를 이루고 있을 때 여론조사를 하게 된다면 그 결과는 명백할 것이다. 국가주의 앞에서 양심의 가치를 앞세우거나 흑인과 백인의 인간적 존엄성이 동일하다고 주장한다거나 또는 미국의 전쟁을 비판하는 것은 권력과 대중들부터 지탄받고 격리당할 수 있는 위험스러운 선택이다. 그것이 다수의 의견이기에 옳은 것이라고 확정되고 권력의 원칙이 될 경우, 그와 다른 생각과 발언을 하는 이들은 탄압 대상이 된다.

하지만 하워드 진은 이런 현실을 거스르는 행동을 서슴지 않았다. 그는 행동하는 지식인으로서 나서기 이전에 이미, 뉴욕 브루클린의 빈민가에서 성장하고 청년시절 해군기지 조선소에서 뼈 빠지는 육체노동을 감당하면서 현실의 모순과 진보적 사상의 힘을 내면에 길러나갔다. 1922년생인 그는 스무 살에 제2차 세계대전 폭격수로 참전한 이후, 전쟁의 본질이 파시즘에 대한 전쟁이라기보다는 무수한 인간의 생명을 죽여서라도 미국을 비롯한 서구의 제국주의 체제를 완결하겠다는 것이라는 결론을 내린다. 이후 그는 현실과 역사에 대한 그때까지의 생각을 완전히 바꾼다.

하워드 진의 사고가 바뀌게 된 것에는, 전쟁의 대세가 벌써 결정되었는데도 전투의지를 이미 잃은 독일병사들과 무고한 민간인들의 머리 위에 떨어뜨린 포탄과 일본 히로시마와 나가사키에 투하한 원자탄이 크게 작용한다. 이미 전쟁에서 승리했음에도 불구하고 전후 협상에서 유리한 고지를 차지하기 위해, 또 소련의 동아시아 패권을 견제하기 위해 투하한 핵폭탄은 일본 민간인 대학살 사태를 불러왔다. 이는 그로 하여금 미국의 국가적 본질이 무엇인가를 물을 수밖에 없게 했다.

역사를 새롭게 읽다

이후 하워드 진은 27세라는 늦은 나이에 뉴욕 내학에 들어가 학부를 마치고 컬럼비아 대학에서 역사학 박사학위를 받고 나서 첫 직장인 남부 조지아 주 스펠만칼리지로 향한다. 1960년대 인권운동의 점화가 이루어지는 현장으로 간 셈이었다. 그때부터 그는 단지 대학 강단에만 머물지 않고 정의를 요구하는 목소리가 외쳐지는 거리 그 어디서나 자신의 의사를 서슴없이 표현하고 권력의 억압을 정면으로 마주한 당찬 지식인이었다.

그의 옆에는 그에 못지않은 미국의 양심인 촘스키, 반전운동의 기수 대니얼 베리건(Daniel Berrigan) 신부, 「펜타곤페이퍼」를 폭로한 하버드 대학 경제학 박사이자 미 국무성 관리였던 대니얼 엘스버그(Daniel Ellsberg) 등이 포진하고 있었다. 뿐만 아니라 그가 나타나는 곳이면 어디든 적게는 수백 명, 많게는 수천, 수만 명이 모여들었다. 대중은 어리석지 않았으며, 흑인에 대한 인권탄압과 베트남전쟁의 폭력은 이로써 역사의 그림자 속으로 사라져가지 않으면 안 되었다.

하워드 진은 남부 흑인에 대한 비인간적 처우에 분노를 느끼고 이들의 저항운동에 함께하면서 미국 역사의 이면을 파헤쳐나갔다. 그 결과가 1980년 출간된 이후 수백만 부가 팔려나간 『미국 민중사』*와 반전운동을 통해 미국의 폭력과 법의 계급성을 폭로한 『독립선언서들』*이다.

『미국 민중사』는 콜럼버스의 미 대륙 상륙의 역사적 해석을 완전

---

* Howard Zinn, *A People's History of the United States*, Harper & Row, 1980; 하워드 진, 유강은 옮김, 『미국 민중사』, 이후, 2008.
** 각자가 기존의 이데올로기에서 독립된 존재가 되어야 한다는 의미의 이 제목은 국내에서는 『오만한 제국』(이아정 옮김, 당대, 2001)으로 번역·출간되었다; Howard Zinn, *Declarations of Independence*, Harper & Row, 1990.

히 바꾼 지점에서 출발하고 있다. 미국 역사의 출발선에 놓인 야만적 약탈과 전쟁, 정복을 고스란히 드러내어 미국인 자신의 자화상을 고통스럽게 목격하도록 만든 책으로 이제는 대학 학부생의 필독서가 되었으니 시대의 변화를 절감하게 된다. 그는 과거의 야만적 행위에 대한 규탄과 비난이 그가 역사를 기술하는 목적이 아니라면서 더욱 중요한 것은 다음과 같은 것이라고 강조했다.

콜럼버스에 대해 비난하는 것이 내가 역사를 기술하는 목적이 아니다. 그런 야만은 물론 문제가 있긴 하나 그래도 진보를 위해 어쩔 수 없이 치러야 하는 대가라는 식으로 너무들 쉽게 생각하는 태도는 여전히 우리의 현실에 존재한다. 내가 일깨우려는 것은 바로 이런 생각이 가진 폭력성이다.

『독립선언서들』은 미국의 이데올로기부터 법과 정의, 경제적 평등과 역사 등에 대한 날카로운 그의 비판의식을 명료하게 보여준다. 이 책을 읽으면 논쟁의 힘을 든든하게 얻게 될 것이다. 그밖에도 그는 정치와 역사, 교육과 법에 대한 책, 무정부주의 여성운동가 엠마 골드만(Emma Goldman)을 주인공으로 하는 희곡 『엠마』(*Emma*)와 『소호에 온 마르크스』(*Marx in Soho*) 등 무수한 저작을 남겼다.

『미국 민중사』로 유명해지기 전 베트남전쟁 반대 운동이 한참이던 1967년, 그는 130페이지짜리 소책자 『베트남, 철수 논리』(*Vietnam: The Logic of Withdrawal*)를 펴낸다. 이 책은 반전운동 현장이면 어디서든 배포되는 팸플릿이 되었는데, 이 책에서 그는 "그 어떤 논리를 동원하더라도 베트남전쟁의 현실은 무고한 민간인들을 폭격하는 행위"라고 못 박고 "너무나 많은 사람들을 죽이고 있는 이 행위를 즉각 중지하고 미군을 질서 있게 철수시키라"고 요구했다. 이 시기 그의 논리가 미국 정부를 곧바로 움직이지는 못했지만 미국 대중들을 움직였고 그 결과는 그의 희망대로 되었다.

하워드 진에 대한 기억

1980년 광주학살이 있고 난 직후 미국으로 유학 갔던 필자는 그 시기 출간된 하워드 진의 『미국 민중사』를 읽고 마음이 뜨거워졌다. '광주'를 겪고 나서 '우리에게 미국은 무엇인가?'를 묻기 시작했던 그 당시, 하워드 진은 미국인의 목소리로 미국의 역사적 죄를 고백했고, 무엇을 극복하는 것이 인류의 미래와 생명을 위해 필요한 것인지 치열하게 역설하고 있었다. 그러고 나서 10년 뒤, 『독립선언서들』을 밤새워 읽은 기억이 새롭다. 역사학자가 마치 법철학자처럼 현실의 민감한 사안들을 놓고 치밀하게 논증하는 것을 보면서 참으로 많은 것을 배울 수 있었다.

『독립선언서들』첫 장의 한 구절은 이렇게 되어 있다.

우리가 어떻게 생각하는가는 단지 흥밋거리이거나 지적 토론의 대상 정도가 아니라, 사람이 죽고 사는 문제가 된다고 충분히 결론지을 수 있다.

이 대목은 충격적으로 다가왔다. 우리가 가진 고정관념은 단지 그

비용통성만이 문제가 되는 것이 아니라, 그 자체로 폭력이 되고 죽음의 무기가 될 수도 있다는 깨우침은 지금까지 내 자신이 의미 있게 내면화하고 있는 철학의 하나다.

이후 나는 하워드 진과 편지로 교류를 해왔는데, 2003년, 『밀실의 제국』의 내용과 출간 소식을 알리자 그는 책 뒤에 실을 짧은 글 하나를 보내주었다. 생각지도 못했던 고마운 일이었다.

이 책은 한국인 학자가 쓴, 미국의 대외정책에 대한 중요한 비판서로 충분히 관심을 기울일 만한 가치가 있다.

아메리카 제국의 문제에 대한 학위논문을 쓴 내게 격려를 보냈던 하워드 진은 한국에서 온 한 젊은 학자가 자신의 책을 읽고 감동하고 편지로나마 서로 의견을 나누었던 것을 기뻐했던 모양이다. 이제 더는 세상에 없는 그를 떠올리며 이 글을 쓰자니 그의 정의에 대한 헌신과 지적 비범함이 더욱 마음에 깊이 스며든다.

시민이 지도자의 선택을 이끌어낸다

하워드 진의 마지막 유고집인 『지켜지지 않은 역사의 약속들』**은 내 자신이 번역했는데, 이 책을 읽는 내내 하워드 진에 대한 존경심

• 김민웅, 『밀실의 제국: 전쟁국가 미국의 제국 수호 메커니즘』, 한겨레출판, 2003.
•• 2012년 대선 당시 정세와 맞물려 책을 냈던 출판사는 이 책의 제목을 『왜 대통령들은 거짓말을 하는가?』로 펴냈다. 번역자인 나는 부제를 '시민 권력을 위한 불온한 정치사'로 붙였다. 일상과이상, 2012; Howard Zinn, *The Historic Unfulfilled Promise*, City Lights Publishers, 2012.

이 더더욱 깊어졌다. 그리고 정신이 번쩍 들었다. 현실의 모순을 이토록 분명하게 직시하고, 역사를 진전시키는 열정을 끊임없이 뿜어낸 삶이 다름 아닌 바로 우리 자신의 것이 되어야 한다는 생각 때문이었다.

그의 논지는 분명했다. 세상을 변화시키려면 시민이 깨어 있어야 한다는 것이다. 깨어 있는 시민이 대안을 만드는 조직적인 힘이 되어, 현실의 권력을 압박하면서 민주주의의 내용을 채워나가야 한다. 이러한 주장은 구세주를 기다리듯 지도자에게 전적인 기대를 거는 생각을 반성하게 한다. 또한 이는 추상적 주장이 아니라, 역사에 실체가 있는 진실임을 그를 통해 알게 된다.

누구를 대통령으로 뽑더라도, 중요한 것은 바른 눈을 가진 시민의식과 양심에 따른 시민행동이다. 이 바탕이 없으면 애초에 아무리 괜찮다고 여겼던 대통령이라도 상황에 따른 정치적 이해관계를 앞세워 역사의 요구를 외면할 수 있다. 하워드 진의 논법에 따르면, 지도자가 민중을 끌고 가는 것이 아니라 민중이 지도자의 선택을 이끌어내는 것이다.

현실권력이란 강한 자와 부한 자를 위해 움직이는 본성이 강하다. 그렇기 때문에 이를 견제하고 압박하는 가운데, 그 권력의 손에 집중된 권한과 재원이 시민사회의 꿈을 위해 쓰일 수 있도록 만들어야 제대로 된 세상이 생겨날 수 있다.

그렇지 않아도 '시민권'이라는 말은 민주주의의 위기가 심화되는 과정에서 주목되고 있는 단어다. 정치권력과 자본의 권력, 관료체제의 권력이 자신들의 이기적인 이해관계를 관철시키려는 욕망을 저지하지 않으면 시민 공동체는 고통을 겪게 된다. 시민권은 바로 이러한 현실을 돌파해나가는 시민들의 기본권 행사라고 할 수 있다. 실로 하워드 진의 삶은 이 '시민권'의 성장을 위해 전력을 다해 살아온 삶이었다.

민주주의의 위기, 다시 하워드 진

시민권은 민주주의를 지켜내는 기본권이다. 그런데 권력은 늘 민주주의를 흔들고 파괴하려는 유혹에 빠지기 쉽다. 그 과정에서 법은 정의를 지켜내기 위한 제도적 수단이 아니라 권력과 재력을 지닌 자들의 이익을 방어하고 이에 문제를 제기하는 이들을 불법적인 존재로 만드는 일에 기여하게 된다. 영향력 있는 보수 언론과 권력이 장악한 매체는 거짓을 양산하면서 권력의 나팔수가 되며, 이로써 민주주의를 지켜내려는 대중들의 의지는 약화되거나 생활의 압박으로 무너져내리게 된다. 게다가 지식인들은 대체로 침묵을 지키는 쪽으로 돌아서게 되고, 부당한 권력의 명령과 요구에 용기를 가지고 저항하는 일을 과거의 한때나 있었던 사건처럼 여기는 풍토가 만연해간다.

이런 현실 앞에서 하워드 진을 만난다면, 우리 안에 새로운 용기와 의지, 번뜩이는 논리의 힘이 솟아날 것이다. 그의 목소리는 언제나 생생하고 긴장 넘치는 문체와 내용으로 가득하며 정의를 위한 투쟁에 대한 확신을 길러준다. 놓칠 뻔했던 초심도 다시 세우고 저항 자체가 대안이 되는 이유를 알게 해주며 우리를 점점 더 강하게 만들어준다. 그로써 역사의 새로운 무대를 함께 세워나가는 기쁨도 새삼

침묵하지 않는 양심은 새로운 시대를

만들어내는 힘의 원천이다.

하워드 진은 그 침묵을 깨는

용기와 의지, 지적 성실함의 가치를

이 시대의 교훈으로 남겨주었다.

일깨운다.

그는 국가란 대체로 법에 대한 복종을 세뇌시켜 기존 질서에 대한 저항의지를 빼앗아간다면서 이렇게 말하고 있다.

미국에서 법을 주도하고 있는 자들은 이 나라 시민들이 시민 불복종 운동에 눈뜨지 않기를 바라고 있다. 그것은 지난 시기의 사상사와 미국의 독립선언문에서도 이미 권리로 인정되고 있는 바인데도 이를 처벌의 대상으로 만들고자 한다. 그러나 사람들은 인류의 역사가 바로 이 법 밖의 불복종운동을 통해 발전해왔다는 사실을 망각하고 있다. 미국도 그렇게 해서 세워진 나라이다.

하워드 진의 자전적 저작인 『달리는 기차 위에 중립은 없다』[*]에서 그가 자신의 뜻과 다를 바 없다고 여기고 소개한, 베트남전쟁 징집 거부로 4년형을 받고 투옥된 그의 보스턴 대학 제자인 필립 서피나(Philip Supina)의 말은 의미심장하다. 에스파냐 내전 당시 철학자 미겔 데 우나무노(Miguel de Unamuno)가 한 말의 인용이다.

때로 침묵하는 것은 거짓말을 하는 것과 같다.

침묵하지 않는 양심은 새로운 시대를 만들어내는 힘의 원천이다. 하워드 진은 그 침묵을 깨는 용기와 의지, 지적 성실함의 가치를 이

---

* Howard Zinn, *You Can't Be Neutral on a Moving Train*, Beacon Press, 1994; 하워드 진, 유강은 옮김, 『달리는 기차 위에 중립은 없다』, 이후, 2002

시대의 교훈으로 남겨주었다.

부당한 권력에 저항하는 것은 민주주의의 기본권이다. 그것은 당장에 국가를 바꾸지 못한다 해도 사람들의 생각과 마음을 바꾸어낼 수 있다. 하워드 진은 체코의 하벨 대통령이 반체제 인사로 제2의 프라하의 봄을 이끌어냈던 것을 환기시키면서 비폭력 저항의 실천적 위력을 강조했다. 우리에게는 이런 권리가 있는 것이다.

파업, 태업, 불복종 등을 통해, 복잡해진 사회기능의 마비를 가져올 수 있는 능력은 무시무시한 국가와 자본권력에 맞설 수 있는 강력한 무기로 여전히 존재하고 있다.

동아시아 역사 공동체에 대한 탁월한 해석자

김한규

동아시아 역사 공동체에 대한 탁월한 발언

오늘날 우리는 동아시아의 패권구도에 중요한 변화를 경험하고 있다. 중국의 성장과 미국의 상대적 퇴조는 이 지역의 미래에 대해 우리가 어떻게 대응하여 새로운 질서형성에 좀더 주체적으로 나설 수 있을지를 고민하게 한다. 여기서 일차적으로 명확히 인식해야 할 바는 전통적인 동아시아의 역사와 정치적 지형이 무엇이었는지에 대한 것이다. 동아시아의 근대는 바로 이 동아시아에 오랫동안 존재하면서 살아 움직여온 전통적 역사 공동체의 변모에서 기인했기 때문이다.

뿐만 아니라 이 역사 공동체는 워낙 뿌리가 깊어 다시 복원되려는 기미마저 보이고 있다. 중국은 과거의 중화체제를 적나라하게 회복하려는 것은 아니지만 이 지역의 맹주임을 드러내고 있으며, 여러 형태의 공정을 통해 역사적 패권을 굳히려는 모습이다. 이러한 움직임은 전통적인 역사 공동체가 어떠했는지에 대해 새삼 주목하게 한다. 지난 시기의 역사 공동체가 근대 이후의 질서와 어떻게 갈등을 맺고 해법을 찾아나가는가의 문제는 우리 민족의 미래를 가늠하는 사안이 된다. 이미 우리는 중국에 대해 향후 어느 정도로 자주성을 가질 수 있을 것인지를 놓고 속으로 깊이 고민하고 있지 않은가?

그러나 이러한 현실을 풀어내는 데 적절한 역사인식과 방법론을 담은 이론틀을 찾기는 쉽지 않다. 이 점에서 보자면 김한규는 매우 중요한 역사해석상의 기여를 하고 있다. 1950년생인 그는 서강대에서 학부에서부터 박사학위까지 하고, 고대 중국을 중심으로 동아시아의 세계질서를 분석하는 일에 학문적 관심을 쏟아왔다. 그의『천하국가』*는 여타 중국사 연구와는 달리, 동아시아 역사 공동체의 성격 분석에 탁월한 성과를 보여주고 있다.

토마스 바필드(Thomas Barfield)의『위태로운 변경』**이 중국과 변경지역 유목민족의 관계를 다루었다면, 김한규는 중국의 천하 개념과 책봉조공체제의 특성에 선명하게 접근해나간다. 중국사 연구의 많은 경우 한족 중심의 중국사에 집중하는 반면, 바필드나 김한규는 세계질서라는 관점에서 중국 고대사에 접근한다. 이들은 다루는 대상에 유사성을 보이면서도 연구주제의 중점은 차이가 있다.

바필드는 한족과 변경 유목민족관의 관계가 언제나 대립적이기만 한 것은 아니었고, 상호 침투하고 보완하는 역할도 했다고 보았다. 김한규 역시 그와 크게 다르지 않은 출발점을 보이고 있는 듯하다.

---

* 김한규,『천하국가』, 소나무, 2005.
** Thomas Barfield, *The Perilous Frontier: Nomadic Empires and China, 221 BC to AD 1757*, Oxford: Blackwell Publishers, 1989: 토마스 바필드,『위태로운 변경』, 윤영인 옮김, 동북아역사재단, 2009.

그러나 그는 바필드가 파악하지 못한 중국의 세계관과 그에 기초한 화이(華夷)질서의 의미를 정리했다. 그래서 그는 동아시아는 중국만이 아니라 중국과 별개의 독자성을 가진 나라와 민족들이 함께 이루어낸 '역사 공동체'라는 것을 강조하고 있다. 이것은 동아시아와 관련해 대단히 중요한 역사인식이자 지정학적 사유의 핵심 고리가 된다.

전통 시대에 동아시아에서 유기적인 세계를 이루고 있던 주요 성분으로는 중국을 비롯하여 한국과 베트남(南越), 초원 유목 공동체(蒙古), 티베트(吐蕃), 요동(遼東/滿洲), 일본 등을 들 수가 있다. 이들 나라들은 각각 별개의 역사 공동체를 형성하여 독자적인 역사를 전개하면서, 동시에 다른 나라들과 더불어 동아시아 세계라는 한 차원 높은 역사 공동체를 형성하여 공동의 운명과 문화를 서로 나누었다.

이러한 공동의 질서는 중국이 다른 나라에 대해 책봉의 관계를, 그 나라들은 중국과 관련해서 조공의 관계를 가지면서도 서로 독자적 개별성을 유지할 수 있었다는 것이다. 다시 말해 동아시아라는 큰 틀을 함께 형성하면서 동시에 각자의 중심을 지니는 특징을 보였다.

(그렇기 때문에) 중국의 국가들은 이러한 질서를 확립함으로써 제국의 건립과 유지라는 이상을 전면적으로 포기하지 않아도 좋았으며, 국가 안보를 위한 막대한 경세력과 군사력의 소모를 절약할 수

도 있었다.

한편, 비중국 국가들은 중국 국가가 제시한 관계의 한 유형을 선택하여 동아시아 세계 질서 안에서 안정된 위상을 확보함으로써 국가적 안보를 보증 받을 수 있을 뿐만 아니라, 중국과의 교역과 문화 교류 및 국내 정치에서의 정권 안정이라는 부수적이나 매우 중요한 소득까지 얻을 수 있었다. 따라서 전통 시대의 중국 중심의 동아시아 세계질서는 물리적 강제력이 아니라 외교적 이익의 일치에 따른 상호 합의에 의해 형성되었으니……

이러한 관점에서 보자면, 오늘날 중국과 우리 사이에 벌어지고 있는 역사 논쟁도 일정한 기준으로 정리될 수 있다. 동아시아는 개별 민족국가의 성장사가 담긴 공간이기도 하지만, '유럽'처럼 공통의 역사 공동체로서 가질 수 있는 정체성이 있기 때문이다.

그런데 민족사적 관점에만 묶여 있는 경우, 김한규의 주장은 도발적이다. 불쾌함을 넘어서서 규탄의 대상이 될 수도 있다. 왜 그런가?

고구려와 요동사

김한규는 고구려의 역사를 이렇게 파악한다.

만약 고구려가 어느 역사 공동체에서 건립한 국가인지 혹은 어느 역사 공동체를 지배한 국가인지 하는 문제를 설정한다면, 그 답의 대체는 고구려가 한국의 국가도 아니고 중국의 국가도 아닌, 제3의 요동국가라는 것이다.

더욱 엄격하게 표현한다면, 고구려가 요동의 동부에서 건립되어 요동의 중심부로 발전해나간 전기(前期)에는 순수한 요동 국가였다고 해야 할 것이고, 고구려가 그 발전의 방향을 남쪽으로 선회하여 평양으로 천도하고 한강 일대를 점령하는 후기(後期)에 이르러서는 요동과 한국 일부를 아울러 지배한 통합국가로 발전한 것을 이해할 수 있을 것이다.

바로 이러한 역사 인식에 근거해서 김한규는 "고구려사는 한국사나 중국사 상에서는 주변적 요소에 지나지 않은 데 반해 요동사 상에서는 핵심적인 가치와 위상을 갖는다"고 본다. 이러한 시각과 주장은 매우 중요하다. 어느 일방의 입장에서 어떤 특정한 역사 공동체를 해석하는 것이 아니라 그 자체로서 가지고 있는 위상과 의미를 짚어낼 뿐만 아니라 그것이 어떤 변화의 과정을 통해 자기의 정체성을 만들어가는가를 보게 하기 때문이다. 사실 고구려는 한반도 토착 부족인 한족(韓族)이라기보다는 요동을 근거로 활동하고 살았던 동북부 대륙 출신 부족이다. 요동지역의 주체는 다름 아닌 이들이었다는 점에서, 중국 대륙의 한족(漢族)과 한반도의 한족(韓族) 사이의 접경지대를 통치한 독자세력이기도 하다. 이들이 이후 어느 쪽을 더 강력하게 지배했거나 또는 흡수되었는가는 이미 역사가 입증한 바다.

이러한 역사 공동체 인식은 서양사에서는 이미 정리된 문제다. 로마사는 로마의 역사로 그치지 않고 유럽사 형성의 기본이 되고, 게르만의 역사도 전체 유럽사의 맥락 속에서 역사 공동체 형성과정의 주체로 다루어지고 있다. 같은 공간에서 벌어진, 비잔틴/콘스탄티노플의 역사가 이스탄불의 역사와 겹치면서 각기의 독자성과 함께 공동으로 이루어지는 역사 공동체의 성격을 파악하고 있기 때문이다. 이러한 접근은 각 개별 역사 공동체의 특수성을 부인하는 것이 아니라 그 역사 공동체 밑바닥에 깔린 문명사적 기초와, 그것을 바탕으로 전개되는 더 큰 차원의 역사 공동체의 성격을 아울러 해명하게 해준다.

김한규의 『천하국가』는 중국적 세계질서의 역사적 전개양상만 아니라 각 역사 공동체로서 독자성을 가진 초원 유목, 요동, 서역, 티베트, 강저, 만월, 대만 등을 모두 포괄한 그림을 보여준다. 이들은 바필드가 '변경'이라고 규정한 위치로서가 아니라, 동아시아 전체의 역사 공동체를 구성하는 당당한 주체로 자리매김하게 된다.

조금 더 본질적으로 중국의 세계관을 논해보자면, 김한규는 우선 "천하(天下)를 하늘의 뜻 천명(天命)을 받은 천자(天子)가 다스리는 질서로 이해하고 국(國)은 제후, 가(家)는 경대부가 책임지는 영역으로 받아들이고 있다"고 정리한다. 이러한 큰 틀 안에서 중국(中國)이란 "4방에 존재하는 4국의 중심에 있는 국(國)"이며, 따라서 이와 같은 인식은 주변 4국, 또는 사이(四夷)와 유기적 관계를 갖게 되는 것이 당연해진다. 이 4국과 중국의 관계는 예(禮)로 그 질서가 유지되면서 안정과 평화를 가져온다는 것이다.

물론 이러한 관계는 중국이 중심이고 나머지는 오랑캐라는 인식의 소산이다. 이는 전통시대의 관념이며, 근대 이후 중국이란 역사 공동체와 민족 국가적 개념이 혼합되어 나타났으며 이것이 근대적 국제관계의 질서로 편입되면서 여러 가지 변용을 겪게 된다. 책봉과 조공이라는 관계는 더는 존재하지 않게 된 것이다. 그런 가운데서도 우리가 놓치지 말아야 하는 대목은 이 질서의 유기적 성격이다. 역사 공동체에 대한 생각이 담겨 있기 때문이다.

현대 국제정치학이 놓치고 있는 것들

근대 이후 이러한 천하국가 개념이 완전히 소멸되었다고 보는 것도 착시현상이다. 중국이 동아시아의 거대제국으로 부상하고 있는 현실에서, 우리는 미국의 자본주의 제국과 중국의 전통적 중화체제로의 복귀가 서로 맞물려 대립과 긴장, 전환기의 불확실성을 이루고 있는 것을 경험하고 있다. 특히 전통시대 천하국가의 질서라는 관점으로 보지 않는 한, 중국과 북한의 관계에는 이해하기 어려운 국면이 발생한다. 중국과 북한은 민족국가 단위로 외교관계를 가지고 있는 동시에, 중국이 고래부터 구상해온 천하의 유기체적 관계까지 포괄하는 상태이기 때문이다. 중국과 북한은 하나의 거대한 질서 안에서 각자의 자리를 유기적으로 가지고 있는 것이다.

그런 까닭에, 중국과 북한의 대립적 분리는 미국이나 일본, 남한이 원한다고 되는 일이 아니다. 통일 한반도도 이러한 천하국가의 전통적 장력 속에 존재하게 된다는 점에서 이에 대해 세심하게 살펴볼 필요가 있다. 이러한 인식은 동아시아 역사 공동체의 중심에 중국을 상정하고 이를 토대로 전개해나가는 중국중심주의라는 비판에 직면할 수 있다. 조공책봉체제라는 전통적인 중국 중심의 세계질서라는 기본선제가 마주하게 되는 지적이다. 그러나 천하국가론에 따른 동아시아 이해는, 강력한 중화제국으로서의 면모를 회복하고 있는 오늘날 중국이 가지고 있는 세계관과 세계질서 구상에 대한 분석이라는 점을 주목할 필요가 있다. 중국 중심의 동아시아 질서가 옳기 때문에 그 안에 편입되어야 한다는 것을 주장하는 것은 아니다.

다시 말해 이는 과거의 역사 공동체에 있는 특성을 파악하는 역사학적 관점에서만 의미가 있는 것이 아니다. 오늘날 동아시아의 미래를 예측하고 재편해가는 과정에서도 우리는 중국의 천하국가 세계관에 대한 이해가 필수적임을 놓치지 말아야 한다. 오늘의 중국은 지난 2,000년 동안 동아시아의 중심에서 총체적인 구심력과 원심력을 발휘해온 실체다. 따라서 중국의 경제력과 군사력으로만 동아시아의 국제관계를 분석하고 그것을 기본 구성요소로 미래를 내다보는 것은 단견이다.

김한규의 저작은 그러한 차원에서 동아시아의 역사 공동체를 어떻게 꾸려나갈 것인지를 고민할 수밖에 없는 우리에게 매우 귀중한 통찰력을 제공해준다. 김한규의 책과 함께 신채식의 『동양사 개론』*을 함께 읽어본다면, 크게 도움이 될 것이다. 신채식의 책은 기본적으로 '동아시아 문화권'이라는 개념을 중심으로 역사를 서술하면서, 각 시기의 사실(史實)을 대단히 역동적으로 담아내고 있다.

김한규는 이외에도 『고대 동아세아 막부체제연구』**와 같은 저서를 통해, 동아시아의 정치가 군사적 거점이 된 막부(幕府)를 어떤 정

• 신채식, 『동양사 개론』, 삼영사, 2009.
•• 김한규, 『고대 동아세아 막부체제연구』, 일조각, 1997.

치적 기초로 만들어나갔는지를 분석하고 있다. 대단한 학문적 성실성과 장구한 노력을 보여주는 저작들이다. 그러한 김한규의 학문적 성과를 읽으면서, 주로 민족국가 개념을 중심으로 사고하는 현대 국제정치학이 간과하고 있는 지점에 대해 성찰하게 된다. 거대한 문명사의 관점과 역사 공동체의 실체에 대한 이해는 우리에게 그 어느 때보다 절실한 지식이다. 이제 우리가 고민하고 만들어가야 하는 것은 이전의 책봉조공체제나 상호대립적 민족국가 간의 관계가 아니라, 각 구성원들이 독자성을 가지면서도 하나의 유기체처럼 어울리는 동아시아 역사 공동체이기 때문이다.

그것은 동아시아의 미래형 정체성을 구축하는 과제이며, 이 지역에 과거처럼 군사적 거점의 막부체제를 세우는 것이 아닌, 평화의 벨트를 확보하는 작업이다. 동아시아라는 역사 공동체에 관한 공동의 인식과 그것이 유기적으로 함께 성장해나갈 수 있는 구상이 절실하다.

거대한 문명사의 관점과

역사 공동체의 실체에 대한

지식은 우리에게

그 어느 때보다 절실하다.

동아시아라는

역사 공동체에 관한

공동의 인식과 구상이 필요하다.

중화의 다른 얼굴을 그리는 문명학자

위치우위

중화적 대국주의 비판

중국의 성장은 우리에게 우선 두려움을 준다. 압도하는 중화체제의 구심력에 휩쓸려 들어가지 않을까 하는 우려에서다. 동북공정이라는 역사공습까지 겪은 우리로서는 커져가는 중국을 경계하지 않을 수 없다. 더군다나 중국 자신이 대국의식을 내세우게 된다면 한반도는 여러모로 괴로워진다. 이런 현실에서 위치우위(余秋雨)는 독특한 관점을 지닌 중국 지식인이다.

위치우위의 『중화를 찾아서』*를 읽으면서 내내 정수일 선생이 머릿속에서 떠나지 않았다. 실크로드라는 거대한 역사의 길 위에서 우리의 문명사적 자화상을 발견하고 재구성하려는 그의 노력과 헌신이 다시금 뜨겁게 가슴을 파고들었기 때문이었다. 그의 일생에 걸친 여정은 '세계사'라는 인류의 무대 위에 선 우리에 대한 발견을 향해 있다. 위치우위의 중국문명 내면 탐사기라고 할 이 책 역시 중국이

• 위치우위, 심규호·유수영 옮김, 『중화를 찾아서』, 미래인, 2010; 余秋雨, 『寻觅中华』文化苦旅全书点评本, 2008.

라는 오랜 역사의 소용돌이와 용광로에서 인류의 역사와 만나려는 한 지식인의 무게 있는 성찰과 진지함이 돋보인다.

위치우위의 글은 중화적 자존심에 대한 교묘한 포장이거나 다른 문명권에 대한 비교우위를 내세우는 식의 중국선전이 아니다. 도리어 그는 중국문명의 뿌리에 기존의 상식이 지배해온 중국이라는 지리적·문화적·철학적 경계선을 넘는 힘들이 함께할 때 역동적인 위력을 발휘했음을 주시한다. 이것은 자칫 '중화적 대국주의'라는 국민국가적 이데올로기에 사로잡힐 수 있는 오늘의 중국에 대한 날카로운 비평이기도 하고, 중국이 인류사회를 위해 어떤 기여를 할 수 있을 것인지를 끊임없이 묻게 하는 태도이기도 하다.

중국에서 '현대의 루쉰'이라고 불리는 위치우위는 1946년 중국 저장(浙江)성 위야오(余姚)에서 태어나 상하이 희극학원을 졸업했다. 문화대혁명 시절 부친은 우파로 몰려 고초를 겪었고 숙부는 극단적 혁명파였던 조반파(造返派)의 박해로 자살했으며, 본인은 현실학습을 하라는 명분 아래 시골로 쫓겨 내려가 육체노동을 한 하방(下方)의 세월 속에서 깊은 정신적 충격과 방황을 치러냈다. 이후 그는 저장성 벽촌에 파묻혀 동서양 고전을 섭렵했고, 상하이 희극학원 교수가 되었다. 역사와 예술이론에 해박한 그는 중국문화 답사기를 저술한 이후 대중적으로 알려지게 되었다고 한다.

위치우위가 쓴 『세계문명기행』*을 읽어보았다면 그가 다른 고대 문명의 개성과 특징을 어떤 식으로 포착해내는지 잘 알 수 있을 것

---

* 위치우위, 유소영 옮김, 『세계문명기행』, 미래 M&B, 2001; 余秋雨, 『千年一嘆』, 時報出版, 2000.

이다. 그는 고대문명의 유적에 대한 현상적 기록자가 아니라 그 유적의 내면에 담긴 의식, 정신의 운동에 깊은 관심을 갖는다. 『중화를 찾아서』도 바로 그러한 관점에서 중국 문명의 기원과 그 변모 과정을 추적하고 있다. 이 같은 그의 문명사 인식은 과거 역사와 파괴적 단절을 강요했던 문화대혁명의 굴곡을 통해 얻게 된 각성과 관련이 있다.

중국 고대사의 인식, 문화대혁명의 소산

다이허우잉(戴厚英)의 『시인의 죽음』*이라든가 바진(巴金)의 『가』(家)**나 『매의 노래』***에서 우리는 문화대혁명이 중국의 역사문화 의식을 마비시키고 문명사적 자기발견의 의지를 질식시키는 것을 목격하게 된다. 이렇게 된 데는, "거대한 국가의 문화영혼이 오랜 기간 공포에 사로잡힌" 결과이자 세계를 향한 창문을 닫아버린 탓이 크다. 물론 중국의 문화대혁명에 대한 오늘날의 비판 일변도의 분위기는 하방을 통한 지식인의 변화, 관료화된 권력의 민중성 회복, 자본의 일방적 지배에 대한 비판의식이라는 차원에 눈감게 만드는 경향이 있다. 그럼에도 문화대혁명이 중국 사회에 가한 정신적 외상은 중국역사에서 상실의 무게가 더 무겁다.

위치우위가 중국 고대사부터 시작해서 중국 정신의 기원과 그 축적 과정을 탐구해 들어가는 것도 바로 이 문화대혁명 기간에 비롯된

• 다이허우잉, 임우경 옮김, 『시인의 죽음』, 을유문화사, 2008.

•• 바진, 박난영 옮김, 『가』(家), 황소자리, 2006.

••• 바진, 홍석표·이경하·길정행 옮김, 『매의 노래』, 황소자리, 2006.

일이었다. 흥미롭게도 그는 장제스(蔣介石)가 남겨놓은 일명 중정도서관(中正圖書館)에 쌓인 장서를 꺼내 읽으면서 중국 고대사와 만났다. 마오쩌둥(毛澤東)이나 장제스는 모두 중국 고전에 능했던 이들인데 사상적으로나 역사의 현장에서나 서로 가장 매섭게 격돌했던 이 두 사람 사이에서, 한 젊은 지식인이 고대로 돌아가 다시 현대라는 현실에 복귀하는 길을 택했던 것이다.

이 경험을 통해 위치우위는 중국 고적(古籍) 속에 담긴 일련의 생각들을 새롭게 평가하고 세계사의 흐름 속에서 조명해보는 실험을 추구해나간다. 그런 시선이 있기에 그는 중국 역사에서 야만의 무리에 속한다고 여긴 선비족 탁발씨(拓跋氏)가 이루어낸 문명의 호방한 기질의 등장을 주목한다. 이러한 토대 없이 국제적 개방성을 가진 당의 문화는 불가능하다고 본 것이다. 그는 이렇게 단언한다.

대당 제국은 결코 중원만으로 탄생시킬 수 있는 제국이 아니다.

중원중심주의를 탈피하다

위치우위는 당고조 이연(李淵)과 당태종 이세민(李世民)의 생모가 선비족이며 이세민의 황후 역시 선비족이라며 선비족과 한족 혼혈의 결정체가 이루어낸 성과가 당의 문명사적 포괄성이라고 말한다. 또한 실크로드를 통해 들어온 불교를 비롯해서 무수한 국제적 인재와 문명의 교류가 얼마나 소중한가를 강조하고 있다. 그것은 "자만심으로 성령(性靈)이 막혀 있는 이들을 다시 한 번 새롭게 일깨우는" 사태라고 말하고 있다.

또한 당의 수도 장안이 당시 어떤 나라의 도시도 따를 수 없는 국제적 활력을 갖고 세계인의 모습을 한 것을 주목하는 그의 글은 오늘날 중국이 무엇을 지향해야 할 것인가를 그대로 보여주고 있다. 위치우위가 역사적 사실과 상상을 동원해 기록한 장안의 묘사를 보자.

장안 거리에는 외국인이 넘쳐흘렀다. 유학생만 해도 3만 명이 넘었는데 그 가운데 일본 유학생이 1만 명이나 되었다. 당시에는 유학생도 과거시험에 응시할 수 있었다. 당대 말기의 기록에 따르면 과거에 급제한 신라의 선비가 50여 명이었다. 과거제도는 문관 선발 제도다. 그렇기 때문에 과거 시험에 급제하면 외국 국적을 가졌더라도 중국에서 관직생활을 할 수 있었다. …… 장안은 단순히 자신이 다른 문명에 대해 '관용'을 베푼다고 생각하지 않았다. 오히려 다른 문명을 떠나면 자신 또한 존재할 수 없다는 것을 잘 알고 있었다. 무엇보다도 다른 문명을 떠나면 장안 자체가 무미건조하고 경색되어 크게 위축될 것임을 알 알고 있었다.

그러면서 위치우위는 문명의 도시에 대한 철학을 이렇게 밝히기도 한다.

도시의 진정한 기백과 도량은 얼마나 많은 대국의 고관대작을 접대하였는가에 달린 것이 아니라, 얼마나 많은 지자들, 특히 쓸쓸히 떠도는 이들을 받아들였는가에 의해 결정된다. 또한 노시의 신정한 고귀함은 생사를 겨루는 맞수들이 얼마나 많이 운집해 있는가에 가늠되는 것이 아니라 적대적인 맞수들이 투쟁을 그치고 친구가 될 수 있는가 여부에 달려 있다.

이 정도의 생각과 시선, 마음의 크기를 일구어낼 수 있는 도시라면 세계적 수준의 그릇이 될 만하리라.

위치우위는 지금의 중국이 바로 이렇다고는 말하지 않는다. 도리어 그 반대 현상이 나타나는 것을 경계한다. 오늘날 중국의 젊은 세대가 다양한 문명의 융합이 아니라 이른바 중국적인 것만 내세우는 폐쇄적 열광을 지탄하고 있다.

그들은 언제부터인가 난세 철학에 주입당하여 가는 곳마다 구분을 짓고 언제나 신경을 곤두세우고 민감하게 경계태세를 갖춘다. 그들은 권모술수를 지혜라고 여기고 스스로 모든 것을 막는 자폐상태를 문화인 양 오인하며 자신이 사는 곳을 천하라고 믿는다. 또한 이렇게 해야만 존엄을 유지할 수 있다고 생각한다. 이처럼 나약하고 불안한 열등 심리는 순식간에 포악하고 사나운 영웅주의, 비정주의로 가장하기 마련이다.

따라서 위치우위는 흔히 생각하는 '중화적 자존심'을 강화하기 위한 인문학적 설교를 하고 있는 것이 아니다. 그는 전설과 신화의 시대 속에 파묻혀 있는 문화의식을 발굴하고, 20세기 초에 갑골문 해독을 통해 고대와 새로운 대화가 가능해진 의미를 정리한다.

이처럼 아득한 옛 조대(朝代)가, 전란으로 세상이 어수선하고 금방이라도 망국으로 치달을 것만 같던 20세기 초엽에 돌연 아주 분명한 모습으로 등장했다. ……수많은 고대 그리스 조각품이 발견되면서 열린 것은 고대가 아니라 오히려 현대였다.

그는 공자와 노자, 묵자를 현대의 좌표에 올려놓고 재해석하며, 이백과 두보, 굴원과 도연명의 시 세계에 드러난 새로운 자아의 가치도 주시하며 조조의 문학적 역량도 눈여겨본다.

문화의 군주

무엇보다도 『사기』의 사마천에 이르면 위치우위의 붓끝은 엄청나게 뜨거워진다. 문화대혁명의 정신적 상처를 이겨내면서 중국 문명사의 내면을 깊이 응시했던 그로서는 당연할 것이다. 사마천에 대한 그의 감동은 이렇게 적혀 있다.

그는 어떠한 굴욕이라도 감내하고 살아가기로 결정했다. 그리고 스스로 사람답게 살 수 없었던 세월을 견디며 사람을 근본으로 하는 역사를 연마하고, 자신의 남은 시간으로 중국의 천추만대를 정리하였으며 자신의 참혹한 굴욕을 바탕으로 민족이 마땅히 지켜야 할 존엄을 맞바꾸었으며, 남성을 잃어버린 자신의 몸으로 대지의 강건한 웅풍(雄風)을 소리쳐 불렀다. ……사마천은 감히 필적할 자가 없는 '문화의 군주'라고 말할 수 있다.

한무제에게 궁형을 당하고 살아남아 역사의 붓을 든 사마천에게 바치는 위치우위의 헌사다. 물론 사마천은 위치우위가 지향하는 것처럼 중국 사방에 살아가는 종족과 문화에 대해 포용적 자세를 내보인 것은 아니었다. 도리어 그는 한족(漢族) 중심 사관의 원류라고 할 수 있다. 이건 위치우위가 극복해낸 관점이다.

위치우위는 덧붙여, 사마천이 "인물전기 위주로 역사를 저술함으로써 '인간을 근본으로 하는 중국사'를 개창"했다고 평가한다. 사건 중심 사관이 아니라 인간이 역사의 주체가 되는 사관을 확립했다는 것이다. 이러한 중국 문명의 영혼을 통해서 우리는 굴욕과 참극의 경험이 도리어 역사의 가치에 새로운 빛을 비추는 것을 보게 된다. 위치우위는 아마도 자신이 겪었던 문화대혁명의 질곡과 고난이 사마천의 정신과 만나게 하는 길이 되었음을 말하고 싶었는지도 모르겠다.

여기서 그에게 중요한 것은 결국 어떤 중국이 될 것이며 어떤 중국 문화의 힘을 만들어 낼 것인가다. 그는 오늘날 중국의 현실에 대해 이렇게 비판한다.

지금 우리가 살고 있는 거리에는 명산대천이 존재하지 않는다. 꾸역꾸역 쌓아올린 거짓 풍경을 감상하기보다는, 차라리 초라하지만 아늑한 집에 들러 서로 보고 들은 것을 이야기하는 것이 나을 수 있다. ……문화를 환희와 경축의 장식품, 선전의 도구, 정치적 메가폰으로 삼아 연회와 시상식, 명품, 브랜드로 구성된 허황된 겉치레로 만드는 것, 이것이 바로 문화의 함정이다.

그래서 그는 이렇게 결론 내린다.

나는 단지 중화문화가 전 세계 문명과 어우러져 가끔씩 수천 년 쌓아온 고귀한 빛을 선사해주기를 바랄 뿐이다. ……마지막에 남는 것은 이러한 생각이다. 전체 인류를 감동시킬 수 있는 아름다움과 우호. 이렇게 해서 중화문화도 인류의 시정 넘치는 생존, 조화로운 생존을 위해 적극적으로 참여하게 될 것이다.

중화적 독선과 자만심의 여지는 그 어디에서도 찾아볼 수 없다. 세계문명의 포괄성과 우호성을 기원하는 한 문명사가의 솔직하고 용기 있는 목소리가 들린다. 한 거대한 문명이 무엇에 기여해야 할 것인지를 잘 알고 있는 이의 생각이다.

변경에 서 있는 우리

위치우위의 이러한 면모와 성찰의 힘이 대국화되고 있는 중국의 문명적 자화상에 제동을 걸고 기여할 수 있을 것이라고 낙관할 수는 없다. 그러나 이런 지식인의 인문학적 문명사관이 존재한다는 점에서 우리는 중국 읽기의 새로운 지점과 마주하게 된다. 그와 동시에, 우리의 문명사적 자화상을 어떻게 구축해나갈 것인가라는 숙제와 피할 수 없이 만난다.

우리에게도 위치우위 못지않은 세계사적 안목으로 역사와 문명의 내면을 꾸준히 짚어내고 새로운 각성을 이루어내려는 이들이 적지 않다. 정수일 선생을 비롯해서 오랫동안 유목문명과 중앙아시아, 내

위치우위는 중국에서 '현대의 루쉰'이라 불린다.

그의 글은 중국문명의 뿌리에 기존의 상식이 지배해온

지리적·문화적·철학적 경계선을 넘는 힘들이 함께할 때

역동적인 위력을 발휘했음을 주시한다.

류 아시아의 역사적 지평에 대해 지치지 않는 학문적 의지를 발휘해 온 김호동 같은 이가 있어 마음 뿌듯하다. 그가 최근에 쓴 『몽골제국과 세계사의 탄생』[*]은 우리의 역사적 시야가 얼마나 넓어질 수 있는지를 신선하게 깨우쳐준다.

『중국의 내륙 아시아 변경지대』[**]를 쓴 오언 라티모어(Owen Lattimore)의 지적대로, 중국이라는 나라의 역사적·문명사적 자화상도 내륙 아시아와의 쟁투 속에서 이루어진 점을 주목해본다면 우리 자신의 모습을 새로 바라볼 수 있을 것이다. 변경이라고 여긴 지점이 사실은 소용돌이의 중심이 되기 때문이다. 바필드가 '변경'이라고 부른 역사적 공간에서 역사의 새로운 추진력이 등장하곤 했다. 그렇다면 우리는 지금 어디쯤 있는 것일까?

위치우위가 말했던 "전체 인류를 감동시킬 수 있는 아름다움과 우호. 이렇게 해서 인류의 시정 넘치는 생존, 조화로운 생존을 위해 적극적으로 참여"하고 싶다는 소망은 그만의 것이 아니다.

• 김호동, 『몽골제국과 세계사의 탄생』, 돌베개, 2010.

•• Owen Lattimore, *Inner Asian Frontiers of China*, New York: *American Geographical Society*, 1940.

한국과 미국을 다시 읽게 하는 역사학자

브루스 커밍스

『한국전쟁의 기원』을 넘어서서

1943년생인 브루스 커밍스(Bruce Cumings)는 2016년 현재 70대 초반을 넘기고 있다. 나로서는 50대 중반부터 보아왔던 그가 노년 시절로 접어들고 있는 것이다.

커밍스는 우리에게 주로 『한국전쟁의 기원』*의 저자로 기억된다. 뿐만 아니라 그는 이따금 한국에 와서 한반도 주변 정세와 미국의 외교정책에 대해 중요한 자문과 발언을 하는 모습을 보여준다. 늘 활기차고 자신감 넘치게 말하는 커밍스는 한국에 대해 깊은 애정을 지니고 있다.

젊은 시절 평화봉사단의 일원으로 오면서 이 나라와 인연을 가지게 된 그는, 한국전쟁이 1950년 6월 25일에 갑자기 터진 것이 아님을 주목했다. 그보다 앞서 이미 이 땅에 새로운 민족국가를 건설하고자 하는 여러 가지 운동과 세력의 얽힘에서 전쟁의 전조를 읽어낸

• 브루스 커밍스, 『한국전쟁의 기원』, 김자동 옮김, 일월서각, 2001; Bruce Cumings, *The Origins of the Korean War(2 vols)*, Princeton University Press, 1981, 1990.

다. 그것은 한국전쟁이 지니고 있는 내전(內戰)의 진실에 다가서려는 노력이었다. 물론 1945년 제2차 세계대전 이후 새로운 재편 과정에 들어선 동북아 정세를 도외시하려는 의도가 있어서가 아니다. 그의 한국전쟁 분석은 이후 남쪽의 북침론이나 남침유도설로 오해되는 등 여러 비판에 직면했지만, 우리 역사의 내부에 들끓었던 시대적 변화의 내용과 목록을 되새기게 하는 데 매우 중요한 기여를 했다.

그런데 커밍스는 단지 『한국전쟁의 기원』으로만 기억되고 파악될 수 있는 학자는 아니다. 그가 세계체제의 변화를 지속적으로 읽어온 역사학자라는 점과 함께, 미국 주류 역사학계의 인식에 대해 끊임없이 새로운 관점을 제시해온 인물임을 안다면 그가 2009년 펴낸 『바다의 제패: 미국, 태평양 제국의 출현』*는 매우 진지하게 읽히는 반가운 저작이 된다.

국내에서는 『미국 패권의 역사』라는 제목으로 번역 출간된 이 책은 무엇보다도 미국이라는 나라의 역사적 변화를 대서양을 중심으로 한 유럽과의 관계에서 파악하는 태도에 중대한 교정 작업을 가능하도록 해준다. 특히 대서양을 건너 동부로 온 초기 미국 이주자들의 활동과 움직임이 미국사 이해의 중심에 있어왔다는 점을 전제한다면, 커밍스가 우리에게 일깨워주는 것은 서부와 태평양, 동아시아를 잇는 역사라고 할 수 있다.

---

* Bruce Cumings, *Dominion from Sea to Sea: Pacific Ascendancy and American Power*, New Haven: Yale University Press, 2009; 브루스 커밍스, 박진빈·김동노·임종명 옮김, 『미국 패권의 역사』, 서해문집, 2012.

이러한 역사의 전개는 미국이 대서양과 태평양을 가로질러 세계적 패권의 위상을 지닐 수 있는 토대가 되었다. 이것을 주목한 커밍스의 역사를 바라보는 시선은 이른바 대서양주의의 관점에 대한 비판적 대안 모색이다.

대서양주의와 유럽주의의 한계

커밍스는 서문에서 미국인 대부분에게 있는 대서양주의를 이렇게 지적하고 있다.

> 미국인 대부분은 대서양주의 혹은 유럽우선주의 관점에서 해외 정세나 외교정책에 관한 글을 쓴다. 그들은 대서양 국가와의 관계가 가장 중요하고 우선되어야 하며, 또 항상 그래왔다고 단순히 가정한다. 그러나 실제로 미국은 독립혁명 이후 태평양전쟁에 이르는 150년간 유럽에 관심을 두지 않았으며, 영국을 경멸했고 대서양에 등을 돌린 채 '서부로 향하고' 있었다. 물론 미국의 동아시아 관계에 관해 글을 쓴 전문가도 있었지만 깊은 지식을 가지고 사려 깊게 쓴 이는 거의 없다.

이런 기존의 미국사에 대한 인식을 비판하면서 커밍스는 대서양과 미국 동부가 만난 역사를 넘어 결국 태평양으로 치달아나간 미국의 역사를 주목한다. 그런데 이런 과정을 거쳐오면서도 대부분 미국인은 태평양을 하나의 거대한 바다로 인식했을 뿐, 그것이 유럽과 아시아를 이어나가면서 막강한 제국을 탄생하게 한 요람이라는 것을 명확히 깨우치지 못했던 것이다.

하지만 1860년대 미국이 남북 내전을 통과하면서 철도로 동서의 통합을 이루고, 독점자본이 미국의 경제를 주도한 이후인 1898년, 구 에스파냐 제국의 식민지인 카리브 해의 쿠바와 아시아의 필리핀을 점령한 사건은 제국으로서 미국의 위상을 확고히 만들어가는 기점이었다고 할 수 있다. 그런 점에서 1898년은 매우 중요한 전환점이었다.

1962년 『미국 외교의 비극』*을 펴내 미국 외교사(外交史)에 충격을 준 윌리엄 윌리엄스(William A. Williams)는, 당시 베트남전쟁을 벌인 미국이 1898년의 침략과 동일한 사태를 반복하고 있다고 비판한 바 있다. 이 시기 미국 주류세력은 자신이 자유와 평화를 위한 전쟁이라고 주장하고 선전한 베트남전쟁이, 아메리카 제국의 출발점이 된 1898년의 재판이라는 논리에 크게 반발했다. 이른바 기존의 정통역사관을 비판하고 나선 수정주의 역사관에 대한 주류세력의 반격이 펼쳐졌던 것이다.

커밍스의 『미국 패권의 역사』는 이러한 수정주의 사관의 맥락을 이어나가는데, 단지 정책의 연속성으로만 미국의 제국 형성사를 파악한 것이 아니었다. 그는 윌리엄스를 받아들이면서도 그를 넘어서서, 서부로 영토 확장을 해나간 미국의 역사 자체가 결국 도달한 태평양이 제국 미국의 탄생과 위상의 결정적인 형성 기반임을 입증해나갔다. 미국이 제국이라는 규정을 꺼리는 미국 주류 역사학계와 정

---

* William Appleman Williams, *Tragedy of American Diplomacy*, Delta, 1962.

치세력으로서는 이러한 역사관이 달가울 리 없다. '제국주의 미국'은 유럽 제국주의와 자신을 구별해온 미국 자유주의 사관의 입장에서는 이데올로기적 공세에 지나지 않다고 여겨졌던 것이다.

제국으로서의 미국 역사

20세기 중반의 미국은 제국의 개념을 자국의 역사에 투영하는 것을 부당하다고 여길 수 있지만, 19세기 말과 20세기 초에는 전혀 사정이 달랐다. '제국'은 국가의 최고단계라는 인식이 팽배했고, 그것이 곧 국가의 목표가 되는 상황이었다. 뉴욕 주의 별명이 '제국의 주'(Empire State)이고, 뉴욕 시에서 가장 높았던 건물의 이름이 엠파이어스테이트 빌딩이었다는 점만 상기해도 이를 알 수 있다.

커밍스는 19세기 말 당시 사정을 이렇게 말하고 있다.

오늘날 미국인은 근대사와 관련된 여러 이유로 인해 제국의 개념을 불편하게 받아들인다. 그러나 19세기 미국 지도자들의 생각은 달랐다. 미국의 기원이 분명히 반제국주의라고 믿었기 때문이기도 했고 혹은 필요에 따라 제국을 재규정했기 때문이다. 예를 들어 제퍼슨은 자유의 제국, 포코는 운명의 제국, 루스벨트는 식민지의 제국, 윌슨은 가치의 제국이라는 용어를 사용했다. 당시 '제국'의 의미는 오늘날과 달랐다. 19세기에 제국은 커져가는 미국의 영토를 뜻하는 또 다른 이름이었다.

이러한 미국의 정체성을 놓고 세계체제 전체를 사고해보면, 우리는 인도, 중국과 유럽을 잇는 메소포타미아 문명계열의 제국이 차지했던 지위, 또는 지중해의 동과 서를 장악하면서 제국이 된 로마 등을 떠올릴 수 있다. 실제로 미국은 이런 의미를 세계체제 내부에 가지면서 아메리카 대륙의 동과 서, 즉 대서양과 태평양을 장악하는 거대한 제국이 되었던 것이다. 그래서 프린스턴 대학의 존 아이켄베리(G. John Ikenberry)가 잘 규정했듯이, 내세우기는 자유주의적 질서를 명분으로 삼았으나 실제로는 제국주의적 야망이 미국의 본체를 구성했던 것이다.*

미국은 이렇게 19세기 말을 거쳐 태평양 제국으로서 국가적 정체성을 정비했고, 이러한 까닭에 1941년 이후 미국을 중심으로 한 연합국과의 전쟁을 일본이 '대동아전쟁'으로 부른 것을 종전 이후 '(아시아) 태평양전쟁'으로 고쳐 부르게 했다. 미국은 이 전쟁을 통해 일본이 일정한 영향력을 발휘했던 마셜 군도에 이르는 해역까지 포괄해 태평양 제국의 위상을 확보했다.

따라서 두 이름의 차이는 아시아로 이어지는 태평양 체제가 누구에게 주도권이 있는지를 확실히 하는 명명법이라고 할 수 있다. 이러한 체제를 기반으로 오늘날 우리는 미국과 중국의 역사적 관계까지 분석하고 미래를 전망할 수 있다. 다시 말해서, 아시아 지역과 태평양의 패권은 서로 분리할 수 없으며 이러한 세계체제의 관계망이 향후 국제질서만이 아니라 한반도의 미래까지 규정할 수 있게 된다.

커밍스의 『미국 패권의 역사』를 읽으면서 흥미진진했던 것은 서

---

* G. John Ikenberry, *Liberal Order, Imperial Ambition*, Polity, 2006.

부 확장의 과정에서 생겨난 시카고라든가 서부 주요 도시의 형성사다. 동부의 주요 도시가 만들어지고 발전해온 과정은 잘 알려져 있는 반면, 중서부 도시의 발전사는 미국 역사에서도 주변부적 위치에 있다. 커밍스는 이들 중서부 도시의 생성과 발전이야말로 미국의 기술력과 경제력의 발판이 되었음을 입증하고 있다.

그런 점에서 보자면, 『미국 패권의 역사』는 미국의 역사를 비판적으로 분석하면서 그 행태를 보통 문제 삼는 것과는 달리, 도시 형성사, 서부로의 확장, 원주민과의 관계, 아시아계 이주자들의 존재, 중국무역과 포경산업을 비롯해서 미국의 산업발전과 구성원의 변화를 풍부하고 정밀하게 담아내며, 미국의 내부에 그간 꿈틀대면서 엄청난 동력을 뿜어왔던 과정을 생생하게 보여준다. 이러한 대목들은 커밍스에 대한 기존 인식에 변화를 가져온다. 그는 미국 외교정책에 대한 비판적 지식인으로서만이 아니라 매우 충실한 내용을 가진 역사학자이면서도, 동시에 끊임없이 구체적인 현실을 더욱 큰 세계적 유기망 속에서 포착하려는 노력을 방법론으로 제시하고 있는 것이다.

어떻게 미국과 함께 살아갈 것인가

커밍스를 통해 또 하나 새삼 깨닫게 되는 것은 미국이 '군도(群島)를 지배하는 제국'이라는 점이다. 이러한 군사적 토대가 다름 아닌 오늘날 미국의 세계적 지배력을 만들어낸 지점이라는 분석은 여러 가지를 우리에게 떠올리게 한다. 오키나와에서 제주도까지 연결되는 동북아시아의 섬들이 해양제국으로서 미국에게 어떤 의미와 가치가 있는지를 깊이 주목하게 되는 것이다.

1453년 콘스탄티노플이 오스만제국에게 점령되고, 아시아로 가는 지중해의 기능이 제약받으면서 1492년 지중해에서 대서양으로 빠져나가는 길이 뚫린 이래 미국은, 본래부터 아시아로 이어지는 길목이라는 역사적 성격을 지니고 있었다. 그것은 단지 길목 정도가 아니라 그 길을 점령하고 지배하는 거대한 제국 미국을 역사에 등장하게 했다.

우리는 바로 이러한 태평양 제국 미국과 마주하고 있을 뿐만 아니라 함께 살아가고 있다. 커밍스는 동북아시아의 미래, 한반도의 평화가 이러한 세계체제의 내부에서 어떤 돌파지점이 있는지, 우리의 전략이 어떠해야 하는지에 대해 지식과 성찰의 자료를 제공해준다. 그가 아시아-태평양 체제의 앞날과 관련해 짚어내는 대목은 우리의 미래와도 직결되어 있다. 패권 개념의 구도가 아닌 발상이다.

태평양 체제 또는 문명을 형성하기 위해서는 미국이 유럽과 함께 이룩한 대서양 체제에서 최선의 성과를 획기적으로 적용할 필요가 절실하다. 그것은 집단안보, 합의된 국제법, 아시아-태평양 영역에 살고 있는 수많은 사람들의 존엄성을 존중하는 것 등이다.

미국이라는 나라를 외면하고는 단 하루도 살아갈 수 없게 된 우리에게, 그의 연구와 책은 미국의 내면과 우리의 위치를 더욱 절실하게 깨우쳐준다.

미국 서부와 태평양,
동아시아를 잇는 역사의 전개는
미국이 세계적 패권의 위상을
지니는 토대가 되었다.

이것에 주목한 커밍스는
이른바 대서양주의에 대해
비판적 대안을 모색한다.

자본주의의 뇌를 해부하다

자본(資本)은 자금(資金)과 다르다. 그것은 돈을 가진 세력과 계급이 패권을 쥐도록 하는 일종의 명령체계다. 거기에는 물리적 강제성과 합의를 내세운 제도나 법이 있다. 후자는 전자가 기초다. 그 법과 제도는 명령체계의 산물이기 때문이다. 현실이 이렇게 되기까지 오랜 시간이 걸렸다. 그것은 이제 일상적으로 우리의 삶을 구석구석 지배하고 있다. 그러다 보니 다른 삶에 대한 상상력과 그것을 관철할 수 있는 능력은 비이성적인 것이거나 무의미한 행위 또는 가당치 않은 일처럼 취급되고 있다.

그러나 자본의 계급적 헤게모니를 확대재생산하는 시스템에 제동을 걸지 않으면, 우리는 인간으로서 존엄하게 살 수 있는 세계를 만드는 것이 얼마나 어려운가를 절감하면서 살고 있다. 복잡하게 말할 것도 없다. 가난하면 멸시당하고, 부자들은 대접받는다. 인간의 가치에 대한 깊은 성찰은 여기에서 멈추고 만다.

자본의 논리와 현실에 굴복하면서 순응적으로 살 것인가? 아니면 사람들의 기초생활을 보장하는 사회를 만들어, 그 위에 인간답게 살 수 있는 문명을 세워나갈 것인가? 이 문제에 대한 고민과 실천의 의지가 있는가, 없는가에 따라 그 사회의 미래가 달려 있다. 자본의 뇌를 해부하는 작업은 그것을 위한 기본자세다.

이 작업에는 역사에 대한 정교한 지식과 분석이 요구된다. 철학적 비판능력이 필요하며, 경제적 현실에 대한 이해가 필수적이다. 그러나 현실에서 우리는 자본주의를 정당화하는 논리가 지배하고 있음을 알고 있다. 그런 상황에서는 자본주의에 대한 비판과 대안논쟁은 이단(異端)이 된다.

그래서 자본주의의 뇌를 해부하는 작업은 중세의 종교재판에 맞서는 일과 유사해진다. 인간과 사회에 대한 가치논쟁인 이념논쟁을 소모적이라고 여기고 이를 배격하는 곳에서 자본주의에 대한 토론은 한계를 스스로 설정해야 하는 자기검열의 대상이다. 그러나 이 자기검열 체계를 깨고 인간의 삶을 지켜내려는 의지가 발동될 때 비로소 우리는 새로운 차원의 역사로 들어설 수 있다.

모든 사회제도와 체제는 역사적인 것이다. 그것은 당대의 현실적 조건에서 태어났으며 이 조건이 달라지면 소멸하는 것을 뜻한다. 자본주의 역시 마찬가지다. 게다가 자본주의가 인간의 삶에 어떤 폭력을 가하고 있는지가 더욱 분명해지고 있는 오늘날의 현실에서 자본주의를 계속 옹호하는 것은 시대착오적이기까지 하다. 이제 우리는 어디로 갈 것인가. 이에 대한 대답을 구하는 노력은 문명의 진로를 바꾸는 일이 된다.

자본주의 문명의 해부학자

페르낭 브로델

자본주의의 세계적 그물망

뤼시앵 페브르(Lucien Febrre), 마르크 블로크(Marc Bloch), 페르낭 브로델(Fernand Braudel), 조르주 뒤비(Georges Duby), 자크 르고프(Jacques Le Goff). 프랑스의 아날학파 하면 떠오르는 이름들이다. 그 가운데 브로델은 페브르 이후 제2세대 아날학파의 중심기둥이라고 할 수 있는 인물이다. 아날학파는 처음에 페브르, 블로크와 같은 유럽중세 연구자들이 깃발을 올렸다.

이들은 기존의 정치외교사 중심의 연구에서, 지리, 물질적 기반, 의식세계 등을 총망라해서 장기(長期, longue durée)에 걸친 시대상을 파악하고자 노력하는 특징을 보인다. 이러한 접근은 더욱 폭넓고 인간적인 역사연구를 위한 선택이다. 이들을 아날학파로 부르게 된 것은, 1929년 이들이 발행한 『경제사회연보』(*Annales d'histoire economique et sociale*)가 그 기원이다.

이 가운데 브로델은 페브르 이후 아날학파의 중심기둥이라고 할 만한 연구업적을 내놓는다. 1902년에 태어나 1985년에 세상을 뜬 그는 지중해, 자본주의, 프랑스라는 세 가지 연구주제를 놓고 평생을 바쳤다. 그의 저작은 워낙 방대해『물질문명과 자본주의』* 세 권을 제대로 읽는 일은 평생 프로젝트에 가깝다. 브로델은 이후 세계체제 분석의 이론적 기초에 심대한 영향을 미치게 된다.

『물질문명과 자본주의』를 다 읽고 소화하기 쉽지 않은 이들을 위해 이 책의 개요를 강연 형태로 짧게 압축한 책이, 바로『물질문명과 자본주의 읽기』**이다. 일반 독자를 위해서는 참으로 다행스러운 일이다. 옮긴이의 해제를 빼면, 140쪽이 채 되지 않는 두께이니 읽기가 그리 어렵지 않다. 그런 점에서 이 책은 브로델 입문서에 해당하는데, 더군다나 저자 자신의 입을 통한 것이니 더욱 신뢰할 만하다.

『물질문명과 자본주의』제1권의 서문을 보면, 1952년 페브르가『세계의 운명』(Destins du Monde)이라는 책에 싣고자 브로델에게 물질문명과 자본주의에 대해 쓰기를 요청했다는 대목이 나온다. 이 책에도 그 회상이 실려 있다. 그런데 여기에는『물질문명과 자본주의』에선 나오지 않은 이야기 하나가 있다. 페브르가 쓰려고 했으나 완성하지는 못한『15세기-18세기 서양의 사상과 신념』***의 짝으로 브로델의 책이 기획되었다는 사실이다.

페브르가 서양 근대문명의 정신적 측면에 집중하려 했다면, 브로

---

* 페르낭 브로델, 주경철 옮김,『물질문명과 자본주의』, 까치, 1997: Fernand Braudel, *Civilisation matérielle, économic et Capitalisme XVe-XVIIIe siècle* 3 vols., Paris: Armand Colin, 1967/79: 영문판은 Sian Reynolds(trans.), *Civilization & Capitalism, 15th-18th Century* 3 vols., Univ. of California Press, 1992.

** 페르낭 브로델, 김홍식 옮김,『물질문명과 자본주의 읽기』, 갈라파고스, 2012: Fernand Braudel, *La dynamique du capitalisme*, Paris: Flammarion, 1985.

*** *Pensée et croyance d'Occident, du XV au XVIII siécle.*

델은 물질생활의 일상적 현실과 구조를 파악하려 했던 것이다. 이 두 개가 하나의 짝을 이루면, 도식적이긴 하지만 서구 근대문명의 태동과 전개 과정에서 보이는 상부 구조와 하부 구조의 구체적인 면모를 파고들 수 있다.

페브르와 제2세대 아날학파에 속하는 앙리 장 마르탱(Henri-Jean Martin)이 함께 쓴 역작 『책의 출현』*이 국내에서도 『책의 탄생』이라는 제목으로 번역 출간되었다. 아날학파의 면모를 보여주는 이 저작은 유럽에서 종이의 등장과 이후 인쇄기술의 발전, 책이 상품화되는 과정, 책의 지리학, 책의 유통망, 책이 어떻게 사회변화에 영향을 미치는가에 이르는 내용을 방대하게 담고 있다.

이러한 아날학파의 맥락 속에서 지중해의 역사에 몰두했던 브로델이 20년 넘게 유럽 자본주의의 물질적 토대와 그 일상적 현실에 초점을 맞추어 내놓은 결과가 바로 『물질문명과 자본주의』 3부작이다. 이 책으로 브로델은 서구 근대문명의 뿌리를 명확하게 체계화했다.

자본주의는 '밤의 손님'

브로델의 역사 인식에서 우선 우리가 주목하게 되는 것은 '장기적 관점'(longue duree)과 '일상에 대한 집중'이다.

장기적 관점은 긴 시간을 통해 바라보는 역사적 변화에 대한 논의다. 하나의 물질문명이 태어나서 어떤 일정한 꼴을 갖추는 것은 대

---

* Lucien Febvre, Henri-Jean Martin, *L'apparition du livre*, Paris: Les Éditions Albin Miche, 1958; *The Coming of the Book: The Impact of Printing, 1450-1800*, Verso, 1976; 뤼시앵 페브르·앙리 장 마르탱, 강주헌·배영란 공역, 『책의 탄생』, 돌베개, 2014.

단히 오랜 시간을 요구하며, 그 시간을 통해 여러 복합적인 장치가 마련되어야 비로소 그 문명의 작동이 분명해진다는 것이다.

자본주의의 태동과 그 작동 역시 물질문명의 여러 요소들이 갖추어졌을 때 이것을 활용하면서 자기를 관철해나간다. 그래서 브로델은 자본주의를 '밤의 손님'이라고 부른다. 무슨 말일까?

부르주아지는 수백 년 세월이 흐르는 동안 특권 계급에 붙어 기생하게 됩니다. 그들 가까이에 서식하면서 반항하기도 하고, 그들의 실수와 사치, 게으름과 어리석음을 이용함으로써 이 특권 계급의 자산을 — 종종 고리대금을 이용하여 — 빼앗아 갑니다. 그러다가 결국 그들 속으로 비집고 들어가 스스로 특권 계급이 됩니다. 부르주아지의 부상은 아주 느리고 끈질기게 진행됩니다. 그렇게 그들의 야망은 후손 대대로 이어지며 차곡차곡 진행됩니다. 긴 역사의 관점으로 보면 자본주의는 '밤의 손님'입니다. 모든 것이 다 갖추어졌을 때 자본주의가 당도한 것이지요.

그러니까 자본주의라는 문명의 체계가 만들어지기까지 세월도 만만치 않을 뿐만 아니라, 그것이 하나의 지배적인 삶의 양식으로 되는 과정도 대단히 두터운 장치를 도처에 설치하는 작업이라고 할 수 있다. 따라서 자본주의가 해체되는 과정 역시 간단치 않은 세월과 절차가 요구되는 셈이다. 그런 점에서 브로델은 자본주의의 형성이 하나의 거대한 문명으로 정착되는 과정을 주목한다. 그것은 경제 체제의 발생 정도로 보는 것과는 당연히 차원이 달라진다. 여기에는 일상의 차원을 포함한 다채로운 요소가 관여하기 때문이다.

일상의 세계를 해부하다

'일상에 대한 집중'은 브로델이 주도적으로 이끈 아날학파의 특징이다. 일상을 접고 구조를 따지게 되면, 그러한 현실 인식은 관념화되거나 개념으로만 존재하기 십상이다. 그것은 그 안에 살아가는 사람들의 삶의 스타일과 의식의 특징을 포착하지 못하게 한다. 그렇기에 아날학파는 장기라는 거시적 안목과 일상이라는 미시적 현실을 결합하는 치밀한 노력을 축적해온 것이다.

그런 점에서 브로델의 일상에 대한 묘사와 자료는 풍부하다. 그는 물질문명이 "인류가 이전의 역사를 지나오는 동안 자신의 삶 아주 깊숙한 곳에 결합해온 것이다. 마치 우리 몸속의 내장처럼 깊숙한 곳에 흡수되어 있는 삶"이라고 표현하고 있다. 그렇기 때문에 본능 또는 필수적이 된 이 일상에 대한 정보와 이해, 분석이 아니고는 현실의 변화를 구체적으로 포착하지 못하게 된다고 못박는다. 그런 각도에서 브로델이 역사를 기술하는 스타일을 주목해보자.

1450년부터 유럽의 인구는 빠른 속도로 늘어납니다. 왜냐하면 한 세기 전에 흑사병이 창궐해 엄청난 사람들이 죽었기 때문에 인구를 다시 충원해야 했고, 또 인구가 늘어날 만한 조건이 갖추어졌기 때문입니다. 인구는 다음 번 하락 추세가 시작될 때까지 계속 늘어납니다. 즉, 18세기까지는 주기적으로 창궐하는 흑사병이 유럽을 떠나지 않았고, 겨울이면 찾아오는 발진티푸스는 러시아 깊숙이 진격한 나폴레옹의 군대를 가로막았습니다. 장티푸스와 천연두도 끊이지 않는 질병이었고, 촌락 지역에 나타났던 결핵은 19세기 들어 수많은 연인을 사별하게 하는 애달픈 질병으로 도시를 휩쓸니다.

이 모든 악조건을 열악한 위생과 불결한 식수가 더욱 부추겼습니다. 16세기 이래 사체를 부검한 수백 개의 기록이 남아 있는데, 그 내용을 살펴보면 아주 끔찍합니다. 신체 기형이나 소모성 질환, 피부병, 폐와 장기에 놀랄 정도로 퍼진 기생충의 흔적을 묘사하는 기록을 현대의 의사가 본다면 질겁할 것입니다.

브로델은 이러한 일상의 현실을 묘사하면서 커피, 설탕, 차 등의 교환 시장이 어떻게 서구의 물질문명을 바꾸고 자본주의의 기초를 만들어내는지 섬세하게 밝혀나간다. 이것은 역사의 거대한 줄기를 포착해서 큰 흐름을 잡아나가는 것과는 다른 접근을 보인다. 물론 이렇게 해서 거시적 경향을 파악할 수 있기는 하지만, 브로델은 더 구체적인 일상을 주목하면서 이것이 그보다 큰 흐름과 어떤 관련을 맺고 있는지를 분석하고 있다. 그러니 이에 필요한 역사 지식의 양도 어마어마해진다. 이러한 지식의 양적 축적은 상당 기간의 자료 수집과 판독, 정리를 요구하는 일생의 작업이기도 하다.

브로델은 시장경제의 세계적 확산이 어떤 중심부의 이동과 연결되어가는지도 주목한다.

1500년경에는 베네치아에서 안트베르펜으로 급격하고 대대적인 중심 이동이 일어납니다. 그다음 1550∼60년경에 다시 지중해로 중심이 이동하는데, 이때는 제노아가 중심의 혜택을 누립니다. 그리고 1590~1610년경 다시 암스테르담으로 중심이 이동하여, 이곳에 근 두 세기 동안 유럽의 경제적 중심이 탄탄히 자리 잡습니다. 그러다가 1780~1815년에 런던으로 중심이 이동하고, 1929년에는 이 중심이 대서양을 건너 미국의 뉴욕에 자리를 잡습니다.

이러한 패권체제의 변화와 그 중심의 이동, 주변부의 형성은 브로델의 연구에서 중심이 되는 내용으로, 이는 월러스틴의 『근대세계체제』(The Modern World-System)에 잘 드러나 있다고 그는 강조한다. 그는 월러스틴이 말한 대로 "자본주의는 세계의 불평등을 만들어내고, 자본주의가 발전하려면 국제경제 차원의 공모가 필요하며 매우 드넓은 공간을 권위주의적으로 조직하는 과정"이 요구되는 것을 짚어낸다. 여기서 주목되는 것은 패권체제의 교체과정이다. 월러스틴은 이러한 패권체제의 변화를 그의 세계체제분석에서 중요한 주제로 삼았다.

브로델과 월러스틴

브로델은 일상의 현실에서 물질문명의 세세한 모습을 주목하고, 이것이 어떤 장기적 시기를 거쳐 하나의 세계적 구조를 지닌 경제체제로 변모하는가를 추적했다. 그러는 와중에 그는 이를 변화시키는 동력의 중심이 어떤 경로를 통해 달라져 가는지를 관찰했다. 또 이렇게 확대, 팽창되는 시장경제가 자본주의라는 구조로 정착하면서 세계가 어떤 불평등의 고통에 시달리게 되는지도 이울러 증명해나갔다.

브로델은, 말년에 이슬람권과 동아시아의 경제권에 기생해갔던 서구 근대체제의 현실과 고대부터 이어져온 경제체제를 결합시켜 세계 자본주의 체제를 설명한 군더 프랑크와 유사한 입장을 보인다. 이것은 월러스틴과 다른 점이다. 하지만 기본적으로 서구 근대체제의 역사적 형성 과정을 연구 대상으로 삼았다는 점에서는, 브로델도 월러스틴과 같은 서구 자본주의에 대한 해설자라고 할 수 있을 것이다.

이런 내용들을 간명하게 정리해주는 그리 두껍지 않은『물질문명과 자본주의 읽기』의 장점은 브로델과 월러스틴이 구축해놓은 복잡하고 거대한 세계체제의 역사적 풍경으로 들어서는 현관을 열어준다는 점이다. 뿐만 아니라 몇 가지 사실만으로 그 상호관계도 충분히 검증하지 않고 쉽게 일반화하려는 우리 인문·사회과학의 습성을 교정할 수 있는 대학자의 경륜과 논점을 제공한다는 점이다.

신자유주의에 대한 비판적인 논의와, 자본주의를 넘어서는 대안이 여기저기서 토론되고 있는 현실에서, 자본주의의 원천 또는 그 장구한 원류를 거꾸로 되짚어가는 이 지난한 노력은 우리의 담론에 깊이를 더할 수 있을 것이다. 브로델이 우리에게 펼쳐 보여주는 15세기에서 18세기의 물질문명과 자본주의 형성사의 큰 그림은, 오늘의 우리 상황을 좀더 거시적이고 일상적으로 해부하는 데 적지 않은 도움을 줄 것이다.

하나의 역사적 체제를 연구하고 분석하는 일은 아주 오랜 시간의 노력이 쌓여야 가능해진다. 인문학이든 사회과학이든, 이처럼 장기적 관점의 저력을 갖는 사회의 문제해결은 그렇지 않은 사회와 분명히 구별될 것이다. 브로델 같은 학자와 그 연구 성과가 나오기 위해서는 우리 사회도 장기적 전망을 세우는 학문적 노력에 큰 격려와 깊은 관심을 보여주어야 한다. 그것은 이 사회의 미래를 탁월한 성찰의 능력으로 일구어나가는 공동의 자산이 더욱 풍부해지는 것을 의미하지 않겠는가?

브로델을 읽어나가면, 그가 역사를 바라보는 시각의 엄청난 포괄성과 함께, 하나의 중심을 설정한 역사관을 부정하는 것을 보게 된다. 그는 서구의 자본주의 문명 발생을 해명하는 역할을 했지만, 그것이 서구의 우월성을 전제로 하거나 주장하기 위해서는 아니라는 점은 분명하다. 브로델은『물질문명과 자본주의』제2권인『상업의 바퀴』(*The Wheels of Commerce*)의 말미에서 다음과 같은 말을 남겼다.

> 1904년 당시 막스 베버나 1912년의 좀바르트 모두가 다 유럽이 세계의 중심이라고 여길 만했다. 그러나 오늘날 우리는 그러한 확신을 상실한 시대에 살고 있다. 뿐만 아니라 사실 따져보면, 어떤 한 문명이 다른 문명에 비해 더 지적이고 합리적일 수 있다고 어떻게 주장할 수 있단 말인가?[*]

세계사의 구조 내면을 밝혀나가는 작업은 이런 시각에서 편견 없는 접근을 가능하게 한다. 이에 토대를 두고 우리는 자본주의 문명에 대한 윤리적 비판의 근거지를 확보할 수 있게 된다.

[*] Fernand Braudel, *Civilization & Capitalism: 15th-18th Century* Vol. 2.

브로델은 일상의 현실에서 물질문명의 세세한 모습을
주목하고, 이것이 어떤 장기적 시기를 거쳐
하나의 세계적 구조를 지닌 경제체제로 변모하는가를 추적했다.

세계체계분석의 거두 4인방

월러스틴, 프랑크, 아민, 아리기

마르코 폴로, 콜럼버스 그리고 세계체제론

월러스틴의 '세계체제론' 또는 '세계체계분석'이라는 것은 도대체 뭔가? 월러스틴과 함께 세계체제론 4인방으로 꼽히는 프랑크, 아민, 조반니 아리기(Giovanni Arrighi)는 무슨 주장을 했고 그 입장은 뭘까? 서로 뭐가 같고 다를까? 그것을 이해하기 위해 몇 가지 간단한 문제를 생각해보기로 한다. 그 답을 알면 뭐가 좋은지도 같이 짚어보기로 하자.

우선 퀴즈 하나 던져본다. 콜럼버스는 어느 때, 어느 나라 사람인가? 답을 알고 있다면 그다음 질문은, 그는 어느 도시 출신인가다. 너무 쉬운가?

또 다른 질문. 마르코 폴로는 어느 때, 어느 나라 사람이고 어느 도시 출신인가? 이게 뭐 그리 의미 있는 질문일까? 그렇다. 왜일까?

우선 답을 말하자면, 마르코 폴로와 콜럼버스는 모두 이탈리아인이다. 마르코 폴로는 베네치아 출신이고, 콜럼버스는 제노아 출신이나. 물론 마르코 폴로가 콜럼버스보다 훨씬 앞선 시대의 인물이다.

1270년경 원나라에 당도한 마르코 폴로는 지중해 무역의 패권을 쥐고 있던 베네치아 상인의 자제였다. 그는 몽골이 장악한 유라시아 네트워크를 따라 중국으로 간다. 마르코 폴로의 개인적 의지와 역사적·구조적으로 만들어진 체제가 결합해서 그의 여정을 가능케 했다.

베네치아와 지중해 무역권을 놓고 경쟁관계에 있던 제노아는 이탈리아 반도에서 베네치아의 반대편에 있는 도시다. 우리로 치면 강릉과 인천 정도가 된다. 마르코 폴로 이후 거의 200년 뒤 당시 제노아는 지중해 말고 다른 경로를 통해 베네치아가 우위에 있던 아시아와의 무역관계를 독자적으로 만들기 위해 진력을 다하게 된다. 대서양 항로는 그런 제노아의 국가적 고민의 결론이 된다. 콜럼버스는 그와 같은 흐름 위에 존재한 인물이었다. 콜럼버스 역시 한 개인인 동시에 그가 딛고 서 있는 체제의 특성이 발휘된 존재였던 것이다.

콜럼버스가 손을 잡은 것은 이베리아 반도의 포르투갈이 아니라 에스파냐였다. 애초에 콜럼버스의 선택은 포르투갈이었지만 그는 포르투갈에게 거부당하고 에스파냐 쪽으로 몸을 돌렸다. 그렇다면 제노아 출신들이 많이 거주하던 포르투갈은 왜 콜럼버스의 대서양 항해에 별반 관심이 없었을까?

지정학으로 보면, 포르투갈은 에스파냐보다 북서아프리카 해안과 가깝고 이 해안을 경유해서 당시 아시아 무역의 통로인 인도양에 갈 수 있다는 자신감을 지니고 있었다. 그러니 대서양 쪽으로 가는 길에 대해 관심이 상대적으로 적었고, 자기만의 항로를 개척하는 데 대해 아쉬울 게 없었던 것이다. 반면에, 에스파냐는 포르투갈과 베네치아를 압도하면서 유럽의 맹주가 되고 싶어했다. 이슬람이 지배하고 있던 남부지역도 어느새 장악하고 난 후였다. 새로운 자신감이 넘쳤다.

더군다나 1453년 이슬람이 콘스탄티노플을 장악하고 오스만투르크를 세우자, 지중해 무역에서 콘스탄티노플과 특수관계에 있던 베네치아의 독점체제 이외에는 다른 지역의 무역권은 심각하게 제약을 받게 된다. 1492년 콜럼버스의 대서양 항해는 이런 역사적 맥락과 깊이 연결되어 있다. 지중해에 대한 이슬람의 포위망과 베네치아의 독점체제가 아니었다면, 지중해 (도시)국가들에게 굳이 대서양 항로나 아프리카 희망봉을 돌아 인도양으로 가는 일이 절실하지 않았을 것이다.

세계체제적 접근은 바로 이런 면모에 대한 이해를 돕는다. 이제, 그다음 이야기를 계속해보자.

은과 서구 자본주의 그리고 중국

1492년 이후 라틴아메리카를 장악하게 된 에스파냐는 그곳의 은광을 어마어마하게 채굴해서 유럽에 투입한다. 은이 풍성해진 결과로 생겨난 이른바 '가격 혁명'의 시작이었다. 지불수단이 늘어난 반면에 화폐가치가 떨어지면서 물건 값은 엄청 높아져 낮은 비용을 투입하는 대량 상품생산의 구조적 동기가 만들어졌다. 자본의 입장에서는 물가 상승폭만큼이나 수익이 커질 상황이 벌어졌고, 그 반대편에서는 물가 상승에 따른 생활고의 압박에 놓이게 된 농민·노동자들이 착취를 감내하며 저비용의 생산수단이 되어갔다. 이는 자본주의 생산양식의 확고한 내부적 구축과정이었다.

이러한 조건을 원동력 삼아 16세기 유럽의 시장은 확대되었고, 그에 더해 금융 시스템이 만들어지게 된다. 이것을 통해 아시아 무역을 위한 지불수단이 된 은은 중국의 막대한 수요에 힘입어 유럽과 인도, 중국을 하나의 경제권으로 묶어나가게 된다. 이 과정에서 중국의 은 수요는 라틴아메리카의 수탈을 가속화했다. 전혀 관련이 없어 보이는 두 지역의 관계가 이렇게 유기적 구조로 형성되면서, '은본위체제의 세계화'라고 할 만한 상황이 펼쳐졌다.

결국 아프리카의 노동력과 라틴아메리카의 자원이 강제적으로 결합되어 서구 자본주의의 외부적 토대를 구축했고, 유럽은 당시 세계경제의 주변부적 위치에서 점차 중심적 위치로 그 관계를 역전시키는 변화를 겪게 된다. 에스파냐와 프랑스, 영국, 네덜란드의 쟁투는 유럽 내부의 헤게모니 싸움이기도 했지만, 확대해서 보자면 아시아와의 무역관계에서 더욱 배타적이고 독점적인 위상을 점하기 위한 투쟁이었다.

이를 기반으로 가능해진 유럽 자본주의의 확장은 자본 축적의 강도 높은 진행을 위한 국민국가 건설의 시기를 거쳐, 제국주의 단계로 진입했다. 이로써 서구는 산업화 역량과 식민지 확보라는 두 가지 조건 위에서 약탈적이고 군사적 성격이 주축이 된 세계자본주의 체제를 전 지구적으로 성립시켜갔던 것이다.

발전이론, 종속이론, 세계체제론

월러스틴을 비롯한 프랑크, 아민, 아리기 등은 모두 이러한 세계자본주의 체제의 성립과정과 결과를 주목했다. 이들은 이와 같은 역사

진행이 전 지구적 불평등을 심화시켜왔고, 이러한 체제의 한계는 점차 분명해질 것이며 이것을 극복하고 새로운 대안체제를 만들기 위한 거대한 문명사적 변화가 오고 있다는 점을 공통적으로 강조했다.

이러한 인식은 자본주의의 지구적 지배가 그것을 가능하게 한 조건이 소멸하면서 종식단계에 들어서게 될 것이라는 결론에 이르게 한다. 1960년대에 '서구의 지배'에 도전하는 세계적 움직임이 있게 될 것이라고 내다본 월러스틴이 1980년대에 들어와서는, 겉으로는 승승장구하는 것처럼 보인 미국의 헤게모니가 결국 쇠락해갈 것이라고 예견했던 것도 모두 이러한 맥락의 소산이다.

월러스틴은 1789년 프랑스혁명이 자유주의 체제의 지구적 확산을 가져온 기점이라고 본다. 1968년 일어난 세계적인 학생혁명과 신좌파운동은 그런 자유주의의 주도권이 붕괴된 것을 알리는 동시에, 자본주의의 정통성 해체, 반자본주의 운동의 세계적 확산, 탈식민주의 체제의 정치경제적 동력이 더욱 구체화되는 과정이라고 규정한다. 16세기 이래 500년의 기간을 거쳐 에스파냐에서 네덜란드, 영국, 미국 등으로 이어지는 세계자본주의 시스템의 패권 교체는 이제 체제 자체의 변모라는, 질적으로 다른 단계를 맞이하고 있다는 것이다. 그렇다면 세계체제론의 이론적 탄생과 그 의미는 무엇일까?

서구 자본주의는 시장의 자유와 민주주의가 결합해서 근대적 발전의 모델이 되었다. 그러니 비서구는 이런 서구 자본주의의 발전경로를 잘 따라 배우면 자유와 풍요를 동시에 얻게 될 것이다.

이것은 1960년대 아시아와 아프리카, 중남미를 비롯한 비서구 지역에 대한 서구 사회과학계의 가르침이었다. 이러한 논리는 이른바 '발전이론'(Development Theory)이라는 이름으로 전 세계에 유포되었다. 이렇게 해서 근대화(modernization)는 서구화(westernization)와 동일한 개념이 되었고, 미국을 중심으로 한 서구의 헤게모니가 당연한 세계적 질서로 받아들여졌다. 그러나 과연 이 이야기가 맞는 것일까? 이에 대한 일차적 비판은 이랬다.

그건 어디까지나 서구의 역사적 경험을 바탕으로 해서 세운 이론이기에 비서구 지역의 현실에는 맞지 않는다.

서구의 경험은 보편적 진실이 되기 어렵다는 반격이었다. 다시 말해, 서구의 경험을 어디에서나 적용 가능하도록 보편화한 왜곡된 경험론의 한계를 보여준다는 지적이었다. 이는 옳았을까?

대답은 아니올시다이다. 서구의 자본주의 발전사와 정치적 자유주의의 역사적 경험을 토대로 세웠다고 하는 '발전이론'은 서구의 역사적 경험에 일치하지 않는다. 기본적으로 두 가지가 빠져 있다. 그 하나는 자본주의 체제 형성과정에서 벌어진 부르주아-프롤레타리아 계급투쟁의 정치 경제사를 언급하지 않고 있고, 두 번째는 서구 자본주의가 식민지 수탈을 기반으로 전개되어온 사실을 은폐하고 있다는 점이다.

1960년대 중후반, 라틴아메리카 좌파 지식인들의 발전이론에 대한 비판은 바로 이 점을 주목한 결과다. 이들은 "무슨 소리냐? 서구 자본주의가 하라는 대로 했더니 발전이 아니라 서구 자본주의의 종이 되어 라틴아메리카는 저발전의 상태를 확대 재생산하고 있지 않은가? 발전이론은 제국주의 논리의 새로운 변형일 뿐이다"라고 들고 일어났다. 프랑크가 '저발전의 발전'(Development of Underdevelopment) 개념을 제기한 까닭도 이런 맥락의 반영이었다.

베버는 개신교의 청빈을 강조하는 윤리가 역설적으로 개인의 자본축적을 가져와 자본주의 발전의 근거가 되었다고 주장했다. 이 과정에서 '합리성'이라는 개념이 등장한 것을 봐도 자본주의의 정신적 기반이 서구에게만 있는 이유가 있다는 것이다. 발전이론은 베버의 논리를 연장시킨 종류라고 할 수 있다. 비서구는 죽었다 깨어나도 자신의 내면에서 자본주의적 합리성의 씨앗을 발견할 도리가 없으니 서구를 선생으로 모시라는 것이다.

마르크스-부하린-레닌-룩셈부르크, 세계체제론

서구 자본주의 발전과정에 대한 다른 설명도 있다. 자본주의의 역사는 노동에 대한 자본의 수탈이 원천적으로 토대가 되어 있다는 것이다. 잘 알려진 대로 이는 마르크스의 이야기다. 그러나 그의 이러한 관찰과 분석은, 세계적 차원의 접근이 아니라 일국적(一國的) 차원에 머물렀다. 주로 영국의 자본주의 발전사에 초점을 맞춘 그의 자본주의 분석은 봉건적 관계의 해체와 부르주아 패권의 지배가 중심이 될 수밖에 없었다.

물론 마르크스는 『정치경제학 기초』에서 자본주의의 세계적 연관 구조를 밝힐 것을 언급했고, 『자본론』에서는 자본수의가 16세기에 조성된 세계적 틀 위에 전개된 것이라고 말한 바 있다. 하지만 그는 자본주의의 세계적 맥락을 정밀하게 분석하고 정리하는 지점까지 가지는 못했다. 따라서 자본축적의 역사적 전개가 세계적으로 어떤 유기적인 기반을 바탕으로 이루어졌는지 해명하는 작업은 그 이후의 시대에 넘겨진 셈이다.

이 문제를 제대로 파악하고 정리하는 일은 왜 중요할까? 오늘날 우리가 살아가는 세계의 내부에 어떤 구조가 존재하는지, 그것은 과연 지속력이 있는 것인지, 지속력이 없다면 어떻게 변화할 것인지, 누가 그 주도권을 갖게 될 것인지를 그로써 알 수 있기 때문이다. 즉 세계자본주의의 형성과정에 대한 명확한 파악은 우리의 현재와 미래를 통찰하고 그 방향을 기획하는 일에 기본이 된다.

니콜라이 부하린의 세계자본주의 분석이나 레닌의 제국주의론은 모두 자본주의 발전과정에 대한 부르주아적 해석을 격파해나갔다. 부르주아의 자본축적은 이들의 근면이 아니라, 이들의 탐욕과 노동자의 희생 그리고 이를 국제적 구조로 만들면서 생겨났다는 점을 강조한 것이었다. 로자 룩셈부르크가 자본주의의 자본축적 구조를 해명하면서, 자본주의는 비자본주의적 구조를 요구한다고 한 정식은 서구 자본주의의 식민지 지배의 현실을 명확히 분석한 것이었다.

그러나 이들의 논리는 자본의 주도권을 지닌 세력의 운동방식에 초점을 맞춤으로써, 그 자본의 지배대상이 된 지역의 현실을 분석하는 작업에는 한계를 보였다. 독점자본이 지배하는 지역에서 어떤 일들이 벌어지는지에 대해서는 구체적인 분석에 들어가지 못했던 것이다. 종속론은 이 과제를 감당했다.

1910년 러시아 볼셰비키혁명은 부르주아의 헤게모니를 규정한 프랑스혁명을 모델로 하면서도, 그 모델의 한계를 극복해나가려 했다. 그처럼 종속론은 마르크스주의 분석을 근간으로 하면서도, 서구 자본주의체제가 비서구 지역을 구조조정하는 가운데 어떤 고통과 희생이 발생했는지 밝혀나갔다. 비서구가 처한 정치경제적 현실을 중심에 놓고 역사를 재정리한 것이다.

세계체제론은 이 종속이론의 토대 위에서 자본의 역학을 세계적 차원에서 유기적으로 분석해나간 이론적 진화의 결과물이었다.

아프리카와 이매뉴얼 월러스틴

1930년 미국 태생인 월러스틴은 본래 아프리카 연구가 전공이었다. 그는 이 경험과 연구를 통해 서구 자본주의가 아프리카를 어떻게 유린하면서 자본축적의 역사적 경로를 확보했는지 깊이 깨우친다. 그의 이론적 기초는 마르크스주의 정치경제학과 브로델의 세계 자본주의와 문명에 대한 분석, 종론이론의 결합이라고 할 수 있다.

1974년부터 나오기 시작한 월러스틴의 『근대세계체제』(*Modern World System*)˚는 16세기 자본주의 농업경제와 유럽을 하나로 묶어 나가는 세계경제체제의 탄생을 기점으로 그것이 어떻게 점차 지구적 차원으로 확장되었는지를 추적하고 있다. 여기서 중요한 개념은 '중심(core)-반주변부(semi periphery)-주변부(periphery)'를 구성하는 위계질서이며, 이를 통해 노동과 식민지를 지배하는 자본주의체

˚ 나종일 등 옮김, 『근대세계체제』, 까치(까치글방), 2013. 제1, 2, 3권 모두 번역 출간되었다.

제의 역학이다.

『근대세계체제』제3권 이후 20년 만인 2011년에 나온『근대세계체제』제4권은 프랑스혁명에서부터 제1차 세계대전까지 다루면서, 중도적 자유주의를 근간으로 하는 자본주의의 우월적 지배가 어떻게 가능했는지를 밝힌다. 이는 유럽 자본주의와 식민지 체제를 세계체제로 확고히 다지는 과정에 대한 연구라고 할 수 있다.

라틴아메리카와 안드레 군더 프랑크

독일 태생의 프랑크는 1929년생으로 지난 2005년에 타계했다. 그는 라틴아메리카에 대한 연구와 경험을 토대로 종속이론의 기반을 다진다. 흥미로운 것은 그가 시카고 대학에서 신자유주의 논리의 대부라고 할 수 있는 밀턴 프리드먼(Milton Friedman)을 지도교수로 해서 박사학위를 받았다는 점이다. 프랑크는 바로 이 프리드먼의 시카고학파가 신자유주의 실험을 도운 피노체트 군부에게 붕괴당한 칠레의 아옌데 정권이 주력한 경제개혁에 참여한 이력을 가지고 있다. 스승과 전혀 다른 노선과 삶을 살아간 것이다.

피노체트 정권이 들어서자 프랑크는 유럽으로 피신했으며 네델란드의 암스테르담 대학에서 은퇴를 맞았다. 그는『세계적 자본축적: 1492년에서 1789년』*에서 서구 자본주의의 자본축적 초기 단계의 수탈과정에 대해 거침없이 비판하고 분석해나갔으며, 자유주의 논리 또는 부르주아 경제학의 제국주의적 면모를 격파해나갔다.

• Andre Gunder Frank, *World Accumulation: 1492-1789*, New York: Monthly Review, 1978.

프랑크는 이후 점차 월러스틴의 세계체계분석이 서구 자본주의 분석에만 기울어 서구 중심주의를 근본적으로 극복하지 못했다고 비판하기 시작했다. 그는 특히 세계체제의 존재는 16세기 이후 비로소 가능했던 것이 아니라, 기원전 3000년의 고대 세계 문명체계부터 시작되어 오늘에 이르렀다는 '세계체제 5000년 이론'을 내세웠다. 다소 황당하게 들리는 논리지만 이는 500년 자본주의체제에 대한 이해와 분석으로는 오늘의 세계를 파악하는 것이 한계가 있다는 논리다.

이러한 입장은 서구 자본주의의 태동 이전에 이미 존재한 아시아의 경제와 이슬람의 체제를 재평가하게 했으며, 세계사에 대한 지구적 차원의 분석과 세계체제론의 결합을 가능하게 하는 이론적 토대를 제공한 셈이었다. 뿐만 아니라 프랑크는 마지막 저작이 된『리오리엔트』*를 통해 중국의 부상과 아시아의 세계체제적 의미를 뚜렷이 부각시켰다.

이러한 그의 기여는 오늘날 미국과 중국의 패권적 쟁투의 현실을 분석하는 작업에 중요한 기반이 되었을 뿐만 아니라, 아리기가『베이징의 애덤 스미스』**를 통해 미국 자본주의 패권체제의 성격을 분석한 이후 중국과 자본주의의 관계를 해명하는 작업에 중대한 자극과 기초가 되었다.

---

* Andre Gunder Frank, *ReOrient: Global Economy in the Asian Age*, Berkeley, CA: University of California Press, 1998, 이희재 옮김,『리오리엔트』, 이산, 2003.

** Giovanni Arrighi, *Adam Smith in Beijing: Lineages of the Twenty-First Century*, New York: Verso, 2007; 조반니 아리기, 강진아 옮김,『베이징의 애덤 스미스』, 길, 2009.

이슬람, 유럽 중심주의와 사미르 아민

세계체계분석의 서구 중심주의 논리에 대해 가장 먼저 문제를 제기한 것은 이 4인방 가운데 아민이었다. 1931년생인 그는 이집트 태생의 정치경제학자로, 『제국주의와 불평등 발전』*을 통해 제국주의 문제를 다루었다. 특히 이슬람의 세계인식에 대한 주목을 요구했으며 이를 바탕으로 서구 중심주의를 극복할 수 있다고 주장했다.

아민의 저작 가운데 가장 중요한 것은 『세계적 차원의 자본축적』**으로서, 이 책에서 그는 서구 자본주의가 비서구 지역을 어떻게 '구조조정'(Structural Adjustment)하여 자신의 요구에 맞는 변형을 강제화하는지를 밝혀나갔다. 이러한 아민의 이론은 이후 신자유주의 체제가 국제통화기구(IMF)나 자유무역협정(FTA) 등을 통해 어떻게 비서구 지역의 정치경제 구조를 새로운 방식으로 식민화하는지를 이해하는 데 매우 중요한 분석틀을 제공해준다.

그는 세계자본주의 체제의 지배를 종식시키기 위해서는 이러한 구조조정의 고리를 끊어버리는 이른바 '단절(De-linking) 전략'을 취해야 한다고 주장하여 고립주의를 내세운다는 비판을 받기도 했다. 그러나 그의 의도는 서구 자본주의의 지배구조가 들어설 여지를 최대한 주지 않는 비서구 내부의 주체적인 정치경제적 의지와 정책이 필요하다는 것이었다.

---

* Smir Amin, *Imperialism and Unequal Development*, New York: Monthly Review Press, 1977.

** Samir Amin, *Accumulation on a World Scale: A Critique of the Theory of Underdevelopment*, New York: Monthly Review Press, 1974; 사미르 아민, 김대환·윤진호 옮김, 『세계적 차원의 자본축적』, 한길사, 1989.

이러한 아민의 주장과 논리는 이후 신자유주의 세계화 반대운동의 촉매가 되었으며, FTA 확산을 저지하는 과정에서 새롭게 조명되기도 했다. 우리 사회에 아민은 잘 알려져 있지 않은 편이지만 자본축적의 세계적 차원에 대한 그의 연구와 재평가는 신자유주의 질서의 청산을 위해 매우 중요하다.

이탈리아 마르크스주의자 조반니 아리기와 '긴 20세기'

지난 2009년 고인이 된 아리기는 1937년 이탈리아 태생으로 경제학을 전공하여 아프리카의 여러 대학에서 가르치다가 월러스틴과 만나게 되었다. 그는 제국주의의 역학에 대한 분석, 식민주의와 민족해방 운동에 대한 연구를 진행했으며, 월러스틴이 주도한 뉴욕의 페르낭브로델 연구소에 합류, 세계체제분석 이론의 발전을 위해 노력했다.

아리기의 저작은 다른 세계체제 이론가들에 비해 1990년대에 들어서서야 비로소 좀더 분명한 주목을 받았다. 1994년의『긴 20세기』[*]를 비롯해서 비벌리 실버(Beverly J. Silver)와 함께 쓴『현대세계의 혼란과 협치』[**] 가장 최근작으로 남은『베이징의 애덤 스미스』가 대표적인 3부작으로 꼽힌다.

『긴 20세기』는 월러스틴의『근대세계체제』에서 다루지 못한 미국

---

[*] Giovanni Arrighi, *The Long Twentieth Century: Money, power and the Origins of Our Times*, New York: Verso, 1994; 조반니 아리기, 백승욱 옮김,『장기 20세기』, 그린비, 2008.

[**] Giovanni Arrighi, Beverly J. Silver, *Chaos and Governance in the Modern World System*, Minneapolis: University of Minnesota Press, 1999; 조반니 아리기·비벌리 실버, 최흥주 옮김,『체계론으로 보는 세계사』, 모티브북, 2008.

패권체제의 성립과정과 그 동요의 구조적 역학을 집중적으로 분석했다. 여기서 아리기는 자본축적의 '초기 단계의 위기'(signal crisis)와 '최종적 단계의 위기'(terminal crisis)라는 개념을 동원한다. 이를 통해 그는 자본의 금융화가 진행, 확장되는 것이 자본축적의 성공이 아니라 사실은 투기성의 과도화, 경쟁의 격화, 산업역량의 공동화(空洞化) 현상 등에 의해 자멸적 과정으로 들어가는 사태라고 강조했다. 이런 위기의 초기 증세를 알아보고 대처하지 못하면, 최종적 단계의 위기로 넘어가 체제변화의 단계가 열리게 된다는 것이다.

가령 아리기는 이윤저하라는 자본축적의 위기를 자본주의는 (투기적) 금융자본의 확대로 풀려고 하지만 이것은 도리어 국제금융 체제 전체의 혼란과 위기로 연결되어 기존의 패권체제의 교체를 맞이하게 된다고 주장한다. 이러한 아리기의 분석은 오늘날 미국과 유럽 자본주의 체제가 처한 현실을 읽어내는 데 의미 있는 이론적 기반이 된다.

이 같은 20세기 세계자본주의 체제의 현실은 결국 비서구의 주도권 강화로 이어지면서 중국의 세계체제적 의미를 주목하게 한다는 것이 아리기가 『베이징의 애덤 스미스』를 쓰게 된 출발점이었다. 그는 서구에 대한 반격이 이렇게 구조화되면서 세계체제의 불평등 구조가 일정한 교정압박을 받게 되고, 세계자본주의 체제가 새로운 진로를 모색하게 되지 않을까 하고 예견한다. 이러한 논지는 중국에 대한 과도한 기대가 전제로 깔려 있다는 비판을 받기도 한다.

하지만 중국의 부상(浮上)이 가져오는 세계체제적 변화 또는 패권 교체 과정을 분석하는 과정에서 아리기의 저작은 프랑크와 함께 아시아의 의미를 재평가하고 주목하는 계기가 되었다.

수탈과 불평등, 그리고 새로운 미래에 대한 꿈

총괄해보자면, 서로 간의 일정한 차이는 있지만 월러스틴, 프랑크, 아민, 아리기는 공통의 결론을 내놓고 있다. 즉 이들은 (1) 자본주의 체제가 세계적 연관구조 속에서 태어나고 확대발전했다, (2) 그 과정에서 고강도의 수탈과 착취가 구조화되면서 세계적 불평등이 심화되었다, (3) 이에 대한 반격이 긴 시간을 통해 진행되면서 기존의 패권질서가 동요하고 있다, (4) 새로운 대안체제의 구상과 선택이 인류의 미래를 위해 절실하다, 등을 일깨우고 있다.

이들은 특히 지식의 종합적 구성을 위한 인문사회과학의 경계선 소멸 또는 뛰어넘기의 의미를 강조하는데, 그런 점에서 보자면 이들 모두는 경제학자이면서 역사학자이고 국제정치학자이면서 사회학자인 동시에 인류학자의 면모를 지니고 있다. 이것은 세계체제의 이해와 분석이 다양한 영역의 지적 축적을 요구하는 동시에, 하나의 학문으로 오늘의 세계에 접근하는 것이 갖는 본질적 한계를 일깨우고 있다.

이제 우리의 현실로 돌아와보자. 오늘날 우리는 미국과 중국의 패권체제 재편의 중심에 존재하며 세계자본주의 체제에 흡수되어 있으면서도 그에 대한 저항과 대안 선택의 고민을 하고 있다. 그에 더하여 동아시아 자체의 역사성이 가진 여러 고통과 모순, 과제에 둘러싸여 있기도 하다. 따라서 월러스틴 등의 세계체계분석이 펼쳐 보이는 내용과 아울러, 우리 자신의 분석틀과 역사적 이해가 사고의

세계체제론 또는 세계체계 분석은

세계자본주의의 변화와 대안체제를 위한

'총체적 전략의 추구'라는 목적을 지닌다.

지구적 불평등의 구조를 바꾸려는

노력의 산물이기 때문이다.

단위로 작동할 수 있어야 한다.

동아시아 외교사 책이 기껏해봐야 대여섯 권 정도밖에 되지 않는 한국의 현실에서 세계체계분석의 성과와 우리의 역사적 특성, 동아시아 국제사의 문제 등을 하나로 묶어 새로운 변화의 전략을 기획하는 일은 결코 쉽지 않다. 그러나 방법이 막혀 있는 것은 아니다.

세계체제론 또는 세계체계분석은 기본적으로 세계자본주의의 변화와 대안체제를 위한 '총체적 전략의 추구'라는 목적을 지닌다. 지구적 불평등의 구조를 바꾸기 위한 노력의 산물이기 때문이다. 이러한 인식과 우리의 동아시아 평화체제를 구축하려는 노력이 융합된다면, 우리를 둘러싼 현실에 대한 새로운 대답이 가능해지지 않을까?

자본의 문제, 분단의 문제, 미국과 중국, 일본과 러시아의 국제적 패권구조를 돌파해나가는 것은 다른 누가 대신 해주는 것이 아니지 않는가? 실로 우리에게 요구되는 것은, 핵심적인 시대적 과제를 선명하게 잡아 그것을 끈질기게 풀어가기 위해 지적 노력을 축적해나가는 일이다. 이 노력의 열매가 우리 사회에서 일반상식의 차원으로 확산되어, 현실을 변화시키는 힘으로 자리 잡아나가게 해야 할 것이다. 이론은 사회적 운동력을 가질 때 비로소 역사적 현실이 될 수 있다.

대처리즘을 비판한 정치철학자

존 그레이

국가폭력의 근원

존 그레이(John Gray)는 런던 정치경제대학에서 유럽 사상 분야의 교수를 지낸 정치철학자다. 1948년생인 그의 사상적 입지는 매우 특이하다. 젊은 시절 좌파였다가 중년 시절에는 보수주의자로 돌아섰다. 기술적 진보의 속도가 상상 이상이 되면서 자본주의의 미래에 기대를 걸었고, 좌파의 예측이 실패했다고 본 것이었다.

그러다가 그는 대처가 "다른 대안은 없다"(There is no alternative)며 신자유주의를 밀어붙이자 생각을 다시 바꾸었다. 과거보다 더 맹렬한 진보주의자로 돌아간 것이다. 그러나 아무도 그를 두고 전향 지식인이라거나 좌충우돌하는 자라고 비난하지 않는다. 그의 학문적 실력이 출중하고, 학자적 양심이 사회적 존경을 받고 있기 때문이다. 또 그가 입장을 변화시키는 과정은 그때마다의 정치적 이해에 따른 선택이 아니라, 현실의 모순에 대한 치열한 해부에 따른 것이라는 점도 그에 대한 평가에 작용한다. 현실에 대한 정직한 분석이 사상의 토대라는 신념을 가진 그레이는 오늘날 세계가 직면한 억압과 폭력에 대해 선명한 논의를 제기한다.

그가 대처리즘과 대결한 내용을 담은 저작 『거짓된 여명』*은 신자유주의 체제의 본질과 세계적 구조에 대해 대단히 신랄하고 설득력 있는 분석과 비판을 담아냈다. 그는 칼 폴라니(Karl Polanyi)의 시장에 대한 이해를 바탕으로 국가의 폭력이 어떻게 시장 내부에 내장되어 있는가를 파헤친다. 이를 토대로, 신자유주의가 시장의 자유를 확대하고 정부의 권한을 축소하는 것이 아니라 자본의 이해를 위해 국가폭력을 강화하고 이를 관철하는 장치를 고안하고 있음을 증명해 나갔다. 이러한 그의 시각은 국내에서는 『추악한 동맹』**이라는 제목으로 번역된 『검은 미사: 종말론적 종교와 유토피아의 죽음』에서도 일관되게 드러난다.

그레이는 지난 시기의 혁명과 현실사회주의를 비롯해서 오늘날 미국의 거대한 폭력체제에 이르기까지 기독교의 종말론적 사고가 폭력의 탄생과 격화에 기여하고 있음을 강조한다. 다시 말해서, 종교가 폭력의 근원적 기반이 되고 있는 현실을 드러냄으로써 이를 극복할 수 있는 길은 무엇인가를 묻고 있다.

검은 미사의 그림자

'검은 미사'란 기존의 기독교에 대한 신성모독적 종교의식으로,

---

* John Gray, *False Dawn: The Delusions of Global Capitalism*, New York: The New Press, 2000; 존 그레이, 김승진 옮김, 『가짜 여명』, 이후, 2016.

** John Gray, *Black Mass: Apocalyptic religion and The Death of Utopia*, London: Allen Lane, 2007; 존 그레이, 추선영 옮김, 『추악한 동맹』, 이후, 2011.

마녀들의 제사와 같은 의미로 쓰인다. 그레이는 기독교가 본래의 출발점과는 달리 종말론적 의식을 통해 도리어 죽음과 폭력을 낳고 있는 현실을 비판하면서 이는 결국 검은 미사, 곧 죽음의 종교 또는 마녀들의 제의로 변모하고 말았음을 지탄한다.

그레이의 비판대상은 좌나 우로 구별하는 기준이 적용되지 않는다. 그는 프랑스혁명, 볼셰비키혁명을 주도했던 세력을 비롯해서 미국의 군사주의 세력인 네오콘을 포함한 이 모두에게 종말론적 사고방식과 확신이 가동되고 있다고 본다. 이들이 세상의 전격적인 변모를 위해서라면 폭력과 전쟁도 정당화된다는 식으로 상황을 만들어갔다는 것이다.

그의 비판은 기독교의 종말론이 본래는 부정의한 현실에 대한 단죄와 투쟁의 의미를 지니고 있었고, 부정의한 체제의 억압과 폭력에 시달려 절망하고 있는 이들에게 용기와 희망을 주었던 역사적 소산이라는 점을 주목하지는 못했다. 그러나 그것은 그의 책임이라기보다는, 종말론의 현실이 이미 왜곡된 자체에 있을 것이다. 그는 권력을 쥔 혁명과 기득권 질서가 종말론적 유토피아와 결합할 때 어떤 비극적인 사태가 벌어지는지를 밝혀내는 데 힘을 쏟는다.

그래서 그레이는 가령 나치의 파시즘적 폭력도 서구 문명의 일탈이 아니라 서구 문명이 내장하고 있는 논리와 폭력의 결과라고 단언한다. 자신들이 원하는 세상을 만들기 위해서는 현실에 대한 종말론적 심판을 시도하고 이를 폭력을 통해서라도 성취해야 한다는 식의 논리가 그 안에서 작동하고 있다는 것이다. 특히 종교와 결별한 계몽주의조차, 사실은 그 안에 새로운 세계에 대한 종말론적 목표가 견고하게 담겨 있어 이것이 권력화될 때 폭력은 불가피하다는 것이다. 그런 까닭에 그는 이렇게 말한다.

나치 역시 어떤 의미에서는 계몽주의의 산물이다.

파시즘이 자행한 인종말살이나 생체실험은 나치만의 범죄가 아니라 미국에서나 소련에서 인간에 대한 생체실험이 이루어진 현실과 그대로 이어지며, 서구 제국주의가 도처에서 저지른 인간학살 역사의 연장이라는 것이다. 이것은 서구 역사의 근대적 전개에 대한 기존의 생각이나 해석에 대한 근본적인 반격이라고 할 수 있다.

그레이에 따르면, 미국이 아메리카 대륙 원주민에 대한 대대적인 학살을 감행하고, 스탈린 체제가 강제수용소를 통해 무수한 이들을 죽음으로 몰아간 것 모두가 다 자신들이 원하는 세계를 종말론적 의지로 만들어가려는 데서부터 비롯되었다는 것이다. 히틀러가 미국의 원주민 대량학살과 집단이주의 기술적 효율성을 부러워하면서 이를 베끼려 했다는 점을 언급한 그레이는, 이 같은 서구 역사 속에서 발견되는 폭력의 출발에는 기독교의 종말론이 반드시 존재한다고 강조했다.

이처럼 서구 기독교의 종말론이 폭력체제와 결합한 가장 극명한 사례로 그는 9 · 11 이후 미국의 대외정책을 극도로 군사화한 네오콘을 들고 있다. 기독교적 종말론이 미국에 와서 어떻게 작동하는지를 살펴본 그는, 그것이 본래 소수파였던 네오콘에게 근본주의 기독교 세력과 동맹을 맺을 수 있도록 해주는 기반이 되었다고 분석한다.

이 과정에서 그는 네오콘의 사상적 기초가 근본주의 기독교와 손을 잡고 '무장한 선교사'가 되는 경로를 보여준다. 말하자면, 현대 십자군의 형성과정을 고발하고 있는 셈인데, 그레이는 이런 식으로 만들어진 국가폭력이 현대 서구의 일상적인 모습이라고까지 말한다.

테러, 서구 역사의 몸

그래서 그레이는 이렇게까지 단언하고 있다.

> 서구가 비서구 지역에 자신의 발전 모델을 강제적으로 이식하려는 과정은 대대적인 테러 사태를 만들어낸다. 사실 20세기의 유럽은 그 자신이 곧 전례가 없는 국가폭력과 학살의 현장이었다. 테러는 현대 서구의 분리할 수 없는 본질적인 부분으로 존재해온 것이다.

유럽과 미국 역사에 대해 이토록 확신에 찬 직격탄이 있을까 싶을 정도다. 그는, 국가폭력의 종교적 기반이 계속 확대재생산되면서 자신들의 정치적 자유주의를 세계적 수출품으로 만들면서 사실은 "자유주의적 제국주의"를 결과했다고 지적하고 있다. 여기서 '자유주의적 제국주의'란 인권과 민주주의를 내세워 다른 나라에 폭력적으로 개입하고 군사적으로 그 상대 국가의 변모를 꾀하려는 작업을 말한다. 이른바 '인도주의적 개입'(humannitarian intervention) 정책이다. 그레이는 미국의 이라크 침략이 바로 그 대표적인 사례임을 강조하면서 그 결과가 도리어 무질서라고 비판했다.

그의 목소리를 더 들어보자.

이라크를 점령한 미국은 이라크의 국가체제를 해체하면서 만들어진 무질서 상태를 도리어 제도화해버리고 말았다. 미국이 지지를 표하고 만들어낸 권력의 구조는 제도화된 정부라고 할 수 없었다. 이는 종파세력과 비정규 군벌들의 탈취대상으로 전락하고 말았다. ······결국 이라크는 미국이 점령한 이래 지금까지 종족 학살과 종파분쟁에 의한 대량학살 사태를 겪고 있을 뿐이다.

그는 인권과 민주주의를 존중하는 새로운 세상을 만들겠다고 주장하는 네오콘의 종말론적 전쟁은 인간에게 죽음과 폭력만을 강요하며, 석유를 확보하기 위한 전쟁의 진정한 동기는 이런 과정에서 은폐되고 만다고 언급했다. 또한 종교와 권력이 이렇게 손을 잡고 벌인 비극을 통해 폭력이 끊임없이 정당화되고 있다고도 탄식한다.

그레이가 직시하는 세계는 그래서 매우 참담하고 암울하다. 종교, 특히 기독교가 본래적 가치와 의미를 잃고 종말론적 환상을 권력화하며 테러와 대량학살을 가져오는 현실을 과연 어떻게 극복할 수 있을지 그는 고뇌한다. 도스토옙스키의 『악령』에 대한 그의 해석도 그래서 의미 있게 다가온다. 인간의 자유를 위한 혁명을 지향한다면서 사실은 인간을 수단으로 여기고 심지어 죽이기까지 하는 자들의 영혼에 대한 냉철한 응시가 드러나는 작품이기 때문이다.

결국 그레이가 내놓는 해답은 현실주의다. 유토피아적 열정과 도덕주의가 도리어 인간에게 고통을 안겨주는 상황을 이겨내려면, 인간의 자유와 생명을 지켜내기 위한 현실적 선택과 판단을 치열하게 할 필요가 있다는 것이다. 그것은 이성을 포기한다는 뜻에서 현실주의가 아니라, 현실에 대한 정직한 분석을 토대로 우리의 선택을 결정해야 한다는 뜻에서 현실주의다.

인간의 자유와 생명을 지켜내기 위해

그런 점에서 그레이는 홉스주의자라고 할 수 있다. 홉스가 인간의 자유와 생명을 지켜내기 위해서는 어쩔 수 없이 어떤 절대적 권력에게 일정하게 그 자유를 양도함으로써 강제력을 가진 사회적 안전판을 만들어야 한다고 주장한 것에 대해 그레이는 동의한다. 물론 그렇게 함으로써 거대한 국가권력의 등장과 그 절대적 위치를 정당화하면서 오게 될 가공할 결과까지 그가 받아들이는 것은 아니다.

영국이 내전을 겪으면서 인간의 생명이 도처에서 무참하게 살육되고 종교적 열정이 폭력으로 변모하는 것을 목격한 홉스가 제시한 정치철학의 진정성을 다시 들여다보자는 것이다. 네오콘도 홉스의 생각을 전파한 레오 스트라우스(Leo Strauss)의 정치철학과 깊이 연결되어 있다는 점을 돌아보면 이는 역설적이기도 하다. 그러나 그레이와 네오콘의 차이는 무질서를 제어할 권력의 도덕성 여부와 그 기반이다. 네오콘이 안보를 내세워 자신을 절대화하기 위한 권력을 전면에 내세웠다면, 그레이는 그 권력이 생명에 대한 윤리적 기초를 가지고 있는지를 중시한다. 홉스도 인간의 생명을 지켜내기 위한 국가를 내세웠다는 점에서 그레이의 입장은 그러한 홉스의 국가윤리와 통한다. 문제는 홉스의 국가론을 국가권력 강화 자체에 두고 받아들인 쪽에서 생겨난 것이다.

우리의 현실도 그레이가 본 것과 크게 다르지 않다. 기독교의 거대한 권력이 일상의 폭력적이고 억압적인 현실을 정당화하고 그로 인해 인간의 가치를 짓밟고 있는 상황을 더는 사실이 아니라고 부정할 수 없다. 뿐만 아니라 이는 매우 위험한 수준에까지 가고 있다. 한국의 기독교, 근본주의적 세력의 발호는 정치의 폭력과 대결주의적 한반도의 상황을 그대로 옹호하고 있다. 이들 역시 '검은 미사'를 벌이는 세력이자 '추악한 동맹'의 한 축이다.

게다가 한국의 대형교회는 거대한 자본축적의 본산으로 자신을 형성하고 있기조차 하다. 인간의 가치보다 돈을 숭배한다는 것은 이들이 지은 건물을 보면 그대로 알 수 있을 지경이다. 이들은 하나님이 아니라 맘몬을 우상으로 떠받들면서, 말로는 하나님을 내세운다. 그리하여 철저한 위선과 기만의 집단이 되고 있으며, 예수가 말했듯이 '강도의 소굴'로 전락하고 있다. 결국 강도의 논리를 정당화하는 것에 종교를 이용하고 있는 것이다.

추방과 학살, 망명과 억압의 현실에서 태어난 유대교와 그 자식인 기독교가 생명과 평화의 종교가 아니라 폭력과 욕망의 종교가 되어 세상을 지배하려 들면서 인간은 깊은 고통에 빠지고 있다. 이 죽음의 세력에 맞서 생명의 역사를 펼쳐내는 도도한 운동이 일어나지 않고는 비극의 역사가 계속 되풀이되고 말 것이다.

종말론의 본래 의미는 폭력과 부정의한 세상에 대한 결정적 단절과, 생명과 평화를 사랑하는 공동체의 탄생을 확신하는 믿음과 용기에 있다. 『요한계시록』은 사탄 세력이 결국 몰락하는 끝과 새로운 날이 시작되는 것을 알리는, 용광로같이 뜨거운 목소리를 담고 있다. 종말론의 진실을 다시 읽어낸다면, 추악한 동맹의 고리를 깨는 일에

사랑과 생명, 평화의 예수를 쫓아낸
교회와 기독교는 존재 이유가 없다.

국가와 자본의 폭력적 지배에 협력하는 종교는
검은 미사를 드리는 악령의 사제일 뿐이다.

도움이 되지 않을까?

　폭력과 탐욕, 이기심과 특권의식으로 무장한 지금의 기독교는 돌 하나도 남기지 않고 무너지는 편이 세상을 위해 좋을 것이다. 그레이는 자본주의가 거짓된 여명을 선전하고 있음을 폭로하고, 이러한 자본주의와 결합해서 인간을 죽음으로 몰아가는 종교에 대해 치열한 전투를 벌인다. 이 싸움이야말로 '거룩한 전쟁'이다.

　사랑과 생명, 평화의 예수를 쫓아낸 교회와 기독교는 존재 이유가 없다. 인류의 미래를 위한 역사는 자본의 성채가 된 교회와 인간을 기만하고 있는 가짜 기독교를 추방하라고 요구하고 있지 않은가? 국가와 자본의 폭력적 지배에 협력자가 된 종교는 검은 미사를 드리는 악령의 사제일 뿐이다.

시장의 책임윤리를 묻는 경제학자

존 케인스

불황의 경제학과 함께 귀환한 거장

케인스(John M. Keynes)가 『고용, 이자 그리고 돈의 일반이론』(이하 『일반이론』)*를 펴낸 것은 1936년이었다. 그는 세계적인 풍요와 대공황이 이어졌던 1920년대와 1930년대 초반을 경험하면서, 모두에게 직업이 주어지는 완전고용 상태를 이룩하기 위한 방안에 골몰한다. 1883년 영국에서 태어나 1946년에 세상을 뜬 그의 경제이론과 사상은, 루스벨트의 뉴딜 정책과 이후 냉전경제의 이론적 기초를 다지게 함으로써 영국보다는 미국에서 더 강력한 영향을 발휘했다.

그는 『일반이론』으로 세계적인 명성을 확고히 얻기 전 이미 젊은 시절에, 세계사의 흐름을 상당히 정확히 읽고 이에 대해 대응할 것을 조언하기도 했다. 제1차 세계대전 종전 이후 파리 강화회의 과정에 참여했던 그는, 승전국들이 패전국가 독일에 과도한 압박을 가하

• 존 메이너드 케인스, 이주명 옮김, 『고용, 이자 그리고 돈의 일반이론』, 필맥, 2010; John Maynard Keynes, *The General Theory of Employment, Interest and Money*, Palgrave Macmillan, 1936.

는 것은 결국 독일인들을 좌절하게 하고 유럽 경제를 폐허로 몰아갈 뿐이라는 주장을 펼쳤다. 『평화의 경제적 결과』라는 이 명저는 1919년에 발간되었고 이후 그의 예견은 현실로 입증되었다. 이때 그는 36세에 불과했다.

1970년대까지만 해도 경제학은 케인스로 통했다. 케인스를 아는 것이 곧 경제학을 아는 것처럼 통할 정도였다. 그러나 금융자본의 투기성이 강화되고 신자유주의 체제가 형성되면서 케인스는 무대에서 밀려나기 시작했다. 그러다가 세계자본주의 체제가 다시 불황과 위기를 겪으면서 케인스가 다시 호출되고 있는 양상이다. 물론 케인스가 경험했던 세계와 많이 달라진 조건이지만, 자본주의를 제대로 관리하지 않으면 위기는 더욱 심화될 것이라는 예감을 누구나 하게 되었기 때문이다. 2008년 미국 경제위기 이후 시장의 파국에 대한 우려가 깊어지면서 나온 폴 크루그먼(Paul Krugman)의 『불황의 경제학』과 비슷한 시기에, 케인스 전기로 세계적 명성을 가지고 있는 로버트 스키델스키(Robert Skidelsky)도 케인스의 이론에 재주목할 것을 강조하고 나섰다.

스키델스키를 통해 케인스를 다시 보는 것은 우리에게 무엇을 의

---

* John Maynard Keynes, *The Economic Cosequences of the Peace*, Prometheus Books, 2004; 존 메이너드 케인스, 정명진 옮김, 『평화의 경제적 결과』, 부글북스, 2016.

** Paul Krugman, *The Return of Depression Economics and the Crisis of 2008*, New York: W. W. Norton & Company, 2009; 폴 크루그먼, 안진환 옮김, 『불황의 경제학』, 세종서적, 2009.

*** Robert Skidelsky, *John Maynard Keynes 1883~1946: Economist, Philosopher, Statesman*, London: Macmillan, 2003; 로버트 스키델스키, 고세훈 옮김, 『존 메이너드 케인스』, 후마니타스, 2009. 국내에서는 1883년에서 1920년, 1920년에서 1937년, 1937년에서 1946년까지를 각기 다룬 3부작이 합본으로 출간되었다.

미할까? 그가 쓴 케인스 전기[***]가 국내에 번역되었을 때 한국 지식인 사회는 우선 그 분량에 압도되었다. 사실 스키델스키는 경제학자라기보다는 역사학자의 면모를 갖춘 이로서, 케인스의 이론적 위치와 의미를 경제사적으로 들여다본다. 그런 까닭에 그는 관리되지 못한 시장의 자유가 세계적 경제위기를 가져온 현실에 대해 케인스의 가치를 역사적 사실과 관련해서 면밀히 따지고 있다.

스키델스키가 2009년에 펴낸 『케인스: 거장의 귀환』[*]은 원서가 200쪽이 채 되지 않는 두께이지만, 최근 미국 경제의 동요와 위기, 케인스의 삶, 그 이론의 배경과 발전과정, 세계화 시대에 케인스의 이론이 지니는 의의를 차분하고 정밀하게 설명한 책이다. 번역본으로 1,600쪽이 넘는 케인스 전기 3부작 합본을 모두 읽어내기 어려운 사람들에게는 아주 좋은 입문 저작이다.

이 책을 읽고 나면, 현대 경제사와 경제학사의 맥락이 하나로 묶이는 경험을 하게 된다. 또한 그것을 기초로 오늘날 세계자본주의 체제를 주도하는 경제 이론과 그 정책이 드러내는 결함을 성찰하고 그 대안을 모색해볼 수 있다.

보통의 소비자가 강해져야 경제가 강해진다

스키델스키에 따르면, 케인스는 1930년대에 이미 다음과 같이 기존 경제학의 한계상황을 비판했다.

---

* Robert Skidelsky, *Keynes: the return of the master*, Allen Lane, 2009. 국내에서는 『흔들리는 자본주의 대안은 있는가: 케인스에게 다시 경제를 묻다』(곽수종 옮김, 한국경제신문, 2014)로 출간되었다.

경제학이 수학의 일부분처럼 되어버려 현실 세계를 반영하고 있지 못하며, 자본주의 시장 내부에 언제나 존재하는 '불확실성'에 대한 대응 능력이 없어 위기가 발생했을 때 시장에 대한 정책적 관리 체계를 갖추지 못하게 한다.

케인스는 그 자신이 주식 투기를 한 경험이 있다는 점에서, 이 불확실성에 대한 이해가 남달랐다. 특히 금융시장을 제대로 관리하지 못할 경우 어떤 재앙적 결과가 초래되는지를 영국 재무성 정책 결정자의 입장에서 생각하고 발언했던 바가 있다.

케인스는 자본주의 시장이 위기를 겪게 되는 것은 보통의 노동자들과 시민들의 주머니에 소비에 사용할 수 있는 돈이 없어지게 되는 상황에서 비롯된다고 말한다. 따라서 통화정책으로 돈을 수혈하는 것보다 더 중요한 것은 재정정책을 통해 돈의 사용이 실질적 의미를 갖도록 하는 것임을 강조했다. 이것은 매우 의미 있는 논지다. 통화의 팽창은 자칫하면 투기시장의 논리만 강조하는 결과를 가져오게 한다는 점에서, '돈의 사용'에 대한 정책이 더욱 중요하다는 것이다. 이러한 그의 이론은 널리 알려진 바대로 유효 수요의 기반을 확충해서 생산력 있는 경제를 회복하는 것에 초점을 맞추고 있다.

이는 '세이의 법칙'으로 알려진 "공급이 수요를 창출한다"와는 전혀 반대되는 입장이다. 곧 수요 없는 생산과 소비를 생각할 수 없다는 점에서 경제현실에 대한 이해를 바로 세운 것이라고 할 수 있다. 또 무엇보다도 기업의 입장이 아니라 일반 소비자의 입장을 중심에 놓았다는 점에서도 주목된다. 보통의 소비자가 강해져야 경제가 강해진다는 논리가 되는 것이다. 뿐만 아니라 케인스의 이러한 접근은 '완전고용'을 목표로 했다는 점에서도 대단히 중요한 의의가 있다.

물론 완전고용이라는 목표를 실현하는 것이 현실에서 결코 쉬운 일은 아니지만, 적어도 이를 정책 목표의 중심으로 내걸었을 때와 그렇지 않은 경우는 엄청난 차이를 보이게 마련이다. 그것은 노동자들이 살아갈 수 있는 기반을 안정적으로 만드는 것을 일차적인 가치로 삼고 있기 때문이다. 이는 시장의 공적 기능에 대한 논리가 된다. 그렇기 때문에 그의 이론은 기본적으로 "자본과 노동의 사회적 타협"이라는 방식을 바탕으로, 정부가 투자의 사회적 가치를 높이는 접근으로 가게 되도록 한다. 말하자면 시장에서 자본의 사적 이익이 모든 것을 압도하는 것이 아니라, 노동자의 삶을 방어하면서 공적 가치를 도모하도록 이끌려는 것이다.

이는 다시 풀자면, "사적 이해와 공적 이해의 중간 지대"를 확보하려는 노력이며, 이를 통해서 시장이 그 사회에 대해 책임을 지는 구조로 만들어야 한다는 논리로 이어진다. 이러한 케인스의 입장은 본질적으로는 자본주의 경제를 불황과 위기에서 구하는 부르주아 경제학의 면모를 갖추고 있는 한편, 자본주의가 책임져야 할 사회 윤리에 대한 강조가 된다. 그런 점에서 시장에 대한 정부의 정책적 관여에 반기를 드는 프리드리히 하이에크(Friedrich Hayek)나 프리드먼 등의 경제학과 근본적인 차이를 보인다.

가령 자본주의 시장의 사회윤리에 대한 케인스의 입장은, 그가 증시에 대해 보인 자세에서도 그대로 드러난다. 스키델스키의 설명에 따르면 이렇다. 케인스는 증시가 하락하는 경우에 제대로 된 투자가라면 마구잡이로 내다파는 방식에 동조하기보다는, 도리어 사들이는 쪽을 택함으로써 증시의 안정을 꾀하는 장기적 시야와 책임을 가져야 한다고 주장했다. 물론 이러한 태도를 취하는 경우는 매우 드물고 비현실적이다. 그러나 케인스는 투자라는 방식으로 경제활동을 하는 주체에게 윤리적 원칙이 서지 못하면, 자기도 모르게 모두가 합심해서 경제 파국으로 가는 길을 만드는 오류를 발생시키고 만다고 주장한다.

스키델스키에 따르면, 케인스는 단지 경제학자로서만이 아니라 윤리학, 철학, 역사학, 예술 등 각 분야에 걸쳐 학문적 훈련과 지적 축적을 한 인물이었다. 그런 점에서, 그의 경제학은 인간에게 궁극적인 행복을 가져다줄 수 있는 길이 무엇인가라는 질문에 대한 대답의 의미를 가지고 있다. 케인스는 노동과 소비에 대해 이렇게 말하고 있다.

사회가 발전할수록 노동 시간은 줄어들어야 하며 남은 시간으로 더욱 질적으로 또는 미학적으로 가치 있는 소비를 할 수 있도록 해야 한다.

이러한 케인스의 모습은 그에 대한 우리의 이른바 상식적인 인상과는 다르다. 즉, 케인스는 단지 부의 축적만이 자본주의 경제학의 목표가 되어서는 안 되며 자본주의가 만들어내는 부를 사회 전체의 공적 이익에 맞게 재분배하고, 이를 기반으로 각 개인이 더욱 행복한 가치를 실현할 수 있도록 해주는 것이 경제학과 정부의 책임이라고 말한다. 이는 존 스튜어트 밀과 동일한 입장이다. 밀은 경제발전이란 사회의 미학적 가치와 도덕적 삶, 문화적 즐거움을 지켜내는 지점까지만 이루어져야지 이것을 파괴하는 방식과 수준이 되어서는 안 된다고 보았다. 스키델스키는 케인스가 이러한 밀의 입장을 그대로 받아들였다고 증언한다.

재정 지출을 통한 사회적 투자의 가치

케인스 경제학은 시장에 대한 국가 또는 정부의 역할을 강조하기 때문에, 시장 자유를 옹호하는 입장에서는 시장에 대한 통제로 이어지는 것을 우려하기도 한다. 그러나 케인스의 의도는 자본 시장의 투자 행위가 사적 이해에만 좌우되는 것의 위험성을 경고하고, 정부의 재정 지출을 통한 사회적 투자의 가치와 비중이 높아지게 함으로써 시장 전체의 안정성과 함께 그 혜택이 국민에게 골고루 가게 하려는 것에 있다. 그와 함께 케인스는 독점자본에 대한 규제를 통해 사회적 약자를 지켜내기 위한 정책을 옹호하고 있다는 점에서, 향후 등장하게 된 신자유주의의 규제 해제나 철폐와 궁극적으로 충돌할 수밖에 없다.

시장에 대한 이런 정책적 조정이 없어지면 어찌 되는가? 케인스는 시장의 불안정성이 발생했을 때 그것을 해결하기 위해 국가의 재정이 무제한적으로 지출되고, 결과적으로는 투기에 따른 이익은 거대한 자본의 소유가 되고 불황의 부담은 국민에게 넘어가는 상황이 반복적으로 재연된다고 예견했다. 스키델스키는 바로 이런 자본주의 시장의 도덕적 파산은 2008년 미국 경제위기에서 고스란히 나타났다면서, 메릴린치를 비롯한 거대 투자은행이 투기에 따른 이익은 경영진이 가져간 반면에 그 손해는 납세자인 국민의 부담으로 전환한 것을 구체적으로 지적하고 있다.

결국 케인스는 자본주의 시장이 거대자본의 탐욕을 충족시키기 위한 장치로 전락하는 것을 막고, 시장의 공적 가치를 회복하면서 소비자들의 삶을 질적으로 높일 수 있는 방식을 고민했다는 것이다. 또한 이 과정에서 자본의 이해가 주도하는 것이 아니라, "자본과 노동의 정치적 타협"을 중심으로 조화로운 사회를 만들어가는 동력을 창출해야 할 필요성을 강조했다.

이러한 논리는 비판적으로 보자면, 케인스 경제학이란 자본주의 경제학의 틀 속에서 모순을 일정하게 순치시키고 자본주의 시장의 한계를 극복하기보다는 기득권 보호 위주의 정책으로 귀결된다고 할 수도 있다. 그러나 삶의 질을 위한 소비자의 권리를 강조하고, 노동의 이해가 공적 영역에서 받아들여져야 한다고 주장하고, 시장의 사회적 윤리에 대해 조명한 점은 오늘날에도 결코 가볍게 취급할 수 없는 가치를 지닌다.

다시 강조하거니와 '완전고용'이라는 목표를 정부 재정정책의 책임으로 설정한 것은 대단히 중요하다. 이 목표가 정부의 정책에 요구 내용으로 가세하게 될 때, 그 사회에는 이른바 '노동시장 유연성'이라는 이름의 해고와 실업을 막아낼 수 있는 힘이 생겨날 것이다. 이에 더해 경제학이 숫자에 묶이는 지수 논쟁이 아니라, 더욱 근본적인 윤리와 철학, 역사의 차원에서 인문학적으로 사유해야 하는 영역이라는 점을 강조한 것도 의미가 깊다.

스키델스키는 조지프 스티글리츠(Joseph E. Stiglitz)와 마찬가지로, 미국의 2008년 경제위기를 몰고 온 제도적 요인 가운데 하나는 상업은행이 투자은행의 영역을 겸하지 못하도록 한 '글래스-스티걸 법'을 해체해버린 것이라고 지적하고 있다. 산업자본과 금융자본 사이에 칸막이를 설치해놓고 자본의 독점체제를 차단해야 하는데, 그렇게 되지 못하자 일단 위기가 발생하면 그 위기는 실물경제와 금융시장 전반에 걸쳐 전면화되고 만다는 것이다.

그는 이렇게 금융시장에 대한 정부의 관리가 제대로 되지 못한 것은 시장의 공적 이익에 대한 고려나 의식이 부재한 까닭이라고 짚는다. 그래서 스키델스키는 투기의 영토가 마구잡이로 넓어지도록 하면서 이를 돈을 많이 공급하는 통화정책으로 도리어 부추기고, 보통 시민들은 돈이 없어 소비의 위축으로 고통당하도록 하는 정부의 정책을 비판하고 있다. 이러한 상황은 결과적으로 경제 전반을 불황과 위기로 가게 하는 주범이라는 것이다.

케인스를 다시 읽는다는 것

스키델스키가 다시 케인스를 보라는 것은 그렇다면 무슨 까닭인가? 금융자본의 이익을 극대화하는 신자유주의의 원조 하이에크와 프리드먼의 주술에 걸린 경제학에 새로운 변화가 와야 한다는 것이다. 오늘날 한국에서도, 케인스 경제학의 근본적 관심과 접근에 대한 논쟁이 펼쳐진다면 자본주의에 대한 근본적 극복까지는 아니더라도 자본주의 시장의 사회적 책임과 노동정책 그리고 재정과 통화 정책의 비판적 조절이 일정 정도 가능하지 않을까?

케인스를 이제는 낡았다고 생각할 것도 아니며, 그가 부르주아 경제학자에 불과하다고 말할 것도 아니다. 또한 그를 복귀시키기에는 현실 상황이 너무 달라졌다고 단언할 일도 아니다. 자본주의 시장의 불안정성이 지속되는 가운데 거대자본의 사적 이해가 압도하는 현실에서 완전고용과 시장의 책임 윤리를 따져 묻는 일은 여전히 중요하기 때문이다.

고용 안정성을 확보한 보통 소비자들의 주머니에 돈이 있도록 하는 일, 그래서 시장이 동력을 잃지 않도록 하는 것, 그것을 못하는 정부야말로 구조조정의 대상이 되어야 하지 않을까? 『일반이론』에서 케인스는 경제현실을 해석하는 시각이 바뀌면 우리의 미래를 변화시킬 수 있다고 주장한다. 그것은 '고용정책의 방향'만이 아니라, 직업을 얻어 생활을 안정시킬 수 있는 '고용의 양'(quantity of employment) 자체를 달라지게 한다는 것이다. 그로써 더욱 많은 사람들에게 혜택이 돌아가도록 하자는 주장이다.

그러자면 완전고용이 어떻게 되겠어 하는 식의 '습관적인 생각과 표현'에서 벗어나는 투쟁을 해야 한다는 것이다. 그건 바로 그러한 생각에 대한 '공격'(assault)에서 비롯된다고 한다. 이처럼 케인스는 현실이 불가피하다고 여기는 사고와 믿음에 대해 멈추지 않고 싸움을 펼쳐나갔다. 불안한 고용상태에 놓인 비정규직의 증가와 청년실업 상태의 일상화라는 현실에서, 케인스는 우리에게 새로운 발상과 목소리의 진원지가 될 수 있다. 삶의 물질적 토대를 안정시키는 일만큼 중요한 일이 어디에 있겠는가? 누구도 배제하지 않는 완전고용이라는 불가능해 보이는 목표를 설정하고 노력하는 사회기 된다

케인스는 부의 축적만이 자본주의 경제학의

목표가 되어서는 안 되며, 자본주의가 만들어내는 부를

사회 전체의 공적 이익에 맞게 재분배하고

이를 기반으로 각 개인이 더욱 행복한 가치를

실현할 수 있도록 하는 것이

경제학과 정부의 책임이라고 말한다.

면, 그 사회는 이전과는 다른 단계의 사회로 진입할 것이다.

사람들은 당장의 기득권이 현실에서 강력한 힘을 발휘한다고 믿는
다. 그러나 그것은 생각의 힘이 서서히 미치는 영향에 비하면 과도
하게 과장된 논리다. 결국 어떤 생각, 철학, 전망을 품고 있는가가
더 치명적 중요성을 갖고 있다.

케인스의 이 말은 우리에게 용기를 준다.

미국 좌파의 깃발『먼슬리 리뷰』의 대부
폴 스위지

인간의 해방과 자유에 대한 뜨거운 헌신

지난 2004년 94세에 세상을 떠난 폴 스위지(Paul Sweezy)는 미국 마르크스 정치경제학의 대부였다. 그가 미국 마르크스주의 운동사에서 차지해온 위치와 역할은 그야말로 독특하다. 특히 스위지가, 발행부수 1만 부가 채 되지 않는데도 오늘날까지『르몽드 디플로마티크』(*Le Monde Diplomatique*) 못지않게 전 세계적 영향력을 유지하고 있는 독립적인 좌파 월간지『먼슬리 리뷰』(*Monthly Review*)의 창간인이라는 사실은 중요하다.

50년 이상 그는 미국이 주도하고 있는 세계자본주의 체제의 약탈적 성격에 대해 꾸준히 분석해왔다. 스위지가 짚어낸 세계자본주의의 그러한 속성은 지금 점점 더 심화되어가고 있기에, 그가 남긴 지적 유산을 결코 가볍게 여길 수 없다. 근 1세기에 걸친 그의 인생은 인간의 진정한 해방과 자유에 대한 뜨거운 헌신으로 일관해왔다는 평가를 받는다. 이와 함께, 그는 이 시대의 모순을 돌파하려는 비판적 지식인들과 세계 민중들을 결집시킬 수 있는 '연대의 공간', 즉 이론과 현실을 하나로 묶을 수 있는 장(場)을 마련해왔다.

1910년생인 스위지는 겨우 서른두 살이던 1942년 『자본주의 발전의 이론: 마르크스주의 정치경제학 원리』*를 출간하여, 뛰어난 이론적 실력을 갖춘 진보적 경제학자로서 명성을 얻었다. 미국 정치의 근본적 혁파를 겨냥한 마르크스주의 정치경제학 입문서라고 할 이 책의 출간은, 자본주의 경제의 끊임없는 발전과 번성에 대한 사회적 신념이 지배하고 있던 미국 사회에 충격을 주었다.

스위지의 『자본주의 발전의 이론』은 1950~70년대에 걸쳐 좌파 지식인 세대를 길러내는 책이 되었다. 이는 이보다 십 년쯤 앞선 1934년에 미국 공산주의 운동의 최고 이론가 루이스 코리(Lewis Corey)가 펴낸 『미국 자본주의의 쇠락』** 이후 미국 좌파 운동이 얻은 귀중한 이론적 성취였다. 또는 마르크스주의에 대한 1940년대 당시 미국 좌파 운동권의 일반적 이해에 대한 비판의 의미도 있었다.

이 시기 미국 좌파 운동은 대체로 정치와 경제에 대한 총체적 분석, 계급투쟁의 정치적·실천적 의미 등을 제대로 파악하지 못했다. 그보다는 기계적 유물론에 따른 경제주의적 환원론, 즉 자본주의 경제위기가 심화되어가면 자본주의 체제는 저절로 붕괴될 것이라는 생각에 깊이 의존하는 경향을 보였다. 유럽 파시즘의 등장을 자본주의 체제의 위기에 따른 수세국면으로만 파악했던 제3 인터내셔널의

---

* Paul M. Sweezy, *The Theory of Capitalist Development: Principles of Marxian Political Economy*, New York: Monthly Review Press; 폴 스위지, 이주명 옮김, 『자본주의 발전의 이론』, 필맥, 2009.

** Lewis Corey, *The Decline of American Capitalism*, Covici Preide Publishers, 1934.

인식과 궤를 같이하는 것이었고, 이러한 인식은 파시즘 세력에 대한 치열한 투쟁을 어느새 약화시키고 말았던 것이다.

이러한 생각은, 굳이 혁명적 방식이 아니더라도 자본주의 체제 내부의 개혁을 통해 새로운 세계가 올 수 있다는 견해를 미국 좌파 운동권 내부에 유포시켰다. 이에 반해 스위지는 혁명적 변화를 추구하는 역사적 의지가 계속 축적되면서 이를 정치적으로 발휘하지 않고는 인간에 대한 착취와 억압, 빈곤과 전쟁을 강요하는 자본주의 체제의 근본 모순을 해결하기는 어렵다는 입장을 취했다.

이와 같은 그의 이론적 좌표는 특권적 소수의 이윤에 봉사하는 체제를 우선 거부하도록 했다. 대다수 인간의 필요를 위해 봉사하는 정치경제적 질서의 혁명적 전환을 시도하는 것이 양심을 가진 지식인의 임무라는 자세를 평생을 통해 지켜나가도록 했다.

당시 하버드 대학에서 경제학을 가르치고 있었고, 런던 정치경제대학에서 케인스 연구를 했다는 경력으로도 세간의 이목은 그에게 집중될 수밖에 없었다. 대단히 탁월한 엘리트 지식인이었던 것이다. 동부 뉴잉글랜드의 상류계층 출신으로 최고 수준의 교육을 받은 그가 자기 일신의 안락을 위해 기성질서의 옹호와 유지에 힘을 쏟기보다는, 일부 소수 지배계급의 부와 권력을 위해 빈곤과 착취, 억압과 폭력이 제도화되고 있는 현실에 저항한 것은 특기할 만한 일이었다.

스위지의 사회적 역할은 단지 연구에 몰두하는 강단학자로만 그치지 않았다. 그는 마르크스의 말대로, "지식인의 임무는 현실을 해석하는 것에 있지 않고 현실을 바꾸는 것에 있다"는 신념으로 역사적 헌신의 영역을 정치사회적으로 확대해갔던 것이다.

3선을 했던 루스벨트 대통령 시기에 한 차례 부통령을 지냈고 1944년에는 상무성 장관을 역임한 헨리 월러스(Henry Wallace)라는 정치지도자가 있었다. 그는 1948년, 미국 공산당과 연계를 갖지 않은 독립적 좌파세력의 정치조직인 진보당(Progressive Party)의 대통령 후보로 나선다. 이때 스위지는 그와 입장을 같이하면서 현실정치에 뛰어든다. 월러스는 트루먼 정권이 루스벨트의 뉴딜 정책을 하나하나 파괴해나가고 대외정책이 극단적인 반공(Anti-Communism)으로 기울고 있다고 보았다. 또한 뉴딜 정책 시기에 형성되었던 진보세력과 자유주의세력 간의 대연대가 유지해온 기반이 무너지자 이에 반발, 진보당을 기반으로 대권에 도전했던 것이다.

하지만 월러스는 자본주의체제 자체에 대한 근본적인 비판보다는 개량주의적 정책비판에 머물렀고, 결국 기대에 미치지 못하는 득표로 패배한다. 이러한 정치상황에서 스위지는 진보세력과 자유주의세력 간의 연대에 기초한 인민전선(Popular Front)적 투쟁방식에 대한 반성과 함께 좀더 근본적인 혁명성을 가진 지식인 연대의 공간을 마련하는 일에 집중하게 된다.

매카시즘 광풍 한가운데서 창간한 『먼슬리 리뷰』

바로 이와 같은 배경 아래 태어난 것이 『먼슬리 리뷰』다. 이 잡지는 이후 미국의 좌파진영에서 오늘날까지 정파적 차이를 넘어서는 권위를 인정받고 있다. 스위지의 삶과 『먼슬리 리뷰』의 반세기 이상 역사는 서로 떨어뜨려 생각하려야 생각할 수 없는 관계인 것이다.

『먼슬리 리뷰』가 등장한 1949년은 미국의 진보세력에 대한 일대

탄압의 신호탄을 쏘아올린 매카시즘의 광풍이 불기 시작한 때였다. 월러스를 대통령 후보로 내보낸 진보당조차 청문회와 수사대상이 되어가는 상황이었다. 그러니 독립적 마르크스주의 진영의 결집을 내세운『먼슬리 리뷰』를 시작한다는 것은 그 발상 자체로도 무모했을 뿐만 아니라 대단한 용기와 각오가 아니면 되지 못할 일이었다.

『먼슬리 리뷰』를 창간하기 전, 스위지는 1946년 영국 마르크스주의 경제사학자 모리스 돕(Maurice Dobb)의『자본주의 발달 연구』(*Studies in the Development of Capitalism*)에 대한 이행기 논쟁을 통해 서구 좌파 논쟁의 주도적 위치를 차지했다. 그의 명성은 국제적으로도 상당한 지적 영향력을 발휘하기 시작했던 것이다. 이러한 권위가 함께 뒷받침되었기에『먼슬리 리뷰』의 창간은 이 시기 하나의 중대 사건이었다.

스위지는 대공황기인 1930년대에는 당시 미국 민중들의 열렬한 지지를 받았던 미국 공산당의 입장에 적극적으로 동조했다. 그러나 이후 지식인으로서 독자적 위상을 지키기 위해 정당조직과 관련을 끊고 이른바 독립적 좌파 운동으로 들어서게 된다.『먼슬리 리뷰』는 그러한 그의 운동사적 궤적의 결과이기도 했다. 그런데『먼슬리 리뷰』의 실질적인 출발은 독특한 배경을 가지고 있다. 미국 문학의 권위인 F.O. 매티슨(F.O. Matthiessen)이 예기치 않게 받은 유산을 기증받아 이루어졌기 때문이다. 매티슨은 좌파가 아니었으나, 사회적 관심이 깊은 독실한 기독교인이었고 스위지와 하버드 대학 동료교수이자 월러스 선거운동도 함께했었다. 그는 이미 1935년에 하버드 교수노조 결성과정에서 스위지와 동지적 연대를 했던 인물이었다.

독립적 좌파 운동을 주도하다

광란의 '빨갱이 잡기'(redbaiting)로 미국사회가 소용돌이치던 시기에 좌파 월간지의 출범과 그 항해가 순탄할 수는 없었다. 스위지는 1953년 뉴햄프셔 주 검찰에 소환되어 매카시즘의 공세 속에서 투옥 위기에 처했다. 그와 함께 『먼슬리 리뷰』의 창간에 주도적 역할을 했던 리오 휴버먼(Leo Huberman) 역시 1952년, 의회의 비미국인활동청문회(Un-American Activities Committee)에 소환되어 사상검증의 시련을 겪었다. 그러나 이 두 사람은 미국 헌법의 언론자유에 대한 조항을 들어 자신들의 발언과 활동, 책 출간에 대한 질문에 대답하기를 거부하고 매카시즘의 공세에 정면으로 맞섰다. 언론과 사상의 자유가 헌법정신으로 살아 있는 한 자신들의 생각과 표현이 국가적 질문과 추궁의 대상이 될 수 없다는 확고한 신념으로 좌파 운동의 영역을 적극적으로 방어했던 것이다.

이들은 미국 공산당의 노선과 활동내용에 동조하지는 않았으나 공산당 활동을 불법화하는 것에는 반기를 들었다. 특히 스위지는 매카시즘이 결국 미국 내 진보세력을 사회적으로 제거함으로써 내부적으로는 독점자본과 군사주의 세력의 파시즘적 지배행태를 만들어낼 것을 내다보았다. 이와 더불어, 이러한 현실은 제국주의로 치닫고 있던 대외정책에 대한 비판세력을 침묵시키려는 고도의 지배전략임을 간파했던 것이다.

매카시즘의 고조기에 『먼슬리 리뷰』는 겉이 보이지 않도록 포장해서 발송해야 했고, 기고자들도 "어느 대학의 사회과학 교수가"라는 식으로 익명을 통해 자신을 보호해야만 했다. 좌파 또는 진보적 지식인이라는 것이 알려질 경우에 가해질 사회적 매장에 대한 지극한 공포가 지배하던 시대에 등장한 『먼슬리 리뷰』는 실로 대단히 놀라운 용기를 가진 것이었다. 스위지는 이러한 작업의 선두에 서서 미국 좌파 운동의 새로운 발판을 마련했다.

흥미로운 것은, 『먼슬리 리뷰』 창간호에 전 세계적으로 천재와 동일어로 인식되고 있던 아인슈타인이 「어찌해서 사회주의인가?」(Why Socialism?)라는 기고문을 게재함으로써 진보진영의 영역이 대중적 상식을 넘어선 분야까지 포함하고 있음을 보여준 사실이다. 아인슈타인은 사회주의에 대한 공적 논쟁이 정치적 금기사항으로 강제되고 있는 현실에서 『먼슬리 리뷰』가 이에 대한 정당한 논의의 장을 펼쳐줄 것을 주문하면서, 매카시즘의 파고가 좌파 운동을 위협하는 상황을 극복할 수 있도록 촉구했다.

아인슈타인의 이 같은 진보적 사회관은 미국 정부를 당혹하게 했다. 그에 대해 직접적인 공격을 하기 어려웠던 미국 정부는 아인슈타인을 '천진난만한 과학자' 정도로만 대중적으로 인식시키는 프로파간다를 펼쳤고, 이러한 영향은 지금까지 남아 있을 정도다. 스위지와 『먼슬리 리뷰』는 이런 예에서 보듯이 자본주의 체제의 이념적 지배전략과 맞서 싸움으로써 대중들의 역사적 의식을 각성시키고, 좌파 진영의 대중적 위상을 높이는 작업에 진력을 다했다.

『먼슬리 리뷰』를 통해 활동한 스위지의 주변에는 이후 미국 독립적 좌파 운동의 흐름을 만들면서 오늘날에 이르기까지 그 영향력을 지대하게 미치고 있는 좌파 지식인들이 운집했다. 특히 리오 휴버먼, 폴 배런(Paul Baran), 그리고 1968년 이후 해리 매그도프 (Harry

Magdoff) 등은 스위지와 함께 『먼슬리 리뷰』를 무대로 주도적 역할을 하는 좌파 지식인 군단을 형성한다.

1903년생인 휴버먼은 1932년 스물아홉 살에 『우리들 인민』(*We, the People*)이라는 미국 민중사를 출간했으며, 4년 뒤인 1936년에는 대중을 위한 자본주의 경제사 『인간의 재화』(*Man's Worldly Goods*)를 내놓았다. 이 책은 당시 50만 부 이상의 경이적인 판매를 기록함으로써, 진보적 지식인으로서 휴버먼의 명성을 높여주었다. 그는 창간 시기부터 1968년 사망할 때까지 스위지와 함께 『먼슬리 리뷰』의 발전을 책임졌다. 1960년에는 스위지와 쿠바혁명에 대한 실질적인 분석(*Cuba: Anatomy of a Revolution*)을 내놓아, 미국의 대 쿠바 정책이 가지고 있는 기만과 위선을 폭로하는 동시에 제3세계 민족해방운동을 새롭게 조명하는 노력을 기울이기도 했다.

배런만큼 마르크스 경제학자로서 스위지의 지적 탐구의 깊이를 심화시킨 동지도 없을 것이다. 그는 스탠포드 대학 교수로서 매카시즘 시기에 자신이 마르크스주의자임을 공개적으로 천명한 드문 경우였다. 1957년 그가 먼슬리 리뷰 출판국에서 펴낸 『성장의 정치경제학』(*The Political Economy of Growth*)은 세계경제의 제국주의적 구조에 의한 제3세계의 빈곤문제를 집중적으로 분석, 이후 종속이론의 중요한 전거가 되었다. 그의 사후 스위지가 공저로 내놓은 『독점자본』(*Monopoly Capital*)*은 미국 자본주의의 본격적인 정치경제학적 규명을 이룩했다는 점에서 지금까지 그 영향력이 엄존한다.

• 폴 스위지·폴 배런, 최희선 옮김, 『독점자본』, 한울, 1994.

휴버먼이 사망한 후 1968년『먼슬리 리뷰』에 합류한 매그도프는 스위지로 하여금『먼슬리 리뷰』가 제국주의 문제에 대하여 더욱 분명한 입장과 분석을 심화시킬 수 있는 기회를 주게 했다. 베트남전쟁 반대 운동이 일어나고 있던 시기인 1966년, 매그도프의『제국주의의 시대』(*The Age of Imperialism*)를 필두로 스위지가 매그도프와 함께 작업한 경제학적 작업들은 이루 헤아릴 수 없다.

가령『스태그네이션과 금융시장의 폭발』(*Stagnation and the Financial Explosion*, 1982) 또는『돌이킬 없는 위기』(*The Irreversible Crisis*, 1988) 등에서 제기된 금융시장의 혼란과 부채경제의 심화, 노동자들의 빈곤 문제에 대한 분석은, 오늘날 미국 경제가 처한 모순을 명확히 예견하는 탁월한 견해와 이론적 해명이라고 할 수 있다.

스위지와 매그도프의 경제 분석을 읽으면 유럽 마르크스주의자들이 대체로 거대담론과 이론논쟁에 파묻히는 반면, 이들은 매우 구체적인 현실을 분석대상으로 하여 생생한 실물적 접근을 시도한다는 점을 알게 된다. 이러한 경향은 이른바 주류경제학의 실물분석 역량을 능가하는 구체성을 증명해냄으로써 마르크스주의 정치경제학이 이데올로기적 수사로 머물지 않게 하는 길을 열었다.

노동운동가이자 잡지편집자 출신인 해리 브레이버만(Harry Braverman)이 스위지의 작업에 합류한 것은『먼슬리 리뷰』의 지평을 새롭게 넓힌 사건이기도 했다. 그의『노동과 독점자본』(*Labor and Monopoly Capital*, 1974)[*]은 배런과 스위지가 함께 분석했던 독점자

• 해리 브레이버만, 이한주 등 옮김,『노동과 독점자본』, 까치(까치글방), 1998.

본의 대척점에 있는 노동문제를 파고들었으며, 이 책은 오늘날에 이르기까지 여전히 최고의 판매부수를 자랑하는 먼슬리 리뷰 출판국의 출간목록 가운데 하나가 되고 있다.

『먼슬리 리뷰』는 이렇게 스위지 자신의 정치경제학, 휴버먼의 진보적 역사관, 배런의 제3세계 정치경제학, 매그도프의 제국주의 분석, 브레이버만의 노동문제 분석 등으로 다양한 마르크스주의 이론의 영역을 개척해나갔다. 또한 이후에는 영국 좌파 계간지 『뉴레프트 리뷰』(*New Left Review*)의 편집위원 엘런 우드(Ellen M. Wood) 같은 제2, 3세대 마르크스주의 이론가들을 꾸준히 발굴, 등장시킴으로써 미국 좌파 운동의 흐름에 큰 획을 그었다.

스위지와 『먼슬리 리뷰』의 성장사를 이야기할 때 또한 빼놓을 수 없는 것은 먼슬리 리뷰 출판국(Monthly Review Press)의 시작이다. 사실 『먼슬리 리뷰』 하나를 꾸려나가기에도 벅찼던 상황이었다. 그런데 이 시기 스위지는 진보적 언론인으로 명성을 높였던 I.F. 스톤 (I.F. Stone)의 한국전쟁 관련 원고가 어디서도 출판되지 못하고 있음을 알게 된다. 스톤은 미국의 냉전형 대외정책을 비판하면서 기성의 대중적 상식과는 배치되는 입장을 내놓았기 때문에 주류 출판사들이 그의 책 출간을 꺼렸던 것이다.

먼슬리 리뷰 출판국의 출범과 「한국전 비사」

스위지는 스톤 같은 언론인의 발언이 사장되는 것은 진보적 대의에 어긋난다면서 매카시즘이 밀어내고 있는 진보적 지식인들의 출판공간을 확보해야 한다고 마음먹는다. 그런 목적으로 스톤의 책을

내게 되는데 그것이 오늘날 한국전쟁과 관련한 고전적 저서로 남게
된 『한국전 비사(秘史)』(*The Hidden History of the Korean War*, 1952)
다. 이 책의 제목도 스위지가 제안했는데, 미국의 한국전쟁과 관련한
공식적 설명이 은폐하고 있는 진실을 규명한다는 의도에서였다. 이
저작은 훗날 커밍스가 『한국전쟁의 기원』을 쓰는 데 결정적으로 지
적 충격을 주는 근거가 되었다는 점에서, 지식인으로서 스위지의 용
기가 오늘날의 우리와 어떤 인연을 맺고 있는지를 알 수 있을 것이다.

먼슬리 리뷰 출판국의 영향력은 어쩌면 『먼슬리 리뷰』보다 더 강
력해졌는지도 모른다. 수정주의 역사학의 대부인 윌리엄 윌리엄스
는 그가 왕성한 활동으로 명성을 얻게 된 1960년대가 아니라 이미
1952년부터 『먼슬리 리뷰』에 글을 싣기 시작했다. 이렇게 해서 윌
리엄스의 저서 『미국, 쿠바, 카스트로』(*The United States, Cuba and
Castro*, 1963) 등을 비롯하여, 먼슬리 리뷰 출판국은 미국의 기존 출
판계가 기피하거나 외면하던 좌파 지식인들의 역저들을 쏟아낸다.

스위지가 주도한 먼슬리 리뷰 출판국은 마르크스주의의 고전에 속
하는 룩셈부르크, 부하린, 칼 코르쉬 등의 저서들을 번역 출간하기
시작했다. 출간목록에 등장하는 이름들은 화려하다. 프랑크의 『자
본주의와 라틴아메리카의 저개발』(*Capitalism and Underdevelopment
in Latin America*, 1967), 체 게바라의 『쿠바 혁명전쟁 회고록(*Remini
-scences of the Cuban Revolutionary War*, 1968), 만델의 『마르크스주
의 경제학 이론』(*Marxist Economic Theory*, 1970), 루이 알튀세(Louis
Althusser)의 『레닌과 철학』(*Lenin and Philosophy*, 1971), 갈레아노의
『라틴아메리카의 절개된 정맥』(*Open Veins of Latin America*, 1973),

아민의 『세계적 차원의 자본축적론』(*Accumulation on a World Scale*, 1974), 헐 드레이퍼(Hal Draper)의 『칼 마르크스의 혁명 이론』(*Karl Marx's Theory of Revolution*, 1976~90), E.P. 톰슨의 『이론의 빈곤』(*The Poverty of Theory*, 1978) 등 일일이 열거할 수 없을 정도다.

이 책들은 스위지가 가장 왕성하게 활동했던 1960년대에서 70년대 후반에 이르는 기간 동안 나온 것들로서 『먼슬리 리뷰』가 세계적 좌파 운동의 출판 근거지로 자리매김하는 데 핵심적인 작업이 되었다. 이후에도 먼슬리 리뷰 출판국의 출판활동은 적극적인 양상을 보였다. 1990년대 초 동유럽 사회주의 국가들의 몰락에 따른 소강기를 잠시 지나 오늘날까지 손꼽기 어려울 정도로 중요한 저작들을 출간함으로써 좌파 이론의 지적 재고를 충실히 축적하고 있다.

또 『먼슬리 리뷰』가 매년 발간하는 『사회주의 기록부』(*Socialist Register*)는 미국 좌파 진영의 이론적 집결처의 구실을 하고 있으며 21세기에 들어서는 제국주의 문제를 집중적으로 조명하고 있다.

자본주의 대본영에서 자본주의를 비판하다

스위지는 이렇게 좌파 운동의 명맥이 끊어질 위기에 처해 있던 미국 사회에서 자본주의의 야만적 현실에 대한 비판적 저항과 대안의 모색을 이어오는 데 실로 중요한 역할을 했다. 이는, 마르크스주의 정치경제학의 현실적 가치를 유행처럼 쫓다가 냉전지형의 세계적 변화 앞에서 휴지조각처럼 버리고 만 우리의 지난 시기와 크게 대조되지 않을 수 없다. 프랑스의 마르크스주의 철학자 다니엘 벵사이드(Daniel Bensaïd)가 명확하게 주목했던 것처럼, 마르크스의 현대적 의미는 스탈린주의의 허상에서 자유로워진 사회주의 논쟁의 현실에서 더욱 진정성을 가질 수 있게 된 것을 우리 지식인 사회는 간과하고 있는 것 아닌가 싶다.

미국 사회에서 대중에 대한 좌파 진영의 정치적·사회적 영향력은 약하지만 지식인 사회에서 마르크스의 적극적 복권과 아메리카 제국주의 문제에 대한 심도 깊은 논쟁은 그 저력이 만만치 않다. 이는 스위지와 같은 독립적 좌파 운동의 선구자들이 터를 닦은 위에서 진행되고 있다는 점에서 주목할 가치가 높다.

그렇지 않아도 좌파는 아니나 진보적 정치학자 찰머스 존슨(Charlmers Johnson)이 내놓은 『제국의 슬픔』(*The Sorrows of Empire*)이나, 마르크스주의 이론가 데이비드 하비(David Harvey)의 『신제국주의』(*The New Imperialism*) 등의 역작은 모두 오늘날 미국 자본주의 체제가 드러내고 있는 모순과 역사적 한계, 위기적 징후에 대한 분석이다. 이러한 지식인들의 노력은 미국 자본주의 발전에 대한 영구적 신념에 도전했던 스위지 같은 이들의 노력에 맥을 대고 있다.

오늘날 신자유주의 체제의 모순이 드러난 현실에서, 소수 특권계급의 이윤과 권력이 아니라 인간의 필요에 봉사할 체제를 모색하려는 노력은 결코 낡은 것이 아니다. 역사적 상상력과 실천의지를 통해 인간에게 자유와 해방의 권리를 부여하려는 지난한 투쟁은 그 시대마다 모순과 마주하면서 언제나 새로운 울림을 갖게 되어 있다.

마르크스주의는 처음부터 끝까지 인간해방을 목적으로 하고 있다.

이는 스탈린주의에 매몰된 러시아혁명의 현실에 대한 비판을 통해 미국에서 트로츠키 운동을 주도했으며 마르크스주의의 내면에 존재하는 보편적 인간애를 강조한 라야 두나예브카야(Raya Dunayevskaya)의 말이다. 그렇게 본다면, 스위지는 이 마르크스주의의 본질적 목적에 최선을 다해 충실하고자 했던 지식인이라고 할 수 있다. 그는 바란이 늘 주장했듯이, 시대를 '장기적 관점'에서 조명하면서 현실에서 은폐되고 있는 모순들을 정직하게 드러내고 인간의 자유와 존엄성을 최대한 확보할 수 있는 길이 어디에 있는지 지치지 않고 추구해왔다.

완전한 인간해방의 날까지

우리 사회에는 빈부 격차로 더욱 심화되고 있는 사회적 양극화와 이에 따른 빈곤의 절망적 현실 앞에 좌절하는 대중이 여전히 존재한다. 그와 함께, 냉전의 이념적 유산이 사상과 언론의 자유를 제약하고 있으며 미국의 거대한 패권체제 아래 놓인 민족적 처지에 대해 인식의 부재 또는 어떻게 달리해볼 도리가 없다는 식의 패배주의가 내면화되어 있다. 이 같은 한국의 현실에서 스위지 같은 지식인의 노력과 헌신, 굴하지 않는 용기와 실천은 진지하게 평가해야 할 것이다.

세계자본주의의 핵심적 대본영인 미국에서 미국 자신의 진로와 미래를 향해 치열한 비판적 육성을 쏟아냈다는 것은, 오늘날 우리 자신을 돌아보는 데에도 중요한 근거가 될 수 있다. 미국사회의 내면에 존재하는 좌파진영의 역사는 특권을 중심으로 구성된 기존 질

스위지가 평생을 통해 의연하게 실천했듯이,
구태의연한 자본주의 권력의 발언과 논리,
강제력에 맞서 은폐된 진실을 드러내고
해방의 동력을 발견하는 노력은
역사를 진전시킬 것이다.

서와의 쟁투라는 점에서 보편적 교훈을 전해준다.

실로, 좌파에 대한 여전한 이념적 매도와 마르크스주의를 이미 시대적 의미가 사라진 것으로 치부해버리는 지적 현실이 우리 사회의 역사적 발전을 얼마나 심대하게 가로막고 있는지 생각해볼 필요가 있다. 그것은 사유의 역사적 지평을 심각하게 위축시키며 우리의 생각과 상상력을 빈곤하게 만든다.

스위지는 미국사회의 우파적 기득권에 저항하여 좌파진영의 섬세하고도 구체적인 이론적 대안 제시에 주력했다는 점에서 그 공헌한 바가 적지 않다. 그렇기에 반세기 이상에 걸친 그의 지적 충실성과 역사적 용기, 실천적 의지가 소중하게 다가온다. 기만과 억압, 착취와 폭력이 더욱 다양하고 교활한 형태로 유지, 진행되는 이 시대에 인간의 자유와 존엄성을 위한 투쟁은 결코 시대착오적인 과거형이 아니다. 그것을 낡았다고 규정하는 지배세력의 주장이야말로 너무나도 오랫동안 되풀이되어온 낡은 것이다.

스위지가 평생을 통해 의연하게 실천해왔듯이, 구태의연한 자본주의 권력의 발언과 논리, 강제력에 맞서서 은폐된 진실을 드러내고 해방의 동력을 발견하여 이를 우리 모두의 권리로 삼아나가는 노력은 역사를 진전시킬 것이다. 역사는 이에 대해 '유형, 무형의 진보'로 반드시 대답해줄 것이다.

『먼슬리 리뷰』는 스위지가 살아 있던 시기, 노령의 그를 매주 화요일마다 모시고 미국의 현실을 토론하는 세미나를 열었다. 그래서 생전의 그를 만나 이야기를 나누어볼 기회가 있었다. 『먼슬리 리뷰』 창간 50주년 기념식에서 백발의 그를 많은 사람들이 기립박수로 환영하고 깊은 존경과 애정을 표현하던 기억이 또렷하다.

　자본주의가 승리했다고 역사의 종언을 선언하며 기염을 토했던 1990년대를 거쳐, 이제 자본주의의 모순과 위기를 새롭게 인식하고 있는 21세기의 현실은 스위지의 목소리가 여전히 유효함을 입증해 주고 있다. 더욱이 자본주의에서 정치는 언제나 금권정치일 수밖에 없다는 스위지의 경고는 여전히 현실이다. 그의 책은 아직도 빛 바래지 않았다. 자본의 권력을 해체하는 일은 길고 긴 역사의 지치지 않는 투쟁의 결과물일 것이기 때문이다.

제 2 부   사유의

권리

유폐된 자유와 문학

언제부턴가 문학은 일회용 소비품이 되어버렸다. 오늘의 문학은 고전이라는 위치를 아예 열망하지도 않게 되었다. 가볍고 즐겁고 쉬운 것만을 찾는 시대에 그런 기대나 요구는 무리한 현실이 되었다. 문학은 상품이 되는가 아닌가에 따라 가치가 결정되는 상황에 처해 있다. 물론 그 어떤 문화도 그것을 누리는 이가 소비하지 못하면 제 기능을 발휘할 수 없다. 그런 점에서, 상품 또는 소비품이라는 단어가 굳이 문제가 되어야 할 이유는 없다.

그러나 문학이 우리에게 도전해오고, 우리를 고뇌하게 만들고, 새로운 세상에 대한 상상력을 불어넣는 힘을 잃은 채, 한번 읽고 버려도 될 만한 물건이 되는 것은 불행이다. 진열대에 놓여 눈길을 끄는 예쁜 상품이 되고자 발톱과 이빨을 뽑아버린 문학은 인간의 진보에 기여하는 바가 없을 것이다. 우리를 왜소하게 만들 뿐이다. 진지한 얼굴로 인간의 문제를 깊게 파고 들어가는 사람들은 소수가 되어가고 있는데, 이는 모두의 불행이 된다. 풍랑이 일고 배가 파선의 위기에 처해 있어도 아무 일이 없는 것처럼 여기고 사는 것은 자멸로 가는 첩경이다.

한 시대가 고통스럽게 통과하고 있는 고난을 지나치지 않고 그것이 인간정신의 본류에 기여하도록 하는 것은 모든 위대한 문학의 출발점에서 일어난 사건이다. 호메로스의 『오디세이』가 그렇고, 단테의 『신곡』이 그러하며 도스토옙스키의 저작들 또한 그러하다. 우리 문학사에서도 그 같은 정신사적 궤적은 도처에서 발견된다. 그 흐름을 더는 이어가지 않고, 그 고뇌의 강이 메마른 뒤에 등장하는 것은 '소비자'에게 아부하는 글이기 십상이다. 사람들의 생각과 마음이 변모하고 있는데 옛날 것들을 그대로 움켜쥐고 그 방식으로 소통하겠다는 것은 어리석다. 그러나 가치는 사라지고 기교가 선도하는 문학은 '악의 꽃'일 따름이다.

용기를 잃은 문학은 시간이 지나면 소멸하는 폐지(廢紙)가 된다. 시대정신의 뿌리를 캐는 노력을 포기한 문학 역시 미래의 어느 날 누구도 기억하지 못한 채 이미 증발해버린 글자들이 된다. 작가는 나태하면 생명이 멈추는 존재다. 기득권의 경계선에 안주하기를 바란다면, 작가가 아니라 기존 질서의 홍보요원이 될 따름이다. 문학이 오늘날처럼 역사의 몸을 내시경으로 들여다보지 않는 습관에 젖어들어간다면, 결국 남루해질 것이다.

도처에서 사람들이 살아가기 힘겨워하고 행복할 자유를 앗기고 있는데 침묵하고 있는 문학은, 누구를 위해 그토록 딸랑거리는 종인가? 풍자와 익살과 은유의 역설로 우리를 즐겁게 하고, 세상의 악한 권세를 난타하며, 생각의 깊이를 난데없이 만들어내는 웅장하면서도 섬세한 문학을 만나고 싶다. 자유에 대한 갈망은 문학의 본토다. 세르반테스의 돈키호테가 너무도 그리운 시대다.

작가들이여, 왜 그렇게 빨리 늙습니까

제임스 미치너, 『소설』

성공하지 못한 노년의 작가

『소설』*의 줄거리는 저명 작가가 된 노년의 루카스 요더가 1990년 어느 날 겪는 이야기에서 시작된다. 그는 젊은 시절 네 권의 책을 낸 바 있으나 별로 성공을 거두지 못했고, 작가로서 길을 계속 걸을 수 있을지 의문시되었던 인물이다.

요더가 그려내는 이야기는 펜실베이니아 주의 독일계 청교도인들이 살고 있는 마을(가상의 그렌즐러)의 풍경과 습속, 그리고 사람들이 잘 알지 못했던 인간적 갈등이 만들어놓은 전통 같은 것들이다. 그런 까닭에 이곳의 사정에 관심을 두지 않는 한 대중들의 눈을 사로잡기 어려운 것이 뻔하다.

그러나 그의 작품은 완고할 정도로 세상의 변화에 마주해서 버티고 있는 사람들, 지나간 것에 대해 애착을 지니면서 그 가치를 지켜내는 사람들, 이제는 사람들이 버리고 쳐다보지도 않는 것들을 다시

• 제임스 미치너, 윤회기 옮김, 『소설』, 열린책들, 2009; James Michener, *The Novel*, Fawcett, 1992.

주위 그 가치를 새롭게 인식시키려는 치열한 노력을 우직하게 담고 있다.

뉴욕 키네틱 출판사의 편집자 이본 마멜은 이런 그의 작품에 처음부터 주목한다. 고등학교만 졸업한 맹렬 편집자인 마멜은 남들이 성공하지 못할 것이라고 하는 요더의 책을 붙들고 씨름한다.

네 사람의 시선, 하나가 되어가는 몸

여기서 우리는 작가 요더와 편집자 마멜 사이에서 책의 내용과 방향, 문체, 구성 등을 놓고 벌어지는 긴장감 넘치는 때로의 대치와 때로의 격려, 그리고 서로에 대한 깊은 신뢰를 보게 된다.

마멜의 고집스러운 옹호와 끈질긴 인내 덕으로 요더의 작품은 전국적 명성과 국제적 인기를 모으는 단계까지 온다. 키네틱 출판사가 여러 위기에 처하게 되었을 때에도 그녀와 요더는 '의리'라는 말로 집약될 수 있는 관계를 유지하고, 훗날에는 가족과도 같은 인간관계를 맺게 된다. 마멜이 뉴욕을 떠나 요더가 사는 그렌즐러로 이주하기까지 할 정도다.

이들 사이에 등장하는 인물이 비평가이자 문학평론을 전공하는 칼 스트라이버트 교수다. 그는 자신의 스승인 옥스퍼드의 저명한 문학평론 교수와 동성애 관계를 맺는 인물로, 스승의 문학적 이론에 토대를 두고 요더의 작품에 대해 비판적인 견해를 굽히지 않는다. 한편 티모시 몰이라는 뛰어난 젊은 제자가 등장하면서 그의 인간관계에 새로운 긴장이 생기기도 한다. 또 스승이 사망한 이후 스트라이버트의 정신세계는 여러 고비를 겪게 된다.

이런 가운데 몰과 요더, 마멜, 그리고 몰의 할머니이자 이 작품에서 독자로 등장하는 제인 갈런드가 서로 얽히면서 치열한 작품론이 전개된다. 세월이 지나면서 질투를 느낄 정도로 성장하는 몰의 갑작스러운 죽음은 이 작품의 대단원을 이끄는 사건이 된다. 그 발상과 접근이 새로운 시대를 암시하고 있는 너무도 일찍 사망한 탁월한 한 젊은 작가인 몰의 작품을 책으로 내놓는 작업을 통해, 이 네 명의 인물들은 한몸이 되어간다.

『소설』은 대립과 긴장, 비판과 이해, 만남과 결별 등의 고개를 넘어 앞으로의 문학이 어떻게 되어야 할 것인지를 묻는다. 이제 마지막 작품을 썼다고 생각하고 다들 그렇게 여긴 요더는 이 사건 이후, "지나가고 죽은 것을 되살리는 과거 속에 사는 것이 아니라, 지금의 현실을 마주하고 그려내겠다"는 요지의 말을 한다. 그러면서 자신의 문체와 발상, 표현과 접근에 대해 신랄할 정도로 비판했던 스트라이버트나 몰의 말이 맞았음을 인정한다. 이는 노년에 접어든 작가 미치너의 자기고백적인 대목이기도 하다.

남태평양의 작가, 여든넷의 유산

작가 제임스 미치너(James Michener) 하면 '남태평양'을 먼저 떠올리게 된다. 1907년생인 그는 39세였던 1946년, 첫 작품 『남태평양 이야기』(*Tales of the South Pacific*)를 발표하여 이듬해인 1947년 퓰리처상을 받았다. 제2차 세계대전 중이었던 1943년, 미 해군의 역사편찬위원으로 남태평양에 파견되어 그곳에서 지냈던 경험이 이 작품의 뿌리가 된다. 훗날 이 책은 뮤지컬과 영화 『남태평양』(*South*

Pacific)으로도 만들어진다.

무수한 소설을 발표한 미치너는 가히 '미국 대중소설의 신'이라는 위상을 지니게 되었다. 『소설』은 다소 늦게 작가의 길로 들어선 그가 84세였던 1991년에 펴낸 작품이다. 이 작품이 특이한 것은 여든이 넘은 그의 원숙한 문학관과 출판계에 대한 풍부한 경험이 녹아 있다는 점과, 작가-편집자-비평가-독자라는, 책을 중심으로 구성되는 네 개의 시선이 팽팽하게 긴장하면서 각자 개성을 드러낸다는 점이다. 그런 까닭에 미치너의 『소설』은 글을 쓰려는 이나 책을 만들고자하는 이, 또 비평에 관심을 가진 이라면 반드시 읽어야 할 필독서처럼 인식되고 있다.

같은 뉴욕 출신이면서 그보다 늦게 태어난 폴 오스터(Paul Auster)가 쓴 『뉴욕 3부작』(*The New York Trilogy*), 에서는, 작가가 작중 인물인 작가가 되기도 하고 그 작가가 작품에서 그려내는 작중 인물인 탐정이 되기도 하고 그 탐정이 뒤쫓는 인물이 되기도 하는 등 한 인물에게서 여러 인물이 겹치는 과정에서 자기를 찾는 구도가 보인다. 이에 반해 미치너는 작가 자신을 네 명의 등장인물로 나눈 셈이다. 그러면서 작가와 출판사, 비평가와 독자라는 책을 받치고 있는 전면적인 구조를 노출시키고 그것을 통해 작가 자신의 목소리와 작가를 둘러싼 세계를 구축해내고 있다.

오스터의 작품을 읽을 때 리버사이드 파크, 펜 스테이션, 브로드웨이, 암스테르담 애버뉴 등 뉴욕을 아는 독자라면 그 이름을 지닌 공간이 익숙하게 느껴지듯이, 펜실베이니아를 무대로 삼은 미치너의 『소설』도 앨런타운, 드레스덴, 리딩, 베들레헴이라는 곳을 아는 이들은 그 지명을 떠올리게 하는 풍경을 어렵지 않게 잡아낼 수 있다. 특히 이 작품은 펜실베이니아에 거주하는 독일계 청교도 마을의 역사와 풍습, 인간관계를 밑그림으로 그린다는 점에서 지역적 개성이 강하다.

이런 지역성은 뉴욕이라는 대도시에 비해 시골이라고 할 수 있는 이곳의 이야기를 뉴욕에 있는 출판사가 어떻게 전국적으로 호소력 있는 작품이 되게 하는지를 보여준다. 또 고도의 문학비평 훈련을 받은 지식인의 눈에는 특별한 문학 수업을 받은 것도 아닌, 구시대적 인물로 보이는 작가가 어떻게 대중에게 호소력 있는 저자로 받아들여지는지에 대한 질문도 던져진다. 뿐만 아니라 문학적 논란의 와중에도 서로에게 오가는 인간적 영향력과 관계의 내면적 본질 같은 것이 갈등과 화해, 이해와 결별 등의 여러 극적 요소와 결합되어 펼쳐진다.

미치너는 대중적 인기를 모은 작가이기는 하지만, 그에 대한 문학적 평가는 통상적으로 높지 않다. 또 그의 이념적 좌표가 다소 보수적이고 미국주의적인 지점에 있는 것은 분명하다. 그런 요소들이 이따금 이 책을 읽어내는 데 걸리는 대목으로 나타나긴 해도, 작품 전체가 말하고자 하는 것, 노년의 원숙한 경지에 오른 작가가 남기려 했던 목소리가 무엇인지 주목해본다면 의외로 얻는 바가 적지 않다.

작가, 비평가, 편집자, 독자는 무엇을 해야 하는가

미치너의 『소설』에서 작가는 자신의 문법과 현실에 충실하고, 비평가는 그것이 담고 있는 가치를 인정하는 동시에 그 한계를 뛰어넘으라고 질책하며, 편집자는 자신이 아끼는 작가의 미래에 기대를 걸고 치열한 싸움을 한다.

그리고 독자는 세월이 흐르면 자신의 독서에 대한 세계관도 변화하는 것을 깨닫는다. 세상에는 그 어느 것도 절대적으로 고착된 것은 없고, 어느 기준 하나만이 유일하게 진실일 수는 없다. 인간은 때로 이것을 사랑하기도 하고 때로 저것을 갈망하기도 한다. 그러면서 그 사이사이에 새로운 내면의 성장과 변모를 겪게 마련이다.

이 작품을 읽으면서 강렬한 느낌을 받은 대목은 글 쓰는 이가 치러야 하는 비판을 어떻게 소화해나가는가, 좋은 책을 만들기 위해 고투하는 편집자의 실력과 권위는 어떻게 다져지는가, 인간관계와는 별도로 비평의 냉혹함을 어떻게 받아들일 것인가, 그리고 좋은 독자의 공동체는 어떻게 만들어지고 자라나는가의 문제 같은 것들이었다. 이것은 우리 현실에서 인문학이 처한 상황과, 그것이 새로운 계기를 잡아 이 사회의 정신적 자양분으로서 자리매김하는 길에 대한 물음이기도 하다.

미치녀는 이 작품을 통해, 문학하는 이들이 가져야 할 정신적 뿌리에 대해 줄기차게 묻는다. 그것을 잃었을 때 어떤 장벽과 고독에 빠지게 되고, 더는 앞으로 나아가지 못하고 마는 위기에 직면하게 되는지 일깨운다. 그와 동시에 거기에만 사로잡혀 있을 때, 새로운 변화를 자신의 내면에 적극적으로 수용하거나 창출할 수 있는 안목을 상실할 수 있음도 동시에 말하고 있다.

오늘날 한국문학은 어떤 벽에 부딪히고 있다. 몇몇 인기 작가의 작품 외에는 우리 사회에 지적 충격을 주지 못하고 있다. 그런 가운데 한쪽에서는 인문학에 대한 새로운 시도가 제도권과 비제도권에서 이루어지고 있다. 여기서 가장 중요한 것은 작가의 훈련과 독자의 성장이다. 두 가지가 서로 만나 하나의 불꽃을 일으켜나가는 사건이 없고서는 우리의 지식 생태계는 계속 허덕일 것이다.

그 허덕임에서 벗어나기 위해서는 어찌해야 하는가? 『소설』에 등장하는 작가 루카스 요더는 여든넷, 이제는 모든 것을 마무리하고 자신의 세계를 하나의 성채로 고정시킬 만한 때에 기로에 처한다. 비명에 간 젊은 작가 티모시 톨의 세계에 눈뜬 것이다. 그는 새로운 도전을 한다.

그런 의미에서 요더는 미처녀의 분신이다. 지금까지 자신이 영혼 깊숙이 지켜온 세계에 대해 요더는 묻는다. 이것이 최선인가? 다시 새롭게 시작하는 것은 무모한 일인가? 그의 아내 엠마는 말린다. 그러나 요더는 밤늦게 서재로 들어선다. 새로운 작품이 탄생하는 시각의 시작이다.

이는 무엇을 말하는가? 우리는 너무 쉽게 노화하고 있는 것은 아닐까? 또는 너무 빨리 좌절하고 있는지도 모른다. 아니면 자신에 대한 기대조차 접고 사는지도 모르겠다. 그러나 하나의 봉우리가 이루어지기 위해서는 언제나 끊임없는 열정과 새로운 발상의 시도를 통한 실험이 필요하다. 그것이 지금까지의 세계를 스스로 난도질하는 듯해도.

요더의 다짐을 다시 되새기자면 이렇다. "지나가고 죽은 것을 되살리는 과거 속에 사는 것이 아니라, 지금의 현실을 마주하고 그려내겠다."

하나의 봉우리가 이루어지기 위해서는
언제나 끊임없는 열정과 새로운 발상의
시도를 통한 실험이 필요하다.
그것이 지금까지의 세계를 스스로
난도질하는 듯해도.

우리는 다름 아닌 용기를 잃었는지도 모른다. 오늘날 한국문학은 현실과 대치하기에는 너무 쉽게 자신을 이미 늙어버린 존재로 여기는 것은 아닐까? 아무리 나이가 들어도 다시 새로운 들판을 향해 달려가는 무모할 정도의 용기를 지닌다면『소설』은 계속될 수 있을 것이다. 인문학의 빛나는 성취는 그런 용기 있는 자에게 돌아가는 위대한 선물이 아닐까?

신을 찾지 않는 시대, '수난'은 끝났는가

김은국, 『순교자』

인간을 지켜내는 약속과 희망

오늘날 한국 교회는 더 이상 수난을 감당하고 극복하려는 공동체가 아니다. 교회에만 국한되는 현실이 아니다. 고난의 역사적 의미나 인간이 겪는 고통에 대한 질문과 대답을 마련하는 정신적 노력도 낯선 것이 되고 말았다. 그 대신 금전에 대한 욕망과 그 욕망의 사다리로 올라서기 위한 각종 지침서가 그 자리를 차지하고 있다. 그렇다고 인간의 고통이 그친 것은 아닌데도 말이다. 김은국의 『순교자』는 우리가 직면한 이런 현실을 새롭게 조명하게 한다. 그것도 매우 치열하게.

시대는 달라졌지만 그가 던진 질문은 여전히 유효하다. 한국전쟁이 한참이던 때, 평양의 목사 열두 명이 공산당의 박해로 집단 처형당하고, 함께 끌려갔던 사람들 가운데 두 명만 살아남은 사건의 내면과 그 진실을 파고든 작품이 그럴 수 있다는 것은 언뜻 설득력이

• 김은국, 도정일 옮김, 『순교자』, 문학동네, 2010: Richard E. Kim, *The Martyred*, George Braziller, 1964.

없어 보인다. 그러나 이 이야기는 결코 만만치 않다.

일제 식민지 시절부터 평양은 조선 기독교의 본산이라고 할 만한 위상과 위력을 지니고 있었다. 그러나 한국전쟁이 발발하기 전, 상황은 매우 나빠지기 시작한다. 작중의 사건은 그런 현실에서 벌어진 열네 명의 목사들에 대한 집단 처형의 진상을 파헤쳐가는, 각기 다른 시선을 가진 인물들의 관계가 중심이 된다.

전쟁 초기 북쪽이 우세했던 전선이 역전되면서 남쪽의 군대가 평양에 입성한다. 평양의 정세를 관리하게 된 육본 정보국 평양 파견대장 장 대령은 이 집단 처형 사건을 접하면서 살해된 목사들을 순교자로 만드는 작업을 추진하려 든다. 그런데 문제는 처형당했다고 여긴 열네 명 가운데 두 명이 살아남은 것이었다. 생존한 목사 가운데 작중의 주인공이 되는 신 목사는 대다수의 존경을 받는 위치에 있었고, 다른 한 명은 처형장에서 미쳐버리고 만다.

모두가 죽임을 당했는데 살아남았다면 이들은 처형장의 진실을 증언할 수 있는 최후의 증언자이거나 또는 배교를 대가로 살아남은 자들이 된다. 신 목사는 처형장의 진실에 대해 계속 침묵하고, 장 대령의 부하인 이 대위는 "진실은 뇌물을 먹일 수 없다"며, 장 대령의 국가주의적 요구에 따른 순교자 날조 작업에 반기를 든다. 이 대위는 진실이 아무리 고통스럽더라도 밝히고 넘어서는 것이 옳다고 믿는다.

한편 이 대위의 친구인 박 대위는 자신의 아버지가 처형당한 목사의 한 사람이라는 것을 알고 나서 그 최후를 궁금해한다. 박 대위는 신앙 문제로 의절해버린 아버지가 죽음의 현장에서도 여전히 그의 믿음을 지켰는지 알고 싶었던 것이다. 순교자가 된 아버지인가, 아니면 인간의 고통과 신의 부재를 받아들이고 역사에 희망을 거는 인간으로 돌아간 아버지인가가 그에게 중요했던 것이다.

그러나 신 목사는 그런 의문과 전혀 다른 도전에 직면하고 있었다. 약속이 깨지고 희망이 실종된 현실에서도 여전히 약속을 믿고 희망에 기대어 살아가게 하려면 어떻게 해야 하는가. 그것이 그에게 닥친 문제였다. 이는 처형 현장에 대해 그가 진실을 밝히는 것이 좋은지, 아니면 거짓을 꾸미는 편이 나은지를 결정하는 선택과 직결되는 사안이었다. 박해받는 기독교 편에 서 있다는 이미지를 만들기 위한 국가가 요구하는 순교와, 인간의 본질적 구원을 위해 필요한 순교의 차이는 명백하다.

사실에 바탕을 둔 진실이 구원이라고 여기는 이 대위 앞에서 신 목사는 이렇게 말한다.

"나는 절망이 어떻게 사람들의 정신을 마비시키고 그들을 어둔 감옥으로 던져 넣고 있는지를 보았소. 마을은 폭격과 포격을 당하고 석 달 사이에 두 번이나 털려 모두 알거지가 돼 있소. 젊은 남자들은 전쟁에 나가 죽고 딸, 누이, 아내, 어미 할 것 없이 여자들은 죄 강간 당하고 먹을 건 없고 병자가 생겨도 돌봐줄 길이 없소. 지옥이 따로 없었다오."

그리고 이어지는 그의 말에 이 작품의 모든 고뇌가 녹아난다.

"나는 인간이 희망을 잃을 때 어떻게 동물이 되는지, 약속을 잃을 때 어떻게 야만이 되는지를 거기서 보았소. 그렇소. 당신이 환상이라고 부르는 그 영원한 희망 말이오. 희망 없이는, 그리고 정의에 대한 약속 없이는 인간은 고난을 이겨내지 못합니다. 그 희망과 약속을 이 세상에서 찾을 수 없다면(하긴 이게 사실이지만) 다른 데서라도 찾아야 합니다.

……나의 희망? 될수록 많은 이들이 절망의 노예가 되지 않고, 될수록 많은 이들이 어떤 목적을 가지고서 이 세상의 고난을 이겨내고, 될수록 많은 이들이 평화와 믿음과 축복의 환상 속에서 눈을 감을 수 있으면 하는 것, 그게 내 희망이오."

진실이 아닌 환상으로라도 인간에게 희망을 줄 수 있다면 그것을 택하겠노라는 신 목사는 병상에서 떼로 죽어가는 이들의 신음 소리를 듣게 된다.

"저 환자들 소리 들리오? 나는 저들이 아파하는 소리와 신음하는 소리를 들었소. 지금도 계속 듣고 있소."

이 대위와 신 목사의 대화는 계속된다.

"그런 데는 신경 쓰지 마십시오." 나는 사정했다. "어서 주무시도록 하세요."

"저 사람들, 지금 죽어가고 있는 거지요?" 그가 속삭이듯 말했다.

"많이들 죽게 되오?"

"그렇지 않습니다, 목사님." 나는 거짓말을 했다.

희망은 때로 사실을 외면해야 태어나는 진실인가? 아니면 그 사실과 정면으로 마주해야 비로소 솟아나올 수 있는 힘인가?

고통의 신음소리에 귀를 열고 있는 신 목사는 오늘날 교회의 목사들과 사뭇 다른 모습이다. 오늘의 교회가 유포하는 희망은 매우 현실적인 환상이다. 그것은 고난을 이기는 진실이기보다는, 이웃이 내지르는 고통의 신음 소리에 귀를 막고 혼자 욕망의 성취를 완성하기 위한 마약이 되고 있다.

"우리는 살아남았으나 부상당했다"

작중에 등장하는 이 대위와 그의 친구 박 대위는 대학에서 인류 문명사를 강의한 지식인 출신이다. 이들이 인류 문명사를 가르쳤다는 것은 작품의 전체 주제와 본질적으로 연결된다. 인류가 삶을 시작한 이래 겪어온 고난과 그 운명의 짐에 대한 작가의 주제의식이 표현되기 때문이다.

그래서 김은국은 횔덜린의 「엠페도클레스의 죽음」의 한 대목을 작품을 시작하기 전 인용한다.

그리고 신성한 밤이면 나는 이 엄숙한 대지, 괴로워하는 대지에 내 가슴을 맡기고, 운명의 무거운 짐을 진 이 대지를 죽을 때까지 충실하게, 두려움 없이 사랑하며 그의 수수께끼를 단 하나도 경멸하지 않을 것임을 약속했노라. 그리하여 나는 죽음의 끈으로 대지의 품에 들었노라.

김은국은 이러면서 허무주의를 이겨내려 한다. 그건 인간의 삶에 대한 끈질긴 사랑과 책임을 지켜내고자 그가 몸을 던진 정신의 참호 속에서 얻은 성찰이기도 하다. 이 작품을 까뮈에게 헌사한 것도 그런 이유에서다. 그러나 그건 쉽게 얻은 것이 아니다. 작품의 첫 장에서 이 대위와 박 대위는, "우리는 살아남았으나 둘 다 부상당했다"고 묘사한다. 대구 방어전투와 서울 탈환전에서 각기 얻은 포탄과 총알의 흔적이 그들의 육신에 박혀 있다.

우리도 그렇게 지난 세월을 살아남았다. 그러나 그들과는 달리, 여기저기 부상당해 상처투성이인데도 그것을 모른다. 그래서 우리를 다치게 한 현실에 대한 질문은 애초부터 존재하지 않는다. 자신이 무엇을 잃었는지, 누가 그것을 앗아갔는지 모르는 채 살아간다. 삶을 방어하고, 권리와 의미를 탈환하는 과정에서 어느 무릎이 깨지고 어느 팔이 저격당했는지 기억조차 하지 않는다. 그건 살면서 으레 있는 일이라는 투다. 그래서 매일 일어나는 우리 일상 속 전쟁을 용인하면서 산다.

이 책을 처음 읽었던 것은 어느새 30년도 더 되는 청년의 때였다. 그 시절 내 손에 들렸던 『순교자』는 우선 그 제목이 주는 심상치 않은 종교적 무게와 함께 '처형장의 진실'을 캐는 추리소설처럼 긴장감 넘치게 전개되는 구성이 하나로 어우러진 기묘한 이야기라는 느낌을 주었을 뿐이다. 흥미와 주제라는 점에서 다소간의 지적 충격을 받긴 했지만, 그 여운이 그리 길진 않았다.

그 시절 우리에게 더욱 강하게 다가온 현실은 권력의 무자비한 억압에 대한 싸움이었기 때문에 그랬는지 모르겠다. 공산주의에 의한 기독교 박해라는 소재가 자칫 반공주의로 이어지는, 판에 박힌 논리를 은근히 숨겨놓은 작품이 아닐까라는 의심도 한몫을 했을 게다. 그러나 그것은 이 작품을 제대로 읽지 못했던 탓이다.

1970년대의 교회가 이미 수난과 결별하고 자본의 수중에 몸을 던지고 있던 상황에서 『순교자』는 열정을 가지고 읽기에는 낡은 작품이었다. 그러나 세월이 흐르고 역사의 변화 속도에 점차 관대해지는 동시에 더욱 본질적인 정신사의 기원과 그것으로부터 길어 올려야 할 힘에 관심을 기울이면서 김은국의 『순교자』는 다르게 다가왔다. 그것은 번역자 도정일이 고백하듯이 '『순교자』의 재발견'이라고 할 만하다.

시대적 시선과 『순교자』의 재발견

도정일의 고백이다.

『순교자』는 인물, 시간, 장소 같은 외적 요소들은 한국의 것으로 임차하고 있으되 정신과 의식 같은 결정적인 내부 요소들은 서구적인 것들로 채우고 있다는 것이 지난날 이 소설에 대한 나의 의견이었던 셈이다. 물론 나의 이런 견해는 한국 독자들이 『순교자』에 어떤 반응을 보일까라는 제한된 문제를 우선적으로 고려했을 때의 것이지 반드시 이 소설에 대한 나의 전체적 평가를 담은 것은 아니다.

그러나 그렇다 할지라도, 『순교자』를 다시 읽는 동안 나는 내 견해의 상당 부분에 수정이 필요하다는 생각을 하게 되었다. 나는 『순교자』를 재발견한 것이다.

『순교자』는 1964년 삼중당에서 장왕록의 번역으로 나왔다. 이후 작가 김은국이 새로운 번역과 재출간을 도정일에게 부탁한다. 1978년이었다. 그리고 나서 30년이 흐른 2010년, 도정일은 자신의 번역을 새롭게 손대는 가운데 다음과 같은 질문과 만난다.

인간이 당하는 고통에 의미가 있는가? 고통이 의미가 없고 인간존재 자체가 무의미하다면 인간은 그 난국에 어떻게 대처할 것인가? 그래서 어떻게 자기존재의 품위를 확보할 수 있단 말인가?

이로써 그는 이 문제들과 내면에서 난상토론을 벌이는 자신을 보게 된다. 이 책을 읽는 독자들 역시 다르지 않을 것이다.

1970년대 당시, 비슷한 시기에 엔도 슈사쿠(遠藤周作)의 『침묵』을 읽었다. 이 작품은 17세기 일본의 기독교 수난사 속에서 겪은 하나님의 침묵과, 신앙을 지켜내기 위한 배교라는 역설을 주제를 다루었다. 이와 비교하자면, 『순교자』는 한국전쟁 시기에 평양에서 일어난 기독교 수난사의 한 장면에 얽힌 하나님의 부재와 인간의 고통을 깊숙이 응시하게 하는 작품이었다. 그러면서 고난의 벼랑 위에서 어떤 선택으로 인간의 희망을 만들어낼 수 있을까를 묻는다.

두 작품 모두 인간이 처질한 궁지에 몰릴 때 하나님은 어찌하여 아무런 말씀도 행동도 없으신가라는 질문 앞에 서 있다는 점에서 유사성을 보인다. 그런 한편 김은국의『순교자』는 미스터리로 짜인 사건만이 아니라, 작중 인물의 내면으로 더 치밀하게 파고드는 힘이 있다. 그래서 이 작품은 출간 당시『로스앤젤레스 타임스』의 서평이 언급한 대로 "눈부시고 강력한 소설"(brilliant and powerful novel)이라는 격찬을 받을 만하다.

김은국의『순교자』는 이 작품을 읽는 시대의 사회적 시선에 따라 여러 가지 모습을 취하는 힘을 갖는다. 1950년대 전쟁과 수난의 현실에서 붙들려는 희망과는 달리, 이 작품이 출간된 1960년대에는 기존의 수난 공동체의 해체와 함께 어떤 희망을 중심으로 재건 또는 재구성이라는 미래를 만들어낼 것인가라는 주제와 마주하며『순교자』를 읽게 된다. 1970년대 말이면 교회는 자본의 성채가 되어가고, 오늘날에 와서는 그 성채의 부패와 사회적 지탄 속에서『순교자』는 전혀 다른 빛을 발하며 우리의 현실에 대해 발언한다.

수난이 없으니 그에 따른 희망도 더는 필요 없을 것이라고 믿는 이 시대에,『순교자』는 고난을 이겨내는 인류의 역사와 깊숙이 만나 대화하는 노력을 떠올리게 한다. 그리고 그 노력이 맺어가는 성찰의 열매를 함께 나누는 즐거움에 대해 생각해볼 수 있기를 바라고 있는지도 모르겠다.

뛰어난 번역으로 다시 태어나다

『순교자』는 또한 번역이 어떠해야 하는지를 일깨우는 즐거움도 선사한다. 순교자의 첫 대목 원문이다.

The war came early one morning in June of 1950, and by the time the North Koreans occupied our capital city, Seoul, we had already left our university, where we were instructors in the History of Human Civilization.

도정일은 이렇게 번역해놓았다.

1950년 6월 어느 이른 아침 전쟁이 터졌고 북한 인민군이 수도 서울을 점령했을 무렵, 우리는 인류 문명사 담당 강사로 재직했던 대학을 이미 떠난 뒤였다.

이처럼 그의 번역은 매우 박진감 있게 원작을 살려놓았고, 영어로 쓴 이 작품을 문체와 표현이 단단한 한국어 작품으로 변신시켰다. 박 대위가 친구 이 대위에게 보내는 글이다.

I have been clinging onto the precipice of History, but I give up. I am prepared to take leave of it.

이에 대한 번역 또한 『순교자』를 본래 우리말로 쓴 작품이라고 착각하게 할 정도다.

역사의 벼랑에 그동안 매달려왔지만, 이젠 포기하네. 손 놓을 준비가 됐네 그려.

우리는 여기저기 부상당해 상처투성이인데도 그것을 모른다.
매일 일어나는 우리 일상 속 전쟁을 용인하면서 산다.
고난의 벼랑 위에서 어떤 선택으로 인간의 희망을
만들어낼 수 있을까.

순교자의 마지막 장면은 부산의 이 대위가, 피난처 신 목사의 친구인 고 목사가 인도하는 예배를 보고 나온 후 난민 천막들 사이로 걸어 들어가는 모습이다.

I walked away from the church, past the rows of tents where silent suffering gnawed at the hearts of people — my people — and headed toward the beach, which faced the open sea. There a group of refugees, gathered under the starry dome of the night sky, were humming in unison a song of homage to their homeland. And with a wondrous lightness of heart hitherto unknown to me, I joined them.

나는 걷기 시작했다. 줄지어 늘어선 난민 천막들…… 수많은 고난이 소리 없이 사람들의, 내 동포들의 가슴을 쥐어뜯고 있는 그 천막들을 지나 나는 넓은 바다가 와서 출렁이고 있는 해안 모래밭 쪽으로 걸어갔다. 거기에는 또 다른 한 무리의 피난민들이 별빛 반짝이는 밤하늘을 지붕삼고 모여 앉아 두고 온 고향의 노래를 흥얼거리고 있었다. 그러자 나는 그때까지 한 번도 느껴보지 못했던, 신기하리만큼 홀가분한 마음으로 그들 사이에 섞여 들었다.

뛰어난 문학성을 지닌 번역으로 다시 태어난 『순교자』. 한국전쟁이 끝나고 겨우 10년이 지난 시점에, 그것도 서른두 살 청년이 쓴 경이로운 이 작품을 다시 읽는 것은 이 시대의 축복일 수 있다.

순교의 시대는 아니지만, 수난의 역사가 아직도 멈추지 않은 오늘날에도 인간에게 여전히 희망이 필요하지 않은가?

바보들의 나라는 어디인가

아이작 싱어, 『바보들의 나라, 켈름』

노벨 문학상을 받은 동화작가

동화의 뿌리인 우화나 민담 또는 전설에는 날카로운 정치·사회적 비평과 풍자가 담긴 경우가 태반이다. 『이솝 우화』는 권력자의 허위에 대한 정치 풍자이며, 톨스토이의 민담 또한 현실에 대한 날선 비판과 각성의 촉구가 들어 있다. 우리의 『토끼전』이나 여러 판소리 안에 설치된 해학 역시 마찬가지다.* 권정생의 동화에는 생명에 대한 근본적 성찰과 함께 정치 현실에 대한 본질적 비판이 보이지 않게 깔려 있다.

그런데 우리의 동화 쓰기는 이런 전통과 흐름이 단절되어 있다시피 하다. 권력의 검열을 비켜나가는 수단으로 동화라는 장르를 선택하거나 또는 아이들 때부터 현실 학습에서 비판의식을 길러나가는 방식으로 민담의 전통을 잇는 것은 부담스러운 모양이다.

노벨 문학상 수상자인 폴란드계 유대인 작가 아이작 싱어(Isaac

---

* 필자의 책 「동화독법」(이봄, 2012)은 이러한 문제의식을 갖고 우리가 익히 잘 알고 있는 민담 동화를 분석, 해설했다.

Singer)의 『바보들의 나라, 켈름』*은 그런 의미에서 아이들의 동화이기도 하고 어른들이 함께 읽고 생각할 수 있는 작품이기도 하다. 국내에서는 대체로 동화작가로 알려져 있지만, 싱어는 성인을 위한 소설에서부터 아이들을 위한 동화에 이르기까지 작품 세계가 다채롭고 양도 만만치 않은 다작의 작가다.

국내에서는 『원수들, 사랑 이야기』**를 비롯해서 몇 편이 번역되어 나오긴 했어도 그 놀라운 해학과 풍자 그리고 이야기 솜씨를 마음껏 맛볼 수 있는 그의 작품은 아직 번역 출간되지 않았다. 그의 대표적인 단편인 저 유명한 「바보 김펠」「루브린의 마술사」(The magician of Lubrin), 「짧은 금요일」(Short Friday), 그리고 장편인 『허드슨 강변의 그늘』(Shadow on the Hudson) 같은 작품은 아직 국내 독자와 제대로 만나지 못한 형편이다.

싱어가 동유럽계 유대인의 언어인 이디시어로 쓴 「바보 김펠」은 그 자신 역시 노벨 문학상을 받게 되는 솔 벨로(Saul Bellow)가 영어로 번역하면서 전 세계에 알려졌다. 그의 작품 세계는 학살과 추방, 유랑과 신의 부재라는 신앙의 위기 상황에 시달려온 유대인의 삶과 정신을 도리어 유머로 압축하고 있다. 그래서 그의 단편들을 읽는 내내 우리는 웃게 된다. 세계적으로도 이름이 높은 유대인의 유머는 비극의 절정에서 상황을 역전시키는 힘이 있다. 이는 처절한 생존의

• 아이작 싱어, 유리 슐레비츠 그림, 강미경 옮김, 『바보들의 나라, 켈름』, 두레아이들, 2009; Isaac Bashevis Singer, *The Fools of Chelm and Their History*, Farrar, Straus and Giroux, 1973.

•• 아이작 싱어, 김진준 옮김, 『원수들, 사랑 이야기』, 열린책들, 2009; Isaac Bashevis Singer, Aliza Shevrin and Elizabeth Shrub(trans.), *Enemies: A Love Story*, 1972(1966).

기로에 몰려 살아왔던 민족의 정신적 자산이다.

위기, 전쟁 그리고 혁명

『바보들의 나라, 켈름』은 「바보 김펠」과 완전히 다른 대척점에 있다. 「바보 김펠」은 세상이 바보라고 조롱하는 김펠이 도리어 현자 또는 성자였음을 말한다면, 『바보들의 나라, 켈름』은 자기들은 현자라고 생각하는 모양이지만 그야말로 바보인 자들의 현실을 폭로한다. 폴란드의 한 도시 이름이기도 한 켈름을 가상의 도시로 설정한 이 작품은 이곳을 다스리는 지배자들이 얼마나 어리석고 우둔한 짓을 하는지 고스란히 보여준다.

이 작품은 1973년에 나왔는데, 당시 미국이 베트남전쟁 반전 운동과 인권 운동의 사회적 폭풍 속에 새로운 시대를 갈망하는 시대적 분위기로 휩싸여 있었다는 점을 주목할 필요가 있다. 뿐만 아니라 달러 금 태환을 중지할 수밖에 없는 결과로 브레튼우즈 시스템의 작동이 멈추는 달러 체제 위기를 겪고 있었던 것도 『바보들의 나라, 켈름』을 이해하는 데 중요한 맥락이 된다. 스탈린 체제 이후 폭력적인 정치체제로 변모하는 현실사회주의의 정체가 드러나고 있었던 상황도 싱어의 작품에 영향을 주었다.

말하자면 싱어는 자본주의 미국의 대외정책과 경제체제에 대한 풍자와 함께, 이에 대한 대안으로 제시된 현실사회주의도 마찬가지의 비판 대상으로 삼으면서 어떤 방식의 삶이 우리에게 최선인지 생각하도록 한다.

줄거리는 이렇다. 켈름이라는 마을은 그로남이라는 현자가 통치하고 있었는데, 그는 다섯 명의 현자로 이루어진 위원회를 통해 지도력을 발휘했다.

이 다섯 현자들은 얼뜨기 레키슈, 얼간이 자인벨, 바보 트라이텔, 빙충이 센더, 멍청이 슈맨드릭이고, 그로남의 비서는 이디시어로 바보라는 뜻의 슐레밀이었다. 이들은 켈름 마을이 식량 부족과 질병으로 위기에 처해 있다면서 타개책을 마련하는 회의를 연다. 한 현자는 위기라는 말 자체가 문제라면서 제안이랍시고 내놓는다.

그 말(위기)의 사용을 금지하는 법을 만드는 게 어떨지요. 그럼 곧 잊힐 테니까 말입니다. 그렇게 되면 위기가 있다는 걸 아무도 알지 못할 테고, 위기를 해결하려고 우리 현자들이 머리를 쥐어짤 필요가 없을 것 아닙니까?

얼핏 우습기만 한 것 같지만, '위기'라는 말을 제거해서 대중의 판단 능력을 마비시키려는 이러한 시도는 언론 조작을 통해 대중에 대한 통제력을 강화하려는 지배 세력의 모습을 그대로 보여준다.

엉터리 같은 제안들이 난무하는 가운데 결국 최고 통치자 그로남이 해결책을 제시한다.

내 생각에는 전쟁만이 켈름을 구할 수 있을 것 같소.

자본주의 체제와 전쟁이 어떤 유기적인 구조를 가지고 있는지 우리는 이 대목 이후를 통해 알아가게 된다. 전쟁 대상은 '고르슈코프

부족'인데, 이들은 켈름에게 아무런 적대 행위를 한 바 없다. 그로남은 전쟁을 벌이는 이유를 이들이 자기들을 바보라고 부르기 때문이라고 해명한다. 켈름 마을에는 전쟁을 위해 필요한 '대장장이 잘만'(군수산업)도 있고, 상대는 "작은 마을이고 주민들도 우리보다 더 가난하다." 이 전쟁의 결과에 대해 얼간이 자인벨은 "고르슈코프를 정복하면 우리 켈름은 제국으로 발돋움하게 될 겁니다"라고 칭송한다.

미국이 베트남을 비롯해서 제3세계의 가난하고 작은 나라들을 대상으로 벌인 모든 전쟁의 속셈과 그 제국주의를 향한 욕망을 싱어는 이런 식으로 까발리고 있다. 그런데 이 전쟁은 실패로 돌아가고 만다. 예상치 못한 상황으로 켈름의 지도부는 패전하고 퇴각하게 된다. 결국 내부의 반란에 봉착한 이들은 망명 상태에 처하게 된다. 하지만 반란을 일으킨 혁명당 역시 전제정치를 펼치다가 무너진다. 이 와중에 시인 제켈은 번번이 바뀌는 지배자를 위한 송시를 써서 아부의 절정에 도달한다. 현실에서 벌어지는 권력과 언론, 문화의 유착관계를 송두리째 드러낸다.

그러다가 범죄자이지만 써먹을 가치가 있다고 해서 전쟁에 동원했던 절도범 파이텔이 권력을 쥐게 되고, 도둑의 나라가 된 켈름은 결국 이전투구로 내분에 직면하면서 붕괴하고 만다. 이후 다시 돌아온 그로남과 다섯 현자는 권좌에 복귀하지만 그로남의 부인 옌테 페샤는 이 모든 것이 남자들의 무능함과 어리석음에서 기인했다고 간파하고 여성당을 창당, 켈름의 지도력을 탈취한다. 남자들이 벌인 전쟁과 기아, 그리고 분쟁과 허세를 모두 청산할 수 있는 새로운 길을 여성의 시도력이 만들어나가는 것으로 이야기는 끝을 맺는다.

아이들이 세상을
어떻게 만나고 해석하며,
다가설 것인가에 대해 동화는
생각할 거리를 주어야 한다.

그것은 현실을 넘어서는
새로운 세상에 대한 상상력을
키우는 시선의 문제다.

최고로 뛰어나고 명석한 자들의 어리석음

처음에는 바보들의 이야기쯤인가 했다가 국가의 중심에서 책임지고 있는 자들의 어리석음을 풍자하고 비판하는 이야기로 전개되면서, 이들이 내세우는 '똑똑함'이 얼마나 많은 사람들에게 고통과 희생을 강요하게 되는지를 싱어는 말하고 있는 셈이다.

미국의 저명한 언론인 데이비드 핼버스탬(David Halberstam)이 베트남전쟁을 지휘한 케네디 정부의 가장 명석한 집단의 어리석음을 고발한 『최고로 뛰어나고 명석한 자들』(*The Best and the Brightest*)* 이 1972년에 나온 것을 함께 떠올린다면, 싱어의 이 책이 풍자하는 대상이 무엇을 겨냥하고 있는지를 감지하게 된다.

이 짧은 동화를 다 읽고 나면, 우리 자신이 바로 그 '바보들의 나라, 켈름'에 살아온 것은 아닌가 하는 질문을 던지게 된다. 이 책은 인간에게 평화와 생명, 미래에 대한 희망을 일구어낼 수 있는 현명함은 무엇을 말하는지 근본적인 성찰로 이끈다. 그래서 『바보들의 나라 켈름』은 아이와 어른이 함께 읽으면서 웃고 생각을 깊이 다질 수 있는 탁월한 작품이다.

동화를 언제나 이런 식으로 쓰는 것이 옳다거나 또는 이런 메시지를 담아내지 못하는 동화는 문학적으로 실격이라고 주장하려는 것이 아니다. 아이들이 세상을 어떻게 만나고 해석하며, 다가설 것인가에 대해 동화는 생각할 거리를 주어야 한다. 그것은 현실을 넘어서는 새로운 세상에 대한 상상력을 키우는 시선의 문제가 된다.

• 국내에서는 『최고의 인재들: 왜 미국 최고의 브레인들이 베트남전이라는 최악의 오류를 범했는가』라는 제목으로 번역 출간되었다(송정은·황지현 옮김, 글항아리, 2014).

생명의 존귀함, 평화의 가치, 공동체를 망가뜨리는 잘못된 정치의 폐해, 세뇌하는 교육, 기만의 논리에 대해 마음과 뇌를 민감하게 작동하지 못하게 하는 동화는 결국 아편이 된다. 우리는 동화라는 이름의 마약을 아무렇지도 않게 투여하고 있는 현실에 대해 관대하다. 아이들의 영혼이 무엇을 먹고 자라나고 있는지 제대로 알고 있는지 모르겠다.

사회 전체가 온통 최고로 뛰어나고 명석한 자들로 아이들을 기르려 들지만, 혹 우리는 바보들의 나라 켈름을 닮는 일에 열중하고 있는 것은 아닐까?

문학, 권력의 욕망을 파괴하다

『한국문학의 위상/문학사회학: 김현 문학전집 1』

거장의 시대가 지난 오늘

김윤식과 김현이 함께 쓴『한국문학사』*를 대학 1학년 때 읽었다. 고교시절 문예반에서 '문학의 밤'을 열었을 때 김현은 우리를 위해 그 자리에 와주었다. 파격적인 출현이었다.

당시 김현은 서울대 교양과정 전임강사였고, 명성이 높은 30대 문학평론가였다. 그는 1962년『자유문학』지에「나르시스의 시론」으로 데뷔한 이래 쉬지 않고 뛰어난 평론을 쏟아내고 있었다. 그렇기에 문학 좀 한답시고 폼을 잡던 우리에게 '인기 선생님'이었다. 그의 평론집이나 문학사 저작이 '창비'와 더불어 '문지'로 불리던『문학과지성』에 실리면 곧바로 화제가 되고 논란의 대상이 되는 시대였다.

김현은 1990년, 48세의 젊은 나이에 무수한 아쉬움을 문단에 남기고 이승을 훌쩍 떠나고 만다. 그 이듬해, 김현 문학전집 간행위원회가 3년에 걸쳐 자료집까지 포함한 16권의 전집을 문학과지성사에서

---

* 김윤식 · 김현,『한국문학사』, 민음사, 1973.

완간했다.

마르크스주의를 기반으로 문화사회학의 영역을 끊임없이 넓혀 온 테리 이글턴(Terry Eagleton)은 그의 저작 『이론 이후』*의 첫 대목 「망각의 정치」(The Politics of Amnesia)에서 거장들의 시대가 지나 간 것을 토로한다.*

> 문화이론의 황금기는 이미 오래 전 지났다. 자끄 라캉, 클로드 레 비 – 스트로스, 루이 알튀세, 롤랑 바르트, 미셸 푸코 등 선구적 업적 과 성취는 어느새 수십 년 전의 일이 되어버렸다. 이들보다 전 세대 인 레이먼드 윌리엄스, 루스 이리가레이, 피에르 부르디외, 줄리아 크리스테바, 에드워드 사이드 등의 한 시대를 구분 짓는 파격적인 저작들도 예전의 사건이 되었다.

더는 새로운 이론이 나오지 않고 새로운 시대를 조명할 수 있는 질문과 방법론이 등장하지 못하는 현실에 대한 이글턴의 조사(弔詞) 같은 탄식은 우리의 시대에도 그대로 적용된다는 느낌이다. 한 시대 의 내면을, 어둠 속에 불쑥 나타난 섬광과도 같은 회중전등을 들고 조목조목 밝히면서 문학의 자리를 비추고, 현실의 좌표를 그려나가 는 평론의 힘을 보기가 쉽지 않게 되었다.

물론 그것은 그런 평론의 대상이 될 만한 작품이 손꼽을 만큼 없 다는 사실과도 관련이 있다는 주장이 성립하기도 하지만, 그렇다면

---

* Terry Eagleton, *After Theory*, Basic Books, 2004; 테리 이글턴, 이재원 옮김, 『이론 이후』, 도서 출판 길, 2010.

더더욱 평론과 문학이론의 역할은 중대해지는 것 아니겠는가? 그런 문제의식을 갖고 수십 년의 세월을 지나 다시 읽어보기 시작한 김현은 경이롭고 뜨거웠다.

살아 움직이는 김현의 목소리

영국 헌책방 도시 헤이온와이의 창시자 리처드 부스(Richard Booth)는 "지나간 시절의 훌륭한 책을 다시 찾고 간행하는 일의 소중함"을 일깨운 바 있는데, 김현의 문학전집은 바로 그런 의미의 실체를 생생하게 보여준다. 그렇기에 그의 유작 읽기는 그의 책『행복한 책읽기』*처럼 행복했다.

김현의 전집 가운데 첫 권인『한국문학의 위상/문학사회학』**은 그가 한국문학의 임무와 역사적 전개과정 그리고 문학과 사회의 관계를 규명하기 위해 진력을 다한 글들이 수록되어 있다. 그래서 이 책은 그의 문학세계를 이해하기 위한 출발점의 구실을 한다. 그에 더해 한국문학 전체를 조명하는 기준과 오늘날에도 여전히 살아 있는 질문의 가치를 지니고 있다.

30대 중반에 불과했던 시절에 그가 이토록 많은 글을 쓰고 문학적 통찰력을 지니고 지적 축적을 했다는 사실은 놀라울 지경이다. 뿐만 아니라 그가 직면했던 질문들은 우리의 근대경험을 압축한 것들이라는 점에서도 주시된다. 여기에는 그의 개인적 탁월함도 있고 그가

---

* 김현, 『행복한 책읽기: 김현의 일기 1986~1989』, 1992, 문학과지성사.
** 김현, 『한국문학의 위상/문학사회학』, 문학과지성사, 1991.

청장년의 시대로 살아갔던 1960년대와 70년대가 집단적으로, 역사적으로 그로 하여금 고민하지 않으면 안 되게 한 사회적 구조가 또한 있다.

그런데 김현의 탁월함은 이 사회적 구조를 철저하게 자기 질문으로 붙잡고 문학 전체의 과제로 설정해나간 대목이다. 그는 하나의 현실을 이해할 때 그것을 둘러싼 전체의 연관관계를 구축하고 파악해 들어가는 방법론이 얼마나 중요한지 명확하게 깨우치고 있었다.

과거의 집적물(集積物)을 전체로서 파악하고, 그 전체를 이루는 부분 부분들을 관계 가치로 이해하지 않으면 안 된다. 부분은 그것 자체로서(en soi) 가치를 갖는 것이 아니라 다른 것과의 관계로서만이 가치를 획득할 수 있다. 모든 것은 다른 것과의 관계를 통해 그것의 진정한 가치를 얻는다. 부분과 부분과의 관계를 통해 의미망이 형성되는 것이다.

말하자면 우리가 쉽게 경험하고 알고 있는 바대로, 총천연색 필름은 흑백사진의 존재와 대비되면서 아름답고, 총천연색이 대세가 된 현실에서 흑백사진은 그 관계망의 변화로 인해서 새로운 의미를 획득하게 되는 것이다. 이렇게 그는 문학의 역사와 그 역사 속에 숨어 있는 생각의 변화를 치밀하게 추적해나간다.

한국문학은 무엇과 대치해야 하는가

김현은 한국문학이 주변적 위상을 극복해야 한다면서, 그것은 서구의 우월함에 빨려들어가거나 이식되어온 문화를 학습하면서 이루어지는 것이 아니라, 자기모순과 대치하면서 형성되어가는 것이라고 말한다. 이를 그는 '굴절'이라는 개념으로 표현하는데, 이는 문화의 교류와 융합, 변화의 과정에서 주체의 독자적 가치를 주목한 결과라고 할 수 있다.

> 자기 사회의 구조적 모순을 해결하기 위해서 외국의 문물을 수입한다는 것은 오히려 자기 사회의 모순을 은폐하는 제도적 함정이 될 수 있다. 서구라파의 문화는 그 사회의 구조적 모순을 극복하려는 자체 내의 힘에 지나지 않는다.
> 문학에서의 영향이란 직선적이 아니다. 그것은 마치 빛과 같아서 그 빛을 받아들이는 물체에 따라 굴절한다. 그 굴절은 한 문화를 수용하는 토양의 성질에 따른다.
> 한국문학 연구가로서는, 서구라는 변수를 한국문학에 강력한 영향을 준 것으로 이해해야지 그것을 한국문학의 내용으로 이해해서는 안 된다. 서구화를 근대화로 보는 미망에서 벗어나, 자체 내의 구조적 모순과 갈등을 이해하고 그것을 극복하려는 정신을 근대의식이라고 이해하지 않는 한 한국문학 연구는 계속 공전할 우려가 있다.

이러한 논의는 이미 오래 전 일단락되었다고 여길 수 있다. 그러나 이는 문학이 당대의 절박한 현실과 만나서 의미를 창출해내는 힘을 역동적으로 갖지 못하고 있다는 안타까움이 드는 오늘의 시점에, 지속적인 일깨움이 아닐 수 없다. 그런 까닭에 김현은 문학이 어디에

쓸모 있느냐고 하는 세태 앞에서, 문학을 권력이 함부로 써먹기 어렵기 때문이라고 되받아친다. 그러고 나서 문학의 역할을 이렇게 정의한다.

문학은 배고픈 거지를 구하지 못한다. 그러나 문학은 그 배고픈 거지가 있다는 것을 추문으로 만들고, 그래서 인간을 억누르는 억압의 정체를 뚜렷하게 보여준다. 그것은 인간의 자기기만을 날카롭게 고발한다.

그런 까닭에 김현은 대중의 재미를 중심으로 문학을 하는 것을 전면적으로 질타하지는 않지만, 그 초점은 달리 출발해야 한다고 문제제기한다.

문제의 초점을 재미에 두는 한, 공식문화, 대중화 현상 등의 현대 소비사회의 중요한 문제들과 맞부딪칠 가능성은 전연 없다. ……나는 재미있게 쓰겠다는 의도 밑에 씌어진 것의 상당수는 그것을 낳은 사회의 모순이나 갈등을 고발하는 척하면서, 사실은 거기에 영합하거나 인간의 욕망을 과장하여 거짓 욕망을 만들어내는 것들이라는 것을 깨달은 것이다.

이어지는 그의 '문학사회학'은 당시로서는 첨단의 지적 성취였고 충격이었다. 그의 서구 문학이론의 섭렵과 정리는 루카치를 비롯해서 프랑크푸르트학파 등을 아우르며, 치열하고 성실하다. 여기서 중요한 것은 그가 서구 문학이론과 사회학적 접근의 접목에 대해서 그 자체로만 다루는 것이 아니라 언제나 한국문학의 길과 관련하여 고민했다는 점이다.

오늘날에도 요구되는 문학의 전략

이는 데리다, 들뢰즈, 라캉 등 무수한 이론을 수입하여 번역, 해석하는 와중에, 우리 현실의 모순과 대치하는 전선을 만들어내는 힘은 부족하거나 없는 오늘날과 대조된다. 김현은 문학사회학의 역할과 관련해서 "문학과 사회의 관계에 대한 질문은, 결국 인간은 어떻게 행복하게 그러면서 의미 있게 살 수 있는가를 되묻는 것에 다름 아니다"라고 대답한다.

이를 위해 선택하는 문학의 전략은 무엇이겠는가?

우상숭배는 억압의 정체를 보지 않아도 되게끔 인간을 가짜로 위로시킨다. ……우상을 파괴해야 한다는 높은 소리에 의해서가 아니라, 억압하지 않는 것이 있다는 것을 보여줌으로써, 아도르노의 표현을 빌리면 파괴 그 자체가 됨으로써, 문학은 우상을 파괴한다. ……최인훈이나 이청준, 김수영이나 황동규, 정현종의 형태 파괴적 노력을 높이 평가하지 않을 수 없는 것은 그것 때문이다. 우상을 파괴하지 않는 한, 억압은 없어지지 아니한다. 그러나 그 파괴는 우상을 파괴해야 한다는 주장에 의해서 이루어지는 것이 아니라, 문학이 그 파괴의 징후가 됨으로써 이루어진다.

……심히 말하거니와 긍정적인 가짜 화해로 끝나는 고통의 제스

문학이 자기 현실로
확고하게 돌아올 수 있다면,
우리는 또다시 문학의 전성시대와
의식을 풍요롭게 해주는
인문학의 즐거움을
누리게 될 것이다.

김현을 다시 읽는 것은
억압과 기만을 고발하고,
우상의 지배를 끝내며
가짜 행복의 기반을
파괴해버리는 길을
묻기 위함이다.

처보다는 끝내 부정적인 행복스러운 고통을 우리는 보여주지 않으면 안 된다. 고통의 제스처는 추하다. 그것은 결국에 가서는 불화를 가짜로 해소시키기 때문이다. 저급의 참여소설에 나타나는 저 가짜 소영웅들을 상기하기 바란다. 그러나 부정적인 고통은 역설적이게도 행복스럽다. 자신이 고통이 됨으로써 그 부정적인 고통은 모든 거짓 화해와 거짓 고통을 뚜렷하게 보여주고, 결국은 인간이 행복스럽게 살지 않으면 안 된다는 것을 보여주기 때문이다.

이글턴의 말대로 현실은 우리를 끊임없이 망각의 정치 속으로 빨려 들어가게 만든다. 가짜 화해의 전술을 구사하는 것이다. 그러면서 이미 문제의 해결을 본 듯 착각하게 한다. 그러나 고통은 은폐되었을 뿐 사라진 것이 아니다.

오늘의 시대에 김현을 다시 읽는 것은, 문학이론의 황금기를 애써 기억하려는 행위로서가 아니다. 억압과 기만을 고발하고, 우상의 지배를 끝내며 가짜 행복의 기반을 파괴해버리는 길을 묻기 위함이다. 문학이 이렇게 자기 현실로 확고하게 돌아올 수 있다면, 우리는 또다시 문학의 전성시대와 의식을 풍요롭게 해주는 인문학의 즐거움을 누리게 될 것이다.

김현, 그를 다시 찾아 만난 것은 억압을 은폐하는 권력의 솜씨가 보다 정교해진 지금, 하나의 날카로운 필력을 얻은 감격이다.

지진으로 무너진 세상에 시인이 답하다

도종환, 『세 시에서 다섯 시 사이』

희망의 깃발 하나

시인 도종환의 눈매에는 단조의 가락이 스며 있다. 그는 미소조차 때로 고독해 보이는 이다. 그러나 그건 단지 슬픔 또는 쓸쓸함으로 머물지 않고, 앞을 가로막고 선 벽을 천천히 또는 보이지 않는 움직임으로 허무는 힘을 갖는다. 벽을 허물지 못한다면 그것을 타고 넘는 느긋한 저력도 지닌다. 그래서 그의 시 「담쟁이」는 우리의 가슴에 희망의 깃발 하나를 넌지시 꽂아준다.

저것은 벽/ 어쩔 수 없는 벽이라고 우리가 느낄 때/ 그때/ 담쟁이는 말없이 그 벽을 오른다./ 물 한 방울 없고 씨앗 한 톨 살아남을 수 없는/ 저것은 절망의 벽이라고 말할 때/ 담쟁이는 서두르지 않고 앞으로 나아간다./ 한 뼘이라도 꼭 여럿이 함께 손을 잡고 올라간다./ 푸르게 절망을 다 덮을 때까지/ 바로 그 절망을 잡고 놓지 않는다./ 저것은 넘을 수 없는 벽이라고 고개를 떨구고 있을 때/ 담쟁이 잎 하나는 담쟁이 잎 수천 개를 이끌고/ 결국 그 벽을 넘는다.

침묵 속에 이루어지는 연대의 아름다움을 노래한 시인은 의외의 현실이 닥쳐도 여전히 당황하지 않고 침착하게 이 시대를 다독인다. 2010년 윤동주상을 받은 시 가운데 하나로, 그의 시집 『세 시에서 다섯 시 사이』*에 담긴 「지진」이라는 작품이다. 도종환의 진한 육성이다.

지진의 한복판에서

우리가 세운 세상이 이렇게 쉽게 무너질 줄 몰랐다./ 찬장의 그릇들이 이리저리 쏠리며 비명을 지르고/ 전등이 불빛과 함께 휘청거릴 때도 /이렇게 순식간에 지반이 무너지고/ 땅이 꺼질 줄 몰랐다/ 우리가 지은 집 우리가 세운 마을도/ 유리잔처럼 산산조각이 났다.

역사가 우여곡절을 거치고 힘겹게 일어섰다가 예기치 않게 직면한 괴물 같은 현실 앞에서 우리는 이 지진의 의미가 무엇인지 절감한다. 그러나 시인은 그 한복판에서 주저앉지 않는다.

소중한 사람을 잃고 폐허만이 남았다./ 그러나 황망함 속에서 아직 우리 몇은 살아남았다. …… 사랑하는 이의 무덤에 새 풀이 돋기 전에/ 벽돌을 찍고 사원을 세우고 아이들을 씻겨야 한다…… 좀 더 높은 언덕에 올라/ 폐허를 차분히 살피고/ 우리의 손으로 도시를 다시 세워야 한다……과거에서 배울 수 있는 건 모두 배워야 한

• 도종환, 『세 시에서 다섯 시 사이』, 창비, 2011.

다/ 지켜주지 못해서 미안하단 말은 그만하기로 하자……더 튼튼한 뼈대를 세워야 한다/ 남아 있는 폐허의 가장자리에 삽질을 해야 한다.

"아이들을 씻겨야 한다"는 대목에 이르면, 읽는 이들은 눈시울을 붉힌다. "삽질을 해야 한다"에서 우리는 비하의 언어로 쓰이게 된 '삽질'의 본래 의미를 주시하게 된다. 그건 벽돌을 찍어 더 굳건한 뼈대를 세울 저력을 기르고, 사원을 세워 정신의 가난을 이겨내는 힘을 키우며, 아이들을 씻겨 미래의 꿈과 재목을 다듬는 것이다. 폐허가 된 땅을 버리고 떠나는 것이 아니라, 삽자루 하나씩 들고 지진이 망가뜨려놓은 시대를 기운차게 복구하는 것이다.

역사를 기록하는 시인

용산의 한 구석에서 사람들이 불에 타 죽고, 사제들이 깡패의 주먹을 맞고 땅바닥에 고꾸라졌던 그 여름 참혹했던 풍경을 시인은 「그해 여름」에서 놓치지 않고 기록한다. 지진의 구체적인 진상을 보여주는 한 장면이었다.

숲의 나무들은 진종일 허리를 구부리고 울었다. ……나라에 큰 슬픔이 있었던 초여름이었다./ 연초부터 벼랑으로 몰린 사람들이/ 망루를 오르다 불에 타죽고/ 죽은 몸은 다시 냉동되어 여름까지도/ 망각의 상자 속에 갇혀 이승에 방치되어 있었다./ 경찰과 깡패가 한 개의 방패 뒤에 저희/ 그림자를 가리고 발맞추어 지나가고 나면/

신문은 무기가 된 활자의 볼트와 너트를/ 지나가는 사람들에게 마구 던졌다. ……슬퍼하는 이는 넘쳐 났으나/ 잘못했다고 말하는 이는 없는 여름이 지나가고/ 숲의 나무들만 여러 날씩 몸부림치며 울었다. ……곳곳에서 길이 끊어지거나 후퇴하는 여름이었다.

그렇게 후퇴가 강요된 여름 이후 우리는 또 하나의 죽음을 잊지 않고 전하는 시인의 목소리를 듣게 된다. 제목은 「카이스트」다. 최고의 인재들이 죽음의 밧줄에 몸을 매고 벼랑 밑으로 끝없이 낙하한 사건은, 모두에게 태양이 먹구름 속으로 유폐된 날의 악몽이었다. 그러나 이내 잊고 만 일이 된다. 시인은 망각의 상자 속에 죄수처럼 가두어지는 그 모든 아픔을 내버려두지 않는다.

젖은 꽃잎 비에 다시 젖으며/수직으로 떨어져 내렸다./ 우리는 이 학교에서 행복하지 않습니다./ 남아 있는 꽃잎들이 그렇게 말하며 울고 있었다./ 우리도 이 세상에서 행복하지 않다./ 카이스트 울타리 밖도 여전히 카이스트 ……카이스트보다 더 어린 꽃들도 불행하고/ 카이스트보다 더 진도가 나간 인생들도/ 이 밤 혼자 쓴 잔을 마시며/ 빗발 몰아치는 숲의 나무 잎을 보고 있다./ 우리는 겨우 이런 세상을 만들어 놓은 것이다./ 흔들리는 나무 위에서 하루하루 끔찍한.

이런 여름과 카이스트 울타리 밖의 카이스트를 제대로 이겨내지 못하고 있는 우리의 실종된 자아는 도대체 어떤 모습을 하고 있는 것일까?

「비둘기」라는 시다.

양식을 하늘에서 찾지 않은 지 오래되었다./ 광장의 돌바닥 위에 먹이가 뿌려지면/ 일제히 날개를 펴고 지상으로 날아든다./ 사람의 손때가 묻은 먹이는 푸석푸석하고 따뜻했다./ 벌레처럼 꿈틀거리는 긴장과 저항도 없고/ 씨앗을 지키는 떫고 시큼한 과육도 없는/ 밋밋한 먹이를 향해 전속력으로/ 부리를 쪼아대는 습관이 어느새 몸에 깊이 배었다.

이 비둘기들은 어떻게 되어가고 있을까?

날개는 오르는 일보다 쏜살같이 내려가는 비행에/ 길들여져 있다. 하늘을 다 잊은 건 아니라고 /자신에게 주문처럼 되뇌어보지만 ……도시의 건물 아래쪽 허공만을 제 영토로 축소시킨 채/ 크고 푸른 하늘은 접어버린 비둘기/ 무리지어 몰려다니는 비둘기, 비둘기 떼.

날개 본연의 임무가 도리어 낯설어진 존재는 열심히 몰려다니고 먹어대지만, 그들의 영토는 어느새 하늘이 아니다. 시인 신동엽처럼 그 머리 위에 쇠항아리를 덮어도 이미 하늘을 보아버린 치열한 기억이 이들에게는 없다. 이들의 영혼이 사막이 된 지도 한참 지났다. 시인은 그것을 똑바로 응시한다.

마른 바람이 모래 언덕을 끌고 대륙을 건너는/ 타클라마칸 그곳만
사막이 아니다./ 황무지가 끝없이 이어지는 시대도 사막이다./ 저
마다 마음을 두껍고 둔탁하게 바꾸고/ 여리고 여린 잎을 마침내 가
시가 되어/ 견디는 일 말고는 아무것도 생각할 수 없는 곳/ 그곳도
사막이다.

이 시의 제목은 당연히 「사막」이다.

꽃밭 속에 꽃들이

어찌하여 시인은 황량하고 거대한 역사의 모래바람을 온몸으로
맞으면서도 지치지 않고 인간의 아름다움을 노래할 수 있을까? 그
건 그가 태어나 처음 본 것이 특별했기 때문이다.

내가 분꽃씨만 한 눈동자를 깜빡이며/ 처음으로 세상을 바라보았
을 때/ 거기 어머니와 꽃밭이 있었다./ 내가 아장아장 걸음을 떼기
시작할 때/ 내 발걸음마다 채송화가 기우뚱거리며 따라왔고 ……
왜 내가 처음 본 것이 검푸른 바다 빛이거나/ 짐승의 윤기 흐르는 잔
등이 아니라/ 과꽃이 진보랏빛 향기를 흔드는 꽃밭이었을까./ 민들
레 만하던 내가 달리아처럼 자라서/ 장 뜰을 떠나온 뒤에도 꽃들은
나를 떠나지 않았다./ 내가 사나운 짐승처럼 도시의 골목을 치달려
갈 때면/ 거칠어지지 말라고 꽃들은 다가와 발목을 잡았다. ……
지금도 내 마음의 마당 끝에는 꽃밭이 있다./ 내가 산맥을 먼저 보
고 꽃밭을 보았다면/ 꽃밭은 작고 시시해보였을 것이다. …… 내가

처음 눈을 열어 세상을 보았을 때/ 거기 꽃밭이 있었던 건 다행이었다./ 지금도 내 옷소매에 소박한 향기가 묻어 있는 것이.

「꽃밭」에서 우리는 시인이 딛고 살아온 흙과 꽃 그리고 세월의 냄새를 맡는다. 도종환이 "흔들리지 않고 피는 꽃이 어디 있으랴"고 잠언에 수록될 만한 명구를 발설한 까닭이 자명해진다. 이제 그는 거기에서 한 걸음 더 나아간다.「라일락꽃」이라는 제목의 시다.

꽃은 진종일 비에 젖어도/ 향기는 젖지 않는다./ 빗방울 무게도 가누기 힘들어/ 출렁 허리가 휘는/ 꽃의 오후⋯⋯꽃은 젖어도 향기는 젖지 않는다./ 꽃은 젖어도 빛깔은 지워지지 않는다.

그러니 살면서 비가 너무 내린다고 슬퍼하지 말자. 먼저 꽃을 피워내면 그 다음은 향기로 존재할 수 있는 길이 열리니까.

사실 시인이 역사의 폭풍이 몰아치는 광장 한복판에 처음부터 들어가고 싶었던 것은 아니었을 게다. 그가 정작 살고 싶었던 삶은 아마 이런 것이었지 싶다.

바이올린 켜는 여자와 살고 싶다./ 자꾸만 거창해지는 쪽으로/ 끌려가는 생애를 때려 엎어/ 한 손에 들 수 있는 작고 단출한 짐 꾸려/ 그 여자 얇은 아래턱과 어깨 사이에 쏙 들어가는 악기가 되고 싶다./ 왼팔로 들 수 있을 만큼 가벼워진/ 내 몸의 현들을 그녀가 천천히 긋고 가 노래 한 곡 될 수 있다면/ 내 나머지 생은 여기서 접고 싶

다. …… (「바이올린 켜는 여자」에서)

이 시를 읽고 나서 "이 여자 이름이 뭐야? 솔직하게 털어놓으시지" 하고 그에게 농을 던지려다 말았다. 그가 선택한 공적 삶의 무게를 모르지 않기 때문이다.

'통영'에 가서도 시인은 자신이 정작 바라고 기뻐하는 것이 무엇인지 발견한다. "당포 앞바다는 나전칠기 빛이었다"로 시작하는 그 첫 구절이 가슴을 저민다. 아, 이 서늘한 느낌은 언제 가져본 것인가? 시는 이어진다.

섬 사이로 또 섬이 있었다. 굳이 외롭다고 말하는 섬은 없었다. 금이 가지 않는 바위는 없었다. 그렇다고 상처를 특별히 내세우는 벼랑은 없었다. 전란도 있고 함정도 있고 곡절 많은 날들도 있었지만 그게 세월이었다. /윤이상도 이중섭도 그것을 보고 갔을 것이다 그들이 바라보았을 저녁바다를 나도 망연히 바라본다. 통영에는 갯벌이 없다. 바위 사이를 비집고 다니며 많이 움직여야 먹이를 구할 수 있는 건 어류들만이 아니었다. /통영에 다녀온 뒤로는 해수욕장이 있는 늘씬한 해안보다 고깃배가 달각달각 모여 있는 바닷가 마을이 좋았다. 밀려 오른 바다 밀려가는 세월을 발끝으로 툭툭 건드리며 누워있는 섬들이 나는 좋았다.

세 시에서 다섯 시 사이

그렇게 우리의 시인도 세월의 강이 몸속에 흐르는 걸 느끼고 있었다. 그러다 보니 어느새 하루하루가 '막차'다.

> 오늘도 막차처럼 돌아온다. ……오늘도 많이 덜컹거렸다. /급제동
> 을 걸어 충돌을 피한 골목도 있었고/ 아슬아슬하게 넘어온 시간도
> 있었다. /그 하루치의 아슬아슬함 위로/초가을 바람이 분다.

나는 실제로 그가 보여준 고속버스 막차 티켓을 여러 차례 휴지
가 되게 한 바 있다. 밤을 새는 길목으로 들어가 그로 하여금, "오
늘은 막차를 놓쳤다"로 만들어놓고 말았다. "아 참, 이러면 안 되
는디……" 하면서도 도종환은 친구의 손을 뿌리치지 못하고 자리에 그
대로 눌러앉는다. 영락없는 시골학교 국어선생님으로 돌아와 사람
좋게 웃는다. 도종환의 푸근한 표정은 자신의 시를 쏙 빼닮았다. 날
로 낡아가는 육신과 더더욱 은화처럼 맑아져가는 정신이 술잔 속에
서 공존하는 시험은 매번 실패하는 프로젝트였다. 우리는 우리 삶에
서 '막차'를 알아보기는 할까 하며 잔을 기울이기도 했다. 그렇게 우
리의 시간도 어느덧 조금씩 저물어가는 지점을 향하고 있었으며, 다
가오는 시간에 대한 진지한 마중이 필요하다는 걸 절감하고 있었다.
지나온 시간이 치열했던 만큼, 장차는 부디 아름답고 평온하기를 바
라는 마음이기 때문이다.

초가을 바람이 불자, 시인은 "가만히 가을의 어깨를 감싸 안았다."
(「가을오후」) 그러고는 자신의 시계를 들여다본다. 남은 시간이 얼
마인지 가늠해보는 것이리라. 시계침은 "세 시에서 다섯 시 사이"를
가리키고 있었다.

산벚나무 잎 한쪽이 고추잠자리보다 더 빨갛게 물들고 있다. 지금 우주의 계절은 가을을 지나고 있고, 내 인생의 시간은 오후 세 시에서 다섯 시 사이에 와 있다. 내 생의 열두 시에서 한 시 사이는 치열하였으나 그 뒤편은 벌레 먹은 자국이 많았다. /이미 나는 중심의 시간에서 멀어져 있지만 어두워지기 전까지 아직 몇 시간이 남아 있다는 것이 고맙고, 해가 다 저물기 전 구름을 물들이는 찬란한 노을과 황홀을 한번은 허락하시리라는 생각만으로도 기쁘다.

"이제는 돌아와 거울 앞에 선 누님"만 거울 앞에 돌아오는 것이 아닌가보다. 앞으로 주어진 시간이 얼마인지는 모르나 그 시간은 이전보다 훨씬 소중하고, 뜻이 깊어질 것이다.

시인은 기도하는 농부가 되어 들판에 내려앉는 우주의 계절에게 감사해한다. 그런 영혼에서 태어나는 시는 우리에게 깊고 넉넉한 위로가 된다. 도종환과 그의 시, 그 시를 읽는 이들이 있어 그만큼이라도 이 시대는 경박해지거나 무모해지거나 아니면 거칠어지는 일이 줄어들 것이다. 시인이 사는 마을에 물드는 노을은 쓸쓸하지 않고 오히려 황홀하다.

세 시에서 다섯 시 사이에 서성거리는 모든 이에게 그의 시는 숲속의 우편배달부가 보낸 고운 그림엽서 한 장이다. 그건, 단지 예쁘기만 한 것이 아니다. 더 깊은 위로를 담고 있다.

가장 낮은 곳을 택하여 우리는 간다
가장 더러운 것들을 싸안고 우리는 간다

시인은 기도하는 농부가 되어

들판에 내려앉는

우주의 계절에게 감사해한다.

그런 영혼에서 태어나는 시는

우리에게 깊고 넉넉한 위로가 된다.

너희는 우리를 천하다 하겠느냐
너희는 우리를 더럽다 하겠느냐
우리가 지나간 어느 기슭에 몰래 손을 씻는 사람들아
언제나 당신들보다 낮은 곳을 택하여 우리는 흐른다

어느 전철역 승강장 유리창에서 반갑게 마주한 그의 시 「강」이다.
이런 풍경이 우리를 지켜준다.

문학, 시대와 통하였느냐

임헌영, 『불확실 시대의 문학』

문·사·철의 예봉

임헌영의 『불확실 시대의 문학』[*]을 읽고 속이 시원해졌다. 문학이 시대와 치열하게 소통하기를 주저하고 비평이 문학이론의 전문용어로 무장한 채 애매한 지점에서 현실과 거리를 유지하고 있는 시절에, 그의 평론은 우리의 삶과 역사로 서슴없이 육박해 들어온다.

더군다나 진보의 가치와 내용에 대한 혼란, 민족 문제와 분단 체제의 현실에 대해 더는 할말이 없게 된 것 아니냐는 식의 상황이 벌어지고 있는 즈음에, 임헌영의 논지는 우리 시대가 자꾸 망각하면서도 아무런 불편함이 없다고 착각하는 것들을 일깨운다. 이에 더하여 문학이 인문학적 논쟁의 불을 지르기보다는, 베스트셀러 마케팅의 상품으로 안주하려는 현실에 대해 그의 평론은 문(文)·사(史)·철(哲)의 예봉을 휘두른다.

임헌영은 이 책의 제목을 『불확실 시대의 문학』이라고 한 까닭을

• 임헌영, 『불확실 시대의 문학』, 한길사, 2012.

놓고 "시대의 진로를 가늠하게 하는 지침의 부족이 아니라 도리어 과잉된 상황에서 우리의 시선이 교란되어 있기 때문"이라고 말한다. 진위를 판별하지 않은 채 서로 자기가 빛나는 별이라고 내세우는 현실을 바로 보고 나가겠다는 것이다. 여기에 필요한 역량은 "총체적인 전방위적 지식인으로서의 기능"이다. 그는 "문학은 분업화된 지식 체계에서 다른 분야의 경계선을 가장 자유롭게 넘나드는 학문의 하나"라고 규정한다.

그래서 임헌영의 책은 우리의 지난 역사만이 아니라 세계자본주의의 변모, 문단의 역사, 비평과 논쟁의 역사를 종횡무진으로 전개한다. 이러한 무대 위에서 그는 이미 낡았다고 여기고 버린 시대의 이념과 문제의식을 구출해낸다. 이것은 우리 사회가 마치 유행을 쫓듯이 하나의 사조에 몰두하다가 상황이 바뀌면 이내 다른 사조를 뒤따르는 지적 변덕과 경박성에 대한 경고로 읽힌다.

민족 문제에 대한 일침

특히 그는 민족주의 또는 민족 문제가 여전히 우리에게 중요한 현실인데도 이를 버리자고 하는 일부 진보 지식인들을 비판한다. 그는 "문화적인 전 지구화 현상에 현혹되어 민족주의를 부인"하는 것에 대해 그대로 있지 않는다. 유럽의 민족주의가 국가주의와 결합해 파시즘의 대중운동적 근간이 되었다면, 식민 지배를 받았던 곳의 민족주의는 제국주의에 대한 저항과 자기정립의 역사적 기초라는 점에서 같은 선상에 놓고 볼 수 없다.

그럼에도 우리 사회의 일부 진보 지식인들은 '민족'을 상상의 공동체 또는 파시즘적 집단주의로 매도하고 있다. 제국주의의 연장선에 서 있는 세계자본주의 체제가 민족의식을 해체시키는 것을 전략의 하나로 삼는 현실에서, 이러한 자세가 그 공동체의 국제적 정체성과 주도권을 스스로 해체하는 결과를 가져온다는 것은 너무도 분명하다.

남과 북 사이의 분단 체제를 극복해나가는 과정에는 민족 단위의 상호이해와 결합이 필연적이다. 이를 마치 존재하지 않는 것처럼 생각하거나 또는 폐기해도 되는 것처럼 바라보는 것은 분단 체제의 군사적 관리에 동조하는 꼴이 되고 만다. 그런 점에서 임헌영은 백낙청과 조정래의 민족 문제와 세계적 구조의 연관성에 대한 인식에 주목한다.

민족 현실에의 올바른 문학적 대응이 문학과 역사 현실에 사이의 잊어서는 안 될 관련을 상기시키고 한반도라는 국가적 현실을 전 지구적 관점으로 인식하는 하나의 모형을 제시하기조차 한다면, 이는 세계 문학 이념의 수호와 새로운 세계 문학운동의 출현을 위해 긴요한 요소가 아닐 수 없다. (백낙청)

인류 보편성이라는 것도 모든 민족들의 존재가 공평해질 때 비로소 빛나는 보석으로 제 모습을 갖출 수 있다. 세계화의 바람에 휩쓸려 민족주의를 더욱 매도하고 나섰던 이 땅의 지식인들은 지금 무슨 생각을 하고 있을까? (조정래)

이런 민족주의 논쟁이 폐쇄적인 부족주의에 가까운 민족개념을 지향하는 것은 결코 아니다. 민족이라는 역사성으로 포착할 수 있는 소중한 것들을 함부로 내버리는 현실에 대한 비판이다. 그것은 이기적인 가족주의는 문제가 될지언정 그렇다고 가족을 부인하는 것에 찬동할 수 없는 것과 다를 바 없다. 우리의 역사에서 민족은 집단적으로 상처받고 죽음에 내몰린 기억의 실체이며, 지금까지도 그 상흔의 치유와 실체의 복원을 미루고 있는 우리 자신이다.

1980년대는 이미 지나간 시대인가

이런 인식을 중요하게 여기는 그는 반외세항쟁 문학의 가치를 새롭게 바라볼 것을 요청하고 있다. 그와 동시에, 남북한 만남의 문학사라든가, 동아시아 전체의 맥락 속에서 그간 소홀히 다루었던 항일혁명 문학의 재조명을 비롯해, 이 시대가 이미 종료되었다고 여기는 문제를 되돌아볼 것을 강조한다. 특히 이것은 1970년대와 80년대 문학사의 재평가에서 분명하게 드러나는데, 오늘날 우리의 현실에서 시사하는 바가 적지 않다.

1980년대 무크 운동은 민중 문학론의 치열한 논쟁에도 불구하고 결말 없이 사그라진다. 그 뜨거웠던 논자들이 1990년대를 전후하여 소련과 동유럽 사회주의의 붕괴 이후 논지를 너무 쉽게 바꿔버렸거나 아예 비평 현직에서 명퇴해버린 사실은 진정한 민족 문학의 발전을 위해서 슬픈 추억이었다. 그리고 이 뜨거웠던 투쟁이 한낱 '후일담'으로 남게 만든 것 역시 너무 빨리 포기한 게 아니냐는 자책으로 남는다. 여전히 우리는 1980년대가 지녔던 과제를 거의 그대로 해결하지 못한 채 끌어안고 있지 않은가?

이러한 태도는 우리 근현대 문학사를 다시 읽도록 촉구하며, 그 과정에서 재발견하게 되는 작품의 가치를 새삼 깨닫게 한다. 임헌영이 이 책에서 소개하는 작품들은 일일이 거론하기 어려울 정도로 많은데, 그의 작품 선택과 해석은 당대의 현실과 마주해서 고뇌했던 작가들의 내면세계를 진지하게 탐구하도록 만든다.

이러한 작품 해석과 비평은 근대 부르주아의 문제, 식민지 시대의 해독(解讀), 레드 콤플렉스의 극복, 통일 문학에 대한 전망을 비롯해서 매우 다채로운 주제와 영역을 섭렵하게 해준다. 특히 '낙동강 문학 기행'이라는 꼭지는 지역사와 문단사를 하나의 유기체로 이해하는 흥미로움과 독특함을 충분히 맛보게 해준다.

문단의 이면사를 읽는 재미

임헌영의 『불확실 시대의 문학』을 읽는 재미는 단지 이러한 역사적 거대담론으로 그치지 않는다. 파인 김동환과 최정희의 염문, 이광수를 연모했던 모윤숙, 그리고 좌익 지식인 김광진을 사랑했던 노천명 등 세 여인의 이야기는 그 꼭지의 제목대로 '한국 문단의 이면사'이고 당대 문학인들의 교류와 의식을 이해하는 데 매우 소중한 글이다. 여기에 등장하는 김사량, 임화, 지하련, 김남천, 박태원을 비롯해서, 카프의 역사와 관련해서 펼쳐지는 문학인들의 운동과 전향, 연애사 등은 모두 이 나라 근현대 정신사의 한 줄기를 형성하고 있다는 점에서도 가치가 높다.

　임헌영은 이들의 편지를 소개하고 해설하면서 이러한 접근의 의미를 이렇게 말하고 있다.

　우리 문학사는 어떤 면에서는 문학인의 모습은 숨겨두고 작품만 나열하는 게 관례처럼 되어 있는데, 엄밀한 의미에서 문학사란 작가의 생애와 행위와 작품, 여기에다가 문단사적인 배경까지 함께 다루어야만 한다는 점에서 사적인 편지의 공개는 매우 중요한 의의를 지닌다. 문단사와 작가의 전기적 연구에 이 자료들은 빼놓은 수 없는 귀중한 나침반이 될 것이다. ……세월이 지난 오늘날 그것을 읽는 이에게는 재미있는 추억담이지만 이 글들이 씌어졌을 현장은 얼마나 팍팍한 삶의 고뇌들이 스며 있었던가를 밝혀내는 작업은 문학사가들의 몫일 것이다. 모쪼록 이를 계기로 편지가 사유물이 아닌 공유하는 지적 재산으로 속속 공개되기를 바란다.

　미시적 일상과 사연, 그리고 역사의 거대한 흐름을 하나로 묶어 연결시키는 임헌영의 솜씨는 탄복할 만하다. 딱딱한 이론적 평론이 아니라, 생생한 삶이 녹아 있고 역사의 동력이 느껴지는 글이다. 그런 점에서 그의 『불확실 시대의 문학』은 문학이 시대적 소임에 대해 방황하고 있는 이때에, 그 경륜이 무르익은 한 원로 비평가의 성찰을 우리의 자양분이 되게 한다.

　상품 권력에 매몰되고 있는 문학은 실로 지금, 자신의 시대적 좌표를 재정비해야 할 시기가 아닌가? 시대와 통하는 문학이란 역시 김

상품 권력에 매몰되고 있는

문학은 실로 지금, 자신의 시대적 좌표를

재정비해야 하지 않은가?

몸을 잃은 문학은 구천을 떠도는

유령이 될 뿐이다.

수영이 말한 대로 "온몸으로 밀고 나갈 때" 자기를 실현한다. 몸을 잃은 문학은 구천에 떠도는 유령이 될 뿐이다.

우리는 피가 통하는 글을 읽고 싶다. 졸지에 가슴이 뜨거워지고 머리가 난데없이 격동하는 그런 문장 하나에 매혹당하고 싶다. 작가라는 직업은 그래서 고된 노동을 운명으로 지고 가는 천형(天刑)일지도 모른다. 그러나 그렇게 해서 우리는 마침내 홀로 넘기 어려웠던 고개를 넘는 힘을 얻는다. 작가는, 하늘이 우리에게 내린 축복이다.

사유의 권리를 돌려받는 시간

누구나 생각을 하면서 산다. 생각한다는 것은 무엇보다 먼저 질문하는 작업이다. 질문을 담지 않은 생각은 이미 남들이 내 머릿속에 넣은 것을 되새기거나, 세뇌되는 과정일 수 있기 때문이다. 교육수준이 높아지면 생각도 깊어질까? 아니다. 도리어 기성의 논리에 더욱 강력하게 묶여 새로운 상상력을 펴거나 도전적 질문을 던지기가 불가능해질 수도 있다.

질문하는 행위란 무엇일까? 그것은 지금 당연하게 여긴 것들을 의심의 눈초리로 날카롭게 쏘아보는 일이다. 물론 그 의심의 눈초리는 기분이 나빠서거나 뭔가 속았다고 여기고 퉁명스러운 표정을 지으며 보내는 불쾌한 시선이 아니다. 그건, 나도 모르게 나를 가두고 있는 밧줄을 풀기 위한 "해방의 사건"이다. 인류의 정신사를 돌아보면, 바로 이 사건이 새로운 세상을 열어나가는 열쇠가 되었다.

고정관념이 지배하는 곳에서 인간은 자유를 잃는다. 그런데 고정관념이 제일 먼저 직면하는 현실은 그것이 고정관념인지를 모른다는 데 있다. 고정관념은 단지 고착된 사유나 다채로운 판단의 각도가 없는 것만을 뜻하지 않는다. 고정관념이 한 개인의 신념과 한 사회의 이데올로기가 될 때, 그것은 언제나 폭력으로 발동된다. 인종차별과 전쟁, 파시즘과 종교적 독선 등은 모두 그 폭력의 진상이다. 기존 질서가 정해놓은 경계선을 넘는 행위는 모두 이 폭력의 목표물이 된다. 이런 곳에서 창의적 사고는 적대시되고, 새로운 질문은 탄압 대상이 되고 만다. 생각의 진화는 불온시되거나 위험한 폭발물처럼 취급당한다.

생각의 진화를 허용하지 못하는 사회는 인간을 노예가 되게 하고 야만의 시대를 고착시킨다. 생각을 한다는 것은 그래서 저항의 힘과 분리되지 않는다. 저항 자체가 대안이라는 것을 안다면, 우리는 지난 인간의 역사가 어떤 길을 걸어왔는지 명확히 알 수 있게 된다. 저항은 저항일 뿐 대안이 아니라는 논법은 저항에 대한 억압이다. 대안으로 가는 길을 봉쇄하는 것이다. 무엇이 잘못된 것인지, 무엇이 우리를 고통스럽게 하는지 공개적으로 발설하지 않는 사회에서 대안을 통한 희망은 기대하기 어렵다.

새것은 어떻게 오는가? 낡은 것을 알아보고, 그것을 청산하는 존재에게만 가능한 축복이다. 그래서 우리는 사유의 권리를 가장 중요한 기본권으로 확정해야 한다. 다른 모든 권리가 주어진다고 해도 사유의 권리가 허락되지 않는다면 인간은 인간으로서 살아갈 수 없게 된다. 그러기에 사유의 권리를 돌려받는 시간을 확보하는 것은 인간의 권리를 잃지 않는 것과 동일하다. 이것은 어느 한때라도 멈춰질 수 없는 시계의 초침이다. 그 초침이 가리키는 지점에서 새로운 세계가 탄생한다.

'축의 시대'에서 '각성의 시대'로
카를 야스퍼스, 『위대한 철학자들』

인류 정신사의 기초를 세운 축의 시대

인류의 사표가 되는 존재로 우뚝 선 석가는 인간의 고통을 깊이 들여다보고 내면의 평화를 이루는 길을 밝혔다. 석가와 함께 소크라테스, 예레미야, 차라투스트라 그리고 공자가 출현했던 기원전 5~6세기를 독일의 철학자 카를 야스퍼스(Karl Jaspers)는 '축의 시대'(The Axial Period)라고 불렀다.

야스퍼스는 『역사의 기원과 목표』*에서 이 축의 시대를 다루면서 이 시기와 우리의 현실이 맺고 있는 관계를 이렇게 짚고 있다.

오늘날 우리가 현실을 인식하고 있는 것만이 아니라 그 역사의식까지도 다름 아닌 축의 시대가 형성한 개념에 의해 규정되고 있다.

---

* Karl Jaspers, *Vom Ursprung und Ziel der Geschichte*, Zürich: Artemis-Verlag, 1949; 영어판은 Michael Bullock(trans.), *The Origin and Goal of History*, London: Routledge & Kegan Paul, 1953.

그는 이 축의 시대만이 아니라 인류의 문명사에 그 본질적인 모태가 되는 사고의 틀을 만든 존재들을 그의『위대한 철학자들』*에서 정리해낸다. 원저는 4권으로 구성되어 있는데 국내에는 일부만 번역된 상태다.

원저를 보면 우리는 야스퍼스가 특히 소크라테스, 석가모니, 공자, 예수 이 네 이름을 거론하면서 철학사 전반을 어떻게 파악했는가를 알 수 있다. 그는 이들을 "영원한 현재적 존재"(eternal contemporaries)라고 부르면서, 인류 정신사의 기초를 세운 "기준틀이 되는 개인들"(the paradigmatic individuals)이라고 규정한다. 생각이나 발상 또는 개념의 틀과 관련해서 '패러다임'(paradigm)이라는 말이 일상에서도 쓰이는데, 그 본래 의미란 본보기, 모범, 범례, 기준틀이라고 할 수 있다. 야스퍼스는 이들 네 사람이 그러한 패러다임을 근본적으로 구성한 정신적 존재라고 보았다. 여기까지는 우리가 그런대로 잘 알고 있는 상식이기도 하다.

야스퍼스는『위대한 철학자들』제1권에서 인류 정신사의 기초를 만든 네 명 외에 철학 또는 사상사에서 독창적이며 그 시초가 되는 사유를 한 인물로 플라톤, 아우구스티누스, 칸트 등을 들어 해설하고 있다. 소크라테스, 석가모니, 공자, 예수가 사상사에 있어서 인류적 차원의 원조라고 한다면, 플라톤, 아우구스티누스, 칸트는 그다음 단계나 수준으로 볼 때 최상위에 들어 있는 사상가로 친 것이다. 따라

• 카를 야스퍼스, 권영경 옮김,『위대한 사상가들』, 책과함께, 2005; 전양범 옮김,『철학학교/비극론/철학입문/위대한 철학자들』, 동서문화사, 2009(소크라테스, 석가모니, 공자, 예수만 부분 번역되어 있음); Karl Jaspers, *The Great Philosophers, Harcourt*, 1962.

서 서구 철학의 뿌리를 깊이 이해하기 위해 야스퍼스의 원저 제1권 전체가 번역되어 하나의 흐름으로 읽힌다면 흥미진진할 것이다.

철학자들에 대한 야스퍼스의 분류도 재미있다. 제2권에서는 헤라클레이토스, 스피노자, 홉스, 피히테, 노자 등을 "지적 전망을 탁월하게 가진 이들"(intellectual visionaries)로 다루었으며, 제3권에서는 "기존 질서를 흔들어놓은 위대한 사상가"(the great disturbers, the probing negators)들로 데카르트, 흄, 파스칼, 키르케고르, 니체 등을 주목했다. 마지막 제4권은 "창조적인 질서 창출자들"(the creative orderers)이라는 분류 아래 아리스토텔레스, 토마스 아퀴나스, 헤겔, 주희 등을 설명해놓았다.

'초월적 독창성'을 지닌 존재들

야스퍼스의 이 책들을 그의 제자 아렌트가 편집했다는 점도 주목할 만하다. 변화무쌍한 정치 현실에 대해 근본적인 철학적 질문을 던짐으로써 정치철학의 부활과 함께 정치 담론의 깊이를 무게 있게 만들어간 아렌트의 지적 기초는 다름 아닌 야스퍼스의 훈련 덕분이었다. 그것을 알게 되면, 이 책의 힘을 새삼 다시 평가하게 된다. 이 책은 일반 독자를 위해 최대한 쉬운 문체로 쓰였으며, 학교에서 철학 교재로 사용될 것을 기대하며 출간했다는 사실도 철학에 대한 우리의 접근에 용기를 준다.

『위대한 철학자들』의 특징은 야스퍼스가 서문에 언급했듯이 철학사나 주제의식과 같은 구성이 아니라, 철학자 하나하나와 직접 만나는 긴장과 즐거움을 주는 데 있다. 다루는 사람마다 그의 생애, 정신적 발전사, 그 개인에 얽힌 드라마틱한 사건, 이후의 영향 등을 정리해놓아 이들 사상사의 위대한 정상의 존재를 전기적(傳記的) 시선으로 조명했으며 그 사상의 핵심이 이후 인류사에서 갖게 된 가치와 의미를 주목했다.

그는 인류 문명사의 기초를 세운 네 명의 인물이 어느 특정한 역사 시기에 한정되지 않고, '초월적 독창성'을 지닌 존재임을 강조한다. 그렇기에 그 어떤 시대라도 이들과의 대화를 통해 철학적으로 자신을 성찰할 수 있으며, 그 자신의 진실과 만날 수 있다는 것이다. 이들이 그 어떤 시대의 제약도 넘어서는 영원하고 본질적인 문제를 생각하고 질문을 던졌기 때문이다.

오늘날의 시점에서 보면, 야스퍼스의 이 책은 공자나 석가모니, 예수와 소크라테스가 널리 알려지고 문명사적으로도 많이 비교연구되었기 때문에 다소 낡았다는 인상을 줄 수도 있다. 그러나 이 책은 서구 철학사의 줄기만 잡고 있던 이들이 동서양 전체를 아우르는 지구적 관점을 가지려 한 상황에서 나왔다는 맥락과 함께, 다루고 있는 인물에 대한 그 독특한 해석이 여전히 우리에게 지적 자극과 성찰의 자료가 된다.

가령 야스퍼스가 소크라테스를 다룬 대목만 좁혀서 보자면, 그가 주목하는 소크라테스가 누구인지를 알게 된다.

소크라테스는 그 어떤 신앙이나 신념 체계를 상대에게 요구한 것이 아니라, 인간이 자신을 돌아보면서 끊임없이 생각하고 질문을 던지며 그 생각을 현실에서 시험해볼 것을 요구했다. …… 그것은 언제나 대화를 통해 이룬 방식이었다. 그런데 그 대화라는 것은 사람들 내면의 정신세계를 혼란에 처하게 하고 잠자고 있던 의식 세계를 깨우며 그것을 끝까지 밀어붙이는 방식이었다.

이것은 요즈음 관심이 높아진 인문정신의 핵심이다. 기존의 사유를 뒤흔들고 거기에 충격을 가하면서 자기비판적인 성찰의 힘을 북돋아나가는 것이다.

야스퍼스의 소크라테스 해석

야스퍼스는, 소크라테스가 "언제나 구체적인 개인과 대화를 나누는 존재"였다면서, 그와 만나면 누구든 "당혹스러워하지만 그로써 새로운 깨달음에 도달하게 된다"고 말하고 있다. 그건 소크라테스가 자신을 가리켜 말했듯이 "신이 아테네에 내린 귀찮은 존재"인 셈이다. 그래서 그와의 대면은 거부할 수 없이 "생각의 여정을 시작하는 일"이며, 소크라테스의 철학이란 모르는 것을 찾아나서는 것이 아니라 "이미 알고 있는 것을 탐색하는 것"이라고 짚고 있다. 기존 지식 체계를 이로써 동요하게 하는 작업이 되는 것이다.

결국 "소크라테스와 만나는 것은 인간을 생각할 수 있도록 만드는 것"과 다를 바 없으며 이는 소크라테스와 접한 이들 모두의 경험이라는 것이다. 그런 까닭에 자신이 알고 있다고 하는 것이 사실은 무지임을 깨우친 해방된 사고(liberated thought)는 그 자체로 위대한 질문의 시작이라고 야스퍼스는 말하고 있다. 따라서 소크라테스적 존재와의 교감은 인간에게 그 어떤 고성된 신앙 노는 신념의 체계에

여전히 철학은 어렵고

멀리 있는 학문처럼 여겨진다.

하지만 철학 또는 사상과 종교는

현실에서 비롯되는 문제를 성찰하는

우리 자신의 사유 능력과 일치한다.

그것은 '사유의 권리'이기도 하다.

그 정신이 종속당하지 않고, 자유로운 존재가 될 수 있는 기초라는 것이다.

야스퍼스는 석가모니, 공자, 예수 또한 바로 그렇게 우리 인간 모두에게, 자신에 대한 근본적 성찰과 질문에 바탕을 두고 새로운 각성을 하게 한 존재라는 점을 주목한다. 그런 까닭에 인류가 자신에게 닥칠 수 있는 일체의 재앙을 이겨나가는 길에서 이들의 존재는 너무나 소중하다는 것이다. 근대 서구 철학이 두 번의 세계대전이라는 인류적 재앙을 미리 막지 못한 현실에서 고뇌했던 야스퍼스는 철학이나 사상이 인간에게 다시 생명력을 가지고 질문과 대답을 할 수 있는 길을 뚫어내고자 했다.

그것은 그가 다룬 모든 위대한 철학자 또는 사상가 또는 종교적 영성의 존재들이 감행했던 바와 다르지 않다. 뿐만 아니라 그가 인류적 차원의 사상을 보는 바탕에는 역사에 대한 각성이 존재한다. 역사가 제기하는 질문과 마주하지 않는 철학은 인류의 미래를 위해 기여할 바가 없기 때문이다. 사상의 초월성은 역사의 무게를 감당하고 그것을 이겨내면서 새로운 차원으로 솟아오르는 힘이다.

오늘날 우리는 여러 가지 정치사회적 모순과 고민을 겪으면서 더욱 본질적인 질문의 단계에 들어서고 있다. 그렇지 않아도 최근에는 철학에 대한 관심이 늘고 있고, 정치철학적 질문에도 점점 익숙해지고 있는 상황이다. 여전히 철학은 어렵고 멀리 있는 학문처럼 여겨진다. 하지만 철학 또는 사상과 종교는 현실에서 비롯되는 문제를 끌어안고 성찰하는 우리 자신의 사유 능력과 일치한다. 그것은 '사유의 권리'이기도 하다.

이 능력과 권리를 길러가지 않으면 우리는 계속해서 기득권 질서의 기만에 속고 선택의 갈림길에서 헤매고 말 수 있다. 지금 우리는 '축의 시대' 이후 나름대로 겪어온 역사의 길 위에서 '각성의 시대'로 접어들어야 하는 매우 중요한 기로에 있다. 과거의 관성으로는 해석되지 않고 해결되지 않는 난제들 앞에 서 있기 때문이다. 그러나 그것은 '초월적 독창성'과의 만남에서 실마리를 풀어낼 수 있다. 시대가 바뀌어도 전혀 낡지 않은 질문을 그곳에서 만날 수 있기 때문이다.

질문할 수 있는 인간은 새로운 희망을 만들어내는 출발점이다.

기독교를 어찌할 것인가

테리 이글턴, 『신을 옹호하다』

이성·신앙·혁명은 어긋나지 않는다

문학비평을 해보겠다면 1977년에 나온 레이먼드 윌리엄스 (Raymond Williams)의 『마르크스주의와 문학』(*Marxism and Literature*)을 권한다. 필독서로 꼽히는 이 책은 문학과 자본주의 체제의 각종 연관구조를 간명하게 파헤치고 있다. 산스크리트어와 그리스·라틴어의 관계를 규명해낸 윌리엄스의 언어학적 성취는 인도에 대한 영국 제국주의 지배와 분리해서 생각할 수 없는 사건이다. 문학과 사회비평은 이 책에서 한몸이다. 그런데 그 윌리엄스의 뛰어난 제자가 바로 테리 이글턴(Terry Eagleton)이다. 1988년에 나온 이글턴의 『문학이론 입문』(*Literary Theory: An Introduction*)은 문학이론의 고전 가운데 하나다.

문학에 대한 이글턴의 인식은, 문학이 단지 소설이나 시에 집중한 창조적이고 상상력이 풍부한 분야의 글쓰기에 국한되지 않는다는 데서 출발한다. 그는 내전을 겪은 영국의 18세기 이후에 그랬던 것처럼 철학, 역사, 논설에 이르는 모든 가치 있는 생각이 사회를 변화시키는 의지를 가지고 있을 때 이것을 문학의 범위에 속한다고 여긴다. 그의 글쓰기 역시 그런 지점에서 출발한다.

그런데 마르크스주의 문학이론가인 이글턴이 신에 대해 쓴다면 무슨 이야기를 하게 될까? "종교는 아편"이라고 질타했던 마르크스처럼 그 역시 종교에 대한 비판과 함께 종교라는 허상을 철저하게 붕괴시키고 이성적 사고의 위력을 발휘하여 혁명의 미래를 합리적으로 구상하라고 일갈할까?

만일 그렇게 여긴다면 이글턴에 대해 잘못 생각하는 것이다. 그는 신을 옹호한다. 거기서 혁명의 힘을 발굴해낸다. 그에게는 이성과 신앙, 혁명이 서로 어긋나지 않는다. 그의 "신을 옹호하다: 마르크스주의자의 무신론 비판』*의 원제는 『이성, 신앙 그리고 혁명: 신에 대한 논쟁을 성찰하다』이다.

번역본의 제목은 원작의 메시지를 압축해서 전달한다. 이글턴에게 신은 인간에게 주어진 희망이며 혁명을 성찰할 수 있는 능력이다. 그는 이것을 부인하는 것은 기존 질서의 모순을 적당히 비판하는 척하면서 사실은 그 질서 속에 안주하고 특권을 누리는 자들의 내면의식에 불과하다고 지목한다.

'디치킨스'에 대한 신랄한 비판

이글턴이 '그런 자들'이라고 공격하는 대표선수는 리처드 도킨스

• 테리 이글턴, 강주헌 옮김, 『신을 옹호하다: 마르크스주의자의 무신론 비판』, 모멘토, 2010: Terry Eagleton, *Reason, Faith and Revolution: Reflections on the God Debate*, Yale University Press, 2010.

(Richard Dawkins)와 크리스토퍼 히친스(Christopher Hitchens)다. 그는 이들을 하나로 묶어 '디치킨스'(Ditchkins)라고 부르면서 신랄하게 비판한다. 그러나 이 책은 이들에 대한 비판에 머물지 않는다. 그는 이성과 신앙이 서로 손 잡고 혁명의 정신을 복원하여 자본주의의 야만을 거부하는 더 깊은 성찰의 힘을 주목한다.

이글턴의 책을 오늘의 현실에서 읽는 의미는 바로 여기에 있다. 그것은 『신의 정치』(God's Politics)를 쓴 짐 월리스(Jim Wallis)가 갈파했듯이 "우파는 종교를 오도하고 좌파는 종교를 아예 내버리고 있다"는 의식과 일치하면서도, 신에 대한 더 진지한 논쟁이 자본주의를 정면으로 치고 들어가 혁명적 사고와 새로운 희망을 일구어낼 수 있다는 지점으로까지 간다. 이런 점에서 그는 다윈주의자 도킨스나 한때 좌파였던 히친스 모두 자본주의적 야만에 대해서는 침묵하고 종교의 비판적·성찰적 기능을 거세해버리려는 문제를 안고 있다고 강조한다.

도킨스의 『만들어진 신』*이 번역되어 읽혔을 때 우리 사회가 열광하는 것을 보면서, 그 열광의 저변에 깔린 기독교와 교회의 행태에 대한 반감은 충분히 받아들일 수 있었다. 그러나 도킨스의 기독교 비판은 기독교의 본질이나 『성서』 텍스트 이해에 있어서는 상당한 논란의 여지를 남긴다.

도킨스가 그의 책에서 기독교가 현실에서 저지르는 각종 과오와 야만에 대해 공격을 가하고 있는 것에는 당연하게도 이견을 달기 어

• Richard Dawkins, *The God Delusion*, Bantam Books, 2006; 리처드 도킨스, 이한음 옮김, 『만들어진 신』, 김영사, 2007. 김영사, 원제대로 번역하자면 "신에 대한 망상".

렵다. 기독교가 인류의 복지에 기여하기보다는 인간의 파멸에 힘을 신고 있기 때문이다. 이러한 그의 논지에 대해 이글턴 역시 반대하지 않는다.

하지만 도킨스는 기본적으로, 과학으로 신을 설명하지 못하면 신은 존재하지 않는다는 지점에서 출발하고 있다. 그는 『성서』 텍스트에 담긴 고대 히브리인의 고난과 투쟁의 의미를 제대로 읽지 못하고 있다. 토머스 쿤(Thomas Kuhn)이 말했던 것처럼, 과학은 그 사고의 기본 틀이 혁명적으로 바뀌면서 발전해왔다. 그것은 역으로 보면 과학적 이성은 이성의 절대 무오류라는 논리에 근거를 둘 수 없다는 것을 뜻한다. 하지만 도킨스는 과학이 찾아내지 못하면 없는 것이라는 식의 논리로 일관하면서 종교를 폐기해야 한다는 식으로 결말을 짓는다. 이렇게 되면 과학은 만능의 진리로 군림하게 된다. 그러나 그 과학조차도 인식의 틀이 바뀌는 경험을 수없이 해온 것이 그 발전사의 요체다.

기독교의 본질에 대한 재조명

과학의 사유와 『성서』의 사유는 출발점과 목표가 다르다. 도킨스 식으로 펼치는 논리는 기독교/유대교의 신이 억압받은 인류의 편에서 기존 질서와의 투쟁에 함께 하는 해방자라는 고백을 이해할 수 없게 한다. 그리고 이에 토대를 둔 일체의 혁명적 선택의 가치를 모두 부인하는 결론에 이르게 된다. 바로 이 점이 디치킨스 류의 종교 비판에 대해 이글턴이 공격의 끈을 놓지 않는 대목이다.

특히 이글턴은 기독교의 출발이 인류의 삶을 보다 낫게 만들고 절망적 상황에서도 힘을 잃지 않고 뛰어난 정신적 능력으로 현실과 마주해 새로운 희망을 탄생시키려는 것이라는 점에 주목한다. 그는 이런 힘을 저버리는 것은 곧 혁명의 포기라는 인식을 갖는다.

사실 마르크스주의자 또는 세계적 수준의 인문학자들 가운데 신을 옹호하는 이는 드물다. 그것은 자신의 이성을 접고 이미 정해진 사고와 인식의 틀 속에 종속되어버리는 결과를 가져온다고 여기기 때문이다. 기독교의 내면 논리에서 인간에 대한 폭력과 희생을 중지시키는 명령을 발견하는 르네 지라르(René Girard) 정도를 빼놓고는 종교와 관련한 적극적 논의를 전개하는 경우를 보기 쉽지 않다.

그러나 이글턴은 "종교가 인간의 역사에서 많은 불행의 원인이 되었다"고 인정하면서도 디치킨스 류의 종교 비판에는 종교에 대한 신중한 성찰이 없다고 지적한다. 그는 특히 『신약성서』의 텍스트 속에 들어 있는 인간 해방과 관련한 무수한 혁명적 가치를 가볍게 취급하고 있다며, 이는 "무지와 편견"일 따름이라고 비판한다. 그는 디치킨스가 겸손이란 털끝만치도 없고, 자신들이 누리고 있는 기득권에 대한 비판적 성찰을 그들에게 아예 기대할 수 없다고 조롱한다.

이글턴은 기독교란 "애초부터 무언가에 대한 설명을 하려는 시도나 체계가 아니라" "사랑으로 만물을 지탱해주는 존재인 신"이 세상을 혁명적으로 바꾸는 길을 보여준 것이라고 말한다. 그래서 종교를 단지 현실도피적인 아편으로만 여기는 생각에 대해서도 그 본질에 대한 의미를 새로 조명할 것을 요구한다. 희망 없는 현실에서 종교가 현실도피처를 아편처럼 마련하는 것은 종교의 본질에 대한 왜곡이라는 것이다.

또 예수가 생면부지인 사람들을 위해 자신의 목숨까지 내놓는 희생을 몸소 행한 것을 어떻게 현실도피라고 볼 수 있느냐면서, 이는 "광기와 공포, 부조리에 대한 혁명적 투신"이며 "새 술을 헌 부대에 담는 신중한 개량주의적 프로젝트"를 넘어서서 새 술은 새로운 부대에 담는 "완전히 새로운 전위적" 대안이라고 옹호한다.

진정한 혁명이란 "죽음과 공허, 광기, 상실, 헛수고를 폭풍처럼 지나면서 이루어지는 것"이라고 한 이글턴은 하나님 나라를 위한 공동체를 혈연으로 이루어진 가족공동체보다 위에 놓은 예수를 통해 "정의는 피보다 진하다"는 점을 읽을 수 있어야 한다고 일깨우고 있다.

종교는 끈질기게 해독해야 할 대상

이글턴은 "좌파이면서도 기독교도인 사람들이나 지식인은, 인기가 없는 시대"이지만, 기독교란 "인류 역사 최초의 진정한 세계 대중운동"이며 "앞으로 올 하나님 나라에서 정의와 우애, 자기실현의 조건을 찾는" 혁명이라고 확신한다. 그런데 이것은 오늘날 종교 자체와 종교에 대한 무지를 가지고 있는 자들에 의해 변질되고 배신당했으며 "하나님과 관련해서 조잡한 논리"가 판을 치는 상황이 되었다고 개탄한다.

그래서 그는 "공격하기 좋도록 기독교를 왜곡하는 일은 이제 학자와 지식인 사이에서 지겨울 만큼 만연해 있다"면서, "기독교는 오래전에 가난하고 소외된 사람들의 편에서 부유하고 공격적인 사람들의 편으로 돌아섰다"는 현실을 함께 주목한다. 그러나 그는 이것은 기독교의 잘못이지 예수의 잘못은 아니라고 말한다.

기독교의 본질은 "예수가 가까이 한 하층민과 반식민주의 비밀 투사들에게 주어진 놀라운 약속"이지 "교외에서 안락하게 사는 부유층이 주축인 신앙"은 아니라는 것이다. 그러나 이러한 자들의 신앙이 되어버린 오늘날의 기독교가 "여자의 노출된 젖가슴에는 호들갑을 떨지만 부자와 가난한 자들 사이의 끔찍한 불평등에 대해서는 무덤덤"하며, "낙태에 대해서는 한탄하면서도 미국의 세계 지배를 위해 이라크나 아프가니스탄에서 아이들을 불태워 죽이는 일에 대해서는 동요하는 빛을 보이지 않는다"고 이글턴은 일갈한다. 그러면서 그는 서구 자유주의가 비서구에 저지른 야만에 대해서도 통렬한 비판을 가한다. 기독교의 본질은 바로 그런 서구의 죄를 보게 하는 힘이라는 것이다.

바로 이러한 점으로 해서 그는 마르크스처럼 "종교는 오만하게 거부해야 할 대상이 아니라 끈질기게 해독해야 할 대상"이며 "종교는 이성에 결코 낯설지 않은 비합리적 관심과 욕망에서부터 시작한다"는 점을 깨우쳐야 한다고 말한다. 이와 함께, 도킨스가 인류는 이런 종교로부터 조금도 혜택을 받은 바 없다는 식으로 일관하는 것은 사실에 맞지 않고, 히친스의 『신은 위대하지 않다』는 종교인들이 기성질서의 억압에 목숨을 걸고 저항하는 현실에 눈을 감았다고 비판했다.

이런 식이기 때문에 이들은 모두 "세계자본주의의 해악에 대해서는 놀라우리만치 언급을 하지 않는다"고 말하면서, 우리의 이성이

• 크리스토퍼 히친스, 김승욱 옮김, 『신은 위대하지 않다』, 알마, 2011; Christopher Hitchens, *God Is Not Great: How Religion Poisons Everything*, Twelve Books, 2007.

"사랑과 성실, 평등 공동체와 같은 것에 기반을 둘 때" 비로소 "믿음과 이성이 서로 겉돌지 않고" 현실에 대한 "비판적 사고"를 이루어내며 새로운 희망을 태어나게 할 수 있다고 이글턴은 강조한다.

결말 부분에서 이글턴은 종교가 가르치고 있듯이 "자신이 누리고 있는 바를 스스로 버리는 과정과 이를 기반으로 해서 철저하게 근본적으로 자신을 새롭게 만드는 길을 통해서만이 인류는 자신을 제대로 회복할 수 있다"고 말한다. 종교에 대한 그릇된 오해와 편견, 무지를 가진 자들이 방해하지 않으면 이 모든 일이 보다 빨리 이루어질 것이라는 희망을 단서로 남기고.

이글턴의 이 책은 우리 사회에서 특히 기독교가 안고 있는 문제를 정면으로 독파하게 해줌은 물론이고, 기독교의 출발인 예수 운동의 본래 모습과 정신, 그리고 혁명적 의지를 재조명하게 해준다. 뿐만 아니라 바로 거기에서부터 오늘날 자본주의 체제가 인간에게 가하는 야만과 폭력, 기만과 착취에 저항하고 새로운 희망적 대안의 실체를 만들어내는 힘을 발견하는 작업을 촉구한다. 그는 신을 옹호하면서 그와 동시에 신이 바라는 인류의 혁명을 옹호하고 있는 것이다.

그래서 그는 종교의 혁명적 차원을 다시 주목하기를 촉구한다.

만일 정치가 지상에서 참담하게 살아가는 사람들을 하나로 묶어서 변화를 가져오는 데 이토록 계속 실패하고 있다면, 문화에 기대

---

* 원문은 "only by the process of self-dispossession and radical remaking can humanity come into its own."

를 걸어볼 수 있을까? 그러나 문화는 대체로 현재의 기존 질서와 유착되어 있다. 그렇다면 종교는? 기독교를 예로 들어봐도 이 종교는 문화와 문명을 하나로 통합해내고 있다. 더군다나 앞으로 올 인류의 보편적인 진실을 강력하게 강조한다. 그에 더하여 이러한 보편성과 절대적 진실을 일상과 끊임없이 결합시킨다.

현실의 종교가 혁명성을 지니고 있지는 않더라도 본질로 돌아갈 때, 종교가 가진 이 같은 힘으로 사태는 달라질 수 있다고 그는 강조한다.

우파는 기독교를 변질시키고 좌파는 기독교를 버리는 세상에서 이글턴의 이러한 주장이 공감을 얻게 된다면 세상은 보다 살기 좋은 곳으로 변해가지 않을까? 우리 사회에 던져진 또 하나의 중요한 화두를 진지하게 성찰할 수 있는 기회가 이 책 읽기를 통해 이루어졌으면 한다. 그에 더하여 『성서』 텍스트에 대한 깊이 읽기가 가능해진다면, 한국 교회의 저 진저리나는 설교와 행태도 수명을 다하는 날이 오지 않을까?

이글턴은 신을 옹호하면서,

그와 동시에 신이 바라는

인류의 혁명을 옹호한다.

이성과 신앙이 서로 손 잡고

혁명의 정신을 복원하여

자본주의의 야만을 거부하는

더 깊은 성찰의 힘을 주목한다.

자본과 국가를 넘어설 수 있을까
가라타니 고진, 『세계사의 구조』

'국가를 지양하는 문제'를 제기하다

2010년 이 책의 일본어판이 나왔을 때, 빨려들 듯 읽었던 기억과 함께 지금과는 다른 문제의식을 갖고 가라타니 고진(柄谷行人)의 생각을 대했던 것을 떠올리게 된다. 그때의 문제의식이란 불평등의 영구적 기초 위에 서 있는 자본주의 체제의 극복이 어떻게 하면 가능하겠는가 하는 것이었다. 지금이라고 그러한 문제의식이 달라지지는 않았지만, 이후 다른 각도로 이 책을 대하게 되었다.

『세계사의 구조』를 처음 독파하고 느꼈던 바는 그 이론적 풍부함과 사유의 정밀함에도 불구하고, 가라타니의 논지가 비현실적으로 여겨졌다는 점이었다. 인간의 자유로운 상호관계를 구축하는 협동사회를 통해 국가를 지양하고 불평등의 구조를 혁파할 새로운 미래를 만들자니, 일단 매력적이기는 해도 어떻게 할 것이며, 현실에서 겪고 있는 정치경제적 격차를 해소하는 방법과 목적으로서 그게 과

• 가라타니 고진, 조영일 옮김, 『세계사의 구조』, 도서출판 b, 2012; 柄谷行人, 『世界史の構造』, 岩波書店, 2010.

연 가능하겠는가 하는 질문을 거둘 수 없었기 때문이었다.

그러나 지금 다시 그의 책을 읽으면서 가라타니가 제기한 "국가를 지양하는 문제"를 더욱 절박하게 생각하지 않을 수 없게 되었다. 국가에 대한 해명 없이 우리 사회의 발전을 가져올 수 있는 길을 모색하는 것은 대단히 어렵기 때문이다.

자본주의 체제가 단지 상품생산이나 화폐경제의 압도적인 주도권 또는 부르주아 계급의 정치적 기구의 존재 같은 것으로만 설명될 수 없고, 대단히 오랜 시간에 축적되어온 다양한 조건이 서로 치밀하게 결합된 결과라는 점은 분명하다. 이를 면밀히 살펴볼 때 비로소 우리는 자본주의의 전체적인 구성과 그 본질을 파악할 수 있다. 이는 물론 마르크스가 『자본론』에서 이미 고전적 무게를 가지고 분석한 바 있다.

그럼에도 우리의 자본주의 이해는 단면적이거나 단선적인 경향이 있다. 하나의 역사적 체제로서 자본주의가 형성되는 과정도 그렇고, 그것이 해체되어가는 조건을 이해하는 것도, 이것을 구성한 종합적인 장치를 인식해야 가능하다. 하나의 지배체제가 작동하는 데는 그 사회 도처에서 이를 유지하고 에너지를 순환시키는 구조와 힘이 있기 때문이다. 말하자면 정치와 교육, 경제와 문화, 노동과 법은 서로 꽉 짜인 기계처럼 얽혀서 움직인다. 결국 한 사회의 변화란 바로 그 도처의 지점에서 다른 사회로 이행하려는 의지와 조건을 각기 마련하지 않으면 쉽지 않음을 뜻한다.

상호 자율성의 세계

그런 뜻에서 가라타니의 『세계사의 구조』는 국가를 넘어서는 미래를 만들자는 주장과는 별도로, 세계체제에 대한 그의 접근방식과 인식의 틀이 매우 주목되는 저작이다. 그는 마르크스의 자본주의 분석에서 생산양식이 아니라 교환과정의 특질을 부각시키고, 이를 통해 씨족 공동체 이전의 인간사회에서 존재했던 상호협동적 삶(그는 이를 '호수성'reciprocity이라고 표현한다)을 회복하는 작업을 강조하고 있다.

이러한 그의 논리를 여기서 간단히 해설할 수는 없지만, 그 요지는 '자본=네이션=국가'가 인간사회의 불평등을 구조화하는 현실에 대항해서 이뤄내야 하는 인간과 인간 사이의 상호 자율성과 상호 보살핌의 관계를 회복하자는 것이다. 여기서 그는 헤겔을 통해 국가와 시민사회, 그리고 자본의 총체적 인식을 가져오고 마르크스부터는 자본의 작동방식을 해체하는 논리를 빌려온다. 그리고 칸트부터는 국가가 극복된 상태에 대한 상상력을 구했다. 또한 가라타니는 헤겔이 역사적 과정을 돌아보는 미네르바적 사후의 사유에 집중했다면, 칸트는 역사적 사건이 일어나기 전 그것을 직시하려 했다고 본다. 미래에 대한 '사전(事前)인식'이 있었다는 것이다. 그래서 그는 칸트의 관점을 중심에 놓는다.

자본—네이션—국가의 세계

가라타니가 말하는 '자본=네이션=국가'의 이해는 다음과 같다.

먼저 자본주의 시장경제가 있다. 하지만 그것은 방치되면 반드시 경제적 격차와 계급 대립으로 귀결된다. 그에 대해 네이션은 공동성과 평등성을 지향하는 관점에서, 자본제 경제가 초래하는 모순들의 해결을 요구한다.

그리고 국가는 과세와 재분배나 규칙들을 통해 그 과제를 해결한다. 자본도 네이션도 국가도 서로 다른 것이고 각기 다른 원리에 기초하고 있는 것이지만 여기서는 서로를 보완하는 형태로 결합되어 있다. 그것들은 어느 하나를 결여해도 성립하지 않는 보로메오의 매듭이다.

네이션은 국민국가라고 번역되기도 하고 국민이라고 옮겨지기도 하지만 그 핵심은 국민으로 불리는 공동체라고 할 수 있다. 자본주의의 문제가 드러나면 이 공동체가 문제해결을 요구하는 압박행위를 하게 된다는 것이다. 국가는 이에 대해 해결책을 내놓지 못하면 궁지에 몰린다. 물론 국가는 계급지배의 틀이라는 점에서 국민국가 또는 국민으로 지칭되는 공동체와 동일한 것은 아니나, 근대적인 정치에서 국민적 기반을 도외시한 국가는 성립이 불가능하다.

여기서 가라타니는 특히 그 국가의 존재에 주목한다. 헤겔이 국가를 모든 모순이 변증법적으로 지양된 체제라고 인식했다면, 마르크스는 경제적 토대의 변화에 따라 국가의 해소가 가능하다고 보았다. 하지만 가라타니는 국가의 주체적 능동성을 분석하면서 이것이 자본과 네이션을 이끌고 가고 있는 현실을 부각시킨다.

가라타니가 국가에 대한 그의 주장을 펼쳐나가면서 동원하는 지식체계는 결코 만만치 않다. 문화인류학에서부터 문명사를 비롯, 세계체제론과 정치철학에 이르기까지 하나의 역사적 체제를 분석하고 이해하는 그의 방식은 방대하다. 그런 까닭에 그의 책을 요약해서 설명하는 일은 쉽지 않다. 하지만 그 핵심은 자본과 국가를 넘어서려는 전략에 있다.

자본주의의 역사적 특징

우선 가라타니가 본 자본주의의 특징을 살펴보자. 그는 자본주의 체제의 역사적 본질을 이렇게 해석한다.

> 산업자본의 획기성은 노동력이라는 상품이 생산한 상품을 노동자가 자신의 노동력을 재생산하기 위해 다시 산다는 자기재생적 시스템을 형성한 점에 있다.

그는 이러한 교환과정의 틀에서 노동자가 자본에 대항해서 유리한 지점에 설 수 있는 것은, 노동자가 상품을 소비하는 유통 과정이라고 보았다. 이는 자본이 강제할 수 없으며 국가가 강요할 수도 없다. 그런 점에서 상호 자율성을 근거로 하는 협동조합식 연대를 구축한다면 자본=네이션=국가의 구조를 넘어서는 조건을 획득할 수 있다는 것이다. 협동조합식 연대는 국가와 자본의 지배가 일방적으로 관철될 수 없는 틈새가 된다.

> 노동자는 개개의 생산과정에서는 예속된다고 하더라도, 소비자로서는 그렇지 않다. 유통과정에서는 역으로 자본은 소비자로서의 노동자에 대해 예속관계에 놓인다. 그렇다면 노동자가 사본에 내

항할 때 그것이 곤란한 장에서가 아니라 자본에 대해 노동자가 우위에 있는 장에서 행하면 된다.

소비자가 되는 노동자에게 자본에 대해 상대적으로 유리한 고지가 있다는 것이다. 그런데 이를 위해서는 "비자본주의적 경제권이 존재하지 않으면 안 된다"고 한다. 가라타니에 따르면 이러한 논리가 전개된다.

자본은 자기 증식을 할 수 없을 때, 자본이기를 멈춘다. 따라서 언젠가 이윤율이 일반적으로 저하되는 시점에서 자본주의는 끝난다. 하지만 그것은 일시적으로 전 사회적인 위기를 분명히 초래할 것이다. 그때 비자본제경제가 광범위하게 존재하는 것이 그 충격을 흡수하고 탈자본주의화를 돕는 일이 될 것이다.

이 자본주의 속에서 자본주의가 아닌 방식의 삶이 가능한 여지를 만들자는 그의 주장은 단지 그것으로 그치는 것이 아니라, 탈자본주의적 이행 전략의 기반이라는 논리로 연결된다.

분배정의와 자본 그리고 국가의 문제

그렇다면 우리에게는 무엇이 문제였는가? 가라타니의 존 롤스(John Rawls)에 대한 비판은 이런 점에서 매우 유용하다.

롤스가 말하는 정의는 분배적 정의이다. 그것은 자본주의적 시장

경제가 가져오는 격차를 국가에 의한 재분배를 통해 해소하는 것이다. 그것은 불평등을 낳는 메커니즘은 손을 대지 않고, 그 결과를 국가에 의해 시정하려는 것이다. 한편 교환적 정의는 격차를 낳는 자본주의 경제를 폐기하자는 사고에 도달하게 된다.

국가의 은총에 의해 문제를 해결하는 것은 본질적 모순을 비껴간다. 따라서 해결의 권리를 국가에게 계속 넘기는 것은 국가의 권력을 강력하게 만들고 근본적인 해결에서 점점 더 멀어지게 하는 것이다. 불평등 해소를 위한 국가의 책임을 요구하는 것이 역설적으로 국가와 자본의 기본관계는 도전받지 않게 할 수 있다. 이 점은 국가의 권력에 대해 매우 정밀하게 사고해야 함을 일깨운다.

우리 사회는 오래 전부터 지독한 격차사회로 진입해버렸다. 이는 자본과 국가가 서로 공모한 결과이며, 네이션이라는 국민공동체 내부를 분열시키고 있다. 여기서 통합이라는 위기 교정의 화두가 제기되고 있으며, 어느 정치 진영을 불문하고 복지정책을 앞세우고 있다. 그런데 그것을 행할 주체는 국가로 집중되고 있다. 그 과정에서 자본의 문제는 은폐되거나 책임을 묻고 있지 못하다. 국가가 복지를 베풀어주는 '은총의 정치학'이 주도하는 셈이다.

그 결과, 사람들은 재분배의 정의를 요구하는 동시에 당연히 이를 관철할 강력한 국가를 요구하지 않을 수 없게 된다. 애초의 목표는 자본주의 체제의 격차 해소를 위한 본질적 접근인 동시에 보통 사람들의 삶을 개선시켜줄 비자본제적 협동사회의 구축이다. 그런데 복지나 불평등의 문제를 국가를 통해 일거에 해결하려는 욕망이 앞서

고 있는 것이다. 모순이 발생한다. 물론 이를 비판적으로만 볼 일은
아니다. 국가란 국민공동체가 제공한 자원을 고도로 집중하고 있는
시스템이니 이를 해결할 책임이 당연히 있다.

우리의 '도처에서, 동시에'

그러나 가라타니의 논지에 따라 생각해보면, 자본의 작동방식을
은폐하는 상태에서 재분배의 정의와 강력한 국가가 결합되는 순간
국가의 권력을 전면에 배치하는 보수적 선택이 우위에 서게 될 수밖
에 없다. 중대선거가 임박하면 어느 진영이든 모두가 복지를 내세운
다. 그런데 이는 결국 국가를 통해서 해결하겠다는 것이니, 정치지형
적으로는 기존 질서 강화론이 된다. 자본의 실질적 작동방식은 이로
써 은폐되거나 책임을 물어야 하는 대상이 되지 못하고 만다.

이제 다시 정리해봐야 하는 것은, 자본과 국가에 대항해서 노동자
를 비롯한 일반 서민이 유리한 지점을 찾아내는 것이다. 그리고 이
것이 우리 사회 도처의 지점에서 새로운 균열을 만들어내어 자유로
운 인간의 삶을 위한 정치경제적 조건을 축적해가는 일이다.

서로가 서로를 보살피면서, 그와 동시에 자율적이며 협동적인 인
간사회를 이루어내는 일은 국가에게만 일방적으로 맡길 일이 아니
다. 국가가 주도하는 순간, 그것은 국가의 시혜 대상이 되고 만다. 이
렇게 되면, 시민사회의 요구는 국가를 장악하는 계급의 이해에 따라
좌우된다. 그 반대는 가능하지 않게 되는 것이다.

따라서 이는 우리 자신이 '도처에서, 동시적으로' 진력해나가야
되는 일일 것이다. 자본주의 국가가 오랜 발전 과정에서 완전무장한

장치를 작동시키고 있는 상황은 우리에게, 요소요소에서 최대한 자율성을 확보하는 노력을 요구하고 있다.

가라타니는 '세계 동시혁명'이라는 어마어마한 주제를 내걸었지만, 그렇다고 허황된 슬로건을 내걸자고 한 것은 아니다. 그는 아무리 감당해야 할 과제가 크다고 해도, "아무것도 하지 않고 그것이 올 수 있겠는가"라고 묻고 있다. 그렇지 않은가? 격차를 낳는 부정의하고 비인간적인 교환 시스템을 폐기하는 노력이 여기저기서 쌓여가고 인식되면, 그것이 새로운 시작이 된다. 역사의 주도권이란, 기득권 질서가 정당화하는 생각과는 다른 생각을 자신의 삶에서 조금이라도 실천하는 이들이 만들어가는 것이다.

세계사의 구조를 바꾼다는 이 엄청난 기획도, 사람이 사람답게 살 수 있는 미래를 위한 의지가 아니겠는가? 그런 미래를 사전에 준비하는 이들의 머릿속에서 '내일'이 창조된다.

서로를 보살피면서, 자율적이고
협동적인 인간사회를 이루어내는 일은
국가에만 일방적으로 맡길 일이 아니다.

국가가 주도하는 순간,
그것은 국가의 시혜대상이 되고 만다.

일상의 혁명과 정치의 재발견

로베르토 웅거,『주체의 각성』과『정치』

행복하기 위해 던져야 할 질문

인간은 모두 행복해지고 싶어한다. 그 행복의 내용이 무엇인가는 일차적인 문제가 될 것이다. 그런데 사람들은 이미 현실이 제시한 목표를 추구하거나, 그것을 거부하면서 자신이 택한 길을 가는 경우로 나뉜다. 어느 경우든 치열한 노력에 따르는 피로와 좌절의 경험, 성취에 대한 불안감을 겪게 마련이다. 만일 성공한다면 기존 질서에서 승자가 되는 동시에 기득권을 지키느라 인간답게 살지 못하는 현실의 노예가 되는 역설을 담고 있기도 하며, 그 반대로는 새로운 길을 개척하는 감격 못지않게 주류에게서 배제되는 고립과 패자의 운명을 피하기 어려울 수 있기 때문이다.

어떻게 해야 할까? 현실의 수동적 인질이 되지 않고 풍부한 상상력으로 도리어 현실을 이끌어가는 주인이 되어, 새로운 미래 문명의 주체로 서는 길을 찾는 작업 말이다. 이를테면, '희망의 실천적 기획'을 어떻게 추진해낼 수 있을까? 이는 고단함이 아니라 열정이 솟아나는 길에 대한 모색이다. 다소 추상직으로 밀하자면 '일상과 혁명이 서로 혼합되어 있는 상황'을 어떻게 이루어낼 수 있을까? 위기상황에만 집착하는 변혁은 일상의 변화가 지니는 중요성을 무시할 수 있으며, 기존 질서가 지휘하는 일상의 논리에만 충실하면 인간은 자신의 가능성을 사소하게 만들어버리고 만다.

거대한 체제변혁에만 몰두하면, 그것은 자신의 삶에서는 이룰 수 없는 먼 미래의 역사적 과업이라고 여겨 자칫하면 시작도 하기 전에 좌절하고 말 수 있다. 반면, 일상의 개선에만 주목하면 구조적 모순의 해결은 포기하는 보수적 선택으로 이어진다.

보수적 선택이 문제가 되는 것은, 자신을 끊임없이 배제하는 특권구조를 온존시킨 채 개선의 혜택을 강구하려는 점에 있다. 이는 그 선택의 주도권을 언제나 기존 질서에 맡겨버리는 비주체적인 방식이자 자신을 권력이 베푸는 시혜의 대상으로 전락시킨다. 그리하여 상대에게 많이 주고 적게 받아내는 식이 된다. 본질적으로 문제가 되는 권력질서의 불평등한 토대를 바꾸지 못하고 마는 것이다. 현실적 대안이라고 여기는 방식에 자칫하면 담길 수 있는 함정이다.

따라서 우리가 던져야 할 중심 질문은 단지 삶의 조건을 좀더 낫게 개선하는 정도로 머무는 것이 아니라, 우리 자신이 더욱 나은 인간으로 상승해갈 수 있는 경로를 어떻게 모색할 수 있는가라고 할 수 있다. 그것을 토대로 관철해나가는 사회개혁의 문법은 차원이 달라진다. 낮은 수준의 대안에 유혹당하지 않고, 함정이 있는 선택을 통찰할 수 있도록 하는 것이다. 언제나 중요한 것은 변화를 수행하는 주체의 수준과 능력이기 때문이다. 바로 이 지점에서 인간에 대한 본질적인 질문이 던져진다.

인간은 미리 한계를 설정할 수 없는 잠재력의 소유자이며, 세계는 그 잠재력을 실현하기에 아직 전혀 비좁지 않다. 인류의 진화과정과 지나온 역사를 봐도 이는 그대로 수긍할 수 있는 보편적 진실이다.

웅거의 고민

법학자이자 사회사상가인 로베르토 웅거(Robert Unger)는 이러한 질문에 대해 인간에게 무한대로 열려 있는 상상의 힘, 이를 토대로 한 급진적인 실용주의를 그 대안으로 제시하고 있다. 그 대안의 실체는 '민주주의의 급진화', 즉 시민의 주체성을 최대한 발휘하는 직접 민주주의의 역량을 대의제도에 결합하여 적극적으로 가동하는 방식이다.

이것은 지난 200년의 현대사가 제출해온 사상적 대안과 조처, 제도와 혁명적 운동방식에 대한 비판적 성찰이 낳은 그의 결론이다. 웅거는 미국의 손에 들어간 실용주의가 '세계화를 주도하는 강대국의 국가철학'이 되었다면서, 이는 우리가 기존 질서에서 이탈하지 못하게 하는 상황을 가져왔다고 비판하고 있다. "철학은 정신이 이탈 추구적인 능력을 집중적으로 전개하는 행위"라고 본 웅거는, 실용주의가 기존 질서에서 벗어나는 '탈공식화'의 정신력으로 복원되도록 해야 한다고 전제하고 있다. 철학이 기존 궤도를 그대로 따르지 말아야 한다는 것이다.

이러한 전제 아래 웅거는 흔히 도구적 이용가치를 중심으로 사고하는 기성의 실용주의 개념을 비판한다. 그와 함께 '대안의 미래를 기획하는 프로그램의 구상과 실천'이라는 의미에서 '실용주의' 개념을 재구성한다. 이 같은 그의 생각은, 현실이란 이미 정해진 모델에 따라 닫힌 체계가 아니며, 인간의 정신은 무한한 가능성을 잠재적으로 지니고 있다는 각성을 기초로 전개된다.

여기에는 미국만이 아니라 유럽 문명 전체의 현대사적 모순과 비극에 대한 그의 통찰이 깊게 깔려 있다. 그의 『주체의 각성』*은 지난 세기의 모순을 이렇게 거론한다.

유럽인들은 20세기 전반부는 서로를 도륙하는 데에, 후반부는 자신들의 슬픔을 소비하고 위로하는 데 탕진했다. 슬픔과 쾌락으로 점철된 20세기 말경, 유럽인들은 개인을 위대하게 만드는 데에 정치는 아무런 역할도 하지 못한다는 해로운 교리를 가르치는 정치인과 도락가와 철학자들의 수중에 떨어졌다. 그리하여 유럽의 인민들은 잠들어버렸다. 설사 나중에 깨어나지 못하더라도 유럽인들은 여전히 부자로 남아 있을 것이다. 그러나 그들은 평등과 자유와 위대함에서 온전한 수준에 이르지 못할 것이다.

그래서 웅거는 현대사를 주도해온 서구문명과 그 정점에 서 있는 미국이 만든 문명과 결별을 선언한다. 인간의 위대한 잠재력을 분출할 수 있는 새로운 사유의 방식, 실천의 기획과 그 관철을 위한 연대/협력을 위해 철학적 격투를 벌였다. 그가 하버드 대학에서 기존의 보수적 법철학을 상대로 포연이 자욱할 정도로 격전을 펼친 '비

• 로베르토 망가베이라 웅거, 이재승 옮김, 『주체의 각성』, 앨피, 2012; Roberto Mangabeira Unger, *The Self Awakened: Pragmatism Unbound*, Harvard University Press, 2009.

판법학연구회'를 창립한 것이나, "상상력은 의지의 정찰병"이라고 한 동시에 "철학은 교전중인 상상력"이라고 단언한 것은 모두 그러한 활동의 면모였다. 실로, '생각'은 이 같은 전투를 포기하는 순간, 스스로를 세뇌하는 도구로 전락하고 만다.

웅거는 1986년에 펴낸『비판적 법 연구 운동』*을 통해, 법이 합리적 이성의 결과물이라기보다는 그 안에 여러 이해관계가 숨어 있고 계급적 지배구조를 담고 있음을 폭로했다. 그런 기초 위에서, 법 그리고 법과 관련한 담론은 사회적 불평등, 정치적 편견과 관련되어 있음을 주목하고, 더 많은 이에게 교육과 경제적 기회를 줄 수 있는 사회를 새롭게 조직해야 한다고 주장했다.

이러한 웅거의 사유의 출발점은, 자유주의와 사회주의라는 두 근대적 기획이 제시한 모델이 도리어 인간의 주체성을 왜소화시켰으며, 구조의 포로가 되게 했고, 변화의 동력을 일상에서 만들어내는데 실패했다고 보는 데 있다. 이것은 현실을 새롭게 재구성하겠다고 나선 근대철학이 결과한 역설과 모순이라고 할 수 있다.

닫혀 있지 않은 현실과 변화의 유동성

웅거가 비판한 근대철학의 문제는 매우 다양하고 복잡하지만, 압축시켜본다면 두 조류에 대한 것이다. 하나는 제도가 마련되면 해법은 그 안에서 생긴다고 보는 자유주의의 견해이며, 다른 하나는 근본체제의 변혁이 아니고는 인류의 역사적 진화가 없다고 보는 사회

---

* Roberto Mangabeira Unger, *The Critical Legal Studies Movement*, Harvard University Press, 1986.

주의 혁명론이다. 웅거는 두 견해 모두 그가 '영원한 철학'이라고 부른 초시간적 본질론에 기운 고대 철학적 사고에서 벗어나, 현실을 사상과 철학의 소재로 삼는 데는 성공했다고 본다. 사유의 추상화를 넘어 실천의 과정을 통해 역사화가 가능했기 때문일 것이다. 그러나 이들은 공통적으로 주체의 행동반경을 극대화하는 가능성보다는, 구조나 체제의 힘에 방점을 찍어 "구조를 넘어 우리의 인간적 권능을 향상"시킬 수 있는 가능성을 봉쇄하고 말았다.

여기서 주목할 바는, 그 어떤 제도나 구조도 새로운 가능성에 대해 닫혀 있지 않으며, 견고해보이는 기성사회와 문화구조가 "인간이 상호 교통조건을 놓고 투쟁하다가 중단함으로써 형성된 가건물"이라는 것이다. 그런데도 이에 대한 투쟁이나 압박이 사라지면 그것은 마치 필연적인 존재처럼 받아들여져, '변화의 유동성'을 차단하고 만다. 그러니 투쟁과 압박을 멈추지 않아야, 변화가 가능해진다는 것이다.

이것은 니코스 풀란차스(Nicos Poulantzas)가 마르크스의 결정론적 국가론을 비판하면서, "국가와 정치는 상대적 자율성을 가지고 있고 그 국가와 정치의 형태는 내부의 투쟁에 따라 변모할 수 있다"고 지적한 것을 떠올리게 한다. 자본주의 국가란 어느 한 계급에게 고정적으로 장악된 물체이기보다는, 계급의 격투가 벌어지는 생동하는 현장이라고 본 것이다. 즉 국가라는 장에는 유동하는 공간이 있다는 생각이다. 이러한 사유에서는 인간 자신이 존재하는 맥락의 포로가 되는 길에서 탈출하여, 맥락을 초월하면서 그 맥락을 변화시킬 주체적인 여지를 지니게 된다. 웅거는 상황이 인간에게 발휘하는 힘, 그 중력장에서 벗어나는 것에 대해 이렇게 말한다.

맥락 안에서 가열찬 투쟁을 벌여 중력장의 단층선을 발견하고, 변혁의 숨겨진 가능성을 찾아내는 경우에만 현재의 중력장에서 벗어날 수 있다.

말이 다소 어려울 수 있는데, 그 요지는 기존 질서에 안주하지 말고 격투를 벌이면 현실은 달라진다는 것이다. 달리 말해서, 자신의 주체적 여지를 제약하려는 힘이 가진 틈새 공간을 찾거나 만들라는 것이다. 그러면 변화의 가능성이 생겨난다는 논지다. 웅거는 인문학은 그와 같은 사유를 위한 것이라고 강조한다. 그는 인문학이 "사회의 실천적 구조와의 대결을 회피"하면, 그저 부유하는 환상에 불과해진다고 비판한다. 여기에서 우리는 웅거의 상상력에 대한 개념이 지니는 의미를 확인하게 된다. 상상력은 단지 환상이 아니라 정치적 실천의지의 근본이다.

변화의 기회는 항상 주어진 조건 안에서 실현 가능하고, 정당한 것으로 허용된 운동들을 결국에는 능가한다. 확립되지 않은 것을 참조할 때에만 확립된 것을 이해할 수 있다. 상상력은 의지의 정찰병으로⋯⋯전문적인 분과들이 우리에게 강요하는 관습적인 분할을 가로지르면서 엄청나게 기회 탐색적이다. 우연적인 세계에서 방황하며 저항하는 행위자를 편드는 철학은, 마땅히 이 모든 지적인 실천을 확장하고 심화하고 급진화해야 한다. 이러한 철학의 징리는 미래에 입각하여 현재를 되돌아보는 방법을 우리에게 가르쳐준다.

웅거의 문장을 해독하기란 간단치 않다. 이 주장의 초점은 관습적 사고를 넘어서라는 것이며, 우리가 아직 확보하지 못한 것을 놓고 지금의 현실을 보라는 것이다. '이 정도면 과거에 비해 괜찮잖아?'가 아니라, 우리가 갈망하는 미래에 비교해보면 다른 평가와 판단, 그리고 의지가 발동될 수 있다는 것이다. 이것은 일종의 운명돌파론이며, 종교적으로 개념화하자면 미래를 이미 본 예언자의 시선으로 현재를 바라보고 미래를 전망, 기획하는 일이다.

인간의 삶이 반복 가능하지 않고 죽음 앞에서 유한하다는 점에서도, 주어진 시간을 낭비하거나 소모할 수 없다. 자신의 삶에 가치 있게 기여할 수 없는 일에 자신도 모르게 동원되거나 희생될 수는 더더욱 없다.

따라서 인간은 언제나 자신 앞에 놓인 운명과 투쟁하기 마련이다. 이때 그 투쟁을 대하는 생각의 틀과 그 틀을 현실에 적용시키는 장비가 무엇인가에 따라 그 결과는 매우 달라질 수 있다. 웅거는 바로 이 질문을 철저하게 잡고 정신의 힘을 강조한다.

정신은 종합하는 것에 그치지 않는다. 요점은, 정신이 전복을 감행한다는 점이다. 정신은 종합하고 동시에 뒤집어엎는다. 정신은 낡은 연관성을 붕괴시키면서 새로운 연관성을 성취한다.

정신의 전복성은 '부정의 역량'으로 개념화된다. 이는 기존 질서에 대한 '탈공식적 창의성'에 기초한 연속적인 질문행위라고 할 수 있다. 그에 따르면, 이것은 "규칙과 일상이 예측하는 바에 굴하지 않으며, 공식에 사로잡히지 않고 행동하는 힘"이다. 이는 소크라테스 이후 서구 철학사가 유지해온 철학의 본령이기도 하다. 웅거는 여기에 '정신의 육화', 즉 사상의 역사적 실현을 덧붙인다.

웅거의 전략

이쯤에서 웅거의 개인사를 살펴볼 필요가 있다. 그는 1947년 브라질에서 독일 출신 법률가 아버지, 시인이자 언론인인 브라질 출신 어머니 사이에서 태어났다. 외할아버지는 브라질에서 좌파정치가로 활동했는데 이러한 외조부 가계의 정치적 흐름은 이후 웅거의 정치활동에 중요한 영향을 미친다. 그는 리우데자네이루 연방대학을 졸업하고, 하버드 대학에서 수학했으며 1976년 서른도 되기 전에 지금까지도 그 기록이 깨지지 않은 하버드 대학 최연소 종신교수가 되었다.

그가 브라질 현실정치에 뛰어들어 국회의원이 되려 했고 대통령 후보로 나서려고까지 했으며, 룰라 정부에서 전략부 장관을 지낸 점은 더욱 특기할 만하다. 국회의원 선거 때 그는 슬럼지역을 다니며 브라질 민중의 삶을 바꾸기 위한 노력을 기울였고, 장관이 된 이후에도 사회적 약자들을 지켜내기 위한 여러 해법을 시행하면서 정의로운 세상을 향한 실천을 감당해나갔다.

웅거가 맡은 부서 이름이 '전략부'라는 점은 흥미롭다. 여기서 그는 교육과 문화, 경제와 군사 등 브라질 정치 전반에 걸쳐 변화를 지속시킬 수 있는 정책을 펼쳤다. 이는 그의 철학을 현실적으로 관철하는 일이었다. 이는 그의 사상이 언제나 실용주의적 기획, 즉 현실을 변화시키는 전략의 문제로 압축된다는 것을 보여준다.

웅거의 다음 말은 그런 전략의 사유가 무엇을 의미하는지 일깨우고 있다.

실제로 총체적·혁명적 변화의 이상은 환상에 불과하고, 이는 혁명적 변화의 반대, 즉 인간화 기획을 포기한 것에 대한 알리바이만 제공할 뿐이다. 우리는 개혁과 혁명의 범주를 혼합할 수 있고, 혼합하지 않으면 안 되며 부득이 점진적이지만 누적적 효과를 통해 끝내 혁명적인 것이 되고야마는 변화를 따를 수밖에 없다.

거창한 혁명 구호는 일상의 자신감을 짓누르고 변화에 대한 의지를 오히려 꺾을 수 있다는 것이다. 현실에서 실용적으로 가능한 선택은 혁명과 개혁의 혼합이며, 이것은 시간이 걸리더라도 조금씩 변화를 가져온다는 것이다. 이는 언제나 혁명적 요소를 포기하지 않는 것을 그 본질로 삼는다. 변화의 축적이 결국 도달하는 '방향'에 대해서는 타협이 없는 셈이다.

이로써 웅거는 정치의 새로운 가능성을 모색해나간다. 그렇게 해서 그는 세계를 대상으로 하는 미래지향적 해석과 방향 투쟁, 인간과 인간사이의 협력과 연대의 관계망 만들기, 그리고 이러한 일을 감당하면서 성숙해지는 인간 주체의 각성을 제시한다. 이는 "참여하면서 투항하지 않고, 저항하면서 고립되지 않는" 창조적 과정이 될 것을 열망하는 그의 야심찬 프로그램이다.

웅거는 우리가 "우리 자신을 그저 판에 박힌 존재로 축소시킬 때 우리는 온전하게 인간적이기를 멈춘다. 우리 자신을 사소하게 만듦으로써 우리는 죽어가기 시작한다"면서, 단 한 번 살아가는 이 삶에서 진정 인간이기를 열망한다면, '실험주의적 정치'의 실천으로 문명의 방향과 내용을 바꿀 수 있다고 믿는다.

웅거의 이러한 확신과 끈질긴 실험주의 정신은, 역사적 맥락이 다르지만 그가 비판적으로 점검한 (독일) 사회민주주의 논쟁을 벌였던 룩셈부르크의 그 유명한 『사회개혁이냐 혁명이냐』(*Social Reform or Revolution?*)의 한 대목을 상기시킨다. 그녀는 혁명적 시기가 도래하지 않은 상태에서 권력의 쟁취란 필연적으로 미성숙한 상황을 결과한다는 비판에 맞서 이렇게 답한다.

노동자 계급이 권력을 장악할 수 있는 적절한 기회를 잡는 때를 기다리며 성숙에 도달할 수 있는 유일한 길은, 그 자신을 이 권력 장악을 위해 준비시키며 형성해나가는 것 외에는 없다. 물론 이러한 시도는 미성숙할 것이다. 하지만 이른바 적절한 때를 기다리는 것만으로는 우리는 결코 그것을 획득할 수 없을 것이다. 성숙의 지점은 미성숙한 시도가 계속해서 누적되는 과정에서 이루어진다.[*]

이제 시대가 변화하면서, 룩셈부르크가 말했던 것과는 달리, 변혁

[*] Peter Hudis and Kevin B. Anderson(ed.), *The Rosa Luxemburg Reader*, Monthly Review Press, 2004.

의 주체가 반드시 노동자 계급일 필연성은 없다. 인간이라면 누구나, 일상의 점진적인 시도를 통해 실패하고 좌절하면서 배운다. 현실의 변화가 결국 혁명적이기 위해서는 현실로부터 도피가 답이 아니며, 변화를 이루는 일이 힘겹다고 방관하는 것은 인류의 쇠락을 재촉할 뿐이다.

그런 까닭에 웅거는 철학적 유연성의 힘을 극대화하여 인간의 인간됨을 끊임없이 실현할 수 있는 정치와 문명의 현재와 미래를 우리에게 묻는다. 시장의 부당한 구조, 정치의 특권적 체제, 세계화의 일방적 불균형과 모순을 은폐하면서 우리의 상상력을 무장해제시키는 문화와 교육의 숨겨진 폭력에 대해 침묵하지 말고, 이에 대해 상상력의 전투를 벌여야 한다는 것이다. 그래야 진정 인간답게 살아가면서 창조적 생명력을 최대한 누리는 세상을 만들 수 있다는 것이다.

웅거는 이 실천 과정에 대해 다음과 같이 말한다.

투항 없는 참여의 최고 형식은, 기성제도와 믿음에 완전하게 지배당하지 않는 존재가 되어 현재의 생활방식으로서 미래를 위해 사는 것이자 미래의 방향을 둘러싸고 투쟁하는 것이다. ……이렇게 변화된 사회와 문화가 우리의 심화된 저항과 창조의 행동을 표현하도록 유도해야 한다. 그리하여 우리는 당연히 굴종과 왜소화가 아니라, 해방과 확장에 기초한 행복을 희망할 권리가 있다. 그러한 행복은 마비가 아니라 각성이 될 것이다.

어정쩡한 해법에 쉽게 만족하거나 또는 기성의 제도와 철학이 우리의 의식을 잠재우는 전략에 무릎 꿇지 말라는 것이다. 그는 해방의 철학을 말하면서, 각성된 존재의 기쁨을 내다보라고 강조하고 있다.

체념적 사유에 대한 공격

이러한 웅거의 생각은 『주체의 각성』보다 앞서서 그의 사유를 체계화한 『정치』*에서 더욱 이론적으로 정리된 근거를 제시한다. 그는 인간에게 구조적 변화라는 의지를 잃게 하는, 굴종과 체념을 스며들게 하는 사유체계가 이론으로서 발언권을 내세우는 지점을 자신의 공격 목표로 삼는다. 역사적·구조적 필연성을 내세우는 도식적 해석으로 본래의 역동성을 상실한 마르크스주의나, 기존 질서를 합리적 진화의 결과물로 인식하는 실증주의 사회과학은 모두 그의 비판 대상이다.

『정치』는 칭화대 공공관리대학원 추의즈위완(崔之元) 교수가 웅거의 3부작인 『사회이론』(*Social Theory*), 『허위적 필연성』(*False Necessity*), 『조형력을 권력 속으로』(*Plasticity Into Power*)의 핵심 텍스트를 묶어서 펴낸 책이다. 부제가 '운명을 거스르는 이론'(Theory Against Fate)이라고 되어 있듯이, 웅거는 '체제순응주의'라는 압박과 싸우고 '불복종, 이단, 저항, 희망과 상상력의 연합'을 주장한다. 이는 앞서 언급한 것처럼, 급진적 민주주의를 통한 대안체계의 재구성이다.

• 로베르토 망가베이라 웅거, 김정오 옮김, 『정치』, 창비, 2015; *Politics: The Central Text*, Verso, 1997.

웅거는 한국어판 서문에서 자신의 입장을 이렇게 밝힌다.

나의 사회이론의 강렬한 소망은 마르크스 사유의 전통에 있는 핵심적인 통찰을 구출해내, 이를 우리가 만들어가고 상상하는 사회구조의 속성으로 급진화하는 것이다. 다시 말해 필연적 환상의 악령으로부터 그 통찰을 자유롭게 하는 것이다. 제도적·이데올로기적 체제는 결빙된 정치다. 그것은 실천적·비전적 갈등을 상대적으로 억제하고 일시적으로 방해하는 데서 발생한다.

우리의 관심과 이념이 항상 사회 제도와 관행의 십자가에 못박히고, 그런 제도와 관행을 의미화하고 이에 권위를 부여하는 관념들에 의해 수난당할 때, 우리는 구조적 상상과 구조적 변화에 지속적인 관심을 갖게 된다. 나의 사회이론의 목적은 마르크스주의에 대한 급진적인 대안을 제공하는 것이다.

교육과 정치

이와 함께 웅거는 자신이 제시하는 정치의 재구성을 위한 프로그램의 중심을 다음과 같이 소개한다.

우리는 시장을 억누르거나 완화하는 것이 아니라, 민주화해야 한다.……교육의 성격을 변화시키지 않는 한, 시장을 민주화하고 민주주의를 심화하려는 이러한 시도에서 성공할 수 없다. 민주주의 아래에서 학교는 자신들의 환경과 문화에 더 잘 저항하고 이를 재구성할 수 있는 사람들을 길러내야 한다.

뿐만 아니라 그는 "지적 식민주의의 멍에를 벗으라"고 권고하면서도 마르크스주의의 창조적 해석과 대안을 고민하지 않는 좌의 논리와, 현실의 테두리 안에 갇힌 우의 논리를 모두 배격해야 한다고 주장한다. 마르크스주의에서 가장 중대한 통찰의 힘을 얻는 그는, 그렇다고 마르크스주의자는 아니다. 변화의 열망과 정치적 자율성을 결합하는 지점에서 마르크스주의의 역할을 주시하는 그로서는 결정론적 해석에 반기를 들며, 그런 의미에서 마르크스주의자가 아님을 밝힌다. 그와 함께 "현존하는 제도 내부의 갈등과 타협의 문제"에만 몰두하는 실증주의 사회과학은 우리를 '체념한 내부자'로 머물게 함으로써 진정한 변혁의 전망을 갖지 못하게 한다고 비판한다.

유한 속에 갇힌 무한자, 그 이름은 인간

웅거의 저작은 사실 읽기가 전혀 수월하지 않다. 추상화의 수준이 매우 높고, 서구사상의 맥락과 이론적 논쟁의 역사를 잘 알지 못하면 그가 어떤 논쟁을 하려는지 알 수 없기 때문이다. 그러나 역사적 실례를 들어 설명하고 분석하는 대목에 들어서면 독해가 쉬워지면서, 그의 지식이 얼마나 방대하고 구체적인지를 확인하게 된다.

웅거는 인간이 살아가는 제도나 법, 정치구조 등은 인간이 만든 '인공의 산물'임을 강조하면서, 이는 정치적 투쟁의 산물이며 다른 제도적 유형을 취했을 수도 있는 것이라고 주장한다. 달리 말해 이는 얼마든지 변형이 가능하며, 그 실현 가능성의 범주 역시 무한할 수 있다는 것이다. 이것은 현실에 대한 부정의 능력으로 가능하며, 이를 수행하는 인간이 "유한 속에 갇힌 무한자"(the infinite caught within the finite)라는 점을 인식할 때 이루어질 수 있다고 본다. 인간 자신이 가진 무한자적 속성에 대한 깨달음은 불가능성을 상상하고 이를 대안으로 만들어가려는 의지로 이어진다. "기존의 정신세계나 사회세계에서 꿈꿀 수 없는 것들을 행"하자는 것이다.

그런 까닭에 그는 "인간에 대한 제한된 실험을 거부"해야 한다고 하면서 "통찰을 어떤 사유구조에 가두지 말아야"하며, "최대한의 수정 가능성"을 밀고나가야 한다고 주장한다. 하나의 현실적 변화가 얼마나 많은 현실인식의 수정을 요구하고, 그것이 전체 맥락의 기존조건을 바꾸어나가는지를 분석하는 과정에서 그가 예로 든 탱크의 등장에 대한 대목은 흥미롭다. 제1차 세계대전 당시 탱크가 처음 쓰였을 때 기존의 군사전략가들은 이를 보병의 보조수단으로 이해하고 명령체계의 조정에서 비중 있는 사건으로 보지 않았다. 그러나 현장 상황은 전혀 예상치 못한 변화를 가져왔다.

> 탱크 부대원들을 지휘하는 소장 장교는 신속하고 강력한 침투나 포위를 위해 불시의 기회들을 이용할 수 있어야 했다. 그는 고정되고 미리 짜인 계획을 고수할 수 없었으며, 명령을 내리는 자와 그것을 집행하는 자 사이의 중계자의 역할로 제한될 수 없었다. 그러나 만일 중앙의 지시가 이 재량권의 균형을 맞추는 데 실패한다면, 탱크 부대는 분산되어 집중력을 상실하게 될 것이다. …… 탱크 부대 사령관은 전장 한복판에서 이리저리 움직여야 했고 그의 계획은 개별 탱크 부대원들이 포착한 기회와 이들이 직면했던 장애물에 따라 수시로 수정되어야 했다.

웅거는 군사역사의 주요 전환점마다 파괴력의 발전을 꾀하는 기술변화가 사회조직에 체제전복적인 영향을 끼쳐왔다면서, 이에 따라 사회전반에 걸쳐 변화를 주도하지 못할 때 국가역량의 실패를 불러왔음을 주목한다. 그 역사적 사례의 하나가 중국의 양무운동이다. 서구에 비해 훨씬 앞섰던 중국의 화기 개발이 이후 열세에 빠진 것은 기술과 사회조직의 변화가 연동되지 못한 탓이며, 이에 대한 인식이 없었던 양무운동은 군사기술의 도입을 환영했지만 "국가와 사회의 기존 위계질서를 훼손하지 않은 상태로 남겨두기를 기대"했고, 그것은 당연히 한계가 분명했다. 결국 기존 질서 내부에 머무르면서 변화를 꾀하는 것만으로는, 그 체제의 기본적인 문제를 해결할 수 없다는 주장이다.

대중의 정치적 자율성을 어떻게 확보하는가

그러면서 웅거는 혁명적 시도가 이와 다른 경로로 갈 수 있을지에 대해서도 비판적 경고를 내린다. 볼셰비키혁명의 기반인 소비에트 모델이 이후 어떻게 국가주의에 포섭되어 민중의 민주적 역량을 분쇄했는지를, 그는 중앙집권 국가의 정치 독점과정 분석을 통해 보여준다. 체제와 제도를 변화시키면서 기술발전을 꾀하더라도, 그것이 어떤 기반 위에 서 있는지 확실히 봐야 한다는 것이다.

웅거에 따르면 소련 정부는 서구의 적대감으로 인해 외국자본에 의존할 수 없게 되면서, "도약을 위한 축적자본의 대부분이 잉여농산물을 도시인구와 산업노동자에게 값싼 식량으로 제공함으로써 확보"되는 전략을 정책으로 선택했다. 이는 농업경제에 내한 압박의 심화로 나타났고, 농민들로부터 자율성을 박탈하는 "강압적 집단화와 잉여 농산물의 강제징발"을 관철하면서 "수백만 가구를 붕괴시키는 혁명적 독재의 수법이 한 치의 망설임도 없는 국가와 지도력"의 출현으로 나타나고 말았다. 그런데 이 당시 어떤 정파도 "자본축적의 형태와 정부형태가 서로 연결된 정도를 파악하지 못했다." 그로써 혁명의 민주적 기반이었던 소비에트가 억압되고, "정부통제의 단순한 도구"로 전락했다는 것이다.

그렇다면 소비에트 모델의 실패를 회피하기 위한 선택지로 등장한 중국의 문화혁명은 어떤 경로를 거쳤을까? 문화혁명의 시동에는 정치세력 내부의 권력투쟁이 작동한 대목이 있었지만, 더욱 중요한 것은 경제발전을 위해 관료가 아닌 대중에 기반한 권력의 재조직화였다. 그런데 상황이 "설계자들의 예상을 뛰어넘기 시작했다." 대중선동의 확산이 대중의 권력 조직화를 통제할 수 없는 지점까지 갔다고 본 중앙권력은 이에 대한 반전을 꾀했고, 그 결과 이전보다 더 확실하게 "경제성장 프로그램이 관리자와 당의 위계질서에 자리 잡았다." 통제력이 재건되면서 문화혁명의 대중성은 패배하고 말았다는 것이다.

이러한 웅거의 분석과 논리의 중심에는 권력의 통제를 제약하면서 대중 참여의 주체적 확대를 어떻게 구성해나갈 것인가라는 과제가 존재한다. 그는 자본권력을 강화하는 신자유주의나 노동계급 중심주의에 빠진 좌파나 보수화된 사회민주주의의 대안은 모두 더욱 광범위한 대중의 정치적 활력을 촉진하는 데 한계를 가져온다고 보았다. 그리고 그러한 조건 위에서 대중의 권리가 사회적 상속의 방식으로 공유되면서 정치활동의 적극화가 이루어질 때 대안의 재구성이 가능해질 수 있다고 주장한다. 그런 점에서 그는 대중의 급진적 조직화에 기대를 걸고 있다. 많은 제3세계 국가들이 불완전 고용 노동자, 농업 노동자, 소지주, 급진화된 프티부르주아 대중의 조직화된 호전성을 통해서만 경제적 평등과 정치적 자유의 수단을 획득할 수 있는 것처럼 보인다는 사실을 기억해야 한다. 그들은 조직해야 할 뿐만 아니라 조직된 상태로 있어야 한다.

우리가 구체적으로 어떻게 할 것인가를 웅거의 『정치』에서 발견하기는 어렵다. 대신 여기서 그의 이론적 지향의 기본을 검토해 볼 수 있다. 그의 더 구체적이고 본격적인 실천 프로그램은 코넬 웨스트와 공저한 『미국 진보주의의 미래』(*The Future of American Progressivism*)에서 그 일부를 살펴볼 수 있다.

1980년 초 미국 유학시절, 웅거의 『지식과 정치』(*Knowledge and Politics*), 『현대 사회의 법』(*Law in Modern Society*)을 읽으면서 놀랍고 우울했던 기억이 선명하다. 그 방대하고 심오한 내용도 그랬지만, 그가 이 책을 겨우 스물아홉 살에 썼다는 믿기 어려운 사실 앞에서 사상의 통제로 생각이 감금된 한국의 현실을 쓰라리게 되돌아봐야 했기 때문이었다. 그의 3부작을 하나씩 펼쳐 들고 읽을 때 사회과학이나 역사학도 아닌 법학 전공자가 보이는 학문적 신공(神功)에 기가 질렸다. 새로운 유형의 정치학자를 거기서 목격했다.

오늘날 많은 사람이 지쳐가고 있다. 정치는 방치를 넘어 대중과 격리되고 있다. 그것은 우리 자신의 정치사회적 운명을 혐오스러운 세력에게 헌납하는 것과 다를 바 없다. 대중의 정치적 자율성을 극대화하려는 노력을 중단하는 순간, 우리는 체념한 내부자가 되어 운명의 포로가 되고 말 것이다. 그렇기에 '권리의 재구성'이 필요하다. '정치의 재발견'이 절박하다. '대중의 정치참여를 위한 역사적 흥분과 열정의 귀환'이 갈급하다. 어떻게 할 것인가? 그 첫 작업은 기존의 이론과 주장에 매몰되지 말고, 우리 역사를 새롭게 읽는 것이다. 어떤 기회가 있었고, 무엇 때문에 누구 때문에 그것을 놓쳤는지 확인하는 것이다. 또 어떤 가능성을 상상할 수 있는지 우리 정치적 사고의 자유를 다시 극대화하는 것이다. 그것은 현실이 그어놓은 가능성의 경계를 넘는 일이다.

권력의 통치를 정치로 인식하는 한, 우리에게 미래는 없다. 정파 싸움을 정치로 받아들이는 한 우리에게 가능성은 존재하지 않는다. 정치는 우리 모두의 기본권이며 삶의 핵심이다. 자신의 인생을 주도하는 권리를 어디 함부로 남에게 주려는가? 이 각성에서부터 우리의 이야기는 진실로 시작될 것이다.

현실이 우리에게 허용하는 것처럼 보이는 자유와 행동의 경계선은, 알고 보면 결국 우리에게 그 결정권이 있다. 우리의 주체적 결정을 규정하는 결론이 이미 내려지거나 존재하는 것이 아니다. 그 결정의 권리는 우리의 본성에 있지만, 그렇다고 그저 시간이 흘러 자연적으로 증대되는 것이 아니라 사회적으로 획득함으로써 늘어나고 강력해진다.

이러한 인식은 '정치로부터의 퇴각'을 미덕으로 삼는 왜곡된 인문학을 극복하면서, 우리 삶에 압도적 규정력을 갖는 것으로 보이는 맥락을 초월할 수 있는 일상적 운동을 어떻게 만들어낼 것인지 우리에게 묻고 있다. 이 질문 앞에서 우리는, 현실과 교전하지 않는 사상은 우리의 인간적 가능성을 억제할 뿐이라는 사실을 깨달아야 한다. 협력과 연대를 지향하는 인간관계의 확대로 우리의 힘을 더욱 강하게 만들어, 구체적 방안에 대한 청사진을 실현해나가는 것은, 정치의 재발견과 복원의 문제가 된다.

그 어떤 것이라도, 종합적이고도 전복적으로 상상하는 능력과 권리를 분출할 수 있는 세계라면, 그곳은 이미 미래의 문을 열고 있다. 의지의 정찰병이 돌아와 보고할 시간을 우리 함께 즐기는 것이다. 지금껏 상상할 수 없었던 것을 상상하는 순간부터 우리는 전혀 다른 존재가 되기 시작할 것이다. 그것은 자신 안에 있는, 자기와 세상을 다르게 바꿀 수 있는 '위대함의 가능성'에 심지를 돋우는 일이기도 하다. 각성된 주체의 희열이 역사의 불꽃이 되는 순간이다. 그것은 하나의 놀라운 우주가 새롭게 탄생하는 것과 다르지 않다.

현실과 교전하지 않는 사상은

우리의 인간적 가능성을 억제할 뿐이다.

웅거는 철학적 유연성의 힘을 극대화하여

인간의 인간됨을 끊임없이 실현할 수 있는

정치와 문명의 현재와 미래를

우리에게 묻고 있다.

자본의 얼굴

시장의 중심에는 가격이 있다. 자본과 노동, 상품과 소비자가 만나는 지점에서 가격은 모든 가치의 결정권을 쥐고 있다. 그래서 인간은 시장에 들어서면 가치와 가격을 교환한다. 저울질은 이 과정에서 일어난다. 이 정도 가치라면 저 정도 가격을 매겨도 괜찮아, 그 가격을 지불할 능력이 내게 있어, 하면 교환이 발생한다.

문제는 가치와 가격이 언제나 일치하지 않는다는 데 있다. 그 불일치의 현실은 자본이 늘상 원하는 바다. 가격이 가치를 넘어서는 차이가 생기지 않으면, 자본의 미래는 없기 때문이다. 이 차이가 꾸준히 축적되면 사람들은 경제가 활성화되고 있다고 여긴다. 그러나 그 반대편에서는 다른 차원의 격차가 계속 벌어진다. 가치에 비해 가격을 낮게 책정하기 때문이다. 경제를 위해서라는 이유가 여기서 작동한다. 그렇다면 경제 활성화를 위해 누군가는 그 격차의 희생대상이 되어야 한다는 논법이 성립한다.

값싼 물건이 낮은 임금과 저가의 재료 공급이 가능해야 만들어진다면, 그래서 소비자의 지출을 적게 해주는 시장이 존재하려면, 누군가는 가난한 생활을 감수해야 한다. 그들은 날이 갈수록 그 값싼 물건조차 구할 도리가 없게 된다. 시장은 그 과정에서 어느새 새로운 유형의 위기에 봉착한다. 그래도 자본이 쓰러지면 전사회적 피해가 막대하니 그 격차를 존중해야 하는 것일까? 이런 위기상황에서 언제나 등장하는 것은 가혹한 구조조정이다. 구조조정이란 무엇일까? 그건 자본에게 부담이 되는 누군가를 버리고, 가던 길을 그대로 가는 것이다.

가던 길이라, 어디로 가려는 것일까? 그러면서 강화되는 격차사회를 유지하기 위해 누군가는 끊임없이 부당하게 희생되고 누군가는 계속해서 자신의 기여보다 많은 것을 누려도, 우리는 아무런 윤리적 통증을 느끼지 않게 된 것일까? 불평등의 대물림이 세계 도처에서 지탄받는 오늘날이다. 평등이라는 말에 적대감을 가졌던 이들도 이제는 불평등의 현실을 부인하기 어렵게 되었다. '불평등'은 더는 인내할 수 없는 현실의 고통으로 사람들을 괴롭히고 있다.

보통의 일하는 사람들의 노동가치를 자본이 결정한 가격으로 후려치는 현실 앞에서 쓰러지고 병들고 죽는 일이 자본의 몰락보다 작아 보인다면, 그건 누군가를 계속해서 살해하고 있는 사회다. 2008년 미국의 서브프라임(sub-prime) 사태가 위기로 확장되어갈 때, 언론들은 거대한 공룡 자본의 몰락만을 조명하고 있었다. 집을 뺏기고 차를 압수당하고 길거리에 내몰리는 이들의 처참한 현실은 도외시했던 것이다. 이런 식으로 현실을 바라보면, 문제해결의 길은 막히고 만다.

인간의 인간됨을 묻고 성찰하는 인문학이 이 물음을 포기하는 순간, 시장은 리바이어던 같은 괴물이 될 수밖에 없다. 자본을 길들여라. 인간이 자본의 채찍에 길들여지지 않으려면. 시장이 사회를 지배하는 것이 아니라, 사회가 시장을 주도하지 못하면 시장은 어느새 우리에게 프랑켄슈타인이 만든 괴물이 되고 만다.

추락하는 것에는 무엇이 없을까

조지프 스티글리츠, 『끝나지 않은 추락』

신뢰를 잃어버린 미국 자본주의

'자유낙하'라는 뜻을 가진 『끝나지 않은 추락』*의 원제 'Free Fall'은 어떻게 해도 막아내기 쉽지 않은 추락, 또는 이 책의 저자 조지프 스티글리츠(Joseph E. Stiglitz)가 표현한 대로 "끝이 보이지 않는 경기 하강"이라고 할 수 있다. 이는 더는 신뢰를 회복하기 어려워진 미국 자본주의의 현실에 대한 정직한 자기고백에서 대안이 출발해야 한다는 메시지를 담고 있다.

달리 말하자면, 2008년에 충격적으로 겪었던 미국 경제위기와 거품 파열을 늘 있었던 경기순환의 일시적 현상이라고 여기면 큰코다친다는 것이다. 이제 미국 자본주의는 구조적으로 뜯어고치지 않으면 이전과 같은 동력을 가진 수준으로 회생하기 어렵다는 주장이다.

이런 논점을 가진 이 책에서 2001년도 노벨 경제학상 수상자인 스티글리츠는 자신의 관심이 단지 미국 자본주의의 문제를 파헤치고

• 주지프 스티글리츠, 장경덕 옮김, 『끝나지 않은 추락』, 21세기북스, 2010: Joseph E. Stiglitz, *Free Fall: America, Free Markets, and the Sinking of the World Economy*, Norton, 2010.

대안을 내놓는 작업에만 한정된 것이 아니라고 분명히 밝힌다. 그는 더욱 중요한 것은 미국 자본주의의 현실을 대하는 시선, 생각, 이론에 있으며, "시장의 자율성" "시장의 자기조절 능력" 등에 의존하는 경제학은 폐기해야 한다고 일종의 이론 투쟁을 선포한다. 생각이 바뀌지 않는 한, 위기에서 진정한 교훈을 배우지 못한 채, 적당히 땜질로 그 순간을 넘겨도 또 다른 위기를 촉발할 조처나 정책을 되풀이하고 만다는 것이다.

스티글리츠는 시장의 자기조절 작용을 전제로 하는 미국 모델에 따른 세계 경제에서 이미 수차례 '시장의 실패'를 경험해왔는데 뭘 더 이상 이런 이론과 모델에 신뢰를 보내는가라고 일갈한다. 그는 시장의 자유에 대한 정부의 규제에 대대적으로 반발하는 기업들이 막상 자기들의 처지가 힘들어지면 "정부, 너는 뭐 하는가?" 하면서 손 벌리는 도덕적 해이와 이중적 태도를 지닌 점을 비판한다. 그는 이익은 자기들이 챙기고, 부담은 정부 즉 납세자인 국민에게 전가하는 파렴치하고 욕심 사나운 거대 금융자본에 대해 공격을 멈추지 않는다.

스티글리츠에 따르면 미국 자본주의의 최대 책임은 규제받지 않고 덩어리를 키운 거대 금융기관의 방만한 투기에 있으며, 이를 감독하고 규제해야 할 정부와 연방은행, 그리고 이들 금융기관에 대한 평가를 기만적으로 해온 신용평가기관은 모두 그때 못지않은 공동 책임을 져야 한다. 이런 상황을 그대로 놓아둔 채 개혁 조처에 미적거려온 전 연방은행 총재 앨런 그린스펀(Alan Greenspan)은 그 책임을 제대로 지지도 않고 뒤늦게 "시장의 자동조절 기능에 대해 자신이 다소 오판했다"는 식으로 빠져나갔다는 것이다.

위기로 가는 길목

스티글리츠의 미국 자본주의 문제 분석은 매우 일상적인 현실을 놓고 알기 쉽게 풀어 보통의 상식을 가진 사람들도 충분히 이해할 수 있도록 하는 장점이 있다. 그것은 이 책의 놀라운 설득력이다.

미국 자본주의 경제를 대상으로 설명하고 있는데, 마치 우리 현실을 진단하는 것 같다. 노련한 의사가 그 병인과 대책을 짚어내고 있다는 느낌을 강하게 받는다. 경제학적 전문용어를 동원하지 않고도 누구나 자신이 살고 있는 사회의 경제적 현실을 파악할 수 있도록 해주는 것이야말로 경제학자의 소명임을 우리는 이 책을 통해 절감하게 된다.

금융자본의 영향력이 일방적으로 커지면서 문제가 생겨도 정부가 알아서 구제해주겠지 하는 식으로 위험도 높은 투기를 함부로 하는 행태를 지적하는 대목에서나, 공적 자금을 투입한 이후 고위급 임원들은 보너스까지 챙기지만 일반 노동자들은 집단 해고하는 상황을 자세히 분석하고 전달하는 대목 등이 그렇다. 이런 현실은 미국이나 우리나 다르지 않은 상황임을 보게 되는 것이다.

부자 감세가 투자가 아니라 투기로 이어지고, 소득불평등을 심화시키는 동시에 재정 악화로 연결되면서 국민들에게 그 부담이 넘어가는 현실도 미국과 우리가 큰 차이가 없다는 것을 목격하게 된다. 1999년 금산분리법안인 '글래스-스티걸 법안'(Glass-Steagall Act)의 폐기를 통해 금융자본의 몸집이 커지고 이들에 대한 규제장치가 해체되면서 위험도가 그만큼 높아져 결국 미국 경제가 파국을 맞이한 과정에 대한 분석도 실감나게 다가온다. 우리 또한 금산분리의 칸막이를 뽑아버리고 있기 때문이다.

뿐만 아니라 주택 신용대출을 근거로 만든 증권 상품들이 여러 가지 포장을 통해 파생상품화해서 세계 경제에 거래된 결과, 서브프라임 위기가 전 세계적 경제위기로 이어진 구조적 과정에 대한 그의 분석도 우리의 눈을 틔워준다. 결국 시장의 자유를 내세운 자본의 방만한 투기를 규제하지 못한 끝에, 1년에 200만 명 이상의 미국인이 집을 잃고 마는 상황에 이르게 되었고, 이것이 미국 경기 전반에 충격파를 몰고 왔을 뿐만 아니라 전 세계를 위기의 늪으로 끌고 갔다. 이것에 대한 그의 엄중한 논고는 오늘날 우리가 무엇을 해야 하는가를 일깨워준다.

우리가 해야 할 것

스티글리츠는 세계 금융시장의 구조 개혁과 미국 달러에만 의존하는 상황을 극복하는 여러 대안을 내놓고 있다. 우리로서는 무엇보다도 그가 부자 감세 정책에 신랄한 비판을 가하고 있는 것을 눈여겨보게 된다. 부의 불균형 분포가 일반 국민들의 소득 감소와 소비시장 위축으로 나타나 결국 경기 하강을 촉진하고 경제위기를 막아낼 방법을 없게 한다는 진단이다. 이는 정부가 국민의 삶에 대한 사회경제적 안전망 확보에 일차적 책임이 있다는 진실을 확인시켜주고 있다.

그에 더해 스티글리츠는 공공보험과 복지 정책의 확장을 위한 정부의 재정 지출과 이를 위한 부의 재분배가 얼마나 중요한지를 주목하고 있다. 오늘날 전 세계가 겪는 경기 불안정의 밑바닥에는 투기적 금융산업의 팽창에 비해 초라한 소비시장의 현실과 이로 인한 보통 사람들의 삶의 질 저하가 존재하는 그의 분석은 보편적 가치를 지니기 때문이다.

중요한 것은 보통 사람들의 소득을 높이는 일이다. 이들의 소비를 통한 삶의 질 향상이 새로운 투자를 가져오고, 그에 기반을 둔 일자리 창출과 경기활력의 강화가 뒤따르는 것이 핵심이다. 여기에 더해 정부가 할일은 국민의 사회적 안전을 위해 각종 책임을 지는 것이라는 그의 논지는 신자유주의 이후의 미래를 위한 지침이 된다.

다만 이것이 성장 위주의 경제를 지속하자는 입장이라면, 비판적 성찰이 필요하다. 소득향상 정책을 자원고갈과 환경파괴로 이어지는 성장논리와 동일시하는 것은 좀더 깊고 새로운 논의를 요구하는 대목이기도 하다. 지속가능한 삶의 추구라는 목표를 함께 이루어나가야 하기 때문이다. 그렇지 않아도 스티글리츠는 '지속가능한 성장'(Sustainable growth)이라는 논지를 통해 경제정책의 사회적 책임과 환경의 미래까지 고려해야 한다는 주장을 펼친다. 이런 견지에서 미국 자본주의가 동력을 상실한 이후의 세계에 대한 그의 생각은 우리 사회에서도 충분히 함께 토론할 가치가 있다. 그의 책을 읽으면서 무엇보다도 감동했던 것은 그가 세계은행의 중요 책임자 위치에 있으면서 일상의 삶을 살아가는 이들의 현실에 깊은 관심과 책임을 느낀 학자라는 점과, 미국 자본주의의 현실을 정직하고 날카롭게 파헤치는 학자적 양심을 기졌다는 점이다.

중요한 것은 보통 사람들의

소득을 높이는 일이다.

여기에 더해 정부가 할 일은

국민의 사회적 안전을 위해

책임지는 것이다.

1997년 아시아 금융위기를 겪으면서 당시 세계 금융 자본주의 질서를 분석했던 시기에 『파이낸셜타임스』의 마틴 울프(Martin Wolf), 하버드 대학의 제프리 삭스(Jeffrey Sachs), 그리고 스티글리츠의 글에 많은 도움과 통찰을 얻었던 기억이 새삼스럽다. 그때 미국 금융 자본의 약탈성과 투기성이 오늘날 자신의 붕괴를 자초한 기반이었다는 점에서, 자본주의의 미래에 대한 우리의 진단과 전망은 이제 더 이상 혼란이 없을 것이다.

'대마불사' 식의 논리가 정부의 공적자금 투입을 되풀이해서 가능케 했다. 그러나 문제를 일으킨 장본인에게 공적자본을 쏟아붓는 것은 바로 그렇게 시스템을 반복해서 망가뜨리는 상황을 더욱 악화시킬 뿐이다.

대자본 위주 정책의 중심을 바꾸라는 것이다. 이 뛰어난 양심적인 경제학자의 경고는 귓등으로 흘려들을 내용이 결코 아니다. 그건 과거의 실패를 다시 반복하는 일이자 또 다른 위기를 새로 준비하는 과정으로 끝나고 말 것이다. 추락, 그 'Free Fall'은 과거에서 배우지 못한 사회의 운명이 된다.

신자유주의의 운명을 예견하다.

안드레 군더 프랑크, 『세계 경제위기에 대한 성찰』

신자유주의는 몰락한다

아민이 1990년에 출간한 『고리 끊기』(*Delinking*)는 신자유주의 체제에 대한 신랄한 비판이었다. 이 책은 신자유주의 체제가 제3세계를 어떻게 구조조정하게 되는지를 명확히 밝혀놓은 저작이다. 냉전 이후 당시 신자유주의는 대세로 등장했고, 이것을 정면으로 치고 나가는 좌파를 찾아보기 어려웠다. 현실사회주의 몰락을 경험한 상태에서, 신자유주의는 자본주의의 세계적 차원을 창출하면서 난공불락의 성채처럼 보였기 때문이었다.

그렇지만 아민은 "아마도 10년에서 20년이 지나면 신자유주의를 더 이상 거론하는 이들은 없게 될 것이다"라고 단언했다. 그는 신자유주의의 몰락이 조만간 오게 될 것이라고 내다보고 이 시스템에 함께 쓸려가지 않으려면 당장의 고통이 있더라도 단절의 결단을 하는 것이 바람직하다고 조언한 바 있다. 자본의 주도권을 중심에 놓고 정치경제적 질서의 재편을 세계적으로 꾀하는 이 체제에 편입되는 순간, 사회적 양극화를 피할 길이 없게 된다고 정확히 짚은 것이었다.

이러한 논리와 결론은 오늘날 폭넓게 받아들여지고 있으나, 1990년대만 해도 신자유주의의 정체도 제대로 파악하지 못했고, 그것이 '세계화'라는 방식으로 확대 재생산될 경우 어떤 사태가 벌어질지도 가늠하지 못했던 것이 현실이었다. 현존 사회주의 체제의 붕괴와 케인스주의의 국가 개입 정책이 작동하지 못하는 경제위기가 겹치면서 그 출로를 가늠하기 어려웠던 것이다.

더군다나 신자유주의가 석권했을 때 이 상황을 어떻게 해석하고 받아들여야 하는지 진보 진영조차 혼란을 겪었다. 세계경제의 위기에 대한 분석과 진단의 능력이 떨어져 있었던 것이다.

아민이 신자유주의 체제의 모순을 경험하면서 이것이 결국에는 자기모순에 직면해서 수명을 다할 것이라고 예견했던 것은 옳았다. 그러나 그의 주장이 더욱 확산되어 받아들여지기까지 지구촌이 겪어야 했던 희생과 손실은 막대했다. 그만큼 세계자본주의의 위기 타개책이 자신을 정당화하고 포장하는 방식은 교묘했으며, 그 후과가 무엇인지 확인하기까지는 간단치 않은 시간이 필요했다.

그런데 아민보다 10년 앞서서 이 신자유주의 체제의 탄생 과정을 집요하게 추적하고 분석한 것이 바로 안드레 군더 프랑크(Andre Gunder Frank)였다. 그는 서구 자본에 의한 라틴아메리카의 종속 상태가 저발전의 확대 재생산을 가져온다는 논리를 세운 세계적 종속 이론가의 한 사람이었던 동시에, 세계자본주의 체제가 제국주의의 연속선에 있다는 주장을 해온 인물이었다.

프랑크는 인생 후반기에 들어서서는 세계자본주익 체제의 이해를

15세기 이후 500년 단위만이 아니라 세계 문명사의 5,000년을 전제로 접근하는 이론의 축을 세워 더욱 심층적인 세계체제론을 확립한 작업으로 주목받았다. 이러한 접근의 결과로 1998년에 그가 쓴 『리오리엔트』[*]는 서구 자본주의의 확산과 동아시아 체제의 관계를 세계사적 차원에서 분석한 명저다.

프랑크가 종속이론에서 세계체제론으로 이행해가는 과정에서 발생하는 세계 경제의 위기 국면을 분석해 들어간 『세계 경제위기에 대한 성찰』[**]은 국내 번역이 없는 상태라 아쉽다. 이 책은 2008년 미국 경제의 위기 국면을 역사적 관점에서 해석할 수 있는 기초를 제공해준다. 그리고 이에 토대를 두고, 어떤 해법을 선택하려 할 것인지를 내다보게 해준다.

프랑크는 1970년대 초반의 세계 경제위기가 '자본축적의 위기'로 인해 발생했다면서, 저하되는 이윤율과 선진 산업국가 내부에서 치열해지는 계급투쟁의 정치화로 인해 새로운 자본축적 전략이 요구되기 시작했다고 말한다. "자본의 자유로운 이동과 주변부 국가에 대한 노동 통제를 강화하는 정책이 결합"되었다는 것이다. 과거와 같은 구제국주의 체제가 의존하고 있었던 식민지 체제가 없는 조건에서 내부 분배 정책의 한계가 오자, 이윤율 저하를 막고 자본축적의 기반을 확충하기 위해서는 새로운 방식의 제국주의 체제를 구축하지 않으면 안 되게 된 것이다.

• 안드레 군더 프랑크, 이희재 옮김, 『리오리엔트』, 이산, 2003.

•• Andre Gunder Frank, *Reflections on the World Economic Crisis*, New York: Monthly Review Press, 1981.

이런 상황에서 선진 산업국가 내부의 계급투쟁을 일정하게 무마해온 사회민주주의도 한계에 직면하게 되었다. 또 케인스주의에 따른 시장에 대한 국가의 개입도 여기에 드는 재정 적자를 증대시켜 계급 정치의 긴장이 고도로 강화되었다. 자본과 노동 그리고 정부의 타협에 따른 재분배 정책에 여유가 사라졌기 때문이다. 따라서 국제 노동시장에서 주변부의 역할을 강화하는 선택을 하지 않으면 첨예한 내부 모순을 피할 길이 없게 되었다. 이와 같은 인식을 가지게 된 중심부의 자본은 주변부의 자본주의 체제를 더욱 강력하게 세계자본주의 체제 내로 편입시키지 않으면 안 된다는 판단을 내린다. 재식민지화 전략의 등장이다.

한국의 경우에도 다르지 않았다. 박정희 체제는 압축적 산업화를 진행하면서 이를 위해 고강도의 안보국가론을 전개했다. "노동을 통제하는 주변부 국가 자본주의 체제를 강화"하게 된 것이다. 이러한 상황은 프랑크의 설명에 따르면 박정희 체제 단독으로 이루어진 것이 아니라, 미국을 중심으로 하는 70년대 세계자본주의의 경제위기와 그로 인한 자본축적 위기를 돌파하는 과정에서 만들어진 조건이었다.

이 시기의 세계자본주의 전략은 자본의 주도권을 강화하는 것이라면 무엇이든 선택했다. 주변부 국가에서 군사정부의 강화를 통해 자본주의 시장을 만들어가는 작업은 이런 틀 안에서 진행되었던 것이다. 결국, 1970년대 초반의 세계자본주의 체제는 "주변부 파시즘과 동맹을 맺어 자본의 주도권을 강화하는 동시에 노동을 국가적 차원에서 희생시켜나가는 선택을 강제화"했다. 이것이 우리가 겪었던 박정희 체제 산업화 정책의 실체였으며, 이에 대한 저항이 민주화운동으로 나타나기 시작했던 것이다.

국가의 권력을 강화시키는 신자유주의

칠레의 아옌데 정권이 피노체트 군사정권으로 대체되어간 과정도 이러한 신자유주의 체제의 실험을 신자유주의 이론의 주도자 프리드먼의 이론에 따라 관철해나간 결과였다. 여기서 가장 중요한 것은 프랑크가 강조했듯이, "임금의 억제"와 이에 기초한 "자본축적 체제의 강화"라고 할 수 있다. 서구 자본주의 체제의 자본축적 위기를 제3세계 주변부에 떠넘김으로써 그 부담을 온통 주변부 민중에게 전가하고 민주주의를 파괴하는 방식을 밀고 나갔다는 것이다.

프랑크에 따르면, 1970년대 세계 경제위기는 노동과 자본의 타협 국면을 소멸시키고 주변부 국가의 노동을 더 강도 높게 착취하는 방향으로 그 해법을 찾아나갔다. 그리고 군사주의 권력과 손을 잡고 시장의 주도권을 거대자본이 장악할 수 있도록 하는 전략을 구사했던 것이다. 바로 이 지점에서 전 세계적인 사회적 양극화가 심화되었으며, "자본의 자유를 극대화하는 신자유주의 체제"가 더욱 본격적으로 가동하기 시작했다는 것이다. 1990년대에 세계적 대세가 되는 신자유주의의 실험은 갑작스러운 출현이 아니라 이미 오래 전 진행되고 있었던 셈이다.

이러한 신자유주의 체제는 일차적으로 세계적 자본축적의 위기에 대한 대응이다. 그리고 "주변부 국가의 임금을 억제하기 위해 노동조합을 탄압하고 노동자들의 시위를 불법화하며 국가의 권력을 강화함으로써 서구 자본이 요구하는 국제 노동분업 체계에 편입되도록" 했다는 것이다. 프랑크는 여기서 민주주의는 신자유주의 체제와 대립할 수밖에 없게 되고, 그 과정에서 신자유주의 체제에 불만을 가지고 저항하는 계급 또는 계층을 양산하게 된다고 예견했다. 이로써 자본가 계급은 결과적으로는 자신의 무덤을 스스로 파는 모순에 직면하게 된다는 것이다. 체제의 정치사회적 불안정성이 생겨나는 것이다.

그는 특히, 신자유주의 체제는 자본의 주도권을 강화함으로써 마치 국가의 권한은 축소하는 것처럼 여기거나 기만하고 있지만, 실제로는 노동을 통제하는 자본축적의 기구를 확대 강화하게 된다는 점에서 매우 강력한 국가의 출현을 필연적으로 가져온다고 말했다.

신자유주의 세계체제의 본질

이렇게 보면, 자본축적의 위기가 발생하게 될 때 기존의 타협국면을 소멸시키면서 자본의 권한을 확대 강화하려는 전략이 가동되고 이를 위한 강력한 국가기구의 출현이 이루어질 수 있음을 알게 된다. 이 국가는 자본의 자유를 최대한 보장함으로써 노동에 대한 고강도의 착취와 수탈, 민주주의의 해체를 가져오고 사회적 양극화를 일상의 현실로 만들어버린다.

프랑크의 이러한 지적은 오늘날 모두 입증되었다. 프랑크에 앞서서 자본주의 체제가 장기 순환의 사이클에 따라 위기에 직면하게 될 것으로 본 만델 역시 그의 『후기 자본주의』에서 "오늘날의 세계자본주의 체제는 자본주의 발날 난계의 새로운 국면이라기보다는, 녹점자본의 주도권 아래 강화된 제국주의의 확대 발전"이라고 갈파한 바 있다. 다시 말해서, 세계자본주의 체제의 위기가 반복되는 과정에서 선진 자본주의 체제 내부의 계급 모순이 날카롭게 드러나면, 이를 해결하기 위해 주변부 자본주의 사회의 희생을 요구하는 대응이 펼쳐진다는 뜻이다. 바로 이 지점에서 우리는 미국의 경제위기와 북미자유무역협정(NAFTA, North American Free Trade)나 한미자유무역협정(FTA)이 어떻게 연결되었는지를 더욱 확실하게 파악할 수 있다.

미국의 입장에서 한미 FTA는 자본축적의 위기와 내부적 계급 모순에 대응하기 위한 신자유주의적 해법이라고 할 수 있는 것이다. 그런데 이것은 결국, 우리 내부에서 국가기구의 통제력 확장과 노동운동의 정치적 무력화를 통한 독점자본의 주도권 강화 전략에 다름 아닌 것이다.

우리가 만들고자 하는 국가는?

프랑크의 『세계 경제위기에 대한 성찰』은 바로 이러한 독점자본의 지배 전략을 정당화하는 경제이론을 비판하고 있다. 또 안보국가론이 국가 자본주의가 주도하는 자본축적 논리의 변형이며, 신자유주의가 시장의 자유를 내세우는 것 같으나 사실은 국가와 자본의 동맹체제를 강화하는 것이라는 것이다. 이에 대해 명확히 알아가는 과정에서 그 사회는 국가와 자본의 동맹체제를 해체시켜나갈 수 있는 지적 기반이 생겨난다는 것이다.

그의 이러한 지적은 모두 현실에서 확인되어왔다. 신자유주의 체제가 독점자본의 자본축적 위기의 대응책이라는 점, 그래서 노동자를 비롯한 민중에 대한 계급적 수탈체제가 강화되어 사회적 양극화가 필연적이며 국제 노동분업 시장에서 주변부 가난한 나라들의 종속 상태가 점차 심화되는 사태가 벌어지는 것이 여기에 해당한다.

우리가 만들고자 하는 국가가 이러한 수탈 체제를 포장하고 정당화하는 장치가 된다면 그것은 날로 더더욱 서민들의 삶을 고통으로 몰아넣는 일이 된다. 오늘날 유럽이 경제위기로 계급적 모순이 더욱 첨예해지고, 미국이 사회적 양극화의 심화와 복지 체제의 동요로 이어지고 있는 것도 그 원인은 동일하다. 2016년 미국 대선에서 공화당 우파 트럼프는 기존 질서의 불안정성에 대한 두려움으로, 민주당의 사회민주주의자 샌더스는 기존 질서의 모순 심화에 대한 반발이라는 양극단의 정치적 반응으로 읽힌다. 이는 본질적으로 그 나라의 기본 동력이 되어야 할 민중의 삶이 벼랑으로 몰린 결과다. 그리고 이는 독점자본의 자본축적 전략이 근간이 된 국가의 현실이다.

거대 독점자본의 자본축적 전략에 봉사하는 국가는 우리의 희망이 아니다. 서민의 삶을 중심에 놓고 이들이 희생되지 않도록 보호하면서 자본에 대한 사회적 통제를 구축할 수 있는 국가, 이것을 만들어내는 과정이 바로 민생을 위한 정치의 요체다.

프랑크가 30여 년 전에 남긴 교훈은 여전히 그 효력을 잃지 않고 있다.

'자본의 자유를 극대화하는 신자유주의 체제'는
세계적 자본축적의 위기에 대한 대응이었다.
프랑크의 지적들은 오늘날 모두 입증되었다.

자본축적
사미르 아민, 『주변부에서 본 세계사』

세계체제론의 4인방

세계체제론의 '4인방'이라고 하면, 프랑크, 아리기, 월러스틴 그리고 사미르 아민(Smir Amin)을 들 수가 있다. 이들 네 명은 모두 1970년대 세계자본주의의 위기를 문제의식으로 삼고 장기적 관점에서 세계자본주의 체제 형성을 분석한 마르크스주의 정치경제학자들이다.

이러한 동질성과 함께 차이도 있다. 아리기와 월러스틴은 서구적 관점에서 자본주의 체제의 세계적 확산을 이해하는 반면, 프랑크와 아민은 종속론의 관점에서 출발했다는 특징이 있다. 아리기는 후반기에 들어서서는 아시아에 대한 관심을 더욱 깊게 가지면서 프랑크의 입장에 접근하는 모습을 보였고, 인류 문명사의 장기적 관점이라는 차원에서는 프랑크와 아민이 유사성을 드러낸다.

프랑크와 아민은 각기 지역연구의 배경도 다른데, 프랑크는 라틴아메리카, 아민은 아프리카와 중앙아시아, 이슬람권이 관심사다. 그런 까닭에 세계자본주의 체제의 확산과정을 추적하는 방식에서 아리기와 월러스틴은 서구 자본주의 국가들의 헤게모니 변화를 중심에 놓는 데 반해, 프랑크와 아민은 세계적 수탈체제의 역사를 주제로 삼는다.

흥미로운 것은, 프랑크와 아민이 자본주의 체제를 평가할 때 이것이 질적으로 다른 세계체제의 출현이라는 점을 중시하면서도 인류역사에서 유일하게 등장한 세계체제는 아니라고 본다는 점이다. 바로 그러한 이유로 해서, 이 두 사람은 기원전 3000년부터 이어지는 이집트, 수메르를 비롯해서 그리스, 헬레니즘, 로마, 중근동의 이슬람, 중국 등으로 형성되어온 각 역사적 시기의 거대한 세계체제의 다양한 공존이나 존재를 주시한다.

이들의 노력은 오늘날 세계체제론과 세계사 연구를 하나로 잇는 데 지대한 공헌을 했다. 아울러, 자본주의 이전에 만들어진 세계체제의 지구적 연결이 자본주의의 탄생에 토대가 되었다는 점도 명확하게 일깨워주었다. 그런 점에서 프랑크는 그의 책 『리오리엔트』에서 중국을 중심으로 한 세계적 무역체제가 지중해체제와 어떤 관련을 맺어왔는지를 분석했고, 아민은 이슬람과 중앙아시아가 기여한 세계사적 역할을 주목한다.

세계체제론과 세계사의 결합

이러한 시각을 통해, 아민은 자본주의의 세계적 구조라는 것은 문명사의 전개과정에서 보자면 10세기가 넘는 교역 시스템이 구축해놓은 연결망을 통해 이루어졌다는 점을 강조한다. 아민은 마르크스의 『자본론』이 자본주의의 본질과 역사적 전개과정에 대해 일정한 통찰을 제공해주기는 하지만, 비서구 지역의 경험과 역사를 반영하지 못한 한계가 있음을 절감한다. 그래서 마르크스의 입장을 출발점으로 놓되, 더욱 포괄적인 역사를 담아내는 노력이 필요하다고 여겼다.

이러한 아민의 관점은 세계적 차원의 자본주의 분석과, 유럽 중심사의 탈피로 그 중심축이 이루어진다. 2011년에 나온 『주변부에서 본 세계사』*의 서문에서 그는 이렇게 자신의 관점을 밝힌다.

박사학위논문을 쓰던 때부터 시작해서, 나는 오늘날 이른바 세계사 또는 지구사라고 불리는 세계사 전체의 관점을 적극 고수해왔으며 이와 함께 유럽 중심 사관에 대한 철저한 비판적 입장을 견지해왔다. 바로 이러한 입장을 통해, 1970년대 자본주의의 위기는 세계적 구조의 자본주의 체제의 위기이며 이를 극복하기 위해서는 아프리카-아시아의 역사적 경험을 깊숙이 분석해나가는 작업이 필요하다고 생각하게 되었다.

조공 시스템의 문명사

아민의 세계자본주의 체제 분석에서 돋보이는 것은 중앙아시아를 통해 만들어진 세계적 교역망의 장기적 역할에 대한 이해와, 자본주의 이전 단계의 세계적 지배 시스템을 봉건주의가 아닌 조공 시스템으로 파악한다는 점이다. 아민은 이와 같은 조공 시스템의 가장 분

---

* Samir Amin, *Global History: A View from the South,* Pambazuka Press, 2010.

명한 경우는 고대 중국에서부터 청조에 이르는 동아시아 세계체제라는 점을 주시하는 한편, 조공 시스템은 중앙아시아, 고대 중근동등을 포함하는 더욱 확대된 구조를 가지고 있다는 것이다.

이러한 조공 시스템은 거대한 영토에 대한 지배력을 물리적 강제력만으로 통합할 수 없는 시기에 만들어진 것이며, 이것을 통해서 상호 이익이 되는 방식의 "교역이 전쟁을 통하지 않고 가능해지도록" 했다는 것이다. 다시 말해서, 조공 시스템은 그것이 압도적으로 지배하고 있는 영역에서는 다채로운 세계적 교역체제를 구성했다는 것이다.

가령 중국은 동아시아의 조공 시스템을 가지고 있었지만 이것이 곧바로 중앙아시아와 이슬람권에 대해 지배력을 행사한 것이 아니라 중앙아시아와 이슬람권의 조공 시스템과 만나 세계적 교역의 길을 뚫어냈다는 것이다. 16세기는 이러한 자본주의 이전 단계의 세계적 무역구조와 서구가 접선하면서, 자본주의의 출발을 도모했다는 점을 아민은 강조한다.

그런데 이러한 세계적 체제에서 조공 시스템은 상대에게 약탈하는 방식이 아니라 상호 이익이 되도록 자산을 축적하는 것이었음에 반해, 자본주의의 자본축적 방식은 상대를 수탈하는 방식이었다. 아민은 이를 "수탈 또는 박탈을 통한 자본축적"(accumulation by dispossession)이라고 부른다. 조공 시스템의 역사적 한계는 분명하지만, 자본주의가 박탈을 통한 자본축적을 세계적으로 확산한 결과 오늘날 인류는 지속적인 비극과 위기에 처해 있다는 것이다.

이러한 아민의 관찰에 근거해보자면, 과거의 세계체제는 다양한 문명권이 서로 교류하고 교역하면서 문명사의 발전을 촉진했던 데 반해 자본주의 체제는 기존의 문명권과 세계체제에 기생하여 발전해오면서 대단히 파괴적인 구조를 확산시켰다고 할 수 있다. 아민은 바로 이 자본주의의 파괴적이고 수탈적인 작동방식을 거부하는 운동과 문화의 동력이 매우 중요하다고 보고, 이러한 힘의 복구는 우선 유럽 중심주의에서 벗어나는 일이라고 강조했다.

이 같은 노력이 축적될 때, 오늘날 주변부적 위치가 되긴 했으나 고대부터 이어져온 비서구 지역의 세계체제가 움직여온 방식의 힘을 복원하고 서로 다양한 문명사의 주역이 될 수 있게 된다고 보았다. 특히 그는 고대부터 중세에 이르기까지 중앙아시아와 이슬람이 서로 결합해서 이뤄놓은 세계적 교류망의 역할에 대해 새로운 인식이 필요하다며, 이것을 통해 교역과 종교, 문화 등이 상호적 방향으로 오간 것을 주시해야 한다고 강조했다.

아민의 이 책은 속히 번역되어 논의가 될 만하다. 그의 책과 프랑크의 『리오리엔트』를 함께 읽어나간다면, 오늘날 동아시아에서 지속적으로 주변부화되고 있는 한반도가 어떤 역할을 통해 세계자본주의 수탈구조를 돌파하면서 문명사적 역할을 해낼 수 있을 것인지 생각해볼 기회가 될 것이다.

우리에게는 문명사의 긴 관점과 세계자본주의 체제의 구조적 작동방식에 대한 이해가 아직 약하거나 깊지 못하다. 말이 나온 김에

• Samir Amin, *L'accumulation à l'échelle mondiale*, Paris: Editions Anthropos, 1970; *Accumulation on a world scale*, New York: Monthly Review Press; 사미르 아민, 김대환 외 옮김, 『세계적 규모의 자본축적』, 한길사, 1986.

자본주의가 박탈을 통한 자본축적을
세계적으로 확산한 결과 오늘날 인류는
지속적인 비극과 위기에 처해 있다.

그 파괴적이고 수탈적인 작동방식을 거부하는
운동과 문화의 동력을 아민은 강조한다.

아민의 명저 『세계적 규모의 자본축적』을 다시 주목하면서 읽고 토론해본다면, 자본의 문명사적 비밀에 대해 새로운 인식을 가질 수 있을 것이다.

세계적 불평등의 기원

에릭 밀란츠, 『자본주의의 기원과 서양의 발흥』

'서구의 발흥'과 자본축적의 착취적 본질에 대한 논쟁

막스 베버(Max Weber)의 관심은 어찌해서 자본주의가 서양에서는 이루어졌으나 다른 지역에서는 그렇지 못했는가의 문제였다. 그의 논리는 결국 근대와 전통의 대립구도를 만들어냈다. 곧 서구의 정신사적 흐름이 자본주의 작동에 반드시 요구되는 합리적 사유를 탄생시킨 반면, 다른 지역은 그런 정신적 동력을 갖추지 못했다는 것으로 압축되었다. 서구 역사 내부에 자본주의의 기원적 동력이 정신적으로 이미 존재한다는 결론이다.

이러한 베버의 비교사회학적 논리는 서구의 근대가 역사발전의 모델이며, 서구 아닌 다른 지역의 전통은 근대를 가로막는 장애요소라는 1960년대 발전론의 근간이 되었다. 정치경제적 낙후라는 현실적 고통을 겪고 있던 아시아, 아프리카, 중동 그리고 라틴아메리카는 이러한 베버의 논리에 토대를 둔 발전론 또는 근대화론의 수입을 통해 서구의 발전경로를 국가정책으로 선택하는 단계로 진입했다. 그리고 제2차 세계대전 이후 미국을 중심으로 하는 냉전체제의 사회과학은 이와 같은 내용을 그 핵심으로 삼아 전 세계에 전파, 학습되어나갔다.

그러나 근대가 곧 자본주의라는 등식에 휘말린 결과, 다른 경로에 대한 모색은 특히 냉전시기에 이데올로기적으로 공격 목표가 되었다. 그러면서 비서구 지역은 현실에서는 내부의 계급 모순의 심화와 사회적 양극화, 국제적 착취구조에 지속적으로 빨려 들어가는 상황에 직면하게 되었다. 발전론의 허상이 계속 폭로되기 시작했던 것이다.

잘 알려진 대로, 종속론과 세계체제론은 발전론 또는 근대화론이 이러한 세계적 착취구조를 지닌 자본주의의 확산전략을 옹호하는 학문이라는 지점을 격파해간 지적 산물이었다.

에릭 밀란츠(Eric Mielants)의 『자본주의의 기원과 서양의 발흥』*은 서구가 지닌 독특한 동력이 자본주의를 만들어냈고 이것이 서구의 세계지배를 가능하게 했다는 논지를 해체한다. 이와 함께 그는 월러스틴의 세계체제분석이 서구 중심주의적이라거나 또는 아시아의 역량에 대해 과소평가했다든지 하는 식의 비판에 동의하지 않는다.

도리어 그는 세계체제분석이, 서구 자본주의가 세계를 자신을 중심부로 해서 재편해온 구조 위에서 만들어진 "자본축적의 착취적 본질"을 가진 것을 명확히했으며 이로써 세계자본주의의 식민성을 가장 중요한 논의의 주제로 삼도록 하는 기여를 했다고 반박한다. 자

• 에릭 밀란츠, 김병순 옮김, 『자본주의의 기원과 서양의 발흥』, 글항아리, 2013; Eric Mielants, *The Origins of Capitalism and the "Rise of the West"*, Temple University Press, 2008.

본주의는 서구가 잘나서 다른 지역을 압도하는 동력을 애초부터 가지면서 생겨난 것이 아니라는 것이다.

이러한 논쟁은 서양사와 세계사를 어떻게 바라보는가의 문제와 직결되어 있다. 그리고 '서양의 발흥'이라는 개념 자체가 서양 이외 지역의 몰락, 쇠퇴, 붕괴, 해체 등의 현실을 전제로 하고 있어, 서구의 역사적 우월성을 내세운다는 점 때문에 1960년대 중반 이후 역사학에서 치열한 논쟁을 가져왔다.

서구 아닌 지역의 활력

돌아보면, 역사학자 맥닐이 1963년 『서구의 등장』이라는 제목의 세계사 책을 냈을 때 미국은 열광했다. 그 내용의 질적 수준만이 아니라, 무엇보다도 미국의 발전과 세계사적 주도력에 대한 해설로 이 책의 의의를 받아들였기 때문이다.

하지만 저자 자신은 훗날 이러한 오해를 가져온 것에 대해 자기비판적 성찰을 남긴다. 뿐만 아니라 서구가 아닌 지역의 역사적 동력과 기여를 재조명하는 노력을 기울인다. 이러한 그의 역사에 대한 태도에 가장 중요한 영향을 끼친 것은 시카고 대학 시절 그의 친구이자 이슬람 역사 연구로 뛰어난 업적을 남긴 역사학자 호지슨이다.

호지슨은 서구 중세와 근대 사이에 가로놓인 이슬람의 문명사적 충격에 대한 이해 없이 서양사의 발전경로를 제대로 파악하는 일은 불가능하다는 주장을 폈다. 맥닐은 처음 이 이야기를 들었을 때 그 논지의 의미를 정확하게 깨닫지 못했다고 토로했을 정도였다. 호지슨은 서구의 우월적 지위가 명백해진 상황에서, 서구가 아닌 지역의 낙후는 이미 오래전부터 그 경로가 정해져 있었다는 식의 역사해석에 대해 반론을 폈던 것이다.

호지슨과 마찬가지로 재닛 아부-루고드(Janet Abu-Lughod)는 『유럽 패권 이전의 세계체제』*를 통해 유사한 역사분석을 한다. 서구가 봉건체제의 기초 위에서 도시국가의 여러 가지 활력을 발휘하기 시작한 13세기, 세계적 판도를 확보한 몽골제국의 문명벨트를 포함해서 이미 인도양을 중심으로 다른 지역의 세계체제적 연관구조가 존재했고 서구는 여기에 자신의 젖줄을 대면서 세계자본주의의 기반을 갖춘 것이라는 논지였다. 베버와 같은 내부 동인론에 대한 부정이었다.

발전의 동력은 서구보다는 도리어 중국을 중심으로 한 아시아에 있다고 한 프랑크의 『리오리엔트』도, 서구 자본주의의 발흥이 오래전부터 존재해온 아시아 세계체제에 서구가 자신을 유기적으로 연관시키면서 가능했다는 논지를 편다. 아부-루고드든 프랑크든 모두 서구 밖의 세계가 가진 동력이 더욱 중요한 자본주의 발전의 기초라는 주장을 제시한 셈이다.

서양 학문의 주도권, 그 내부의 작동 원리

그런데 밀란츠는 프랑크나 아부-루고드 등의 논지가 서구 중심주의를 돌파하는 의미를 가지고 있기는 하나, 그 세계적 연관구조의

---

* Janet Abu-Lughod, *Before European Hegemony: The World System A.D. 1250-1350*, Oxford University Press, 1991; 재닛 아부-루고드 , 박홍식 옮김, 『유럽 패권 이전: 13세기 세계체제』, 까치글방, 2006.

성격을 본질적으로 밝히는 데는 문제가 있다고 비판한다. 그러면서 서구 학문 전체의 사고 또는 그 접근의 핵을 다음과 같이 정리한다.

> 유럽 중심주의자들은 여러 세기 동안 지속된 서양의 식민주의가 끼친 영향과 유산을 인정하지 않는다. 실제로 서양의 학문적 논의 자체는 본질적으로 서양의 발흥, 자본주의의 역사, 근대성 그리고 서양의 국가 제도와 학문 분야, 문화, 착취 기제의 세계화와 깊은 관련이 있다.
> 그것은 오늘날도 학문 연구의 주도권을 잡고 있으며 식민지 시대 이후의 대학과 정치계를 통해 끊임없이 재생산되고 있다. 서양 세계에서 사회과학의 형성과 서양의 학자들이 나름의 다양한 방식으로 과거와 현재, 미래의 조건에 대해서 생각하는 방식은 지금까지 서양의 지식이 서양 이외의 세계를 머릿속으로뿐만 아니라 실제로 통제하고 식민지화하고 지배해온 방식과 떼려야 뗄 수 없다.

그래서 밀란츠는 역사학이 "19세기 부르주아 국민국가를 정당화하기 위해 생겨났다"고 비판하면서, "세계의 불평등 문제가 가장 긴급한 과제로 부각되어야 할 시점"에 경제사를 비롯한 비교사회학 등의 분야가 무엇을 고민해야 하는지 다시 논의해야 한다고 강조한다.

그런 까닭에 밀란츠는 자신의 책 전체를 통해 유럽 상업자본주의 발전의 경로를 아시아, 남아시아, 북아프리카 등과 비교하면서 비서구는 남을 희생시키지 않는 자기 재생력의 원리를 중심으로 삼았다고 지적하고 있다. 반면에, 서구는 "노동을 시간으로 통제"하면서

"주변부를 지속적으로 식민화"해왔으며, 이들 지역을 "식민지로 만들되 산업화를 막는 치밀한 정책"은 서구 열강들이 장기적으로 경제 성장을 할 수 있는 여건을 마련했다고 본다.

밀란츠는 따라서 중국이나 남아시아 등은 "다른 지역을 희생양 삼아 발전하지 않았던 반면", 서구는 도시국가 내 중상주의 권력이 식민주의를 근간으로 하는 '상업제국주의'를 목표로 국가와 자본이 동맹체제를 만들었다고 정리했다. 바로 이 동맹체제의 중심에 전쟁과 제국주의가 있으며, 이것이 유럽을 다른 지역과 차별화한 체제적 동력의 진상이라고 강조한다.

그의 이러한 논지는 월러스틴의 세계체제분석에 대한 옹호와 함께 제국주의적 본성을 지닌 서구 자본주의 체제의 주도력을 발전 모델로 볼 것이 아니라 극복 대상으로 봐야 한다는 결론에 이르는 길을 연다. 이러한 주장은 사실 새롭다고 하기 어렵다. 더군다나 서구가 아닌 지역의 경제체제가 다른 지역의 삶을 파괴하지 않고 발전했다는 논리도 선뜻 동의하기는 어렵다. 수탈 방식이 근대 자본주의 체제와는 분명히 달랐지만 중국이 거대한 제국의 체계를 꾸려나가면서 주변부에 대한 지배를 강화하고, 그곳 주민들에게 폭력과 부담을 가한 것은 분명했기 때문이다. 청이 자신의 영토를 확장하면서 오늘에 이르기까지 문제가 되고 있는 신장지역을 봐도, 중국형 조공시스템의 식민지적 성격은 비판적으로 규명되어야 하는 사안이다.

하지만 세계자본주의 체제의 기원과 발전, 그리고 세계적 확산과 그 동력의 여러 가지 변화를 놓고 벌어지는 논쟁이 자칫 '식민화의 문제' '타자의 희생'이라는 중심요소를 놓친 채 어느 특정 지역의 고

유한 동력이나 역사적 우월성을 강조하는 쪽으로 흘러가는 것에 대해 제동을 걸고 있다는 점은 주목된다. 그와 함께 '세계적 불평등의 기원'이라는 각도로 자본주의 발전의 경로를 따져가야 한다는 주장은 지속적으로 의미가 있다.

월러스틴도 아시아의 활력을 주목한 프랑크나 이슬람의 역사적 동력의 시기를 조명한 아부-루고드 등의 기여를 인정한 바 있다. 다른 한편으로 그는 이러한 접근과 발상이 오늘날 우리가 직면한 세계 자본주의의 모순에 따른 고통을 해결하는 데 어떤 도움을 줄 수 있는가에 대해서는 아무런 답을 내놓고 있지 못하다고 비판했다. 구조적 모순의 문제를 좀더 치열하게 파고들지 않았다는 것이다. '불평등의 기원'에 대한 문제제기는 '발전과 낙후'라는 틀을 넘어서는 분석의 초점을 마련해준다.

불평등을 넘어서기 위해

밀란츠는 벨기에 출신의 학자다. 벨기에는 두 사람의 뛰어난 마르크스 정치경제학자와 세계적 역사학자를 배출했다.

한 사람은 만델이고 다른 한 사람은 앙리 피렌(Henri Pirenne)이다. 만델은 『후기 자본주의』에서 자본주의의 후기적 발전과정이 여러 변화를 가져온 것처럼 보이지만, 본질적으로 제국주의의 작동방식에서 벗어나지 못하고 있다고 했다. 피렌의 경우는 『유럽의 역사』(*History of Europe*)에서 로마제국 붕괴 이후 유럽의 형성사를 경탄할 만큼 치밀하게 분석한 바 있다. 피렌은 중세의 권력과 도시국가, 그리고 부르주아 계급이 자신을 어떻게 만들어왔는지를 '긴 역사의 관점'에서 파악했다(두 책은 아직 국내에 번역되지 않았다).

이러한 학문적 전통과 월러스틴의 세계체제분석을 하나로 응집시 킨다면, 우리의 자본주의 논쟁과 그 돌파의 학문적 성취는 가치 있 는 자산을 얻게 될 것이다. 오늘날 우리가 직면하고 있는 세계자본 주의의 불평등, 그것이 우리 사회 안에 가져다주는 모순과 대립의 심화를 어떻게 극복할 수 있는지에 대해 좀더 본격적으로 논의해야 할 단계가 이미 왔다.

그러나 우리에게 이에 대한 역사적 시선과 분석, 비교사회학적 논 쟁 등이 결여되어 있거나 부족하다는 점에서, 밀란츠의 책은 그러한 논쟁에 자극적 단서로 작용할 것이라 기대한다. 박정희 체제가 한국 의 경제발전에 결정적 공헌을 했다는 역사해석과 정치적 논리가 끊 임없이 고개를 들고 주도권을 잡아나가는 지점에서, '식민화와 타자 의 희생'이라는 주제는 더욱 절실한 논쟁 대상이 되어야 한다. 이것 은 한반도 전역과 동북아시아에서 이 불평등을 넘어서는 체제를 만 드는 사유의 기초체력이 될 것이다.

'식민화와 타자의 희생'이라는 주제는
더욱 절실한 논쟁 대상이 되어야 한다.

이는 한반도 전역과 동북아시아에서
이 불평등을 넘어서는 체제를 만들
사유의 기초체력이 될 것이다.

문명을 읽다1: 지중해에 바람 불다

역사를 아는 일은 우리의 뇌 속에 인류사의 회로를 설치하는 일이다. 이것이 없으면 우리의 문명은 퇴보하거나 오류를 반복해야 한다. 그것은 단지 시간의 회로만이 아니라 공간, 즉 지리와 문명권의 교차회로까지 담아내는 작업이다. 인터넷의 세계적 그물망인 www(world wide web)을 역사화한 상태라고 할 수 있다.

그런데 그 회로가 잘못된 상태에서 이를 교정하지 않는다면, 그것은 문명의 진화를 가로막는다. 잘못된 기초 또는 전제 위에서 전개되는 논리와 사유는 가치 있는 것을 버리고 엉뚱한 것을 가치 있게 여기도록 만든다. 문명의 역사를 제대로 보는 것은 이 가치의 발견과 직결되어 있다. 그런데 문명사의 렌즈는 휘어져 있다. 어떤 것은 실체보다 크고 어떤 것은 실체보다 작게 보이도록 만들어져 있다.

19세기 이후 국제사의 승자인 서구의 역사가 걸어온 길은 오늘날 보편적 논리와 원칙처럼 통용되고 있다. 흔히들 말하는 구미 중심주의다. 그러나 그마저도 제대로 이해되고 있는 것은 아니다. 그리스와 로마, 그리고 유럽으로 이어지는 경로와 기독교의 지배는 서구 문명사의 기본 지도처럼 이해되어왔다. 이 지도는 과연 제대로 된 것일까? 지중해의 역사 하나만 보더라도 우리는 이런 공식이 허구임을 확인하게 된다.

구미 중심주의는 아시아에 대한 오랜 열패감을 극복하는 과정이 과잉된 결과이기도 하다. 일본이 중화주의를 극복하면서 중국을 지배하는 과정에서 중국을 야만국가처럼 취급했던 것도 모두 이러한 역사심리적 표출이다. 그런 주술에 힘을 더한 것이 문명사에 대한 기존 해석들이다. 서구 자신도 자신의 문명사적 모대에 대한 이해가 정확하지 않은 채 구미 중심주의라는 왜곡된 틀에 갇혀 있기도 한 것이다. 따라서 문명사의 중심을 바로 세우는 것은 인류 전체의 역사인식에 중요한 과제다.

하나의 문명이 태어나고 자라며 쇠하는 전 과정은 어느 한 세력이나 특정 문명권의 독점적 역할로 이루어지지 않는다. 가령 오늘날에는 그 국제적 위상과 존재가 미미하게 여겨지는 중앙아시아의 문명사적 지위는 결코 간단하게 넘길 일이 아니다. 이 지역의 지정학적·문명사적 기능과 가치는 앞으로 더더욱 깊이 주목되어야 한다.

망각되거나 배제된 역사의 주체들을 복원하고 이들의 역할을 재조명하는 일은 오늘의 현실을 어떻게 바라보고 풀어갈 것인가와도 직결된 과제다. 문명을 읽는 일은 그래서 언제나 폐허더미에 묻힌 진실을 발굴하는 고고학의 정신과 통한다. 고고학은 먼 옛날에 대한 발굴로 그치는 것이 아니라, 현재 모습을 명확하게 이해하는 작업 그 자체다.

지중해를 바라보며

존 노리치, 『지중해 5000년의 문명사』

지중해, 문명의 요람

지중해는 '문명의 요람'이다. 세계적인 신약 역사학자인 하버드 대학의 헬무트 쾨스터(Hulmet Koester)는 지중해를 '기독교의 요람' 이라고 부르면서, 기독교가 단지 어떤 특정한 지역의 종족종교로 퍼져나간 것이 아니라 그리스-로마의 거대한 문명권과 만나면서 세계 종교의 위상을 얻게 되었다고 지적하고 있다.[*]

이러한 관찰과 해석은 지중해에서 태어난 모든 문화, 종교 또는 문명이 어느새 자기도 모르게 지역적 경계선을 넘어 세계적 차원의 문명으로 변화, 발전하게 되는 것을 의미한다. 이집트 문명도 그렇고 그리스 문명도 그러했으며 로마 역시 마찬가지였다. 게르만과 비잔틴, 이슬람도 모두 지중해의 역사와 만나면서 그 출신과 뿌리의 한계를 넘는 문명권을 이뤄나갔다.

지중해 문명권에 대한 탁월한 학문적 성취에서 브로델을 빼놓을

---

[*] Helmut Koester, *History, Culture and Religion of the Hellenistic Age*, Walter de Gruyter, 1995.

수 없다. 그의『지중해의 기억』은 특히 고대문명권의 탄생과 그 성장에 대해 압축된 묘사와 해설을 정리해내고 있다. 그리고 유럽근대사의 거대한 격동이 전개되는 16세기의 지중해를 다룬 그의『필립 2세 시대의 지중해의 세계와 지중해』(*The Mediterranean and the Mediterranean world in the age of Phillip II*)는 지중해 문명사 연구에 어떤 수준의 지식이 축적될 수 있는지 기가 질리도록 보여준다. 링컨 페인(Lincoln Paine)이 쓴『바다와 문명』*도 이러한 연구의 축적 위에서 세계사 전반을 해양사와 관련지어 쓴 명저다. 바닷길은 인류 역사 그 자체다.

지중해를 보면 고대 문명의 자서전을 쓸 수 있다. 또한 오늘의 유럽과 세계판도를 읽어낼 수 있다. 지중해는 그런 관점에서 로마가 카르타고와 그리스를 제패한 이후 '우리들의 바다'(Mare nostrum)라고 했지만, 역사의 전개과정에서 세계의 바다가 되었다. 이후 그 주도권이 대서양과 태평양으로 넘어가는 시기를 거치게 되지만, 지중해는 여전히 다채로운 역사의 무대다. 그 무대는 어떤 파도가 몰아쳐도 지워지지 않는 인류의 고대사적 기억을 그대로 간직하고 있다.

존 노리치(John Norwich)의『지중해 5000년의 문명사』**는 이러한 지중해의 역사를 쉽게 읽어낼 수 있게 한다. 이 책에 담긴 역사지식의 풍부함은 독자를 만족시켜줄 것이며, 세계사 전체를 구성하는

• Lincoln Paine, *The Sea and Civilization*, New York: Vintage Books, 2013.
•• 존 줄리어스 노리치, 이순호 옮김,『지중해 5000년의 문명사』, 뿌리와이파리, 2009; John Julius Norwich, *The Milddle Sea: A History of the Mediterranean*, Vintage, 2007.

중대한 축 하나를 최대한 잘 알 수 있도록 도와주고 있다는 점에서 좋은 책이다.

노리치 역시 이 책의 첫 장에서 지중해는 '기적'이며, '문화의 요람'이라고 부른다. 명확한 문자기록이 없는 선사시대를 다루는 일은 그의 적성에 잘 맞지 않는다고 전제한 노리치는 이집트 고대문명의 생성이 이루어지는 기원전 3,000년경부터 제1차 세계대전에 이르는 5,000년의 역사를 연구대상으로 삼아 600페이지(번역본은 1, 2권 합쳐 1,000쪽 이상)를 넘는 방대한 분량으로 이 시기를 담아냈다.

비잔틴 역사의 대가인 노리치는 비잔틴과 오랜 역사적 관계를 맺어온 베네치아 보호운동에 앞장서고 있기도 하다. 영국 BBC 방송에서 역사 다큐 제작과 관련한 작업을 해온 그는 그러한 경력에 걸맞게 역사를 대중적으로 설명하고 전달하는 데 뛰어나다. 그래서 그의 책은 흥미진진하고 쉽게 읽힌다. 뿐만 아니라 엄청난 양의 역사지식과 정보를 종횡무진으로 꿰어 시대의 흐름을 짚어나갈 수 있도록 해준다.

브로델의 책이 기본적인 역사지식의 훈련을 요구하고 있는 반면에, 노리치는 바로 그 기본적인 역사지식을 공급하는 동시에 브로델의 책을 힘들이지 않고 읽을 수 있도록 해주는 전단계의 준비작업이 되기도 한다. 그렇지 않아도 최근 세계사 관련 서적이 잇달아 나오고 있는데, 노리치의 책은 기본 필독서의 의미가 있다.

고대 문명사, 로마제국의 붕괴와 중세 유럽사, 비잔틴과 이슬람의 역사, 십자군 원정과 대서양 시대의 개막, 서구 열강의 아프리카·중동 지역에 대한 제국주의 정책과 지배, 오스만 투르크의 해체, 유럽의 전쟁과 평화에 이르는 긴 역사를 노리치는 거침없이 풀고 있다. 그래서 노리치의 책을 읽다 보면, 하나의 문명사를 이해하고 그것을 정리해기까지 얼마나 많은 공부와 노력이 요구되는지 새삼 절감하게 된다. 이러한 지식의 축적은 그 사회가 그간 쌓아온 학문적 역량과 역사에 대한 관심, 이를 탄탄하게 받쳐주는 독자집단의 존재 덕분에 가능해진다.

문명의 합류지점 또는 문명의 무덤

지중해 동부의 그리스적 세계와 서부의 라틴적 세계, 그리고 비잔틴과 이슬람의 역사를 관통하는 대목에서 유스티니아누스를 거론하면서 노리치는 이렇게 말하고 있다.

유스티니아누스는 후대인들에게 그리스어보다는 라틴어를 더욱 능숙하게 구사한 비잔티움 제국의 마지막 황제로 기억되고 있다. 그러나 알고 보면 그는 두 언어를 모두 유창하게 구사했다. 그것은 콘스탄티누스 대제가 그리스 세계에 로마제국을 이식한 지 2세기 만에 로마의 그리스화가 거의 완료 단계에 이르렀음을 말해주는 것이다. 로마는 아우구스투스가 연 제정 초부터 라틴 문명과 그리스 문명을 차별 없이 수용하는 조치를 취했다.

지중해를 둘러싼 문명의 뿌리와 족보는 이렇게 정리된다. 비잔틴 역사를 대충 빼먹고 서구 역사를 설명하는 방식에 익숙한 이들에게는, 노리치의 지중해 역사 해설이 매우 중요한 의미가 있다. 비잔틴은 잊혀진 제국처럼 취급되어왔고 지중해를 중심으로 펼쳐진 서양 문명사의 전개는 그리스-로마-유럽 하는 식이었기 때문이다.

유스티니아누스 이후 우리는 로마가 그리스와 라틴적 세계로 분할되고, 7세기에 이르러 이슬람이 비잔틴제국과 이웃하여 그리스 문명을 번역, 소화하면서 독자적인 문명권을 만들어나가는 것을 목격하게 된다. 그리고 오랜 시간이 지난 후 다시 라틴적인 로마문명권의 후계자가 된 게르만의 유럽은 이슬람이 번역한 비잔틴의 그리스 문명을 가져와 르네상스에 활용한다. 지중해는 패권 또는 주도권을 누가 갖든 그야말로 문명의 요람으로 지속되었던 것이다.

하지만 지중해를 둘러싸고 일어난 전쟁으로, 지중해는 노리치가 언급하듯이 요람이 아니라 '무덤'(grave)이 되기도 했다. 그 무덤을 딛고 지중해는 평화를 갈구하는 열망을 담아내는 바다로 다시 태어나 오늘의 역사에 이르고 있다.

문명사를 관통하는 능력

노리치는 이렇게 다채롭고 역동적 문명의 역사를 펼쳤던 지중해가 오늘날에는 '놀이터'(playground)처럼 되어버렸다고 말한다. 지중해는 이제 관광지역이다. 그것은 지나간 역사를 관람하는 방식이지 더는 새로운 문명을 창출하는 현장은 아니라는 탄식이 된다. 지중해 문명은 현재진행형이 아니라, 과거를 관찰하는 박물관에 그치고 있다는 이야기다.

물론 이러한 현실은 전쟁이 끝나고 피가 흐르는 바다가 더는 아니게 된 다행스러운 상황을 말하고 있기도 하지만, '문명의 요람'이라

지중해의 바람은

그곳에만 머물지 않는다.

대서양을 지나고,

아프리카를 돌아

인도양과 태평양까지 이른다.

문명의 궤적을 알려는 이,

그 바람을 따라가볼 일이다.

는 지중해의 역사적 본질을 복원하는 노력이 더 이상 추진되지 못하고 있다는 안타까움이 배어 있는 토로이다. 그럼에도 우리가 지중해의 역사를 제대로 이해하고 해석할 수 있다면, 그것은 우리에게도 엄청난 자산이 될 수 있다. '문명의 발전'이란, 선구적 세계사학자 맥닐이 말했듯이 잘 빌려 쓰는 쪽에게 주어지는 행운이기 때문이다.

문명사를 꿰뚫어 파악하고 성찰하는 능력은 미래를 가늠하는 기본 실력이다. 이 실력 없이 우리의 문명을 전망하는 일은 쉽지 않다. 지중해의 바람은 그곳에만 머물지 않는다. 결국 대서양으로 빠지고, 아프리카를 돌아 인도양과 태평양까지 이른다. 문명의 궤적을 알려는 이, 그 바람의 길을 따라가볼 일이다.

중세 유럽의 진정한 시작은 언제인가

앙리 피렌, 『마호메트와 샤를마뉴』

고대의 종식과 중세의 시작

이슬람이 지중해를 장악하면서 로마와 비잔틴을 잇는 동서교역로가 차단되고, 지중해 연안의 패권이 유럽 북쪽의 내부로 옮겨진 7~8세기는 고대가 종식되고 중세가 시작된 시기였다. 뿐만 아니라 이 시기는 오늘날 우리가 유럽이라고 부르는 지역의 중심이 형성되는 매우 중대한 전환기였다.

그런데 이런 시기 구분은 통상 로마가 무너진 3~4세기에 고대가 끝나고 중세가 출발한다고 보는 시각과는 다른 시선이다. 이는 『마호메트와 샤를마뉴』를 쓴 벨기에 출신의 세계적인 중세사가 앙리 피렌(Henri Pirenne)의 독특한 역사해석이다. 그 핵심에는, 유럽 역사는 이슬람 역사와 분리해서 생각할 수 없으며 이슬람이 있었기에 지금의 유럽이 있다는 관점이 있다. 이슬람에 대한 유럽의 우월의식이나 지배 역학은 이로써 설 자리가 없어진다.

• 앙리 피렌, 강일휴 옮김, 『마호메트와 샤를마뉴』, 삼천리, 2010; Henri Pirenne, *Mohammed and Charlemagne*, Dover, 2001.

하나의 거대한 역사적 시스템의 주도권이 끝나고 지금까지는 변방에 처해 있던 지역과 요소가 중심이 되면, 우리는 그것을 역사의 전환이라고 부른다. 로마제국은 북방에서부터 밀려오는 게르만족에게 그 정치적 통일성이 붕괴되면서 3세기에서 5세기 사이에 역사의 잔해로 남게 되며, 그로써 로마제국의 게르만화가 진행되고 중세는 시동을 걸게 되었다고들 여긴다. 그러나 피렌의 생각은 다르다.

프랑크, 알만, 고트 등의 부족들이 사방에서 압박해오고 반달족이 지금의 리비아 지역인 북아프리카 지역까지 석권하는 상황에서 로마제국은 더 이상 버틸 재간이 없게 된다. 그러나 이로써 로마제국의 수명이 다한 것은 아니었다. 우선 동쪽에 서기 330년 세워진 콘스탄티노플이라는 또다른 문명의 거점이 있었고, 게르만은 로마제국을 점령하긴 했으나 로마제국의 틀 속에 용해됨으로써 로마의 문명사적 관성이 지속되었다.

그리고 이것은 지중해를 중심으로 로마와 콘스탄티노플이 연결됨으로써, 서쪽보다 우수한 문명적 자산을 가지고 있던 콘스탄티노플 쪽이 로마제국의 상속자로서 주도권을 갖도록 만든다. 특히 콘스탄티노플은 라틴적 요소가 지배적인 서로마에 비해 그리스적 요소가 중심에 놓여 있고, 대립과 긴장을 반복하긴 했으나 페르시아 문명과의 접촉, 동방무역의 거점이라는 측면에서 지중해 전반에 걸쳐 지배력을 행사하고 있었다.

메로빙거 왕조의 몰락과 카를링거 왕조의 주도권

이러한 구도는 7세기 이후 이슬람의 신속하고 전격적인 등장, 에스파냐와 북아프리카에 이르는 정복전쟁의 성취로 결정적인 변화를 맞이하게 된다. 고대의 종말과 중세의 기원에 대해 각별한 관심을 쏟아온 피렌이 집중하고 있는 대목이 바로 이 시기의 변화다. 서로마 해체과정에서 부상하는 메로빙거 왕조는 이슬람의 도전 앞에서 지중해에 대한 지배력이 약화되는 것을 경험하고, 유럽의 통일성을 확보하는 샤를마뉴의 카롤링거 왕조에게 그 주도권을 넘겨줄 수밖에 없었다는 것이다.

게르만은 로마제국의 통치력에는 타격을 주었으나 로마제국의 제도와 틀은 그대로 수용하고 계승했으며, 로마제국이 유지하고 있던 지중해라는 세계사적 맥락에 결합되어 살아갔다. 이는 게르만적 국가의 성립과 로마제국의 세계사적 연결망이 서로 만나는 과정이자, 비잔틴적 요소의 공급이 여전히 지속되는 모습이라고 할 수 있다. 물론 비잔틴적 요소는 이후 지중해 서쪽 지역에서 점차 그 영향력이 약화 또는 소멸해갔지만, 아직은 로마제국의 힘으로 자신을 관철하고 있었다.

이 시기 지중해라는 교역망은 지중해 연안지역의 주도권을 그대로 보존하게 했으며, 따라서 이 해역의 군사적 경계선을 지키는 것은 곧 로마제국 이후 유럽의 정체성을 만들어내는 기반이었다. 그러나 이슬람의 확장과 정복전쟁에 의한 지중해 주도권의 이동은 그 같은 유럽의 정체성 형성과정에 중대한 영향을 끼치게 된다. 다시 말해서 북부아프리카와 에스파냐에 걸친 이슬람의 지배체제는 서로마지역을 비잔틴과 단절시키는 것과 함께 그 결과로 이슬람의 포위망에 갇히는 운명에 처하게 된다. 지중해 연안에 대한 주도권이 이슬람에게 넘어가고 있었기 때문이다.

이로써 서로마제국의 후계체제는 지중해 연안을 중심으로 이루어지던 연결고리를 잃으면서 유럽 대륙 자체로 살아갈 수밖에 없는 한계에 직면한다. 지중해 연안의 패권을 전제로 전개되었던 메로빙거 왕조는, 유럽 내륙지대의 주도권을 쟁취한 샤를마뉴의 카롤링거 왕조에게 그 유산을 넘겨주게 되었던 것이다. 그것은 지중해에 대한 지배체제를 근간으로 한 고대 로마문명의 자산을 더는 누리기 힘들게 되었다는 점에서 고대의 분명한 종식이자, 중세의 시작이었다.

전환기, 유럽의 역사적 정체성의 출발

이는 비잔틴과 유리된 로마 교회 그리고 게르만적 요소가 봉건제라는 방식으로 성립되어간 체제의 출발이며, 과거와는 다른 요소의 우세함이 시대적 특징을 만들어가는 시기로의 진입이다. 피렌은 이러한 상황을 다음과 같이 잘 요약하고 있다.

고대 전통이 단절된 원인은 급작스럽고 예기치 않은 이슬람의 진출이었다. 이 진출의 결과는 동방과 서방의 최종적 분리였고, 지중해적 통일성의 종말이었다. 서방은 봉쇄되었고, 닫힌 세계에서 자체의 자원으로 삶을 영위할 수밖에 없었다. 역사상 처음으로 생활의 축이 지중해에서 북방의 게르만 지역으로 옮겨졌다. ……중세로 이행하는 기간은 650년부터 750년까지 꼬박 한 세기가 걸렸다고 할 수 있다. 고대 전통이 사라지고 새로운 요소들이 우세해진 것은 바로 이런 혼란의 시기 동안이있다.

지중해를 중심으로 서구는
비잔틴과 이슬람의 자산에
마주하면서 새로운 활력을
갖게 되었다.

이슬람에 대한 이해가
바로 서지 못한다면,
근대 이전의 서양사를
정확히 인식하지 못한다.

이것은 서기 800년 이 지역에 새로운 제국이 성립하면서 완결된다. 구로마제국은 콘스탄티노플에 잔류하고 있고, 동방의 문명사적 자산은 거기에 머문 채 서구 유럽과의 만남은 훗날을 기약하게 된다. 이것이 십자군과 르네상스요, 근대의 새로운 시작이다.

이렇게 보면 유럽의 중세는 이슬람에 의한 지중해 봉쇄에 대해 자구책을 찾는 과정에서 비롯되었으며, 근대는 그 봉쇄망을 대서양 쪽으로 뚫어내고 다시 동방과 만나면서 이루어진 셈이라고 할 수 있겠다. 뿐만 아니라 자기 내부의 체제적 역량에만 의존했던 유럽이 이런 과정을 통해 지중해를 다시 접수하고 이슬람 제국에 반격을 가하면서 오늘의 유럽이 되었음도 알 수 있다.

그런 까닭에 마호메트로 대변되는 이슬람 문명권과 샤를마뉴로 압축되는 로마제국 이후의 유럽은 서로가 서로를 적대적으로 형성해온 상대이면서, 그와 동시에 서로가 분리될 수 없는 하나의 유기적 역사 공동체임도 주시하게 한다. 피렌은 유럽이 서구 중심주의적으로 자신의 정체성을 이해하는 역사관을 깨고, 이슬람의 역사와 한 몸이 되어 형성되어온 서구의 고대와 중세사의 특징을 보도록 촉구하고 있는 셈이다.

이러한 역사관은 멀리 내다보면, 서로가 삶의 영역을 공유하면서 나누어 갖는 문명사를 통해 새로운 시대를 만들어갈 수 있다는 깨우침을 준다. 지중해를 중심으로 서구는 중세 중반기에 비잔틴과 이슬람의 자산에 마주하면서 새로운 활력을 갖게 되었으며, 자신을 더욱 풍요하게 만들어나갈 수 있었다. 지중해 동부의 자산과 이슬람의 존재 없이 유럽의 미래는 문명적 차원으로 진입할 수 없었던 것이다.

이슬람에 대한 이해가 바로 서지 못하면, 근대 이전의 서양사를 정확히 인식하지 못한다. 피렌의 유럽사는 그러한 점에서, 우리에게 일깨우는 바가 적지 않다.

로마와 게르만 그리고 기독교
크리스토퍼 도슨, 『유럽의 형성』
피터 히더, 『로마제국과 유럽의 탄생』

흔들리는 유럽

오스발트 슈펭글러(Oswald Spengler)가 '서구의 몰락'을 예감했던 것은 1917년이었다. 이성과 자유를 근간으로 하는 고전문명의 축이 동요하고 있다고 본 그는 서구 문명의 생존력에 대한 회의를 품게 되었다. 『서구의 몰락』(*The Decline of the West*)이라는 제목을 달고 나온 그의 저작이 출간된 지 거의 1세기 뒤, 유럽은 지금 자본주의 체제의 위기 속에 흔들리고 있다.

유럽은 과연 어디로 갈 것인가? 지난 1,000년의 시간 속에서 축적해온 문명의 저력은 이 위기를 이겨낼 것인가, 아니면 그대로 주저 앉아 문명의 침체기 속으로 빠져들 것인가? 유럽의 운명은 단지 유럽으로 끝나지 않는다. 지리적 개념을 넘어선 인문학적 개념으로서의 '유럽'은 우리들에게도 중요한 지적 원천이자 문명적 진보를 위한 기초다.

그런 까닭에 유럽 문명사를 점검하는 것은 21세기 지구촌의 운명을 가늠해보는 작업과도 직결된다. 이런 즈음에 국내에서 번역 출간된 두 권의 책은 우리에게 역사를 보는 시선, 그리고 그 역사를 정리해내는 능력에 대해 많은 지적 자극을 준다.

크리스토퍼 도슨(Christopher Dawson)의 『유럽의 형성』*은 원저가 1932년에 나온 이후 유럽사 연구에서 고전적인 위치를 차지해온 책이다. 피터 히더(Peter Heather)는 전작인 『로마제국 최후의 100년』**에 이어 『로마제국과 유럽의 탄생』***을 통해 게르만족을 비롯한 만족(蠻族, bobarians)과 로마제국의 상호관계를 통해 유럽 탄생에 대한 새로운 시각을 제공해준다. 두 책은 모두 지난 시기 유럽사 연구에서 미처 주목하지 못했던 면모를 부각시켜 우리에게 상식처럼 굳어진 오해와 편견을 정리하는 데 적지 않은 도움을 준다.

유럽의 탄생과 형성이라는 관점에서 보자면 히더의 책을 우선 읽고 그 토대 위에서 도슨의 저작을 독파하면 전체적인 구조가 만들어질 것 같지만, 순서를 그 반대로 잡는 편이 이 두 책이 가지고 있는 장점을 최대한 종합할 수 있는 방법이 된다. 이유는 명확하다. 도슨의 『유럽의 형성』은 로마제국의 붕괴와 함께 전개된 고대세계의 해체 이후 만족의 등장과 지중해 패권의 변화, 비잔틴제국, 이슬람제국, 카롤링거 왕조 체제를 통한 유럽의 형성이라는 전체 역사의 줄기를 치밀하게 잡아주기 때문이다. 이러한 기초 위에, 히더의 책이

---

* 크리스토퍼 도슨, 김석희 옮김, 『유럽의 형성』, 한길사, 2011; Christopher Dawson, *The Making of Europe*, The Catholic University of America, 2002.

** 피터 히더, 이순호 옮김, 『로마제국 최후의 100년』, 뿌리와이파리, 2008; Peter Heather, *The Fall of the Roman Empire: a New History of Rome and the Barbarians*, Oxford: Oxford University Press, 2005.

*** 피터 히더, 이순호 옮김, 『로마제국과 유럽의 탄생』, 다른세상, 2011; Peter Heather, *Empires and Barbarians: The Fall of Rome and the Birth of Europe*, Oxford University Press, 2012.

관심을 기울이는 만족의 이주와 그 내적 동력의 변화, 제국과의 상호관계에서 어떻게 이들 만족이 지배하고 있는 유럽대륙의 정치경제적 근거지가 만들어지게 되었는지를 더욱 분명하게 파악할 수 있게 된다.

물론 두 책은 유럽사를 보는 관점이나 저술 의도가 동일하지는 않다. 그러나 도슨이 유럽사의 내면을 관통하는 정신사에 대한 기술에 초점을 맞춘 한편, 히더는 유럽 문명의 계승자로 등장하는 만족의 실체와 이들의 이주, 자체적 발전의 동력에 관심을 두었다는 점에서 두 책은 의미 있는 하나의 체계로 기능할 수 있다.

중세 역사해석의 탁월한 명저

도슨은 토인비, 슈펭글러와 동시대 인물로, 이들과 마찬가지로 서구 문명의 과거와 미래에 대한 깊은 성찰을 통해 중세역사를 파고들었다. 그의 책은 한마디로 탁월하다. 중세 역사 전체를 조감하는 데 이만한 저서가 있을까 싶도록, 그는 유럽 역사의 다양한 요소들이 서로 어떤 관련을 맺고 등장하고 소멸하면서 유럽의 문명적 토대를 만들었는지 능수능란하게 다루어나간다.

그는 "유럽이 오랜 세월에 걸쳐 진행된 역사적 진보와 정신적 발전과정의 결과물"이라면서 특히 기독교와 이슬람의 역할에 주목한다. 이는 그의 종교에 대한 관심을 반영하는 것이기도 하지만, "과거의 사람들이 가장 관심을 기울였던 일을 이해하지 않고서는" 역사를 이해할 수 없다는 논지에서 이런 접근을 시도한다.

그래서 그는 지중해의 전체 문명권이 어떻게 라틴적 요소와 그리스적 요소로 분할되어갔고, 기독교와 게르만적 요소가 결합되어갔는지를 종횡무진으로 분석, 정리한다. 이와 함께 이슬람의 등장에 대해서도 비잔틴을 중심으로 한 서구 헬레니즘적 지배에 대한 동방의 응답이라고 압축한다. 그런 까닭에 이러한 그의 문장은 의미심장하다.

> 이슬람의 출현은 동방과 서방 사이에서 1,000년 동안 계속되어온 상호 작용의 마지막 행위였고 셀레우코스 왕조가 몰락한 이후 차츰 헬레니즘 세계를 잠식해온 오리엔트 정신의 완전한 승리였다. 무함마드(마호메트)는 서방의 알렉산드로스 대왕의 도전에 대한 동방의 응답이었다.

도슨의 책에는 이 시기 유럽이 가지고 있던 동방에 대한 편견이 존재하지 않는다. 뿐만 아니라 서로마제국의 전통만 고집한 채 비잔틴 문명을 배제해버렸던 과오도 저지르지 않는다. 그는 이슬람의 정신적 저력을 깊이 주목하고, 비잔틴 문명의 격렬한 변천사를 서유럽과 이슬람, 슬라브의 움직임과 함께 생동감 있게 펼쳐낸다.

그의 책을 읽고 나면 머릿속에서 문명의 인문지리가 명료해지는 지적 즐거움을 얻게 된다. 또한 그렇기 때문에 그의 책 내용을 압축해서 정리하는 일은 결코 간단하지 않다. 워낙 방대한 지적 자산을 풀어내고 있기 때문에 일독을 권하는 방법 외에는 없다. 그의 유럽 문명사에 대한 해석의 핵심은 이렇게 표현된다.

유럽 문화는 더 발달한 이슬람 문명의 그늘에서 성장했고, 중세 기독교 세계는 비잔티움 세계보다 오히려 이슬람 문명을 통해 그리스 과학과 철학의 유산 가운데 자기 몫을 되찾을 수 있었다. 십자군 시대가 끝나고 몽골족의 침입이라는 대참사를 겪은 뒤인 13세기에 이르러서야 비로소 유럽 기독교 문명은 이슬람 문명과 비교적 대등한 지위를 얻기 시작했다. 오늘날 우리는 유럽의 기독교 세계가 문명의 주도권을 쥐고 있는 것을 자연의 법칙처럼 당연하게 생각하지만, 유럽이 문명의 주도권을 획득한 것은 르네상스가 시작되고 유럽 국가들의 해상 활동이 크게 팽창한 14세기가 되어서였다.

이와 같은 그의 관점은 이슬람 문명사의 대가 호지슨이나 13~14세기 사이에 이슬람 문명권이 세계체제에서 차지했던 구조에 대해 뛰어난 연구를 내놓은 아부-루고드의 견해와도 일치한다. 그리고 로마제국의 몰락과 고대세계의 종언을 만족의 침입이 개시된 5세기가 아니라, 이슬람과의 관계에서 유럽의 중심이 지중해에서 유럽 대륙으로 옮겨간 시기인 7세기로 보는 피렌의 역사해석과도 일치한다.

변방의 문명사적 역할에 대한 성찰

히더는 바로 이러한 유럽 대륙의 문명계승자로서 역사적 역할을 하게 되는 게르만 이후 만족의 등장에 대해 새로운 견해를 내놓는다. 그는 만족의 이주란 로마제국에 대한 약탈적 행위로 일관했다는 식의 기존 관점에 이의를 제기한다. 물론 약탈이 없었다는 것을 말하고자 함은 아니다. 그렇다면 그는 무엇을 강조하고 싶은 것일까?

로마제국의 붕괴와 만족의 침략, 그에 따른 고대의 해체와 중세의 시작이라는 도식은 대체로 이렇게 정리되어왔다.

1천년기 중반 게르만족의 이주민이 로마제국을 무너뜨렸다. 그 과정에서 각 나라의 선조격인 국가들이 출현했다. 뒤이어 또 다른 게르만족이 이주에 동참했고 슬라브족은 특히 유럽 국가들의 조각그림 맞추기에 현저한 기여를 했다. 그러다 1천년기 말 스칸디나비아와 스텝 지역의 이주민이 나타나 유럽의 조각 그림 맞추기가 마침내 완성되었다.

그러나 이러한 만족의 이주와 그 과정에서 나타난 약탈적 침략만으로는 로마제국 붕괴 이후 이들이 문명의 새로운 주역으로 등장하는 것을 설명하기 어렵다. 히더에 따르면, 이주와 함께 "만족 유럽의 내부에서 진행된 정치, 경제, 사회적 변화"를 함께 주목해야 한다. 히더의 책은 우리에게 익숙하지 않은 유럽 만족의 역사를 상당한 비중으로 설명하고 있기 때문에 처음에는 읽기 부담스러울 수 있다. 그러나 동아시아의 중국과 주변 유목 기마민족의 관계를 떠올리며 읽게 되면 훨씬 흥미진진해진다. 이는 중원과 유목제국의 상호관계를 다룬 바필드의 『위태로운 변경』*과 상당히 유사한 논리와 접근을 보여준다. 그런 점에서 동과 서 모두 제국과 그 주변의 역사적 관계에 대한 보편적인 이해를 가능하게 해줄 수 있지 않은가라는 기대를 갖

• 토마스 바필드, 윤영인 옮김, 『위태로운 변경』, 동북아역사재단, 2009. 이 책 제2부 5장 「문명을 읽다: 동아시아의 역사풍경」에서 다루었다.

게 한다.

히더는 훈족의 침입과 같이 이주가 결정적인 영향을 미치는 경우도 있고, 어떤 경우에는 로마제국의 문명과 접촉하거나 압박을 받게 된 만족들이 자체적인 역량을 길러냈다고 본다. 그런 경우, 만족 내부의 발전이 더욱 중요한 의미를 가지기도 한다는 것이다. 그래서 그는 제국의 변화와 만족의 역할에 대해 이렇게 결론짓는다.

제국적 힘을 행사하면 그 영향을 받은 종족도 그에 상응하는 반작용을 일으켜, 종래에는 제국의 칼날을 무디게 할 정도로 스스로를 재편성하게 된다는 논리다.

이는 마치 토인비의 '문명의 프롤레타리아' 이론을 떠올리게 하는 대목이다. 문명이란 한때 중심적 패권을 지닌 세력이 있는가 하면, 그 변방에서 새로운 힘을 축적하여 중심에 나서는 세력이 있게 마련이다.

거대한 전환기에 읽는 문명사의 의미

오늘날의 세계는 지난 500년간 유럽의 문명적 패권이 중심이 되어 전개되어온 결과였다. 그러나 유럽 문명의 변방이라고 여겨진 지역과 세력이 새로운 목소리를 내기 시작했으며 그것은 이제 다른 세계에 대한 갈망과 요구로 집약되고 있다. 지금 유럽의 불안정과 미국의 여러 위기는 이러한 현실의 모습을 그대로 보여주고 있는 셈이다.

문명이란 한때 중심적 패권을 지닌 세력이 있는가 하면,
그 변방에서 새로운 힘을 축적하여 중심에 나서는 세력이 있기 마련이다.
문명의 역사는 오늘도 되풀이되고 있다.

도슨은 그의 책을 마무리하면서 이렇게 희망한다.

서유럽 문명의 통일성이 지난 4세기 동안의 세속 문화와 물질적 진보에만 전적으로 의존하지는 않는다는 사실은 분명히 기억해둘 필요가 있다. 유럽에는 그보다 더 깊은 전통이 있다. 유럽의 형성에 이바지한 근본적인 사회적, 정신적 원동력을 찾아내고 싶으면, 우리는 인문주의 이전으로 돌아가서 현대 문명이 거둔 피상적인 승리의 이면을 들여다보아야 한다.

도슨에게는 이것이 초대교회를 전승한 수도원 전통을 간직한 기독교다. 그러나 그가 모든 인류 문명의 정신적 자산이 여기에만 국한된다고 보는 것은 아니다. 어느 한쪽으로만 질주해오면서 그것을 발전이라고 여기는 생각에 제동을 걸고, 자신들이 망각해버린 정신적 자산을 발견하라는 것이다.

주류 문명권의 변방에 존재하면서 도리어 새로운 발전의 동력을 축적해가는 문명의 역사는 오늘도 되풀이되고 있다. 하지만 그것은 인류의 운명을 감당할 수 있는 문명적 자산의 공급을 요구하고 있다. 유럽과, 그 자식인 미국이 방황하고 있는 전환기적 현실에서 우리는 어떤 문명적 대안을 이뤄내야 할 것인가. 실로 중대한 지점에 우리는 와 있다. 지금은 우리가 미처 예상하지 못한 거대한 전환의 국면이다.

로마의 변방에 있던 게르만은 로마제국의 유산과 기독교를 하나로 통합하면서 새로운 시대를 열었다. 그 동력에 대한 주목은 오늘날에도 의미 있는 역사적 성찰의 재료가 될 수 있을 것이다. 역사는 그 어떤 때에도 단절이 없으며, 유산의 상속과 그 상속된 유산에서부터 어떤 동력을 새롭게 만들어낼 것인가가 중요함을 일깨워주기 때문이다.

기독교는 서구의 독점물인가

김호동, 『동방기독교와 동서문명』

신들린 몽골 귀족부인 이야기

만주사변이 일어난 다음해인 1932년에 하버드 대학교에서 석사과정을 갓 수료한 오언 라티모어는 초원의 대상로(隊商路)와 관련된 현지자료를 수집하기 위해서 내몽골을 여행하던 도중, '신들린' 몽골 귀족부인에 관한 흥미 있는 소문을 듣게 되었다.

소문의 내용은 이러했다. 한 해 전 그 부인의 남편이 집을 지으려고 그곳에서 약간 떨어진, 폐허가 된 한 도성에서 석재를 수레에 잔뜩 싣고 왔는데, 얼마 후 부인이 갑자기 귀신이 들려 밤중에 남편에게 왜 그런 것을 훔쳐왔냐고 욕을 해대기 시작했다는 것이다.

남편은 귀신을 쫓으려고 근처에 사는 라마승을 불러와 염불을 올렸는데, 귀신이 물러가기는커녕 '오히로 소호르'(외눈박이)라는 이름을 자칭하는 우두머리 귀신이 부인의 몸속에 들어가, 자기가 700년 동안이나 지켜온 도성에서 왜 돌을 빼갔냐고 도리어 호통을 쳐댔다. 속수무책이 된 남편은 결국 음식을 잔뜩 차려놓고 굿판을 벌이며 자기 잘못을 빌며 귀신을 달랠 수밖에 없었는데, 그 덕인

지 부인의 몸에서 귀신이 떠나갔고 그녀는 제정신으로 돌아왔다고
한다.

이 소문을 들은 라티모어는 폐허가 되었다는 그 도성으로 자기를
데려다달라고 부탁했다…….

김호동이 그의 『동방기독교와 동서문명』*의 한 대목에서 거론한
라티모어는 『중국의 내륙 아시아 변경지대』**로 일약 내륙 아시아에
대한 세계적 권위자가 되었다. 이후 그의 기여로 중국과 관련한 동
아시아사에서 내륙 아시아, 그리고 유목제국의 흥망성쇠는 깊이 주
목받게 되었다.

여기서 서술된 이야기의 현장에서 라티모어는 당시부터 700년 전
몽골제국 시대에 네스토리우스파 기독교를 믿고 지냈던 웅구트 부
족의 유물을 발견한다. 그가 가본 도성이 그곳이었다. 그 유적은 네
스토리우스 기독교의 십자가를 비롯해 세례명이 적힌 비석 등으로,
라티모어가 들었던 소문은 폐허 속에서도 여전히 그림자를 남긴 종
교의 존재를 말해주고 있다. 오래 전 전설처럼 들어왔던 동방기독교
의 역사가 확인된 순간이었다.

실크로드 따라 퍼진 기독교, 그리고 경교

431년, 비잔틴교회 총주교였던 네스토리우스가 이단판정을 받고

---

* 김호동, 『동방기독교와 동서문명』, 까치, 2009.
** Owen Lattimore, *Inner Asian Frontiers of China*, 1940.

쫓겨났다. 네스토리우스교는 그의 입장을 따르는 이들이 시리아를 비롯해 동방지역으로 퍼져나가면서 중국에서 '경교'(景教)라는 이름으로 알려진 기독교의 일파다. 동방기독교의 유래이자 실체라고 할 수 있다. 경교의 경(景)자가 빛 경자라는 점에서, 이 종교는 어둠을 밝히는 '빛의 종교'라는 의미를 지닌다.

기독교가 로마의 공인된 국교로 되고, 이후 내부의 이단 논쟁을 거쳐 그 판도가 결정되기까지 네 번의 공의회(325년 니케아, 381년 콘스탄티노플, 431년 에페소스, 451년 칼케돈)가 열렸다. 이 공의회 논쟁 속에는 무엇보다도 예수의 본성을 인간과 신의 합치로 보는지 아니면 인간 또는 신 어느 하나로 보는지에 따른 신학적·교단적 파열이 담겨 있었다. 네스토리우스는 에페소스 공의회에서 데오도시우스 2세로부터 예수의 신성을 부인하고 있다며 이단판정을 받았던 것이다.

네스토리우스교는 예수의 인간적 면모에 상대적으로 더 많은 관심을 두었던 아리우스의 입장과 유사한 노선에 서면서, 제국 통합의 요구를 우선적으로 내세웠던 로마제국의 영향권 아래 놓인 비잔틴교회에서 결국 밀려났다. 하지만 그 추방 과정에서 이들은 동방으로의 기독교 확산이라는 역할을 감당하게 되었고, 실크로드를 비롯한 교역로와 몽골제국의 형성을 통해 동서문명의 가교로 기능하게 되었다. 애초에는 예상치 못했던 역할이었다.

네스토리우스교는 비잔틴교회 본부의 핍박과 추격으로 동방으로 이동하면서 신학교를 세웠다. 여기에 집결한 학자들은 그리스 철학과 과학 등의 지식를 시리아어로 번역하는 등의 작업을 기반으로,

이후 이슬람권이 고대 그리스 사상과 문명을 자신의 자산으로 섭취하는 중요한 기초를 만들었다. 이들이 없었다면 이슬람의 그리스 문명 섭취는 매우 어려웠을 것이다.

기독교라고 할 때 서구에서 전래된 가톨릭이나 개신교만 머리에 담고 있다면, 경교의 존재는 낯설게 여겨진다. 하지만 경교는 동서문명의 교류에 기여하는 동시에, 이후 서구신학과 융합되지 않은 원시기독교의 모습을 간직했다는 점에서 종교사에서나 문명사에서 중요한 의미와 가치를 갖는다.

마르코 폴로는 『동방견문록』에서 이 네스토리우스교의 존재를 도처에서 증언하고 있다. 가령 그는 자신이 만난 아랍인, 쿠르드족들이 네스토리우스파 기독교인이라면서, 이들이 로마 가톨릭과는 다른 방식으로 기독교인 생활을 하고 있음을 전하고 있다. 마르코 폴로가 여행을 시작한 시기가 1271년이니 서구의 한 여행자로서는 431년 이후 파문당한 네스토리우스교가 800년 넘게 동방에서 명맥을 이어가고 있음을 알게 된 것이다.

사마르칸트를 중심으로 하는 소그디아가 실크로드의 주역으로 활동했던 기간에 네스토리우스교는 이곳에 대주교를 설치할 정도로 포교활동이 활발했다. 불교서적의 유산이 주를 이루는 천산남로와 북로의 교차점인 투르판에서도 네스토리우스파의 한역(漢譯) 경전이 발견된 것은 그런 동서 문명교류의 증거라고 할 수 있다.

흥미로운 것은 이들 경전이나 그림에 불교문화적 색채나 도교적 어법이 상당히 혼합되어 있다는 점이다. 본래의 외형적 모습은 적지 않게 상실한 셈이지만 이는 원시기독교의 전파과정에서 헬레니즘

지역에 들어간 기독교가 그리스어와 그리스 철학의 영향 속에서 혼합되었던 것을 떠올리면 하등 이상할 것이 없다. 종교는 그 전파현지의 문화와 만나 새로운 몸과 목소리를 갖게 마련이다.

그런데 이 동서 교역로의 동쪽 끝 연장선에 서 있는 우리에게도 네스토리우스교의 포교활동이 있었다는 주장이 있다. 1965년 경주 불국사 경내에서 돌 십자가와 성모 마리아 상이 출토되었는데 만일 이것이 7~8세기 통일신라시대 유물임이 판명된다면, 이는 당을 통해 흘러들어온 네스토리우스교의 흔적일 수 있다는 점에서 세간의 주목을 받았던 것이다. 이 땅에 남겨진 경교의 자취인 셈이다.

김호동이 전하는 바에 따르면 『원사』(元史)의 기록에는, 몽골제국 원의 조정으로부터 정동행성(征東行省)의 평장정사(平章政事)로 임명되어 고려에 파견되었던 기르와기스(闊里吉思)라는 인물이 있었다고 한다. 그는 웅구트족 수령으로서 네스토리우스교도였다고 한다. "활리길사"(闊里吉思)로 적힌 대목은 기르와기스의 발음을 한자로 옮겨 적은 것이다.

기르와기스가 고려에서 네스토리우스교 전파를 위해 무엇을 했는지는 알 수 없지만, 그가 부모 가운데 하나라도 양민이면 양민으로 인정하고 천민화시키지 말라며 당시의 노비법을 혁파하려 했다고 하니 그 의식의 내면에 기독교적 인간관이 담겨 있었던 것이 아닌가 싶기도 하다.

네스토리우스교는 결국 세월이 흐르면서 오늘날의 중동과 중앙 아시아 지역에서 대세가 된 이슬람의 등장으로 인한 교세 위축과 함께, 그 역사적 생명력이 고갈되어 숨을 거두다시피 한다. 그러나 네

기독교는 서구 정신사를

대표하기는 하지만, 그 갈래는

지구의 강줄기를 따라

도처에서 뿌리를 내렸다.

문명은 이렇게 그 어디에서나

자신의 둥지를 일구게 마련이다.

스토리우스교는 기독교의 분화과정을 생생하게 보여주는 보기일 뿐만 아니라 동서문명의 교류사라는 맥락에서 매우 중요한 의미를 지니고 있다.

초대 교회 공동체에서부터 콘스탄틴 시대에 이르는 기독교 역사를 정리한 유세비우스(260~339) 이래 우리에게 기독교는 서방이 전파한 종교라는 뿌리 깊은 고정관념이 있다. 하지만 국가권력과의 결합을 거부한 채 독자적인 포교역사를 일구어온 네스토리우스파 동방기독교의 존재에 눈뜬다면, 우리의 세계인식과 종교, 그리고 문명에 대한 이해는 상당한 정도로 달라질 것이다.

기독교는 유럽의 독점물도 아니며, 비잔틴 제국만의 유산도 아니다. 기독교가 서구 정신사를 대표하기는 하지만, 그 갈래는 지구의 강줄기를 따라 도처에서 뿌리를 내렸던 것이다. 문명은 일단 태어나면, 이렇게 그 어디에서나 자신의 둥지를 일구게 마련이다. 그런 까닭에, 그 누구도 인간의 성취에 대해 독점권을 주장할 수 없는 것이 문명사의 교훈이다.

따지고 보면, 기독교의 본류인 고대 이스라엘의 예수 운동도 서구 유럽이 아닌 동방 오리엔트의 산물이라는 점에서, 기독교와 서구문명을 언제나 하나로 묶어 이해하는 것은 문명사적 편견이기도 하다. 달리 말해 예수 운동이 서구에 뿌리를 둔 당대 헬레니즘이 주도한 세계화와 로마제국의 팽창적 지배에 대한 팔레스타인 지역의 대응 성격을 지녔다는 것을 주목한다면, 기독교의 역사적 발생을 둘러싼 해석은 지금과는 달라질 수 있을 것이다. 원시기독교는 제국 통합을 위한 종교라기보다는 세국에 대한 저항과 함께, 교회의 권위가 아니라 인간의 존엄성을 내세웠다는 것을 기억할 필요가 있다. 지배체제 속으로 빨려 들어간 종교와, 그와 맞선 종교는 그 본질 자체가 다르기 때문이다. 동방기독교는 그런 성찰의 열매를 우리에게 남기고 있다.

아라비아의 시간

앨버트 후라니, 『아랍인의 역사』

이슬람 문명의 지적 자산

세계 문명사의 흐름과 오늘날의 국제 정세를 알고자 하는 이라면 앨버트 후라니(Albert Hourani)의 책에서 무수히 값진 자양분을 발견할 수 있을 것이다. 레바논 출신의 영국인 후라니는 옥스퍼드 대학에서 근현대 중동사를 강의했다. 미국역사학회에서 이슬람 관계 서적에 그의 이름을 딴 상까지 제정했을 정도로 그의 학문적 명성은 국제적인 권위를 지니고 있다.

『아랍인의 역사』*는 후라니가 77세였던 1992년에 나왔다. 이 책은 한마디로 필독 교양서다. 원서가 주까지 합해 550쪽이며, 번역서는 900쪽에 이르는 두꺼운 분량이지만 유려하고 막힘없이 써내려가 읽는 일이 그리 어렵지 않다. 도리어 무척 흥미롭고 속도감 있다. 이 책은 나오자 곧 국제적인 베스트셀러가 되었으나 우리에게 번역 소개된 것은 그부터 20년이 지난 2010년이었다. 아랍, 이슬람 등에 대한

• 앨버트 후라니, 김정명·홍미정 옮김, 『아랍인의 역사』, 심산문화사, 2010; Albert Hourani, *A History of the Arab People*, Warner Books, 1992.

한국사회의 인식과 지식의 수준이 뒤떨어진 탓이다.

제2차 세계대전이 종료된 이후, 중동 그리고 이슬람 지역에 대한 국제적 패권의 향방은 미국에 의해 결정되다시피 했지만 그 이전을 따져보면 영국이 바로 그 역할을 했다. 그런 점에서, 영국 역사가가 이런 책을 쓸 수 있었던 것은 당연해 보인다. 영국이 제국 관리의 측면에서 수집하고 축적해놓은 이슬람에 대한 역사 자료가 엄청났기 때문이다. 그러나 그 지식의 박물학적 풍부함이나 역사 전체를 거침없이 조망하는 힘은 후라니 개인의 탁월한 성취라고 하지 않을 수 없다. 이 책이 그의 나이 70대 후반에 이른 시기의 작업이라는 점에서도 놀랍다.

그런데 좀더 파고들면, 이러한 역사관이나 지적 탁월함은 다름 아닌 이슬람 문명의 전통인 것을 알게 된다. 이제는 우리에게 잘 알려진 이슬람 역사가이자 철학자 그리고 문명론자인 14세기 말엽의 이븐 할둔도 이슬람 역사에서 '학자'에게 주어진 높은 위상의 전통 속에서 나온 존재다. 후라니도 이 책 첫머리에서부터 바로 이 할둔에 대한 이야기로 시작하고 있다. 이슬람 문명의 역사적 기반에는 이러한 지적 유산이 견고하게 존재하고 있음을 후라니는 일깨우고 있다.

이슬람 문명권의 서쪽을 가리켜 '마그리브'(또는 마그레브)라고 한다. 그 끝에 위치한 오늘날의 튀니지 출신의 할둔은 『역사서설』*을 통해 역사의 변화 과정에 대한 연구에 이름을 남겼다. 권력의 쇠퇴는 그 안에 이미 처음부터 씨앗을 가지고 있다고 본 할둔의 역사관

---

* 김호동 옮김, 이븐 할둔, 『역사서설』, 까치, 2003; Ibn Kahldun, *The Muqaddimah: An Introduction to History*, Princeton University Press, 2004.

은 역사 교체의 이해에 중요한 단서를 제공한다. 그는 몽골의 후예이자 이슬람 제국의 팽창에 힘을 쏟았던 티무르도 만났는데 이 만남은 그에게 역사를 사고하는 물리적 공간을 넓히는 데 중요한 영향을 미친 것으로 알려졌다. 할둔보다 앞서 이슬람 문명권 거의 전체와 인도를 여행하고, 중국까지 가려 했던 14세기 중반의 세계적 여행가 이븐 바투타 역시 튀니지 옆에 있는 모로코 출신이다. 그는 법을 공부한 학자다.

'울라마'라고 불린 학자는 이슬람 문명사에서 가장 이상적인 존재이다. 신의 뜻을 해석하고 그것을 현실에 적용하고 정리하며 다시 해석해내는 지식에 대한 끊임없는 탐구와 이를 기반으로 한 공동체의 유지는 이슬람 문명의 존속과 발전을 위한 결정적인 기반이었다. 학문적으로 뛰어난 인물에 대한 전기 연구도 따라서 이슬람 문명권에서는 매우 중요한 작업이다. 그가 어떤 가계에서 태어났으며 무엇을 공부했고 누구와 만나 교류했으며 어떤 성취를 했는지 기록하고 연구하는 일은 이슬람 사회의 지적 자산을 불려나가는 기본이 되었던 것이다.

이슬람은 7세기 이후 지중해의 패권을 쥐게 된 이후 수백 년에 걸쳐 그리스-로마 문명의 자산을 지속적으로 번역하고 이를 통해 과학·철학·문학을 발전시켜나갔다. 이는 인류 문명의 보고를 지켜내는 중요한 결과를 가져온다. 그런데 당시 번역작업을 맡은 중추는 기독교의 일파인 네스토리우스파 지식인들이었다. 이슬람 문명권의 지배자들은 이들의 역량을 최대한 자기화했던 것이다. 특히 그리스 문명의 번역 작업은 "지식의 출처가 중요한 것이 아니라 진리의 여부가 중요하다"는 원칙을 통해 이슬람 문명의 내면을 살찌웠을 뿐만 아니라 유럽의 근대적 각성에 결정적인 역할을 하게 된다. 이슬람이 포교활동의 생기를 넘치게 가지고 있던 시기에 보였던, 자신감 넘치는 문명사적 포용력이었다. 그것은 수백 년에 걸쳐 이들의 문명에 중요한 동력이 된다.

문명의 '아말감'

서구 문명의 역동성이 터져 나온 르네상스 이전에 이미 안달루시아라고 불린 에스파냐 남부를 지배하고 있던 이슬람의 중심지역 코르도바는 유럽 북부의 지식인, 상인들이 찾아와 지적 갈증과 물적 교류의 이득을 취하고 있었다. 코르도바는 지금도 그러한 역사의 풍경을 폐기할 수 없는 유적처럼 간직하고 있다. 그것을 봐도, 이슬람은 유럽의 중세와 근대에 일종의 문명사적 젖줄이 되어준 셈이다. 이슬람의 등장으로 지중해에서 기존의 로마제국이 누렸던 패권 체제가 더는 유지되지 못했지만, 이슬람은 지중해 문명권을 보다 다양한 코즈모폴리턴 구조로 전환하게 했던 것이다.

물론 이러한 과정은 서로마제국 붕괴 이후 로마제국의 문명을 유산으로 상속받은 비잔틴제국과 이에 맞선 이슬람제국 사이의 긴장과 대립, 그리고 충돌과 상호 정복의 반복이 전제된다. 평화로운 상태로 이런 역사가 펼쳐진 것이 결코 아니었다. 그러나 오늘날 서구 중심주의의 시각에서 아랍 또는 이슬람을 멸시하는 시선이 얼마나 역사적 진실과 어긋난 것인지를 우리는 이 시기의 역사적 현실에서 분명히 확인하게 된다. 이슬람의 종교와 지적 전통은 문명교류학을 세워나는 노력을 기울이는 정수일이 지적했던 바처럼 기독교, 페르시아 문명, 그리스-로마 문명의 복합체 또는 혼합체인 '아말감'(amalgam)이라고 할 수 있다.*

우리는 후라니의 책을 읽으면서 아랍의 이슬람 확장 이후 이 문명권 안에서 신학적 논쟁과 문학의 발달, 의학과 과학의 발전이 얼마나 광범위하게 공유되었는지를 주목하게 된다. 이와 더불어 정치학과 철학, 이상적 세계를 이뤄나가는 여러 가지 논쟁이 치열하게 펼쳐졌음도 알게 된다. 이슬람 문명권은 한마디로 '책의 문명'이었던 것이다.

그런 연유로 해서 후라니의 책은 출간 당시 '전근대적 후진성과 테러'라는 이미지로 왜곡된 아랍 세계에 대한 서구의 이해에 도전과 충격을 주었다. 이슬람 역사의 내면을 제대로 이해하지 못하면 이슬람이 성취한 문명사적 자산도 함께 나눌 수 없다. 또한 이슬람 세계가 서구와 어떤 관계를 맺으면서 오늘날에 이르렀는가에 대한 전모를 파악하지 못하고서는 현재 진행되고 있는 서구 열강과 이슬람 국가들의 대립 또는 동맹의 구조를 알기 어렵다.

아랍인의 역사, 그 전체의 얼개

『아랍인의 역사』는 이슬람이 아랍에 중심 거점을 둔 7세기 이후 애초에는 무함마드를 지도자로 한 소수파의 종교운동이었던 이슬람이 어떻게 해서 하나의 문명 체계로 정리되어갔는지를 보여준다.

• 정수일, 『문명 담론과 문명 교류』, 살림, 2009.

이와 함께 이슬람 문명권의 도시, 종교, 학문, 문화 등이 어떤 특징을 가지고 있는지 상세하게 설명하고 있다. 특히 이 대목들은 후라니의 지적 깊이와 폭을 유감없이 보여주며 이슬람 문명의 구체적인 진상을 학습하는 데 좋은 길잡이가 된다.

또 다마스쿠스를 중심으로 한 우마이야 왕조, 바그다드를 중심으로 한 압바스 왕조 멸망 이후 성립한 이스탄불 중심의 오스만제국의 발전 과정을 상세히 보여준다. 이와 함께 유럽의 제국주의가 이슬람권을 공격하면서 전개된 오스만제국의 해체, 식민지 체제, 아랍 민족국가의 형성, 그 후의 혼란과 갈등 등 여러 시기에 걸쳐 일어난 일들을 종횡무진으로 묘사하고 분석한다.

이븐 바투타보다 앞서 세계여행의 기록을 남긴 마르코 폴로가 원나라의 쿠빌라이까지 만나고 돌아올 수 있었던 것도 이슬람 문명권의 교량적 기반이 있었기에 가능했다. 그의 『동방견문록』 도처에 무슬림의 존재가 기록되어 있는 것은 바로 이런 역사적 조건 때문이라고 할 수 있다. 브로델은 이슬람을 "문명의 다리"라고 한 바 있다. 본래 그가 의도했던 것은 아니었겠지만 이 표현은 교류의 통로라는 개념만 강조한 나머지 이슬람 자체의 문명사적 가치를 다소 소홀히 여기는 느낌을 주는 측면이 있다. 그러나 다른 한편으로 이는 이슬람이 문명의 교류에 얼마나 지대한 역할을 했는지 제대로 설명한 결과라고 할 수도 있다.

하나 더 언급하자면 이슬람 문명의 기둥이 된 아랍어가 그리스어가 주류였던 동방기독교권 일부에서 10세기를 전후해서 국제어처럼 쓰였다는 사실도 기억할 일이다. 뿐만 아니라 1492년 이슬람이 에스파냐에서 축출되기 전 그곳에 있던 유대인들도 아랍어를 배워 철학과 과학, 문학의 지적 전통을 세워나갔으며, 페르시아어가 주류였던 이란에서조차 아랍어는 종교와 법의 언어로 자리 잡았다. 중세 유럽 최고 지식인들도 아랍어를 알지 못하면 지적 낙후가 불가피했다. 아랍어는 엄청난 문명사적 발전의 기본 수단이자 정보 저장의 창고가 되었던 것이다.

후라니는 이러한 아랍 또는 이슬람 문명권의 수준과 기여에 대한 인식이 바로 세워진다면, 서구와 이슬람권의 관계가 보다 우호적으로 진전되고 아랍의 활력 있는 변화를 가져오는 조건에 대한 이해가 깊어질 수 있을 것이라고 기대했는지도 모르겠다. 그건 에드워드 사이드가 후라니를 "오늘날 가장 탁월한 중동사학자"라고 말했던 생각의 밑바닥에 깔려 있는, 모든 중동 출신 인문학자들의 바람일 수 있다. 사이드가 국제적 명성을 얻게 된 책이 그의 『팔레스타인 문제』라는 점은 시사하는 바가 많다. '아랍'을 거치지 않고는 오늘날 지구촌의 문제해결은 어렵다.

『아랍인의 역사』 2002년 번역판에는 1992년 제1판과는 달리, 중동사학자 맬리스 루스벤(Malise Ruthven)의 후기가 실려 있다. 9·11 이후의 세계를 전제로 한 이 후기는 오늘의 국제 정세와 후라니의 책을 어떤 의미로 읽을 수 있는지 주목하고 있다. 특히 팔레스타인 문제 해결의 중요성을 강조한 것은 아랍의 현실에 접근하는 미국과 기타 서방에 대한 인식 변화의 촉구로 읽혀진다.

• Edward W. Said, *The Question of Palestine*, Vintage, 1992.

아랍, 중동, 이슬람, 북아프리카, 이런 단어들과 그 실체에 대한 한국 사회의 지식은 여전히 수렁에 빠진 상태다. '중동 건설 붐'이라는 지난 시기의 경제적 과실은 기억하면서 이들과 어떻게 진실로 만날 수 있을 것인지는 별로 고민하지 않는다. 이슬람 문명이 가지고 있는 무진장한 보고에 대해서도 여전히 '장님 코끼리 다리 더듬기'를 멈추지 않고 있다.

그렇기에 후라니의 『아랍인의 역사』를 한번 독파해보면 어떨까. 세계적 현실에 대한 이해의 지평이 절로 넓어지는 것을 느끼게 될 것이다. 다마스쿠스, 카이로, 바그다드, 말무크, 이드리시드, 알모라비드, 샐주크, 사파비드, 이런 도시와 단어들이 무엇을 의미하는지 알아가는 재미도 쏠쏠할 것이다.

우리 사회에서는 잘 알려지지 않았으나 이슬람 신자들은 자신을 신의 창조물과 신을 섬기는 종으로서만이 아니라 신의 친구, 신의 벗(왈리) 또는 반려자로 여기고 있다. 『쿠란』에 쓰여 있는 대로이다.

오, 하늘과 땅을 만드신 창조주여, 당신은 현세와 내세에서 나의 벗, 반려자이십니다.

신을 벗 삼아 사는 이들의 정신세계가 궁금하지 않은가? 인도의 접경지대에서 에스파냐 남부에 이르는 지역에 걸쳐 세운 문명의 제국에 대한 지식을 습득하고 싶지 않은가? 이스탄불이라는 거대한 동서교류 현장의 역사적 뿌리가 어디에 닿아 있는지 알고 싶지 않은가?

이슬람과 마음이 통하는 친구가 되는 길을 찾고 싶다면, 이 책 읽어보기를 권한다. 무지했던 문명사의 한 통로가 열리는 즐거움을 맛볼 것이다. 이슬람은 우리에게 결코 낯선 이들이 아니다. 고대 신라와 이슬람의 교역사도 차차 그 비밀의 베일을 벗고 있지 않은가?

비잔틴제국과 사산왕조 사이에 놓여 있는 아라비아 남쪽 하단에 유목 부족과 농경정착 부족이 불안정한 공존을 하고 있었다. 역시 주도권을 가지게 된 것은 활발한 이동의 능력을 가진 유목부족 쪽이었다. 무기를 들고 다니고 상거래를 하며 다양한 생각과 종교를 접한 이들은 기존의 억압적인 권력이 쉽게 통제할 수 없는 존재였다. 7세기의 세계는 바로 이들의 꿈틀거림에서 새로운 역사를 태동시키고 있었다. 이들의 삶과 여정에는 이미 주변의 다양한 제국과 문명의 요소들이 넘쳐나고 있었다. 기독교는 물론이고 유대교, 조로아스터교, 마니교, 그리스 철학, 의학, 페르시아 문명 등과 함께 인도양을 무대로 삼는 해양 무역의 경험도 여기에 깔려 있었다.

이슬람의 탄생은 단지 하나의 특정한 종교의 등장이 아니라 새로운 세계관, 새로운 문명, 새로운 인간형의 출현이었다. 오늘날 우리는 이 문명의 도전 앞에 때로 위협적으로 놓여 있다. "앗살라무 알라이쿰."(그대에게 평화가 있기를) 진정한 평화를 서로 나누고 싶은가? 상대를 배우는 일이 그 첫 시작이 될 것이다.

• 이희수·다르유시 아크바르자데, 『쿠쉬나메: 페르시아 왕자와 신라 공주의 천년 사랑』, 청아출판사, 2014.

이슬람의 탄생은
하나의 특정한 종교의 등장이 아니라,
새로운 세계관, 문명, 인간형의 출현이었다.

"앗살라무 알라이쿰."(그대에게 평화가 있기를)
진정한 평화를 서로 나누고 싶다면,
상대를 배우는 일이 그 시작이 될 것이다.

폭력의 악순환을 낳은 식민주의 유산

데이비드 프롬킴, 『현대중동의 탄생』

중동분쟁의 뿌리는 어디에 있는가

중동이 지금과 같은 모습을 띠게 된 것은 두 가지 요인 때문이었다. 하나는 유럽 국가들이 재편을 맡았기 때문이고, 또 하나는 영국과 프랑스가 왕조, 국가, 정치 시스템만 구축해놓고 그것들이 지속될 수 있는 대책 마련에는 소홀한 탓이었다. 전시와 종전 뒤 영국과 연합국은 중동의 구질서를 돌이킬 수 없을 정도로 부숴놓았다.

아랍어권 지역에서의 오스만 체제를 회복 불가능하게 파괴시킨 뒤 그 자리에 나라를 세우고, 지배자들을 임명하며, 국경선을 그리고, 세계 도처에서 볼 수 있는 국가 시스템 비슷한 것을 도입했으나, 그 것에 반발하는 현지인들의 저항까지 죄다 물리칠 수는 없었던 것이다. 그러다 보니 1914~22년 사이 영국과 연합국이 취한 조처는 유럽의 중동문제만 종식시켰을 뿐, 중동의 중동 문제는 오히려 새로 불거지게 만드는 결과를 초래했다.

『현대중동의 탄생』* 저자인 데이비드 프롬킨(David Fromkin)이 여기서 언급한 전시와 종전은 제1차 세계대전을 의미한다. 또 1914~22년의 조처란 오스만제국의 해체와 이 제국이 지배했던 영토의 식민주의적 분할을 가리킨다. 그로써 만들어진 나라들은 시리아, 이라크, 요르단, 레바논, 이란, 이스라엘과 팔레스타인 등이다. 문제는 이들 국가의 경계선 획정이나 구분이 그 어떤 종족, 자연, 역사의 뿌리도 없는 채로 서구 제국주의의 일방적 선 긋기에 따라 이루어졌다는 점이다. 그렇게 만들어진 인위적인 내부 모순은 애초부터 불안정의 씨앗을 싹 틔우고 있었다.

프롬킨은 이러한 상황을 과거 서로마제국의 붕괴 이후 유럽의 새로운 질서가 구축되는 과정에서 발생한 혼돈, 폭력과 비교하고 있다.

작금의 중동에 지속되는 위기는 물론 깊이와 지속 기간의 면에서 로마제국이 초래한 위기와 비교할 바가 못 된다. 그렇기는 하지만 중동도 수백 년 동안 존재하여 익숙해져 있던 제국적 질서가 무너진 뒤 각양각색의 종족들이 헤쳐모여의 과정을 거쳐 정치적 정체성을 찾아야 한다는 점에서 같은 문제를 안고 있는 것이다.

이런 중동에 1920년 초 연합국이 포스트 오스만제국 프로그램을 던져놓았으니, 중동 민족들이 그것을 수용할지 말지 여부도 지속적인 문제로 남게 될 전망이다. 1922년 타결은 이렇듯 전적으로나

• 데이비드 프롬킨, 이순호 옮김, 『현대중동의 탄생』, 갈라파고스, 2015; David Fromkin, *A Peace to End All Peace: The Fall of the Ottoman Empire and the Creation of the Modern Middle East*, Holt Press, 1989.

대체적으로나 과거에 속한 것이 아닌 현재 진행 중인 중동의 전쟁, 분쟁, 정치의 중심에 놓여 있다.

ISIS의 출현과 중동의 식민주의 문제

영국의 식민지 인도와 이집트 사이의 아시아라는 뜻으로 중동(the Middle East)라고 불리게 된 이 지역은 이후 열강 등의 이른바 '거대한 게임'(the Great Game)의 희생물이 되는 동시에, 폭력적인 분쟁에 끊임없이 휘말리게 된다. 거대한 게임은 영국과 러시아가 중앙아시아를 두고 각축전을 벌일 때 활약했던 영국의 정보장교 아서 코널리가 했던 말로 알려져 있다.

그러한 국제정치의 맥락과 그 역사적 연장선에서 우리는 오늘날 통합 이슬람국가를 표방하는 ISIS(Islamic State of Iraq and Syria)의 출현과 함께 그들이 반서구 항쟁의 수단으로 내세우고 있는 무차별적 테러리즘을 목격하고 있다. ISIS는 현재 모술에서 바그다드에 이르는 이라크 동북부 지역과 시리아 접경지역을 영향권으로 삼아 레바논과 요르단의 경계선을 허물고 팔레스타인을 해방시키는 동시에, 대 이슬람국가 건설을 하겠다는 의지를 표방하고 있다. 그러나 그 방식은 결코 용납하기 어려운 참혹한 폭력과 살인으로 일관하고 있다는 점에서, 인류 전체를 위협하는 하나의 거대한 무기로 등장하고 있다.

왜 이렇게 된 것일까? 이들에게만 책임을 물으면 해결되는 실마리가 있기는 한 것일까? 아니면, 그 근원에 이들을 이렇게 가공할 흉기로 변모시킨 역사의 뿌리가 있었던 것은 아닐까? 서구는 자신이 만든 괴물 앞에서 두려워 떨게 된 것은 아닌가? 다시 말해 지난 시기의 역사가 ISIS를 배태하고 성장하게 할 수 있는 토양을 마련해준 것은 아니었을까? 그것을 제대로 포착하지 못하면, 우리는 결국 테러와의 전쟁이 영구전쟁으로 이어지는 현실에 직면하게 될 것이다.

프롬킨은 "영국과 프랑스가 왕조, 국가, 정치 시스템만 구축해놓고 그것들이 지속될 수 있는 대책 마련에는 소홀한 탓이었다"면서, "이런 중동에 1920년 초 연합국이 포스트 오스만제국 프로그램을 던져놓았"다고 지적하고 있다. 과연 그러한 분석이 옳을까?

프롬킨의 책을 읽어나가노라면, 때로 제국주의 지배를 비판하는 듯 하다가 때로는 제국주의의 문제는 은폐한 채로 중동의 아랍인 자신의 문제가 더 크다는 식으로 말하는 듯 하기도 하는 등 애매함과 혼란이 있는 것을 보게 된다. 그것은 그가 중동의 역사를 점검하면서 서구 열강의 제국주의에 대한 문제제기를 피할 수 없는 한편, 중동의 문제가 서구의 국가 건립(the Nation Building)에 대한 수용을 제대로 하지 못한 쪽에 책임이 있다는 논리를 제기하고픈 유혹에 빠진 탓이 아닌가 싶기도 하다.

그래서 그는 "이슬람에 대한 당시 유럽 관리들의 이해가 매우 부족해" "현대화된 아니 유럽화된 정치에 반대하는 무슬림의 저항도 유야무야 사라질 것이라는 주장에 쉽게 설득되었다"고 말하고 있다. 그러면서 그는 "중동에는 합법성에 대한 인식이 없고, 보편적으로 공유하는 믿음도 없"다고 주장한다. 서구의 오스만제국 유산의 분할을 "현대화된 유럽정치"라고 말하고 있으며, 이에 반대하는 것을 "무슬림의 저항"으로 표현하고 있다.

하지만 문제의 본질은 제1차 세계대전 과정에서 영국과 프랑스, 독일과 러시아가 오스만제국의 붕괴 이후의 판도에 대한 제국주의 분할의 구도 짜기에 몰두한 결과라는 점은 그 자신의 책을 통해서도 사실관계를 바탕으로 증언하고 있다.

유럽의 보호령 VS 완전한 독립·통일 아랍국가

1천 년이 넘는 이슬람 문명의 계승자인 오스만 투르크 제국이 붕괴되어가자 그 통치 아래 있던 지역 주민들은 새로운 독립국가를 세우고 싶어했다. 그러나 영국을 위시한 유럽 제국들과 러시아 등의 각축 속에서 외교적 담합에 따른 식민주의적 분할 상태가 되면서 이들의 갈망은 짓밟혔던 것이다.

그렇지 않아도 영국과 프랑스가 1916년, 중동의 분할을 외교적으로 담합했던 사이크스-피코 협정 당시 이들 서구 제국은 '유럽의 보호령'이라는 개념으로 오스만제국 붕괴 이후의 중동정세를 관리하려 들었다. 그러나 아랍의 봉기를 통해 자주독립 국가를 세우려 했던 세력들이 원했던 것은 '완전한 독립국, 통일된 아랍국'이었다. 서로 충돌할 수밖에 없던 이러한 인식의 차이와 현실에서 벌어진 일들은 결국 이후 중동지역에 어떤 사태가 생겨날 것인지를 충분히 예견하게 해주는 요건이었다.

원제는 『모든 평화를 종식시킨 평화』(*A Peace To End All Peace*)로 되어 있는 이 책의 원판을 본 것은 1990년경 미국에서였다. 출간연도가 1989년이었으니 당시로서는 신간에 해당했다. 이 책은 미국사회에서 중동에 대한 역사적 이해에 적지 않게 기여했을 뿐만 아니라, 처칠을 비롯한 당대 서구 정치인들의 세세한 움직임까지 묘사해 정책입안자의 세계 인식이 얼마나 중요한지도 일깨운 뛰어난 저작으로 꼽혔다.

물론 앞서 거론했듯이 프롬킨의 식민주의 문제에 대한 인식이라든가 중동의 민족해방투쟁에 대한 입장은 우리로서는 논란의 대상이 아닐 수 없다. 그럼에도 그의 책이 가지고 있는 힘은 매우 강력하고 풍부하다.

오스만제국이 러시아의 남하로부터 자신의 안전을 도모하기 위해 독일과 한편이 되어가는 과정, 이에 대한 영국의 대응, 그리고 영국과 프랑스가 중동지역에서 서로 기득권 분할의 비밀협상을 벌이는 중에 생겨나는 여러 인물들에 대한 정밀한 기록들은 역사의 현장을 생동감 있게 느끼도록 만들어준다. 뿐만 아니라 오스만 투르크 제국이 해체되고 그 뒤를 잇는 현대 터키의 형성과정도 국제관계에서 추적하고 있다. 또 특히 이스라엘-팔레스타인 문제의 연원도 객관적으로 잘 정리해주고 있어 오늘날 중동의 불씨가 어디에서 비롯되었는지 독자들의 이해를 높이고 있다.

프롬킨은 중동만이 아니라 아프가니스탄을 포함한 중앙아시아의 현실에도 눈을 돌리는데, 이것은 영국과 러시아의 대치를 기본구도로 당시 정황을 파악하고 있었기 때문에 가능한 일이었다. 그런데 그는 아프가니스탄에 대한 영국의 지배, 즉 "영국이 지난 십수년간 아프간을 보호령으로 삼은 결과 얻은 것은 우호가 아니라 원한"이었다는 점을 놓치지 않는다.

이것은 오늘날 중동과 아프가니스탄에서 미국의 입장을 영국에 대입해봐도 다른 결론이 나올 수 없는 것이라 하겠다. 말은 보호령이지만 실질적인 식민지인 데다가, 영국 또는 미국이 주도하는 국가 건립이라는 것은 원한과 함께 분쟁의 악순환만 되풀이하게 할 뿐이라는 점은 부인하기 어려울 것이다.

논란거리를 하나 더 추가하자면, 프롬킨은 이 책에서 '아라비아의 로렌스'로 유명한 T.E. 로렌스의 역할을 평가절하한다. 로렌스가 미덕이 많은 인물이기는 하지만 그의 상상력 속에서 빚어낸 이야기를 사실과 혼동해서는 안 된다고 비판한다. 그리고 이러한 평가를 덧붙인다.

로렌스는 상급자의 말을 거스르기 일쑤고, 직속상관을 건너뛰어 고위관리에게 직접 보고하기로 정평이 나 있었다. 이제는 처칠의 소관이 된 영국의 메소포타미아 정책에도 공공연히 비판을 가했다.

그러나 로렌스가 이렇게 하게 된 까닭이 더 중요하다는 점을 프롬킨은 주목하지 못한 것 같다. 로렌스는 영국정부가 애초에 오스만 제국에 대한 아랍봉기를 지원하면서 이들의 민족해방투쟁을 돕는다고 믿었으나, 알고 보니 아랍봉기를 이용해서 오스만 투르크 제국을 무너뜨리는 전략을 취한 것이며 아랍인들에게 독립국가를 허용할 생각이 전혀 없다는 것이 드러나자 영국 정부의 정책에 치열하게 저항하고 문제제기했던 것이었다.

중동 문제에는 이들에게만
책임을 물으면
해결되는 실마리가 있는가?

서구는 자신이 만든
괴물 앞에 두려워 떨게 된 것은 아닌가?

새로운 아라비아의 로렌스와 우리

로렌스가 직접 아랍봉기의 선봉장이 되고 이들과 동고동락했던 사실은 프롬킨도 부정할 수 없었다. 하지만 그는 이러한 사실을 긍정적으로 강조할 경우 오늘날 새로운 아라비아의 로렌스가 미국의 대 중동정책에 대해 비판의 날을 세울 수 있다고 우려했는지도 모르겠다. 식민주의의 원죄가 여전히 청산되지 못했기 때문이다.

바로 이런 점으로 해서인지, 프롬킨은 영국의 식민주의 유산을 상속받아 그 뒤를 이은 미국의 중동정책에 대한 비판은 일체 하지 않고 있다. 물론 이 책을 통해 미국의 대 중동정책의 줄기를 바로 세울 것을 주문하는 것이 그의 내면에 깔려 있는 의도일 수 있으나, 그의 책을 읽어나갈 때 이런 대목들은 예민하게 신경을 쓰면서 봐야 할 점들이라고 하겠다.

그러나 거듭 강조하거니와, 우리가 그의 책에 대해 비판적으로 해독해야 할 대목이 있다 해도 광범위한 기록의 검증과 전체 맥락에 대한 종합적인 이해를 바탕으로 이 정도의 무게와 정보를 가진 책을 쓴 것은 별개의 평가를 해야 할 바이다. 게다가 이 책은 일반 독자가 읽기에도 전혀 무리가 없고, 그 내용 전개가 마치 소설을 읽는 듯한 기분이 들 정도로 역동적이고 구체적이다. 그래서 900쪽에 달하는데도 독파하기 그리 어렵지 않다.

이 책을 읽고 나서 시선을 돌려보면, 구제국의 해체와 식민지 문제 해결이라는 역사적 과제는 우리의 현실에 해당사항이 있다는 점을 다시 한 번 깨닫게 된다. 아시아-태평양 전쟁 이후 일본 제국주의 해체와 함께 이루었어야 할 완전한 독립과 통일국가 수립이 좌절된 결과로 치렀던 전쟁과 이후 지속되는 분단은 그 본질상 중동문제와 크게 다르지 않기 때문이다.

　모든 평화를 종식시킨 평화가 아닌 모든 전쟁을 종식시키는 평화, 그것이 우리가 갈망하는 미래다.

문명의 방위

오르한 파묵, 『이스탄불: 도시 그리고 추억』

이스탄불의 몸, 보스포루스 해협

보스포루스 해협을 가로지르면서 알았다. 이스탄불은 단지 언덕 위 도시로만 존재하지 않는다는 것을. 보스포루스는 그저 바다가 아니었다. 이스탄불의 싱싱한 육체였다. 흑해와 지중해를 연결하는 이 작은 바다 골짜기는 곳곳의 이슬람 사원들이 만들어내는 스카이라인과 함께 천오백년 고도(古都)의 풍경과 역사 그 자체였다.

오르한 파묵(Orhan Pamuk)이 "이스탄불은 나의 운명이다. 이 도시에 내가 이토록 집착하고 있는 까닭은 이스탄불이 나라는 존재를 만들어냈기 때문이다"라고 말했을 때, 그 고백의 질감을 뚜렷이 느낄 수 있었던 것은 이스탄불에 발을 딛고 나서다. 플로베르가 "이스탄불은 세계의 수도"라고 했지만, 정작 파묵이 태어나 자라면서 경험한 이 도시는 폐허와 오스만제국의 비애가 스며든 뒤의 고독이 퇴색한 흔적처럼 남은 자리였다.

파묵에게 이스탄불은 제국의 영광이 이미 사라졌고, 다시는 되찾을 길 없이 귀중한 유산을 잃어버린 지의 슬픈 표정을 짓고 있었던 것이다. 그러나 내가 막상 가서 본 이 도시는 파묵이 안타까워했던 모습과는 판이했다. 이만한 아름다움을 지닌 도시가 있을까? 이만한 역사의 무게를 넉넉하게 감당하고 있는 도성(都城)이 또 어디 있을까? 파묵의 말이 진실이라면, 이전의 이스탄불은 얼마만 한 아름다움의 극치를 지니고 있었단 말인가?

파묵은 이스탄불이 드러내는 아름다움만이 아니라, 제국이 멸망한 후 지워져버린 기억과 남겨진 폐허, 그리고 가난과 우울한 뒷골목의 풍경도 함께 사랑하고 아낀다. 나무로 지은 오래된 집들과 낡은 거리, 그리고 지금은 볼 수 없는 이스탄불의 19세기가 그의 마음을 사로잡았다. 더는 존재하지 않지만, 우리의 지게꾼처럼 등짐을 지고 오가는 사람들의 고생스러운 현실도 파묵에게는 이스탄불의 본 모습이다.

이 도시는 그렇게 다채로운 표정과 역사, 자화상을 갖고 있다. 비잔틴제국의 수도, 오스만제국의 수도로 역사의 수문장을 교대해온 이스탄불은 그 안에 그리스 문명과 로마제국, 기독교와 이슬람의 종교사를 간직하면서 코즈모폴리턴적 세계가 무엇인지 말해준다. 그리스인과 아르메니아인, 독일인과 프랑스인, 슬라브족과 유대인, 그리고 중앙아시아부터 여기까지 이주해온 투르크족. 보스포루스 해협을 중간에 두고 유럽과 아시아 지역이 갈린 여기가 바로 이스탄불이다.

2011년 8월 중순 일주일 여정으로, 경희대 후마니타스 칼리지 '이스탄불 프로젝트'의 인솔교수가 되어 지중해 역사와 만나고 돌아왔다. 이 프로젝트에 선발된 학생 10명과 다큐 제작을 위해 동행한 정지영 감독, 이제이 교수, 백승우 촬영감독을 비롯한 일행은 터키의 대부분이 있는 아나톨리아 남쪽 에페소부터 페르가몬, 트로이를 거쳐 이스탄불에 들어섰다.

뜨거운 지중해의 태양 아래 매일 거의 하루 종일 걷는 강행군이었지만, 문명의 탄생을 압축적으로 읽는 데 가장 분명한 메시지를 전해주는 이 지역들은 여행 내내 엄청난 인문학적 상상력을 모두에게 주었다. 선사시대부터 고대, 그리고 중세와 근세까지 하나로 겹쳐 지층을 형성하고 있는 지중해의 역사를 만나는 황홀한 경험이었다. 문명과 도시의 관계에 대해 새삼 더욱 깊게 생각하게 한 시간이었다.

책을 통해 도시를 만나고, 그 도시를 직접 마주하면서 다시 책으로 돌아가는 과정은 역사를 입체적으로 복원하는 감격이었다. 파묵의 『이스탄불』*은 그런 의미에서 이 고도(古都)가 거쳐온 세월의 면모와 그것을 담아낸 흑백사진의 아련한 추억을 마치 나의 것처럼 만들어주는 힘을 지닌 책이었다.

비애의 도시, 그 추억

지중해 동부의 세계를 장악해온 이 제국의 수도가 어느 날부터 "유럽의 병자"로 불리면서 겪어야 했던 역사의 급류는 이스탄불의 전통과 서구화를 향한 개혁의 충돌지점을 만들어냈고, 그로써 어떤 아픔과 비애를 낳았는지 파묵은 전해주고 있다. 이때 그가 쓴 비애라는 의미의 단어는 '멜랑콜리'(Melancholy)로 터키어로는 '휘진'

• 오르한 파묵, 이난아 옮김, 『이스탄불: 도시 그리고 추억』, 민음사, 2008; Orhan Pamuk, *Istanbul: Memories and the City*, Vintage, 2005.

(Hüzün)이라고 한다. 도대체 그가 말하는 비애란 무엇일까? 그건 한 개인의 쓸쓸한 마음속 풍경이 아니라 한 집단 또는 역사적 공동체의 외로운 통증이다.

파묵은 이 비애(Hüzün)를 레비-스트로스가 『슬픈 열대』에서 사용한 '슬픈'(triste)이라는 단어와 비교한다.

클로드 레비-스트로스가 그 멋진 책에서 설명한 슬픔은 열대 지역의 그 모든 가난한 대도시가, 무기력이, 인간 군상이 서양인들에게 느끼게 했던 감정이다. 그는 도시와 그곳에 사는 사람들의 정신상태가 아니라, 그곳에 도달한 서양인의 죄책감, 선입관과 구태의연함에서 벗어나고자 하는 노력, 그리고 그가 느꼈던 동정심과 혼합된, 극도로 인간적인 고통을 설명하고 있다. 비애는 외부에서 보는 사람이 아니라 이스탄불 사람들이 자신의 상황에서 발전시킨 반응이다.

레비-스트로스의 슬픔이 식민지 지배를 해온 서구인들의 죄책감이라고 한다면, 비애는 제국의 문명을 상실한 채 유럽의 변방이 되어버린 이스탄불의 가난, 패배, 상실감이 된다. 오스만 투르크 제국이 무너진 뒤, 터키 공화국의 아버지 아타튀르크는 서구화를 변화의 방향으로 잡고 과거를 몰아낸다. 과연 그것은 이스탄불의 역사를 행복하게만 했을까?

공화국의 수도를 앙카라로 옮긴 아타튀르크는 이스탄불에 둥지를 튼 구세력을 청산하려 했다. 그러나 모든 청산은 정신을 똑바로 차리지 않으면, 몰아내지 말아야 할 것까지도 자칫 도매금으로 역사의 쓰레기장에 넘길 수 있다. 그런 과정에서 이스탄불의 비애는 피할 수 없게 된다. '보스포루스 문명'이라고까지 파묵이 언급한 이스탄불 역사는 그 개혁의 와중에 외상을 입게 된다. 한때의 자존심이 유럽에 대한 열등감이 되고, 지난 역사는 지금의 상실을 가져온 책임을 모두 뒤집어쓰게 된다.

그렇게 해서 방치된 이스탄불의 구시가에 이런 풍경이 남았다.

나는 어둠이 일찍 깔린 저녁 변두리 마을의 가로등 밑에서 손에 비닐봉지를 들고 집으로 돌아가는 아버지들에 대해 말하고 있다. 지속되는 불황 이후 상점에서 하루 종일 추위로 덜덜 떨면서 손님을 기다리는 늙은 책방 주인, 불경기 때문에 사람들이 면도를 하지 않는다고 불평하는 이발사, ……낡은 해안 저택의 텅 빈 보트창고, 실업자들로 가득한 찻집, ……비잔틴 시대 유적이자 폐허로 남은 도시의 수도교, ……사십 년 동안 같은 장소에서 이스탄불 엽서를 파는 남자…….

미흐랍을 가진 도시

파묵의 『이스탄불』은 그가 다섯 살 때부터 화가가 되려 했던 스무 살 무렵까지를 그린 자전적 수필집이다. 그렇기에 그가 말한 비애의 장면들은 오늘의 이스탄불에서는 이젠 사라진 추억의 사진첩이기도 하다. 지금의 이스탄불은 매우 떠들썩하고 활기차며, 비애의 그림자를 좀체 볼 수 없는 국제도시다. 이 경이로운 문명의 현장은 고승선물이 빽빽하게 들어선 국제도시가 아니라 중세의 역사를 껴안고 현대를 사는 이들의 거처다.

군이 비애를 짚으라면, 관광객들에게 손을 내미는 아이들과 거리에 서성이는 지친 표정의 여자들, 그리고 여전히 정치가 불만인 현실 정도일까? 이스탄불은 어느새 자존심을 많이 회복했고, 자신의 역사를 더는 상실할 수 없는 자산으로 여기고 있으며 어느 경우에는 고압적이기까지 하다. 유럽연합이 회원국으로 받아주지 않는 현실에서 터키는 이것을 더는 속상해하지 않고, 자기 자신으로 충분히 살아갈 수 있다고 믿고 있다. 오랜 역사를 가진 공동체의 회복력은 생각 이상으로 강하다.

오스만제국 이후 서구화는 이스탄불을 낡은 도시처럼 여기게 했다. 그러나 이 도시는 이제 도리어 서구의 세계가 상실해버린 것이 무엇인지 일깨우는 현장이 되고 있다. 이스탄불은 더는 슬프지 않고 비애에 잠겨 있지 않다. 그래서 파묵의 책은 이스탄불에 대한 애정을 더욱 깊게 만든다. 이스탄불이 잃어버린 것을 기억해내고 그것을 사랑하는 파묵의 글에서, 우리 또한 상실해버린 것들이 무엇인지 깨우치기 때문이다.

성 소피아 성당을 접수한 이슬람은 메카의 방향을 표시하는 미흐랍을 성당 내부에 만든다. 기독교 시대에 만들어진 교회가 이슬람 사원으로 변모할 때 이 과정은 언제나 있었다. 그것은 메카라는 문명의 방위를 가진 역사가 기존의 문명과 공존하는 방식이었다. 오스만제국이 해체되면서 이스탄불의 미흐랍은 프랑스 파리와 독일의 베를린이 되었고 그 뒤 미국의 뉴욕으로 변했다. 하지만 지금 그 미흐랍은 이스탄불 자신이 되고 있는 중이다.

 "나를 만든 것은 이스탄불"이라고 말하는 파묵, 보스포루스 해협의 풍경 속에 녹아든 그의 문학정신은 그래서 하나의 도시가 창조하는 상상력에 대해 생각하도록 만든다. 이스탄불은 파묵의 몸이다. 보스포루스는 그의 혈관을 흐르고 있다.

 이 나라의 수도는 우리의 육체이고, 한강은 우리의 핏속에 흐르고 있는가? 아무리 거대한 건축물이 늘어서 있다 해도 문명의 상상력을 자극하지 못하는 도시는 품격이 가난한 도성일 뿐이다. 이스탄불과 서울의 거리는 단지 지중해와 동아시아의 거리만으로 확정되는 것은 아니다.

 서울에는 문명의 방위를 표시할 미흐랍이 있는가? 파묵의 책을 읽으면서 다녀온, 이스탄불 프로젝트가 내게 던진 질문이었다.

오르한 파묵은 "나를 만든 것은 이스탄불"이라고 말한다.

이스탄불은 그의 몸이다.

보스포루스 해협은 그의 혈관을 흐르고 있다.

문명을 읽다2: 동아시아 역사풍경

동아시아가 새로운 동력을 뿜어내고 있다. 지난 100년의 역사를 돌아보면 이러한 변화는 놀라운 일이다. 가망 없는 상태로 내몰렸던 중국과 조선, 그리고 이들을 가혹하게 유린했던 일본은 지금 전면적인 질서 재편의 길로 들어섰다. 이것은 지구적 차원의 긴 역사의 관점에서 보자면 본래의 문명사적 주도권을 회복하는 과정이기도 하다. 적어도 17~18세기까지 아시아는 유럽을 압도하는 위상을 가지고 있었기 때문이다.

그러나 이는 과거의 질서가 그대로 복원되는 것은 아니다. 새로운 질서를 향한 꿈틀거림이다. 물론 아직 아무도 어떤 질서를 만들어낼 수 있을 것인지는 명확히 내다보지 못하고 있다. 다만 중국의 힘이 거대해지고 있다는 정도뿐이다. 그리고 이러한 중국의 변모 앞에서 세계는 속으로 숨죽이고 있다. 서구와 미국이 주도해온 질서에 너무도 익숙해 있던 상황에서 다른 현실을 내다보는 일은 결코 쉽지 않다.

당연히, 중국의 부상이 과거의 중화체제로 복귀하는 길이 열렸다고 볼 수는 없다. 주변국의 위상도 중화체제가 압도했을 때와 다르다. 한편 아시아-태평양 제국임을 의식하고 있는 미국의 위상은 전 같지 않다. 그렇다고 미국의 전면퇴각이 예견되는 것 또한 아니다. 이러한 현실은 동아시아가 또 다른 갈등과 대립의 장이 될 것인지, 아니면 지금까지와는 전혀 다른 지역 협력체제가 가능해질 것인지를 놓고 고민에 빠지게 한다.

중화체제에서 일본 제국주의의 지배, 미국의 태평양 체제의 대두, 그리고 이러한 역사가 새로운 전환점에 봉착하고 있는 상황에서 지난 시기의 문명의 동력이 지닌 힘은 매우 중요한 요소로 등장할 전망이다. 아무리 세월이 지나도 쉽사리 변하지 않는 지정학적 조건, 자본주의의 확산, 국제정치적 긴장과 갈등, 종족적 갈등을 비롯해서 동아시아가 감당해야 할 숙제는 엄청나다.

이때 절실하게 요구되는 것은 역사에 대한 성찰이다. 모든 것은 다 뿌리가 있기 마련이고, 그것을 도외시하는 현실인식은 모래 위에 집짓기다. 우리는 무엇에 무지할까? 우리는 무엇을 잊고 있을까? 우리는 무엇을 다시 들여다봐야 할까?

다행스럽게도 최근에 동아시아 관련 서적들이 다양하게 나오고 있다. 그러면서 우리 자신에 대한 역사적 이해도 깊어지고 있는 중이다. 그러나 우리 내부의 연구 수준과 양은 아직 기대에 미치지 못하고 있다. 동양고전 읽기가 새로운 인기를 모으고 있긴 하나, 현실에 대한 분석과 역사적 조명이 하나로 융합된 접근은 아직 아니다. 자칫 중화체제의 사상적 주도권을 우리 스스로 강화시키는 결과가 될 수도 있다.

바로 이러한 때에 역사의 탐색은 미래로 가는 길의 가장 좋은 안내자다.

혼란의 동아시아를 넘어

미타니 히로시 외, 『다시 보는 동아시아 근대사』

연암, 중화주의의 틀을 넘었는가?

18세기 말, 이 땅에도 눈을 '밖'으로 돌리려는 시도가 있었다. 그러나 그 '밖'의 범위는 한계가 있었다. 중화주의에 묶인 탓이었다. 연암 박지원은 건륭제 생일 축하 사절단의 일원으로 슬쩍 껴서 연경으로 떠난다. 중도에 열하로 방향이 바뀌자 그곳까지 다녀온 기록을 남긴다. 바로 『열하일기』다. 거기서 우리는 조선조 말기에 이르는 시대적 조류의 변화를 감지한 한 지식인의 고투를 읽게 된다.

명을 숭상하고 남송에 연원를 둔 주자학 외에는 눈길을 주지 않았던 조선의 지식인에게 그는 청으로부터 배울 바가 있다고 역설했다. 하지만 그 역시 청의 경계 밖에서 몰아쳐오는 새로운 역사의 조짐에 대해서는 절감하지 못했다. 연암은, 안타깝지만 중화의 틀에서 사고한 인물이었기 때문이었다. 그 뒤를 잇는 실학파 지식인들 또한 청에 대한 자세 교정을 통해 북벌(北伐)이 아닌 북학(北學)의 의미는 새겼을지언정, 서학(西學)의 진원지가 어떤 문명사적 변모를 일으킬 것인지는 내다볼 수 없었다.

『열하일기』의 한 대목에서 그는 열하로 가는 도중에 겪은 "1일구도하"(一日九渡河), 즉 하루에 아홉 번 강을 건너는 고생길을 적어놓는다. 목숨이 왔다갔다 하는 위험을 넘기면서 연암은 마침내 두려움을 떨치고 마음이 평안해지는 과정을 기록해놓긴 했는데, 조선민중들이 이후 건너야 했던 역사의 강이 얼마나 거세고 힘겨울지에 대한 전망은 이 경험 속에서 드러나지 못하고 만다. 단지 개인적인 소회로 그치고 말았던 것이다. 아쉽기 그지없다.

물론 시대적 한계가 작동한 것이기도 하지만, 이 조선 지식인들을 현실에서 추월한 것은 동학을 가슴에 이고 역사의 한복판에 뛰어든 농민들이었다. 하지만 그들 역시 국제 관계의 삼엄한 힘의 역학 속에서 무너져갔다. 동아시아의 중세를 떠받치고 있던 일체의 토대가 여지없이 붕괴하고 있었고, 조선과 청, 일본은 지구사 전체의 맥락 속에 충격적으로 빨려 들어갔다.

신장과 티베트 등 내륙 아시아와의 관계를 안정시키면 청의 미래가 든든해질 것이라고 믿었던 청조는 광동에서 북상해오는 서구의 해양 세력이 어떤 국가적 위기와 맞닿아 있게 될지 여전히 둔감했다. 중화의 세계에 갇힌 채 동아시아 근대의 중심을 뒤흔들 변화의 힘을 가볍게 여긴 탓이었다. 중화의 경계선 주변에 처해 있던 일본의 경우에는, 중화주의와 주자학의 압력이 상대적으로 낮았던 이유도 있었겠지만, 네덜란드를 통해 서구에 대한 정보와 난학(蘭學)으로 응축된 지식의 축적으로 이후의 대응 방식에 다른 나라와 차이를 가져왔다.

19세기 중엽도 채 되기 전에 청을 중심으로 하는 화이질서(華夷秩

序)와 이를 근거로 하는 조공책봉(租貢冊封) 체제는 더는 유지될 수 없었고, 조-중-일 동아시아 3국은 근대라는 격류에 휩쓸려 들어간다. 여기서 우리가 주목하게 되는 것은, 어느 나라가 더욱 빠르고 명확하게 지구사 전체의 흐름에 민감했으며 그에 대한 장단기의 대응과 사유를 할 수 있었는가에 있다. 역사를 되짚어 읽으면 다시 확인하게 되는 바이지만 우리의 경우는 실로 처참한 지경이었다.

"어른들을 위한 근현대사"(大人のための近現代史)가 원제인 『다시 보는 동아시아 근대사』*는 일본, 조선, 중국의 역사를 연구하는 일본 학자들의 수년에 걸친 연구회의 성과다. 이들은 근대사에 대한 역사적 기억이 대체로 자국 위주의 시선과 사고에 갇혀 있다는 것을 염두에 두고, 동아시아 전체 공통의 경험과 시각으로 근대의 의미를 검토한다. 그래서 이들의 역사 지식과 이해는 대단히 넓고 깊을 뿐만 아니라 일본 자신의 역사에 대해서도 냉정하다. 그 냉정함은 다른 나라의 역사 전개에도 그대로 적용된다.

동아시아 3국의 근대 경험상의 차이를 이들은 이렇게 설명하고 있다.

최근의 연구는 이들 한역서(漢譯書, 서양인들이 편찬한 한역서)에서 사용된 한어(漢語)가 메이지 일본에서 서양 개념의 번역어를 고안할 때 영향을 미쳤음을 지적한다. 동아시아와 동아시아 해역에 성립된 네트워크를 통해서도 일본은 근대를 접하고 있다고 할 수

• 미타니 히로시 외, 강진아 옮김, 『다시 보는 동아시아 근대사』, 까치, 2011(원제는 『大人のための近現代史』).

있다.

대조적으로 베이징은 남중국해 북쪽에 위치하여 근대와 접촉하고 있던 광둥에서 멀리 떨어져 있었다. 광대한 내륙을 포함한 중국 전체를 통치하는 베이징의 시야가 이미 광둥에 축적된 근대를 파악한 것은 훗날 몇 차례의 위기를 겪고 난 다음이었다. 마찬가지로 육로로 베이징과 통하고 있던 조선의 근대와 만나는 길 역시 아직 멀리 있었다.

지정학과 문명사의 전개

지정학의 차이는 문명의 변화와 비례했고, 그로써 이후의 역사 전개의 방식도 달리했다는 것이다. 뿐만 아니다.

중국이나 조선에도 동시대에 서양의 학문이나 사상이 유입되었지만 유력한 학파로 정착되지는 않았다. 과거시험에 필수적인 주자학의 정통성이 너무도 강했고, 통치자인 지식인들은 다른 학문을 진지하게 받아들이지 않았기 때문이다.

거꾸로 일본에서는 학문이 권력과 직결되어 있지 않았기 때문에 지식인들은 다양한 학문을 접할 수 있었다. 난학이나 국학이 그 예로, 기독교나 정치에 직결되지 않는다면 서양 학문도 수용했던 것이다. 완성된 '동아시아적 근세'의 변경에 위치한 것이 오히려 서양적 근대에 끼어들어가는 것을 도왔다고 할 수 있지 않을까?

이러한 논의는 물론 서양의 제국주의 팽창권에 접수되고 있던 동아시아의 비극을 외면하고 있는 것은 아니었다. 중요한 논점은, 문명권의 변모과정에서 기존 질서에 묶여 있고 하나의 고정관념에 그대로 사로잡혀 있을 경우 어떤 퇴락이 스스로에게 강요되는가를 보여준다는 점이다. 지정학적 유불리의 차원을 넘어서서 생각의 차이가 만들어낸 결과다.

『다시 보는 동아시아 근대사』는 러시아와 영국, 미국의 동아시아 접근 또는 확장 정책도 눈여겨 관찰하고 있다. 이를 단선적으로 파악하는 것이 아니라 '지구사적 연동 관계'(global linkage)를 놓고 이해하고 있다. 달리 말하자면 아편전쟁과 청의 대응, 일본의 동향, 러시아와 영국의 중앙아시아에서의 대립과 동아시아에서의 역학 변화, 미국의 포경 산업의 발전과 동아시아의 접근, 이에 대한 청의 대일관계 변모 등이 포괄적으로 분석되고 있는 것이다.

동아시아 외교사 부문에 대한 우리의 출간 사정은 빈곤하기 짝이 없다. 일본의 경우 동아시아 외교사 또는 근현대 동아시아 국제 관계사에 대한 책들이 이루 말할 수 없이 많은 편인 것과 비교하자면 오늘날까지 이어지고 있는 우리의 동아시아 역사에 대한 관점의 양적 초라함은 충격적이다. 청일전쟁 당시 조선반도의 운명에 깊숙이 관여한 무쓰 무네미쓰(陸奧宗光)의『건건록』(蹇蹇綠)˙ 같은 외교 비망록이 널리 읽히지 못하고 있고, 이에 대한 학문적 논전마저 보기 드물다.

그런 판국에 하물며 100년 이상의 과거에 조선조가 동아시아의

• 무쓰 무네미쓰, 김승일 옮김, 『건건록』, 범우사, 1994.

국제정세를 제대로 파악하고 판단을 내릴 것이라고 기대하는 일 자체가 무리다. 『다시 보는 동아시아 근대사』에 담긴 역사 한 토막 이다.

1874년 8월 청이 조선 정부에 보낸 의견서가 도착했다. 의견서에 는 일본이 타이완 출병 이후 조선에 병사를 보낼 가능성이 있고, 그 렇게 되면 프랑스와 미국이 일본을 도울 것이므로, 조선은 미리 프 랑스 및 미국과 조약을 맺어 일본을 고립시켜야 한다는 내용이 들 어 있다. 조선 정부는 이 말에 놀라서, 프랑스와 미국과 조약을 체결 하는 쪽이 아니라 일본과 관계를 개선하는 쪽을 택했다.

청이 제공해주는 국제 정보에 의존하고 있는 조선조는 청의 의견 서와는 다른 선택을 한다. 물론 일본의 공세를 먼저 막는 것이 급선 무라는 판단에서였을 것이다. 그러나 실제로는 그 관계 개선은 굴복 에 가까운 쪽으로 기울어갔다. 상대에 대한 무지의 결과였다. 이후 이루어지는 조선과 미국 사이의 조약체제는 일본을 견제하고자 했 던 청이 주도하는 방식이었다. 지금 미국을 청에 대입해놓고 보면 과연 얼마나 변했는가 싶다.

오리무중의 동아시아 이해

동아시아 전체의 국제적 역학을 결정적으로 변모시키는 청일전쟁 에 대한 우리 사회의 연구와 대중적 이해는 일본과도 비교된다. 중 화적 국제체제의 결정적 붕괴와, 조선조 봉건체제의 파멸을 가져오는 청일전쟁은 일본의 근대 국가의 성과, 이와 이어지는 국제 역학의 복잡한 전개를 모두 압축하고 있다. 일본 지식인들이 여럿 달라붙어 쓰고 엮은 이 책은 청일전쟁 이후의 동아시아 세계를 검토하면서 그 의미를 짚고 있다. 이 과정에서 조선 내부의 사정에 대한 여러 해석을 과감히 내놓기도 한다. 우리로서는 듣기 거북한 발언들이다.

일본의 조선 식민지화 과정은 논리적 모순으로 가득 찬 것이었다. 이 모순이 반영됨으로써 일본에 대한 조선의 반응 역시 복잡하게 뒤엉킬 수밖에 없었다. ……자력으로 청이나 러시아에게서 독립을 달성할 수 없게 된 이상, 일본에게 주권의 제약을 받더라도 어쩔 수 없다고 생각한 사람도 있었다.

그러나 그런 사람들을 '친일파'라고 매도할 수도 없다. 예를 들면, 병합(倂合)으로 멸망하는 것만은 피하기 위해서, 보호국 상태를 유지한 채 근대화에 힘써서 실력을 키운 뒤에 독립을 회복해야 한다고 생각한 사람도 있었다. 또 친일 단체로 알려진 일진회(一進會)의 합방성명(合邦聲明)은 일본에 의한 흡수 합병이라는 최악의 시나리오를 회피하기 위해서 스스로 나서서 일본과 "합방한다"고 제창하여 일본과 보다 대등한 형태로 합방해야 한다는 생각에서 나온 것이었다. 이것은 모두 '독립'의 여지를 남기기 위해서 '친일'을 했다고 볼 수도 있다.

일진회를 이렇게 해석하다니 용납하기 어렵다. 하지만 결코 간단치 않은 논의다. 그냥 인정하고 간단히 넘길 논의가 아니라는 뜻과 함께, 칼로 베듯 근대사의 대목 하나하나를 해석하고 규정하는 일이 쉽지 않다는 뜻이다. 물론 자칫하다가는 친일을 통해 식민지화를 주도한 세력에게 면죄부를 줄 수도 있는 논리다.

그러나 당대의 현실을 이렇게 바라본 시선이 있었다는 사실과, 당시 힘이 부족한 처지에서 최선을 선택하는 것은 무엇인가를 고민하면서 선택의 고뇌에 빠진 이들이 있었을 것이라는 점은 함부로 부정하기 어려울 것이다.

그 과정에서 이들을 고강도로 압박했던 힘의 실체를 염두에 두지 않으면, 이들의 시작과 이후의 변모를 이해하기 어렵게 된다. 이왕 이리 될 바에야 최소의 피해와 나름의 대등함을 추구하는 편이 낫지 않았는가 싶었던 것일 게다. 당연히 차후에 어떤 현실이 벌어질지 몰랐거나, 낌새를 눈치 채고 기회주의적으로 행동했을 수 있다. 물론 결과적으로 이들 대부분은 친일세력이 되고, 식민지화에 앞장선다. 애초의 동기가 민족을 살려내기 위한 방편으로 일본에게 기울었다면, 이후에는 일본 제국주의가 공급해주는 특권을 거부했어야 옳다.

여기서 중요한 것은, 중화체제의 붕괴 이후 일본이 동아시아에서 가장 발전된 모델로 우뚝 섰다는 점에 대한 주변의 의식이다. 당시 아시아 국가의 지식인들은 일본의 근대적 변화에서 희망을 보았기 때문이다. 그런 점에서 보자면 동아시아의 세계적 격변을 미리 내다보고 대응할 준비를 했던 세력과, 기존의 관성에 의지하다가 혼비백산해버린 세력의 차이는 참으로 컸다. 그 선택의 윤리적 평가나 역사적 비판과는 별도로 우리가 뼈아프게 자성할 대목이다. 조선의 새로운 변혁을 이끌어낼 지식과 동력을 창출하지 못한 책임은 어디까지나 우리에게 일차적으로 있었기 때문이다.

어찌 보면 우리는 아직도 지구사적 변동의 현실에 무지한 바가 적지 않다. 정보가 많아졌고 지구적 이해도 깊어졌다고 여기고 싶지만, 100년 전 동아시아의 역사적 전개 과정에 대해 절박하게 논의하고 측량하면서 대응 방책을 내놓는 데 실패했던 것과 그리 다르지 않게 지금의 우리도 갈팡질팡하고 있지는 않을까?

일본의 역사학자들이 머리를 맞대고 동아시아의 지난 세월을 짚고 있는 동안, 우리는 동아시아의 근대사에서 무엇을 발견하고 무엇을 전망하게 되었을까? 어찌해서 우리에게는 식민지의 역사가 짙게 드리워졌으며, 그 그림자는 여전히 거두어지지 않고 우리의 현실을 움켜쥐고 있는 것일까?

아직도 국민적 상식이 되지 못하고 넘어가고 있는 무수한 근대사의 지식에 대한 점검과 해석은 오늘날의 현실과 미래를 대응하기 위해서라도 절실하다. 이것이 바로 정리되지 못하니 우리 사회가 겪어오고 있는 역사 교과서 논쟁은 여전히 결론을 보지 못하고 있다.

한편 일본의 공식적인 역사해석이 우경화를 통해 과거의 제국주의와 오늘의 패권주의를 옹호하고 있다는 선에서만 일본 지식사회를 이해하고 있는 것은 우리 스스로를 우물 안의 개구리로 만들 수 있는 단견이다. 일본 안에는 동아시아가 겪은 전쟁과 식민지, 그리고 새로운 미래를 만들기 위한 역사적 성찰에 지속적인 열정을 뿜고 있는 이들이 적지 않다. 태평양 전쟁 종료 60주년에 이어 70주년을 맞이하면서 일본 지식인들이 자신의 역사와 동아시아 국제사에 대해 깊이 있는 논쟁을 펼친 성과는 적지 않은 출판물로 쏟아져나왔다.

동아시아의 세계적 격변을 미리
내다보고 대응할 준비를 했던 세력과,
기존의 관성에 의지하다 혼비백산해버린
세력의 차이는 참으로 컸다.

우리가 뼈아프게 자성할 대목이다.

우리는 어떤가?

이 책에서 사용한 '19세기 말 글로벌화가 가져온 공통의 체험'이라는 말은 그런 의미에서 중요하다. 서구 제국의 침탈과 그것을 본떠 일본이 일으킨 유린의 과거사를 냉철하게 돌아보는 동시에, 동아시아 전체에게 '공통의 체험'이 새로운 방식으로 이루어질 수 있도록 새로운 평화체제를 만들어야 하기 때문이다.

동아시아의 패권체제 전환기에 우리에게 요구되고 있는 역사적 성찰은 실로 우리 사회 전체의 지적 의무다. 아니면, 우리는 다시 혼란의 위기에 빠질 수 있다. 미국과 중국의 패권 조절기에서 우리는 그런 긴장과 압박을 받고 있지 않은가?

청에서 중국까지

구범진, 『청나라, 키메라의 제국』,
김준엽, 『중국 최근세사』, 미조구치 유조, 『중국의 충격』

우리에게 중국은 무엇일까? 그 이전에, 중국 근현대사를 아우르는 '청'에 대해 제대로 알고는 있는가? 중국을 안다는 것은 우리 자신에게 도대체 어떤 의미가 될까? 이런 문제의식을 가지고 구범진의 『청나라, 키메라의 제국』*, 김준엽의 『중국 최근세사』**와 미조구치 유조(溝口雄三)의 『중국의 충격』***을 차례로 살펴보기로 한다.

융합의 역사적 실체, 청의 면모

'키메라'(chimera)는 그리스 신화에 등장하는 사자, 염소, 뱀이 하나의 몸으로 만들어진 괴물이다. 다양한 존재가 하나의 유기적 체계를 이룬 셈이다. 구범진은 『청나라, 키메라의 제국』에서 '청'(清)의 역사적 형성 과정과 그 내면의 구성을 그런 각도로 살펴본다. 만주 여진족에서 기원한 청나라가 대제국으로 성장하는 경로는 만주와

---

* 구범진, 『청나라, 키메라의 제국』, 민음사, 2012.
** 김준엽, 『중국 최근세사』, 일조각, 1971.
*** 미조구치 유조, 서광덕·양태은·차태근·김수연·김소영 옮김, 『중국의 충격』, 소명출판, 2009.

몽골, 한족의 중국과 이슬람의 신장, 티베트 등이 엮어지는 것이었기 때문이다.

우리에게 중국은 고대부터 지금까지 하나의 모습을 한 국가이자 문명처럼 여겨지지만, 그 내부를 보면 외래 정복국가와 한족의 국가가 교체하고 뒤섞이면서 이루어진 역사를 지니고 있다. 중국의 이해는 바로 이러한 면모를 전제하지 않고는 정확하게 이루어질 수 없다.

구범진의 이 책은 오늘날 중국의 모태가 되는 '청'에 대한 매우 좋은 입문서이자, 우리 근대사를 다시 재검토하는 데 필요한 지적 기초를 제공해준다. 적지 않은 연구자가 노력하고 있지만 우리의 '청사'(淸史) 연구는 양적으로 그리 풍부하지도 못하고 대중적 인식 수준도 낮은 편이다. 청 제국 말을 다룬 『케임브리지 중국사』 제10권과 제11권이 2007년에 번역되어 나왔고, 통사로서 청사는 임계순의 『청사』(淸史)가 거의 유일하다. 이후 외국 연구자들의 청 관련 서적들이 계속 나오고 있지만 우리 연구자의 저작은 아직도 보기 드문 형편이다.

동아시아 외교사 서적도 여전히 부족한 처지인데, 청과 구한말의 관계를 집중적으로 다룬 최초의 저작이라고 할 만한 것으로는 신기석(1908~89)의 『한말 외교사 연구』(韓末外交史研究: 淸韓 從屬關係를 中心으로) 정도를 들 수 있다(근대 청한 관계를 다룬 통사적

• 임계순, 『청사』, 신서원, 2000.
•• 신기석, 『한말 외교사 연구』(韓末 外交史 研究: 淸韓 從屬關係를 中心으로), 일조각, 1967.

612

외교사로 추천할 만한 책으로는 권혁수의 『근대 한중 관계사의 재조명』[*]이나 쉬안민의 『중한 관계사』(근대편)[**] 등이 있는데 모두 중국 출신 한인이나 중국인이 쓴 저작이다. 우리 저자가 쓴 본격적인 청한 관계사는 아직 나오지 못한 형편이다).

최근에 한중 관계를 정리하는 책들이 나오고는 있으나, 기본적으로 청에 대한 역사지식은 우리의 교육에서 변방에 속한다. 유교 고전에 대한 인문적 관심이 높아지면서 중국 역사에 대한 이해가 깊어지고 있기는 하나, 현대 중국의 직접적인 모태인 '청' 연구와 지식 확대는 아직도 초보적 수준이라고 할 수 있다.

청일전쟁에 대한 연구도 미진하기 짝이 없다. 동아시아 중화체제에 종지부를 찍고, 우리 역사를 식민지 체제로 들어서게 한 결정적 전쟁인데도 후지무라 미치오(藤村道生)의 『청일전쟁』[***]의 수준을 넘지 못하고 있다. 말하자면, 우리의 근대 동아시아 연구의 기초는 생각 이상으로 부실하고 국민적 상식으로 교육될 수 있는 자원이 빈곤한 상황이다. 구범진의 『청나라, 키메라의 제국』은 이런 맥락에서 읽을 필요가 있다.

구범진의 책은 '서울대 인문강의'를 토대로 만든 저작이라는 점에서도 청에 대한 전문지식과 연구의 대중적 보급이라는 의미를 지닌다. '청' 하면 병자호란부터 떠올리고 청일전쟁 정도에서나 그 이름을 환기하는 현실이다. 그렇지만 17세기 이후 우리의 대중(對中) 관

---

[*] 권혁수, 『근대 한중 관계사의 재조명』, 혜안, 2007.
[**] 쉬안민, 전홍석 옮김, 일조각, 『중한 관계사』(근대편), 2009.
[***] 후지무라 미치오, 허남린 옮김, 『청일전쟁』, 소화, 1997.

계에서 역사적 경험이 사실상 청과의 관계였다는 점을 인식한다면, 청에 대한 기초적 이해는 상당히 중요한 비중을 차지해야 하는 지식이다.

광해를 몰아낸 인조반정과 이후 정묘호란, 병자호란 그리고 송시열과 윤휴를 중심으로 분당한 노론과 소론의 격투나 19세기 세도정치 가문인 안동 김씨 집안의 명성도 여러 요인이 있기는 했으나, 국제사적으로는 청과의 관계에서 어떤 자세를 취했는가에 달려 있던 문제였다. 안동 김씨는 병자호란 당시 대표적인 척화파 김상헌의 후손이라는 점에서 두고두고 위세를 떨친 셈이다. 이후 박제가의 북학파(北學派) 형성이나 박지원의 『열하일기』 등도 모두 청의 등장과 제국 건설에 깊숙이 관련되어 있는 일련의 역사적 사건 또는 흐름들이다.

임오군란과 청일전쟁에 이르는 10년의 격동기는 우리 근대사의 일대 방향을 규정한 시간이다. 이 시기의 사실상 주역도 '청'이었으니 우리 역사의 근대적 단계에서 '청'을 빼놓고는 사고할 수 없을 지경인 것이다. 그 청의 실체는 구범진이 지목하는 바대로 '키메라'다. 그는 이를 "서로 다른 유전 형질을 가지는 세포 조직이 하나의 생명체 안에 공존하는 유전자 혼재 생물"이라고 말한다. 청나라의 시작은 매우 미미했으나 마침내 대제국이 되었다. 그 제국의 역사는 바로 키메라적 존재가 어떻게 만들어졌는지를 보여주는 역사라고 할 수 있다.

만주 여진족의 누르하치는 1583년 군대를 일으켜 확장 정책을 펼쳤다. 1644년 베이징에 들어와 금(金)에서 청(淸)으로 이름을 바꾼 이후 청은 만주라는 변방에서부터 중국의 중심에 서게 된다. '누르하치'라는 이름은 "누리(누르)를 다스리는 큰(하) 권력을 지닌 군주(치)"라는 의미가 있다.

1592년의 임진왜란, 1623년의 인조반정과 1627년의 정묘호란, 1636년의 병자호란은 모두 이 시기 사이에 전개된 동아시아와 조선의 변화였다. 이 시기를 거쳐 청은 자신들의 관점에서 볼 때 명의 후방에 있던 조선을 장악하고 명을 확실하게 밀어내어 1760년에 이르는 120년간의 정복 활동을 펼친다.

1640년대에서 1680년대에 이르는 40년 동안은 한족이 중심인 기존 중국을 직접 지배 아래 두게 되었고, 이후 80년 동안 "북쪽으로는 고비 이북의 외몽골 초원, 서쪽으로는 티베트 고원, 그리고 텐산(天山) 산맥 북쪽의 준가르 초원과 남쪽의 타림 분지 등을 차례로 정복"해나갔다.

여기서 한 가지를 언급하고 넘어가자면, 구범진은 "만주는 원래 지명이 아니라 청나라를 건설한 핵심 집단의 이름"이라고 알려준다. 청의 중심 부족인 여진족의 경우도, "여진어 주션(jusen)을 한자로 옮긴 것"이라고 한다. 조선이나 쥬션이나 비슷한 계통이고 여진의 선조가 말갈족이기도 하니 큰 틀에서는 고구려를 비롯한 이른바 동이(東夷) 계통 요동 국가의 후손이다.

여진은 12세기에 금나라를 세우고 1세기 가량 중원 지역을 지배한 적이 있었으나 13세기 초 몽골제국에게 멸망당하고, 이후 다시 흥기한 역사를 가졌다. 이들 여진이 16세기에 들어서서 일어선 상황은 단순히 누르하치의 출현이라는 개인사적 차원에서 가능했던 것은 아니었다.

16세기, 명은 해양을 향한 남과 대륙 동북방 변경에서 개방적 무역 관계를 세워나간다. 이것이 기반이 되어 명의 상업은 활발해진다. 더구나 아메리카 대륙의 은 생산이 늘고, 이 은이 명에 대량 유입되면서 지구적 교역이 동력을 얻는다. 교역의 이익이 커지자 여진족 사이에 쟁탈전이 벌어진다.

여진족 수령들은 명나라가 발급한 칙서를 두고 쟁탈전을 벌였다. 칙서는 곧 요동 변경 시장에서 교역 허가증으로 기능하였기 때문이다.

몽골과 다른 만주문자를 창제하기도 한 누르하치는, 이 같은 조건을 기반으로 조직력을 극대화하는 팔기(八旗) 체제를 근간으로 군사력의 증강과 교역의 주도권을 확보한다. 그 결과 '아이신 구룬'(아이신: 황금, 구룬: 나라, 金國)을 창설한 것이다(아이신 구룬의 한자인 '애신각라'愛新覺羅를 '신라를 그리워하고 생각한다'는 식으로 풀기도 하는데, 이는 만주음을 한자로 표기한 것일 뿐이다).

이들은 이후 중국 대륙을 석권하면서 여진 대신 만주를 쓰고, 국가 명을 '다이칭 구룬'(大淸國)으로 바꾼다. 만주라는 이름은 이제 특정 여진 부족을 넘어선 다(多)부족국가를 목표로 하는 이들의 정신적 이상을 표현한 말이기도 하다. 만주는 '문수보살'의 문수를 여진어로 나타난 것이기 때문이다. 이들은 극락정토를 지상에 세우는 것을 국가건실의 깃발로 내걸고, 다양한 부족들의 통합에 나섰다.

이후 강희제부터 옹정제, 건륭제에 이르기까지 청은 승승장구한다. 박지원은 건륭제의 70세 생일을 축하하는 사절단에 따라가 『열하일기』를 썼고, 건륭제 치하의 청을 보고 그때까지 조선이야말로 중화의 계승자라는 소중화론에 빠져 있던 조선의 현실을 우회하여 질타한다. 이런 역사에서 당시의 청이 세계적 제국으로서 어떤 위상을 지녔는지 짐작할 수 있다. 이 시기를 고비로 청은 서서히 쇠락하게 되지만 말이다.

'키메라의 이미지'로 보자면, 청은 만주와 몽골의 유목 기마 제국의 웅혼함과 속도, 티베트 불교의 정신적 깊이, 위구르 이슬람이라는 다원적 존재 양식, 중원의 한족 체제라는 이질적 요소를 하나로 묶어 제국의 역량을 최대한 뽑아내는 작업에 몰두했던 국가였다. 이 다양하고 이질적인 요소를 하나로 결합시켜 움직일 수 있는 힘을 잃게 되는 순간, 키메라적 요소는 도리어 분열적 요인으로 기능한다. 결국 청은 1911년 신해혁명 이후 1912년 2월 선통제 푸이의 퇴위로 마지막 숨을 몰아쉰다.

일본이 만주를 지배하면서 1934년 만주제국이 건설된다. 푸이가 만주제국의 황제에 오르지만 그것은 대청제국의 부활이 아니었다. 관을 쪼개 시신을 꺼내 다시 죽이는 "청의 부관참시(剖棺斬屍)"에 불과했던 것이다. 청의 정치적·역사적 근거는 소멸된 상태였기 때문이다.

구범진의 보고에 따르면, "근래 중국 정부는 엄청난 자금을 투입하여 역대 정사(正史)의 계보를 잇는 『청사』(淸史) 편찬 사업을 벌이고 있다"고 한다. "『청사』편찬의 궁극적인 목적은 청 제국을 중화제국의 계보 속에 공식적으로 자리매김"하기 위한 것이란다. 그는 중국 역사학자의 다음 말을 인용하고 책을 마무리한다.

청나라가 통일을 완성한 후 제국주의가 중국을 침입하기 이전의 중국 판도를 가지고, 역사 시기의 중국 범위로 삼을 수 있다. 이른바 역사 시기의 중국이란 이를 범위로 삼아야 한다. 수백 년이든 수천 년이든 이 범위 안에서 활동한 민족은 모두 중국 역사상의 민족이고, 이 범위 안에 건립한 정권은 모두 중국 역사상의 정권이다.

이런 역사인식의 지평에서는 아무리 그 역사적 유전자가 달라도 고조선이나 고구려 또는 발해도 모두 중국 역사의 한몸이 된다. 역시 '키메라의 제국'이다. 그런 나라와 우리가 동아시아의 현실에서 함께 살아가고 있는 것이다. 여러모로 심정이 복잡하고 생각이 많아진다. 그 키메라 앞에서 우리는 아는 것도 별로 없이 너무 태평인 건 아닐까?

중국 근대사, 그 장강의 물결 속에서

『중국 최근세사』*를 처음 읽었던 것은 거의 40년이 된 옛날이다. 그땐 이 책의 진가를 제대로 알지 못한 채 그저 열심히 읽었다는 기억만 남아 있다. 세월이 흐른 뒤 어느 날 헌책방에서 이 책을 다시 발견하고 덥석 사들고 왔다. 이사 다니면서 사라진 책이라 옛 친구를

• 김준엽, 『중국 최근세사』, 일조각, 1971.

본 듯 반가웠다. 1971년에 초판이 나온 이 책은 판을 거듭하기는 했으나 이젠 품절이라 새 책방에서 구할 수 없다.

이 책은 요즘 젊은 세대가 읽기에는 낯설고 불편할 수 있다. 세로쓰기로 되어 있고 한자가 그득하기 때문이다. 세로쓰기 일본책의 모습을 떠올리면 된다. 용어에서도 일본식 한자가 간간이 눈에 띄니, 21세기를 살아가는 청년 세대에게는 고서(古書) 수준이다. 그러나 책 내용은 놀랍고, 그 품질은 고전(古典)이라고 해도 손색이 없다. 어찌해서 이런 책은 문체를 좀 바꿔서라도 계속 출간되어 자라나는 세대의 손에 들려지지 않는지 안타까운 마음이 깊다.

중국 관련 서적이 쏟아져 나오고 있는 현실에서 고(故) 김준엽 선생의 『중국 최근세사』는 낡은 책처럼 여겨질지 모른다. 그러나 천만의 말씀이다. 중국의 근대사를 직접 살아냈고, 동아시아 전체 역사의 격동기를 온몸으로 마주하며 살았던 선생의 그 열정적인 호흡과 방대한 지적 체계, 그리고 역사를 씨줄 날줄로 엮어내는 솜씨는 경탄을 금치 못하게 한다.

선생은 그 시대를 직접 체험했고 중국의 비극과 우리 민족의 비극이 겹쳐지는 지점에서 민족사의 전망을 내다보며 중국의 근대를 정리해냈다. 그렇기에 이 책에는 학문적 엄밀성만이 아니라 중국이 겪었던 고통과 격변, 좌절과 희망의 길 찾기가 상세하고 심도 있게 담겨 있다. 뿐만 아니라 일어와 영어, 중국어에 능통했던 저자가 전해주는 1차 자료의 생생한 역사성과 목소리는 이 책의 가치를 아무리 높게 평가해도 지나치지 않다는 확신을 갖게 한다. 여기에 더하여, 이 책은 중국의 근세사만이 아니라 서구 역사의 근대가 어떤 경로를 밟아 중국과 만나 갈등과 대치, 침략과 지배, 저항과 혁명의 사건들을 만들어내는가를 명료하게 밝혀낸다.

김준엽의 역사기술은 대단히 현대적이다. 달리 말해 그는 동아시아 역사를 세계사의 유기적 관점에서 파고 들어가는데, 이는 오늘날 세계체제론 이후 발전하고 있는 '세계사'(World History)라는 틀과 그대로 들어맞는다. 여기서 말하는 '세계사'란 여러 나라의 역사를 총집합시킨 서술이 아니라, 각 지역의 역사가 서로 어떤 연관 구조를 만들어가면서 전체 지구사를 형성하는가의 개념에서 말하는 세계사다.

가령 김준엽은 지금의 라틴아메리카를 중심으로 에스파냐(스페인)과 포르투갈이 서로 다른 방향으로 치달으면서 동아시아로 가는 해상로를 만들어 세계체제를 이루는 경로를 이렇게 묘사한다(표기는 현대적으로 바꾸었다).

오스만제국이 콘스탄티노플을 함락시킨 것은 1453년인데 이 시기 유럽 서쪽 끝에서도 새로운 사태가 발생하고 있었다. 그것은 이베리아 반도에서 포르투갈과 스페인이 일어서고 있었던 것이다. 포르투갈은 아프리카 남단을 돌아 인도에 도착했고, 스페인은 아메리카 대륙에 상륙했다. 로마 교황은 자기에게 충실한 지지자인 두 나라가 경쟁으로 불화를 일으킬까 염려해 남미의 브라질을 통과하는 자오선으로부터 서쪽을 스페인의 세력권으로, 그 동쪽을 포르투갈로 획정했다. 이것이 1506년의 토르데실라스(Tordesillas) 조약이다.

이로 인해 인도양 항로를 이용할 수 없게 된 스페인은 서진을 계속해서 태평양으로 진출하게 되고 포르투갈은 인도양을 경과하여 중국 인근으로 진출한다. 이 신항로의 이용으로 종래의 동아시아-서아시아-유럽의 육상교통로는 완전히 압도당하여…….

이런 서구 자본주의 체제의 확장과 함께 기존의 중화체제가 서로 충돌하면서 벌어지는 아편전쟁의 자세한 전말과, 이 충격 이후 전개되는 중국 내부의 양무운동을 비롯하여 태평천국의 난, 서태후 체제의 몰락과 신해혁명에 이르는 장강과도 같은 역사를 그야말로 흥미진진하게 서술한다.

아편전쟁의 경과를 분석해 들어갈 때도 그는 영국의 모직산업, 인도의 면, 중국의 차, 은의 국제적 수요, 영국 내부의 산업체제의 요구와 같은 다양한 움직임을 한데 엮어서 풀어간다. 영국의 모직산업 수출이 따뜻한 지역에서는 먹히지 않아 인도의 면을 대신 팔았는데 이 면을 영국에도 가져오다가 영국 내부의 모직산업 주도세력의 저항에 부딪히고, 그래서 면을 중국에 팔지만 중국의 차를 대량수입하면서 은의 유출이 심해진다. 이런 복잡한 상황에서 아편판매로 모든 것을 일거에 해결하려는 영국의 모습을 김준엽은 드라마처럼 풀어낸다.

이러한 역사분석과 서술은 방대한 지식과 전체 역사에 대한 유기적 이해가 없이는 불가능하다. 뿐만 아니라 이 과정에서 중국이 치른 엄청난 희생에 대한 일체감 없이는 그 사정을 속속들이 파고들어 설명하기도 어렵다. 300페이지 조금 넘는 분량이지만, 그로써 언게 되는 역사지식과 1차 자료를 접하는 지적 즐거움은 결코 가볍지 않다.

또 하나 흥미롭고 크게 배우는 것은 역사에서 그 앞 단계에서 일어나는 일이 어떻게 뒤의 사태를 만들어내는가를 분석하는 방식이다. 아편전쟁이 중국에 준 충격을 청조가 어떻게 소화하는가, 그 소화 과정에서 직면한 현실과 한계는 무엇인가, 그 단계에서 해결한 것과 그다음 단계로 넘어간 숙제는 무엇인지, 하나하나 연관된 고리를 정확히 짚어 설명한다.

그렇기에 이 책을 읽노라면 우리는 이홍장의 등장과 몰락, 캉유웨이와 량치차오의 역할과 그 역할의 소멸, 홍수전을 중심으로 전개되는 태평천국의 난이 이뤄낸 중국 역사의 내면 의식, 서태후의 반동 정치가 의화단 사건이나 신해혁명과 어떤 관련을 갖게 되는지 분명하게 알게 된다. 그러면서 오늘날 중국의 역사 속에 알게 모르게 담겨 있거나 스며 있는 역사의식과 행동방식, 저력에 대해 새삼 달리 평가하게 된다.

한 사건에 대한 평가에서도 그는 단편적이지 않다. 태평천국의 난에 대해서 그는 종교적 근본주의가 저지른 잘못과 오도된 역사의식 등의 문제를 제기하면서도, 그것이 중국 민중에게 평등사회에 대한 염원을 불러 일으켰고, 민족혁명의 선봉이 되었으며 중국형 공산주의의 시원을 보여주었다는 점을 주목한다.

역사적 서술 시점의 마무리를 신해혁명과 이어지는 국민당, 공산당의 등장으로 한 점은 아쉬운 대목이다. 그러나 이 책 출간 당시에는 중국 현대사에 이어지는 대목에 대해 학문적으로 발언하는 것에 엄중히 제동이 걸려 있었다는 점을 떠올려보면, 김준엽의『중국 최근세사』의 내용은 당시로서는 놀라운 용기와 학문적 치밀성을 담고 있는 것이었다.

역사를 조망하는 힘은, 그 역사를 몸으로 살아낸 이의 목소리를 듣는 일에서 비롯된다. 21세기 동아시아의 격변을 이해하고 그 역사적 전망을 세우고자 한다면, 이 책은 가치를 발휘할 것이다.

중국이라는 질문 앞에 서서

미조구치 유조는 다케우치 요시미(竹內好) 이래 중국 역사에 대한 일본의 지적 수준을 대표하는 학자다. 2010년 78세로 타계한 그는 중국 역사를 바로 아는 것이야말로 일본의 역사의식을 극복하는 것이라는 관점을 가지고 있다.

이런 이야기가 아니더라도 중국을 어떻게 바라보는가의 문제는 중국 자체에 대한 이해로 그치지 않고 언제나 우리 자신의 문제와 연결된다. 역사는 그 연구 대상만이 아니라 연구 주체의 실체도 동시에 드러낸다는 점에서 이러한 상호 이해의 내용은 서로 깊숙이 연관되어 있으며 하나의 유기체처럼 존재하게 마련이다. 그런 각도에서 미조구치의 관점이 가진 의미는 깊다.

특히 일–중 관계로 말하자면, 일찍이 '서양의 충격'으로 일본의 대두가 두드러지고, 중화 문명권을 무대 뒤로 퇴장시켰다고 간주되던 역사가 '중국의 충격'— 권투 글러브를 끼고 가격하듯이 둔해서 지각하기도 도식화하기도 어렵지만 느리면서도 강렬한 충격 — 에 의해 반전되기 시작했다. '중국의 충격'은 우리를 우열의 역사관으로부터 벗어나 다원적인 역사관으로 인도하고, 차후 관계가 더 깊어져서 그 때문에 오히려 더 격화될지도 모를 양국 간의 모순과 충돌의 한 가운데에 '공동'의 씨앗을 심도록 하는 일이 되어야 한다.

그러면서 미조구치는 다케우치의 말을 다음과 같이 인용한다.

다케우치 요시미는 일찍이 '자신 속에 문제를 지니지 않는 자는 중국에 가더라도 아무런 문제를 찾아내지 못한다'라고 말했다. 중국에 어떠한 '민주' 투쟁이 있는가를 찾아내는 자는 스스로 '민주'의 과제를 짊어진 사람이다. 즉, '민주'는 '거기'의 문제가 아닌, 본래 늘 자신이 속한 장소인 '여기'의 과제다.

그래서 그는 근대의 과정에서 일본이 중국을 추월했으며 이후 중국은 일본에 비해 열등한 처지에 놓이게 되었다고 보는 것은, 모든 나라가 각기의 근대가 있고 그 다양한 근대의 유형이 다른 것일 뿐임을 모르는 소치라고 반박한다. 그와 동시에 중국이 1840년 아편전쟁 이후 외부의 충격으로 근대의 시동을 걸었다고 보는 것은 명청교체기 이후 중국 내부에서 진행되어온 여러 가지 역사적 변화의 내용을 완전히 무시하는 것과 다름이 없다고 짚어낸다.

왕조 체제의 붕괴는 한 차례의 서양 바람에 의해 쓰러질 수밖에 없는 썩은 나무가 마침내 쓰러졌다는 식의 사전 시나리오가 아니라,

16~17세기 이래의 중국 역사에서 이른바 중국 역사 내부의 동력에 의해 실현된 충격적이고 드라마틱한 것이다. ……그때까지의 혁명이 왕조의 교체만을 초래했던 것이었던 데 반해, (태평천국 운동과 신해혁명에 이르는 시기의 격변은) 왕조 체제의 붕괴를 초래했다는 점에서 첫 번째 역사적 특징을 찾을 수 있다.

미조구치는 중국이 사회주의 체제와 결합할 수 있었던 심층조건을 이렇게 설명한다.

통치 이념만이 아니라, 청대에 민간에 퍼져 있었던 종족제와 종교 결사 등의 상호 부조, 상호 보험의 네트워크와 시스템, 그리고 그 안에서 배양되었던 민간의 일상적인 생활 윤리와 생활 가치관, 또 그 위에 성립된 '인'(仁)과 '균'(均)을 이상으로 하는 유가 관료—사대부의 경세 이념의 전통, 거기에서 생겨난 대동사상, 무정부적인 경향의 전통적인 '천하' 생민의 통념 등이 모두 사회주의적인 사상과 쉽게 융합할 수 있었고 그것들 역시 두터운 기반이 되었다.

이렇게 길게 인용하는 까닭은 미조구치가 바라보는 역사 서술이 장기간의 변화가 축적된 과정을 놓치지 않고 그와 함께 외부의 충격이 서로 어떻게 결합해서 하나의 새로운 역사적 단절과 시작을 만들어내는가를 매우 잘 관찰하고 분석하고 있기 때문이다. 그래서 그는 중국 혁명의 특질을 "300년간의 지각 변동의 흐름과 아편전쟁 이후 중국에 침입했던 근대와의 교착"으로 파악한다.

이러한 시선은 중국 내부의 오랜 역사적 역량에 대해 더욱 깊게 보도록 하고 있으며, 그 어떤 나라의 역사에 대해서도 편견이나 우열의 문제로 사고하도록 하지 않게 해준다. 그런 까닭에 그는 "심층의 문맥과 동력은 완만하여 작용이 두드러지지 않지만 미치는 범위는 광범위하고 장기적이다"라고 말하면서 중국의 근대에 대한 인식에 있어서 "아편전쟁을 분기점으로 하는 시좌는 기본적으로 단기적이고 표층적인 시좌이고 그것은 20세기의 필요에 따른 것이었으며 그런 의미에서 20세기에 국한된 것이라고 생각한다"고 못 박는다.

미조구치는 이러한 견해를 갖고 『중국의 공과 사』* 『중국 사상 명강의』** 『중국 전근대 사상의 굴절과 전개』*** 같은 책을 썼다. 이 모든 작업의 특징은 중국사의 내면 깊숙이 들어가는 것이다. 중국의 오늘을 설명하면서 1840년 이후 청조의 멸망과 공화제, 내전, 마오쩌둥의 사회주의 정권 수립과 덩샤오핑의 혁신정책으로 선을 이어나가는 방식에 대해, 마조구치는 이 역사 전체를 떠받치고 있는 더 심층적인 지층을 발견하고 이것을 뿌리로 삼아가는 중국의 현실을 분석하고 성찰한다.

그런 점에서 미조구치와 함께 펑유란(馮友蘭)의 『중국 철학사』**** 와 『현대 중국 철학사』***** 그리고 거자오광(葛兆光)이 중국인 일상

• 미조구치 유조, 정태섭·김용천 옮김, 『중국의 공과 사』, 신서원, 2004.
•• 미조구치 유조, 최진석 옮김, 『중국 사상 명강의』, 소나무, 2004.
••• 미조구치 유조, 김용천 옮김, 『중국 전근대 사상의 굴절과 전개』, 동과서, 2007.
•••• 펑유란, 박성규 옮김, 『중국철학사』, 까치글방, 1999.
••••• 펑유란, 정인재 옮김, 『현대중국철학사』, 이제이북스, 2006.

의 사유 신앙까지 기록한 『중국사상사』*등을 읽어나간다면 우리는 중국의 역사적 두뇌 내면에 무엇이 기록되어 있으며 이것이 어떻게 오늘날에도 엄청난 위력으로 작동하는지를 알게 될 것이다.

아주 오래 전 다케우치는 쑨원의 삼민주의를 다시 읽으며 그 가운데 이런 대목을 인용해놓았다.

> 중국은 세계에 어떤 책임을 져야 하는가. 바야흐로 세계열강은 다른 나라를 멸하는 길을 걷고 있다. 만일 중국이 힘을 키웠을 때 역시 다른 나라를 무너뜨리려고 열강의 제국주의를 배워 같은 길을 걷는다면 그들의 실패한 자취를 뒤쫓을 뿐이다. 고로 우리는 무엇보다도 먼저 약자를 돕는다는 정책을 세워야 한다. 이로써 비로소 우리 민족은 천직을 얻는다. 약소민족은 돕고 세계열강에는 저항한다. ······우리는 오늘, 아직 발전을 이루기 전에 약자를 돕겠다는 뜻을 세워두고, 장래에 힘을 키우면 지금 자신이 받는 정치적, 경제적 압박을 떠올려, 그때 약소민족이 같은 고통 속에 놓였음을 보게 된다면 그 제국주의에 맞서야 한다. 이리하여 비로소 치국평천하다.

다케우치는 이렇게 짧은 소회를 밝힌다.

> 남의 평판에 구애받지 않고 정의를 주장하여 안으로부터 자신감과 기력을 길러내는 자세인 것이다. 그 결과 오늘날과 같은 흔들림 없

• 거자오광, 심규호 외 옮김, 『중국사상사』, 일빛, 2013.

는 중국의 국제적 지위가 자연히 생겨났다.

다케우치가 이 글을 발표한 때는 1952년이었다. 반세기 이상이 흐른 오늘날 중국이 과연 이런 모습인지 아닌지는 논란의 대상이다. 그러나 여기서 중요한 것은 중국의 현실을 움켜쥐고 있는 그 사상과 철학의 역사성이다. 미조구치는 바로 그러한 '중국의 역사적 깊이'를 들여다보지 않고는 중국은 물론이고 일본 자신도 이해할 수 없다는 것을 일깨우려 했다. 그 고개를 넘을 때 비로소 '중국의 충격'이 아니라 '중국과의 우애'를 도모할 수 있을 것이다.

그런 차원에서 우리에게도 중국은 질문이다. 그것은 우리 자신에 대한 질문으로 이어진다. 그 물음 앞에 어떤 대답을 모색하고 있는가?

우리에게 중국은 질문이다.
그것은 우리 자신에 대한 질문으로 이어진다.
그 물음 앞에 어떤 대답을 모색하고 있는가?

초원과 중원의 비밀

토머스 바필드, 『위태로운 변경』

중국 역사는 한족만의 역사가 아니다

중국 역사가 한족(漢族)만의 역사라고 생각하는 것은 오산이다. 앞에서* 이미 청은 융합의 역사적 실체라고 말했던 것에서 떠올릴 수 있듯이, 중국은 청만이 아니라 이른바 '외래왕조의 성립'을 통해 다양한 방식으로 자신의 정체성을 전개시켜왔기 때문이다. 선비족의 연(燕), 거란의 요(遼), 여진의 금(金), 몽골의 원(元) 그리고 다시 여진족을 중심으로 만주에서 일어난 청조는 모두 외래왕조가 중국의 역사를 이끌어간 보기다. 이는 "초원제국과 중원 사이의 격돌, 융합, 분리"를 보여준다.

한족이 오랑캐라고 부른 북방 초원의 유목민이 중원을 장악하거나 그와 대립 또는 협력하면서 펼친 역사는 중국과 만주, 몽골 그리고 우리의 과거사를 총체적으로 파악하는 데 매우 긴요한 대목이다. 고대부터 근대에 이르기까지 동북아시아 체제가 형성되어온 자취를

• 이 책 제2부 5장 「청에서 중국까지」 참조.

알고자 한다면 이 점을 짚지 않으면 안 된다. 모든 역사는 세계사이며, 그것은 관련된 요인들이 유기적 체계를 이루고 있기 때문이다.

당이 수를 멸망시킨 결정적 세력인 고구려의 공세를 꺾기 위해 돌궐을 동맹군으로 끌어들이려 한 일이나, 이를 간파하고 고구려가 돌궐과 외교 협상을 벌인 일과 같은 사실(史實)은 흥미진진하다. 뿐만 아니라 동북아 정세를 관리하는 국제 관계의 반복되는 유형을 보여준다. 그러나 동북아 역사를 바라보는 우리의 시선은 그리 깊지 못하다. 중국을 그저 단일한 한족이 중심이 된 중국의 연속선에서만 인식한다.

내륙 아시아에 대한 연구

초원 또는 유목제국의 발상지인 '내륙 아시아' 지역에 대한 연구는 아직 우리 사회에서 인문학적 조명을 크게 받지 못하고 있다. 이 분야에서 고전적 저작인 라티모어의 『중국의 내륙 아시아 변경지대』나 그의 여행기 『투르키스탄으로 가는 사막의 길』* 같은 책은 여전히 번역되지 않고 있다. 조지프 플레처(Joseph F. Fletcher)의 『중국과 이슬람 중앙아시아』**나 바실리 바르톨드(Vasilii Bartold)의 『투르키스탄』*** 역시 주목해야 할 저작들이다.

그런 가운데 지난 2009년 번역되어 나온 토머스 바필드(Thomas

---

* Owen Lattimore, *The Desert Road to Turkestan*, Boston: Little Brown, 1929.

** Joseph F. Fletcher, *Studies on Chinese and Islamic Inner Asia*, Routledge, 1995.

*** Vasily Vladimirovich Bartold, (Trans.) T. Minorsky & C.E. Bosworth, *Turkestan: Down to the Mongol Invasion*, London: Luzac & Co, 1928.

Barfield)의 『위태로운 변경』*은 이 유목제국의 등장과 중원의 대응을 중심에 놓고 중국과 내륙 아시아의 관계를 파고든 책이다. 이 책과 함께 『오랑캐의 탄생』**이라는 제목으로 번역되어 나온 니콜라 디코스모(Nicola Di Cosmo)의 『고대 중국과 그 적들: 동아시아 역사 속의 유목 권력 등장』을 읽는다면 도움이 될 것이다. 바필드의 원저는 1989년에 나왔고, 디코스모의 책은 2002년에 나왔다.

초원과 중원, 적대와 협력의 역사

『위태로운 변경』의 저자 바필드는 동아시아 역사 전공자가 아니고 인류학자다. 그런 까닭에 그가 동원하는 자료는 1차 자료가 아닌 번역된 자료나 2차 자료가 중심이 된다. 그럼에도 그가 지닌 지식의 양과, 정보를 체계적으로 엮는 솜씨는 매우 뛰어나다. 우리는 그의 저작에서 초원 유목제국의 등장과 중원의 관계가 어떤 역학으로 펼쳐지는지, 그래서 형성되는 정치 구조가 무엇인지를 파악하는 데 적지 않은 단서를 얻게 된다.

물론 그의 이론과 접근에 대한 비판이 없는 것은 아니지만, 초원제국과 중원의 상호 의존성에 대한 연구는 이 책의 중심 테마로, 동아시아의 지난 시기를 분석하는 데 의미 있는 역사 이해의 얼개를 짜준다. 그에 더해 인류학자가 동아시아 역사를 이런 수준으로까지 알

• 토머스 바필드, 윤영인 옮김, 『위태로운 변경』, 동북아역사재단, 2009; Thomas Barfield, *The Perilous Frontier: Nomadic Empires and China 221 B.C. to A.D. 1757*, Wiley-Blackwell, 1989.

•• 니콜라 디코스모, 『오랑캐의 탄생』, 이재정 옮김, 황금가지, 2005; Nicola Di Cosmo, *Ancient China and Its Enemies: The Rise of Nomadic Power in East Asian History*, Cambridge: Cambridge. University Press, 2002.

고 있다는 점도 놀랍다. 기원전 221년 한제국과 흉노제국 사이의 역사부터 1757년 청조 수립 이후 몽골의 쇠퇴까지 다룬 내용은 그 자체로 방대하다.

일반인이 읽어내기에는 다소 어렵거나 까다로울 수 있다는 점이 아쉽지만, 그래도 중국 역사에 관심이 있거나 우리 역사의 고대에서 근대에 이르는 과정을 새롭게 조명해보고자 한다면 이 책의 일독을 권한다. 힘들여 읽는 만큼 얻는 것도 적지 않을 것이다. 여기에 르네 그루세(René Grousset)의 『유라시아 유목제국사』에 대한 공부까지 가세해준다면 오늘날 중앙아시아, 실크로드, 세계사의 전개 등에 대한 폭넓은 이해를 쌓을 수 있을 것이다.

바필드의 관점은 북중국 지역을 둘러싼 초원제국과 중원, 그리고 만주 지역, 투르키스탄(돌궐)의 네 지점이 서로 어떻게 얽혀 있는가에 집중되어 있다. 얼핏 우리는 초원에서 일어난 유목제국은 중원의 붕괴를 노리고, 서로 간의 공방과 권력이 교체되는 상황을 떠올리기 쉬우나 바필드는 초원제국과 중원의 성장과 쇠퇴는 상호의존적 경향을 보인다고 지적한다. 그리고 이 두 체제의 붕괴가 발생할 경우 만주 지역의 세력이 힘을 얻게 되는 반복적인 역사의 유형을 잡아낸다.

이렇게 되는 까닭을 그는 초원제국의 번성은 한족 지역인 중원이 가지고 있는 물자에 달려 있다는 점 때문에, 초원제국은 중원의 파멸을 원치 않으며, 공세를 취하는 경우란 중원의 물자 공급을 압박

---

*르네 그루세, 김호동·유원수·정재훈 옮김, 『유라시아 유목 제국사』, 사계절, 1998,; Rene Grousset, *L'Empire des steppes*, Paris: Payot, 1982(1965).

하는 전술로 작동할 때라고 말한다. 이와 함께 중원 세력은 자기 내부에서 반란이 일어나거나 다른 유목 세력의 침공이 있을 때 이들 초원제국의 지원을 받는 등 서로 적대하면서도 협력 관계를 구축했다는 것이다.

또한 흉노에서 선비, 돌궐, 몽골 등 역사적 변화 과정에서 군사력은 초원제국, 통치제도는 한족의 관리 능력에 의존하는 2중 구조가 있었음도 밝힌다. 그렇기에 당의 경우에는 초원제국의 전통이 그 안에 남아 돌궐과 같은 유목 문명이 중국에 끼친 막대한 영향도 언급하고 있다. 당이 당시 세계적 교류의 중심이 된 이유도 따지고 보면, 소그디아 상인과 깊은 관계를 맺고 비잔티움에까지 이르는 비단 교류의 길을 장악하고 있던 돌궐적 요소가 내부에 있기 때문이었다.

당이, 소그디아인 아버지와 투르키스탄 출신 어머니 사이에서 태어난 안녹산(安祿山, '녹산'은 록산이라는 소그디아 이름의 한자어역으로, 이는 기원전 4세기 알렉산더가 소그디아 지역에 있던 고대국가 박트리아 공주 록산과 결혼했던 것을 떠올리면 이해가 갈 것이다)의 반란에 일대 타격을 입게 되는 것도, 바필드의 이론에 따르면 이러한 초원-중원의 역관계를 드러내주는 역사적 보기라고 할 만하다.

바필드의 관찰과 분석은 기본적으로 초원 유목제국은 야만이고 중원과 언제나 적대적이었으며 한족은 초원제국의 전통을 자신의 정통사에서 배제하려고 했다는 식의 접근을 비판적으로 보게 한다. 그는 초원제국과 중원의 관계를 이렇게 밝힌다.

유목제국 연맹은 중원 경제와 연결이 가능했던 시기에만 존재하였다. 유목민들은 교역권과 물자를 제공받기 위해 강탈이라는 전략을 사용했다. 그들은 변경을 습격한 후 중원의 조정과 평화 조약을 협상했다. ……중원과의 무역을 통한 이익과 물자 제공은 유목 제국을 견고하게 하였기 때문에 그들은 그러한 자원을 파괴할 의도가 없었다. ……몽골을 제외하면 유목민의 정복은 중원의 중앙 권력이 붕괴되어 강탈의 대상이 되는 국가가 사라졌을 경우에 일어났다. 즉, 강력한 유목제국은 중원의 토착 왕조와 나란히 흥기하고 붕괴되었다. 한나라와 흉노 제국은 10년 이내의 시기에 같이 출현하였고, 돌궐 제국은 바로 수당 왕조에 의해 중원이 통일되었을 때 나타났다.

이렇게 상호의존적인 북중국 지역의 초원제국 등장과 중원의 붕괴는 만주 지역에 근거를 둔 세력의 성장을 가져왔다.

당나라가 쇠퇴하면서 왕조는 내부 반란의 진압을 유목민에게 의존하게 되었고, 8세기 중엽의 안녹산의 난을 평정하는 데 위구르의 결정적인 지원을 받았으며 ……840년 위구르가 키르기즈의 공격에 무너진 후 초원의 중심 지역은 혼란기에 접어들었고, 당나라 역시 중원 내부에서 일어난 반란에 의해 붕괴되었다. 당나라의 붕괴는 만주 지역에 혼성 국가가 조성될 수 있는 기회를 제공하였다. 그 중 가장 중요한 것이 유목민 거란족의 요 왕조였다.

……몇 세기 이전의 모용연과 마찬가지로 거란은 한족과 부족 조직을 통합하는 이원적 통치 체제를 실행하였다. 그러나 연나라와

마찬가지로 거란도 다른 만주의 부족 집단인 여진에 의해 정복되었다. 삼림 지역의 여진 부족은 12세기 초 거란 제국을 멸망시키고 금 왕조를 세웠으며 북중국 전부를 정복하여 송나라는 남쪽에 제한되었다. 여기까지 두 차례의 순환 주기는 그 구조가 놀랄 만큼 유사하지만 몽골의 흥기는 이 체제를 와해시키고 중원뿐만 아니라 전 세계에 지대한 영향을 미치게 된다.

고구려와 백제의 멸망, 신라-발해 남북조, 그리고 고려에서 조선으로 가는 길목에는 이런 역사가 유라시아 대륙의 중심부에서 동시적으로 펼쳐졌다. 좌우 양쪽으로는 만주와 투르키스탄을 두고 그 중간에 초원제국과 중원이라는 대립 구조가 있었던 동아시아는 이후, 그 같은 조건과는 하등 상관 없는 서구 제국주의에 의해 그 구조가 붕괴되면서 전혀 다른 국제사적 운명에 처하게 된다.

동아시아의 미래를 바라보며

바필드가 보았던 고대에서 전근대에 이르는 동아시아의 대립과 협력 구도는 지금도 완전히 사라진 것이 아니다. 중국은 동북공정과 서남공정에 걸친 동아시아 지배 질서를 구축하는 노력을 지속적으로 펼치고 있다. 티베트나 위구르의 현실, 몽골 그리고 만주에 해당하는 동북 3성 지역에 대한 중국의 민감한 정책은 모두 지난 시기의 이와 같은 역사를 고스란히 담고 있다. 이를 내면적으로 깊이 이해하는 것은 동아시아의 미래를 평화적으로 만들어가기 위해 반드시 필요한 인식이다. 동아시아 역사의 내부에는 이토록 다양한 흐름과

바필드는 초원제국과 중원의 성장과 쇠퇴는
상호의존적 경향을 보인다고 지적했다.
그가 보았던 고대에서 전근대에 이르는 동아시아의
대립과 협력 구도는 지금도 사라지지 않았다.

요소들이 엉켜 있기 때문이다.

　뿐만 아니라 문명의 교류라는 역사적 과정을 이해하는 데에도 내륙 아시아에 등장한 초원제국사와 중원의 관계를 아는 것은 매우 중요하다. 이런 인문학적 지식이 한 사회의 상식으로 스며들 때 그 공동체의 국제적 시야와 능력은 빼어나게 발전할 수 있을 것이다.

뿌리 깊은 나무

강재언, 『한국의 개화사상』

조선 실학 사상사의 치밀한 탐구

1982년 출간된 재일사학자 강재언의 『한국 근대사 연구』*는 1970년에 일본에서 나온 『조선 근대사 연구』(朝鮮近代史硏究)의 번역본이다. 일본에서 1979년에 나오고 국내에서는 1981년에 나온 그의 『한국의 개화사상』**은 그 본래 제목이 『조선의 유교와 근대』이다. 국내 출간에서는 순서가 바뀌었지만, 『한국 근대사 연구』가 우리의 근대사 전개 과정의 역사를 서술했다면 『한국의 개화사상』은 그 정신적 뿌리에 대해 탐색했다.

놀라운 것은, 강재언이 일본에서 독자적으로 이만한 학문적 성취를 이루어냈다는 점이다. 국내 학자들에게는 그나마 서로 대화하고 토론할 수 있는 장이 있는 반면, 강재언은 그런 현장이 별반 없는 조건에서 실학사상의 역사적 전개 과정을 이토록 정밀하게 추적해냈

• 강재언, 『한국 근대사 연구』, 한울, 1982; 姜在彦, 『朝鮮近代史硏究』, 東京: 時事評論社, 1970.

•• 강재언, 정창열 옮김, 『한국의 개화사상』, 비봉출판사, 1981; 姜在彦, 『姜在彦著作選第1卷(朝鮮の儒教と近代)』, 明石書店, 1996.

으니 주목할 만한 일이다. 1926년생이니 40대와 50대에 이룬 치열한 지적 성과물이다.

가령 송시열과 윤휴의 대립이 낳은 당파적 갈등에 대한 연구는 최근 들어 나름 진전되고 있는데, 강재언은 이에 대해 매우 일찍 주목하고 이 두 세력의 당쟁이 결과한 정치적 현실을 깊이 파고들었다. 1659년(효종 10)에서부터 무려 30년간에 걸쳐 이어졌던 당쟁과, 1730년 영조의 탕평책이 나오기까지의 세월을 합치면 60년 당쟁사는 실학에 대한 절박한 요구를 낳은 셈이 되었다.

강재언은 송시열에 대해 이렇게 말한다.

송시열의 주자에 대한 교조적 자세는 율곡보다는 퇴계에 가까웠고, 조선 후반기의 유학계에서 송시열의 영향이 컸던 만큼, 또 정계에 있어서도 노론의 세력이 컸던 만큼, 사상-학문의 독창적·다면적 발전은 곧바로 정치적 탄압에 직면할 위험성이 있었다. 또 송시열이 후세에 깊은 영향을 미친 사상으로서 존명배청적(尊明排淸的)인 '북벌론'(北伐論)이 있다. 그에게 있어서의 군신부자(君臣父子)란 명황제와 조선 국왕의 관계이며⋯⋯.

학문의 폐쇄성을 심화시켰을 뿐만 아니라, 겉으로는 국가적 자주성을 내세우는 것 같지만 결국 중국에 대한 종속을 심화시킨 노론의 정치는 바로 이렇게 주자학의 교조적 통치를 지탱했다. 이는 조선 후기 역사를 질식시킨 실체이기도 했다. 이런 기존의 사상 체계와 격투를 벌인 것이 바로 실학이며, 그 뿌리에서 자란 혁명정신이 개화사상이었다. 조선은 이것을 기반으로 하는 나라였다. 그렇기에 일본이 조선에 대한 물리적 병합은 가능했으나 '정신적 토벌'은 쉽지 않았다고 강재언은 증언한다.

달리 말하자면, 우리의 근대적 각성과 변혁 과정은 매우 주체적이었으며 이 역사를 망각하는 것은 자신의 사상적 뿌리를 상실해버리는 것과 마찬가지라는 뜻이다.

1870년 전후에 형성된 조선의 개화파는 동아시아, 특히 조선에 대한 구미 열강의 충격에 대응하여 자주적 개국과 개화를 지향하여 등장한 새로운 정치 세력이었다. 그 개화사상의 핵은 해외 유학생들에 의하여 소개된 서양 사상에 의해서가 아니라, 조선의 전통 유교에 바탕하면서 그것을 지양함으로써 형성되었다는 특징을 갖고 있다. 근대 개화사상의 내재적 전제로서 존재하였던 것은, 18세기를 중심으로 하여 그 앞뒤 약 200년간에 걸쳐 형성, 전개된 실학사상이었다.

경세의 철학으로

실학이 그런 역할을 수행하려 했다는 것은 잘 알려진 일이지만, 그것이 극복하고 싸워나갔던 기존의 사상 체계가 어떻게 형성되고 모순을 만들어냈는가는 잘 알려져 있지 않다. 고려가 망하고 조선이 세워지는 '여말선초'(麗末鮮初) 시기에 치국(治國)의 원리로 받아들여진 주자학은 15, 16세기 성리학 전성기를 넘어가면서 예학(禮學) 중심의 논쟁으로 치닫는다. 민본주의에 따른 민생에 대한 책임보다

는 사대부의 권리가 기득권이 되고 정밀한 예학 논쟁으로 주도권을
잡으려는 상황의 결과였다.

말하자면 나라를 제대로 다스리는 경세(經世)의 논리가 쇠락하고
있었던 것이다. 이에 대한 반격으로, 주자학이 드러내는 교조주의에
대한 성호(星湖) 이익(李瀷)의 비판은 새로운 시대를 예고하는 포성
이기도 했다. 『성호사설』(星湖僿說)의 한 대목은 이런 말을 남기고
있다.

한 자(字)만 의문을 달아도 망령되다고 하고, 상하여 끊고 맞대어
검토하면 곧 죄라고 한다. 주자의 글에 대하여 이와 같으니 하물며
고경(古經)에 있어서랴. 이런 식이라면 조선인의 학(學)은 미련하
고 거침을 면하기 어렵다.

이는 주자학이 교조화되고 도식주의에 빠져 학문과 사상의 발전
을 가로막고 경세의 의지를 죽이는 것에 대한 격렬한 성토였다. 이
러면서 기존의 성리학과는 달리, 현실에 대한 철저한 논구와 경세의
책(策)을 내놓는 것을 목표로 삼는 새로운 학문적 경향이 등장하는
것은 자연스러운 일이었다. 강재언은 그러한 역사적인 고비에서 새
로운 지성의 탄생을 주목한다.

16세기 말과 17세기 전반에 있어서, 왜란 및 호란에 잇따른 정치적,
사회적 혼란과, 그로 말미암아 생산력 발전의 싹이 부당하게 잘려
없어지고 무찔러지고 있던 현실 문제는 내팽개쳐 놓고, 조선 유학

의 주요한 관심이 사단(四端) 칠정(七情) 이기(理氣)와 예론(禮論)에 편중되어 있었던 것은 지적 에너지의 낭비였을 뿐만 아니라, 그것이 당쟁과 결합되어 정치적, 사회적 혼란을 더욱 더 조장하였다고 하는 비난을 면할 수가 없다. 조선 유학의 이러한 경향에 대한 내재적 비판으로서 실학사상이 등장한 것은 역사의 필연이었고 시대의 요청이었으며, 그와 같은 혼란 속에서도 아직 건전한 지성이 존재하였음을 입증한 것이었다고 말하지 않을 수 없다.

실로 그의 말대로 보자면 실학 이전의 조선의 지성사는 교조적인 틀을 벗어나지 못했다. "동아시아의 유교 문화권 속에서 한국은 조선 왕조 500년간 송학=주자학만을 유일한 정학(正學)으로 고수하고 그 교의에 관한 한 '옛것을 풀이하고 창작하지 아니하며, 믿어서 옛것을 좋아하는 것'(述而不作 信而好古)을 철칙으로 해온 나라라고할 수 있다." 이런 자세는 유학뿐만 아니라 이후 마르크스주의를 비롯해서 서구 사상을 수용하고 해석하는 과정에서도 그대로 드러났다. 자신이 처한 현실과 서구 역사가 배태한 사상의 역동적 관련성을 주체적으로 정리하기보다는, 서구 역사가 제시한 고민과 주제를 비판 없이 자신의 것으로 삼아버리는 지적 풍토가 만들어진 것이다

우리의 정신적 주체성

조선 후기 유학이 직면한 답보 상태와 정치적 수렁은 다행스럽게도 이후 차츰 극복되었다. 자신을 수양하고 나라를 다스리는 수기치인(修己治人)의 학으로 유학을 통일적 틀로 본 이이(李珥)나 전제(田

制) 개혁에 힘을 쏟은 반계(磻溪) 유형원 등의 노력에 힘입어, 경세치용(經世致用)과 이용후생(利用厚生)이라는 실질적 대안의 구상으로 이어졌기 때문이었다.

그러나 이러한 사상적 투쟁은 현실에서 좌절되고 만다. 강재언의 말을 빌리자.

학적 체계로서의 실학사상은 18세기 후반(1670년에 『반계수록』磻溪隧錄 완성)에서 19세기 전반(1836년에 정약용 죽음)에까지 이르는 과정에서 그동안의 역사적 변동을 반영하여 시종 같은 성질의 것일 수는 없었다. 본래 실학사상 속에는 상고(尙古)적인 것과 변통(變通)적인 것이 분화되지 않은 상태로 포괄되면서도, 경향으로서는 후기에 이를수록, 특히 18세기에 있어서의 사회 경제적인 변동이 반영되어 근대지향성이 현저하게 된 것은 재론의 여지가 없다.

이 책의 중반부터는 개화파의 형성, 근대 사상과 제도의 확립, 조선 말기의 국권 회복운동 등이 서술되어 있다. 조선 근대사에 조금이라도 관심이 있는 이들이라면 별로 낯설지 않은 대목들이다. 강재언의 특이함은 이런 일련의 역사적 전개 과정에서 실학으로부터 면면히 이어져 내려오는 정신적 주체성을 주목한다는 점이다.

일본은 무력적 토벌에 의하여 한국의 식민지화를 완성하였으나 끝내 정신상의 토벌은 완수하지 못하였다. 병합 후에 있어서조차도 한국 민중의 정신적 고양(高揚)은, 일본의 무단석 통치로써도 말살

할 수 없을 만큼 뿌리 깊은 것이었다는 점이다. 즉, 병합에 의하여 한국 민중이 질식하여버린 것은 아니었다. 병합을 기점으로 하여 그 저항 전선은 해외로 확산하여 거점을 구축하고 안팎이 서로 호응하여 사상 활발, 행동 정확하게 더욱이나 신중하게 움직이고 있었던 것이다.

그렇게 보면, 3·1 운동에는 이미 이와 같은 확고한 바탕과 만만치 않은 저류가 있었던 것이다. 그 위에 제1차 세계대전 후의 피압박 민족의 자결운동, 러시아 10월 혁명, 고종의 뜻밖의 급사(일본에 의한 독살설)에 의한 반일 감정 등의 외적 요인에 촉발되어 국내외고 서로 호응하여 들고 일어났던 반일 봉기였던 것이다.

그래서 강재언은 이러한 역사 서술을 통해, 1910년이 단지 일본이 조선을 병합한 것으로 모든 것이 마무리된 게 아니라 사실은 더욱 큰 사상적 저항과 혁명의 힘이 자라나는 데 매우 결정적인 계기가 되었다고 강조한다.

1910년— 그것은 일본, 한국, 중국 각각에게 있어서, 1918년의 일본의 쌀 소동, 1919년의 한국의 3·1 운동, 중국의 5·4운동으로 연결되어가는, 동아시아 세계의 새로운 시대의 여명을 알리는 전조였다고 말할 수 있지 않을까?

우리의 근대는 식민지 체제로 빨려 들어가는 과정이었다. 우리의 정세인식이 빈약하고 정치의 중심이 소수 권세가 세력을 위해 존재한 결과였다. 조선민중은 그러한 권력에게 버림받았고, 일부 각성한 지식계층이 거대한 문명사적 변환의 내용과 과정을 숙지하고 대비하기에는 역부족이었다. 중화주의에 대한 예속이 매우 뿌리 깊었고, 실학 이후 실마리를 보이면서 자라나기 시작한 정신적 주체성을 정치체제의 변혁으로 밀고가는 데 실패했던 것이다.

하지만 현실의 패배가 곧 우리 자신의 주체적인 역사의식의 부재를 의미하지는 않는다. 경세라는 개념을 통해 모든 백성을 위한 정치를 펴겠다는 '천하위공'(天下爲公)의 정신을 세우려 했던 과정은 실로 절절했다. 그것은 지금도 큰 울림으로 우리를 일깨운다. 식민지가 되면서 단절되고 만 우리의 사상사와 정신적 전통에 대한 새로운 조명과 해석은 문명의 전환기에 돌파구를 찾으려 했던 선인들의 뜨거운 마음을 다시 만나는 일이기도 하다. 또한 그 안에 흐르고 있는 긴 시간의 지적 축적과 성취를 전수받아, 새로운 창조의 재료로 삼는 일이기도 하다.

서구문명의 압도적인 힘과 자본주의 체제의 위력으로 분해되어버리고 만 듯한 조선 근대정신사의 맥은 복원되어야 한다. 시대적으로 봉건적 한계가 있다 해도 의로운 일, 공을 위한 일, 백성의 삶을 위한 선택이라면 전혀 굴함이 없는 불퇴전의 의지를 보이는 모습은 대단히 강력한 우리의 저력이다. 그런 점에서 동양고전이라는 이름의 인문학적 관심을 더욱 주의 깊게 성찰할 필요가 있다. 그 흐름이 자칫 오늘날 중국의 정신적 주도권 강화에 자신도 모르게 기여하는 결과를 가져온다든지, 우리 현실과 마주하지 않은 채 고문(古文) 읽기에 대한 교양적 충족감으로만 그친다면, 이는 우리 선조들의 정신적 모

현실의 패배가 곧 우리 자신의 주체적인
역사의식의 부재를 의미하지는 않는다.
'천하위공'(天下爲公)의 정신을 세우려 했던 과정은
실로 절절했으며, 지금도 큰 울림으로 우리를 일깨운다.

험과 싸움이 어렵사리 확보했던 지점에서부터 한참 후퇴하는 것이 아닐 수 없다. 고전과 사상과 현실은 하나의 줄로 꿰어져야 비로소 그 생동감 넘치는 의미와 가치가 살아나기 마련이다.

역사란 어느 한 순간의 격동이 아니라 오랜 세월 지속적으로 이어지고 흐르고 축적되는 사상과 실천의 결과물이다. 이 밑바닥에 뿌리 깊게 존재하는 우리 선조들의 사상적 격투의 내용물을 숙지하고 배우는 일이 필요하지 않겠는가? 역사는 참으로 많은 것을 가르쳐주니 말이다.

문명의 미래

모든 것을 살펴본 뒤 남는 질문은, 결국 이제 어떻게 살아가야 하는 것인가이다. 인간에게 어떤 내일이 준비되어 있는가는 지금 우리가 무엇을 하고자 하는지에 달려 있다. 그래서 역사와 문명은 언제나 미래의 시점에서 바라봐야 한다. 과거보다 얼마나 변했는가의 질문과 함께, 미래에 비해 지금은 어떤가라는 질문 역시 중요하다. 그것은 바로 '미래로부터의 회상' 작업이다.

과거를 주도하던 관성에 실려 가는 열차는 방향타를 잃은 고철덩어리 기관일 뿐이다. 제국에 대한 욕망과 패권에 대한 탐욕은 언제나 인류의 역사에서 파국과 멸망을 초래했다. 제국의 영토 안에서 거대한 문명의 용광로가 작동되기도 했으나 그것을 위해 치른 대가는 이제 더는 지속될 의미가 없다. 제국의 역사는 문명권을 통합하면서 새로운 변화를 가져오기도 했지만, 그 파괴의 진상은 참혹하다. 지금 필요한 것은 지구적 차원의 책임의식과 이를 위한 문명사적 상상력이다.

지나간 것이 아무리 화려하고 영광스럽다 해도 소수를 위한 성채를 짓고 지키는 일이었다는 것은 누구도 부인할 수 없기 때문이다. 권력의 성채가 아니라 대동(大同)의 광장, 동원이 아니라 함께 하는 세상을 향한 노력은 인류사의 미래를 결정하는 힘이 된다. 문명사 과정에서 우리는 주도권의 교체과정을 보게 된다. 그러나 여기서 더욱 중요하게 던져야 할 질문은 어떤 성격의 주도권 교체인가 하는 점이다. 그래야 우리는 동과 서의 대치, 갈등을 넘어서서 어떤 가치가 주도해야 하는가라는 질문과 만날 수 있게 되기 때문이다.

우주가 탄생하고 그것이 인간과 생명의 질서로 전개되기까지 거처온 140억 년의 시간은 지금 우리가 살아가는 지구와 인류가 얼마나 소중한 존재인지 일깨운다. 그 과정에서 일어난 무수한 폭발과 고요, 궤도의 완성은 모두 지금 우리가 살아가는 기본 조건이 되었다. 이를 미래로 환원해 생각해보자면 지금 우리가 하는 모든 사고와 행위는 이 우주적 창조활동에 참여하는 일이 된다. 지금도 우주는 끊임없는 창조와 생성, 소멸과 재활의 여정을 이루어내고 있다. 우리는 그런 생명활동의 한 주체이다. 그 활동의 중심주제는 과연 무엇이 되어야 하는가?

어느 누구도 억울하고 부당하게 배제되지 않고, 어느 누구도 힘이 없다고 주변화되어 밀려나지 않는 세상이야말로 우주적 본성에 맞는 인간사회의 모습이다. 우리의 사유에는 바로 이 같은 우주적 깨달음과 감수성이 살아 움직여야 한다. 태양은 누구에게도 독점되지 않으며, 물과 바람과 숲은 모두의 것이다. 흙은 우리에게 거처와 곡식과 자연의 숨결을 내어주며 강은 흐르는 물에 달과 별을 담아 우리를 외롭지 않게 해준다.

이런 세상에 대한 갈망과 꿈은 인류의 역사가 여기까지 달려오면서 도달하고자 진력을 다한 목표의 실상이다. 함께 평화롭게 살아가는 지구촌 공동체에 대한 상상력이야말로 문명의 미래를 기약할 수 있는 우리 모두의 깃발이다.

지구적 공동체를 위한 상상력

이언 모리스, 『왜 서양이 지배하는가』

지금은 그렇다 치고

『왜 서양이 지배하는가』*라는 이 책의 번역 제목만 보면, 서구 지배의 역사적 정당성에 대한 주장처럼 들린다. 그런데 원제는 "Why the west rules for now"다. 무엇보다도 이 "for now"에 저자의 역사 인식이 담겨 있다. "지금 당장이야" 또는 "당분간은"이라는 단서가 달린 셈이다. 당연히 그렇다면 "그다음은?"이라는 질문이 나올 수밖에 없다. 이 책을 쓴 이언 모리스(Ian Morris)의 관심은 바로 여기에 집중되어 있다.

아편전쟁과 중국의 굴복이라는 1840~50년대를 기점으로 20세기 전체에 이르는 시기에 서구의 패권에만 주목한다면, 서구의 지배는 세계사에 대한 인식의 기본을 이룬다. 이에 대해 모리스는 인종이라는 생물학적 요소나 애초부터 서구의 우월성이 보장될 수밖에 없다는 식의 논리를 철저히 거부한다. 도리어 그것은 '지리'라는 우연적

• 이언 모리스, 최파일 옮김, 『왜 서양이 지배하는가』, 글항아리, 2013: Ian Morris, *Why the West Rules-for Now: The Patterns of Hisotry, and What They Reveal About the Future*, Picaodor, 2011.

요소와 '사회발전 단계'가 서로 어떻게 결합하는가에 달려 있다는 논지를 편다.

모리스는 고고학자다. 그의 이 책은 문명사 전반의 흐름을 단숨에 포착하려는 독자에게 좋은 지침서가 될 수 있다. 방대한 두께의 책에 인류 역사의 전체적 얼개를 매우 흥미진진하게 기록해놓았기 때문이다. 더군다나 그의 역사서술 방식은 스탠포드 대학의 고전역사학자라는 생각이 들지 않을 정도로, 대중의 시선을 중심에 두고 마치 소설 같은 방식으로 펼쳐진다.

이 책은 영국이 중국의 허리를 치고 들어간 1840년 아편전쟁의 역사적 사실관계를 뒤집어 중국이 영국을 압도하는 반대의 경우를 상상으로 설정하면서 시작된다. 오늘날 우리가 직면하고 있는 세계적 변화를 다시 성찰하게 한다. 분명 지난 200년 동안 중국을 비롯한 동양은 서양의 힘에 굴복당했으나, 지금 우리는 그러한 힘의 관계가 서서히 역전되는 것을 목격하고 있다. 그래서 그는 중국의 역사적 위치와 관련해서 이렇게 진술하고 있다.

누구도 이제 유럽의 위대한 지리상의 발견 시대가 막 닻을 올리던 시기에 중국의 항해능력이 훨씬 더 선진적이었고 중국 선원들이 인도와 아라비아, 동 아프리카 어쩌면 오스트레일리아의 해안을 이미 알고 있었다는 사실을 반박하지 않는다. 1405년 난징에서 스리랑카로 항해했을 때 환관 정화 제독은 거의 300척에 달하는 배를 이끌었다. 그 가운데는 식수를 실은 배와 발전된 방향타와 방수구획실, 정교한 신호 장치를 갖춘 거대한 보물선도 있었다. 2만 7000명의 선원들 가운데 180명은 의원과 약제사였다. 반대로 1492년 카디에서 출항했을 때 콜럼버스는 세 척의 배에 단 90명의 선원을 이끌었을 뿐이다.

이러한 상대적 우월성을 중국은 계속 이어나가지 못했다. 역사는 놀라운 역전의 드라마를 보게 된다.

모리스는 서양 문명권을 고대 중근동 지역까지 포함하여 설명하고 있고, 동양은 대체로 중국을 중심으로 그 역사적 발전 양상을 주목하고 있다. 그의 시야에서 아프리카, 인도, 중남미, 동남아시아는 상대적으로 미미한 위치에 있다. 이렇게 된 까닭에는, 서양으로 일컬어지는 유럽과 미국을 한 축으로, 그리고 동양이라고 불리는 또 다른 축으로는 중국을 기본으로 전제하기 때문이다.

이러한 구도에 대해 비판적인 문제를 제기할 수는 있다. 그러나 모리스의 관심 자체가 중국으로 세계적 패권이 이동하고 있는 현실에 대해 향후 인류가 어떤 태도를 취하면서 지구촌의 문제를 풀어야 할 것인가에 집중되어 있다는 점을 떠올려본다면, 이 책이 풀고자 하는 질문을 파악할 수 있을 것이다.

그는 기원전 3000년경 메소포타미아를 중심으로 발전한 문명권의 역량으로 인해 통칭 서양의 위상이 선도적 비중을 차지하게 되었다고 본다. 이에 반해 중국은 그보다 늦은 기원전 2000년에서 1500년 농경제국의 형성으로 동과 서의 지배 기반에 차이가 생겨났다고 분석한다.

이러한 지체가 곧 동양의 장기적 낙오를 의미하는 것은 아니다. 몇 차례 역전과 재역전의 시기가 있었다. 특히 서기 1100년 중국의 문화적 약진은 1500년대 서양의 르네상스와는 비교할 수 없는 도약을 가져왔고, 이러한 바탕 위에 1700년대 중반에 이르기까지 동양의 우월성을 유지해왔다고 지적하고 있다. 이러한 관찰과 평가는 오늘날 역사학자들 대부분이 동의하는 바다. 동이 서에 비해 우월한 역량을 누리고 있었던 것이다.

그런데 이 시기의 중간에 있는 1492년 콜럼버스의 대서양 항해는 그보다 앞서 훨씬 큰 규모로 이루어진 명대 정화의 대항해의 역사적 가능성을 넘어서면서, 향후의 역전을 가져오는 경계선이 된다. 물론 이것이 실질적인 지배체제를 구성하기까지는 2~300년의 시간이 흘러야 하지만, 여기서 결정적이었던 요소는 '지리'라는 우연적 사건이라고 모리스는 주목한다.

지리, 사회적 발전 그리고 변방

가령 지중해의 변방에 속해 있던 에스파냐나 포르투갈이 아메리카 대륙과 이어지면서 생겨난 지리적 가치는 당대의 사회적 발전과 깊이 연결된다. 다시 말해 베네치아와 이슬람, 콘스탄티노플이 장악한 지중해 무역에서 밀려나 있던 피레네 산맥 이하의 지역이 이제는 바로 그러한 변방성과 후진성을 도리어 유리한 고지로 삼아 새로운 시기에 주도권을 잡게 되었다.

반면 중국 정화의 대항해의 경우, 태평양을 건너 아메리카 대륙까지 오는 것은 지리적으로 대단히 어려웠다. 이로 인해 중국은 아메리카 대륙이 향후 발휘하게 될 지구적 차원의 정치경제적 가치를 획득하지 못했을 뿐이니, 서구의 지배가 애초부터 역사적 운명이라는 식의 주장은 잘못된 것이라고 모리스는 강조한다.

지리적 위치에 대한 모리스의 관찰과 역사적 중요도는 매우 두드러진다. 그리고 이러한 지리적 위치와 역사 발전단계의 관계는 시대적으로 변모한다. 한때는 유리했던 곳이 도리어 불리한 곳이 되고 그 반대가 현실이 되기도 한다.

예를 들어 5,000년 전 포르투갈과 에스파냐, 프랑스와 영국이 유럽 대륙에서 대서양 방면으로 돌출해 있다는 사실은 커다란 지리적 약점이었다. 이 지역들이 진짜 사건이 벌어지는 중심 무대인 메소포타미아와 이집트에서 매우 멀리 떨어져 있다는 것을 의미했기 때문이다. 그러나 500년 전 사회발전 수준이 얼마나 상승했는지, 지리적 의미도 변했다. 예전에는 결코 건널 수 없었던 대양을 횡단할 수 있는 새로운 종류의 배들이 탄생하면서 대서양 방면으로 돌출해 있다는 사실이 갑작스럽게 크나큰 플러스 요인이 되었다. 이집트나 이라크의 배가 아니라 포르투갈, 에스파냐, 프랑스, 영국의 배들이 아메리카와 중국, 일본으로 항해를 하기 시작했다.

모리스는 이를 "후진성의 이점"(advantage of backwardness)이라고 부르기도 했다. 유럽의 근대적 우월성은 본질적이기보다는 자신이 처한 지리적 위치와 사회적 발전이 절묘하게 결합한 결과라는 것이다. 달리 말하자면 '서구의 지배'라는 것은 서구인들의 타고난 우월성 때문도 아니고, 당연하지도 않다. 당시의 조건이 우연히 들어맞아 그렇게 된 것이며, 따라서 언제든 역전될 가능성을 내포하고 있다. 뿐만 아니라 15세기의 동양은 "그 사회적 발전 지수가 서양보다 훨씬 높았고…… 서양인이 동쪽으로 가서 지상에서 가장 풍부한 시장에 접근할 경제적 유인이 충분했던 것이다. 반대로 동양인은 서쪽으로 갈 유인이 거의 없었다"는 것이다.

지리가 역사발전에 영향을 끼치는 면모에 대해서는 로버트 카플란(Robert Kaplan)의 저서가 매우 유익한 읽을거리다. 그는 『지리의 보복』*을 통해 각 국가나 문명권이 처한 위치가 고대부터 지금까지 매우 결정적인 비중을 가진 요인이 되고 있음을 입증해내고 있다. 그는 메카가 아라비아반도 남쪽 끝 예멘과 인도양이 만나는 지점이면서, 북쪽의 시리아와 지중해를 잇는 중간지대이며, 동과 서로는 아프리카와 메소포타미아를 잇는 교량지점이라고 설명한다. 이러한 교류의 중심이 메카를 문명교차의 활로가 되게 했고 여기서 이슬람 탄생과 그 지구적 영향력의 범주를 내다본다. 또한 비엔나와 모술의 경우, 오스만제국의 동과 서 변방의 극점이라는 지리적 특성을 통해 오스만제국 붕괴 이후의 국제정세를 읽어낸다.

카플란의 이러한 지리인식은 지리와 국제정치의 관계를 정밀하게 체계화한 핼포트 맥킨더(Halford Mackinder)를 비롯해서 국제정치에 대한 현실주의적 접근을 한 한스 모겐소(Hans Morgenthau), 맥닐 등의 이론이 탄탄하게 받쳐주고 있다. 그래서 카플란은 발칸의 현실을 비잔틴제국과 오스만 투르크의 지리적 경계선의 대치상황이라는

• Robert Kaplan, *The Revenge of Geography*, Random House, 2013.

역사에서 풀어낸다. 그의 이러한 논점은 지리와 한 사회의 역사적 발전이 서로 어떤 관련을 갖게 되는가에 대한 질문을 탐색해나간 모리스와 맞닿아 있는 대목이 적지 않다.

지중해 체제에서 변방 중에 변방인 북아메리카가 이후 미국으로 그 사회발전의 실체를 구체화하고 상황을 압도적으로 주도하게 되는 역사적 과정만 보아도, 어떤 국가나 체제의 영속적 지배란 존재하지 않는 것이다. 또 제2차 세계대전 이후의 상황만 보더라도, "일본이 중국을 유린하고 미국이 일본에 막대한 피해를 입히면서 동양 핵심부는 몽땅 파괴되었고, 그 결과 제2차 세계대전은 서양의 지배를 강화했다"는 것이다. 아시아는 이 시기에 거덜나는 재앙을 겪었기 때문에 이후 다시 일어서는 데 시간이 걸렸을 뿐이라는 진단이다.

이렇게 특정 국가나 문명 또는 지배체제의 역사란 엎치락뒤치락하기 마련이다. 이것은 지금 우리의 현실에서 고스란히 나타나고 있다.

1840년대 이래로 중국은 평화와 책임성, 유연성을 거의 누리지 못했지만 1990년대가 되자 세계질서에서 적절한 지위를 찾기 시작했다. ……1992년과 2007년 사이에 중국의 수출량은 열두 배 증가했고, 대미 무역흑자는 180억 달러에서 2,331억 달러로 눈덩이처럼 불어났다. 2008년이 되자 월마트 같은 미국의 할인점에서 중국산 제품은 일반적으로 상품 진열대의 90퍼센트를 차지했다. ……중국산 가격과 경쟁할 수 없는 회사는 망했다. 19세기 영국과 20세기 미국처럼 중국도 세계의 공장이 되었다.

우리는 어떤 시기에 와 있는가

모리스는 "20세기는 서양의 시대의 정점이자 동시에 그 끝의 시작이었다"라고 단언한다. 이러한 논의는 오늘날 우리에게 낯설지 않다. 역사지식이 없더라도 이미 이러한 국제적 패권의 변동은 눈앞에서 전개되는 현실이기 때문이다.

그런데 모리스의 주장에서 중요한 대목은 역사의 어느 시기에 어느 쪽이 우월한 패권을 차지하게 되었는지가 아니라, 이제 그런 질문들의 의미가 사라진 시대라는 논점이다. 패권 개념이 무의미해지는 상황은 지구적 공동체를 어떻게 만들어갈 것인가를 논의하게 하기 때문이다. 이 점에서 우리는 카플란의 논점과 갈라지는 대목을 보게 된다. 지리가 규정하는 한계가 돌파되는 세계가 열리고 있다는 점에서 새로운 세계적 시야가 요구된다는 뜻이다.

물론 현실에서 패권의 갈등과 변화가 사라지고 있다는 뜻은 아니다. 게다가 지리적 한계가 완전히 사라진 것 또한 아니다. 그러나 패권구조의 틀에서 인류의 미래를 사고하는 한 미래는 암담해지며 해법은 나오지 못한다. 그래봐야 서로 앞서거니 뒤서거니 할 뿐인데 이제는 동이나 서나 모두 대체로 해볼 건 다 해본 셈 아니냐는 거다.

근대사를 돌아보면, 지난 시기 동안 치열하게 추구해왔던 경쟁 시스템의 격화는 인류가 마주한 문제들을 해결하는 데 도움이 되지 않았다. 이런 깨우침은, 문명충돌론을 내세운 헌팅턴이나 미국의 일방적 패권을 내세우는 논자들, 미-중 관계에 대한 전략적 접근의 중요성을 강조하는 논리와 궤를 완전히 달리한다. 모리스는 강대국의 핵무기 감축을 비롯해서, 지구온난화를 억제할 수 있는 에너지 정책과 재생에너지 개발을 비롯해서 인류가 공동으로 해결해나가지 않으면 모두가 파국에 처하는 상황이 닥칠 수 있다고 경고한다. 이제는 이러한 문제를 더욱 심각하게 생각해야 한다.

그런 까닭에 모리스는 1945년 히로시마와 나가사키 원폭 투하 이후 『뉴욕타임스』와 인터뷰한 아인슈타인의 발언을 인용한다. "인류와 문명을 구할 수 있는 유일한 길은 세계정부의 창설에 달려 있다." 이 발언이 현실을 모르는 이상주의적 과학자의 주장이라고 조롱받자 아인슈타인은 다음과 같이 되받아친다. "세계정부라는 생각이 그다지 현실적이지 않다면 우리 미래에는 단 하나의 현실적 전망만 있을 뿐이다. 바로 인간에 의한 인간의 전면적 파괴."

한 고대 문명학자의 세계사에 대한 이 저서는 단지 역사발전의 학문적 논란을 다루려는 것이 아니라, 지구적 차원의 협력에 대한 모색이라는 점에서 그 의의가 단연 주목된다.

동과 서, 남과 북

모리스는 "우리가 기존의 생명활동을 초월하게 될 때면 동양도 서양도 경계도 혈통도 출생도 없어질 것이다. 만약 우리가 그때까지 해질녘을 연기할 수만 있다면 그 둘은 마침내 만나리라"고 말하고 있다. 여기서 해질녘이란 역사가 멸절될 위기에 있는 상황이며, 기존의 생명활동이란 서로 지배하고 경쟁하는 문명을 말한다.

그는 역사가의 임무를 언급하면서, "역사가만이 인류를 나누는 차

이점을 설명하고, 그러한 차이가 우리를 파괴하는 것을 인류가 어떻게 막을 수 있을지 설명할 수 있다"고 강조한다. 이제 동과 서가 서로를 지배하려는 의지를 중지하고 함께 사는 지혜를 모아야 하는 시각이 왔다는 것이다. 그런 가운데서도 여전히 우리는 MIT 경제학 교수인 대런 아스모글루(Daron Acemoglu)와 하버드 대학의 정치학 교수 제임스 로빈슨(James Robinson)제기한 '제대로 된 국가의 문제'와 결별할 수는 없다. 그들은 『국가는 왜 실패하는가』*에서 유사한 지리적 조건과 환경을 가진 지역에 그어진 국가경계선이 어떻게 엄청난 정치경제적 격차를 가져오는지를 파헤치면서 결국 중요한 것은 정치제도의 문제라고 짚어낸다.

> 어떤 경제제도 아래 사람들이 살게 되는가하는 문제를 결정하는 것은 정치과정이며, 이 과정이 어떻게 작동하게 될 것인가를 결정하는 것은 결국 정치제도이다.

이 말은 당연히 옳다. 그러나 이러한 의식과 문제제기의 이면에는 부와 권력의 편차만을 주로 강조하는 기준이 초점이 되고 있다는 점에서, 모리스의 접근은 다른 의미를 지닌다. 이러한 격차를 넘는 문명의 활로를 고민하고 있기 때문이다.

우리의 남북 관계도 이와 다르지 않을 것이다. 동과 서가 만나 지

• Daron Acemoglu & James Robinson, *Why Nations Fail: The Origins Power, Prosperity, and Poverty*, Crown Business, 2012; 대런 아스모글루·제임스 로빈슨, 최완규 옮김, 『국가는 왜 실패했는가』, 시공사, 2012.

구적 과제를 해결하는 세상을 기대하는 모리스의 꿈처럼, 남북의 사회발전과 역사가 서로 엎치락뒤치락해온 과거를 돌아보고, 공동의 과제를 함께 풀어가는 길을 발견할 수는 과연 없을까?

남과 북의 문제를 대할 때, 어느 쪽이든 지금 "왜 우리가 지배해야 하는가?"식의 주장에만 몰두한다면, 그 결과는 파괴적일 수밖에 없다. 어느 쪽이 성공하고 어느 쪽이 실패하는가의 문제가 전면에 나설 경우, 이 역시 경쟁과 지배의 틀에서 벗어나기 어려울 것이다. 이제 미국과 중국도 서로 패권조절 과정을 거치면서, 어느 일방의 우세를 통해 세상을 평정할 수는 없다는 사실을 절감하고 있지 않을까?

우리도 더는 미루지 말고, 동아시아의 교차로에 있다는 지리적 조건과 우리의 사회적 발전의 역량을 결합시킬 지혜를 구하는 것이 우선이다. 그것은 인류가 풀어야 할 중대한 숙제를 앞서 푸는 일이 될 것이다. 북서쪽의 거대한 대륙세력과 남동쪽의 거대한 해양세력의 중간지대에 있는 한반도는 패권체제의 대충돌이라는 위험을 지니고 있지만, 반대로 생각해보면 문명의 평화적 대융합을 가능하게 할 교량 지대라는 점에서 새로운 시야의 돌파구를 열 수도 있다.

모리스는 서구의 지배가 '지리'라는
우연적 요소와 '사회발전의 단계'가
서로 어떻게 결합하는가에
달려 있다고 본다.
한때 유리했던 곳이 불리한 곳이 되고,
그 반대가 현실이 되기도 한다.

아사비야의 혁명

피터 터친, 『제국의 탄생』

이븐 할둔의 아사비야

동양의 『주역』(周易)은 한마디로 역사에 대한 해석과 전망이다. 우주 삼라만상의 다채로운 기운과 인간의 운명을 하나로 엮어 보는 주역의 중심에는 '변화'에 대한 고대인의 의식세계가 자리 잡고 있다. 사마천은 그 해석의 무대 위에 인간을 올려놓았다.

서양에서 역사에 대한 문은 헤로도토스가 열었지만, 역사의 씨줄과 날줄을 엮어 그 내부의 비밀회로를 보여준 이는 투키디데스와 폴리비우스였다. 헤라클레이토스는 만물의 변화는 서로 상대적인 것이 맞물려 돌아간다고 일갈했다. 그의 말대로, 피곤이 계속 쌓이고 난 이후의 시대는 휴식의 역사를 열고, 전쟁으로 지친 시대는 평화의 계절을 갈망한다. 이 역시 변화의 과정과 의미에 대한 추적이다.

이븐 할둔(Ibn Khaldūn)은 이런 역사 해석의 숲에서 매우 특이한 존재다. 14세기 이슬람 문명권의 북부 아프리카 지역을 부르는 마그레브의 서쪽인 튀니지에서 태어난 그는 15세기의 풍경을 미리 내다보았다. 튀니지는 고대 카르타고의 역사를 지닌 지중해의 영토로 기독교 문명권과의 긴장이 높은 접촉 지대였다. 그만큼 문명교차의 역동성이 있었다. 이런 지적 풍토 속에서 자란 할둔은 티무르제국이 이슬람 세계의 패자로 나서는 현실 속에서 『역사서설』(*Muqaddimah*)로 이름 붙인 자신의 책을 통해 역사의 줄기를 하나하나 포착해나갔다.

할둔은 어떤 요인으로 한 사회나 문명권이 쇠퇴하고 어떤 것이 새로운 시대를 일으켜 세우는가를 깊숙이 주목한다. 격동의 시대가 예고되는 상황에서, 그는 이 급격한 변화의 과정을 통과하며 생존하고 미래의 주도권을 가질 수 있는 공동체는 '아사비야'(Asabiya 또는 Asabiyyah)가 견고한 집단이라고 갈파했다.

아사비야는 공동체 내부의 결속력이다. 어찌 들으면 너무 빤한 이야기 같지만, 무수한 문명과 제국, 국가의 흥망성쇠 역사를 파헤쳐 들어가 보면 아사비야를 획득하는 것이 얼마나 어려운 일인지 알게 된다. 당장 우리 한반도의 현실을 봐도 민족적 아사비야의 성취가 결코 간단치 않음을 절감한다. 할둔의 논리에 따르면, 모든 제국은 아사비야가 최고 수준에 이른 결과물이다. 또한 그 제국의 쇠락과 멸망은 아사비야가 내부적으로 붕괴하면서 시작된다.

수학자와 진화생물학자의 역사해석

피터 터친(Peter Turchin)의 『제국의 탄생』*은 할둔의 '아사비야'를 중심 개념으로 삼아 역사를 풀어나간다. 특이하게도 터친은 수학, 진

---

* 피터 터친, 윤길순 옮김, 『제국의 탄생』, 웅진지식하우스, 2011; Peter Turchin, *War and Peace and War: The Rise and Fall of Empires*, Plume, 2007.

화생물학, 생태학과 게임이론으로 무장한 지식인으로서, 세계사에 대한 새로운 해석에 골몰한다. 그는 인구 역학과 역사발전의 관계를 규명하는 이른바 '역사동역학'(Cliodynamics)의 전문가다. 그런 까닭에 그의 책에서는 다양한 이론과 접근방식이 전개된다.

러시아 출신으로 미국에 살고 있는 터친은 과거의 제국과 현재의 제국이라는 문명적 정체성의 갈등과 융합이라는 지점에서 역사를 관통하는 힘의 진실을 알고자 한다. 그는 아사비야의 문제를 초민족 공동체의 제국과 그 변경에서 발생하는 긴장, 압박, 이에 대한 대응의 과정을 통해서 분석해나간다. 이러한 시도는 매우 흥미로우며, 역사적 현실과도 맞아 떨어진다는 점에서 주목된다.

터친은 아사비야 개념을 이렇게 설명한다.

집단마다 구성원들의 협력하는 정도가 다르고, 따라서 결속과 연대의 정도도 다르다. 14세기 아라비아 사상가 이븐 할둔을 따라 나는 이런 집단의 속성을 '아사비야'라고 부른다. 이는 사회집단이 집단적으로 일치된 행동을 할 수 있는 역량을 말한다. 아사비야는 역동적인 양이다. 그것은 시간이 지나면서 증가할 수도 있고 감소할 수도 있다.

그러면 이 아사비야가 높은 집단은 어디서 어떤 조건으로 만들어지는가?

아사비야의 수준이 높은 집단은 초민족 공동체 변경에서 생긴다.

초민족 공동체의 집단은 제국의 경계가 두 초민족 공동체를 가르는 단층선과 일치하는 지역이다. 초민족 공동체의 변경은 집단과 집단의 경쟁이 아주 치열한 곳이다. 팽창주의적 제국은 자기들의 경계 너머에 있는 사람들에게 엄청난 군사적 압력을 가한다. 하지만 변경에 사는 사람들은 제국의 부에 끌리기도 해서 교역이나 약탈을 통해 그것을 얻으려고 한다. 외부의 위협과 무언가를 얻을 수 있는 가능성은 둘 다 사람들을 통합하는 강력한 힘이 되어 아사비야의 수준을 높인다.

얼핏 제국이 힘의 중심인 것 같지만, 도리어 그 변경에 있는 존재들이 이 거대한 제국과의 관계를 통해 결집력을 발휘하면서 새로운 문명의 주체가 되어간다는 것이다.

제국과 변경 사이

중화제국의 변경에서 성장한 몽골제국, 그 변경에 있던 슬라브의 모스크바 공국이 제국으로 발전하는 과정, 그리고 북쪽으로는 갈리아, 남쪽으로는 카르타고와 격렬한 대치선에 있던 지중해의 변방세력 로마의 제국화 과정, 이후 이 로마제국의 변경에 있던 게르만이 완성해나간 프랑크 제국 등이 그 예가 된다.

'문명의 단층선'은 『문명의 충돌』을 쓴 헌팅턴의 개념이다. 하지만 헌팅턴은 이를 충돌이라는 논리에만 적용시킨 반면, 터친은 그 충돌의 내부역학을 더욱 세밀하게 들여다보았다. 그는 거기에서 새로운 문명의 주체가 세워지는 이유를 살핀다.

로마가 지중해 동부로 확장되면서 세운 비잔티움제국이 이슬람의 등장 앞에서 어떤 변모를 보였는지에 대해 터친은 이렇게 조명하고 있다.

아랍인의 정복으로 비잔티움 제국은 핵심이 그리스어를 쓰고 양성설을 따르는 사람들이 사는 발칸반도와 아나톨리아 반도로 이동하고, 거기에 이탈리아 남부가 조금 덧붙여진 형태로 축소되었다. 제국 전체가, 아니 제국에서 남은 것이 변경지대가 되었다.

동쪽에서는 아랍인들이 압박하고, 서쪽에서는 스텝지대의 유목민들이 압박했다. 유목민들은 아바르족과 불가르족만이 아니었다. 슬라브족까지 동유럽에서 밀려 내려와 그들을 압박했다. 침략자들은 몇 번이나 콘스탄티노플까지 쳐들어왔다. 예를 들어, 678년에는 아랍인들이 바다와 육지에서 콘스탄티노플을 포위했고, 717년에도 이런 일이 일어났다. 비잔티움 민족은 이렇게 계속 두들겨 맞으면서 단련되었다.

8세기 말에 압력이 약해지자 비잔티움이 다시 제국을 건설하기 시작했다. 다음 3세기 동안 비잔티움 제국은 영토를 두 배나 늘렸다. 9세기 카롤링거 제국이 산산조각이 났을 때, 비잔티움은 유럽에서 가장 강력한 국가가 되었다. ……비잔티움 사람들은 문화적으로도 당대의 이슬람 문명이나 중국 문명과도 어깨를 나란히 했으며……

제국과 변경의 충돌과정에서 한 집단이 이렇게 아사비야를 획득하여 궁지에 몰린 상황을 역전시키는가를 보여주는 대목이다. 아랍인들은 훗날 비잔티움제국을 압박해 들어갔지만, 이 시기에 그들은 사막에서 서로 연합하거나 전쟁을 벌이는 부족집단에 불과했다. 그러나 비잔티움과 페르시아제국 사이에 낀 이 아랍부족들은 그 "긴 사이의 긴장"이 고도로 높아지면서 아사비야를 발달시킨다. 이 아사비야의 절정에 이른 산물이 다름 아닌 이슬람 종교다.

강변 마을에 불과했던 초기 로마는 당대의 주도권을 가졌던 에트루리아의 압박에 놓여 있었다. 이탈리아 반도 전체로 보자면 변경지대에 속했다. 그러나 이 변경의 긴장이 로마 내부의 아사비야를 고도로 높여갔다. 이에 기초한 로마는 아사비야의 원칙에 개방성의 원칙까지 결합하여 제국의 기초를 세운다. 기원전 390년 갈리아의 약탈은 로마의 위기였으나, 그 위기를 아사비야와 로마 시민권 확대라는 개방성의 원리에 따라 대응하면서 엄청난 변모를 겪는다.

단련되는 사회, 역사의 주도권, 새로운 아사비야
터친은 로마와 갈리아의 끊임없는 전쟁에서 펼쳐진 변화를 분석한 폴리비우스의 다음과 같은 대목을 인용한다.

로마 사람들은 이 전쟁에서 두 가지 큰 이점을 얻었다. 첫째는 갈리아 사람들에게 큰 손실을 입는 것에 익숙해지자 이제는 더는 무서울 것이 없었다는 것이다. 둘째는 그들이 그리스의 피로스를 대적해야 했을 때는 오랫동안 단련된 노련한 운동선수처럼 싸우게 되었다는 것이다.

카이사르의 갈리아 정복은 이 로마의 결속력인 아사비야를 현실에서 입증한 사건이다. 어떤 사회든 역사의 변화에 영향을 받게 마련이며, 한번 만들어진 아사비야가 영원히 갈 수 있는 경우란 없다. 역사의 산물이라는 점에서, 아사비야는 현실이 달라지면 그 강도도 변하게 마련이다. 그러면서 제국은 쇠퇴하고 역사의 세기적 순환과정에 발동을 걸게 되는 것이다.

강한 제국은 안정과 내부 평화를 가져오지만 그 안에 혼란을 낳을 씨앗을 가지고 있다는 것을 보았다. 안정과 내부 평화는 번영을 가져오고 번영은 인구증가를 낳는다. 인구증가는 인구과잉을 낳고 인구과잉은 임금 하락과 지대상승, 평민들의 1인당 소득의 감소를 가져온다. 처음에는 낮은 임금과 높은 지대가 상류층에 유례없는 부를 가져다주지만 그들의 수가 증가하고 탐욕이 늘면 그들도 소득 감소를 겪기 시작한다. 생활수준의 하락은 불만과 갈등을 불러일으킨다. 엘리트층은 국가에 의지해 고용과 추가수입을 얻으려고 해 국가의 지출을 끌어올리지만 사람들이 전반적으로 빈곤해져 세수는 줄어든다. 국가의 재정이 붕괴되면 국가가 군대와 경찰을 통제할 수 없다. 그러면 모든 제약에서 풀려난 엘리트층의 갈등이 고조되어 내전이 일어나고, 가난한 사람들의 불만은 폭발해 민중반란이 일어난다.

한 사회의 아사비야 붕괴다. 그러나 이것은 다른 결속감의 등장이기도 하다. 기존 질서의 파산은 다른 힘의 등장을 가져온다. 이런 역사의 과정을 돌아보면서, 우리는 새로운 공동체의 창출을 어떻게 이루어내야 할 것인가를 묻게 된다.

터친은 유럽이 두 번의 거대한 전쟁 이후 더는 전쟁을 통하지 않고 연합하는 아사비야 창출을 주목하면서, 동시에 미국의 내부적 힘이 쇠퇴하고 있음을 염려한다. 미국은 가치의 아사비야가 사라지면서 힘에 의존하는 습성만 강화되고 있다는 것이다. 그러나 이는 다른 변경의 저항과 미국의 힘을 대치할 질서를 가져오는 과정이 될 뿐이다.

결국 새로운 가치를 중심으로 하는 결속이 중요해진다. 그래서인지 터친은 키보드와 스마트폰이 만들어낼 새로운 문명의 힘에 기대를 건다. 그렇게 이루어지는 내용이 무엇인가가 당연히 핵심일 것이다. 지구적 공동체를 지향하는 생각들을 서로 나누고 그것이 하나의 흐름을 조성해가면, 과거의 제국을 뛰어넘는 지구적 아사비야가 되지 않겠는가 하는 희망이다.

물론 이것은 패권체제의 엄연한 현실과 민족국가 단위의 갈등, 대립이 있는 조건에서는 비현실적인 발상이라는 비판을 받을 만하다. 그러나 과거의 제국과 그 변경에 있던 나라와 민족과 주민들은 이제 그 변경의 '끼인 긴장'에서 나와 자신의 발언을 하고 있다. 고통받고 힘들었던 만큼의 저력으로 새로운 지구적 질서를 요구하고 있다.

라틴아메리카가 그 선두에 서 있고, 중동은 격렬한 열기를 뿜으며 그 와중에 있다. 아프리카도 이 대열에 오래 전 합류했다. 동아시아는 지난 100년의 역사 속에 담긴 고통과 절망, 새로운 미래에 대한 갈망으로 엄청난 동력을 만들어내고 있다. 그러나 서구와 일본제국이 동아시아 역사에 가한 상처와 질곡은 여전히 깊다. 그러니 아시아적 차원의 아사비야가 이루어질 가능성에 대해서는 가늠하기 어렵다. 더군다나 우리는 분단의 현실 속에서 4대 강국에 둘러싸인 형편이다.

중국과 일본, 미국과 러시아, 이 4대 제국의 변경에 처해왔던 우리 역사는 어떤 가치를 내걸고 '동아시아의 아사비야'를 만들어낼 수 있을까? 생명과 평화, 민주주의와 인권, 공정하고 평등한 사회, 무엇보다도 '함께 살아가는 세상'에 대한 인류적 의지 아닐까? 빈부격차가 해소되고 고령화 사회로 진입해 들어가는 시대에 이곳에 살고 있는 사람들이 모두 행복한 삶을 누릴 수 있는 아시아적 모델을 함께 만들어가는 일 말이다.

지난 역사가 변경의 아사비야에 의해 반복적인 제국화를 겪었다면, 이제 우리는 그 제국을 소멸시키면서 지구적 공동체를 만들어갈 새로운 유형의 인류적 결속력을 창출해내야 한다. 패권을 위한 아사비야는 과거의 유물이자 인류의 미래를 가로막는 폭력일 뿐이다. 변경의 역사적 동력은 이제 새로운 지구적 인류 공동체를 위해 쓰여야 한다. 그것은 윤리이며 가치이자 현실의 삶으로 작동되는 내용으로 채워져야 한다. 그래야 우리는 문명의 미래를 내다볼 수 있지 않겠는가? 『제국의 탄생』을 덮으면서 우리 자신에게 던지는 질문이다.

인간다운 인간의 진정한 탄생, 인류 전체를 위하는 문명의 새로운 출발을 위한 고뇌가 내일의 희망을 만들어내는 저력이다. 그런 목표와 깃발 아래 집결하는 힘이 커지면 그것이 곧 인류 전체의 행복한 아사비야로 우리의 내일을 변모시켜나가지 않겠는가? 미래 문명에

패권을 위한 아사비야는
과거의 유물이자
인류 미래를 가로막는 폭력이다.
이제 변경의 역사적 동력은
새로운 지구적 인류 공동체를
위해 쓰여야 한다.

대한 원대한 의식과 꿈, 미래에 대한 비전과 열정, 그리고 무엇보다도 인간에 대한 사랑과 모두의 평화를 갈구하는 마음이 이런 과제를 기쁘게 감당할 수 있도록 하는 능력이다. 지난 시기 인간이 겪어냈던 그 모든 고통과 고난 그리고 절박함이 더는 되풀이되지 않고, 새로운 희망의 지구촌을 만들어내는 마르지 않는 지혜와 힘의 원천이 될 수 있기를 바라는 마음 그득하다.

우주와 인간의 만남

고난의 가치와 '엘랑'

역경을 극복하는 창조의 힘

인간은 어떻게 문명을 일구어온 것일까? 그 역사의 밑바닥에는 어떤 힘이 작동한 것일까? 이제 어떤 길로 들어서고자 할까?

인간의 역사를 주도하는 주체들에게 가장 중요한 것은 고난의 경험이었다.

토인비가 『역사의 연구』*에서 한 말이다. 그는 '역경의 미덕'(The Virtues of Adversity)이라는 역설적 개념을 세웠다. 역경은 고되지만, 무의미하거나 악덕이 아닐 수 있다는 것이다. 그는 지리적 환경이나 자연조건 자체가 문명의 발생을 주도하는 요인이라고 보지 않았다. 고대 문명의 발상지 하면 떠오르는 대하(大河) 유역은 단지 조건일 뿐이지 그 자체가 문명 창조의 근본 동인(動因)이라고 할 수 없다.

• Arnold J. Toynbee, *A Study of History*, Del Publishing Co., New York, 1969.

좋은 환경이 주어지면 상황 타개의 부담은 가볍겠지만, 그렇다고 어려운 난관이 조성된다고 해서 길이 막히는 것은 아니다. 고난과 역경은 도리어 돌파구를 만드는 기회가 되기도 한다.

토인비에게 고난보다 더 중요한 것은, 난관에 직면했을 때 이것을 해결하면서 새로운 미래를 창조할 수 있는 역동적인 힘이 있는가의 여부다. 일단 해법을 마련했다고 해서 그것이 지속되는 것 또한 아니다. 잘 해결되었다고 여겼다가 예상치 못했던 문제가 도전으로 닥쳐오기도 하고, 애초의 해법이 시간이 지나면서 기득권이 되어 제도적인 정체현상을 가져와 새로운 변화를 가로막는 걸림돌이 되는 경우도 허다하기 때문이다.

이런 경우 처음으로 응전에 성공한 세력들은 소수의 지배자로 전락한다. 토인비가 마르크스의 개념과는 다른 의미에서 '프롤레타리아'라고 부른, 변방에 있던 세력들이 주도권을 장악하게 된다. 그렇기에 문명의 쇠락을 막기 위해서는, 성공이 오히려 실패의 원인이되는 역설을 극복하기 위한 노력이 계속해서 요구된다. 그만큼 인간의 삶과 역사는 복잡다단하다.

이 과정에서 토인비는 생명철학자 앙리 베르그송(Henri-Louis Bergson)이 사용한 '생명의 기력' 또는 '에너지'라고 번역할 수 있는 '엘랑 비탈'(élan vital)에서 '엘랑'(élan)을 따와 이것을 문명 변화의 기본 동력으로 파악한다. 이것의 유무가 바로 문명의 성장과 쇠락을 판가름하는 기준이라는 것이다. 그것이 바로 '창조의 힘'이기 때문이다. 그는 인간에게서 이 힘이 결정적으로 터져 나오기 위해서는 패배와 고난의 체험이 필요하며, 그 역경의 의미를 문명창조의 에너지로 바꾸어내는 과도기의 긴 시간이 요구되기도 한다고 보았다.

사실 이 '엘랑'은 인간의 문명사에서만 발견되는 원칙이라기보다는, 우주 자체의 힘이 가진 속성이라고 할 수 있다. 토인비는 새로운 문명의 주체가 주도권을 쥐게 되는 것을 우주적 상황과 계절의 변화를 내세워 은유적으로 표현하기도 했다.

새로운 창조의 주체는 우주의 생명을 겨울의 고난을 거쳐 가을의 정체를 벗어나 봄의 태동을 향해 이끌고 간다.[*]

1980년에 출간된 『코스모스』[**]에서 칼 세이건(Carl Sagan)이 강조했던 것도 다름 아닌 이런 우주적 발상과 인간의 삶이 가진 관계였다.

가장 기초적인 인간의 사건과 가장 사소하게 보이는 일들도 모두 결국 우주에 그 기원을 두고 있다.

우주에 속한 인간

흔히 '빅뱅'이라고 알려진 초신성의 폭발과 우주의 급격한 팽창, 그 과정에서 일어난 엄청난 소용돌이, 빅뱅의 열이 식어가면서 이루어진 거대한 우주적 질서의 생성과 변화, 미생물의 세계에 이르는

• 같은 책.

•• Carl Sagan, *COSMOS*, Ballantine Books Trade Paperbacks, New York, 2013(1980); 칼 세이건, 홍승수 옮김, 『코스모스』, 사이언스북스, 2004.

생명의 길고 긴 역사는 건축 같은 유적으로 남겨지거나 문자로 기록된 인간의 문명사만으로는 파악될 수 없는 대목이다. 이 엄청나게 장구한 자연사의 맥락을 이해하면서 웅대한 우주 질서 내부에서 인간이 차지하는 위치와 그 안에 담긴 생명 에너지, 그 복잡한 흐름의 역사를 읽어내는 것은 기존 역사체계나 문명사의 관점으로는 가능하지 않다.

이것은 토인비가 역사방법론으로 채택했던 유기적 사유가 도달하는 지점이다. 그는 본격적으로 우주적 관점을 가지고 역사를 해석하려 했던 것은 아니지만, 그 어떤 것도 하나로만 존재하지 않고 서로 얽혀서 전체를 이루고 있으며, 그 하나의 개별자가 비로소 전체의 구조 안에서 파악된다는 입장을 일관되게 강조했다. 가령 영국이나 중국의 역사는 그 나라의 개별역사만이 아니라, 그 나라가 존재하고 있는 전체적인 세계사의 맥락과 연결되어 그 관계가 만들어내는 속성에 따라 그 역사의 윤곽과 특징이 만들어졌다는 것이다.

자연과학자인 프리초프 카프라(Fritjof Capra)는 이와 같은 유기적이고 총제적인 사유는 곧 우리 자신이 우주 전체와 연결되어 있다는 경험과 각성이라고 말하면서 다음과 같이 설명하고 있다.

일체의 속성은 그 사물이 맺고 있는 제반 관계성으로부터 파생되어 나옵니다. 전체의 기능을 바탕으로 해서만 부분의 속성을 이해한다는 말은 그런 뜻입니다. 관계성이라는 것은, 서로를 움직이는 역동적인 관계에서 비롯하는 것이니까요. 따라서 부분을 이해하는 유일한 길은 그 부분이 전체와 맺고 있는 관계성을 이해하는 것입

니다. 모든 생물체는 지구상의 다른 모든 것과 모종의 관계를 맺고
있으며, 개별 생물체는 그러한 관계성을 통해서만 존재의 성격이
규명된다는 관점입니다.[*]

이것은 생명체계 전체를 파악하는 방식으로, 카프라는 그의 책
『생명의 그물망』[**]에서 거대규모의 우주와 미생물 수준의 세계가 함
께 진화하는 양상을 통해 잘 정리해주고 있다. 부분부분을 잘게 쪼
개 자세히 관찰하고 분석하면 사물과 생명에 대한 과학적 인식을 얻
는다고 본 근대과학의 접근법이 깨져나간 것이다.

부다페스트 클럽의 창시자이며 뛰어난 피아니스트이자 우주적 각
성에 대한 통찰로 이름 높은 에르빈 라슬로(Ervin Laszlo) 역시『세계
에 대한 체계 인식』[***]에서, 인간 정신의 진화는 우주의 자기 생성 능
력과 총체적으로 연결되어 있음을 강조했다. 복잡계(Complexity)에
대한 개념을 내놓고 사물과 생명체계 전체에 대한 이해를 강조한 산
타페 연구소(Santa Fe Institute)의 기여 또한 이러한 인식에 중요한
영향을 미쳤다.

이 연구소의 주도적 인물 가운데 하나이자 노벨 물리학상을 받은
머레이 겔 만(Murray Gell-Mann)은 "전체란 부분의 종합 이상"이

---

[*] 프리초프 카프라·D. 슈타인들 라스트·토마스 매터스, 김재희 옮김, 『신과학과 영성의 시대』, 범양사, 1997. 원제는 *Belonging to the Universe*. 우리가 우주에 속해 있다는 각성이 우리에게 감사라는 영성을 일깨운다는 대주제가 녹아 있는 책이다.

[**] Fritjof Capra, *The Web of Life*, Anchor Books, New York, 1997;『생명의 그물: 생물 시스템에 대한 새로운 과학적 이해』, 프리초프 카프라, 김용정·김동광 옮김, 범양사, 1998.

[***] Ervin Laszlo, *The Systems View of the World: A Holistic Vision for Our Time*, Hampton Pr, 1996.

라고 강조하면서 인식의 지평을 모든 것이 연결된 그물망의 총합체인 우주의 진화에까지 넓혀나간다. 산타페 연구소는 경제학자에서부터 물리학자, 생명공학자에 이르는 학자들이 집합해서 세계를 설명하는 노력을 기울인 융합학문의 모델이다.[*] 이러한 학문적 기류와 궤를 같이하며 사고했던 카프라는 우주의 생성과 함께 자신의 의지를 가지고 움직일 수 있는 생명체의 등장은 새로운 역사의 출발점이라고 말하고 있다. 생명이 자신을 스스로 만들어내는 과정인 것이다. 이것은 대단히 중요한 관찰이자 오늘날 우리가 망각하고 있는 지점에 대한 일깨움이기도 하다.

인간의 인식능력도 생물학자 움베르토 마투라나(Humberto Maturana)와 인지과학자 프란치스코 바렐라(Frnacisco Varela)가 말했듯이 이러한 생물학적 토대를 지니고 있다.[**] 결국 이것이 우주적 생명과 어떤 관계를 갖는가가 매우 중요해진다. 생태신학자이자 문화사가인 토마스 베리 신부의 성찰과 설명은 더욱 감동적으로 다가온다.

은하수 은하는 100억 년 동안 그 자신의 요동치는 파동으로 별들을 활성화시켜 왔다. 그래서 우리가 은하수를 응시하는 것은 우리 자신을 탄생시킨 모체(matrix)를 바라보는 것이다. 시간과 공간의 구

[*] Mitchell Waldrop, *Complexity: Emerging Science at the Edge of Order and Chaos*, Simon & Schuster, 1992.

[**] Humberto R. Maturana · Francisco J. Varela, *The Tree of Knowledge: The Biological Roots of Human Understanding*, Shambhala, London, 1998.

조 안에 있는 새로운 파문(波紋)으로서 우리 인간은 우리를 존재로 불러온 이 태초의 근원적 파문을 숙고한다. 우주의 떨림과 진동은 은하들과 별, 그리고 그들의 구성 원소들을 조립해서 생명체로 만드는 능력을 이끌어내는 음악이다. ……우리 인간의 책임은 깊이 있게 우주의 음악을 듣는 능력을 발전시키는 일이다. 우주의 모험은 우리의 듣는 능력에 달려 있다.[*]

이렇게 보자면 인간의 창조 에너지, 생명의 기력 또는 의지란 이러한 우주적 율동과 하나가 된 근원적 능력이라고 할 수 있다. 이 힘이 있는 존재와 그 존재가 이끄는 문명은 어떤 고난과 역경 앞에서도 새로운 역량을 발동시킬 수 있으나, 그렇지 못한 존재들은 파괴되거나 소멸되고 말 것이다. 그것은 변화에 적응하는 것에서 그치는 것이 아니라 변화를 이끌어내고, 문명의 융합을 통해 새로운 에너지를 뿜어내는 길을 발견하는 것과 같다. 이전에는 존재하지 않았던 물질, 생명, 체계의 등장 또는 출현의 문제가 이로써 규명되어나간다.

세계적인 생명과학자 린 마굴리스(Lynn Margulis)가 밝혀낸 것처럼,[**] 미생물의 차원에 내려가도 우리는 생명체가 자신을 유지하고 살아남기 위해 환경에 적응하는 것만이 아니라 서로 다른 독립적인 개체생명체가 하나로 융합되어 새로운 종으로 스스로를 창조해내는

---

[*] 토마스 베리·브라이언 스웜, 맹영선 옮김, 『우주 이야기』, 대화문화아카데미, 2010: Thomas Berry·Brian Swimme, *Universe story: from the primordial flaring forth to the ecozoic era – a celebration of the unfolding of the cosmos*, San Francisco: HarperSanFrancisco, 1992.

[**] Lynn Margulis and Dorion Sagan, *What is Life?*, Berkeley: University of California Press, 1995.

상황(symbiogensis)을 보게 된다. 이것은 일종의 공존방식의 창출로, 생물의 진화가 '경쟁'으로만 이해되고 있는 상황에서 '협력'의 현실이 이루어내는 창조적 생명진화의 비밀이기도 하다. 마굴리스는 이를 다양한 개체가 하나의 진화된 종합적 개체로 생존방식을 선택한, 합금과 같은 일종의 '아말감'이라고 불렀다. 문명의 역사는 이 아말감의 변형과 진화, 파괴와 창조의 복잡성을 보여주는 현장이라고 할 수 있다.

거대사의 등장

문명의 역사를 우주적 차원에서 성찰하고 생명진화의 관점에서 새롭게 접근한 역사학의 분야가 '거대사'(Big History)다. 이 역사적 관점은 인간의 우주적 기원에 대한 성찰을 돕는다. 『시간의 지도』*라는 저작을 통해 거대사의 일반구조를 체계화한 데이비드 크리스천(David Christian)은 본래 러시아, 중앙아시아, 몽골 지역 연구자다.** 연구의 특성상 그는 독자적으로 등장한 각 문명의 체계가 어떻게 서로 그물망처럼 얽혀 융합적인 문명으로 진화해나가는지가 관심사였다. 이러한 연구는 『서구의 등장』을 통해서 인류공동체의 문명사적 기반을 체계화해나간 맥닐***의 연구에 힘입은 바 크다. 맥닐은 토인비의 제자로, 한 민족국가의 역사는 세계사 전체의 유기적 맥락을

---

* David Christian, *Maps of Time*, University of California, 2005; 데이비드 크리스천, 이근영 옮김, 『시간의 지도: 빅 히스토리』, 심산, 2013.

** David Christian, *A History of Russia, Central Asia and Mongolia*, Blackwell Publishing, 1998.

*** William H. McNeill, *The Rise of the West*, University of Chicago Press, 1963.

통해 이해할 때 비로소 그 진상이 드러난다는 스승의 연구방식을 계승하여 인류사적 관점을 확립해나간 역사학자다.

맥닐의 연구방식은 인류 공동체를 그 단위로 삼는 거대규모라는 특징과 함께, 연구대상의 문명사적 기간이 짧게는 100년, 길게는 5,000년에서 6,000년 또는 만년 단위가 된다는 점에서 이전의 연구들과는 흐름을 달리하고 있다. 그에 더하여 개별 민족사를 넘어서는 인류문명사라는 점에서 그렇고, 시간의 단위에서도 훗날 브로델이 강조한 '장기'(longue dure)의 관점*을 이미 예견케하는 역사학의 접근이다.

크리스천의 『거대사』는 이 같은 시간개념을 훌쩍 뛰어넘는 대담성을 보인다. 인류 등장 이후의 역사만이 아니라, 우주의 생성사까지 포함하는 무려 140억 년의 시간을 담아낸 것이다. 그는 이를 '현대의 창세기'(modern creation myth)**라는 관점에서, 자연과 인간의 보편사를 총망라해서 체계화하겠다는 웅대한 프로젝트를 제시한다.

거대사의 핵심 주제는 변화의 법칙에 대한 것이다. 그것은 우주와 미생물 그 모든 차원에 걸친 근본적 유사성을 발견하는 일이기도 하다. 물론 인간의 역사는 자연 또는 우주의 역사와는 다르지만, 그렇다고 완전히 다른 것도 아니다. ……인간의 역사란 우주의 역사에 속한 일부이며 우주의 역사가 만들어낸 물질과 에너지로 움직이

---

* Fernand Braudel, *Civilization & Capitalism, 15th–18th Century*, I, II, III University of California Press, 1992.

** David Christian, *A History of Russia, Central Asia and Mongolia*.

고 있지 않은가.

크리스천은 이러한 논리 위에, 천문학의 연구 성과를 비롯해서 생물학, 화학, 물리학 등 자연과학 전반과 기존의 역사학의 체계를 결합시켜 우주 전체의 진화과정과 이 와중에 펼쳐진 인류의 삶까지 포괄하는 '거대사'를 체계화했다. 이는 선사시대를 하나의 통과의례처럼 넘어가는 역사학의 관행과는 전혀 다른 방식이다. 사실 선사시대라는 개념은 그 시기에 역사가 존재하지 않았던 것 같은 착각을 준다. 기록된 역사의 흔적이 없다는 것이지 그 안에서도 인간의 삶과 자연의 변화는 지속되었는데, 그것을 도외시하고 이후의 시대를 이해하는 것은 기초 없이 세우는 건물에 사는 것과 다름 없다.

크리스천은 우주의 최초 탄생 사건으로 추측되는 빅뱅(Big Bang)에서 시작해서 태양과 기타 행성의 출현, 지구의 탄생과 인류의 등장, 문명의 형성사를 큰 흐름으로 정리해나간다. 맥닐도 이러한 역사접근의 변화를 옹호하면서, 그간의 역사연구는 문자로 기록되지 않은 선사시대의 역사와, 인간이 살아가는 자연조건이 만들어져온 역사에도 관심을 제대로 기울이지 않았다고 비판했다.[*] 이러한 그의 논지는 인간이 지금까지 생존하면서 문명을 일구어온 기본토대에 대한 지식이 대단히 부족하다는 일깨움이자, 자연의 보편사와 결합되지 않은 인류사의 이해는 우리의 미래에 대한 전망을 바로 세우기 어렵다는 인식을 보인 것이다.

---

[*] David Christian, 같은 책, "Foreword." p. xvi.

그 시작은 미미했으나

이 거대사의 인식을 구성하는 핵심요소는 무엇일까? 거대사의 이론을 체계화한 프레드 스피어(Fred Spier)*에 따르면 다음과 같은 것들을 발견할 수 있다.

(1) 최초의 시작은 아주 작고 단순한 것이었다: 빅뱅으로 가설화된 우주의 탄생 이전의 현실은 점처럼 아주 작은 규모이면서도 대단히 무겁고 엄청난 에너지를 담은 물질 또는 존재를 전제한다. 이것은 이후 '복잡계'(complexity)가 증가하는 방향으로 우주의 진화, 생물체의 진화가 이루어지는 것을 뜻한다. 상황의 변화에 대처하는 복잡계의 구조와 기능을 만들어내는 데 실패한 존재는 더 이상 살아남지 못하게 된다.

이것은 인류문명의 탄생과 해체에도 적용되는 개념이 된다. 또한 이러한 인식은 인간의 삶에서 이루어내는 아주 작은 선택과 결정도, 큰 맥락과 연결되는 순간부터 그 비중과 의미가 전혀 달라질 수 있음을 일깨운다. 곧, 그 어떤 복잡한 현상과 현실도 사실은 아주 작은 실마리에서 비롯된다.

(2) 빅뱅 이후에 생성된 물체는 각기 매우 자유롭게 운동하면서, 서로에게 영향을 미쳐서 새로운 물체나 질서로 변형되어간다: 이는 모두가 모두에게 영향을 주고받는 상황으로, 무질서해보이지만 그

* Fred Spier, *Big History and the Future of Humanity*, Wiley-Blackwell, 2011.

과정에서 가령 행성의 궤도, 형태 그리고 물체 간의 관계와 구조, 질서 같은 것들이 생성되어간다. 이는 이후 인간을 비롯한 일체의 생명체가 살아가는 기본조건을 형성하는 엄청나게 길고 긴 시간의 과정을 담고 있다. 이렇게 보자면, 그 어느 것도 독자적으로 존재할 수 없으며 서로 의지하고 영향을 주고받으면서 새로운 현실을 이루어 나간다.

예를 들면, 140억 년이라는 시간에 걸쳐 형성되고 지속되어온 우주의 질서가 우리에게 낮과 밤을 만들고 계절을 가져다주며, 생화학적 구조를 생성함으로써 생태계의 기초를 형성한다. 짧게는 수십만 년, 길게는 십억 년 이상 전개되는 운동은 그 시기의 관점에서 보면 무의미해보이나, 이후 펼쳐지는 생명의 기본조건이라는 각도에서 주목하면, 모두가 매우 필요한 과정과 작업이었음을 알게 된다. 그러나 이는 조건이기도 하고 제약이기도 할 수 있다는 점을 주목해야 한다.

(3) 우주와 생명체의 진화에는 '임계국면'(Threshold Phase)이 있다: 이는 다소 어려울 수 있는 개념인데 쉽게 말하자면, 시간이 지나면서 변화 단계가 급격하게 달라지는 국면이 생겨난다는 것이다. 빅뱅, 우주의 형성, 태양과 지구의 탄생, 대륙과 바다의 관계 형성, 물체와 물체 간 관계를 만들어가는 화학구조의 등장, 생명체의 출현 등 각 시기마다 새로운 내용을 가진 운동의 집중이 일어나는 단계가 발생했다. 이는 전 단계의 운동이 있지 않으면 다음 단계의 운동이 가능하지 않는다는 것을 말해준다.

문명사의 각도에서 보자면, 지중해를 석권하는 로마의 성장이 없이는 헬레니즘이 세계를 장악하는 이후의 세계사는 가능하지 않고, 한제국의 팽창과 중앙아시아 제국의 융합이 없고서는 실크로드로 연결되는 문명사를 생각할 수 없다. 이 과정에 소요되는 시간은 생각보다 대단히 길다. 그리고 그 과정은 당시의 관점에서만 보면 마치 아무것도 일어나지 않은 것처럼 보일 수 있다. 변화가 없는 매우 오랜 평형상태로 여겨지나, 사실 그 안에서는 여러 가지 변화가 서로 얽혀가는 과정이 진행되고 있는 것이다.

　(4) 복잡계의 진화는 그물망(Web) 형성으로 팽창해나간다: 태양과 지구의 그물망은 우주의 궤도 가운데 하나이며, 동물과 식물의 관계 역시 그러한 그물망의 관련을 통해 복잡계의 생성과 진화를 만들어나간다. 문명사 역시 이러한 그물망을 통해 문명의 교류와 융합이 가능해지며, 그것이 바로 인류공동체의 기초이자 현장이 된다. 모든 생명체의 생존은 바로 이 그물망의 구조와 관계, 운동력이 제대로 되어 있을 때 기대할 수 있으며 이것이 교란당하거나 파괴되면 쇠퇴하고 소멸한다.

　이 그물망은 물질, 생명, 에너지가 서로 조화를 이루면서 살아갈 수 있는 '최적의 원칙'(Goldlocks Principle)을 지향하게 되어 있다. 이는 오늘날 세계화가 전면화된 현실에서 개인의 삶은 지구 전체의 상황과 직결되어 있다는 점을 그대로 떠올리게 하며, 최적의 원칙을 만들어내기 위한 곳곳의 투쟁 상황을 이해하도록 만들어준다. 자본과 권력이 지배하는 그물망에서는 인간과 자연의 생명이 희생된다는 점에서 이에 대한 반발과 저항은 필연적이다.

(5) 우연과 필연, 의지의 문제: 우주 또는 자연계의 최초의 운동은 우연적이지만 일단 궤도나 질서, 구조가 만들어지면 그것은 필연이 된다. 각 물체와 생명체가 자신의 환경과 속성에 따라 각기 따르게 되는 운동의 법칙이 존재하기 때문이다. 그런데 오로지 인간문명은 의지가 의식과 결합되어 우연과 필연을 초월하는 운동력을 갖게 된다. 그 운동력이 무제한적인 것은 아니나 제한을 일정하게 넘어설 수 있는 힘이 있다는 것은 분명하다. 이것은 미래를 내다보고 그에 대해 대비할 수 있는 능력이 오로지 인간에게만 있다는 점에서, 이 의지가 어떻게 문명의 발전과 결합되는가는 매우 중대한 과제가 된다.

그런데 지금까지 거론된 거대사는 이러한 의지와 의식의 문제를 중요한 주제로 삼지 않는다는 한계가 있다. 이러한 발상은 도리어 선사시대와 그 이후의 역사에 깊이 주목했던 고든 차일드[*]가 더욱 강력하게 주장했다는 점에서 거대사가 앞으로 보완해나가야 할 대목이라고 여겨진다. 이것은 산타페 연구소가 강조했던 "자기 조직화 (self-organization) 능력의 문제"라고 할 수 있는데, 인간의 뇌가 다양한 정보와 자극에 대해 자신의 내부에서 이를 종합하고 진용을 정리해나가는 능력을 발전시켜온 것도 이러한 의지의 작용이라고 할 수 있다.

---

[*] V. Gordon Childe, *Man Makes Himself*, London: Watts, 1936;『신석기 혁명과 도시혁명』.

생의 철학자 쇼펜하우어가 강조했던 의지의 문제*는 이러한 점에서 우주적 차원의 문명사를 파악하는 거대사에서 향후 관건적 요소라고 할 수 있을 것이다. 물론 생존을 향한 의지가 현실에서 고통을 낳고 그로써 불행의식의 출발점이라고 인식했다는 점에서 그의 생각을 그대로 거대사의 뼈대에 적용하기는 어렵겠지만, 인간이 구원받기 위해서는 우주적 의지와 결합하는 노력이 필요함을 강조했다는 점은 인류 문명사와 생명의지의 관계를 내다본 탁견이다.

생명의지의 윤리성과 고난

이제 우리는 이 생명의지가 인간의 삶에서 어떤 방향과 윤리적 목표를 가지고 있는지 물어야 한다. 그것은 현실에서 정치와 경제, 문화와 교육, 사회구성의 형태로 나타나기 때문이다. 인간 내면의 우주적 광활함과 생명력에 반하는 모든 것은 인간을 불행하게 한다. 이는 우주적 생명이 인간에게 마련해주는 삶을 행복하게 획득해나가는 길을 여는 역사관의 성립과 직결된다. 현대사회로 들어서면, 이는 자본의 전제적 통치를 거부하고 강대국의 지배체제를 받아들이지 않으며, 인간의 자유를 억압하는 국가를 반대하고 철저하게 민주주의를 실현할 수 있는 인류공동체의 실현이라는 목표를 향한 여정이 된다.

이러한 발상과 희망, 의지는 그 최초의 형태와 힘은 아주 미미하고 작은 규모의 입자에 불과할 것이나, 그 안에 담긴 물질과 에너지는 결코 가볍거나 작지 않다. 우주적 규모의 발상과 인류적 차원의

• 아르투르 쇼펜하우어, 권기철 옮김, 『의지와 표상으로서의 세계』, 동서문화사, 2008.

사고이며 보편적 윤리의 원칙을 가지고 있기 때문이다. 우주생성의 원리를 이에 적용시켜보면, 이러한 생각과 의지가 일단 폭발해서 빅뱅의 도약이 이루어지기 시작하면 그 운동이 멈추지 않는 한 일체의 생명체와 인간이 행복하게 살아갈 수 있는 문명의 생태계를 만들어가는 토대가 될 수 있다.

이것은 전환 단계마다 요구되는 '의식혁명' 차원의 사건이다. 사유의 틀(paradigm)을 바꾸고, 영성 깊은 의식의 힘을 발휘하게 하는 시대를 열어야 하는 것이다. 빅뱅 이전, 애초의 그 무한히 작은 미립자 같은 의식과 의지는 구체적인 물질과 에너지를 만드는 원형이면서, 현실의 내용과 방향을 결정하는 출발점이기도 했다. 생각의 힘이 우주적 변화의 씨앗이기도 하고 그 산물이기도 한 것이다. 인간의 의식은 우주적 영성과 교합하면서 깨달음과 실천력, 그리고 미래의 지평을 제공받는다.

결국 고통의 문제로 다시 돌아가게 된다. 행복하게 살아가는 길을 열어야 하기 때문이다. 이는 인류의 역사를 돌아보면 그대로 알 수 있다. 우주적 생명체계의 발생과 진화, 그리고 지속의 과정에서 인간은 생에 대한 의지가 가로막히는 고난에 끊임없이 처하며, 이를 돌파하기 위한 문명사적 노력을 치열하게 기울여왔다. 그와 동시에 무수한 전쟁과 파괴를 저질러왔으며, 이제는 지구 전체를 멸절시킬 수 있는 무기까지 보유하게 되었다. 인간 자신이 인간에게 가장 위협적인 존재가 되어버린 것이다.

지구 밖 우주에도 인간을 겨냥한 무기고가 도처에 존재하게 되었다. 오랜 시간을 통해 이루어진 생명의 질서와 기운을 순시간에 파멸시키는 위험천만한 가능성이 엄존하는 것이다. 이러한 힘은 오늘날 인간의 문명을 장악한 강대국의 손에 쥐어져 있다. 인간의 삶을 이끌고 가는 에너지의 변화가 절실하다. 생명의지가 새롭게 조명되고, 그것이 인류문명사의 흐름 속에서 인식되어 현실이 되도록 해야 하는 때이다.

이러한 현실은 오랜 전쟁과 파괴의 현실을 겪고 나서 인간다운 삶과 평화에 대한 절절한 갈구가 뿌리를 내려 인류의 고전적 사상을 배태했던 '축의 시대'(The Axial Period)의 철학적 정황과 다르지 않다. 야스퍼스는 그의 『역사의 기원과 목표』*에서 인류적 차원의 각성이 이루어지면서 진정한 인간의 역사가 시작되었다고 말하고 있다. 그러면서 그는 이러한 깨우침이 여전히 현대 인류의 출발점이라고 다음과 같이 강조한다.

축의 시대는 현실에서 실패로 돌아갔다. 그러나 그 이후에도 역사는 지속되어왔다. 오늘날 우리의 역사의식은 축의 시대가 형성한 의식에 의해 결정되고 있다. 그 생각들을 받아들이는가 아닌가는 중요치 않다. 축의 시대가 낳은 각성과 생각은 인류 보편의 현실이 지향할 바를 일깨우고 있기 때문이다.

새로운 주체의 등장

이미 힘을 쥐고 누리는 기득권의 문명은 축의 시대가 요구하는 것

* Karl Jaspers, *The Origin and Goal of History*, Yale University Press, New Haven, 1953.

을 받아들이기가 어렵다. 전쟁이 아닌 평화, 죽음이 아닌 생명, 보복이 아닌 사랑, 그리고 착취가 아닌 우애와 협력을 지향하는 생의 에너지를 창출하려는 것은 토인비가 말했던 '변방의 프롤레타리아들'이다. 고통의 현실에서 무엇을 추구해야 하는지를 깨달은 이들이기 때문이다.

인류 보편의 문명사가 일깨우는 역사적 진리의 하나는, 기존의 문명체계가 생명력과 동력을 상실해갈 때 변방에서 새로운 힘이 등장한다는 점이다. 그것은 거대한 문명의 체계가 서로 충돌하면서 인간의 삶을 파괴하는 비극을 깊이 응시하고 새로운 미래의 문명을 꿈꾸는 자와 세력 가운데서 문명의 창조적 전위가 나타나게 된다는 사실을 주목한 결과다. 이 전위의 목소리와 주장은 처음에는 미미한 것 같으나 시간이 지나면서 점차 그 윤곽이 뚜렷해지고, 세력이 확장되면서 문명의 새로운 중심을 만드는 주역이 된다. 이것이 다름 아닌 '변방의 전위성'이다.

혼란을 겪는 현실에서 이전과는 전혀 다른 새로운 질서를 만들어가는 것은 자연의 질서에서도 확인된다. 1977년 열역학과 비평형계에 대한 연구로 노벨 화학상을 수상한 일리야 프리고진(Ilya Prigogine)은 평형상태의 중심에서 멀리 떨어진 곳이 변화의 현장임을 다음과 같이 말해주고 있다.[*]

• 일리야 프리고진·이사벨 스텐저스, 신국조 옮김, 『혼돈으로부터의 질서』, 자유아카데미, 2011; Ilya Prigogine·Isabelle Stengers, *Order out of chaos: man's new dialogue with nature*, Flamingo, 1984.

평형에서 멀리 떨어진 상태에서는 새로운 형태의 구조가 자발적으로 형성될 수 있다는 것을 알게 되었다. 평형에서 멀리 떨어진 조건 하에서는 무질서와 열적인 혼돈으로부터 질서로 변환된다는 것이다.

평형을 유지하는 중심에서 벗어난 변경 또는 변방에서 일어나는 자생적 조직화의 과정에 대한 관찰과 발견이다. 그 과정은 불안정하고 요동치는 것으로 보일 수 있지만, 사실은 새로운 질서, 새로운 그물망을 짜들어가는 혁명적 작업이다. 윌리엄 맥닐과 환경의 역사를 전공한 그의 아들 J.R. 맥닐은 인류사 전체를 통괄하면서 그물망의 역사를 체계화한다. '인간의 그물망'(Human Web)*이라는 이 시각은 지난 시기 문명사를 총괄하면서, 문명의 그물망이 확장되고 그 연관관계가 더 심화되는 과정을 주목한다.

이러한 관찰에서 깨닫게 되는 문명발전의 원리는 이 그물망을 통해 서로에게 낯선 것들을 배우고 융합시키는 능력이 높을수록 지속적인 문명의 생명력을 갖게 된다는 점이다. 양자도약(quantum leap) 또는 양자전환(guantum shift)과 같은 인류적·혁명적 학습공동체의 출현이 요망되는 대목이다. 과거에 비해 전례없는 세계적 그물망이 일상적으로 발달한 현실에서 이러한 역사적 통찰은 서로에게 개방적이면서도 각자 개성을 유지하는 가운데 교류와 융합의 지혜를 모을 수 있는 그물망의 심화와 확장의 필요성을 더욱 절실하게 일깨운

• J.R. McNeill & William H. McNeill, *The Human Web*, Norton & Company, New York, 2003

다. 문제는 이 그물망 안에서 어떤 의지가 관철되고 있으며 어떤 방향으로 이 안에 담긴 삶이 펼쳐지고 있는가이다.

우리가 고뇌해야 할 바는 인간과 지구생명을 위한 윤리적 가치가 전 지구적으로 공유되는 그물망의 존재다. 그래야 우리는 창조적 질서를 끊임없이 이어가는 우주적 의지와 하나가 된 생명의지를 관철하는 세상을 이루어낼 수 있다. 이로써 우리는 인간과 인간이 서로 차별되지 않는 인류 공동체를 이룰 수 있으며 자연의 생명력을 함께 누리는 미래를 열어나갈 수 있을 것이다.

처음에는 아무것도 아닌 것처럼 여겨졌던 인류사의 미미한 족적은 이렇게 해서 오늘에 이르렀다. 이는 문명사의 복잡계에 이르는 진화의 과정이자, 생명의 질서를 지속적으로 창출하는 역사를 향한 인간의 발걸음이다. 시간의 범위와 다루는 대상의 규모가 아무리 달라져도, 그 안에서 이루어져야 할 인간의 삶의 목표는 과거나 현재, 미래 그 어느 때나 같다. 우리가 살고 있는 이 우주 그리고 지구의 탄생과 현존은 단 한 차례의 위대한 사건이다. 그토록 오랜 시간 속에서 만들어져온 생명의 기력은 우리에게 일상의 피가 되고 살이 되어야 한다.

무엇으로도 대체할 수 없는 단 하나의 지구별을 떠받치는 웅장한 은하계, 그리고 그것과 하나되어 더 큰 무한대의 우주를 이루는 세계에 눈뜬다면, 인간이 얼마나 엄청난 은총을 받고 살아가는 존재인지 깨달을 것이다. 그것은 특정 종교의 메시지를 넘어선 인간 실존의 진실이다.

우주적 영성과 인간의 내면

한 인간의 삶이 온전하게 유지되고 행복해지기 위해 얼마나 많은 우주적 시간의 소요와 문명의 기여가 있어왔던가? 그것은 단지 인간의 삶에 배경으로 작동하는 것이 아니라, 인간의 삶 내부에 지속적으로 스며들어 활동하는 생명력 자체다. 그래서 베리 신부의 다음과 같은 말들은 소중하게 다가온다.

우주는 다종다양한 창조적 사건들이 이음새 없이 깔끔하게 연결되어 서로 긴밀하게 통합된 통일성 있는 하나의 덩어리이다. 우주 태초의 절묘한 팽창은 다음 세대 우주에 생겨날 모든 존재에 생명을 불어넣어준 '피'였다.

이제 인류는 우주가 단순히 존재하고 있는 배경이기만 한 것이 아니라, 우주 그 자체로서 하나의 발전하는 존재들의 공동체임을 발견하게 된 것이다. ……우주는 단순한 하나의 천체로서의 우주(cosmos)라기보다는 발생하고 있는 우주(cosmosgenesis), 발전하고 있는 공동체이며 그 우주 공동체의 발전과정 속에서 우리 인간은 중요한 역할을 맡고 있다는 철저하게 새로운 이해를 가져다주었다.

이러면서 그는 이 모든 것을 탐색하는 정신이 우리 내면에 있다는 것을 주목하라고 요청한다. 미래의 사유는 이렇게 탄생하고 성장할 것이다.

이제 어떻게 해야 하겠는가? 우리의 인식이 포괄하는 지평을 무한대로 넓히고, 그것을 통해 인간의 문제를 다시 구성하고 사고해야 할 것이다. 인간 내면의 깊은 바다에 존재하는 우주를 발견하고 그것을 우리의 생각이 태어나는 지점으로 파악해 들어가야 하는 것이다. 그 우주는 어떻게 발견할 것인가? 자기 나름의 기도와 명상, 성찰을 위한 휴식 시간이 필요할지도 모르겠다. 그런데 가라타니가 소크라테스의 삶과 사상을 해석한 대목을 주목할 만하다.

소크라테스에게는 매번 다이몬(정령)이 나타나 지시를 한 것으로 알려져 있다. 그와 같은 자질의 소유자는 현재도 드물지 않다. 소크라테스가 특이한 것은 다이몬이 명령한 사항이 특이했기 때문이다. 그 가운데서 가장 중요한 것은 그에게 공인(公人)으로 활동하는 것을 금지한 점이다. 간단히 말하면, 그것은 민회에 가지 말라는 것이었다. 민회에 가는 것은 아테네 시민의 의무이자 특권이다. 그런데 다이몬이 이것을 방기하라고 하는 것이었다. ……그런데 다이몬은 민회에 가지 말고 정의를 위해 싸우라고 명령한다.
그래서 소크라테스가 택한 것이 아고라(광장/시장)에 가는 것이었다. 민회가 공적인 장(場)인 데에 반해 광장(아고라)은 사적인 장이다. 하지만 그곳이 그저 사적인 곳만은 아니다. 민회 이상으로 보편적으로 열린 장소이다. 아테네의 민주주의는 오늘날 직접 민주주의로 불리며 종종 대의 민주주의를 넘어서는 것으로 간주된다. 민주주의란 바로 데모스=시민의 지배이다. 그런데 여성, 외국인, 노예는 민회에 참석할 수 없었다. 그리고 '데모스'에 들어가지 않는 사람들이 대거 광장에 있었다. '정의'는 오히려 거기서 발견되어야

인류 보편의 세계사가
일깨우는 역사적 진리의 하나는,
기존 문명체계가 생명력과
동력을 상실해갈 때, 변방에서
새로운 힘이 등장한다는 점이다.
다름 아닌 '변방의 전위성'이다.

한다. 소크라테스가 광장에 나간 것은 그 때문이었다.*

역사에서 배제된 이들의 삶과 만나지 못하는 문명은 반생명적이다. 그것은 생명을 잉태하고 보호하기 위해 진력하는 우주적 질서와 본질적으로 대립한다. 정의는 생명의 철학이다. 지구를 약탈하고, 생태계를 생산과 이윤의 대상으로만 보며, 인간을 희생시키고 착취하는 일체의 행위와 제도, 구조는 인간에게 고통을 운명으로 가져다줄 뿐이다.

긴 역사의 과정에서 허다한 고난을 겪어온 인류는 이제 더는 그런 사슬에 묶여 살아가고 싶지 않을 것이다. 단 한 번 주어진 선물인 우주의 신비를 누리는 인간에게 생명의지가 지향하는 행복은 누구도 훼손할 수 없는 존엄한 권리다. 인간은 그 삶 자체가 곧 하나의 독자적인 우주다. 그 인간과 매순간 친교하는 지구적 생명을 지키는 문명의 그물망을 만들어내는 인류적 연대는 오늘날 모든 사람들의 책임이자 의무다.

이제 우리가 들어서야 할 길은 '전환의 문명'을 이루는 광장이어야 한다. 거기서 우리 모두의 존재는 서로에게 생명의 우애를 나누는 기쁨 그 자체가 될 것이다.

그리하여 별을 담은 눈동자는 아름답고, 태양이 뜨는 언덕을 산책하는 이는 때로 혼자라도 고독하지 않다. 바람이 지나는 숲길은 시인의 거처다. 어둠이 스며든 강에서 추억을 건져내는 이는 행복의

• 가라타니 고진, 조영일 옮김, 『철학의 기원』, 도서출판 b, 2012; 柄谷行人, 『哲学の起源』, 岩波書店, 2012.

순간을 낭비하지 않을 것이며, 사랑으로 눈부신 삶은 언제나 청춘이다. 폭풍이 몰아쳐도 그 영혼은 무너지지 않는다. 우리는 언제나 그렇게 다시 시작할 것이다.

김민웅의 인문정신 1
시대와 지성을 탐험하다

지은이 김민웅
펴낸이 김언호

펴낸곳 (주)도서출판 한길사
등록 1976년 12월 24일 제74호
주소 10881 경기도 파주시 광인사길 37
홈페이지 www.hangilsa.co.kr
전자우편 hangilsa@hangilsa.co.kr
전화 031-955-2000~3 **팩스** 031-955-2005

부사장 박관순 **총괄이사** 김서영 **관리이사** 곽명호
영업이사 이경호 **경영담당이사** 김관영
편집 안민재 백은숙 노유연 이지은 김광연 신종우 원보름
마케팅 윤민영 양아름 **관리** 이중환 문주상 이희문 김선희 원선아
디자인 창포 **CTP 출력 및 인쇄** 현문인쇄 **제본** 자현제책사

제1판 제1쇄 2016년 5월 27일

값 22,000원
ISBN 978-89-356-6968-4 03800

● 잘못 만들어진 책은 구입하신 서점에서 바꿔드립니다.

● 이 도서의 국립중앙도서관 출판시도서목록(CIP)은 서지정보유통지원시스템 홈페이지(seoji.nl.go.kr)와
국가자료공동목록시스템(www.nl.go.kr/kolisnet)에서 이용하실 수 있습니다.
(CIP제어번호: CIP2016011881)